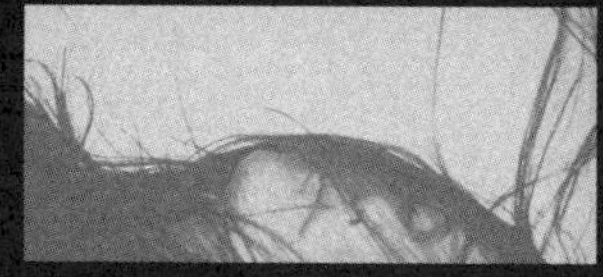

폭풍의 언덕

이 도서의 국립중앙도서관 출판예정도서목록(CIP)은 서지정보유통지원시스템 홈페이지(http://seoji.nl.go.kr)와
국가자료공동목록시스템(http://www.nl.go.kr/kolisnet)에서 이용하실 수 있습니다.
(CIP제어번호: CIP2011005275)

세계문학전집
086

Emily Brontë : Wuthering Heights

폭풍의 언덕

에밀리 브론테 장편소설

김정아 옮김

문학동네

일러두기

1. 주석은 모두 옮긴이주이다.
2. 본문 중 고딕체는 원서에서 이탤릭체로 강조한 부분이다.

차례

제1권

1장

　1801년. 방금 주인 양반 댁에 다녀왔다. 이제 그는 내가 신경 써야 하는 유일한 이웃이다. 경치 좋은 시골인 것이다! 영국 땅을 전부 뒤져본들, 이다지도 완벽하게 세속잡사에서 동떨어진 곳이 어디 있으랴. 더할 나위 없는 염세가의 천국이로구나. 적막강산을 반씩 나누어 가질 히스클리프 씨와 나는 너무나도 어울리는 한 쌍이로구나. 대단한 친구다! 내가 말을 세우자 의심이 가득한 그의 검은 눈은 눈썹 뒤편으로 움푹 들어가고, 내가 이름을 댔는데도 경계 태세를 늦추지 않는 그의 손은 조끼 안쪽으로 더욱 깊이 파고 들어가니, 그는 상상도 못했겠지만 나는 그에 대해 적잖이 호감을 느꼈던 것이다.

　"히스클리프 씨 되십니까?" 내가 물었다.

　고개 한 번 끄덕이는 것이 대꾸였다.

"록우드입니다. 댁에 새로 세 들어 살게 된. 이사 오자마자 가급적 서둘러 찾아뵙자 생각했습니다. 티티새 지나는 농원을 빌려주십사고 부득부득 청을 드린 것이 폐가 되지 않았기를 바란다는 말씀을 올려야겠기에. 어제 듣자 하니, 따로 생각해두신……"

"티티새 지나는 농원은 내 소유요." 히스클리프 씨가 질겁하면서 끼어들었다. "누가 내게 폐를 끼친다면 내가 가만 놔둘 리가 없지. 들어오시오!"

이 '들어오시오'는 악물린 잇새로 새어 나오며 '꺼져버려!'의 느낌을 전해주었다. 그가 기대고 서 있는 문짝까지도 그가 내뱉은 초대의 말과는 달리 조금도 열리지 않았다. 내가 초대에 응해야겠다고 결심했던 것은 이런 상황 때문이었다고 생각된다. 무뚝뚝함이 도를 넘어 나보다 더한 듯한 인간에게 흥미를 느꼈던 것이다.

히스클리프 씨는 내 말이 몸통으로 문짝을 밀겠다고 용을 쓰는 것을 보고서야 조끼에 넣었던 손을 꺼내 사슬을 풀었다. 그러고는 언짢은 기색으로 자갈 깔린 소로를 앞장서 걸었다. 그는 나를 데리고 앞마당으로 들어서면서 하인을 불렀다.

"조지프, 록우드 씨가 타고 온 말 끌어가고. 과일주 좀 가져오고."

'집안에 하인이 하나밖에 없나 보군'이라는 생각이 떠올랐던 것은 이 복합적인 명령 때문이었다. '이러니까 포석에 풀이 날 수밖에. 풀 뽑는 하인은 소들뿐이구면.'

조지프는 늙수그레했다. 아니, 늙은이였다. 너무 늙은이였다. 정정하고 힘센 늙은이였지만.

"주님요!" 그는 역정이 솟구친다는 듯 혼잣말을 했고, 나한테서 말고삐를 넘겨받는 내내 내 얼굴을 못마땅하게 쳐다보았다. 그 표정이 너무 못마땅해 보이기에, 나는 이 늙은이는 식후에 주님께 소화를 의탁해야 하는 처지인가 보다, 이 늙은이가 주님을 찾은 것은 나의 갑작스러운 내방과는 아무 상관 없다, 하고 너그러이 짐작해주었다.

폭풍의 언덕은 히스클리프 씨가 살고 있는 집을 가리키는 이름이다. '폭풍(wuthering)'이라는 말은 비바람이 몰아칠 때 이런 높은 곳이 감당해야 하는 대기의 격동을 가리키는 이 고장의 표현이다. 이렇게 높으니 사시사철 상쾌하고 통풍은 좋겠다. 절벽 위로 불어오는 북풍의 위력은 본채 가까이에 있는 전나무 두어 그루가 미처 못 자라고 심히 기울어져 있는 것과 앙상한 관목 한 무더기가 마치 태양에게 구걸하는 거지처럼 모두 팔을 한쪽으로 뻗은 것으로도 능히 짐작된다. 다행히도 선견지명 있는 건축가가 건물을 튼튼하게 지었다. 창은 좁게 해서 벽 안 깊숙이 넣었고 우묵한 곳마다 돌을 돌출시켜 바람을 막았다.

나는 문지방을 넘기 전에 일단 건물 정면에서 남아돈다 싶게 많은 괴이쩍은 부조들에 감탄해주려고 잠시 멈추었다. 특히 가운데 출입문 위쪽의 부스러지는 부조에는 그리핀들과 외설적인 사내아이들이 새겨져 있었고, 나는 그 틈에서 '1500'이라는 연도와 '헤어턴 언쇼'라는 이름을 찾아냈다. 나는 이 퉁명스러운 집주인에게 두어 마디 평을 들려주고 이곳의 내력을 들려달라고 할 생각이었지만, 그를 보아하니 지체 없이 들어오든가 아예 가버리든가 하라는 것 같았고, 나는 내실을 구경하기 전까지는 성미 급한 그를 건드릴 마음이 없었다.

건물 안에 발을 들여놓자, 현관이나 복도 같은 것도 없이 곧바로 공용 거실이었다. 이 고장에서는 유난히 이곳을 '큰방'이라고 한다. 보통은 부엌과 응접실을 합친 공간인데, 폭풍의 언덕의 경우 부엌은 뒤쪽 어딘가로 밀려난 듯싶다. 어쨌든 두런두런하는 말소리와 덜걱덜걱하는 그릇 소리가 안쪽 어디선가 들려왔고, 거대한 벽난로 주변에 볶거나 끓이거나 구웠던 흔적이 전혀 없었고, 벽 위에서 반짝이고 있어야 할 구리 냄비나 양철 어레미 들도 보이지 않았다. 반짝이는 것이 있기는 있었다. 한쪽 구석에서 빛과 열을 화려하게 반사하고 있는 것은 커다란 참나무 장식장에 천장까지 닿을 듯이 차곡차곡 쌓여 있는 백랍 접시, 그리고 군데군데 놓여 있는 은주전자와 대형 술잔 들이었다. 하지만 반자 없는 맨 천장이라서, 유심히 살피면 지붕의 골조가 그대로 보이고, 귀리빵이나 쇠고기, 양고기, 훈제 돼지고기의 허벅지살을 올려놓은 나무선반 쪽만 겨우 가려졌다. 벽난로 위로는 형편없는 낡은 엽총들이 잡다하게 내걸려 있었고 기병 권총이 한 쌍 있었다. 벽난로 선반의 장식은 요란하게 칠한 차통(茶桶) 셋을 주르르 늘어놓은 것이 전부였다. 바닥은 매끄러운 하얀 돌이었고, 의자들은 등받이가 높고 수수한 예스러운 형태에 녹색 칠이 되어 있었으며, 육중한 검은색 의자 한두 개는 그림자에 가려져 있었다. 장식장의 아치 모양 다리 밑에 적갈색의 거대한 사냥개 암놈이 낑낑대는 새끼들에 에워싸인 채로 휴식 중이었고, 다른 개들은 다른 구석들로 기어들었다.

이런 집 안, 이런 가구가 반바지를 입고 각반을 두를 때 멋있어 보이는 튼튼한 다리와 완고한 표정의 검소한 북부 농부의 것이었다면, 이상할 것이 없었다. 반경 5, 6마일을 넘지 않는 이 산골 마을에는 그런 사람들이 살고 있다. 어느 집이든지 식후의 적당한 시간에 찾아가

면, 둥근 탁자에 거품이 이는 맥주잔을 올려놓고 안락의자에 앉은 집
주인을 볼 수 있다. 하지만 히스클리프 씨는 자기가 사는 곳, 자기가
사는 방식과 묘하게 대조를 이룬다. 생김새는 거무튀튀한 집시인데,
옷차림과 행동거지는 신사다. 물론 신사라고 해도, 시골 나리 수준이
다. 허술하고 뚱한 데가 있다는 것이다. 허술하다 해도 틀려먹었다고
말하기가 힘든 것은 당당한 자세와 잘생긴 외모 때문이며, 뚱한 것을
상놈의 오만함이라고 보는 사람들도 있겠지만 나에게는 그게 아니라
는 것이 느껴진다. 나는 본능으로 안다. 히스클리프 씨의 무뚝뚝함은
감정을 꾸미고 내보이는 짓, 곧 상호 간 호의의 표명을 혐오하는 데서
비롯된다. 그는 사랑도 증오도 남몰래 할 것이고, 사랑했다고 사랑받
게 되고 미워했다고 미움받게 되는 것은 어딘가 부적절하다고 생각할
것이며…… 아니, 내가 너무 앞서 가고 있다. 지금 나는 너무 관대하
게 나 자신의 특징을 그의 특징으로 여겨주고 있다. 그가 악수를 청하
는 사람에게 손을 내밀지 않는 이유는 내 경우와 전혀 다른 것일 수도
있다. 나와 같은 유형의 인간이 많지 않았으면 하는 것이 나의 바람이
다. 어머니는 내가 결코 안락한 가정을 얻지 못할 것이라고 항상 말씀
하셨는데, 바로 지난여름에 내가 안락함을 누릴 자격이 없다는 것이
증명됐다.

　한 달 동안 해변에서 화창한 날씨를 즐길 때였는데, 어쩌다가 나는
아주 매력적인 분과 친분이 생겼다. 그녀가 나를 무시하는 동안, 나에
게 그녀는 그야말로 여신이었다. 입으로 '내 사랑을 말한 적은 없지
만*' 표정에 말이 있다면, 내가 넋이 나갔다는 것은 바보 천치라도 알
았을 것이다. 마침내 그녀는 내 마음을 알아주었고, 내 시선을 받아주

었다. 얼마나 다정한 눈빛이었는지. 그런데 내가 무슨 짓을 했던가? 고백하기도 부끄럽지만, 달팽이가 제 속으로 숨어들듯, 냉담하게 내 속으로 숨어들었다. 그녀가 나를 바라볼 때마다, 나는 점점 냉정해지고 어색해졌다. 아무 죄도 없는 가엾은 그녀는 결국 자기가 보고 들었던 것을 의심하게 되었으며, 자신의 실수에 감당할 수 없으리만치 당혹스러워하다 자기 어머니를 졸라 해변을 떠났다.

나는 이런 묘한 성향으로 인해 무정한 남자라는 평판을 얻었지만, 얼마나 과분한 평판인지 알고 있는 것은 오직 나뿐이다.

나는 집주인이 앉으려고 하는 쪽과 반대쪽에 자리를 잡았고, 침묵을 메우기 위해서 어미 개를 쓰다듬으려고 했다. 어미 개가 새끼들을 놔두고 슬금슬금 나의 다리 뒤쪽으로 다가왔기 때문이다. 말려 올라간 입술에 침을 뚝뚝 흘리는 이빨이 뭔가 물어뜯을 것 같았다.

내가 손을 대자, 어미 개는 목구멍소리로 길게 으르렁거렸다.

"개 건드리지 마시오." 히스클리프 씨가 어미 개와 비슷한 소리로 으르렁거리며, 더 사납게 굴지 못하도록 개를 걷어찼다. "버릇없이 굴면 얻어맞아야지. 애완용이 아니니까."

그런 다음, 성큼성큼 옆문으로 가서 다시 소리쳤다.

"조지프!"

조지프는 지하실 밑에서 뭐라고 중얼거렸는데, 올라오겠다는 말은 없는 것 같았다. 그래서 주인이 하인에게 달려 내려갔고, 나는 흉포한

---

* 셰익스피어의 「십이야」 2막 4장 114~116행. "그녀는 자신의 사랑을 말한 적이 없지만,/그녀의 비밀은 갓 피어난 꽃을 갉아먹는 벌레처럼/그녀의 장밋빛 뺨을 갉아먹었다."

암캐 한 마리와 험상궂은 털북숭이 양치기 개 두 마리의 말동무로 남겨졌다. 세 말동무는 내 일거수일투족을 빠짐없이 지켜봤다.

나는 그들의 송곳니와 친교를 나누고 싶은 열망은 없었기 때문에 조용하게 앉아 있었지만, 그들은 침묵이 무례라는 것도 모를 것 같다는 생각이 들면서, 삼인조를 향해 눈을 찡긋하고 상을 찌푸리는 짓을 저질러버렸다. 내 관상의 어떤 점이 그렇게 짜증스러웠는지는 모르지만, 암놈 쪽이 갑자기 격분하더니 내 무릎 위로 뛰어올랐다. 나는 그놈을 집어 던지고, 급히 식탁을 옮겨 앞을 가로막았다. 그런데 이것이 벌집을 통째로 건드리는 짓이었다. 크기도 다양하고 나이도 다양한 네발 달린 악마 대여섯이 저마다의 은신처를 뛰쳐나와 결집했다. 나의 뒤꿈치와 상의 자락에 공격이 집중된다는 느낌이 들었다. 나는 군사력의 열세를 무릅쓰고 적들을 부지깽이로 받아쳤지만, 평화의 회복을 위해서는 집 안의 병력을 큰 소리로 요청하지 않을 수 없었다.

히스클리프 씨와 하인은 점액질 체질*인 듯 태평스럽게 지하실 계단을 올라와 나의 화를 돋우었다. 으르렁 소리와 깽깽 소리로 난롯가는 그야말로 폭풍 속이었는데, 그들은 평소에 비해 단 1초도 더 빨리 움직이지 않았던 것 같다.

다행히도, 부엌 지원군이 먼저 도착했다. 겉옷을 말아 올리고 소매를 걷어붙이고 얼굴이 벌겋게 달아오른 건장한 여자가 프라이팬을 휘두르면서 달려와주었던 것이다. 그녀가 들고 온 무기와 혀를 적절히 휘둘러준 덕에 폭풍우는 마술에 걸린 듯 잠잠해졌으며, 오직 그녀의

---

* 서양의학에서 기질의 네 가지 유형 중 하나로, 무감각한 것이 특징.

육중한 몸통만이 바람이 몰아친 직후의 바다처럼 크게 들썩였다. 그녀의 주인은 그제야 무대에 등장했다.

"대체 무슨 소란이야?" 히스클리프 씨가 물었다. 한바탕 푸대접을 받은 다음이라서, 나를 쳐다보는 그의 눈을 참기 어려웠다.

"정말 대체 무슨 소란인지!" 내가 웅얼댔다. "귀신 들린 돼지 떼도 여기 짐승들보다는 순하겠소.* 차라리 호랑이 떼를 풀어놓지!"

히스클리프 씨는 내 앞에 술병을 놓고 식탁을 제자리로 옮기며 말했다. "가만히 있는데 해코지할까. 개가 집 지키는 것이 당연하지. 한잔하겠소?"

"됐습니다."

"물리지 않았소?"

"나를 무는 놈을 내가 가만둘까."

히스클리프 씨가 씩 웃었다.

"자, 자." 그가 말했다. "진정하시오, 록우드 씨. 여기, 한잔 드시오. 이 집에는 손님 오는 일이 극히 드물어서, 솔직히 말하면, 나나 개들이나 손님을 어떻게 맞아야 하는지 거의 모릅니다. 록우드 씨의 건강을 위하여 건배!"

나는 고개 숙여 답례하고 히스클리프 씨의 건강을 위하여 건배했다. 개새끼들의 행동에 삐친다는 것이 얼마나 바보 같은 일인지 느껴지기 시작했고, 거기다가 나를 희생시켜 이런 자를 더욱 즐겁게 해준다는 것은 정말 꺼려지는 일이었다. 내가 삐쳐 있을수록 그는 즐거워

---

* 「누가복음」 8장 33절. "귀신들이 그 사람에게서 나와 돼지에게로 들어가니 그 떼가 비탈로 내리달아 호수에 들어가 몰사하거늘."

했으니까.

그는 — 바람직한 세입자를 불쾌하게 하는 것은 바보짓이라는 신중한 계산속이었겠지만 — 앞뒤 잘라먹는 퉁명스러운 말투를 다소 누그러뜨렸고, 자기가 보기에 내가 관심 가질 만하다고 생각되는 화제를 꺼냈다. 내가 지금 은거하는 곳의 장점과 단점이 화제에 올랐다.

그는 화제에 오르는 것들에 대해서 해박한 지식을 가지고 있었다. 자신감을 얻은 나는 방문을 마치기에 앞서 내일 다시 들르겠다고 자청했다.

그는 내게 다시 침입당하기를 바라지 않는 것이 틀림없었다. 그래도 가보려고 한다. 그와 비교하면, 놀랍게도 나 자신이 무척 사교적인 사람으로 느껴진다.

2장

어제 오후부터 안개가 끼면서 추워졌다. 히스*와 진창을 헤치고 폭풍의 언덕까지 가느니 차라리 서재 벽난로 앞에서 시간을 보내자는 생각이 들기도 했다.

그런데 식후에 위층에 갔더니(나는 12시에서 1시 사이에 정찬을 먹고 있다. 하녀장에게 5시에 차려주면 좋겠다고 말했건만, 집을 세낼 때 장롱처럼 딸려온 이 점잖은 아주머니는 못 알아듣는 건지, 못 알아듣는 척하는 건지**), 아무튼 빈둥거릴 생각으로 계단을 올라가 서재에 들어섰더니, 하녀 애 하나가 빗자루와 석탄통이 널려 있는 바닥에 엎드려 앉아 지옥의 먼지를 피우고 있었다. 불씨를 꺼뜨리려고 재를

---

* 진달랫과의 관목.
** 12시 정찬과 5시 정찬은 각각 시골과 도시의 관습을 대표한다.

쏟아붓는 중이었다. 나는 그 광경을 보고 바로 돌아서서 모자를 집어 들었다. 그리고 4마일을 걸어서 히스클리프의 집 대문 앞에 도착했다. 바로 그때 때맞춰 피해 오기라도 한 듯 폭설의 전조를 알리는 깃털 같은 눈송이가 휘날리기 시작했다.

바람이 휘몰아치는 그 언덕 꼭대기는 된서리에 꽁꽁 얼어붙은 상태였다. 냉기에 팔다리가 덜덜 떨려왔다. 사슬을 풀지 못해 대문을 뛰어넘었고, 거치적거리는 구스베리 덤불 사이로 난 자갈길을 뛰어가서 문을 두드렸다. 하지만 손마디가 쓰라리고 개들이 짖어댈 때까지 아무런 기척이 없었다.

'알은척하는 놈이 하나 없네!' 나는 속으로 절규했다. '이런 집구석을 누가 찾아올까. 손님을 박대하는 촌놈들 같으니. 나만 해도, 낮에 문을 몽땅 잠그고 살지는 않는다. 어쨌거나 내가 들어가고 만다!'

나는 들어가겠다는 일념으로 문고리를 움켜쥐고 힘껏 흔들었다. 인상을 더럽게 찌푸린 조지프가 둥근 헛간 창문으로 머리를 내밀었다.

"뭐꼬?" 조지프가 고함을 질렀다. "주인은 축사에 있을 긴데. 할 말 있으면 헛간 저쪽으로 가보든가."

"안에는 문 열어줄 사람 없나?" 나도 같이 소리를 질렀다.

"마님뿐일 긴데. 밤중까지 문이 부서져라 두들겨도, 안 열어줄 기다."

"왜? 내가 누구인지 마님한테 가서 전해주면 안 되겠나, 조지프?"

"어데! 내가 참견할 일이 아니다." 조지프의 머리가 중얼거리는 소리와 함께 사라졌다.

눈발이 굵어지기 시작했다. 내가 다시 한 번 문고리를 쥐고 흔들어볼 즈음, 젊은 청년 하나가 셔츠 바람으로 쇠스랑을 둘러메고 뒷마당 쪽에서 나타났다. 그는 나를 불러 자기를 따라오라고 했다. 빨래터를 통과하고 석탄 창고와 펌프와 비둘기장이 있는 길을 통과하니, 드디어 내가 전에 들어갔던 널찍하고 따뜻하고 쾌적한 실내가 나왔다.

석탄과 토탄과 장작을 같이 때는 커다란 벽난로 불빛이 보기 좋게 타오르고 있었고, 푸짐한 저녁상 옆에는 반갑게도 '마님'이 있었다. 그때까지 생각지도 못한 존재가 나타나주었던 것이다.

나는 고개 숙여 예를 표한 다음 그녀가 자리를 권하기를 기다렸다. 그녀는 의자 등받이에 기대앉아 나를 쳐다보면서도 일어나거나 인사를 건네지 않았다.

"악천후네요!" 내가 입을 뗐다. "외람된 말씀이지만, 히스클리프 부인, 하인들이 느긋하니 문짝만 딱하게 됐네요. 하인 한 번 부르기가 어지간히 힘들어야지요!"

그녀는 아무 말이 없었다. 나는 계속 쳐다보았고, 그녀도 계속 마주 보았다. 어쨌거나 나에게서 눈을 떼지 않았는데, 냉랭하고 무시하는 눈빛이라 극히 거북하고 불쾌했다.

"앉으소." 청년이 우락부락하게 말했다. "좀 있으면 올 테니까."

나는 시키는 대로 자리에 앉아 헛기침을 하고 몹쓸 똥개 주노를 불렀다. 녀석은 나와의 두번째 만남인 이번 만남에서 고맙게도 꼬리 끝을 살짝 움직거리면서 알은체를 해주었다.

"개가 참 예쁘네요!" 내가 다시 한 번 대화를 시도해보았다. "새끼는 분양하실 생각인가요, 부인?"

"제 것이 아닌데요." 상냥한 안주인께서는 히스클리프라 해도 그렇게는 못할 만큼 불쾌하게 대꾸했다.

"아하, 부인은 이놈들을 아끼시는군요!" 나는 그림자 진 의자에 고양이랑 비슷하게 생긴 것이 쌓여 있는 걸 돌아보며 대화를 이었다.

"아낄 것도 많네." 그녀가 비웃듯 말했다.

불행히도 의자 쿠션 위에 쌓여 있는 것은 죽은 토끼들이었다. 나는 다시 한 번 헛기침을 하고 의자를 끌어당기면서 재차 저녁 악천후를 거론했다.

"집에 있었어야지요." 그녀는 이렇게 말하며 자리에서 일어나 벽난로 선반에 놓여 있는 차통 세 개 중에 두 개를 꺼내려고 했다.

그녀가 앉았던 곳은 그림자가 드리워져 있었기 때문에 내가 그녀의 몸매와 얼굴 전체를 똑똑히 본 것은 그녀가 일어나고 나서였다. 호리호리하고, 아직 어린 티가 났다. 감탄이 절로 나오는 몸매에, 난생처음 보는 예쁜 얼굴이었다. 오목조목한 이목구비에 아주 말간 피부였고, 곱슬곱슬 말린 연노란색, 아니 금빛 머리칼은 고운 목선까지 흘러내렸으며, 눈은―상냥한 눈빛이었다면 모두 반해버릴 눈이지만―쉽사리 여자에게 반하는 내 마음을 생각하면 다행스럽게도, 경멸과 절박함 사이를 맴도는 감정만이 깃들어 있었는데, 그런 눈과는 전혀 어울리지 않는 감정이었다.

차통이 그녀가 뻗은 손에 닿을락 말락 했다. 내가 도와줄까 하고 일어나려는데, 그녀가 나를 돌아보았다. 금화를 세고 있던 수전노가 셈을 도와주겠다는 사람을 돌아보는 듯한 태도였다.

"필요 없어요." 그녀가 쏘아붙였다. "혼자 할 수 있어요."

"실례했습니다." 내가 급히 대답했다.

"차 마시러 오라는 초대를 받으셨어요?" 그녀가 깔끔한 검은색 원피스에 앞치마를 동여매고 찻잎 한 수저를 떠낸 다음 차를 주전자에 넣으려다 말고 나에게 물었다.

"한잔 마셨으면 좋겠네요." 내가 대답했다.

"초대받으셨냐고요?" 그녀가 다시 물었다.

"그건 아니지만," 나는 어정쩡한 미소를 지으며 대답했다. "부인이 초대해주시면 됩니다."

그녀는 찻숟가락까지 몽땅 치워버린 다음, 샐쭉한 표정으로 다시 의자에 앉았다. 이마에 주름이 잡히고 붉은 아랫입술이 비쭉 튀어나온 것이, 울음보를 터뜨리기 직전의 어린애 같았다.

그러는 사이에, 청년은 낡았다고밖에 할 수 없는 상의를 걸치고 벽난로 앞에 버티고 서서 나를 곁눈질로 내려다보았다. 내가 자기 아버지를 죽인 원수라도 되는 것 같았다. 나는 그가 하인인지 아닌지 헷갈리기 시작했다. 차림새와 말씨 모두 거친 것이 히스클리프 내외 같은 우월함은 찾아볼 수 없었고, 숱이 많은 갈색 곱슬머리는 촌스럽고 손질되지 않은 채였으며, 턱수염이 짐승처럼 볼 언저리까지 자라나 있었고, 손등은 잡역부처럼 갈색으로 그을려 있었다. 그런데 행동은 거만하다 싶을 만큼 자유스러웠고, 주인 마님 시중드는 하인 같은 데라고는 전혀 보이지 않았다.

청년의 지위를 밝혀줄 분명한 증거가 없었기 때문에, 청년의 이상한 태도는 못 본 척하는 것이 제일 낫겠다고 생각되었으며, 그로부터 5분 만에 히스클리프가 들어온 덕분에 불편한 상황에서 어느 정도 벗어날 수 있었다.

"자아, 약속대로 왔습니다!" 나는 짐짓 쾌활하게 인사를 건넸다. "그런데 날씨가 이러니 반시간 정도는 발이 묶이겠는데요. 그동안 신세 좀 져야겠습니다."

"반시간?" 그는 옷에 묻은 눈송이를 털어내며 반문했다. "하필이면 눈보라가 몰아칠 때 돌아다녀야 할 이유가 뭐요? 늪에 잘못 들어가서 길을 잃을 수도 있소. 여기 습지대를 자주 왔다 갔다 하는 사람들도 이런 날 저녁에는 길을 잃기 십상이고. 게다가 내가 장담하겠는데, 당장에는 날이 갤 것 같지 않소."

"이 댁 아이 하나를 길잡이로 데려가서, 티티새 지나는 농원에서 재우고 아침에 보내드리겠습니다. 괜찮으시지요?"

"아니, 괜찮지 않소."

"아, 그러세요! 흠, 그렇다면 제힘으로 길을 찾는 수밖에요."

"쳇!"

"차 안 끓이나?" 누더기 상의의 청년이 사나운 눈길을 나에게서 젊은 부인에게 옮기며 물었다.

"저쪽 것도 끓여야 하나요?" 그녀는 히스클리프에게 물었다.

"끓이라면 끓여." 대답이 얼마나 포악스럽던지, 나는 진저리가 났다. 태생부터 몹쓸 놈이라는 것이 말투에서 드러났다. 히스클리프를 대단한 친구라고 부를 마음이 싹 가셨다.

차가 준비되자, 히스클리프가 나를 끼워주었다.

"자아, 당겨 앉으시오." 그래서 우리는 촌뜨기 청년까지 함께 식탁에 둘러앉았다. 식탁에는 계속 무거운 침묵이 흘렀다.

나는 생각했다. 나 때문에 먹구름이 끼었다면, 먹구름을 걷어내기 위해 노력하는 것은 나의 의무가 아닌가. 평상시에 이렇게나 말 한마디 없이 앉아 있을 리는 없지. 아무리 고약한 사람들이라고 해도, 평소에 이렇게나 하나같이 벌레 씹은 표정으로 지낸다는 것은 불가능한 일이니까.

"이상하더군요." 나는 첫째 잔을 비우고 둘째 잔이 채워지기를 기다리면서 입을 뗐다. "습관이 취향과 생각을 바꿀 수 있다는 사실이 이상하더라는 말입니다. 히스클리프 씨, 많은 사람들은 댁처럼 이렇게 세상과 완전히 담을 쌓고 사는 것이 어찌 행복하겠냐고 묻겠지만, 제가 감히 말씀드리건대, 이렇게 가족끼리 함께 지내시고, 상냥한 부인이 가정을 지켜주시고 마음을 잡아주시니……"

"상냥한 부인?" 그는 악마 같은 냉소를 띠면서 말을 가로챘다. "대체 어디 있소, 상냥한 부인이?"

"히스클리프 부인, 그러니까, 히스클리프 씨의 부인 말입니다."

"흠, 그렇군. 어허! 아내의 육체는 죽었지만 영혼은 폭풍의 언덕을 수호천사처럼 지켜주고 있다, 그런 말씀이오?"

나는 실수를 깨닫고 수습에 나섰다. 부부라기에는 나이 차이가 너무 많이 나는 것을 몰랐다니. 남자 쪽은 마흔 정도였다. 남자 나이 마흔은 지력이 강한 시기라, 어린 여자가 사랑 때문에 자신과 결혼하리라는 망상을 품는 일은 거의 없다. 남자에게 그런 꿈은 노년의 위안거리다. 여자 쪽은 열일곱 살로도 보이지 않는다.

그때 머리를 스친 생각은 이랬다. '차를 사발로 마시고 시커먼 손으로 빵을 뜯는 이 촌놈이 남편인가 보군. 그럼 히스클리프의 아들이겠구먼. 생매장이 따로 없네. 이런 무지렁이한테 시집을 오다니, 이 세상에 좋은 남자들이 있는 줄을 몰랐구나! 안타까운 일이지만, 조심해야겠군. 저 여자가 괜히 나 때문에 자기 결혼을 후회하면 곤란하니까.'

마지막 생각은 잘난 척하는 것 같지만, 사실이 그랬다. 옆자리 청년은 거의 혐오감을 주는 남자였다. 나로 말하자면, 경험에 따르면 그런대로 매력 있는 남자였다.

"히스클리프 부인은 며느리요." 히스클리프가 내 짐작을 확증하는 말을 해주었다. 그러면서 그녀 쪽을 보고 특이한 표정, 증오의 표정이라 할 수 있는 표정을 지었다. 표정이 영혼의 언어를 통역하는 여느 사람들과 달리 그의 안면 근육이 심하게 뒤틀려 있다면 또 모르지만, 그게 아니라면 분명 증오의 표정이었다.

"아하, 역시, 이제 보니, 댁이 바로 인정 많은 천사를 아내로 맞은 행운의 남편이시군요." 나는 청년을 돌아보면서 말했다.

아까보다 더한 실수였다. 청년은 얼굴이 시뻘게졌고, 아무리 보아도 한 대 칠 기세로 주먹을 부르쥐었다. 하지만 곧 마음을 가라앉히는 듯했다. 그는 치미는 분노를 억누르기 위해 무지막지한 욕설을 중얼댔는데, 나 들으라고 하는 말이었지만 나는 애써 못 들은 척했다.

"눈치가 없으시구먼!" 집주인이 말했다. "아쉽게도 우리 둘 다 댁이 말한 천사의 남편이 아니오. 남편은 죽었소. 아까 말했듯이 내 며느리니까 내 아들의 아내 아니겠소."

"그렇다면 이 청년은……"

"설마 아들일까!"

히스클리프는 다시금 미소를 지었다. 이런 짐승 같은 놈의 아비라니 너무 심한 농담이라는 표정이었다.

"내는 헤어턴 언쇼라 하는데," 다른 쪽에서도 으르렁거렸다. "쉽게 봐도 되는 가문이 아이다."

"쉽게 본 적 없습니다." 대답은 이렇게 했지만, 자기 성씨를 이토록 뽐내며 밝히는 청년이 우스꽝스러워 보였다.

그가 나에게서 눈을 떼지 않아, 내가 먼저 외면해버렸다. 계속 마주 보다가는 주먹이 올라가거나 웃음이 터질 것 같았다. 내가 이 화기애애한 가족 틈에 잘못 끼어들었다는 것이 확실하게 느껴지기 시작했다. 정신의 음산한 기운이 나를 둘러싸고 있던 육체의 온기와 안락을 압도해버렸다. 이 집 안에 세번째로 발을 들여놓는 일에 대해서는 조심스럽게 고려하기로 마음먹었다.

먹는 일도 끝나버렸는데, 사교적인 말 한마디 꺼내는 사람이 없었다. 나는 날씨를 살펴보려고 창가로 갔다.

난감한 광경이 펼쳐져 있었다. 밖은 밤중처럼 어두컴컴했고, 하늘과 언덕은 바람과 빽빽한 눈발 속에 한데 엉켜 소용돌이쳤다.

"이래서야 길잡이도 없이 집까지 가기는 어렵겠네." 탄식이 절로 나왔다. "길은 벌써 눈이 쌓여 없어졌을 테고. 길이 남아 있다 해도, 한 치 앞도 안 보이겠는걸."

"헤어턴, 저기 양들은 헛간에 넣어라. 밤새 밖에 두면 눈에 묻혀버릴 테니. 앞에 판자 하나 세워놓고." 히스클리프가 말했다.

"어떡하면 좋을까요?" 나는 한층 짜증스럽게 물었다.

아무런 대답이 없었다. 뒤를 돌아보니, 개밥용 들통을 가지고 들어온 조지프와 벽난로 앞의 히스클리프 부인뿐이었다. 히스클리프 부인은 차통을 선반에 올릴 때 떨어진 성냥 한 뭉치를 태우면서 노는 중이었다. 들통을 내려놓은 조지프는 못마땅한 눈초리로 방을 둘러본 다음, 귀에 거슬리는 쉰 소리를 냈다.

"어쩌자고 이리 게을러터진 긴지. 모두 일한다고 나갔는디! 하기사 만고에 밥버러지 같은 자슥한테 이리 떠들어서 뭐할 긴데. 내가 뭐라 칸다 캐서 네가 그런 버르장머리를 고치겄나. 기냥 에미하고 같이 퍼뜩 뒈지거라 고마."

잠시 나는 이 설교가 내게 쏟아지는 것이라고 생각했고, 화가 적당하게 치민 상태에서 늙다리 쪽으로 걸음을 옮겼다. 밖으로 걷어차버릴 작정이었다.

하지만 히스클리프 부인의 대답이 나를 제지했다.

"뻔뻔한 위선자 같으니!" 그녀가 대꾸했다. "남들더러 자꾸 뒈지라고 하면, 자기 먼저 뒈지는 걸 몰라? 경고하겠는데, 나 건드리지 마. 내가 악마한테 조지프 잡아가라고 부탁하는 수가 있어. 잠깐, 이것 좀 봐." 그녀는 선반에서 길쭉한 검은 책 한 권을 꺼내면서 말을 이어갔다. "내 '흑마술' 실력을 곧 보여줄게. 금방 통달할 거야. 지난번에 붉은 소가 죽은 것도 우연이 아니야. 조지프의 신경통은 하느님이 내려주신 줄 알았어?"

"옴마, 악독한 거!" 늙은이가 흠칫했다. "주님요, 우리를 악에서 구해주소!"

"그렇게는 안 될 거야! 조지프는 지은 죄가 많아서, 하느님한테서 버림받았거든. 이제 꺼져! 진짜 혼나볼래? 내가 너희 전부 다 밀랍인형으로 만들 거야. 누구든지 내가 정한 선을 넘어오면, 당장…… 어떤 꼴을 당할지 내가 말은 안 하겠어, 두고 보면 알 테니까! 얼른 나가, 내가 지켜보고 있어!"

귀여운 마녀가 예쁜 눈에 원한을 담는 척했더니, 조지프는 정말 겁에 질려 허둥지둥 뛰쳐나가면서 '주님'과 '악독한 거'를 연발했다.

나는 그녀가 너무 심심해서 장난친 것이라고 생각했다. 이제 그녀와 나뿐이었으니, 나는 그녀로 하여금 내 고민에 관심을 가지게 하려고 노력했다.

"히스클리프 부인." 나는 진지하게 간청했다. "성가시게 해드려서 죄송합니다만, 얼굴이 아름다우신 만큼 마음씨도 고우시리라 믿고 감히 부탁드립니다. 제 집까지 가는 길에 뭔가 길잡이가 될 만한 것들이 있다면 부디 일러주십시오. 제가 제 집 가는 길을 모르기는 부인께서 런던 가는 길을 모르시는 것과 마찬가지니까 말입니다!"

"왔던 길로 가면 되잖아요." 히스클리프 부인은 의자에 기대앉으면서 대꾸했다. 촛불을 밝히고 검은 책을 펼쳐 든 채였다. "저도 달리 아는 것이 없는걸요."

"그렇다면, 부인께서는 제가 수렁이나 눈구덩이에서 시체로 발견되었다는 말을 들으신다 해도, 양심의 가책을 느낄 일은 전혀 없으시겠군요?"

"그럼 어떡해요? 저는 못 데려다드려요. 대문까지도 못 가게 하는데."

"부인께서 데려다주시다니 무슨 말씀이십니까! 이런 날 밤에는, 건물 밖에 나와주십사고 부탁드리기도 송구스러운데." 내가 목소리를 높였다. "데려다주십사는 것이 아닙니다. 가는 길을 일러주십사는 것이지요. 아니면, 저한테 길잡이 아이를 빌려주는 것이 좋겠다고 히스클리프 씨한테 말씀드려주십사 하는 것입니다."

"누구를 빌려달라고요? 주인하고, 언쇼, 질라, 조지프, 그리고 제가 있는데요. 누구를 빌려 가시게요?"

"농장 아이들은 없습니까?"

"없어요. 우리가 다예요."

"그렇다면 묵어갈 수밖에 없겠네요."

"주인이랑 말씀해보세요. 저는 모르니까."

"산속을 함부로 싸돌아다니면 어떻게 되는지 이제 알았으리라고 생각하오."

히스클리프가 호통치는 소리가 부엌과 통하는 문 앞에서 들려왔다.

"묵어가겠다고 말씀하시는데, 손님방은 없습니다. 묵어가실 작정이면 헤어턴 아니면 조지프와 한 침대를 쓰시든지."

"저는 여기 의자라도 좋습니다." 내가 대답했다.

"그럴 수는 없소. 부자든 가난뱅이든, 객은 객이지요. 내가 잠든 사이에 누가 온 집 안을 활보하게 내버려둘 수는 없으니까!" 교양 없는 놈이 지껄였다.

이런 모욕 앞에서는 나의 인내심도 바닥나버렸다. 나는 역겨움을 표한 다음 놈을 밀치면서 급히 마당으로 나가다가 언쇼하고 부딪혔다. 너무 캄캄해서 출구를 찾을 수 없었고, 이리저리 헤매다가 그들의 대화를 엿듣게 되었다. 이 집 사람들이 서로에게 얼마나 예의 바른지를 다시금 확인할 수 있는 대화였다.

처음에는 정체가 모호한 청년이 내 편을 드나 싶었다.

"내가 농원 입구까지 데려다주겠소." 청년이 말했다.

"지옥까지 데려다주든지!" 주인이 소리를 질렀다. "그럼 말 손질은 누가 하느냐, 응?"

"사람의 목숨이 중하지, 하루 저녁 말 손질 못하는 게 중해요? 누구라도 가야 하잖아요." 히스클리프 부인이 끼어들었다. 예상보다는 친절한 참견이었다.

"니가 뭔데 나한테 이래라저래라 하노!" 헤어턴이 받아쳤다. "저 남자 목숨이 그리 아까우면 닥치고 가만히 있어라."

"네가 저 남자를 안 데려다주면, 저 남자 유령이 너를 쫓아다닐 거야. 그리고 히스클리프 씨는 티티새 지나는 농원이 무너질 때까지 세입자를 못 구할 거야." 그녀가 앙칼지게 대답했다.

"옴마, 옴마, 저 자슥이 마귀 새끼 소리를 지껄이는구마!" 내가 다가가는 쪽에서 조지프가 중얼거렸다.

조지프는 부르면 들리는 거리에 앉아서 소젖을 짜고 있었다. 나는 그가 밝혀놓은 호롱을 막무가내로 집어 들고는, 내일 돌려주겠다고 외치면서 가장 가까운 샛문을 향해 달음박질쳤다.

"나리요, 나리요, 호롱 도둑이요!" 노인네가 나를 쫓아오며 소리쳤다. "봐라, 내셔야! 봐라, 멍멍아! 봐라, 울프야! 퍼뜩! 물어뜯어봐라!"

샛문을 열려는 순간에, 털북숭이 괴물 둘이 나의 목덜미를 와락 덮쳐왔다. 나는 바닥으로 나동그라졌고 호롱은 꺼졌다. 히스클리프와 헤어턴이 함께 박장대소할 때, 내 분노와 굴욕은 절정에 달했다.

다행히도 짐승들은 기지개를 켜고 하품하고 꼬리를 흔들어대느라 나를 산 채로 잡아먹는 데는 관심이 없었다. 그러나 먹이의 부활을 가만히 두고 볼 정도로 관심이 없는 것은 아니었으므로, 개를 풀어놓은 독한 주인들이 구해주러 올 때까지 나는 그냥 바닥에서 뒹굴어야 했다. 그렇게 모자도 못 쓰고 분노에 떨면서, 나는 악당들을 향해 나를 내보내달라고, 당장 보내주지 않으면 큰코다칠 줄 알라고 소리치며 여러 가지 앞뒤가 안 맞는 복수의 방법을 주워섬겼는데, 그런 으름장이 막연하면서도 강렬하다는 점에서는 리어 왕을 연상시키기도 했다.*

나는 너무 흥분한 나머지 코피를 철철 쏟았고, 히스클리프는 계속 웃어댔고, 나는 계속 횡설수설했다. 그 집 안에 나보다 분별 있고 주인보다 인정 있는 존재가 살고 있지 않았다면, 상황이 어떻게 종료되었을지 모르겠다. 그녀는 질라라는 건장한 하녀였다. 한참 만에 그녀가 소란의 정체를 알고자 나타났다. 그녀는 집안사람 중 하나가 내게 손찌검을 했다고 여겼고, 감히 주인한테 뭐라고 하지는 못하고, 혀라는 그녀의 무기를 젊은 놈을 향해 휘둘렀다.

"보세요, 언쇼 씨," 그녀가 외쳤다. "그러다가 다음에는 무슨 짓을 하려는지! 우리 집 문간에서 살인내고 싶어요! 내가 얼른 이 집구석에서 나가야지. 저런, 가엾어라, 젊은 양반이 숨넘어가겠네! 가만! 가만! 그러다가 큰일 나지. 들어오세요, 내가 치료해줄 테니. 자자, 움직이지 말고."

질라는 이렇게 말하고는 갑자기 얼음물 한 그릇을 내 목덜미에 끼

---

* 셰익스피어의 「리어 왕」 2막 4장 305~309행. "어림없다, 배은망덕한 못생긴 년들아,/두 년 모두한테 내가 복수해줄 테다/내 복수를 보면 세상 사람들이 전부—나는 한번 한다면 하니까—/어떻게 복수할지는 아직 모르지만, 어쨌든/온 세상을 경악시킬 복수가 될 게다."

엎었고, 나를 부엌으로 끌고 갔다. 히스클리프 씨도 따라 들어왔는데, 잠시 깃들었던 유쾌한 표정은 금방 평상시의 뚱한 표정으로 바뀌었다.

나는 너무 속이 메스껍고 어찔어찔했다. 그의 집에서 하룻밤 신세를 지는 수밖에 없었다. 그는 질라더러 내게 브랜디를 한잔 내주라고 지시하고 안채로 향했고, 그녀는 봉변당한 나를 위로하며 그의 지시를 따랐다. 내가 어느 정도 정신을 차리자 그녀는 나를 잠자리로 데려가주었다.

3장

질라는 앞장서서 계단을 오르면서, 나더러 촛불을 가리고 발소리를 죽이라고 했다. 주인은 내가 자게 될 방에 대해 희한한 생각을 가지고 있어서, 누가 그 방에서 자는 일을 허락하지 않는다는 것이었다.

나는 왜냐고 물었다.

질라는 자기도 모른다고 했다. 이 집에서 한두 해를 살았을 뿐인데, 하도 희한한 일이 많아서, 그것까지 궁금해할 여유가 없었다는 것이었다.

나의 경우에는 너무 멍한 상태라서 궁금해할 여유가 없었다. 방문을 잠그고 침대를 찾았을 뿐이다. 가구는 의자 하나, 옷장 하나, 그리고 큼직한 참나무 장이 전부였다. 장 위쪽에는 사각형 구멍이 몇 개 뚫려 있었는데, 마차 창문이랑 비슷해 보였다.

가까이 다가가 구멍 안을 들여다보자, 이것이 특이하게 생긴 구식 간이침대라는 것을 알 수 있었다. 이것만 있으면 식구 하나하나에게 독방을 내줄 필요도 없을 것 같았다. 장 안은 작은 방이었고, 창틀 선반은 탁자가 되어주었다.

미닫이 판자를 열고 안에 들어가서 문을 닫았다. 히스클리프의 감시로부터, 다른 모든 사람들로부터 안전해졌다는 느낌이 들었다.

창틀에 촛불을 내려놓았다. 한쪽에는 곰팡이가 허옇게 슨 책 두어 권이 쌓여 있고, 창틀은 온통 긁힌 낙서들로 가득했다. 하지만 낙서의 내용은 똑같은 이름을 크고 작은 온갖 글씨체로 새긴 것이 전부였다. 캐서린 언쇼가 제일 많았고, 군데군데 캐서린 히스클리프로 바뀌거나 캐서린 린턴으로 바뀌었다.

나는 멍한 상태에서 창문에 머리를 기대고 낙서를 읽었다—캐서린 언쇼—히스클리프—린턴—어느새 눈이 감겼다. 5분이나 지났을까, 어둠으로부터 허연 빛을 뿜는 글자들이 유령처럼 생생하게 튀어나와, 온 방 안이 캐서린이라는 글자로 우글거렸다. 성가신 이름을 몰아내기 위해 애써 잠을 깨고 보니, 촛불의 심지가 책 쪽으로 기울어져 있고 송아지 가죽 타는 냄새가 진동했다.

나는 심지를 잘라버렸다. 추위와 계속되는 메스꺼움 탓에 심히 불편했지만, 일어나 앉아서 불에 그슬린 책을 무릎 위에 펼쳤다. 성경책이었다. 거친 활자였고, 고약한 곰팡내가 났다. 표지 안쪽에는 '캐서린 언쇼의 책'이라는 서명이 있었고 대략 사반세기 전의 날짜가 적혀 있었다.

나는 성경을 덮고 나머지 책들을 하나하나 모두 들추어보았다. 캐서린의 서재는 엄선된 도서로 갖춰져 있었으며, 손상 정도로 미루어 보아 이용도가 높았을 듯했다. 하나 적법한 용도로 사용된 것만은 아니었다. 인쇄공이 남겨놓은 여백마다 독자의 논평—어쨌든 그렇게 보이는 글자들—이 가득했다.

한 줄짜리 단문도 있었고, 일기의 형태를 갖춘 글도 있었는데, 삐뚤빼뚤 어린아이 글씨였다. 처음 발견했을 때는 마치 보물이라도 본 듯했는데, 백지 상단에 아주 재미있는 그림이 있었다. 내가 아는 조지프의 근사한 캐리커처였다. 거칠지만 아주 비슷했다. 순간적으로 미지의 캐서린에게 관심이 생겼고, 그때부터 나는 그녀의 희미해진 상형문자들을 해독하기 시작했다.

그림은 다음 글로 이어져 있었다.

끔찍한 일요일! 아버지가 돌아오시면 좋겠다. 아빠 행세 하는 힌들리가 얄미워죽겠다. 히스클리프에게 지독하게 군다. H랑 나랑은 반항할 거다. 우리는 오늘 저녁 반항의 첫 단계에 들어갔다.

종일 비가 쏟아졌다. 우리는 교회에 못 갔는데, 조지프가 기어이 다락방에 사람들을 불러 모아 예배를 보겠다고 했다. 힌들리 오빠 부부는 아래층에서 편안하게 벽난로 불빛을 쬐었는데—무슨 짓을 했는지는 모르지만 성경책을 읽지 않았다는 것은 내가 장담한다—그러면서 히스클리프랑 나랑, 재수 없이 걸린 농장 아이더러 기도서를 들고 다락방으로 올라가라고 했다. 우리는 나란히 곡식 자루에 올라앉았는데, 신음이 나오고 온몸이 떨렸다. 조지프도 춥겠지, 자기가 추우면 설교도 짧아지겠지 생각했다. 그렇지만 천만의 말씀! 예배는 정확히 세 시간이었다. 그런데도 오빠는 우리가 내려오는 것을 보자 뻔뻔스럽게도 이렇게 소리를 질렀다.

"뭐야, 벌써 끝난 거야?"

옛날에는 일요일 저녁에 논다고 혼나지는 않았는데. 아주 시끄럽게 놀지만 않으면 괜찮았는데. 요즘에는 한 번 킥킥 웃었다고 구석으로 쫓아낸다!

"이 집에 가장이 있다는 걸 잊었구나." 독재자가 말했다. "누구든 내 성질 건드리는 놈은 내가 결딴낸다! 장난치고 소란 피우는 짓은 일절 금지한다. 아하, 요놈, 네놈이 그랬지? 여보, 프랜시스, 그쪽으로 갈 때 저놈 머리끄덩이 뽑아버려요. 저놈이 손마디를 꺾네."

프랜시스는 그 애의 머리카락을 있는 힘껏 잡아당기고는 남편 있는 데로 가서 남편 무릎 위에 올라탔다. 그런 다음 부부는 한 시간 넘게 아이들처럼 입을 쪽쪽 맞추고 실없는 소리를 주고받았다. 노는 꼴이 얼마나 가관인지 우리가 다 창피했다.

우리는 장식장의 아치 모양 다리 밑에 기어 들어가서 그런대로 아늑하게 자리를 잡았다. 내가 우리 앞치마를 한데 묶어 다리 앞에 커튼처럼 늘어뜨렸는데, 그때 마침 조지프가 마구간 일 때문에 집에 들어왔다가 우리를 봤다. 조지프는 내가 만든 커튼을 뜯어버리고 따귀를 때리며 꽥꽥댔다.

"주인 나리 묻히시고 얼마나 지났노, 안식일이라도 넘겼나, 예수님 말씀이 아즉 쟁쟁하다. 근데 시방 이거이 무슨 짓이고! 하이고 남세스러워라! 바로 앉아봐라, 문둥이 자슥들아! 책을 볼라 카면 이기 좋은 책인 기라. 이리 앉아 갖고 늬들 영혼이 나중에 어디로 갈 긴지 생각 좀 해봐라."

그러면서 조지프는 우리에게 돌덩어리 같은 책을 떠안기며 우리 앉음새를 억지로 고쳤다. 반대쪽에 있는 벽난로의 흐린 불빛으로 책을 읽으라는 것이었다.

참고 있을 내가 아니었다. 나는 꼬질꼬질한 책을 집어 개집 안에 내동댕이치며 좋은 책은 질색이라고 말했다.

히스클리프도 자기 책을 개집 안에 차 넣었다.

그러자 한바탕 난리가 났다.

"힌들리 나리요!" 우리 집 목사가 소리쳤다. "나리요, 와보소! 캐시 양이 『구원의 투구』 뒷장을 째고 히스클리프가 『멸망에 이르는 넓은 길』 제1부를 발로 차버렸소. 어쩌자고 이런 못된 자슥들을 그냥 두는 긴지. 하이고! 옛날 주인 나리 같았으면 혼쭐이 빠지게 꾸중하셨을 긴디. 인자 돌아가셨으니!"

힌들리는 벽난로 앞 천국을 박차고 얼른 달려왔다. 그러고는 한 손으로 내 친구의 멱살을 붙잡고 다른 한 손으로 내 팔뚝을 붙잡아, 우리 둘을 한꺼번에 부엌으로 쫓아냈다. 그런 곳에 들어가 있으면 '악마 자슥'이 우리를 잡으러 올 거라고 조지프는 말했다. 우리는 조지프의 위로를 뒤로하고 각자 편한 데로 기어들어 악마가 오기를 기다렸다.

그러다 이 책을 집었다. 선반에서 잉크병을 찾고 바깥문을 아주 조금 열어 빛이 들게 했다. 그리고 20분 동안 차분하게 글을 쓰고 있다. 하지만 내 친구는 조바심을 친다. 외양간 하녀의 망토를 슬쩍 꺼내 오자고, 그걸 쓰고 습지에서 뛰어다니자고 한다. 재밌겠다. 심술쟁이 늙

은이가 들여다본다면 자기 예언이 이루어졌다고 생각하겠는걸. 차라
리 비를 맞고 돌아다니는 게 낫지, 여기는 너무 축축하고 춥다.

다음 문장에서 내용이 달라지는 것을 보니, 캐서린이 계획대로 했
나 보다. 다음 글은 슬픈 내용이다.

내가 힌들리 때문에 이렇게 울다니, 이럴 줄은 정말 몰랐는데! 가
만 누워 있을 수도 없을 만큼 머리가 아프다. 그런데 아직도 눈물이
그치지 않는다. 불쌍한 히스클리프! 힌들리는 그 애를 떠돌이라고 한
다. 그 애가 우리 옆에 앉는 것도 못하게 하고, 그 애가 우리랑 같이
밥 먹는 것도 못하게 한다. 그 애랑 나랑 같이 놀면 안 된다고 하고,
우리가 명령을 따르지 않으면 그 애를 집에서 쫓아내겠다고 한다.
　힌들리는 아버지가 H에게 너무 잘해주었다며 아버지를 비난했다.
(감히!) 히스클리프에게 분수를 알려주겠다고 욕질이다.

나는 침침한 책장을 앞에 두고 꾸벅꾸벅 졸기 시작했다. 내 시선은
백지의 글에서 인쇄된 활자로 옮아갔다. 붉은색 장식체 제목이 눈에
들어왔다. 〈일흔 번씩 일곱 번,* 그리고 일흔한 번째의 첫 번째. 야베
스 브랜더햄 목사의 설교. 기머던 서프 교회에서〉. 나는 의식이 오락
가락하는 상태에서 야베스 브랜더햄이 이런 제목으로 무슨 말을 했을

---

* 「마태복음」 18장 21~22절. "그때에 베드로가 나아와 이르되 주여 형제가 내게 죄를
범하면 몇 번이나 용서하여주리이까 일곱 번까지 하오리이까/예수께서 이르시되 네게
이르노니 일곱 번뿐 아니라 일곱 번을 일흔 번까지라도 할지니라."

까를 애써 생각해보다가, 다시 침대에 쓰러져 잠들었다.

아아, 저질 차와 좋지 않은 기분 탓이로다! 내가 그토록 끔찍한 밤을 보낸 이유가 달리 무엇이겠는가? 내가 고통을 느끼기 시작한 이래로, 그날 밤에 비할 만한 고통의 시간은 없었다고 기억된다.

나는 내가 있는 곳을 거의 의식하는 상태에서 꿈을 꾸기 시작했다. 아침이라고 생각되었다. 집에 가는 길이었고, 조지프가 길잡이였다. 길은 키를 넘는 눈에 파묻혀 있었다. 함께 버둥버둥 나아가는 중에, 조지프는 나의 인내심이 바닥날 때까지 계속 나를 비난했다. 순례자의 지팡이를 가져오지 않았다는 것이었다. 조지프는 지팡이 없이는 결코 집에 들어갈 수 없다고 하면서 대가리가 무거워 보이는 몽둥이를 자랑하듯 휘둘렀다. 그것이 순례자의 지팡이인 모양이었다.

얼핏, 내가 내 집에 들어간다는데 그런 무기 같은 것이 있어야 한다니 말도 안 된다는 생각이 들었다. 이어, 새로운 생각이 머리를 스쳤다. 나는 집에 가는 길이 아니었다. 우리는 유명한 야베스 브랜더햄 목사의 설교 〈일흔 번씩 일곱 번〉을 들으려고 찾아가는 길이었다. 조지프였는지, 목사였는지, 나였는지, 어쨌든 누군가가 '일흔한 번째의 첫 번째' 죄를 저질렀고, 이제 공공연히 밝혀져 파문당하리라는 것이었다.

우리는 교회에 도착했다. 내가 현실에서 산책 중에 한두 번 지나쳤던 교회였다. 교회는 언덕 사이 골짜기의 약간 높은 지대에 있는데, 근처의 늪에서 토탄질의 습기가 스며 들어오니, 그곳에 묻히는 얼마 되지 않는 시체들을 방부처리하는 데 안성맞춤이라고들 했다. 지붕은 아직 무너지지 않았지만, 목사의 연봉은 20파운드에 불과하고 방 두

칸짜리 사택은 머지않아 한 칸이 될 조짐을 보였으므로, 교구의 의무를 짊어지겠다는 목사가 나타나지 않고 있었다. 이곳 신도들이 목사를 굶겨 죽일망정 자기 호주머니 돈을 성직록(聖職祿)에 보태지는 않는다는 소문 탓도 없지 않으리라. 그렇지만 꿈에서는 야베스 앞에 열성적인 신도들이 그득했다. 그가 설교를 했다. 하느님 맙소사, 무슨 그런 설교가 다 있담! 490부로 나뉘어 있고—각각이 평범한 설교 하나길이와 맞먹고—설교 하나당 죄 하나! 그런 죄를 모두 어디서 찾아냈는지는 모르지만. 그는 성경 구절을 자기 멋대로 해석했다. 신자는 상황에 따라서 다른 죄를 지어야 한다는 말인 것 같았다.

정말 희한한 죄들, 그때까지 생각지도 못한 이상한 죄들이었다.

후유, 나는 아주 지치고 말았다. 몸을 비비 꼬고, 하품하고, 끄덕끄덕 졸고, 그러다 정신을 차리고! 내 살을 꼬집고, 찌르고, 눈을 비비고, 일어났다 앉았다를 반복하고, 조지프의 옆구리를 찌르며 만에 하나 설교가 끝나면 알려달라고 하고!

나는 설교를 끝까지 들어야만 하는 신세였다. 설교는 드디어 '일흔한 번째의 첫 번째'에 이르렀다. 바로 이 중요한 순간에, 갑자기 나에게 영감 같은 것이 떠올랐다. 나는 벌떡 일어나서, 야베스 브랜더햄이 지은 죄는 기독교인이라면 용서할 필요가 없다고 말했다.

"목사님!" 나는 소리쳤다. "여기에 앉아서, 사방이 벽으로 막혀서, 쉬는 시간 없이, 나는 당신의 설교 490개를 인내하고 용서했소. 일흔번씩 일곱 번, 나는 모자를 집어 들고 나가려고 했소. 일흔 번씩 일곱번, 당신은 어처구니없게 나를 다시 붙잡았소. 491번째는 너무하오. 나의 동료 순교자 여러분, 저자에게 덤비시오! 저자를 끌어내시오, 저

자를 찢어발기시오! 저자의 처소가 두 번 다시 저자를 알아보지 못하
도록!"*

"네가 그 사람이라!"** 잠시 엄숙한 침묵이 흐른 후에, 야베스가 쿠
션 위로 몸을 기대며 외쳤다. "일흔 번씩 일곱 번, 너는 입이 찢어져라
하품했다. 일흔 번씩 일곱 번, 나는 내 영혼과 상의했다. 보라, 이것이
인간의 약함이니, 이것 또한 용서하자! 그런데 '일흔한 번째의 첫 번
째'가 왔다. 형제들아, 저자에게 심판을 기록된 바대로 시행할지어다!
이 같은 영광이 모든 주의 성도에게 있을지어다!"***

그 말이 끝나기 무섭게, 교회 안에 있던 모든 사람들이, 순례자의
지팡이를 치켜들고 한꺼번에 나를 공격했다. 조지프가 맨 앞에서 가
장 난폭하게 공격했고, 방어할 무기가 없던 나는 조지프의 무기를 빼
앗기 위해서 몸싸움을 시작했다. 뒤엉킨 사람들 사이로 몽둥이가 몇
번인가 지나갔고, 내 머리를 겨냥했던 몽둥이가 몇 번인가 다른 대가
리를 내리쳤다. 교회 안은 순식간에 아수라장으로 돌변했다. 모두의
주먹이 자기의 이웃을 때렸고,**** 브랜더햄은 혼자만 놀고 있는 것이
싫었는지, 끊임없이 단상을 내리치는 열의를 보였다. 단상을 때리는

---

* 「욥기」 7장 10절. "그는 다시 자기 집으로 돌아가지 못하겠고 자기 처소도 다시 그를
알지 못하리이다."

** 「사무엘 하」 12장 7절. "나단이 다윗에게 이르되 당신이 그 사람이라 이스라엘의 하
나님 여호와께서 이와 같이 이르시기를 내가 너를 이스라엘 왕으로 기름 붓기 위하여 너
를 사울의 손에서 구원하고."

*** 「시편」 149편 9절. "기록한 판결대로 그들에게 시행할지로다 이런 영광은 그의 모든
성도에게 있도다 할렐루야."

**** 「창세기」 16장 12절. "그가 사람 중에 들나귀같이 되리니 그의 손이 모든 사람을
치겠고 모든 사람의 손이 그를 칠지며 그가 모든 형제와 대항해서 살리라 하니라."

소리가 심히 우렁찼던 덕에, 나는 결국 꿈에서 깨었다. 꿈이었다니 이루 말할 수 없이 다행이었다.

그런데 무엇이 그 엄청난 난리 법석으로 들렸을까? 무엇이 야베스가 단상을 때리는 소리로 들렸을까? 울부짖듯 윙윙대는 바람에 전나무 가지가 흔들려 창살을 때리고 마른 솔방울들이 창문에 타닥타닥 부딪치는 소리였다!

나는 잠시 긴가민가하며 귀를 기울였고 소리의 실체를 확인했다. 그러고는 돌아누워 설핏 잠들었고 또 꿈을 꾸었다. 놀랍게도, 아까 꿈보다도 기분 나쁜 꿈이었다.

이번에는 내가 참나무 침대 위에 누워 있는 것을 의식하는 상태였다. 바람이 심하게 불고 눈보라가 몰아치는 소리가 똑똑하게 들려왔고, 나뭇가지가 창문을 때리는 소리도 들려왔다. 나는 소리의 정체도 의식하는 상태였다. 하지만 창문을 때리는 소리가 너무 짜증스러워서, 어떻게든 소리를 죽이자고 마음먹었다. 내 생각에 나는 자리에서 일어나 여닫이 창문의 걸쇠를 풀려고 했다. 하지만 걸쇠 고리가 아예 땜질이 되어 있었다. 잠들기 전에는 알고 있었는데, 자면서 잊었던 것이다.

"어쨌든 끝장을 내겠어!" 이렇게 중얼거리면서 나는 성가신 가지를 잡으려고 유리창을 주먹으로 깨뜨리고 팔을 내밀었다. 그런데 나의 손에 잡힌 것은 얼음장처럼 차가운 작은 손이었다!

악몽에서 으레 느껴지는 강렬한 공포가 나를 엄습했다. 나는 팔을 빼보려고 애썼지만, 작은 손은 나의 팔에 매달려서 떨어지지 않으려고 했고, 더없이 애절한 목소리로 흐느꼈다.

“들어가게 해줘, 들어가게 해줘!”

“너는 누구니?” 나는 팔을 빼기 위해 안간힘을 쓰면서 물었다.

“캐서린 린턴.” 오들오들 떠는 목소리가 대답했다. (왜 나는 린턴을 떠올렸을까? 언쇼 쪽이 린턴보다 스무 배는 많았는데.) “이제 집에 왔어! 습지로 나갔다가 길을 잃어버렸어!”

목소리가 들리면서, 안을 들여다보는 아이의 얼굴이 창밖으로 희미하게 눈에 들어왔다. 두려움이 나를 잔인하게 만들었다. 아이 손을 뿌리치려 해도 소용없겠다는 생각에 아이의 손목을 당겨서 깨진 유리창에 문질렀다. 피가 흘러내려 침대보가 흠뻑 젖었다. 그래도 아이는 계속 “들어가게 해줘!”라고 울먹이며 나의 팔에 악착같이 매달렸다. 나는 두려움에 미쳐버릴 것 같았다.

“이래서는 곤란하지!” 내가 입을 뗐다. “네가 나를 놔야 너를 들어오게 해줄 수 있잖아.”

아이가 손을 놨고, 나는 급히 손을 빼고 창문 앞에 책을 쌓아 구멍을 막았다. 그러고는 귀를 틀어막아 슬픈 애원의 말을 듣지 않으려고 했다.

족히 15분은 지나간 것 같았는데, 귀를 막은 손을 떼는 순간, 슬픈 울먹임은 마찬가지였다.

“꺼져버려!” 내가 소리쳤다. “나는 너를 들여보내지 않을 거야. 20년을 빌어봐라. 내가 들여보내주나!”

“20년!” 울먹이는 목소리가 들려왔다. “20년, 20년을 떠돌았어!”

동시에 밖에서 약하게 긁는 소리가 들렸고, 쌓아 올린 책이 뒤에서 떠밀린 것처럼 흔들흔들했다.

벌떡 일어나려고 했지만 손가락 하나도 움직일 수 없었고, 미칠 것만 같은 공포에 휩싸여 비명을 질렀다.

당황스럽게도, 비명은 꿈이 아니었던 모양이다. 급한 발소리가 방문 쪽을 향해 다가왔고, 누가 억센 손아귀로 문짝을 활짝 밀어젖혔다. 상자 벽의 네모난 창으로 빛이 어른어른했다. 나는 아직 떨리는 몸으로 일어나 앉아 식은땀을 훔쳐내고 있었는데, 침입자는 망설이며 뭔가 혼잣말을 했다.

한참 만에 그는 반쯤 속삭이는 목소리로 입을 뗐다. 분명 대답을 기대하는 것은 아니었다.

"여기 누구 있소?"

나는 내 존재를 고백하는 것이 상책이라고 생각했다. 히스클리프의 억양을 모르는 것도 아니었으니, 잠자코 있다가 그가 방 안을 뒤져보기라도 하면 낭패였다.

나는 그런 생각으로 미닫이 판자를 열었다. 그런데 그 후의 결과를 나는 쉬이 잊지 못할 것만 같다.

히스클리프는 미닫이 판자에서 멀지 않은 곳에 셔츠 바람으로 서 있었다. 그의 손등에 촛농이 뚝뚝 떨어졌고, 얼굴색은 그 방의 벽처럼 허옜다. 나무가 삐걱 열리자 그는 마치 감전된 것처럼 혼비백산했다. 초가 떨어져 나뒹굴었지만, 너무 흥분했는지 초를 집는 것도 힘겨워 보였다.

"저올시다." 내가 소리쳤다. 그가 겁에 질린 창피한 모습을 수습해 주기를 바랐다. "불행히도 잠결에 비명을 질렀네요. 무서운 악몽을 꾸었지 뭡니까. 시끄럽게 해서 죄송하게 됐습니다."

"이런 젠장, 록우드! 뭐……" 주인은 말을 뱉으면서 촛불을 의자에 내려놓았다. 그의 손은 촛불을 들고 있기 힘들 만큼 떨리고 있었다.

"대체 누가 이 방에서 자랍디까?" 그는 말을 이으면서 주먹을 그러쥐고 이를 악물었다. 턱뼈의 떨림을 가라앉히려는 것이었다. "어떤 놈이었소? 당장 쫓아내야겠으니까."

"댁네 하인 질라였습니다." 나는 바닥에 떨어진 옷가지를 허겁지겁 걸치면서 대꾸했다. "히스클리프 씨, 쫓아내든 말든 알아서 하세요. 그런 여자는 쫓겨나도 싸지. 짐작건대, 그 여자는 여기가 유령이 나오는 방이라는 증거를 다시 잡으려고 나를 이용했습니다. 유령이 나오는 거, 맞습니다. 유령들이 우글우글해요! 이 방에 아무도 안 들인 것은 잘하셨습니다. 이런 소굴에서 재워준다 해서 고맙다고 할 사람은 없을 테니까요."

"대체 그게 무슨 소립니까!" 히스클리프가 물었다. "그리고 지금 뭐하는 겁니까? 이왕 들어왔으니까, 오늘 밤은 그냥 묵으시오. 그렇지만, 제발, 두 번 다시 그런 지독한 비명은 지르지 마시오. 목에 칼이 들어오는 중이라면 모르지만, 그게 아니라면 참으시오."

"그 어린 마귀가 창턱을 넘어왔으면, 나는 목 졸려 죽었을 겁니다!" 내가 받아쳤다. "손님 괴롭히기 좋아하는 댁네 조상들하고는 이제 볼 일 없습니다. 야베스 브랜더햄 목사는 외가 친척 아닙니까? 그리고 캐서린 린턴인지 언쇼인지 하는 말괄량이 여자애는—분명 요정이 바꿔친 아이겠지만—얼마나 요망스러운지. 이제껏 20년을 지상에서 떠돌았다던데, 그럴 만한 죄를 지었으니 그런 벌을 받겠지요. 인과응보가 틀림없어요!"

한데 말을 뱉자마자, 히스클리프라는 이름과 캐서린이라는 이름이 책에서 어떻게 연결되는지가 떠올랐다. 잠이 깨기 전까지만 해도 새까맣게 잊고 있었는데. 나의 경솔함에 얼굴이 달아올랐다. 하지만 잘못했다는 기색은 더 이상 드러내지 않고, 서둘러 말을 이었다.

"실은, 제가 잠자리에 들기 전에……" 나는 다시 한 번 말을 골랐다. "저기 있는 책을 훑어봤습니다"라고 말할 생각이었는데, 그런 말을 하는 것은 내가 인쇄된 내용과 함께 펜으로 쓴 내용도 알고 있음을 밝히는 셈이라, 나는 중간에 말을 바꾸었다.

"창틀에 새겨진 이름을 소리 내어 읽어봤습니다. 같은 글자를 계속 읽으면 잠이 올까 싶어서요. 보통은 숫자를 세거나……"

"당신이 뭔데 그런 말을 나한테!" 히스클리프는 무지막지하게 열을 내며 고래고래 소리쳤다. "어떻게…… 감히, 내 집에서…… 맙소사! 미쳤으니 저런 말을 하지!" 그러고는 화를 못 이기고 제 이마를 쳤다.

나는 무례한 언사에 화를 내야 할지, 아니면 변명을 계속해야 할지 헷갈렸다. 그렇지만 그가 너무 충격을 받은 것 같아서, 나는 그를 불쌍히 여기며 그냥 꿈 이야기를 했다. 나는 여태 '캐서린 린턴'이라는 이름을 한 번도 들어보지 못했지만 똑같은 단어를 한참 동안 읽어서 그런지 상상이 통제를 벗어나는 순간, 이름의 느낌이 사람의 형태로 바뀌었을 것이라고 설명했다.

내가 구구절절 설명하는 동안, 히스클리프는 조금씩 침대로 쓰러지다가 결국은 바닥에 주저앉았다. 그의 몸은 침대에 가려져 거의 보이지 않았지만, 끊어질 듯 이어지는 그의 불규칙한 숨소리는 그가 마음속의 격렬한 감정과 싸우고 있음을 짐작케 했다.

나는 그와 같은 투쟁이 내게 들린다는 것을 그에게 알리고 싶지 않았기 때문에, 다소 부산하게 옷을 마저 입고, 시계를 들여다보고, 긴긴 밤에 대한 독백을 늘어놓았다.

"아직 3시도 안 됐어! 최소한 6시는 넘었을 줄 알았는데. 시간이 멈춰버렸나. 모두 자러 들어간 시간이 분명 8시였던 것 같은데!"

"취침은 겨울에는 항상 9시, 기상은 항상 4시." 주인이 감정을 억누르면서 말했다. 그의 팔뚝 그림자의 움직임을 보니, 눈물을 훔치는 것 같았다.

"록우드 씨." 주인이 말을 이었다. "내 방에 가 있어도 좋소. 이렇게 이른 시간에 아래층에 내려가면 방해만 될 거요. 댁의 어린애 같은 비명 덕분에 나는 잠이 싹 달아났소."

"저도 잠이 안 옵니다." 내가 대꾸했다. "날이 샐 때까지 마당에 있다가 돌아가겠습니다. 또다시 쳐들어오는 일은 없을 테니 걱정하실 필요 없습니다. 이제 나는 시골의 사교든 도시의 사교든 사교를 하고픈 마음이 완전히 사라졌습니다. 분별 있는 사람에게 친구는 자기 자신으로 충분할 테니까."

"훌륭한 친구를 뒀구먼!" 히스클리프가 중얼거렸다. "촛불을 들고 나가시오. 어딜 가든 마음대로 하시오. 내가 곧 뒤따라가겠소. 하지만 마당에는 개들을 풀어놨으니까 나가지 마시오. 큰방은 주노가 보초를 서고 있고…… 아니면…… 안 되겠소. 댁이 돌아다닐 데는 계단과 복도밖에 없소. 어쨌든 나가주시오! 나는 잠시 후에 나가겠소."

나는 그가 시킨 대로 방을 나갔지만, 복도가 어디로 통하는지 몰라 그냥 방문 앞에 서 있었다. 그러다 그만 본의 아니게 집주인의 미신적인 면을 목격해버렸다. 분별 있는 겉모습과 이상하게 어긋나는 일면이었다.

그는 침대로 올라가 걸쇠를 비틀어 풀더니, 덧창을 당겨 열면서 걷잡을 수 없이 격렬하게 통곡하기 시작했다.

"들어와! 들어와!" 그가 흐느꼈다. "캐시, 들어오라니까. 아아, 제발 한 번만! 아아, 나는 너뿐인데! 이번에는 듣고 있니? 캐서린, 지금은 들리니?"

그러나 유령은 유령답게 변덕스러웠고, 자기가 존재한다는 신호를 주지 않았다. 다만 눈보라가 창문으로 휘몰아쳐 내가 들고 있던 촛불까지 꺼버렸다.

이러한 광란에 동반된 격렬한 울음이 너무나도 뼈아프게 들려서, 나는 그의 슬픔을 동정하고 그의 어리석음을 못 본 척하면서 자리를 피했다. 내가 이런 것을 목격했다는 사실 자체에 조금 화가 났고, 내가 터무니없는 꿈 이야기를 해서 이런 괴로움을 초래하게 되었다는 것도 짜증스러웠다. 하지만 그가 왜 저런 행동을 하는지 나로서는 모를 일이었다.

조심조심 계단을 내려가니 부엌이 나왔다. 한데 모아놓은 잿더미에 불씨가 남아 있는 덕분에 꺼졌던 촛불에 불을 붙일 수 있었다.

부엌에서 움직이는 것은 잿빛 얼룩무늬 고양이 한 마리뿐이었다. 고양이는 잿더미 틈에서 기어 나오더니 나를 보고 마치 싸우자는 듯이 한 번 야옹댔다.

둥글게 휜 장의자 두 개가 벽난로 앞쪽을 감싸고 있었다. 나는 그중 하나에 누웠고, 늙은 암고양이는 나머지 하나를 차지했다. 고양이와 함께 꾸벅꾸벅 조노라니, 누군가가 우리 안식처를 침범했다. 조지프가 천장 구멍에서 나무 사다리를 타고 비틀비틀 내려오는 중이었다. 구멍 위가 그의 다락방인 모양이었다.

조지프는 내가 겨우 불을 붙여 벽난로 시렁에 끼워놓은 촛불을 기분 나쁘게 쳐다보더니, 장의자의 고양이를 몰아내고 대신 주저앉아, 담뱃대에 담뱃잎을 넣는 일에 열중하기 시작했다. 분명 내가 자기 성소에 발을 들인 것을 차마 입에 담지 못할 파렴치한 짓이라고 여기고 있었다. 그는 묵묵히 담뱃대를 입에 물고 팔짱을 끼더니 연기를 뿜었다.

나는 기분 나빠 하지 않고 그가 호사를 즐기게 내버려두었다. 그는 마지막 연기를 들이마시고 깊은 한숨을 내쉰 다음 자리에서 일어났다. 나갈 때도 들어올 때처럼 무게 있는 태도였다.

두번째 발소리는 좀 더 경쾌했다. 이번에는 "좋은 아침입니다"라고 말하려고 입을 벌렸지만, 인사를 삼키며 다물고 말았다. 헤어턴 언쇼가 기도문을 읊는 듯 나지막한 목소리로 뭔가를 중얼거리고 있어서였다. 듣자 하니, 쌓인 눈을 치울 삽을 찾겠다고 여기저기 뒤지면서 뭔가 다른 것이 만져질 때마다 각각의 물건에 저주를 퍼붓고 있었다. 장의자 등받이 너머를 힐끗 쳐다보며 콧구멍을 벌름대면서도, 나의 동료 고양이와 인사를 나눌 생각이 없는 것 못지않게 나와 인사를 나눌 생각이 없는 것 같았다.

나는 그가 일을 시작하는 모습을 보고 이제 돌아가도 되겠다고 생각했고, 딱딱한 장의자에서 일어나 그를 따라 나가려고 했다. 그는 내가 나가려는 것을 보고 삽 끝으로 안쪽 문을 가리키며 뭐라고 웅얼댔다. 알아들을 수는 없었지만, 부엌에서 나갈 작정이면 저리 나가라는 뜻인 듯했다.

문으로 나가니 큰방이 나왔다. 여자들은 이미 일어나 있었다. 질라는 거대한 풀무로 벽난로 불씨를 살리고 있었고, 히스클리프 부인은 벽난로 불빛이 드는 곳에 꿇어앉아 책을 읽는 중이었다.

히스클리프 부인은 벽난로 열기가 눈에 닿지 않게 한쪽 손을 들어 올린 자세였다. 독서에 몰두한 듯, 책장에서 눈을 드는 때는 자기를 불터로 파묻을 작정이냐면서 하인을 야단칠 때, 아니면 자기 얼굴에 코를 비벼대는 개를 밀어낼 때뿐이었다.

놀랍게도 그곳에는 히스클리프도 있었다. 그는 벽난로 옆쪽에 나를 등진 방향으로 서 있었다. 질라에게 한바탕 호되게 퍼부은 후였다. 가엾은 질라는 이따금 일손을 멈추고 앞치마 끝으로 눈물을 찍으며 분노의 한숨을 쉬었다.

"아무짝에 쓸모없는 X년." 내가 큰방에 들어선 순간, 그는 마침 욕을 퍼부을 상대를 며느리로 바꿨는데, 그가 언급한 동물은 유익하기로는 오리 또는 양에 못지않은데도 글에서는 보통 X로 표시된다.

"또 빈둥대는구나! 모두들 밥값을 하는데. 식충이 같은 년! 그런 쓰레기는 당장 내버리고 할 일을 찾으란 말이다. 계속 내 눈앞에 얼쩡대면 내가 가만 안 둬, 빌어먹을 년아, 알아들어?"

"시키는 대로 이런 쓰레기는 내버리지요. 버텨봤자 소용없으니까." 젊은 부인은 책을 덮어 의자 위에 던지면서 대꾸했다. "하지만 나한테 그렇게 주둥이가 닳게 욕을 해도, 나는 내가 안 하고 싶은 일은 안 할 거야!"

히스클리프가 손을 쳐들었고, 상대방은 멀찌감치 물러났다. 묵직한 손맛을 이미 알고 있는 것이 분명했다.

나는 개와 고양이의 싸움을 관전할 마음이 없었기 때문에, 벽난로의 온기가 몹시 그리운 양, 언쟁 중이라는 것을 전혀 모르는 양, 성큼성큼 걸음을 옮겼다. 양쪽 모두 더 이상의 적대감을 표출하지 않을 만한 예의는 있었다. 히스클리프는 유혹을 떨치려는 듯이 호주머니에 주먹을 집어넣었고, 히스클리프 부인은 입술을 일그러뜨리며 멀찍이 떨어진 의자로 옮겨 앉았다. 그러고는 내가 있는 동안 조각상을 연기함으로써 자기 말을 실행에 옮겼다.

내가 큰방에 그리 오래 머문 것은 아니었다. 나는 아침 식탁에는 끼지 않겠다고 했고, 첫새벽이 밝자마자 탁 트인 밖으로 나왔다. 공기는 깨끗하고 고요하며 만져지지 않는 얼음처럼 차가웠다.

대문을 나서기 직전이었는데 집주인이 나를 불러 세우더니 습지를 지나는 곳까지 데려다주겠다고 했다. 잘된 일이었다. 그도 그럴 것이, 언덕 뒤는 온통 일렁이는 하얀 바다였고, 우뚝 솟은 곳과 움푹 파인 곳은 원래의 지면과 달랐다. 눈이 쌓여 평평해진 웅덩이만 해도 여러 개 있었고, 폐석으로 만들어진 길잡이 돌들은 내가 전날 걸어오는 길에 머릿속에 그려놓은 지도에서 아예 지워져버렸다.

전날 나는 길 한쪽 길쭉한 돌들이 습지와 면한 곳을 따라 5~6미터 간격으로 서 있는 모습을 보았다. 돌이 길쭉하고 회가 발려 있는 것은 어두울 때 아니면 지금처럼 눈 때문에 단단한 길이 인접한 깊은 늪과 분간이 안 될 때 길잡이로 삼으려는 이유에서였다. 그런데 지금은 길잡이 돌들이 흔적조차 없고, 거뭇거뭇한 점들이 여기저기 튀어 나와 있을 뿐이었다. 그런 이유에서 나는 내가 굽은 길을 맞게 가고 있는 줄로 알았지만, 내 동행은 자주 내게 오른쪽 아니면 왼쪽으로 꺾으라고 일러주어야 했다.

우리는 거의 대화 없이 걸었다. 내 동행은 티티새 지나는 농원 입구에서 걸음을 멈추고 이제 길을 잃을 가능성은 없을 것이라고 했다. 우리는 서둘러 목례를 나누는 것으로 작별의 인사를 대신했다. 그때부터 나는 오직 나의 힘에 의지해 한 발 한 발 나아갔다. 관리인 숙소가 아직 비어 있는 탓이었다.

티티새 지나는 농원은 농원 입구에서 저택까지 2마일 정도 되는데, 내가 그 거리를 4마일로 늘려놓았던 것 같다. 숲에서 길을 잃기도 하고, 목까지 눈에 파묻히기도 했다. 그 고생은 겪어보지 않은 사람은 모른다. 어쨌든 우여곡절 끝에 집 안으로 들어가니 시계가 12시를 쳤다. 평소에 왕래하는 거리로 계산하면, 폭풍의 언덕에서 여기까지 정확하게 1마일당 한 시간이 걸린 셈이었다.

내가 집을 세낼 때 딸려온 하녀장과 나머지 하인들이 나를 맞으러 달려 나왔다. 설마 내가 살아 돌아올 줄 몰랐다고, 다들 내가 간밤에 죽은 줄 알았다고, 어떻게 시체를 찾아야 하는지 궁리하고 있었다고, 이만저만 호들갑이 아니었다.

나는 이제 내가 돌아온 줄 알았으면 그만 조용히 하라고 했다. 그러고는 심장까지 얼어붙은 몸뚱이를 끌고 위층으로 올라가서, 마른 옷으로 갈아입고 30~40분을 이리저리 서성이며 애써 동물의 체온을 회복한 다음, 새끼 고양이처럼 약한 동물이 되어 서재에 자리를 잡았

다. 하인이 나를 위해 따뜻하게 불을 피워놓고 김이 모락모락 나는 커
피를 가져왔지만, 너무 쇠약해진 탓에 좋은 줄도 몰랐다.

4장

인간이란 바람 부는 대로 돌아가는 풍향계 같은 존재로다! 세상과 교제를 끊고 살겠다고 작정한 나였는데, 결국 교제라는 것이 거의 불가능한 곳을 발견하고 내 행운에 감사한 나였는데, 나도 참 가련한 놈이라, 땅거미가 질 때까지 우울과 고독에 맞서 싸웠으나, 결국은 백기를 들 수밖에 없었으니, 집 안에 필요한 것들은 없는지 알아보겠다는 구실을 내세워, 밤참을 가져온 딘 부인에게 내가 먹는 동안 옆에 앉아 있으라고 했다. 그녀가 수다쟁이의 면모를 보여주기를, 그녀의 수다가 나를 완전히 깨워주거나 아니면 완전히 재워주기를 진심으로 바라는 마음이었다.

"여기서 지낸 지 오래됐다던데." 내가 운을 뗐다. "16년이라고 하지 않았나?"

"18년이랍니다. 마님이 시집오시면서 저를 하녀로 데려왔고, 안주인이 돌아가신 뒤에는 나리가 저를 하녀장으로 데리고 있어주셨지요."

"그랬구먼."

그러고는 잠시 침묵이 흘렀다. 우리 하녀장은 자기 이야기가 아닌 이야기는 늘어놓지 않는 사람인가, 그렇다면 들어봤자 재미없을 텐데, 하는 생각이 들었다.

그런데 그녀가 두 주먹을 나란히 무릎에 올려놓고 혈색 좋은 얼굴에 그림자를 드리우며 잠시 뭔가 생각하는 듯하다가 불쑥 소리쳤다.

"그때하고 비교하면, 시대가 많이 달라졌어요!"

"그러게 말일세." 내가 거들었다. "여기도 그동안 많이 변했겠어?"

"왜 아니랍니까. 힘든 일도 많이 겪었지요."

'이제 주인집 얘기로 넘어가야겠군.' 나는 혼자 생각했다. '첫번째 화제로 좋겠어. 그리고 그 예쁜 과부 아이 사연도 듣고 싶군. 여기 출신일까? 설마 외지인이겠지. 무뚝뚝한 토박이들한테 친척으로 인정받지 못하는 것 같아.'

우선 나는 딘 부인에게 왜 히스클리프는 티티새 지나는 농원을 세를 놓았냐고, 왜 여기보다 위치도 나쁘고 살기도 불편한 그런 곳에 사는 쪽을 택했냐고 질문했다.

"여기 관리비를 감당할 만한 능력이 없나?" 내가 물어봤다.

"아니에요, 부자예요." 딘 부인이 대답했다. "엄청난 부자라 재산이 얼마나 많은지 아무도 모르는 데다가, 해마다 재산이 불어난답니다. 암요, 암요, 여기보다 좋은 집에 사는 것도 문제없을 만한 부자예요. 그렇기는 해도, 겁나게 인색한 위인이라서요. 사실은 자기가 티티새 지나는 농원으로 옮길 생각이었는데, 좋은 세입자가 나타났다는 이야기를 들었으니, 몇백 더 벌 기회인데 놓칠 리가 없지요. 혈혈단신인데 그렇게 욕심이 많다니 이상하지요!"

"아들이 있었다던데?"

"네, 하나 있었어요. 죽었지만."

"그러면 그 젊은 부인, 히스클리프 부인은 그 아들의 아내인가?"

"그렇지요."

"부인은 어디 출신인가?"

"어디 출신이고 뭐고, 돌아가신 주인 나리 따님이랍니다. 처녀 때 이름은 캐서린 린턴이었고요. 그 불쌍한 어린것을 제가 안아 키웠지요! 저는 히스클리프 씨가 이리로 이사 오기를 정말 바랐어요. 그랬으면 다시 아가씨와 함께 살 수 있었을 텐데."

"뭐, 캐서린 린턴!" 나는 깜짝 놀라 소리쳤다. 그러나 그녀가 유령 캐서린이 아니라는 것은 조금만 생각해보아도 알 수 있는 일이었다. "그렇다면," 나는 말을 이어갔다. "이 집의 전 주인 이름이 린턴이었 겠군?"

"그렇지요."

"그러면 그 언쇼라는 청년, 히스클리프 씨와 같이 사는 헤어턴 언 쇼는 누구지? 친척 간인가?"

"그게 아니라요, 돌아가신 린턴 부인 친정 조카예요."

"그러면 그 젊은 부인과는 사촌 간인가?"

"그렇지요. 아씨는 죽은 남편과도 사촌 간이었어요. 한 분은 외가 쪽, 한 분은 친가 쪽이지요. 히스클리프가 린턴 씨 동생과 결혼했거든요."

"폭풍의 언덕 가운데 출입문 위쪽에 '언쇼'라고 새겨져 있던데. 유서 깊은 가문인가?"

"대단히 유서가 깊지요. 헤어턴은 언쇼 가문의 마지막 후손이에요. 우리 캐시 양은 우리 가문, 그러니까 린턴 가문의 마지막 후손이고요. 폭풍의 언덕에 다녀오셨어요? 제가 감히 여쭈어도 될지 모르지만, 캐시 양은 별고 없으시던가요?"

"히스클리프 부인 말인가? 대단히 건강해 보이고 무척 예쁘더군. 하지만 그렇게 행복한 것 같지는 않았어."

"하이고, 내가 그럴 줄 알았어! 그런데 그 집 주인은 괜찮아 보이시던가요?"

"글쎄, 거칠다고 할까. 그게 그 사람 성격인가?"

"거칠기가 톱날 같고 딱딱하기가 돌덩이 같지요! 그런 사람과는 상종 안 하는 게 상책이랍니다."

"그 사람이 그렇게 된 데도 곡절이 있겠지. 그 사람에 대해 뭣 좀 아나?"

"뻐꾸기가 따로 없답니다. 제가 속속들이 알거든요. 제가 모르는 것은 고향은 어디인지, 부모는 누구인지, 처음에 무슨 수로 돈을 벌었는지뿐이지요. 헤어턴은 털도 안 난 종다리 새끼가 둥지에서 밀려나듯 자기 것을 모두 잃었고요. 자기가 무슨 짓을 당했는지 모르는 사람은 우리 교구에서 그 아이 혼자뿐이에요!"

"있잖아, 딘 부인, 좋은 일 하는 셈 치고 거기 앉아 내게 동네 이야기나 들려주게. 좀처럼 잠이 올 것 같지 않아서 말이야. 한 시간이면 충분할 거야."

"그럼요, 여부가 있나요! 일단 바느질거리 좀 가져오고, 원하시는
만큼 있어드릴게요. 그런데 감기 걸리셨잖아요. 추워하시던데. 감기
를 떨쳐내려면 죽을 좀 드셔야겠어요."

믿음직한 딘 부인은 분주히 방을 나섰고, 나는 벽난로 쪽으로 몸을
웅크렸다. 머리 쪽은 뜨거운 반면에 몸의 나머지는 전부 차가웠고, 신
경과 두뇌는 미친 사람처럼 지나치게 활발하게 움직였다. 오늘 일과
어제 일로 인해 불편하지는 않았지만 심각한 결과가 생기지 않을지
겁이 났던 것은 그 때문이었다. 겁이 나기는 지금도 마찬가지다.

그녀는 곧 김이 모락모락 나는 죽사발과 바느질거리를 들고 들어왔
다. 그러고는 죽을 벽난로 시렁에 올려놓은 다음, 의자를 당겼다. 나라
는 사람이 이토록 사교적이라는 것을 알게 되어 만족스러운 듯했다.

이번에는 내가 청하기도 전에 이야기를 시작했다.

여기 와서 살기 전에 저는 폭풍의 언덕을 떠난 적이 거의 없었어요.
저의 어머니가 힌들리 언쇼 씨, 그러니까, 헤어턴 부친의 유모였거든
요. 그래서 저도 늘 그 집 아이들과 같이 놀았지요. 잔심부름도 하고,
건초 묶는 것도 도우면서 농장 근처에서 대기했었다고 할까…… 모
두 제게 온갖 심부름을 시켰으니까요.

어느 화창한 여름날 아침, 추수를 시작한 날로 기억되는군요. 언쇼
씨, 그러니까, 옛날 나리께서 여행복 차림으로 아래층에 내려오셨어
요. 나리는 조지프에게 그날 처리해야 하는 일을 일러주신 다음, 힌들
리와 캐시와 제게 말을 거셨어요. 저도 함께 앉아 죽을 먹는 중이었거

든요. 나리께서 아들에게 말씀하셨어요.

"자아, 우리 미남 아들, 아버지는 오늘 리버풀에 간다. 무얼 사다주랴? 갖고 싶은 것을 말해봐라. 너무 큰 건 안 돼. 걸어서 다녀와야 하니까. 가는 길과 오는 길이 각각 60마일이니, 길이 멀다!"

힌들리는 바이올린을 사달라고 하더군요. 다음은 캐시 양 차례였습니다. 그때 캐시 양은 여섯 살도 안 된 어린애였지만, 마구간에서 못 타는 말이 없었지요. 캐시 양은 채찍을 사달라고 했습니다. 나리는 저도 빠뜨리지 않으셨어요. 가끔 엄해지실 때도 있었지만, 마음은 따뜻한 분이셨거든요. 저한테는 사과와 배를 한주머니 갖다주겠다고 하셨어요. 그런 다음, 자녀들에게 뽀뽀하고 길을 떠나셨지요.

나리께서 출타하신 사흘간은 우리 모두에게 길게 느껴졌습니다. 꼬마 캐시는 연방 아버지가 언제 오느냐고 물었지요. 언쇼 부인은 나리께서 사흘째 날 저녁 밤참 때까지는 돌아오시리라 생각했고, 밤참 시간을 한 시간 또 한 시간 늦추었습니다. 하지만 나리는 돌아오실 기미가 없었고, 결국 아이들도 대문까지 달려가서 확인하는 일에 지쳐버렸지요. 그러는 사이에 밤이 왔고, 언쇼 부인이 아이들을 재우려고 해보았지만, 아이들은 그냥 기다리게 해달라고 졸라댔습니다. 그렇게 시간이 흘러서 11시쯤 되었을까, 문고리를 소리 없이 벗기고, 나리께서 돌아오셨습니다. 나리는 의자에 털썩 주저앉아 껄껄 웃다 끙끙 신음하다 하셨는데, 그러면서 식구들이 달려드는 것은 막으셨습니다. 피곤해서 죽을 지경이다, 삼국*을 다 준다 해도 다시는 안 간다, 그러

---

* 잉글랜드, 웨일스, 스코틀랜드를 말한다.

시더군요.

"나중에는 정말 죽겠더군!" 나리는 이렇게 말씀하시면서 둘둘 말아 양팔에 안아 든 외투를 펼치셨습니다. "여보, 이것 봐요. 내가 생전 이렇게 지친 적이 없었는데, 그게 전부 이놈 때문이오. 하지만 하느님께 받은 선물이다 생각하고 거둬주오. 까만 피부는 악마한테 받은 것 같지만."

우리는 우르르 몰려갔습니다. 캐시 양 뒤에 서서 내려다보니까, 더럽고 옷이 찢어지고 머리카락이 검은 아이 하나가 있었습니다. 그만큼 컸으면 걸을 수도 있고 말도 할 수 있을 것 같은데—얼굴은 캐서린보다 성숙해 보였거든요—두 발로 서게 하니, 주위를 두리번거리며 아무도 알아듣지 못하는 영문 모를 말을 되풀이할 뿐이었지요. 저는 겁을 집어먹었고, 언쇼 부인은 당장에라도 아이를 붙잡아 문밖으로 던져버릴 기세였습니다. 정말로 무섭게 덤벼들더군요. 우리도 먹이고 입히고 부양할 애들이 있는데, 어쩌자고 저런 집시 새끼를 집에 들일 생각을 하느냐? 저런 것을 데려와서 어쩔 작정이냐? 미쳤느냐?

나리는 자초지종을 설명하려고 애쓰셨지만 정말로 죽도록 피곤하신 것 같았어요. 부인의 잔소리 사이로 제가 알아들은 말은 고작 나리께서 그 아이가 리버풀 길가에서 배를 곯고 있는 것을 보았다는 것, 잘 데도 없고 벙어리나 다름없는 아이였다는 것, 아이를 데리고 다니며 아이 주인을 수소문했다는 것 정도였습니다. 주인 나리께서 말씀하셨습니다. 아이 주인이 누구인지 안다는 사람이 아무도 없더라, 거기 있으면서 빠듯한 여비와 시간을 허비하느니 차라리 아이를 데리고 당장 집에 오는 것이 낫겠더라.

마님이 투덜투덜하다가 화를 가라앉히면서 상황은 일단락되었습니다. 언쇼 씨는 제게 그 아이를 씻기고 깨끗한 옷으로 갈아입힌 다음 아이들과 함께 재우라고 하셨지요.

평화가 회복될 때까지 힌들리와 캐시는 구경하는 것에 만족했습니다. 하지만 집 안이 조용해지자 한꺼번에 아버지의 주머니를 뒤지기 시작했습니다. 아버지가 약속했던 선물을 찾으려는 것이었지요. 힌들리는 열네 살의 사내아이였지만, 깨진 바이올린 조각들을 외투에서 꺼내면서 큰 소리로 징징댔습니다. 반면에 캐시는 나리께서 생전 처음 보는 애를 보살피다 그만 자기 말채찍을 잃어버렸다는 말을 듣고, 그 멍텅구리에게 상을 찡그리고 침을 뱉으면서 심술을 부렸습니다. 덕분에 아버지로부터 매를 크게 한 대 벌었어요. 단정한 행실을 가르치기 위한 매였지요.

아이들은 그 아이가 침대에 올라오는 것은 고사하고 방에도 들어오지 못하게 했습니다. 저도 사리분별 없기로는 아이들 못지않았으니, 그 아이를 층계참에 놓아두고 내일 아침이면 없어지리라고 생각했답니다. 우연이었는지 아니면 언쇼 씨 목소리가 들리는 쪽으로 따라간 것인지, 아이는 언쇼 씨 방까지 기어갔고, 언쇼 씨는 방을 나오다가 그 아이를 발견했습니다. 그 아이가 어쩌다가 거기까지 가게 되었냐고 물으시니, 저는 별수 없이 이실직고했고, 그런 비겁하고 무자비한 짓을 저지른 대가로 집에서 쫓겨났답니다.

이상이 히스클리프가 처음 가족들을 만날 때의 이야기입니다. 저는 영원히 쫓겨난 것은 아니라고 생각해서 며칠 후에 돌아와봤는데, 그 아이 이름이 '히스클리프'가 되어 있더군요. 어렸을 때 죽은 아드님 이름이었는데, 그때부터 그것은 그 아이에게 이름이기도 하고 성이기도 했습니다.

캐시 양과 그 아이는 이미 아주 가까웠습니다. 하지만 힌들리는 그 아이를 미워했고, 솔직히 말하면, 저도 그 아이를 미워했습니다. 우리는 그 아이를 괴롭히며 못된 짓을 많이 했습니다. 저도 사리분별이 어두워 제가 하는 짓이 나쁜 짓인지도 몰랐던 데다가, 마님은 그 아이가 괴롭힘을 당하는 것을 봐도 그 아이를 두둔하는 말 한마디 하는 법이 없었으니까요.

그 아이는 음울하고 참을성이 강해 보였는데, 하도 몹쓸 짓을 당해서 단련이 된 듯했습니다. 힌들리한테 두들겨 맞아도 눈 하나 깜짝이거나 눈물 한 방울 흘리는 법이 없고, 제게 꼬집혀도 그저 숨 한 번 들이쉬고 눈 한 번 치켜뜨는 것이 고작이었지요. 자기 몸에 상처 나는 것은 다른 사람 잘못이 아니라 자기 실수라는 태도였습니다.

그 아이가 참기만 하는 걸 알게 된 언쇼 씨는 자기 아들이 그 아이를 못살게 구는 것을 볼 때마다 노발대발했습니다. 아비 없는 딱한 아이라고 하면서요. 언쇼 씨는 히스클리프를 이상하게 좋아했고, 히스클리프가 하는 말은 모두 믿었으며(아닌 게 아니라, 히스클리프는 말수가 적었고 거짓말을 하는 일은 거의 없었어요), 캐시보다 히스클리프를 훨씬 예뻐했습니다. 캐시는 말썽만 부리고 말을 안 들으니 귀염둥이로는 실격이었지요.

이렇게 그 아이는 처음부터 집안에 불화를 일으켰습니다. 언쇼 부인은 그로부터 2년도 못 되어 세상을 떠났는데, 이미 그때부터 어린 도련님은 아버지는 자기를 박해하는 압제자이고 히스클리프는 부친의 애정과 자식의 특권을 빼앗은 찬탈자라 생각했고, 이런 부당함을 곱씹으며 원한을 쌓아갔답니다.

한동안은 저도 동조했습니다. 그렇지만 아이들이 홍역에 걸려서 제가 병간호를 맡게 되고 갑자기 살림살이까지 떠맡게 되면서, 생각을 고쳐먹었지요. 히스클리프는 생명이 위태로울 정도로 심하게 앓았고, 제일 위독했을 때는 저를 자기 침대 머리맡에서 떠나지 못하게 했습니다. 제가 자기에게 잘해준다고 느낀 듯했는데, 제가 잘해주고 싶어 잘해주는 게 아니라는 것까지는 몰랐겠지요. 그렇지만 이것 한 가지는 분명히 말할 수 있는데, 이 세상에 병치레하면서 그렇게 조용한 아이는 처음이었어요. 다른 아이들과 너무 비교가 되니까, 공연한 미움도 누그러졌지요. 캐시 오누이는 저를 들들 볶았는데, 그 아이는 양처럼 순하게 불평 한마디 안 했거든요. 물론 그건 저를 생각하는 여린 마음 때문이 아니라 억센 마음 때문이었지만.

그 아이는 병을 이겨냈고, 의사는 제가 없었으면 큰일 날 뻔했다면서 간호를 잘했다고 저를 칭찬했습니다. 저는 칭찬받은 것이 자랑스러웠고, 그 아이 덕분에 칭찬받았으니 그 아이에게 잘해주었지요. 그렇게 힌들리는 마지막 동지를 잃었답니다. 그렇다고 제가 히스클리프를 애지중지했던 것은 아니에요. 나리께서 그런 뚱한 애가 뭐가 훌륭하다고 그렇게 칭찬하시는지 궁금할 때가 한두 번이 아니었지요. 제가 기억하기로는 그 아이가 나리의 관용에 고마움을 표시했던 적이 단 한 번도 없거든요. 그 아이가 자기 은인에게 무례했던 것은 아닙니다. 다만, 자기가 나리의 마음을 손에 넣었다는 사실을 정확히 알고 있었고, 자기가 무슨 말을 하건 식구들은 들어줄 수밖에 없다는 걸 의식하면서도 고마워할 줄을 몰랐다는 것입니다.

예를 들면, 지금도 기억나는 일이, 언젠가 언쇼 씨가 교구 장터에서 망아지 한 쌍을 사 와서 두 사내아이에게 한 마리씩 가지라고 했거든요. 히스클리프가 그중 크고 좋은 쪽을 가졌어요. 그런데 얼마 안 있어서 그쪽이 절름발이가 되더라고요. 히스클리프는 그걸 알고 힌들리에게 이러더군요.

"망아지 바꿔줘. 내 것은 싫단 말이야. 안 바꿔주면, 너희 아버지한테 가서 네가 이번 주에 나를 세 번 때렸다고 이를 거야. 팔도 보여드릴 거야. 어깨까지 멍들었어."

힌들리는 혓바닥을 내밀면서 히스클리프의 머리를 후려쳤습니다.

"당장 바꿔주는 게 좋을걸." 히스클리프는 문 쪽으로 도망치면서도 계속 말을 바꾸자고 했습니다(장소는 마구간이었지요). "결국 바꿔주게 될 테니까. 내가 지금 맞은 것까지 합쳐서 이르면, 너는 이자까지 쳐서 맞을 거다."

"저리 꺼져, 개자식!" 힌들리는 감자와 건초를 다는 대저울 쇠추로 히스클리프를 위협했습니다.

"던지기만 해봐." 히스클리프는 피하지도 않고 대답했습니다. "그럼 나는 네가 그때 한 말 몽땅 이를 거야. 아버지만 죽으면 당장 나를 쫓아낼 거라며? 두고 봐라, 너희 아버지가 너부터 쫓아낼 테니까."

힌들리가 던진 쇠추가 히스클리프의 가슴께에 명중했고, 아이는 바닥으로 쓰러졌습니다. 하지만 곧 숨을 헐떡이며 허예진 얼굴로 비틀비틀 일어서더군요. 제가 막았으니 망정이지, 아니었더라면 히스클리프는 그길로 나리한테 가서 자기의 상태를 보여주고 누구 짓인지를 슬쩍 알리는 것만으로도 최고의 복수에 성공했을 것입니다.

"그래, 내 망아지를 가져가든 말든 마음대로 해라, 집시 놈아!" 힌들리가 말했습니다. "말 등에서 굴러떨어져서 모가지나 부러져라. 가져가서 뒈지란 말이야, 거지 도둑놈아! 우리 아버지를 구워삶아 전 재산을 가로채든 말든 마음대로 해라. 그런 다음 정체를 밝히란 말이야, 사탄의 자식아! 가져가라, 말발굽에 짓밟혀서 대가리나 박살 나라!"

이미 히스클리프는 힌들리의 망아지를 풀어 자기 마방에 넣고 있었습니다. 히스클리프가 말 궁둥이 뒤로 돌아가는 순간, 힌들리는 히스클리프를 말발굽 아래로 걷어참으로써 자기의 기도를 마무리했으며, 기도가 실현되었는지 확인해보지도 않고 삼십육계 줄행랑을 쳤지요.

저는 히스클리프의 다음 행동을 보고 깜짝 놀랐습니다. 그런 어린 애가 아무 일도 없었다는 듯이 툭툭 털고 일어나 하던 일을 계속하고는 안장 교체까지 마친 다음에야 건초 더미 위에 걸터앉더군요. 집 안으로 들어가기 전에 심하게 얻어맞아 생긴 멀미를 가라앉히려는 것이었습니다.

저는 히스클리프에게 멍은 말 때문이라고 하는 것이 좋겠다고 했고, 히스클리프는 순순히 알겠다고 했습니다. 갖고 싶어 했던 것을 손에 넣었으니, 누가 무슨 이야기를 지어내든 상관하지 않았지요. 이런 분탕질에 시달리면서도 불평 한 번 하는 법이 없었으니, 저는 정말 히스클리프가 앙심을 품지 않는 아이라고 생각했습니다. 앞으로 말씀드리겠지만, 제가 깜빡 속았더라고요.

5장

세월이 흐르고, 언쇼 씨 건강이 나빠졌습니다. 기운이 넘치고 건강한 분이었는데, 갑자기 쇠약해져 벽난로 앞을 지켜야 하는 처지가 되면서, 걸핏하면 화를 냈습니다. 아무것도 아닌 일에 신경질을 내고, 권위가 무시당한다고 느껴지면 미친 사람처럼 흥분하셨지요.

특히 자기의 귀염둥이 히스클리프가 속거나 억눌림을 당할 것 같으면, 정말 가관이었어요. 히스클리프에게 못된 말 한마디 가지 않나 이만저만 신경 쓰는 것이 아니더라고요. 자신이 히스클리프를 예뻐하니 다들 그 애를 미워하고 못살게 굴려고 한다는 생각이 머릿속에 박혀 있는 듯했지요.

그것은 아이에게도 손해였습니다. 우리 중에 착한 쪽은 나리의 비위를 거스르지 않겠다는 마음으로 나리의 편애를 부채질했는데, 그게 결국 아이의 자만심과 옹고집을 크게 키운 셈이 됐거든요. 게다가 나리의 비위를 맞추는 것은 어떤 의미에서 점점 불가피해졌습니다. 두 번인가, 세 번인가, 힌들리가 아버지가 듣는 데서 히스클리프를 멸시하는 말을 해서 노인네를 노발대발하게 만들었거든요. 노인네는 아들을 치려고 지팡이를 집어 들었는데, 아들을 놓치자 분을 이기지 못하고 부들부들 떠셨지요.

급기야 우리 교구 목사가 청년이 된 힌들리를 대학에 보내라고 조언했습니다(그 당시에 있던 목사는 성직록으로는 생계가 어려워, 린턴 가문과 언쇼 가문 아이들을 가르치면서 교회 땅에 농사짓는 일을 병행했거든요). 언쇼 씨는 마음은 무거웠지만 동의했습니다. 이런 말씀도 하셨지요.

"힌들리는 별 볼일 없는 녀석이라, 어딜 가도 별수 없겠지만."

저는 이제야 평화가 오겠다는 생각으로 기뻐했습니다. 언쇼 씨가 선행을 베푼 것 때문에 곤란에 빠졌다고 생각하니 저도 마음이 아팠거든요. 저는 언쇼 씨가 늙고 병든 것이 집안의 불화 탓이라고 생각했답니다. 그건 사실 언쇼 씨의 생각이었어요. 하지만 솔직히, 늙고 병드는 거야 나이 들면 당연한 일 아니겠어요.

두 사람만 없었으면 그래도 집안이 그럭저럭 돌아갔을 텐데, 캐시 양과 조지프라는 하인이 말썽이었어요. 조지프는 저쪽 집에 가셨을 때 보셨을 거예요. 자기는 복 받고 남들은 벌 받는다는 이야기를 찾으려고 성경책을 보는 바리새인 같은 위인이었어요. 그건 지금도 그래요. 모르긴 몰라도, 이 세상에 저만 잘났다며 사람 피곤하게 하기로는 그 위인을 따를 자가 없을걸요. 그 위인은 설교 늘어놓는 재주와 믿음 좋은 척하는 재주로 언쇼 씨의 환심을 얻었고, 나리가 쇠약해질수록 그의 영향력도 커져갔답니다.

조지프는 천국에 가려면 어떡해야 하겠느냐, 아이들을 엄히 다스려야 한다 운운하며 끊임없이 나리의 근심을 자극했습니다. 나리가 힌들리를 탕아로 보도록 부추겼고, 밤이면 밤마다 히스클리프와 캐서린 험담을 늘어놓았지요. 언제나 캐서린 쪽 잘못이 더 크다고 하면서 언쇼 씨의 편견을 부풀리는 일도 잊지 않았고요.

사실 저는 캐서린같이 별난 아이는 난생처음 봤답니다. 캐서린은 하루에 적어도 50번은 모든 식구들의 부아를 건드렸습니다. 캐서린이 아침에 일어나 내려오는 시간부터 밤에 자러 올라가는 시간까지 우리는 1분도 마음을 놓을 수가 없었답니다. 캐서린의 기분은 항상 들떠 있었고, 캐서린의 수다는 한시도 그치는 때가 없었습니다. 노래 부르다가, 신나게 웃다가, 웃지 않는 사람이 있으면 모두 괴롭혔지요. 천방지축 말라깽이지만, 우리 교구에서 가장 예쁜 눈과 가장 사랑스러운 미소와 가장 날랜 발을 가진 아이였고, 이제 와서 생각하면 악의는 없었던 것 같아요. 캐서린이 누구를 진짜로 울리면 대개 우는 아이 옆에서 같이 울었기 때문에, 먼저 울던 아이가 울음을 그치고 캐서린을 달래줄 수밖에 없었지요.

캐서린은 히스클리프를 이만저만 좋아하는 것이 아니었습니다. 우리가 캐서린에게 줄 수 있는 가장 심한 벌은 히스클리프와 갈라놓는 것이었지요. 하지만 히스클리프를 못살게 군다고 가장 많이 혼난 사람도 캐서린이었답니다.

놀이를 할 때 캐서린은 어린 마님 역할 하기를 무척이나 좋아했고,

친구들에게 손찌검을 하고 자기 마음대로 휘두르려고 했습니다. 캐서린은 저한테도 그렇게 하려고 했지만 당하고 있을 제가 아니니, 그래서는 안 된다는 것을 똑똑히 알려주었지요.

이제 언쇼 씨는 아이들 장난을 받아주려고 하지 않았습니다. 하긴 그전에도 아이들에게 항상 엄격했지요. 한편 캐서린은 아버지가 병이 들고 나서 걸핏하면 화를 내는 것을 이해하지 못했답니다.

아버지의 역정과 꾸지람을 너무 많이 들어서였는지, 캐서린은 못된 장난꾸러기가 되어 아버지의 화를 돋우면서 재미있어했습니다. 캐서린이 가장 즐거워할 때는 우리 모두한테 한꺼번에 잔소리를 듣고 시건방진 표정으로 꼬박꼬박 말대꾸할 때, 아니면 하느님께 천벌을 받는다는 조지프의 저주를 웃음거리로 만들 때, 저를 골릴 때, 그리고 아버지가 질색하는 짓을 할 때였습니다. 예를 들면, 캐서린은 히스클리프를 업신여기는 시늉을 하면서, 히스클리프는 잘해주는 아버지 말보다 업신여기는 자기 말을 잘 듣는다는 것, 자기가 시키는 일은 뭐든 하지만 아버지가 시키는 일은 하고 싶은 것만 한다는 것을 보여주기 좋아했거든요. 물론 캐서린은 그런 척하는 것뿐이었지만, 캐서린 아버지는 진짜 그렇게 생각했답니다.

캐서린은 온종일 최대한 못되게 굴다가, 밤이 되면 이따금씩 아버지를 껴안으며 잘못을 벌충해보려고 했습니다.

"그만해라, 캐시." 그때마다 노인네는 물리쳤습니다. "너 같은 아이를 어떻게 사랑하겠느냐. 너는 너의 오빠만도 못하구나. 저리 가서 기도해라. 하느님께 용서해달라고 하려무나. 네 엄마와 내가 너 같은 아이를 낳아 기른 것이 후회스럽구나!"

그때마다 캐서린은 울음을 터뜨렸습니다. 하지만 그것도 처음 몇 번뿐이었답니다. 아버지한테서 계속 내쳐지다 보니 캐서린도 억세졌거든요. 제가 캐서린을 보고 잘못했으니까 용서해달라고 말하라고 시키면, 캐서린은 웃음을 터뜨렸습니다.

하지만 드디어 언쇼 씨의 이 세상 시름이 끝나는 시간이 왔습니다. 10월의 어느 저녁, 언쇼 씨는 벽난로 앞에서 의자에 앉은 채 조용히 세상을 하직했습니다.

거센 바람이 휘몰아치며 굴뚝을 윙윙 울렸습니다. 바람 소리가 시끄러웠지만 춥지는 않았고, 모두 함께였습니다. 저는 벽난로와 약간 떨어진 곳에서 바느질을 하는 중이었고, 조지프는 탁자 옆에 앉아 성경책을 읽고 있었습니다(그때만 해도 하인들은 하루 일을 끝낸 뒤에 대개 큰방에서 시간을 보냈거든요). 캐시 양은 앓고 난 뒤라서 그런지 얌전했습니다. 캐시 양은 아버지 무릎에 머리를 기대고 있었고, 히스클리프는 캐시 양 무릎을 베개 삼아 바닥에 누워 있었지요.

지금도 그때의 나리 모습이 눈에 선하네요. 깜빡 잠들기 전에 캐시 양의 고운 머리카락을 쓰다듬으시며—캐시 양이 얌전할 때가 별로 없으니, 그럴 때면 나리도 기뻐하셨어요—이렇게 말씀하셨지요.

"캐시, 늘 이렇게 착한 아이로 지내면 얼마나 좋으냐?"

그러자 캐시 양은 나리의 얼굴을 올려다보고 깔깔 웃으면서 대답했습니다.

"아버지, 늘 이렇게 착한 어른으로 지내시면 얼마나 좋아요?"

하지만 캐시 양은 아버지가 다시 화를 내는 것을 보자마자, 아버지의 손에 입을 맞춘 다음 자장가를 불러드리겠다고 했습니다. 그리고는 아주 작은 목소리로 노래를 부르기 시작했습니다. 캐시 양의 손을 잡고 있던 나리의 손이 툭 떨어졌고, 나리의 고개가 스르르 숙여졌습니다. 그때 저는 캐시 양을 보고 나리가 깨시지 않도록 입 다물고 가만있으라고 했습니다. 우리는 꼬박 반시간 동안 쥐 죽은 듯 조용히 있었습니다. 조지프만 없었으면 좀 더 오래 그러고 있었을 터인데, 조지프가 하루치 성경책 읽기를 끝낸 다음, 나리께서 기도를 마친 뒤 주무시게 깨워드려야겠다면서 자리에서 일어났습니다. 조지프는 다가가 나리를 부르며 어깨에 손을 올려놓았지만, 나리는 움직이지 않았습니다. 그래서 조지프가 촛불을 가져와 나리를 살펴보았지요.

조지프가 촛불을 내려놓는 순간, 저는 뭔가 잘못되었음을 직감했습니다. 저는 양손으로 두 아이의 팔을 한쪽씩 붙잡고 속삭였습니다. 소리 내지 말고 얼른 올라가라고, 오늘 저녁에는 너희끼리 기도하고 자라고, 나리께서 일이 있으시다고.

"우선 아버지한테 안녕히 주무시라고 말할래." 캐서린은 이렇게 말하며 우리가 말릴 새도 없이 나리의 목을 끌어안았습니다.

그 가엾은 것이 아버지가 숨을 거두었다는 것을 즉시 알아채고 비명을 질렀습니다.

"아아, 돌아가셨어, 히스클리프! 돌아가셨어!"

두 아이는 가슴을 찢을 듯 서럽게 울기 시작했습니다.

저도 같이 통곡했답니다. 하지만 조지프는 나리가 천국에 갔는데 대체 무슨 생각으로 그렇게 시끄럽게 난리냐고 하더군요.

조지프는 저더러 얼른 망토를 쓰고 기머턴에 가서 의사와 목사를 부르라고 했습니다. 이제 와서 의사나 목사가 무슨 소용이랴 싶더군요. 그렇지만 저는 비바람을 뚫고 달려갔다 왔습니다. 의사는 저와 함께 왔고, 목사는 다음 날 아침에 오기로 했지요.

정황을 설명하는 일은 조지프에게 일임하고, 저는 아이들 방으로 쫓아 올라갔습니다. 문이 조금 열려 있더군요. 자정이 넘은 시간이었지만, 아이들은 자지 않고 있었습니다. 그렇지만 아까보다 차분해진 상태였고, 제가 굳이 달래지 않아도 괜찮을 듯했습니다. 아직 어린 아이들이 제가 생각지도 못한 아름다운 이야기로 서로 위로해주고 있었습니다. 그 아이들의 천진난만한 이야기 속에서 그려지는 천국의 모습은 이 세상 그 어떤 목사가 그려준 것보다 아름다웠어요. 저는 그 아이들의 이야기를 들으면서 흐느껴 울었지만, 우리 모두 거기 가서 같이 살고 싶다는 바람을 금할 길이 없었지요.

6장

힌들리 씨가 장례일에 맞춰 돌아왔습니다. 그런데—우리는 깜짝 놀랐고, 동네 여기저기에서 수군수군했습니다—아내를 데려왔더군요.

어떤 여자인지, 어디 여자인지, 힌들리 씨는 우리에게 일체 함구했습니다. 내세울 재산도 없고 내세울 집안도 아니었겠지요. 그게 아니라면 결혼한 사실을 아버지한테 왜 숨겼겠어요.

집안을 뜯어고치겠다고 설치는 여자는 아니었습니다. 집에 처음 발을 들인 순간부터, 자기 눈에 들어온 것은 전부 마음에 드는 듯했고, 장례식 준비와 조문객을 제외하면 주변에서 일어나는 일이 전부 즐거운 것 같더군요.

장례식 때 여자가 하는 짓을 보고, 저는 좀 모자라는 여자가 아닌가 생각했답니다. 급히 자기 방으로 들어가서는, 아이들을 갖춰 입히느라 바쁜 저를 부르더라고요. 제가 들어오자, 여자는 두 손을 깍지 끼고 앉아 부들부들 떨며 계속 이러더군요.

"사람들 아직 있어?"

그러더니 자기가 검은색을 보면 어떻게 되는지 설명하기 시작했습니다. 히스테리 발작을 일으킨 것처럼 흠칫 놀라기도 하고 부들부들 떨기도 하다가, 나중에는 훌쩍훌쩍 울더군요. 왜 그러느냐니까, 자기도 모르겠대요. 그렇지만 죽을까 봐 너무 무섭다더군요.

하지만 저는 그 여자가 저 못지않게 오래 살 거라고 생각했어요. 몸은 마른 편이었지만 나이도 어렸고, 혈색도 좋았고, 눈동자는 다이아몬드처럼 반짝반짝했거든요. 물론 계단 올라갈 때 숨을 헐떡이고, 조금만 놀라도 부들부들 떨고, 이따금씩 기침을 곤란할 정도로 심하게 하는 것을 보기는 했지만, 그런 것이 어떤 병의 증세인지 전혀 몰랐던데다가, 그 여자를 동정해줄 마음 같은 것은 전혀 없었어요. 우리들은 있잖아요, 록우드 씨, 외지인이 우리에게 정을 주기 전까지는 외지인에게 정을 주지 않는 것이 보통이랍니다.

언쇼 청년은 집을 떠나 있던 3년 동안 많이 바뀌었습니다. 살이 빠졌고, 혈색이 나빠졌고, 말투와 옷차림이 완전히 달라졌더군요. 돌아온 당일에, 조지프랑 제게 큰방은 자기가 써야겠으니 이제부터는 부엌을 쓰라고 그러더라고요. 언쇼 청년의 원래 생각은 아무도 안 쓰는 작은 방에 카펫을 깔고 도배를 해서 응접실로 쓰는 것이었는데, 아내가 흰 바닥과 활활 타는 큰 벽난로를 그렇게 마음에 들어 하고, 백랍접시와 장식장과 개 들을 그렇게 마음에 들어 하고, 응접실을 돌아다닐 일은 없겠지만 돌아다닐 수 있는 넓은 공간이 있다는 것을 그렇게 마음에 들어 하니, 아내의 편의를 위해서 따로 응접실을 마련할 필요는 없겠다고 생각해서 애초의 계획은 중단했답니다.

여자는 시누이의 존재에도 만족감을 나타냈습니다. 처음에는 캐서린에게 조잘대기도 하고 입을 맞추기도 하고 따라다니기도 하고 선물 공세를 퍼붓기도 했습니다. 하지만 여자의 애정은 금방 사라졌습니다. 여자는 점점 성질을 부렸고, 힌들리는 점점 패악을 부렸습니다. 히스클리프에 대한 혐오를 표하는 아내의 몇 마디는 그 아이에 대한 나리의 오래된 원한을 전부 되살리기에 충분했습니다. 힌들리는 히스클리프를 하인들 거처로 내쫓았고, 교구 목사에게 공부 배우던 것을 그만두고 밖에서 일을 하게 했습니다. 여느 농장 아이들과 똑같이 심하게 부려먹었지요.

처음에 히스클리프는 자신의 영락을 꿋꿋하게 견뎌냈습니다. 캐시가 자기가 배운 것을 히스클리프에게 가르쳐주거나 자기도 밭으로 나가서 히스클리프와 함께 일하거나 놀았으니까요. 둘 다 미개한 무지렁이들로 자라날 가능성이 농후했습니다. 젊은 나리는 두 아이가 자기 눈에 띄지만 않으면 행실이 어떻건 무슨 짓을 하건 전혀 신경 쓰지 않았지요. 두 아이가 일요일에 교회에 가든 말든 상관하지 않다가, 두 아이가 교회에 빠졌다고 조지프와 교구 목사에게 질책을 들으면, 그제야 비로소 히스클리프는 매질하고 캐서린은 저녁이나 밤참을 굶겨야겠다고 생각하는 것이었습니다.

하지만 두 아이는 아침에 내빼서 진종일 습지를 쏘다니는 것을 무척 좋아했고, 나중에 무슨 벌을 받든지 벌 따위는 웃어넘기게끔 되었지요. 교구 목사가 캐서린에게 아무리 엄청난 분량의 성경을 외우게 시켜도, 조지프가 팔이 빠져라 히스클리프를 매질해도, 두 아이는 다시 같이 있게 되는 순간부터, 최소한 뭔가 못된 복수 계획을 세우는 순간부터, 다른 것은 모두 잊어버렸어요. 두 아이가 하루가 다르게 방약무인하게 변해가는 것을 보며, 저 혼자 운 것만도 여러 번이었답니다. 의지할 데 없는 두 아이가 그래도 제가 하는 말은 조금 들었는데, 괜히 싫은 소리라도 하면 아이들이 제 말까지 안 듣게 될까 봐 겁이 났거든요.

어느 일요일 저녁에는 무슨 일 때문이었는지 두 아이가 거실에서 쫓겨났습니다. 시끄럽게 굴었거나 하는 대수롭지 않은 일이었겠지요. 그런데 제가 밤참 먹으라고 부르러 갔더니 아이들이 없어졌지 뭐겠습니까.

우리는 위층, 아래층, 마당, 마구간 할 것 없이 전부 뒤졌지만 아이들을 찾지 못했어요. 결국 화가 치민 힌들리는 우리한테 대문을 걸어버리라고 했습니다. 아무도 문을 열어주지 말라고 욕질을 했지요.

모두 잠자리에 들었지만, 저는 너무 걱정스러워서 누울 수가 없더군요. 비가 오고 있었지만 무슨 소리가 들릴까 싶어 창을 열고 고개를 내밀었습니다. 아이들이 돌아오면 명령을 어기고서라도 문을 열어주겠다고 작정하고 있었지요.

얼마나 지났을까, 대문 밖 길에서 발소리가 가까워지다가, 호롱 불빛 하나가 대문에서 어른거렸습니다.

저는 아이들이 문을 두드려서 언쇼 씨를 깨우지 않도록 숄을 뒤집어쓰고 뛰어나갔습니다. 그런데 히스클리프가 덜렁 혼자 왔더군요. 저는 혼자 있는 그 아이를 보고 덜컥 겁이 났습니다.

“캐서린 양은 어디 갔어?” 저는 다급하게 소리쳤습니다. “무슨 사고가 난 건 아니지?”

“티티새 지나는 농원에 가 있어.” 히스클리프가 대답했습니다. “나도 옆에 있을 생각이었는데, 예의 없는 녀석들이 나한테는 있으라고 권하지를 않더라고.”

“야, 너 이제 큰일 났어!” 제가 말했습니다. “쫓겨나야 정신을 차리지. 대체 뭐하려고 티티새 지나는 농원까지 쏘다녔니?”

“젖은 옷 좀 벗고 나서,” 히스클리프가 대꾸했습니다. “다 말해줄게.”

저는 나리가 깨지 않게 조심하라고 일렀습니다. 제가 촛불을 끄려고 기다리는 동안, 히스클리프는 옷을 벗으면서 이야기를 계속했습니다.

“캐시랑 나랑은 마음대로 돌아다니려고 빨래터로 해서 빠져나갔는데, 티티새 지나는 농원의 불빛이 얼핏 보이기에 한번 가서 들여다보자고 생각했던 거야. 린턴 가문 사람들은 일요일 저녁을 어떻게 보낼까, 아버지와 어머니는 먹고 마시고 노래하고 웃고 벽난로 앞에서 눈알이 타도록 뭉개고 있을 때, 애들은 추운 구석에서 덜덜 떨며 벌을 설까 궁금했으니까. 그런데 그 집 애들도 그렇게 지낼 거 같아? 그 집 애들도 설교 책을 읽을 거 같아? 그 집 애들도 자기 집 하인한테 성경 문답을 강요당할 거 같아? 제대로 대답을 못하면 성경책에 나오는 이름을 반 페이지씩 암기해야 할 거 같아?”

“아니.” 나는 대꾸했습니다. “그 집 애들은 착하니까 너희처럼 벌을 받을 필요도 없을 것 같은데.”

“웃기지 마!” 히스클리프가 말했습니다. “말도 안 돼! 우리는 폭풍의 언덕 꼭대기에서부터 농원까지 단숨에 달려 내려갔어. 달리기에서는 캐서린이 참패했지. 맨발이었거든. 내일 늪에 가서 캐서린 신발 좀 찾아줘. 우리는 구멍 난 울타리로 기어 들어가서 더듬더듬 오솔길을 따라갔어. 그러고는 응접실 창문 밑에 있는 화단으로 들어갔지. 불빛이 흘러나오는 데가 거기였어. 덧창도 닫히지 않았고 커튼도 반쯤 열려 있었거든. 우리 둘 다 지하실 창틀을 디디고 창턱에 매달려 들여다보는데─호오! 멋지더라─으리으리한 방에, 카펫도 진홍색, 의자랑 탁자 커버도 모두 진홍색이고, 천장은 완전히 하얀색에 테두리는 황금색이고, 천장 한복판에는 은사슬에 유리 방울이 비 오는 것처럼 드리워져서 작은 촛불들이랑 은은하게 반짝이고. 린턴 노인 내외는 없었어. 에드거 남매가 방을 몽땅 차지하고 있었으니, 즐거워하는 게 마땅하지 않아? 우리였다면 천국이라고 생각했을 텐데. 그런데 넬리가 착하다고 하는 그 애들이 무슨 짓을 하고 있었는 줄 알아? 이사벨라는─열한 살일 거야, 캐시보다 한 살 아래니까─방 한쪽 끝에 벌러덩 누워서 고래고래 악을 쓰고 있더라고. 벌겋게 달궈진 마녀의 바늘이 자기 몸을 여기저기 쑤셔대기라도 하는 것 같았어. 거기에 에드거는 벽난로 앞에 우두커니 서서 소리 없이 울고 있고, 탁자 한복판에 자그마한 개가 쭈그리고 앉아 앞발을 흔들며 깽깽대더라고. 두 아이가 서로 탓하는 것을 듣자 하니, 서로 개를 갖겠다고 싸우다가 개를 둘로 찢을 뻔했더라고. 바보 같은 것들! 그런 짓을 하면서 놀다니! 살아 있는 털 뭉치 하나를 서로 갖겠다고 싸움질을 하고, 한참 싸운 다음에는 서로 갖기 싫다면서 울고불고하고. 우리는 그 응석받이들을 한바탕 비웃어줬어. 정말 한심했으니까! 언제 내가 캐서린이 좋아하는 것을 뺏으려고 하는 거 봤어? 언제 캐서린이랑 나랑 둘이 놀 때 서로 멀찌감치 떨어져서 악을 쓰고 잉잉 울고 바닥에서 뒹구는 거 봤어? 목숨을 천 개를 준대도, 절대 나는 이 집의 내 처지하고 티티새 지나는 농원의 에드거 린턴의 처지하고 안 바꿀 거야! 조지프를 지붕 꼭대기에서 밀어버리게 해준대도, 담벼락을 힌들리의 피로 칠갑하게 해준대도, 절대 안 바꿀 거야!"

"그만, 그만!" 제가 말을 막았습니다. "히스클리프, 캐서린이 어쩌다가 뒤에 남았는지 그 얘기나 해봐."

히스클리프가 대답하더군요. "우리가 한바탕 웃었다고 했잖아. 그게 그 집 애들한테 들렸나 봐. 둘이 한꺼번에 쏜살같이 방문으로 달려가더라고. 잠시 가만있다가 크게 고함을 치더라. '으아, 엄마, 엄마! 으아, 아빠! 으아, 엄마, 이리 와봐! 으아, 아빠, 으아!' 정말이야, 그거 비슷하게 고함을 질렀어. 우리는 오싹한 소리를 내면서 좀 더 겁을 주고 나서 창턱에서 내려왔어. 빗장이 풀리는 소리가 들렸고, 도망치는 게 낫겠다고 생각했지. 나는 캐시 손을 잡고 빨리 달리자고 하고 있었는데, 캐시가 갑자기 넘어지는 거야.

'달려, 히스클리프, 달려!' 캐시가 속삭였어. '불도그를 풀어놓았나 봐. 나 물렸어!'

악마 같은 불도그 놈이 캐시의 발목을 물었어. 징그럽게 콧김 뿜는 소리가 들려왔어. 캐시는 소리를 지르지 않았어. 한 번도! 캐시는 미친 소의 뿔에 찔렸대도, 소리 지르는 건 창피한 짓이라고 생각할걸. 하지만 나는 소리를 질렀어. 이 세상 악마들은 모조리 전멸시킬 만큼 고래고래 악담과 저주를 퍼붓고, 돌멩이를 집어서 악마 놈의 아가리에 처넣은 다음, 목구멍에 쑤셔 박으려고 용을 썼지. 짐승만도 못한 하인 놈이 한참 만에 호롱불을 들고 기어 나오더니 소리를 질렀어. '꽉 물어라, 스컬커, 꽉 물어!'

근데 스컬커가 잡은 사냥감을 보고 나서 말투가 달라지더라고. 사냥감에서 겨우 떨어진 개가 큼직한 자주색 혓바닥을 한 뼘쯤 빼물고 늘어진 입술 사이로 뻘건 침을 질질 흘렸어.

하인 놈이 캐시를 번쩍 들어 올리는데 보니, 허옇게 질려 있더라. 물론 무서워서가 아니라 아파서였지. 하인 놈이 캐시를 안으로 옮겼어. 나는 저주의 말과 복수의 말을 중얼거리면서 따라 들어갔지.

'뭐가 잡혔느냐, 로버트?' 린턴이 문 앞에서 소리쳤어.

'스컬커가 가시나 하나를 잡았네요,' 하인 놈이 대꾸했어. '여기 머슴아도 하나 있는데,' 하인 놈은 대꾸를 하면서 나를 붙잡았어. '영락없는 산적 놈이네요! 아무래도 도적놈들이 애새끼들을 창문으로 들여보내고 우리가 모두 잠든 뒤에 문을 열게 시켰나 봅니다. 그러면 우리를 간단하게 죽일 수가 있을 테니. 입 닥치지 못해? 도적놈 새끼가 입도 더럽구나! 교수대로 보내 죗값을 치르게 해주마. 린턴 나리, 총은 그대로 들고 계세요!'

'알았네, 알았어, 로버트!' 늙은 바보 놈이 말을 했어. '어제가 세금 들어오는 날인 것을 놈들이 알고 있었구먼. 제대로 털어 갈 생각이었겠지. 올 테면 와. 내가 제대로 맞이해줄 테니까. 존, 거기 사슬 채우게. 제니, 스컬커한테 물 좀 주고. 감히 치안판사 집까지 쳐들어와? 평일도 아니고 안식일에? 방자하기 이를 데 없어! 여보, 메리, 이것 좀 봐요! 겁낼 것 없어, 그냥 어린애야. 한데 인상 쓰는 것을 보니 영락없는 범죄자로구먼. 범죄자 천성이 이목구비로 나타나는 게지. 범죄자 천성이 소행으로까지 나타나기 전에 당장 목매달아버리는 게 나라에 보탬이 되는 일 아니겠소?'

놈은 나를 샹들리에 아래로 끌고 갔어. 린턴 부인은 안경을 콧등에 걸치더니 양손을 쳐들며 질겁을 하더라. 겁쟁이 애들도 슬금슬금 다가왔어. 이사벨라가 혀 짧은 소리를 조잘댔어.

'무서! 아빠, 지하실에 처녀! 내 꿩 도둑질해 갔던 점쟁이 아들 애랑 너무 똑같이 생겼어. 그치, 에드거 오빠?'

그놈들이 나를 이리저리 뜯어보는 동안, 캐시가 정신이 들었어. 내가 점쟁이 아들과 똑같이 생겼다는 말을 들었는지 깔깔 웃더라고. 에드거 린턴은 얼마나 둔한지 한참 쳐다보고서야 겨우 캐시를 알아보는 거야. 그놈들도 교회에서 우리를 봤겠지. 다른 데서는 만날 일이 없잖아.

'저거 언쇼 양이야!' 에드거 놈이 자기 어머니를 보고 속삭였어. '스컬커한테 심하게 물렸어. 발에서 피가 철철 나잖아!'

'언쇼 양이라고? 말도 안 돼!' 그 여자가 소리쳤어. '언쇼 양이 집시 아이랑 싸돌아다니겠어? 어머나, 그런데 상복을 입었네. 확실하네. 평생 발 병신이 되면 이를 어째!'

'단속 못한 오라비가 죄지!' 린턴 씨는 나에게서 눈을 떼고 캐서린을 돌아보며 소리쳤어. '실더스한테서 듣자 하니,' (교구 목사 이름이랍니다.) '오라비가 동생을 돌보지 않아서 동생이 하느님도 모르고 자란다더라고. 그러면 이놈은 누구야? 어디서 이런 놈을 만나 어울려 다니지? 아하! 돌아가신 그 집 어른이 리버풀에 다녀오는 길에 이상한 걸 주워 왔다더니 바로 이놈인가 보군! 인도 뱃놈이라고 했던가, 아메리카인지 스페인에서 떠내려온 놈이라고 했던가.'

'어쨌거나 몹쓸 애잖아요!' 시끄러운 할망구가 떠들었어. '점잖은 집안에 들일 애가 아니에요! 린턴, 저 애가 무슨 말 하는지 들었어요? 우리 아이들이 있는 데서 저런 말이 들리다니 기가 막히네요.'

내가 다시 악담을 시작했더니—화내지 마, 넬리—로버트 놈한테 나를 쫓아내라는 명이 떨어졌어. 나는 캐시랑 같이 아니면 안 간다고 버텼는데, 로버트 놈이 나를 마당으로 질질 끌고 나가서 호롱을 떠안기면서, 내가 저지른 짓을 언쇼 씨한테 모두 이른다고 위협을 하더니, 당장 꺼지라며 등을 떠민 다음 곧장 문을 걸어 잠그더라.

커튼은 아직 반쯤 열려 있었어. 나는 다시 창턱에 매달려 안을 들여다보았어. 캐서린이 나가겠다고 하는데 그놈들이 못 나가게 하면, 내가 그 집 유리창을 몽땅 산산조각 내서라도 구해내겠다고 생각했지.

캐서린은 소파에 가만히 앉아 있었어. 린턴 부인은 우리가 빌려 나온 외양간 하녀의 회색 망토를 벗기면서 고개를 절레절레 흔들었어. 캐서린을 나무라는 것 같더라. 캐시는 아씨였으니까 나랑은 대우가 달랐지. 하녀가 더운 물 대야를 가지고 들어와 발을 씻겨주었고, 린턴 씨는 니거스*를 만들어주었고, 이사벨라는 쿠키 한 접시를 몽땅 캐서린 무릎에 쏟아주었고, 에드거는 멀찍이서 입을 헤벌리고 서 있었어. 나중에는 캐서린의 예쁜 머리카락을 말리고 빗질해주었고, 캐서린에게 큼지막한 슬리퍼를 내주었고, 캐서린을 의자째 밀어서 벽난로 앞

---

* 과일주에 물과 설탕 등을 섞은 따뜻한 음료.

으로 데려가주었어. 나는 거기까지 보고 돌아왔어. 캐서린은 잔뜩 신이 나서 자기 먹을 것을 작은 개랑 스컬커한테 나누어주었고, 스컬커가 받아먹으니까 코를 살짝 꼬집었어. 그 집 아이들의 흐리멍덩한 퍼런 눈동자에 생기가 돌았지. 캐서린의 아름다운 얼굴이 희미하게나마 비쳤을 테니까. 보아하니 둘 다 캐서린을 보고 홀딱 반했더라. 캐서린은 그런 애들 따위와는, 이 세상 사람들 따위와는 차원이 다르잖아, 그치, 넬리?"

"너는 모르겠지만, 너 아주 큰 사고 친 거야." 저는 이불을 덮어주고 촛불을 끄면서 대답했습니다. "히스클리프, 너 참 구제불능이다. 힌들리 씨도 극단적으로 나올 수밖에 없을 거라고. 두고 보렴."

겁주려고 했던 말이 적중했습니다. 언쇼 씨는 불의의 사건에 노발대발했습니다. 그리고 다음 날, 린턴 씨가 일을 바로잡겠다고 직접 찾아와서 젊은 나리에게 집안 다스리는 법에 대해 한바탕 설교를 늘어놓고 돌아가자 주인은 심기일전하고 집안 돌아가는 꼴을 진지하게 반성하게 되었지요.

히스클리프에게는 매를 때리지는 않고, 한 번만 더 캐서린 양과 말을 하면 당장 쫓아내겠다고 했습니다. 언쇼 부인은 시누이가 집으로 돌아왔을 때 제대로 단속하는 일을 맡았습니다. 강압 대신 책략을 쓰기로 했지요. 강압으로 나갔다면 도저히 단속할 수 없었을 거예요.

7장

캐시는 티티새 지나는 농원에서 크리스마스까지 다섯 주를 머물렀습니다. 그동안 발목도 완전히 나았고, 행실도 꽤 조신해졌어요. 그동안 안주인이 자주 찾아가서 캐시의 행실을 바로잡는 일을 시작했거든요. 안주인은 예쁜 옷과 예쁘다는 칭찬으로 캐시의 자존심을 살려주었는데, 캐시는 예쁜 옷도 예쁘다는 칭찬도 넙죽 받아들였지요. 그랬으니 모자도 쓰지 않은 천방지축 선머슴이 집 안으로 뛰어 들어와서 우리들 전부를 숨이 막히도록 끌어안아줄 줄 알았는데, 아주 기품 있는 숙녀분이 갈색 컬을 찰랑찰랑하며 깃털 달린 수달피 모자에 승마용 드레스 차림으로 잘생긴 검은 조랑말을 타고 와, 양손으로 치맛단을 들어 올리면서 들어오더군요.

힌들리는 캐시를 말에서 내려주며 기쁜 듯이 소리쳤습니다.

"이야, 캐시, 너 꽤 미인이로구나! 못 알아볼 뻔했다. 이제 숙녀티가 난다. 프랜시스, 이사벨라 린턴 따위와는 비교가 안 되지?"

"이사벨라는 꾸며서 그렇지 원래 예쁜 애가 아니에요." 그의 아내가 대꾸했습니다. "그렇지만 아가씨도 집에 와서 다시 천방지축으로 돌아가지 않게 정신 차려야죠. 엘렌, 캐서린 양이 옷 갈아입게 도와드려라. 아가씨, 가만있어요, 컬이 망가지잖아요. 모자 끈은 내가 풀어줄게요."

저는 승마용 드레스를 벗겨주었어요. 그랬더니 화려한 비단 체크무늬 원피스와 하얀색 바지와 반들반들하게 닦은 구두가 반짝반짝하더군요. 개들은 캐시를 반기며 폴짝폴짝 뛰어올랐지만, 캐시는 기쁜 눈을 반짝이면서도 개들이 자신의 호화로운 옷에 엉겨붙을까 봐 개들을 만져주지는 못했습니다.

캐시는 제게 살짝 입을 맞추고—그때 저는 크리스마스 쿠키를 만드느라 밀가루투성이였으니, 저를 끌어안았으면 낭패였겠지요—히스클리프를 찾아 두리번거렸습니다. 언쇼 내외는 두 아이의 만남을 불안하게 주시했습니다. 두 친구를 떼어놓을 수 있으리라는 자기들의 기대가 얼마나 근거가 있는지 그 만남을 통해 어느 정도 가늠되리라 생각했지요.

히스클리프를 찾는 것은 쉬운 일이 아니었습니다. 캐서린이 곁에 있을 때도 히스클리프는 남의 말에 무신경했고 다른 사람들도 그에게 관심을 갖지 않았는데, 캐서린이 집을 떠나 있는 동안에는 그 정도가 열 배는 더 심해졌거든요.

일주일에 한 번이라도 히스클리프를 지저분한 아이라고 불러주고

씻으라고 일러주는 이는 저 하나뿐이었습니다. 사실 그 나이 때 씻기 좋아하는 애가 어디 있겠어요. 그랬으니 석 달 열흘 진흙탕과 먼지답쌔기를 뒹군 옷과 잔뜩 헝클어진 텁수룩한 머리는 말할 것도 없고, 얼굴과 손은 오싹하리만치 더러웠습니다. 그런데 자기랑 비슷한 아이가 뛰어 들어올 줄 알았다가 그토록 눈부신 처자가 다소곳이 들어오는 것을 보았으니, 히스클리프가 등받이 높은 긴 의자 뒤로 슬그머니 숨은 것은 당연했습니다.

"히스클리프는 어디 갔어?" 캐서린이 이렇게 물으며 장갑을 벗으니, 아무 일도 하지 않고 집 안에만 있던 덕에 놀라울 정도로 하얘진 손가락이 드러났습니다.

"히스클리프, 나와봐라." 힌들리 씨가 소리쳤습니다. 히스클리프가 당황하는 것이 즐거웠고, 히스클리프가 개망나니 같은 흉한 꼴로 등장할 수밖에 없으리라 생각하니 흐뭇했던 것입니다. "다른 하인들도 캐서린 양에게 인사했으니까, 너도 이리 나와 인사해라."

캐시는 친구가 의자 뒤에 숨어 있는 것을 눈치채자마자 부리나케 달려가서 끌어안아주고 단숨에 볼에 일고여덟 차례 입을 맞추었습니다. 그런 다음 잠시 멈칫하면서 한 발 뒤로 물러나더니 웃음을 터뜨렸습니다. 그러면서 소리쳤습니다.

"어머나, 얼굴이 어쩌면 이렇게 시커멓고 험상궂니! 어쩌면 이렇게…… 어쩌면 이렇게 웃기고 무섭니! 하긴 내가 에드거 린턴이랑 이사벨라 린턴한테 익숙해져서 그렇겠지만. 야아, 히스클리프, 나를 잊은 거니?"

캐서린이 그렇게 물은 것도 무리는 아니었습니다. 창피함과 자존심

86

이 히스클리프의 얼굴에 이중의 그늘을 드리우며, 히스클리프의 움직임을 마비시켰으니까요.

"악수해도 된다, 히스클리프." 언쇼 씨가 생색을 내면서 말했습니다. "어쩌다 한 번은 괜찮다."

"싫어!" 아이는 한참 만에 겨우 입을 떼고 대꾸했습니다. "나를 비웃으면 가만 안 둬!"

그러면서 히스클리프는 방을 빠져나가려고 했습니다. 하지만 캐시 양이 다시 붙잡았습니다.

"비웃을 생각은 없었어." 캐시 양이 말했습니다. "나도 모르게 웃음이 났어. 히스클리프, 악수라도 하자! 너 왜 골을 내니? 그냥 네가 이상해 보여서 그랬단 말이야. 세수하고 빗질하면 괜찮아질 거야. 근데 너 너무 더럽다!"

캐서린은 자기가 잡고 있는 히스클리프의 손을 걱정스럽게 바라보았고, 히스클리프의 옷에 닿아 때가 탔을 자기 옷도 역시 걱정스럽게 바라보았습니다.

"그러게 누가 만지래!" 히스클리프는 캐시의 시선을 뒤쫓다가 급히 손을 빼며 대답했습니다. "더러운 건 내 맘이야. 나는 더러운 게 좋아. 나는 더럽게 살 거야."

히스클리프가 이렇게 말하며 방에서 뛰쳐나가자, 나리 내외는 기뻐했고 캐서린은 많이 걱정했습니다. 자기한테 더럽다는 말 좀 들었다고 그렇게 성질을 부리다니, 캐서린은 이해할 수 없었지요.

저는 새로 오신 숙녀분을 위해 몸종 노릇을 해드리고, 쿠키를 오븐에 넣어놓고, 큰방과 부엌 벽난로에 불을 활활 지펴 크리스마스이브에 어울리는 밝은 분위기를 만든 다음, 편히 앉아 캐럴을 부르며 혼자만의 시간을 즐길 생각이었습니다. 조지프는 제가 부른 신나는 곡들이 유행가나 다를 바 없다고 했지만 저는 그런 말에 신경 쓰지 않았지요.

조지프는 혼자 기도한다면서 일찌감치 자기 방에 들어갔고, 언쇼 내외는 아가씨를 위해 사 온 화려한 잡화를 이것저것 내보이며 아가씨의 관심을 독차지했습니다. 아가씨가 쓸 것이 아니라, 아가씨가 린턴 가문 아이들에게 선사할 감사의 선물이었지요.

그 집 아이들은 다음 날 폭풍의 언덕에 오기로 되어 있었어요. 언쇼 내외의 초대가 받아들여졌거든요. 하지만 한 가지 단서가 달려 있었어요. 린턴 부인이 그 '욕질하는 몹쓸 아이'가 자기 아가들 옆에 얼씬도 못하게 해달라고 부탁했거든요.

이런 상황이었으니 저는 계속 혼자였습니다. 코끝을 찌르는 향신료의 진한 향을 음미하며 반짝반짝하는 조리 기구들과, 호랑가시나무로 장식한 반질반질한 시계와, 저녁에 밤참용 멀드 에일*을 부어 내갈 수 있도록 쟁반 위에 가지런히 늘어놓은 은제 맥주잔들과, 깨끗하게 쓸고 닦은 바닥에 감탄하면서요. 특히 제가 공을 들인 것은 바닥이었는데, 얼룩 하나 없이 말끔했답니다.

저는 마음속으로 그 하나하나에 응분의 갈채를 보내주었습니다. 예전에 제가 청소를 끝내면 언쇼 노인이 들어와서 저더러 억수로 명랑한 처녀라고 하며 크리스마스 선물로 1실링을 쥐여주던 것이 기억나더군요. 뒤이어 언쇼 노인이 히스클리프를 얼마나 아꼈는지도 생각나

---

* 에일 맥주에 설탕, 달걀, 향신료 등을 넣고 데운 것.

고, 자기가 죽어 없어지면 히스클리프가 버려질 거라며 걱정하던 것
도 생각났습니다. 그런 생각을 하니, 그 아이의 불쌍한 처지가 자연스
럽게 떠오르면서, 노래하고 싶은 마음이 울고 싶은 마음으로 바뀌었
답니다. 하지만 잠시 후, 그 아이가 당한 일을 생각하며 눈물을 흘리
기보다는 일부라도 바로잡아주기 위해 노력하는 것이 낫겠다는 생각
이 들었고, 저는 그 아이를 찾기 위해 자리에서 일어나 마당으로 나가
보았지요.

멀리까지 갈 필요는 없었어요. 그 아이는 여느 날과 다름없이 마구
간에서 말들에게 여물을 먹이고 새로 들어온 조랑말의 윤기 나는 털
을 빗겨주고 있더군요.

"얼른 끝내, 히스클리프!" 내가 말했습니다. "부엌이 얼마나 아늑
한지 몰라. 조지프는 올라가고 없어. 네가 서둘러 끝내면, 캐시 양이
오기 전에 내가 너를 근사하게 꾸며줄게. 그럼 너희 단둘이서 벽난로
를 차지하고 잘 시간까지 오래오래 떠들 수 있잖아."

그 아이는 하던 일을 계속할 뿐 저한테는 눈길 한 번 주지 않더군요.

"자, 올 거지?" 저는 말을 이어갔습니다. "작은 쿠키가 한 사람 앞
에 한 개씩. 거의 구워졌어. 그런데 너를 갖춰 입히려면 반시간은 걸
리겠다."

저는 5분을 기다리다가 아무런 대꾸도 못 듣고 그냥 들어왔습니
다…… 캐서린은 오빠 부부와 함께 저녁을 먹었지요. 조지프와 제
식사는 조지프의 잔소리와 제 말대꾸로 버무려진 비우호적인 식사였
습니다. 그 아이 몫의 쿠키와 치즈는 요정들을 위해 남겨진 듯 밤새
식탁에 놓여 있었습니다. 그 아이는 용케 9시가 될 때까지 일하다가

벌레 씹은 표정으로 자기 방에 가버렸거든요.

캐시는 늦게까지 자러 가지 않았습니다. 새 친구들을 맞이하자니 지시 사항이 한두 가지가 아니었거든요. 캐시는 부엌에 한 번 들어왔습니다. 옛날 친구에게 말을 건네자는 생각이었지요. 하지만 자기 친구가 안 보이자, 도대체 그 애가 왜 그러는지 모르겠다고 말한 다음 금방 나가버렸어요.

다음 날 아침, 그 아이는 일찍 일어났습니다. 휴일이었으니, 심통을 부리며 습지로 나갔다가 식구들이 교회로 출발한 다음에야 슬슬 나타나더군요. 밥도 굶고, 생각도 많이 해서인지 기분이 좀 나아진 듯했습니다. 그 아이는 한동안 제 주위를 얼쩡거리더니, 한껏 용기를 내어 불쑥 소리쳤습니다.

"넬리, 나 좀 단정하게 만들어줘. 이제 착해질게."

"히스클리프, 진작 그럴 것이지. 너는 벌써 캐서린을 속상하게 했어. 캐서린은 집에 오지 말걸 그랬다고 생각할 거야! 너는 캐서린이 너보다 대접받는 걸 보고 캐서린을 시기하는 것 같구나."

그 아이는 캐서린을 시기하는 것이 무슨 뜻인지도 모르는 듯했지만, 캐서린을 속상하게 하는 것이 무슨 뜻인지는 그런대로 분명하게 이해했습니다.

"속상하대?" 히스클리프는 자못 심각한 표정으로 물었습니다.

"오늘 아침에 캐서린한테 네가 또 나갔다고 말했더니 캐서린이 울었는걸."

"저어, 나는 어젯밤에 울었는걸." 그 아이가 응수했습니다. "울 이유는 내가 더 많아."

"어련하시겠어. 오만한 심장과 배고픈 위장을 이끌고 자러 갈 이유가 왜 없었겠어." 제가 말했습니다. "오만한 사람들은 없는 슬픔까지 만들어내거든. 어쨌든 네가 성질 부린 것이 미안하면, 캐서린이 오자마자 사과해, 알았지? 일단 옆에 가서 입맞춤해주고, 그런 다음…… 무슨 말로 사과해야 하는지는 네가 제일 잘 알겠지. 그냥 진심으로 사과하면 되는 거야. 캐서린은 고급 옷을 입었다고 해도 캐서린이니까. 자, 당장은 식사를 준비해야 하지만, 금방 짬을 내서 너를 근사하게 꾸며줄게. 그럼 에드거 린턴 따위는 너에 비하면 계집아이 인형 같을 거야. 하긴 원래 그 아이는 계집아이 같아 보이더라. 너는 나이는 어리지만 키도 더 크고 어깨너비도 두 배는 되겠다. 너라면 그 아이를 눈 깜짝할 사이에 때려눕힐 수도 있을 거야. 너도 동감이지?"

히스클리프의 얼굴이 순간 환해졌지만, 금방 다시 그늘이 드리웠습니다. 히스클리프는 한숨을 내쉬었습니다.

"그렇지만, 넬리, 내가 그 아이를 스무 번을 때려눕힌다고 해도, 그 아이가 잘생겼다는 사실이 변하는 건 아니잖아. 내가 못생겼다는 사실이 변하는 것도 아니고. 나도 금발에 하얀 피부라면 얼마나 좋을까! 그렇게 좋은 옷을 입고 그렇게 행동거지가 똑바르다면 얼마나 좋을까! 나도 커서 그 아이처럼 부자가 된다면 얼마나 좋을까!"

"그래봤자 조금만 문제가 생겨도 엄마를 찾는 게 뭐가 좋니?" 제가 반문했습니다. "촌뜨기가 주먹을 올리기만 해도 벌벌 떠는 게 뭐가 좋니? 소나기 온다고 종일 집에 처박혀서 꼼짝 안 하는 게 뭐가 좋니? 야아, 히스클리프! 그렇게 기죽을 것 없어! 거울 앞에 서봐. 내가 뭐가 좋은 건지 보여줄게. 미간에 주름 두 개가 생긴 게 보이니? 눈썹은 짙은데 아치를 못 그리고 중간에 처진 게 보이니? 검은 악마 한 쌍이 눈썹 뒤로 너무 움푹 들어가서, 창문을 힘차게 열어젖히기는커녕 사탄의 첩자인 양 창문 뒤쪽에서 어른어른하는 게 보이니? 저 험악한 주름들을 없앤다면 정말 좋을 거야. 눈을 좀 더 크게 뜨고 눈동자를 다 드러내면 정말 좋을 거야. 악마 한 쌍을 천사 한 쌍으로 바꾸고, 아무것도 의심하지 말고, 틀림없는 적이 아닐 경우에는 모두 친구라고 생각하면 정말 좋을 거야. 불량한 똥개 같은 표정 하지 마. 발길질을 당한 개가 자기 같은 놈은 얻어맞아 싸다는 듯 행동하면서도 실은 발길질한 사람뿐 아니라 온 세상을 증오하는 표정이잖아."

"에드거 린턴같이 크고 푸른 눈에 넓은 이마라면 정말 좋을 거다, 그런 얘기잖아." 히스클리프가 대꾸했습니다. "그랬으면 정말 좋았겠지. 하지만 바란다고 되는 게 아니잖아."

"젊은 총각, 마음이 고우면 얼굴도 고와진답니다." 저는 말을 이어 갔습니다. "당신이 새까만 흑인이라 해도 마음만 고우면 고와 보이지요. 하지만 마음이 미우면 세상에서 가장 고운 얼굴이라 해도 세상에서 가장 추한 얼굴보다 추해진답니다. 자아, 이제, 머리도 감았고 빗질도 끝났고, 심통 부리기도 끝났는데…… 어때? 너 꽤 잘생긴 것 같지 않니? 솔직히 말하면, 너 꽤 잘생겼어. 변장한 왕자라고 해도 믿겠다. 누가 아니? 너희 아버지는 중국 황제고 너희 어머니는 인도 여왕이라, 한쪽의 주급만 갖고도 폭풍의 언덕과 티티새 지나는 농원을 둘 다 사버릴 수 있을지? 알고 보면 너는 몹쓸 뱃사람들에게 유괴당해 영국까지 끌려왔던 거야. 만약 내가 너와 같은 처지라면, 내가 원래 고귀한 혈통이라고 생각하면서 살겠다. 내가 어떤 사람이었나를 생각하면, 용기와 위엄이 생기고 일개 농사꾼 따위의 탄압은 쉽게 견뎌낼 테니까."

저는 계속 이렇게 조잘댔고, 히스클리프는 점점 인상을 펴고 기분 좋은 표정을 짓기 시작했습니다. 그러다 갑자기 대문 바깥에서 우리의 대화를 중단시키는 마차 소리가 들렸습니다. 듣자 하니 마차는 대문을 통과해 마당으로 들어왔습니다. 히스클리프와 저는 손님들을 구경하기 위해 각각 창문과 문으로 뛰어갔습니다. 린턴 가문 아이들은 망토와 모피로 숨이 막힐 만큼 둘둘 말린 모습으로 가족 마차에서 내려섰고, 언쇼 가문 사람들은 각자 말에서 내렸습니다. 겨울이면 언쇼 가문 사람들은 교회 갈 때 종종 말을 탔거든요. 캐서린은 두 아이의 손을 한쪽씩 붙잡고 큰방에 데리고 들어가 벽난로 앞에 앉혔습니다. 두 아이의 하얀 얼굴이 금세 발그레해지더군요.

나는 그 아이에게 어서 가서 상냥한 모습을 보여주라고 시켰습니다. 그 아이가 순순히 말을 듣더군요. 한데 운이 없으려고 그랬는지, 히스클리프가 부엌에서 큰방 문을 여는 찰나 힌들리가 반대쪽에 있는 큰방 문을 열었고, 둘은 마주쳤습니다. 나리는 그 아이의 깨끗한 얼굴과 명랑한 기분에 짜증이 났는지, 아니면 린턴 부인과의 약속을 지키느라 열심이었는지, 그 아이를 와락 밀쳐내면서 화난 목소리로 조지프에게 이렇게 지시했습니다. "이 자식이 방에 못 들어오게 해. 아니, 식사 마칠 때까지 다락방에서 못 내려오게 해. 잠시라도 부엌에 혼자 두면 타르트를 손가락으로 후벼 파고 과일을 훔쳐 먹을 테니."

"아니에요, 애는 그런 애가 아니에요." 저는 가만있을 수가 없더군요. "그리고 맛있는 게 있으면 애도 맛을 봐야지요."

"저 자식이 날 저물기 전에 아래층에서 얼쩡대다 나한테 걸리면, 내 주먹맛을 보게 될 거다. 어두워질 때까지는 못 내려오게 해. 거지 같은 놈아, 당장 꺼져! 얼씨구! 네놈이 모양을 부렸냐? 그 꼬부린 머리 좀 만져보자. 잡아당기면 더 길어지나 보게."

"지금도 너무 길어요." 린턴 군이 문틈으로 엿보다가 거들었습니다. "저러면 두통 생기는데. 머리카락이 망아지 갈기처럼 눈을 덮었어요!"

업신여기려고 이런 말을 한 건 아니었습니다. 하지만 히스클리프는 그때 이미 린턴 군을 연적으로 미워하고 있었던 것 같아요. 그런 애가 건방진 소리를 지껄이니, 안 그래도 격한 성미인데 참아주기가 어려웠겠지요. 히스클리프는 일단 손에 닿는 대로 뜨거운 사과 소스 그릇을 집어 상대방의 얼굴과 목덜미에 정통으로 끼얹었습니다. 린턴 군은 즉시 울기 시작했고, 이사벨라와 캐서린이 달려왔습니다.

언쇼 씨는 즉시 죄인을 붙잡아 자기 방에 끌고 갔고, 뻘게진 얼굴로 숨을 헐떡이며 돌아왔습니다. 죄인의 흥분을 가라앉힌다며 독한 약을 처방해준 것이 분명했습니다. 저는 행주를 가져다 에드거의 코와 입을 약간 신경질적으로 닦아주며, 쓸데없이 끼어드니 벌을 받은 것이라고 했습니다. 에드거의 동생은 집에 가겠다며 울기 시작했고, 캐시는 모든 것이 난처한지 얼굴을 붉히며 서 있었습니다.

"히스클리프한테 말을 건 게 잘못이야!" 캐시는 린턴을 타일렀습니다. "그 애는 화가 나 있었단 말이야. 재미있게 놀 수 있었는데, 너 때문에 다 망쳤어. 거기다 매도 맞을 거야. 나는 그 애가 매 맞는 거 싫어! 아무것도 못 먹겠어. 에드거, 왜 개한테 말을 시킨 거니?"

"말 안 시켰어." 에드거는 흐느끼며 대답했습니다. 그러면서 제 손에서 빠져나가 나머지 소스를 자기 주머니에 있던 고급 손수건으로 닦아내더군요. "그 애랑은 한마디도 안 하겠다고 엄마하고 약속했어. 그래서 한마디도 안 했어!"

"야, 울지 마!" 캐서린이 한심하다는 표정으로 대꾸했습니다. "누가 널 죽인 것도 아니잖니. 이제 말썽 피우지 마. 우리 오빠 온다! 조용히 해! 그만 울어, 이사벨라! 너한테는 아무 짓도 안 했잖아!"

"자, 자, 애들아, 자리에 앉으렴!" 힌들리가 수선스럽게 들어오면서 소리쳤습니다. "나는 그 짐승 같은 놈 덕분에 후끈하네. 에드거 군, 다음에는 주먹으로 해결하는 거야. 그러면 식욕이 생길걸!"

모인 사람들은 먹음직스러운 음식을 본 순간 평정을 되찾았습니다. 말을 탄 후라 시장했던 그들은 음식을 먹으며 쉽게 풀어졌습니다. 정말 해를 입은 사람은 없었으니까요.

언쇼 씨는 고기를 썰어서 접시 가득 담아주었으며, 안주인은 재미있는 이야기로 분위기를 띄웠습니다. 나는 안주인의 의자 뒤에서 식사 시중을 들었는데, 캐서린이 눈에 물기 하나 없이 태연하게 거위 날갯죽지를 썰기 시작하는 것을 보니 마음이 아팠습니다.

'매정한 아이 같으니!' 저는 속으로 생각했습니다. '오랜 소꿉친구가 곤란에 빠졌는데, 전혀 신경 쓰지 않는구나. 저렇게나 이기적인 줄은 몰랐는데.'

캐서린은 고기 한 점을 입으로 가져가다가 다시 내려놓았습니다. 그러다 갑자기 뺨을 붉히더니 눈물을 왈칵 쏟아냈습니다. 그러고는 포크를 바닥에 떨어뜨린 다음 얼른 식탁보 밑으로 기어 들어가서 슬픔을 감추었습니다. 캐서린이 매정한 아이라는 생각은 금세 사라졌습니다. 저는 캐서린이 그날 종일 지옥 같은 고통을 겪었다는 것과 다른 사람 몰래 히스클리프한테 가보려고 기회를 엿보는 중이라는 사실을 깨달았습니다. 제가 몰래 히스클리프한테 먹을 것을 좀 가져다주려고 봤더니, 주인이 히스클리프를 가둬버렸더라고요.

저녁에는 춤을 추었어요. 캐서린은 이사벨라 린턴의 파트너가 없으니 히스클리프를 풀어달라고 사정했지만 소용없는 일이었답니다. 제가 빈자리를 메우라는 명을 받았지요.

우리는 신나게 춤을 추면서 우울한 기분을 전부 날려 보냈어요. 기머턴 악단이 도착하자 분위기는 한층 흥겨워졌고요. 단원은 열다섯이었고, 트럼펫 하나, 트롬본 하나, 클라리넷 몇 개, 바순 몇 개, 호른 몇 개, 더블베이스 하나에 가수들도 있었어요. 기머턴 악단은 매년 크리스마스에 지체 높은 집안들을 순회하며 사례비를 받았는데, 우리는 그들의 연주를 제일가는 여흥으로 생각했답니다.

우리는 악단의 반주에 맞추어 통상적인 캐럴들을 부른 다음 가곡과 중창곡을 들려달라고 했습니다. 언쇼 부인이 음악을 좋아한 덕분에 우리도 악단의 연주를 실컷 들었지요.

캐서린도 음악을 좋아했습니다. 하지만 계단 위에서 듣는 것이 제일 좋다면서 어두운 곳으로 올라가더군요. 저도 따라 올라갔습니다. 사람들이 워낙 많으니 우리가 없는 줄 모르고 큰방 문을 닫더군요. 캐서린은 곧장 계단에서 일어났습니다. 그러고는 히스클리프가 갇혀 있는 다락방으로 통하는 사다리를 타고 올라가서 히스클리프를 불렀습니다. 히스클리프는 한동안 고집을 부리며 대답하지 않았지만, 캐서린이 계속 부르니까 결국 판자 너머에서 이야기를 시작했습니다.

저는 두 아이의 이야기를 방해하지 않고 물러났습니다. 그러고는 노래가 거의 끝나가고 노래하던 사람들을 위해 다과를 준비해야 할 때쯤에, 캐서린에게 귀띔해주려고 사다리를 올라갔습니다.

그런데 캐서린의 모습은 보이지 않았고 다락방 안에서 캐서린의 목소리가 들려왔습니다. 이 원숭이 같은 것이 다른 다락방의 들창으로 빠져나가 지붕 위로 해서 히스클리프가 있는 다락방의 들창으로 기어든 것입니다. 캐서린을 구슬려 나오게 하느라 제가 정말 얼마나 고생을 했는지 몰라요.

캐서린이 나올 때 히스클리프도 따라 나왔습니다. 캐서린은 저더러 히스클리프를 부엌으로 데려가라고 했습니다. 제 부엌 동지 조지프는 '삿된 곡조'가 시끄럽다면서 이웃집에 가고 없었으니까요.

저는 그런 속임수를 도와줄 생각이 전혀 없다고 두 아이에게 못 박았지만, 히스클리프가 전날부터 쫄쫄 굶었으니, 이번 한 번만은 죄수 히스클리프가 간수 힌들리 씨를 속이는 일을 눈감아주기로 했습니다.

히스클리프는 아래층에 내려왔습니다. 저는 히스클리프를 위해 벽난로 앞에 걸상을 놓고 맛있는 것들을 잔뜩 차렸습니다. 하지만 히스클리프는 기운이 없어 제대로 먹지 못했고, 히스클리프를 즐겁게 해주려는 제 노력은 수포로 돌아갔습니다. 히스클리프는 두 손으로 턱을 괴고 팔꿈치를 양 무릎에 올린 자세로 말없이 생각에 골몰했습니다. 제가 무슨 생각 중이냐고 물었더니, 히스클리프는 자못 심각하게 대답하더군요.

"힌들리에게 어떻게 복수해줄까 궁리하고 있어. 아무리 오래 걸린다 해도, 반드시 복수해줄 거야. 설마 힌들리가 내가 복수하기 전에 죽어버리지는 않겠지!”

“히스클리프, 그럼 못써!” 제가 말했습니다. “악한 자는 하느님이 벌을 주실 거야. 우리는 용서하는 법을 배워야 해.”

“싫어. 하느님한테는 안됐지만, 나는 그런 거 안 배울 거야.” 히스클리프가 응수했습니다. “뭐가 제일 좋은 방법일까, 그것만 알면 되는데! 나 좀 가만 놔둬. 복수할 계획을 세울 거야. 복수를 생각하는 동안에는 아픈 줄도 모르겠어.”

한데, 록우드 씨, 이런 이야기엔 흥미 없으신 걸 제가 깜빡했네요. 이렇게 늦도록 지껄이고 앉아 있었다니! 죽은 식어버리고, 록우드 씨는 졸고 계시는데! 록우드 씨가 들려달라고 하신 히스클리프의 내력 같은 건 대여섯 마디면 되는 것을.

이러면서 하녀장은 하던 말을 끊고 일어나서 바느질거리를 치우려고 했다. 하지만 나는 벽난로 앞을 떠날 수 없을 것 같은 기분이었다. 내가 졸고 있었다니 당치 않은 말이었다.

“아직 일어나지 말게, 딘 부인.” 내가 소리쳤다. “반시간만 더 있다가 가지그래! 이야기는 느긋하게 풀어가는 것이 옳지. 그게 바로 내가 좋아하는 방법이야. 그러니까 끝을 맺을 때도 그런 방법으로 해주게나. 이야기에 등장했던 인물들이 정도의 차이는 있지만 모두 흥미롭군그래.”

“시계가 11시를 치고 있네요.”

“그게 무슨 상관인가. 나는 자정 이전에는 잠자리에 드는 법이 거의 없네. 10시까지 누워 있는 사람한테는 1시나 2시도 이른 시간이지.”

"10시까지 누워 계셔서는 안 되지요. 10시라면 오전의 절반이 훌쩍 지난 시간이잖아요. 10시까지 하루 일의 절반을 못 끝내면, 그날 안에 나머지 절반을 못 끝낼 공산이 크답니다."

"그건 그렇지만, 딘 부인, 거기 앉아보게. 나는 오늘 밤을 내일 오후까지 늘릴 작정이야. 아무래도 지독한 감기 같아. 적어도 내가 진단하기로는 그래."

"오진일 거예요. 그럼, 3년 정도의 이야기는 건너뛰게 해주세요. 그 사이에 언쇼 부인은……"

"안 돼, 안 돼. 그렇게는 못해! 딘 부인은 이런 기분 아나? 혼자 방에 앉아 고양이가 내 앞에서 새끼를 핥아주는 모습을 열심히 보고 있는데, 어미 고양이가 새끼의 한쪽 귀만 빠뜨려서 몹시 화가 나는 그런 기분, 아나?"

"잘은 모르지만, 만사가 시들한 기분 같은데요."

"천만에. 오히려 피곤하리만치 의욕적인 기분이야. 지금 내 기분이 그래. 그러니까 상세하게 들려주게. 이곳 시골 사람들이 생각하는 사람의 가치는 도시 사람들이 생각하는 사람의 가치에 비해 큰 것 같아. 지하 감옥에 갇힌 죄수가 생각하는 거미의 가치가 오두막에 사는 양민이 생각하는 거미의 가치에 비해서 큰 것이나 마찬가지겠지. 그렇다고, 보는 이의 상황에 따라 어떤 것에 더 깊이 관심을 가지게 된다는 말은 아닐세. 시골 사람들은 **실제로** 좀 더 진지하게 살고, 좀 더 자기 자신으로 살며, 표면적인 변화나 피상적인 것에 좌우되는 면이 덜하니까. 여기에서라면 평생 변치 않는 사랑도 가능할 것 같아. 사실 나는 1년을 넘기는 사랑이란 존재하지 않는다고 확신하는 사랑의 불신자였거든. 시골은 배고픈 사람이 한 가지 요리 앞에 앉아 자기의 식욕을 집중하고 요리의 참맛을 알아내는 것과 비슷한데, 도시는 프랑스 요리사 여러 명이 차려놓은 식탁 앞에 앉는 것과 비슷하지. 다양하게 즐길 수는 있지만, 하나의 요리가 관심과 기억에서 차지하는 비중은 지극히 미미할 뿐이야."

"허어! 여기 사람들도 알고 보면 다른 데 사는 사람이나 마찬가지예요." 딘 부인은 나의 말이 다소 곤혹스럽다는 듯이 대꾸했다.

"실례되는 말일지도 모르지만," 내가 다시 대꾸했다. "딘 부인만 해도 그 말에 대한 인상적인 반증인걸. 간혹 사소한 부분에서 시골티가 나기는 하지만, 딘 부인의 행동거지는 내가 딘 부인이 속한 계층의 특징이라고 생각하던 것하고는 완전히 다르니까. 딘 부인은 대다수의 하인들에 비해 생각하는 일이 많았던 것 같아. 쓸데없이 노닥거리면서 인생을 허비하는 일이 드물다 보니 사고력이 길러질 수밖에 없었겠지."

딘 부인이 웃음을 터뜨렸다.

"물론 저는 제가 착실하고 이성적인 편이라고 생각합니다만," 딘 부인이 말했다. "산속에 처박혀 날이면 날마다 판에 박힌 사람들만 구경하고 같은 일만 반복하며 살아온 덕이라고 말하기는 어렵네요. 고생이 지혜를 가르쳐주었고, 록우드 씨가 짐작하시는 것보다 책도 많이 읽었어요. 이 서재에서 제가 한 번 안 들춰본 책이 없고, 한마디 못 건진 책이 없거든요. 물론 저기 그리스어, 라틴어 쪽하고 프랑스어 쪽은 볼 줄 모르지만, 무슨 말인지는 구별할 줄 안답니다. 가난한 집 딸에게 그 이상을 바라시는 것은 무리지요.

어쨌든 수다쟁이처럼 시시콜콜 이야기해야 한다면, 당장 시작하는
게 낫겠네요. 3년을 건너뛰는 것은 그만두고 그해 여름으로 넘어가겠
어요. 1778년 여름이었으니, 거의 23년 전이네요."

8장

화창한 유월의 어느 날 아침, 제 손으로 기른 첫 아기이자 유서 깊은 언쇼 혈통의 마지막 아기가 태어났습니다.

우리는 멀리 밭에 나가 건초 일을 하고 있었는데, 아침밥 나르는 하녀 애가 평소보다 한 시간이나 일찍 나타났습니다. 풀밭을 가로지르고 오솔길을 내처 달리면서 계속 제 이름을 부르더라고요.

"헉헉, 얼라가 예쁘다!" 하녀 애가 헐떡거렸습니다. "그렇게 예쁠 수가 없다! 그런데 의사가 안주인은 얼마 못 산단다. 벌써 여러 달째 폐병이었단다. 의사가 힌들리 씨한테 그러더라. 이제 안주인이 살아보겠다고 용쓸 일이 없어졌으니까, 겨울을 못 넘길 거란다. 넬리, 당장 집에 가라. 넬리 니가 유모란다. 얼라한테 설탕이랑 우유를 먹이고 밤낮으로 보살피고…… 내가 넬리라면 얼마나 좋겠노. 안주인이 없어지면 얼라는 완전히 넬리 차지겠네!"

"안주인이 병이 심해?" 저는 쇠스랑을 내던지고 보닛 끈을 매며 물었습니다.

"그런가 보더라." 하녀 애가 대꾸했습니다. "그런데 얼라가 장성할 때까지 살 것처럼 말을 하데. 너무 기뻐서 정신이 나갔나 보더라. 얼라는 정말 예쁘거든! 내가 안주인이라면 절대 못 죽을 거 같다. 케네스 씨가 무슨 소릴 해도, 애만 한 번 쳐다보면 병이 나을 것 같다. 케네스 씨는 정말 화를 돋우더라. 아처 아줌마가 천사 같은 얼라를 큰방으로 안고 내려와서 주인한테 안겼거든. 주인이 막 웃으려는 참에, 늙은 까마귀 같은 케네스 씨가 튀어나오더니 이런 소릴 하데. '언쇼, 아내가 여태 목숨 부지하고 자네에게 이런 아들을 낳아주었으니 천만다행이네. 자네 아내가 처음 왔을 때 나는 머지않아 떠날 줄 알았어. 듣기 싫겠지만, 겨울을 못 넘길 거야. 너무 안달복달하지 말게. 그런다고 수가 나는 것도 아니니까. 그리고 말이야, 자네가 그렇게 부실한 처자를 고른 것부터가 잘못이야.'"

"그랬더니 주인은 뭐래던?" 제가 물었습니다.

"욕질을 하든가 그랬겠지. 나는 그쪽에는 신경도 안 썼다. 얼라 얼굴 보느라고." 하녀 애는 또다시 잔뜩 흥분해서 아기의 모습을 묘사했습니다. 저도 그 애 못지않게 흥분해서 집까지 다급히 달려갔습니다. 아기를 제 눈으로 보고 싶었으니까요. 하긴 힌들리를 생각하면 몹시 가여웠지만요. 힌들리의 마음속에는 두 우상이 들어갈 자리밖에 없었습니다. 그것은 아내와 자기 자신이었지요. 힌들리는 그 두 사람을 맹목적으로 사랑했고 그중 한 사람은 숭배했는데, 그 사람이 죽는다면 어떻게 견딜지 저로서는 상상하기 어려웠습니다.

우리가 폭풍의 언덕에 닿았을 때, 힌들리가 가운데 출입구 앞에 서 있었습니다. 저는 안으로 들어가면서 아기는 어떠냐고 물었습니다.

"당장 일어나서 달릴 기세야, 넬리!" 힌들리는 명랑한 미소를 지어 보이면서 대답했습니다.

"마님은요?" 제가 용기를 내서 물었습니다. "의사 말로는……"

"망할 놈의 의사!" 힌들리가 얼굴이 시뻘게지면서 제 말을 가로막더군요. "프랜시스는 말짱해. 일주일만 지나면 완전히 회복될 거야. 위층에 갈 거야? 그럼 프랜시스한테 가서 아무 말도 안 한다고 약속하면 들어가겠다고 전해줘. 프랜시스가 입을 다물지를 않으려고 해서 내가 나와버렸거든. 안정을 취해야 하는데, 프랜시스한테 가서 케네스 씨가 말하지 말라고 했다고 전해줘."

언쇼 부인은 너무 좋아서 제정신이 아닌 것 같았습니다. 제가 남편의 말을 전하자, 웃으면서 대답하더군요.

"엘렌, 나는 거의 입 다물고 가만있었는데, 그이가 울면서 두 번이나 뛰쳐나간 거야. 알았어. 아무 말도 안 한다고 약속한다니까. 하지만 그이 꼴을 보고 웃지 않겠다고 약속하는 건 아니야."

가엾은 사람 같으니! 언쇼 부인은 세상을 떠나기 일주일 전까지 그렇게 즐거운 기분을 잃지 않았습니다. 아내의 건강이 날마다 좋아진다고 우기는 남편의 모습은 고집스러움을 넘어 포악스러웠지요. 케네스 씨는 병이 이런 단계까지 오면 자기 약이 소용없으니까, 치료하는 일도 치료비를 내는 일도 쓸데없는 짓이라고 충고했습니다. 그랬더니 힌들리는 이렇게 응수하더군요.

"쓸데없는 짓인 거 나도 알아. 아내는 건강하니까. 이제 네놈 치료 따위 필요 없어! 폐병에 걸린 적도 없어. 열병에 걸렸을 뿐인데, 이제 다 나았어. 지금은 맥박도 나만큼 느리고 뺨도 나만큼 서늘하다니까."

힌들리는 아내에게도 똑같은 이야기를 했고, 아내는 그 이야기를 믿는 것 같았습니다. 하지만 어느 날 밤, 언쇼 부인은 남편의 어깨에 머리를 기대고 내일이면 털고 일어날 것 같다고 말하던 도중에, 기침을 시작했습니다. 지극히 경미한 기침이었지요. 힌들리는 아내를 안아 일으켰습니다. 부인은 남편의 목을 끌어안은 채로 얼굴색이 변했고 그렇게 죽어버렸습니다.

하녀 애의 예상대로, 아기 헤어턴은 전적으로 제게 맡겨졌습니다. 언쇼 씨는 아기가 자기가 보기에 건강하고 자기가 듣기에 잠잠하면, 아기에 관한 한 만족했습니다. 하지만 자신에 관한 한은 점점 절망했습니다. 언쇼 씨의 슬픔은 악으로 버티는 슬픔이었습니다. 언쇼 씨는 울지도 않았고 기도하지도 않았습니다. 악다구니하고 뻗섰습니다. 하느님과 인간을 저주하며 방탕에 빠졌습니다.

하인들은 주인의 횡포와 악행을 오래 견디지 못했습니다. 남은 것은 조지프와 저뿐이었지요. 저는 제 손에 맡겨진 아이를 차마 두고 갈 수 없었고, 록우드 씨도 아시다시피 저의 어머니가 힌들리를 키운 유모였으니까, 생판 남보다는 힌들리가 하는 짓을 용서하기가 쉬웠답니다.

조지프가 남은 이유는 첫째가 소작인들과 일꾼들에게 거들먹거리려는 속셈이었고, 둘째가 악의 소굴에서 남의 죄를 책망하는 일을 천직으로 생각했기 때문이었지요.

주인의 나쁜 생활 습관과 나쁜 친구들은 캐서린과 히스클리프에게 크게 영향을 미쳤습니다. 히스클리프에 대한 주인의 학대는 성자라도 악마로 둔갑시키기에 충분했습니다. 그런데 그 당시에 그 아이는, 정말, 뭔가 악마 같은 것에 홀려 있는 모양이었어요. 힌들리가 구원받지 못할 타락에 빠져드는 것을 지켜보며 희희낙락했고, 안하무인으로 시무룩하고 난폭하기가 날로 도를 더해갔답니다.

그때 우리 집이 얼마나 지옥이었는지 그걸 어찌 말로 다 하겠어요. 목사님도 발길을 끊었고, 결국 점잖은 사람들은 우리 집 근처에도 오지 않게 됐지요. 에드거 린턴이 캐시 양을 찾아오는 것 정도가 예외였을까요. 그 당시 열다섯이던 캐시 양은 이 일대의 여왕이었어요. 그렇게 예쁠 수가 없었지요. 그래서였는지 나중에는 오만방자해져버렸어요! 솔직히 말해서 제가 캐시 양을 좋아했던 적은 캐시 양이 아주 어렸을 때밖에 없었어요. 캐시 양의 콧대를 꺾어놓으려다 화를 돋운 일도 자주 있었고요. 그렇기는 해도 캐시 양이 저를 싫어했던 적은 없었어요. 캐시 양은 한번 애정을 품으면 놀라울 정도로 오래 간직했습니다. 히스클리프에 대한 애정마저 한결같았어요. 린턴 청년은 히스클리프보다 모든 면에서 한 수 위였지만, 히스클리프만큼 캐시 양의 마음을 차지하기는 어려웠지요.

그 린턴 청년이 돌아가신 이 집 주인 나리예요. 저기 벽난로 위가 그분 초상화랍니다. 전에는 저 초상화가 이쪽에 있고 안주인 초상화가 저쪽에 있었는데, 안주인 것은 떼어 갔어요. 초상화만 있었으면, 안주인이 어땠는지 조금은 아실 수 있을 텐데 아쉽네요. 저거 보이세요?

딘 부인이 촛불을 쳐들었다. 순한 이목구비가 눈에 들어왔다. 폭풍의 언덕의 아가씨와 아주 많이 닮았지만, 이쪽이 더 애잔하고 온화했다. 보기 좋은 그림이었다. 기름한 금발이 관자놀이에서 살짝 곱슬곱슬했고, 눈은 크고 진지했으며, 용모는 지나치다 싶을 만큼 우아했다. 이런 남자 때문이었다면 캐서린 언쇼가 소꿉친구를 잊었다고 해도 놀랄 일은 아니었다. 놀랄 일이라면 이런 외모를 가진 사람이 그에 어울리는 심성을 가지고, 내가 생각하는 캐서린 언쇼를 좋아할 수 있었다는 것이었다.

"아주 보기 좋은 초상화로구먼." 내가 하녀장에게 말했다. "실물이랑 비슷한가?"

"그럼요." 하녀장이 대답했다. "하지만 활기찬 표정이 더 잘 어울리는 분이었답니다. 저건 그분의 평상시 표정이었고요. 대체로 활기가 부족한 분이었지요."

캐서린은 린턴 가문 사람들과 다섯 주를 함께 지낸 뒤로 쭉 친분을 유지했습니다. 그 사람들에게 자기의 거친 면을 내보일 마음도 없었고, 그토록 잘 대해주는 사람들 앞에서 무례를 범하는 것은 부끄러운 일임을 알 만큼 분별력이 있던 탓에 캐서린은 자기도 모르는 사이에 꾸밈없는 살가움을 발휘하여 린턴 내외의 환심을 사고, 이사벨라의 동경을 받고, 에드거의 마음과 영혼을 얻었으며—캐서린은 야심만만한 아이여서 자기가 손에 넣은 것들에 우쭐해했어요—누구를 속여야겠다고 생각했던 것은 아니지만 점차 이중적인 성격으로 굳어졌습니다.

히스클리프를 '천한 깡패 아이' 또는 '짐승만도 못한 아이'라고 하는 곳에서는 캐서린도 그 애처럼 행동하지 않으려고 조심을 했지만,

집에서는 예의를 갖춘다고 해도 돌아오는 것은 비웃음뿐이고 성미를 억누른다고 해서 누가 인정해주거나 칭찬해주는 것도 아니니 그냥 제멋대로였답니다.

에드거 씨가 폭풍의 언덕을 공공연하게 방문할 정도의 용기를 발휘하는 일은 드물었습니다. 언쇼의 평판에 잔뜩 겁을 먹었기 때문에 마주치는 일은 피하려고 했지요. 하지만 에드거 씨가 방문하면 우리는 언제나 최대한 정중히 대접했습니다. 주인도 그를 거스르는 일은 하지 않으려고 했고—왜 찾아오는지 알고 있었으니까요—체면이 깎일 것 같으면 아예 자리를 피했답니다. 모르긴 몰라도 캐서린은 에드거 씨의 방문을 꺼렸던 것 같아요. 캐서린은 술수도 못 쓰고 교태를 부리는 여자도 아니었으니, 자신의 두 친구가 마주치는 것을 몹시 싫어했지요. 히스클리프가 린턴에 대한 경멸을 표하면, 린턴이 없을 때는 반쯤 동조할 수 있었지만 린턴이 있을 때는 그럴 수 없었고, 린턴이 히스클리프에 대한 혐오와 반감을 표하면, 히스클리프가 없을 때는 자기 소꿉친구가 무시당하든 말든 자기와는 상관없는 일이라는 듯이 대응할 수 있었지만, 히스클리프가 있을 때는 그렇게 무심한 척할 수 없었으니까요.

캐서린은 자신의 당혹스러움과 말로는 다 못할 괴로움을 감추려고 무던히도 애썼지만, 저는 그걸 굳이 들춰내서 비웃었던 적이 한두 번이 아니었습니다. 이렇게 말하니 제 심보가 비뚤어진 것 같지만, 캐서린이 너무 도도하게 구니 캐서린의 괴로움을 동정해주기란 정말 불가능했어요. 그 콧대가 꺾이려면 좀 더 당해봐라 하는 심정이었지요.

결국 캐서린은 제게 괴로움을 털어놓더군요. 의논 상대로 삼을 사람이 달리 없었으니까요.

어느 날 오후, 힌들리 씨는 출타 중이었고, 히스클리프는 그가 없는 틈을 타서 놀아버리자고 작정했습니다. 그게 히스클리프가 열여섯 살 때쯤이었던 것 같은데, 얼굴이 못난 것도 아니고 머리가 나쁜 것도 아니면서 겉과 속이 모두 더럽다는 인상을 풍기고 돌아다녔어요. 지금의 히스클리프를 보면 그때의 흔적이 전혀 남아 있지 않지만요.

우선 그 당시 히스클리프는 어려서 받았던 교육의 효력을 모두 잃어버린 상태였습니다. 아침 일찍부터 저녁 늦게까지 중노동에 시달리다 보니 옛날에 있었던 앎에 대한 호기심도 모두 사라지고, 책에 대한 애정이나 배움에 대한 욕구도 완전히 없어져버렸지요. 어렸을 적에는 언쇼 씨의 편애를 받으며 우월감을 키우기도 했었지만, 그런 것은 이제 온데간데없이 사라졌습니다. 캐서린과 같은 수준으로 공부하기 위해 오랫동안 애썼지만, 결국은 쓰라린 회한을 속으로 삭이며 포기할 수밖에 없었어요. 하지만 포기할 때는 철저했지요. 자기의 옛날 수준보다 더 아래로 내려갈 수밖에 없다고 여기게 된 이후로는, 한 걸음이라도 위로 올라가는 일은 절대 하지 않으려고 했답니다. 그러면서 용모까지 정신적 퇴보에 어울리게 변해갔습니다. 걸음걸이는 구부정해졌고 표정은 저열해졌으며, 타고난 내성적 성격이 정도를 지나쳐 바보 천치같이 뚱해졌답니다. 몇 명 되지도 않는 아는 사람들을 자극해서 업신여김 받는 것이 존중받는 것보다 재미있는 듯했지요.

히스클리프가 일을 쉬는 때는 아직 캐서린이 항상 옆에 있었지만,

언제인가부터 히스클리프는 캐서린에 대한 애정을 말로 표현하는 일
이 없어졌고, 캐서린이 천진난만하게 입을 맞추거나 끌어안으려고 하
면 믿지 못하겠다는 듯 화를 내며 몸을 뺐습니다. 자기에게 그렇게 애
정을 쏟아부어봤자 상대에게 득이 될 게 없음을 의식하는 모양이었지
요. 아까 말씀드린 대로, 힌들리 씨가 출타한 날 오후, 히스클리프는
큰방으로 들어와 땡땡이를 치겠다는 의사를 밝혔습니다. 그때 저는
캐시 양의 옷단장을 돕고 있었어요. 캐시 양은 어찌어찌해서 에드거
씨에게 오빠가 집에 없다는 것을 알려놓은 상황이었지요. 히스클리프
가 농땡이를 치리라는 생각은 못하고, 그저 집이 자기 차지일 줄 알았
으니까요.

"캐시, 오늘 오후에 볼일 있어?" 히스클리프가 물었습니다. "어디
갈 데 있니?"

"아니, 비 오잖아." 캐시 양이 대답했습니다.

"그런데 그 비단 원피스는 왜 입었니?" 히스클리프가 물었습니다.
"누가 오는 건 아니지?"

"내가 알기로는 없는데," 캐시 양은 말을 더듬었습니다. "그런데 히
스클리프, 얼른 밭에 나가야지. 식사 끝나고 한 시간이나 지났잖아.
아까 나간 줄 알았는데."

"힌들리가 만날 집에 버티고 있으니 우리가 편하게 놀 수가 없잖
아." 그 아이가 말했습니다. "오늘은 이제 일 안 할래. 너랑 집에 있을
거야."

"야아, 그래도 조지프가 일러바칠 거야." 캐시 양이 말했습니다.
"나가보는 게 좋을걸."

"조지프는 석회 옮기는 일 때문에 페니스턴 절벽 건너편으로 갔어. 저녁때까지는 못 올 거야. 아무것도 모를 거야."

히스클리프는 이렇게 말하며 벽난로 앞으로 어슬렁어슬렁 걸어오더니 의자에 앉았습니다. 캐서린은 잠시 양미간을 찌푸리며 생각에 잠겼습니다. 이제 곧 쳐들어올 친구를 위해 장애물을 치워야겠다고 생각했겠지요.

1분쯤 침묵이 흐른 뒤 캐서린이 말했습니다. "이사벨라 린턴하고 에드거 린턴이 오늘 오후에 오겠다고 했는데, 비가 내리니까 아마 안 올 거야. 하지만 올 수도 있는데, 혹시라도 오게 되면 너만 괜히 야단 맞을 수도 있어."

"엘렌을 보내서 바쁘다고 전해, 캐시." 히스클리프는 계속 우겼습니다. "나를 쫓아내고 그런 한심하고 바보 같은 애들이랑 놀겠다는 거니? 그 애들을 보면 가끔 내가 정말…… 아니다, 관두자."

"그 애들을 보면 뭐?" 캐서린은 괴로운 얼굴로 히스클리프를 빤히 쳐다보며 소리쳤습니다. 그러고는 머리를 빗겨주는 제게 신경질을 내며 갑자기 머리를 흔들었습니다. "넬리! 이렇게 빗으니까 컬이 풀렸잖아! 이제 됐어. 그냥 놔둬. 히스클리프, 그 애들을 보면 뭐가 어떻다는 거니?"

"아무것도 아냐…… 저기 벽에 달력 한번 봐." 히스클리프는 창문 옆에 걸린 달력 액자를 가리키며 이렇게 말했습니다. "십자는 저녁에 네가 그 집 애들이랑 있었던 날이고 점은 나랑 있었던 날이야. 보이니? 내가 매일매일 표시했어."

"그래, 잘 보인다. 바보짓을 하는구나. 내가 저런 데 신경 쓸 것 같니?" 캐서린은 쌀쌀맞게 대꾸했습니다. "저런 게 무슨 의미가 있니?"

"나는 신경 써. 나한테는 의미 있어." 히스클리프가 말했습니다.

"그럼 나는 매일 저녁 너랑 있어야 하니?" 캐서린은 점점 짜증스럽게 물었습니다. "그렇다고 내가 무슨 득이 있어? 네가 무슨 말을 할 줄 아니? 하는 말은 벙어리나 다름없고 하는 짓은 어린애 같은데, 내가 뭐가 재밌겠니?"

"전에는 나한테 그렇게 말한 적 없잖아, 캐시! 내가 말이 없어서 싫다고 말한 적 없잖아! 나랑 같이 있는 게 싫다고 말한 적 없잖아!" 히스클리프는 완전히 흥분해서 고함쳤습니다.

"아무것도 모르고 아무 말도 안 하는 사람은, 같이 있어도 같이 있는 게 아니야." 캐서린은 낮게 투덜댔습니다.

히스클리프는 벌떡 일어났습니다. 하지만 그 아이에게는 감정을 표현할 시간이 더는 주어지지 않았어요. 포석 위로 말발굽 소리가 들려왔거든요. 린턴 청년은 문을 살짝 두드린 후 집 안으로 들어왔습니다. 뜻밖의 호출로 희색이 만면한 얼굴이더군요.

한 친구가 들어오고 한 친구가 나가는 그 순간, 캐서린은 두 친구의 차이를 실감할 수밖에 없었을 겁니다. 나무 한 그루 자라지 않는 험준한 탄광촌을 보다가 초목이 무성한 아름다운 골짜기를 보는 것과 비슷했겠지요. 생김새뿐 아니라 목소리와 인사말도 정반대였습니다. 그의 목소리는 다정하고 나직했으며, 말투는 록우드 씨에 가까웠어요. 여기 사람들처럼 거칠지 않고 부드러운 말투였지요.

"내가 너무 일찍 왔나?" 린턴 청년이 저를 슬쩍 쳐다보면서 말했습니다. 그때 저는 장식장 앞에서 접시를 닦고 서랍을 정리하는 중이었거든요.

"아니야." 캐서린이 대답했습니다. "넬리, 거기서 뭐해?"

"일하잖아요, 아가씨." 제가 대꾸했습니다. (힌들리 씨는 제게 린턴이 왔을 때 절대로 단둘이 있게 하지 말라고 당부했었지요.)

캐서린은 제 등 뒤로 다가와서 짜증스럽게 속삭였습니다. "행주 갖고 얼른 나가! 손님 왔을 때 하인이 걸레질하는 거 아니야!"

"나리가 출타 중이시니 지금 해놓아야 해요." 제가 큰 소리로 대답했습니다. "나리가 계시면 부산스럽다고 못하게 하시니 어쩔 수 없지요…… 에드거 나리는 괜찮다고 하실걸요."

"내가 있을 때도 못하게 할 거야." 아씨는 손님에게 말할 틈도 주지 않고 도도하게 소리쳤습니다. 사실 캐서린은 히스클리프와의 작은 언쟁 후로 계속 심란한 상태였거든요.

저는 "죄송하지만 어쩔 수 없네요, 캐서린 아가씨"라고 대꾸한 뒤, 하던 일을 계속했습니다.

캐서린은 제게서 행주를 빼앗고 제 팔을 꼬집었습니다. 한참을 독하게 꼬집더라고요. 에드거가 못 보리라고 생각했겠지요.

아까도 말씀드렸지만, 저는 캐서린을 그다지 좋아하지 않았고 이따금 망신 주는 것을 즐기기도 했답니다. 게다가 꼬집힌 데가 너무 아프더라고요. 저는 무릎으로 벌떡 일어나며 비명을 질렀습니다.

"아야, 아가씨, 아프니까 그만해요! 내가 뭘 잘못했다고 꼬집어요? 나도 가만 안 있어요!"

"나 안 꼬집었어, 이 거짓말쟁이야!" 캐서린이 소리쳤습니다. 손가락은 다시 한 번 꼬집고 싶어 좀이 쑤시는 듯했고, 귓불은 분노로 새빨갛더군요. 캐서린은 원래 자기 감정을 숨길 줄 몰랐고, 화가 나면 항상 얼굴이 불이 난 것처럼 새빨개졌지요.

"그럼 이건 뭐랍니까?" 저는 캐서린의 말을 반박하는 결정적 증거로 보라색 상처를 내보이며 응수했습니다.

아가씨는 발로 바닥을 쾅쾅 구르며 잠시 머뭇거리는 듯했습니다. 하지만 결국은 자기 성질을 못 이기고 저의 뺨을 갈기더라고요. 얼마나 얼얼하던지 눈물이 다 났답니다.

"캐서린, 안 돼! 캐서린!" 린턴이 끼어들었습니다. 자신의 우상이 거짓말과 손찌검이라는 이중의 잘못을 저지르다니, 엄청난 충격이었지요.

"엘렌, 당장 나가!" 캐서린은 온몸을 부들부들 떨면서 다시 한 번 나가라고 했습니다.

꼬마 헤어턴은 항상 저를 졸졸 따라다녔고 그때도 저와 멀지 않은 바닥에 앉아 있었는데, 제가 눈물을 흘리는 것을 보더니 따라 울기 시작하더군요. 헤어턴이 엉엉 울며 '못된 캐시 고모'에게 불만을 표하자, 캐서린은 자신의 분노를 헤어턴에게 쏟아붓고 말았습니다. 캐서린이 헤어턴의 어깨를 붙잡고 마구 흔들자, 그 가엾은 아이는 얼굴이 흙빛으로 변해갔고, 에드거는 아이를 구하려고 아무 생각 없이 캐서린의 양손을 붙잡았습니다. 바로 다음 순간, 에드거는 깜짝 놀랐습니다. 자기 손을 뿌리친 캐서린의 한쪽 손바닥이 도저히 장난으로 넘길 수 없는 방식으로 자기 귀에 닿는 것을 느꼈으니까요.

에드거는 소스라치면서 뒤로 물러났습니다. 저는 헤어턴을 안고 부엌으로 빠져나갔는데, 문은 그냥 열어놓았어요. 두 사람의 견해차가 어떻게 매듭지어질지 궁금했거든요.

상처 입은 손님은 자기 모자를 놓아둔 데로 갔습니다. 얼굴은 허옇게 질렸고, 입술은 떨리고 있더군요.

"옳지, 잘한다!" 저는 혼잣말을 했습니다. "어서 가라! 앞으로 조심해야 한다! 이제 캐서린의 진면목을 조금이나마 알았을 테니 얼마나 다행한 일이냐."

"어디 가게?" 캐서린이 문 앞을 막으며 물었습니다.

에드거는 피하면서 지나가려고 했지요.

"가지 마!" 캐서린이 힘주어 소리쳤습니다.

"가야 해. 갈 거야!" 에드거가 나직하게 대꾸했습니다.

"못 가." 캐서린은 문고리를 잡고 막아섰습니다. "지금 가면 안 돼, 에드거 린턴. 앉아. 그렇게 화내며 가버리면 안 돼. 그럼 나는 밤새 괴로워해야 해. 너 때문에 괴로워하기 싫어!"

"나를 때려놓고 나더러 가지 말라고?" 린턴이 물었습니다.

캐서린은 대답이 없었습니다.

"나는 이제 네가 무서워졌어. 그리고 네가 창피해졌어." 린턴은 말을 이었습니다. "이제 여기 안 올 거야!"

캐서린의 눈이 눈물로 반짝이더니 눈꺼풀을 깜빡깜빡했습니다.

"게다가 너는 의도적으로 거짓말을 했어!" 린턴이 말했습니다.

"아니야!" 캐서린은 겨우 말문을 열고 소리쳤습니다. "나는 의도 같은 거 없었어…… 그래, 갈 테면 가! 가버려! 나는 이제부터 울 거야! 울다가 병이 나버릴 거야!"

캐서린은 무릎을 꿇고 쓰러지면서 정말 서럽게 울기 시작했습니다.

에드거는 마당으로 나설 때까지는 단호했습니다. 하지만 곧 흔들리더군요. 저는 에드거의 마음을 다잡아주기로 마음먹었지요.

"도련님, 아가씨는 지독한 고집쟁이예요." 제가 부엌에서 마당으로 나가면서 소리쳤습니다. "버릇없기가 이만저만이라야지요. 얼른 말에 오르세요. 이렇게 안 가고 계시면, 아가씨는 우리 마음 아프라고 병에 걸려버릴 테니까요."

그 순둥이가 창문을 곁눈질하더군요. 도저히 발길이 떨어지지 않는 모양이었어요. 고양이가 반쯤 죽인 생쥐나 반쯤 먹은 새를 두고 떠나지 못하듯 말이에요.

저는 속으로 생각했습니다. 오호라, 너는 이제 망했구나! 네가 섶을 지고 불로 뛰어드는구나!

생각대로였습니다. 에드거는 갑자기 돌아서더니 서둘러 안으로 들어갔습니다. 그러고는 문을 닫더군요. 잠시 후에 저는 언쇼가 고주망태로 돌아왔으니 온 집 안이 언제 쑥대밭이 될지 모른다고 일러주기 위해 큰방으로 갔습니다. (언쇼가 술에 취하면 집 안에 난리가 나는 것은 보통이었지요.) 그런데 두 아이를 보니 싸운 후에 더욱 친해졌더군요. 싸움을 통해서 젊은이다운 수줍음의 껍데기가 깨진 덕에 우정의 가면을 벗어던지고 서로의 사랑을 고백했던 것입니다.

힌들리 씨의 귀가 소식에 린턴은 급히 말에 올라탔고, 캐서린은 자기 방으로 올라갔습니다. 나는 꼬마 헤어턴을 숨기고 주인의 엽총에서 총알을 빼느라 분주하게 왔다 갔다 했습니다. 힌들리 씨가 술에 취해 흥분하면 엽총을 가지고 장난치기를 좋아했는데, 그때 누가 잘못해서 힌들리 씨를 자극하거나 아니면 눈에 너무 많이 띄기만 해도

116

목숨이 위험했거든요. 하지만 제가 총알을 빼놓으면 혹시라도 힌들리 씨가 정말 방아쇠를 당긴다고 해도 피해가 덜하리라 생각했던 것입니다.

9장

힌들리는 차마 들어주기 힘든 지독한 욕설을 지껄이며 들어왔습니다. 저는 그의 아들내미를 부엌 찬장 안에 집어넣다 딱 걸렸지요. 헤어턴은 아버지가 짐승 같은 애정 공세를 퍼부을 때나 미친 사람같이 화를 낼 때나 똑같이 건강한 공포를 느끼는 아기였습니다. 애정이 쏟아질 때는 포옹이나 입맞춤에 질식당할 위험이 있었고, 분노가 쏟아질 때는 벽난로나 벽에 내동댕이쳐질 위험이 있었으니까요. 그러니 그 가엾은 것은 제가 자기 몸뚱이를 어디에 누이든 쥐 죽은 듯 가만히 있었답니다.

"아하, 이제야 알겠다!" 힌들리는 개 목덜미를 잡아채듯 저의 목을 뒤에서 잡아당기면서 소리쳤습니다. "빌어먹을 뒈질 놈들, 네놈들이 애를 죽이려고 작당을 했구나! 어째 항상 애가 안 보인다 했더니, 그 이유를 이제 알겠구나. 이제 내가 사탄의 힘으로 넬리 네년 아가리에 식칼을 쑤셔 박아주마! 웃을 일이 아냐. 나는 방금 케네스를 검은 말 늪에 거꾸로 처박고 왔거든. 한 놈 죽이나 두 놈 죽이나 뭐가 다르겠느냐. 오늘 밤 발 뻗고 자려면 이제 네놈 중에 몇 놈 죽여야 쓰겠다."

"하지만 힌들리 씨, 저는 식칼은 사양입니다." 제가 대답했습니다. "청어 썰던 칼이에요. 정 죽이시려거든 총을 쏘아주신다면 고맙겠는데요."

"네년은 차라리 뒈져주면 고맙겠다." 힌들리가 말했습니다. "뒈지게 해주마. 영국 법에 가장이 집안 단속하는 것을 막는 법은 없다. 집안 꼴이 엉망이로구나! 아가리 벌려라."

힌들리는 식칼을 집더니 칼날을 저의 이 사이로 찔러 넣었습니다. 하지만 저로 말씀드리자면, 힌들리의 엉뚱한 언행을 별로 두려워하지 않는 편이었지요. 저는 침을 뱉은 다음 맛이 형편없다, 칼은 절대 안 먹겠다, 하고 말했지요.

"아하!" 힌들리는 저를 놓아주면서 말했습니다. "저 흉측한 어린 놈은 헤어턴이 아니로군. 내가 잘못 봤어, 넬리. 저놈이 헤어턴이라면, 아비를 보고도 달려 나오기는커녕 요괴라도 만난 듯이 울어댄 벌로 살가죽을 홀랑 벗겨야 마땅하겠지만. 야, 너, 이상하게 생긴 짐승새끼, 이리 와라! 마음 착한 아비 속여먹는 법을 가르쳐줄 테니. 한데, 넬리, 이 짐승은 귀때기를 잘라주는 편이 귀여울 것 같지 않아? 개새끼는 귀때기를 잘라주면 사나워지는데, 나는 뭐든 사나운 게 좋거든. 가위 좀 가져와. 나는 사납고 단정한 게 좋아! 그리고 말이야, 귀때기를 애지중지하는 것은 빌어먹을 가식이야, 죽어라 잘난 척하는 거라

고. 우리는 귀때기 같은 거 없어도 개자식이잖아. 뚝, 아가야, 뚝! 어
라, 이거 내 새끼네! 조용, 이제 그만 울자. 예쁘기도 하지, 아빠한테
뽀뽀. 뭐야! 안 해? 뽀뽀해라, 헤어턴! 망할 놈아, 뽀뽀하지 못해? 빌
어먹을, 이런 괴물 같은 놈을 내가 키워주나 봐라! 내가 모가지를 분
지르고 만다.”

그동안 가엾은 헤어턴은 아버지의 품에서 있는 힘을 다해 울부짖고
발버둥을 치고 있었는데, 아버지가 자기를 위층으로 데리고 올라가
난간 위로 들어 올린 순간에는 비명 소리를 곱절로 높였습니다. 저는
애가 경기하겠다고 소리치며 헤어턴을 구하려고 달려갔습니다.

제가 올라갔을 때는 힌들리가 난간 위로 상체를 내밀고 아래층에서
나는 소리를 듣고 있더군요. 자기가 무엇을 들고 있는지도 잊은 듯했
지요.

“누가 오는 거지?” 누군가 계단을 향해 다가오는 소리를 들으면서,
힌들리가 물었습니다.

히스클리프의 발소리였습니다. 저는 히스클리프에게 오면 안 된다
고 말하기 위해 난간 위로 몸을 내밀었습니다. 그런데 제가 눈을 떼는
순간, 헤어턴이 갑자기 몸을 뒤틀었습니다. 헤어턴은 아버지의 헐거
운 손아귀에서 빠져나가 아래로 떨어졌습니다.

아찔한 공포를 경험할 새도 없이, 우리는 그 불쌍한 어린것이 무사
하다는 사실을 알게 되었습니다. 위기의 순간에 마침 난간 바로 밑에
있던 히스클리프가 떨어지는 애를 자기도 모르게 받아 들고 바닥에
세우더라고요. 히스클리프는 사고의 주범을 확인하기 위해 위를 쳐다
보았지요.

행운의 복권을 5실링에 팔아버린 다음 자기가 판 복권이 5천 파운드에 당첨되었음을 알게 된 구두쇠라 해도, 난간에서 힌들리를 발견한 히스클리프처럼 허망한 표정을 지을 수는 없었을 겁니다. 히스클리프의 표정은 자신의 복수를 바로 자기 손으로 가로막아버린 것에 대한 통한, 그 극도의 통한을 그 어떤 말보다도 뚜렷하게 드러내고 있었습니다. 만약 그때 집 안이 어두웠더라면, 필경 히스클리프는 잘못을 바로잡기 위해 헤어턴의 머리를 계단에 내리쳐 박살 내버렸을 겁니다. 한데 우리가 헤어턴의 구조 현장을 목격했던 거지요. 저는 부리나케 내려가 제 소중한 아기를 꼭 끌어안았습니다.

힌들리는 비교적 여유를 부리며 내려오더군요. 술이 깨니 무안했겠지요.

"엘렌, 네 잘못이야." 힌들리가 말했습니다. "애는 안 보이는 데다 치워놨어야지. 애가 내 손에 있으면 얼른 데려갔어야지. 어디 다친 데는 없지?"

"다친 데가 없냐고요!" 저는 화를 내며 소리쳤습니다. "조만간 죽든지 바보가 되든지 둘 중 하나예요! 세상에! 아비가 돼서 애한테 이렇게 함부로 하다니, 왜 애 엄마가 무덤에서 벌떡 일어나지 않나 모르겠네. 예수 믿는 것이 아무 소용 없네. 자기 피붙이에게 이런 짓을 하는 인간인데!"

겁에 질렸던 아이는 제 품에 안기자마자 울음을 그쳤고, 힌들리는 아이를 쓰다듬으려고 손을 내밀었습니다. 그러나 아이는 아버지의 손가락이 닿자마자 전보다 더 큰 소리로 비명을 질렀고, 자지러질 듯이 발버둥을 쳤습니다.

"애 좀 그만 괴롭히세요!" 제가 계속 소리쳤습니다. "아이가 싫어하잖아요. 다들 힌들리 씨를 싫어하잖아요. 아시겠어요! 집안 꼴 참좋네요! 힌들리 씨 꼴 참 좋아요!"

"내 꼴은 점점 좋아질걸, 넬리!" 이 정신 못 차리는 인간은 평소의냉혹한 태도를 되찾고 껄껄 웃더군요. "일단 애 데리고 나가. 그리고,너, 히스클리프! 너도 나가. 그리고 내 근처에는 얼씬하지 마라. 오늘밤에 내가 너를 죽일 것 같지는 않다. 집에 불을 지를 수도 있으니까확실하지는 않지만, 어쨌든 내 마음이니까."

힌들리는 이렇게 말하며 선반에서 1파인트짜리 브랜디 병을 꺼내맥주잔에 콸콸 쏟아붓더군요.

"그만해요!" 제가 사정했습니다. "힌들리 씨, 이제는 조심 좀 하세요. 자신은 어떻게 되든지 상관없다 쳐도, 이 불쌍한 애가 어찌 될지신경 좀 쓰세요!"

"애한테도 내가 없는 편이 좋아." 힌들리가 대답했습니다.

"힌들리 씨 영혼이 어찌 될지 신경 좀 쓰세요!" 저는 힌들리의 잔을뺏으려고 애쓰면서 소리쳤습니다.

"싫어! 내 영혼을 만든 놈을 혼내줄 수만 있다면 지옥 불에 떨어져도 아쉬울 게 없어!" 이 천벌 받을 인간이 소리쳤습니다. "내 영혼의지옥행을 위해 건배!"

힌들리는 독주를 들이켜면서, 우리더러 나가라고 재촉했습니다. 나가라는 말끝에는 지독한 악담이 따라붙었지요. 너무 심한 악담이라옮기기도, 기억을 되살리기도 뭐하네요.

"술을 저리 퍼먹는데 죽지를 못하니 안됐어." 문을 닫고 부엌에 들어왔더니 이번에는 히스클리프가 악담을 시작했습니다. "죽고 싶어 용을 써도, 건강이 원수네. 케네스 씨가 자기 암말을 걸고 내기해도 좋다면서, 저놈은 기머턴 이편에서 제일 오래 살 놈이래. 백발이 성성할 때까지 죄를 짓다 죽을 거래. 무슨 흔치 않은 사고라도 당한다면 모르지만."

저는 부엌으로 가 앉아서 제 어린 양을 진정시켜 재우려는 참이었습니다. 히스클리프는 마구간에 갔겠거니 생각하면서요. 하지만 나중에 알고 보니, 히스클리프는 방 저편의 등받이 높은 긴 의자 뒤에서 걸음을 멈추었더군요. 벽난로에서 먼 한쪽 벽에 붙여놓은 장의자에 털썩 주저앉아 아무 말도 하지 않은 것뿐이었지요.

제가 헤어턴을 무릎에 누이고 자장가를,

깊은 밤에 얼라는 울고,
무덤에서 에미는 듣고,

이런 자장가를 흥얼거릴 때였는데, 집 안에 소동이 벌어지는 동안에 자기 방에 틀어박혀 있던 캐시 양이 문틈으로 머리를 들이밀며 속삭였습니다.

"혼자 있어, 넬리?"

"그런데요." 제가 대답했습니다.

캐서린은 벽난로 앞으로 다가왔습니다. 무슨 말을 하려는 것 같아서 제가 올려다봤지요. 불안하고 초조한 표정이더군요. 무슨 말을 할 것처럼 입을 반쯤 벌린 다음 숨을 들이마셨지만, 들이마신 숨은 말 대신 한숨으로 사라졌습니다.

저는 그냥 콧노래를 계속했습니다. 캐서린이 제게 한 짓을 잊지 않고 있었으니까요.

"히스클리프는 어디 갔어?" 캐서린이 노래를 끊으며 묻더군요.

"일하러 마구간에요." 저의 대답이었지요.

히스클리프는 아니라고 말하지 않았습니다. 아마 깜빡 졸았겠지요.

그리고 다시 한참 침묵이 흘렀습니다. 그사이에 캐서린의 눈물 몇 방울이 바닥으로 떨어졌습니다.

저는 혼자 생각했습니다. 못되게 굴어서 미안하다는 말을 하려고 이러나? 이러는 건 처음인데. 하지만 사과를 하려면 제대로 해야지, 내가 도와줄 거라고 생각하면 오산이야!

하지만 아니었습니다. 캐서린은 자기 일이 아닌 다음에는 무슨 일이 됐든 크게 신경 쓰는 성격이 아니었습니다.

"아아, 어떡하지!" 한참 만에 캐서린이 소리쳤습니다. "나 너무 비참해!"

"안됐네요." 제가 대꾸했습니다. "위해주는 사람들이 얼마나 많은데, 고생하는 일이 얼마나 있다고, 만족할 줄도 모르고!"

"넬리, 비밀 지킬 거지?" 캐서린은 하던 말을 계속했습니다. 제 앞에 무릎을 꿇으며 저를 올려다보는 캐서린의 귀여운 표정은 화를 내야 하는 이유가 너무나 충분할 때조차 화를 낼 수 없게 만들었답니다.

"꼭 지켜야 해요?" 저는 좀 덜 심통 맞게 물었지요.

"당연하지. 나 그것 때문에 너무 괴로워서, 말을 안 하고는 못 참겠어. 내가 어떻게 하는 게 옳은지 모르겠다고. 오늘 에드거 린턴이 나한테 청혼했어. 나는 답을 했고. 승낙했는지 거절했는지는 좀 이따가 말해줄 테니까, 넬리, 네가 먼저 말해. 내가 승낙했어야 해, 거절했어야 해?"

"나 원, 캐서린 양, 내가 그걸 어떻게 알아요?" 제가 대꾸했습니다. "하지만 아까 캐서린 양이 그 남자 앞에서 추태를 부린 것을 생각하면, 거절하는 편이 현명하겠어요. 그런 꼴을 보고 청혼을 하다니, 칠푼이 아니면 만용꾼일 테니까요."

"자꾸 그런 식으로 말하면, 나도 이제 너한테 말 안 해." 캐서린은 바닥에서 일어나며 짜증스럽다는 듯이 대꾸했습니다. "승낙했어, 넬리. 그러니까 얼른. 내가 잘못한 거야?"

"승낙했다고요? 그럼 이제 이러니저러니 해봐야 무슨 소용이랍니까? 서약을 했으니, 무를 수도 없잖아요."

"어쨌든 내가 잘한 건지 어쩐 건지 말하란 말이야, 얼른!" 캐서린은 안달이 나서 소리쳤습니다. 양손을 비비고 미간을 찌푸리더군요.

"그 질문에 올바른 대답을 하자면 고려해야 할 것들이 여러 가지 있습니다." 저는 설교 투로 대꾸했습니다. "우선 먼저, 당신은 에드거 씨를 사랑합니까?"

"누군들 아니겠어? 당연히 사랑하지." 캐서린은 대답했습니다.

그때부터 저는 캐서린을 상대로 사랑의 교리문답을 진행했습니다. 스물두 살짜리 여자애로서는 그런대로 지각 있는 진행이었지요.

"왜 그 남자를 사랑합니까, 캐시 양?"

"무슨 말이 그래? 사랑하면 그만이지."

"천만에요. 왜 사랑하는지 이유를 말해야 합니다."

"글쎄, 잘생겼으니까. 그리고 같이 있으면 좋으니까."

"틀렸어요"라는 것이 제 평가였습니다.

"그럼, 젊으니까. 그리고 성격이 밝으니까."

"또 틀렸어요."

"그럼, 나를 사랑하니까."

"그나마 낫네요."

"그리고 또 부잣집이니까. 인근에서 가장 지체 높은 여자가 되면 좋을 테니까. 그런 남편이랑 살면 자랑스럽고 좋을 테니까."

"제일 틀렸어요! 그럼 이제, 캐시 양은 그 남자를 얼마나 사랑합니까?"

"얼마나 사랑하느냐 하면, 모든 사람들이 사랑할 때…… 바보 같다, 그만하자."

"바보 같다니요. 대답을 하세요."

"그 남자가 밟고 있는 땅, 그 남자가 이고 있는 하늘, 그 남자의 손이 닿는 모든 것, 그 남자의 입에서 나오는 모든 말을 사랑합니다. 그 남자의 얼굴에 떠오르는 모든 표정, 그 남자가 하는 모든 행동을 사랑하고 그 남자의 전부를 모두 다 사랑합니다. 이제 됐지?"

"왜 그렇게 사랑합니까?"

"됐어. 장난이었구나! 얄미워죽겠어! 나는 장난 아니란 말이야!" 아씨는 이렇게 말하며 못마땅한 표정으로 벽난로 쪽으로 얼굴을 돌렸습니다.

"나도 장난 아니에요, 캐서린 양," 제가 대꾸했습니다. "캐서린 양이 에드거 씨를 사랑하는 이유는 잘생겼고, 젊고, 성격이 밝고, 돈이 많고, 캐서린 양을 사랑하기 때문이라고요. 하지만 마지막 이유는 의미가 없어요. 그 남자가 캐서린 양을 사랑하지 않았다고 해도 캐서린 양은 그 남자를 사랑했을 테고, 앞에 나온 네 가지 이유가 없었다면 그 남자가 캐서린 양을 사랑했다 해도 캐서린 양은 그 남자를 사랑하지 않았을 테니까요.”

“맞아. 사랑하지 않았을 거야. 그저 동정했을 거야. 아니, 싫어했을 거야, 그 남자가 못생긴 촌뜨기였다면.”

“세상에는 잘생기고 돈 많은 젊은 남자들이 수두룩한데, 그 남자보다 잘생기고 돈 많은 남자들도 있을 텐데, 왜 캐서린 양은 그런 남자들을 사랑하지 않습니까?”

“그런 남자들이 있다 해도, 내 주변에는 하나도 없어. 에드거 같은 남자는 없어.”

“이제 생길 수도 있잖아요. 거기다가 잘생기고 젊은 것은 시간이 흐르면 변하고, 지금 부자라고 해서 계속 부자라는 법도 없잖아요.”

“하지만 지금은 잘생겼고 젊고 부자잖아. 나는 그냥 지금 그렇다는 거야. 바보 같은 소리 좀 하지 마.”

“그렇다면, 해결되었네요. 그냥 지금 좋으니, 린턴 씨랑 결혼하면 되겠네요.”

“되는지 안 되는지 말하라는 게 아니야. 결혼은 하기로 정했어. 내가 잘한 건지 잘못한 건지 그걸 말하라는 거야.”

“정말 잘했네요. 현재만을 위해 결혼하는 것이 잘하는 짓이라면 말이에요. 그럼 이제 뭐가 그리 비참한지 한번 들어나 봅시다. 캐서린 양 오빠는 좋아할 테고…… 에드거 씨 부모도 반대하지는 않을 것 같고, 캐서린 양은 어수선하고 을씨년스러운 집에서 벗어나 부유하고 지체 높은 집에서 살게 될 것이고, 아가씨는 에드거 씨를 사랑하고 에드거 씨는 아가씨를 사랑하고요. 모든 것이 순조로워 보이는데, 대체 뭐가 문제예요?"

"여기! 또 여기!" 캐서린은 이렇게 대답하면서 한 손으로는 자신의 이마를, 한 손으로는 자신의 가슴을 쳤습니다. "영혼이 있는 데서, 영혼인지 심장인지에서 내가 잘못했다고 말하고 있어!"

"도대체 모를 소리를 하네! 나는 못 알아듣겠어요."

"내가 말한다는 비밀이 그거야. 비웃지 않는다고 약속하면 말할게. 정확하게 옮기지는 못하겠어. 하지만 내 말을 들으면 너도 내가 어떤 심정인지 느낌으로 알 수 있을 거야."

캐서린은 다시 내 옆에 앉았습니다. 점점 슬프고 심각한 표정이 되었고, 모아 쥔 두 손을 바들바들 떨더군요.

"넬리, 너는 괴상한 꿈 꾼 적 없어?" 캐서린은 몇 분 동안 뭔가 생각하는 듯하더니 불쑥 입을 뗐습니다.

"있어요. 어쩌다 한 번씩." 제가 대답했습니다.

"나도 그렇거든. 그런 꿈은 나중까지 머릿속에 남아 내 생각을 바꾸어놓았고, 마치 포도주가 물속에서 퍼져나가듯이 내 속에서 퍼져나가 내 마음의 빛깔을 바꾸어놓았어. 이것도 그런 꿈이야. 말해줄게. 하지만 듣다가 웃으면 안 된다."

"아! 싫어요, 캐서린 양!" 제가 소리쳤습니다. "우리 집은 굳이 유령이나 환상 같은 것을 불러내지 않더라도 충분히 음산하다고요. 자아, 자아, 웃어봐요, 평소 하던 대로 해요! 헤어턴 좀 봐요. 얘는 좋은 꿈을 꾸나 봐요. 자면서 웃는 게 너무 귀엽네요!"

"퍽도 귀엽겠다. 넬리 너한테는 애 아빠가 혼자 욕질하고 앉아 있는 것도 귀엽겠지! 너는 애 아빠가 애만 할 때 어땠는지 기억하잖아. 애 아빠도 꼭 이 애처럼 토실토실하고 어리고 아무것도 모를 때가 있었겠지. 어쨌든, 내 이야기 좀 들어줘. 금방 끝나. 오늘 밤은 웃을 힘도 없어."

"싫어요, 하지 마요!" 저는 황급히 소리쳤습니다.

그때 저는 꿈에 관해서는 미신적인 데가 있었어요. 지금도 마찬가지지만. 게다가 캐서린이 평소와 다르게 어두워 보여서, 괜히 이야기를 들었다가 뭔가 무서운 재앙을 예감하게 될 것 같았거든요.

캐서린은 짜증을 냈지만 억지로 이야기를 하지는 않더군요. 잠시 후에, 캐서린은 화제를 바꿔 이야기를 시작했습니다.

"넬리, 나는 천국에서 살면 너무 불행할 거 같아."

"어울리지 않는 곳에 살면 불행할 거예요." 제가 대꾸했습니다. "죄인들은 천국에서 살면 불행할 거예요."

"그래서 그런 게 아니야. 내가 전에 한번, 천국에서 사는 꿈을 꾸었거든."

"꿈 이야기 하지 말라고요, 캐서린 양! 나는 자러 갈 거예요." 제가 다시 말을 끊었지요.

제가 의자에서 일어나자 캐서린은 깔깔 웃으면서 저를 붙잡아 앉혔습니다.

"이건 괜찮은 거야." 캐서린은 소리쳤습니다. "천국은 내가 있을 곳이 아닌 것 같더라, 그냥 그 말이야. 나는 세상으로 돌려보내 달라면서 정말로 서럽게 울었어. 천사들이 화가 나서 나를 집어 던졌는데, 떨어진 자리가 폭풍의 언덕 꼭대기의 히스 밭이었어. 나는 너무 행복해서 엉엉 울다 잠이 깼어. 다른 꿈 이야기를 안 해도, 이제 내 비밀이 뭔지 알았겠지. 나는 천국에 살면 안 되는 사람인 것처럼 에드거 린턴과 결혼하면 안 되는 사람이야. 저 안에 있는 고약한 인간이 히스클리프를 저렇게 천하게 만들지만 않았어도, 이런 결혼 같은 것은 생각조차 안 했을걸. 지금 같아서는 히스클리프와 결혼하면 나도 천해지는 거야. 그러니까 내가 히스클리프를 얼마나 사랑하는지 그 애가 알아서는 안 돼. 넬리, 내가 그 애를 사랑하는 건 잘생겼기 때문이 아니야. 그 애가 나보다 더 나 자신이기 때문이야. 그 애의 영혼과 내 영혼이 뭘로 만들어졌는지는 모르겠지만 어쨌거나 같은 걸로 만들어져 있어. 린턴의 영혼이 우리의 영혼과 다른 것은 달빛이 번개와 다르고, 서리가 불꽃과 다른 것과 마찬가지인걸."

이 일장 연설이 끝나기에 앞서, 저는 히스클리프가 있다는 사실을 깨달았습니다. 뭔가 약간 움직이는 것 같아서 돌아보았더니, 장의자에 앉아 있던 히스클리프가 슬며시 밖으로 나가더라고요. 히스클리프와 결혼하면 자기도 천해지는 거라는 대목까지 듣고 그냥 나가버린 것이었습니다.

바닥에 앉아 있던 캐서린은 높은 의자 등받이에 시야가 가려졌던 탓에 히스클리프가 있었다는 것도, 나갔다는 것도 알아채지 못했지요. 저는 깜짝 놀라서 입을 다물라고 했습니다.

"왜?" 캐서린은 이렇게 물으며 불안한 듯 주위를 둘러보더군요.

"조지프가 왔어요." 저는 때마침 대문 밖에서 들려온 조지프의 수레 소리를 듣고 대답했습니다. "히스클리프도 같이 올 거예요. 벌써 문 앞에 와 있을지도 몰라요."

"괜찮아, 밖에서는 안 들릴 테니까!" 캐서린이 말했습니다. "헤어턴은 내가 보고 있을 테니 밥상이나 차려. 다 차리면 나랑 같이 먹자. 나는 내 불편한 양심을 속이고서라도 히스클리프가 아무것도 모른다고 믿고 싶어. 그 애는 아무것도 모르겠지? 사랑한다는 게 뭔지 모르겠지?"

"아가씨가 아는 것을 그 애라고 왜 몰라요?" 제가 받아쳤습니다. "그 애가 사랑하는 게 아가씨라면, 이 세상에 그렇게 불행한 인간도 없을걸요. 캐서린 양이 린턴 부인이 되는 순간, 그 애는 친구도 잃고, 사랑도 잃고, 모든 것을 잃을 텐데! 아가씨는 그 애하고 헤어지고 어떻게 견딜지, 그 애는 이 세상에 혼자 남아 어떻게 견딜지, 그런 생각 해봤어요? 그러니까, 캐서린 양."

"그 애는 혼자 남지 않아! 우리는 헤어지지 않아!" 캐서린은 분개한 말투로 소리쳤습니다. "나랑 그 애를 떼어놓겠다고 누가 그러는데? 그런 놈한테는 밀로*의 최후를 맞게 해주겠어! 내가 살아 있는 한은 안 돼, 엘렌, 누가 뭐라 해도 안 돼! 린턴 가문 사람들이 지상에서 몽땅 녹아 없어지든 말든, 나는 히스클리프랑 헤어질 수 없어. 그렇게는 못해! 그렇게는 안 해! 히스클리프랑 헤어져야 한다면 나는 린턴 부인 안 할 거야! 그 애는, 지금까지 내게 소중했고 앞으로도 그럴 거

---

* 나무를 맨손으로 쪼개려다 쪼갠 나무 사이에 손이 끼여 늑대 밥이 되었다고 전해지는 고대 그리스의 올림픽 영웅.

야. 에드거가 그 애를 싫어하지 못하게 할 거야. 싫어도 받아들이게 할 거야. 내가 그 애를 얼마나 생각하는지를 알게 되면, 에드거도 그 애를 받아들일 거야. 넬리, 나도 알아, 너는 지금 나를 나밖에 모르는 이기적인 아이라고 생각하지? 하지만 너 이런 생각 안 해봤어? 나랑 히스클리프랑 결혼하면 둘 다 거지꼴이 되겠지만, 내가 린턴이랑 결혼하면 히스클리프가 잘되도록 도와줄 수 있고, 오빠 손이 닿지 않는 곳에서 살게 해줄 수도 있어."

"아가씨 남편 돈으로요?" 내가 말했습니다. "아가씨 남편은 아가씨가 생각하는 것처럼 호락호락하지 않을걸요. 내가 가타부타할 문제는 아니지만, 린턴 청년과 결혼해야 하는 이유 중에 이번 것이 최악인 것 같네요."

"아니야." 캐서린이 응수했습니다. "이번 것이 최상이야. 다른 이유들은 내 기분을 위한 것이었고, 에드거도 그걸 바라니까 에드거를 위한 것이기도 했어. 하지만 이번 것은 그 애를 위한 거야. 에드거와 나 자신에 대한 나의 모든 감정들을 한데 모아 갖고 있는 그 애를 위한 거야. 내가 잘 표현을 못해서 그런데, 넬리 너도 그렇잖아…… 다들 그렇잖아…… 자기를 넘어서는 자기가 존재하고 있다고, 존재해야 한다고 생각하잖아. 내가 그냥 이런 몸뚱이일 뿐이라면, 내가 있는 게 무슨 소용이야? 내가 이 세상에서 겪은 가장 큰 고통은 히스클리프가 겪은 고통이야. 나는 그걸 처음부터 지켜보았고 그대로 느꼈어. 내 삶에서 가장 큰 슬픔이 그 애였어. 모든 것이 사라진다 해도 그 애만 있으면 나는 계속 존재하겠지만, 모든 것이 그대로라 해도 그 애가 죽는다면 온 세상이 완전히 낯선 곳이 되어버릴 거야. 내가 이 세상의 일부라는 느낌이 없을 거야. 린턴에 대한 내 사랑은 숲 속의 잎사귀들 같아. 겨울이 나무의 모습을 바꾸듯 시간이 내 사랑을 변하게 하리라는 걸 나는 너무나 잘 알고 있어. 하지만 히스클리프에 대한 내 사랑은 땅속에 파묻힌 변치 않는 바윗돌 같아. 눈에 뵈는 행복을 가져다주지는 않지만, 반드시 필요한 거니까. 넬리, 내가 곧 히스클리프인 거야. 그 애는 내 마음속에 항상, 항상 있는 거야. 기쁨을 주려고 있는 게 아니야. 내가 나 자신에게 항상 기쁨을 주지는 않잖아. 그 애는 기쁨을 주려고 있는 게 아니라, 나 자신으로 있는 거야. 그러니까 우리가 헤어진다느니 하는 말은 두 번 다시 하면 안 돼. 그런 일은 있을 수도 없어. 이제……"

캐서린은 말을 하다 말고 제 옷자락에 얼굴을 파묻었습니다. 하지만 저는 옷을 잡아당겨 캐서린을 밀쳐냈습니다. 캐서린의 바보짓을 더 이상 참을 수가 없었으니까요!

"아가씨가 지껄이는 헛소리를 가만 들어보니," 제가 말했습니다. "아가씨는 결혼에 따르는 의무가 뭔지 모르거나 부정하고 방종한 여자거나 둘 중 하나네요. 어쨌든 이제부터는 비밀이 어쩌고 하는 이야기는 사양하겠어요. 비밀 지킨다는 약속 같은 것은 안 할 테니까요."

"하지만 지금 이야기는 비밀 지킬 거지?" 캐서린이 간절하게 묻더군요.

"몰라요, 약속 못해요." 저는 못을 박았지요.

캐서린이 약속해달라고 조르려는 참에 조지프가 들어왔고, 우리의 대화도 끝이 났습니다. 제가 저녁을 준비하는 동안 캐서린은 한쪽 구석에 옮겨 앉아 헤어턴을 돌봐주었지요.

준비를 마친 뒤, 조지프와 저는 누가 힌들리 씨에게 음식을 가져다 줄 것인가를 놓고 다투기 시작했습니다. 우리의 다툼은 음식이 거의 다 식을 때까지 끝나지 않았습니다. 마침내 우리는 힌들리 씨가 음식을 내오라고 할 때 가져다주기로 합의했습니다. 힌들리 씨가 한참 혼자 있었을 때는 가까이 가기가 특히 무서웠거든요.

"그 문둥이 자슥은 밭에 갔다 아직 안 온 기가? 뭐하자는 긴지. 굼벵이 자슥." 늙은이가 히스클리프를 찾아 두리번거리며 물었습니다.

"내가 불러올게요." 제가 대꾸했습니다. "마구간에 있겠지요."

제가 마당으로 나가 불러보았지만 답이 없더군요. 저는 다시 들어와서 캐서린의 귀에 대고 아무래도 그 애가 아까 아가씨가 했던 말을 들은 것 같다, 아가씨 오빠가 그 애를 천하게 만들었다고 말하는 대목까지 듣고 부엌을 나가더라, 하고 속삭였습니다.

캐서린은 화들짝 놀라며 벌떡 일어났습니다. 헤어턴을 의자에 내동댕이치고, 친구를 찾겠다고 직접 뛰쳐나갔어요. 자기가 왜 그렇게 허둥거리는지, 그 애가 자기 말을 듣고 어띤 심정이었을지 생각해볼 틈도 없었지요.

캐서린이 한참이 지나도 돌아오지 않자 조지프는 더는 못 기다리겠다고 하더군요. 두 아이가 자신의 길어지는 식전 기도가 듣기 싫어서 일부러 안 들어오는 것이라면서요. 약삭빠른 짐작이었지요. "그 흉악한 자슥들이 무슨 짓을 못할 기가"라더군요. 그날 밤 조지프가 평소에 하는 15분짜리 식전 기도 앞에 두 아이를 위한 특별 기도를 덧붙인 것도 모자라, 식전 기도 뒤에 또 무슨 기도인지를 새로 시작하려는 참에 아가씨가 들이닥쳐 기도를 끊으며 조지프에게 다급하게 심부름을 시켰습니다. 얼른 대문 밖으로 뛰어나가, 히스클리프가 어디로 갔든 당장 찾아내서 집에 데려오라는 것이었습니다!

"그 애한테 해야 할 말이 있어서 그래. 자기 전에 꼭 해야 해." 캐서린은 말했습니다. "대문은 열려 있는데, 어디 멀리 나갔는지 축사 지붕 위에 올라가서 불러봐도 대답이 없어."

조지프는 처음에는 싫다고 했습니다. 하지만 캐서린이 너무 막무가내니까 어쩔 수가 없었지요. 결국은 모자를 챙기고 구시렁거리며 나가더라고요.

그동안 캐서린은 계속 서성이면서 소리쳤습니다.

"어디로 갔을까, 대체 어디 있는 거야! 넬리, 아까 내가 뭐라고 그랬지? 기억이 안 나네. 내가 아까 낮에 자기한테 성질 부렸다고 화가 났나? 어떡하지! 넬리, 내가 아까 그 애 마음 상할 말을 했어? 응? 그 애가 와야 하는데! 빨리 와야 하는데!"

"무슨 큰일이라고 이 난리예요?" 저도 걱정이 되기는 했지만 일단 큰소리를 쳤습니다. "걱정도 팔자네! 히스클리프가 달밤에 습지를 어슬렁거리든 우리랑 말하기 싫어서 건초 다락에 드러누워 있든, 그게 이렇게 호들갑 떨 일이에요? 장담하겠는데 분명 건초 다락에 숨었어요. 내가 찾아내서 끌고 나올 테니 두고 보라고요."

제가 두번째로 찾아 나섰지만, 결과는 실패였습니다. 조지프의 추적도 실패로 끝났더군요.

"그 자슥이 아주 못쓰겄다!" 조지프는 들어서자마자 주절댔습니다. "그 자슥이 대문짝을 이리 열어젖힌 기라, 그랬으니 아가씨가 타고 댕기는 말 새끼가 귀리 밭 두 두둑을 몽창 뭉개버렸다 아이가! 인자 말

새끼는 풀밭으로 내빼버린 기라! 우야꼬, 내일이면 나리가 난리를 칠 긴데. 하긴 그기 맞지. 그래 정신머리 없는 밥버러지 자슥을 가만두면 안 되지. 그럴 수는 없는 기라! 인자 확실히 하시겄지. 인자 보면 안다, 다 정신 차리라! 나리 성질머리 건드리면 우찌 되는가 봐라!"

"헛소리는 됐고, 히스클리프는 찾았어?" 캐서린이 말을 가로챘습니다. "내가 시킨 대로 찾아봤어?"

"그 자슥은 못 찾는다." 조지프가 대꾸했습니다. "찾을라면 말 새끼를 찾는 거이 맞는 기지. 어쨌든 이래 시커먼 밤에는 말 새끼고 사람 새끼고 못 찾는다. 천지가 굴뚝 속이다! 허고, 보소, 히스클리프가 나가 부른다고 나 여깄소 그러겄나? 아가씨라 하면 그 자슥도 귓구멍이 쪼매 뚫리겄지!"

아닌 게 아니라, 여름밤치고는 아주 컴컴했습니다. 구름의 모양이 아무래도 천둥이 칠 것 같았지요. 저는 다들 집 안에서 기다리는 편이 낫겠다고 했습니다. 비가 오면 히스클리프도 제 발로 집으로 돌아올 거라고 했지요.

하지만 캐서린은 좀처럼 앉아 있지 못하더군요. 대문까지 왔다 갔다 하면서 한시도 가만히 있지를 못했고, 나중에는 아예 길 쪽 담장 앞에 자리를 잡더라고요. 캐서린은 제가 야단을 하고 천둥이 우르릉거리고 굵은 빗방울이 떨어지는 것에 아랑곳없이 그 자리에 서서 그 애의 이름을 부르고 귀를 기울여보다가 결국은 울음을 터뜨렸습니다. 캐서린이 한번 울었다 하면 헤어턴도 세상 어떤 아기도 저리 가라였답니다.

우리가 아직 자러 가지 않고 있던 자정 무렵, 폭풍우가 맹렬한 기세로 폭풍의 언덕을 강타했습니다. 천둥이 우르릉거리고 바람이 휘몰아치면서 천둥 때문인지 바람 때문인지 건물 모퉁이에 있던 나무 한 그루가 쪼개졌고, 거대한 가지가 지붕 위로 쓰러지면서 동편 굴뚝 일부를 부수었습니다. 그 바람에 깨진 돌과 검댕이 부엌 벽난로 속으로 와르르 쏟아졌답니다.

우리는 우리한테 벼락이 떨어진 줄 알았어요. 조지프는 무릎을 꿇고 엎어지더니 주를 찾으면서 이스라엘의 족장 노아와 롯을 기억해달라, 그때처럼 안 믿는 자들은 내리치더라도 의인들은 건져달라 빌더군요.* 저 역시 우리에게 천벌이 내렸다는 느낌이었지요. 저는 언쇼 씨가 아직 살아 있는지를 확인해보려고 그가 혼자 있는 방문 손잡이를 잡고 흔들었답니다. 제 머릿속에서 요나**는 언쇼 씨였으니까요. 언쇼 씨의 대꾸는 꽤나 분명했고, 여기에 자극된 조지프는 아까보다 더욱 시끄럽게 자기 같은 성자들과 주인 나리 같은 죄인들을 확실히 구분해달라고 빌더군요. 우르릉 소리는 20분 만에 지나갔고, 우리들도 모두 무사했습니다. 하지만 캐시는 고집을 부리고 밖에 나가 보닛도 숄도 없이 서 있다가 머리카락과 옷이 비에 흠뻑 젖은 것이 물에 빠진 생쥐 꼴이었습니다.

안으로 들어온 캐서린은 비에 젖은 그대로 긴 의자에 드러눕더니 등받이 쪽으로 얼굴을 돌리고 손으로 감쌌습니다.

---

* 「베드로후서」 2장 5절, 7절. "옛 세상을 용서치 아니하시고 오직 의를 전파하는 노아와 그 일곱 식구를 보존하시고 경건하지 아니한 자들의 세상에 홍수를 내리셨으며."/"무법한 자의 음란한 행실로 말미암아 고통을 당하는 의로운 롯을 건지셨으니."
** 성경 속 인물로 하느님의 명령을 거역하고 도망가다가 항해 중 큰 풍랑을 만나 거대한 물고기에게 산 채로 먹힌다.

"캐서린 양!" 나는 캐서린의 어깨에 손을 올리며 소리쳤습니다. "죽고 싶어 환장한 거 아니에요? 지금이 몇 시인 줄 알아요? 12시 반이에요. 일어나요! 올라가서 자요. 그 바보 애는 이제 기다려봤자 소용없어요. 기머턴에 가서 자고 오겠지요. 우리가 이런 늦은 시간까지 자기를 기다리고 앉아 있을 거라곤 생각 안 할 거예요. 안 자는 사람은 힌들리 씨밖에 없을 거라 생각하고, 괜히 돌아왔다 힌들리 씨가 문을 열어주러 나올까 봐 안 오는 거예요."

"아니다, 아니다. 기머턴을 간 기 아니다!" 조지프가 말했습니다. "습지 구덩이에 빠진 기다. 틀림없다. 하느님이 괜히 그리 하셨겠나. 아가씨도 조심하소. 인자 아가씨 차례인 기라. 주님요, 고맙소! 부르심을 입은 자들이면 모든 것이 협력하여 선을 이룬다는 기다.* 쭉정이하고 다르다 그 말이다! 성경책에 다 써 있다."

그러고는 성경 구절들을 이것저것 주워섬기면서 몇 장 몇 절인지 일러주더군요.

저는 캐서린에게 그만 일어나 젖은 옷을 갈아입으라고 빌었지만, 캐서린은 들은 척도 안 하더군요. 설교하는 조지프와 오들오들 떠는 캐서린을 뒤로하고 저는 꼬마 헤어턴과 함께 자러 올라갔습니다. 헤어턴은 집안 사람들 모두 잠든 밤인 듯 곤히 잠들어 있었습니다.

그 뒤로 잠시 조지프가 성경 읽는 소리가 들려왔습니다. 저는 조지프가 느릿느릿 사다리를 올라가는 소리까지 듣고 곯아떨어졌지요.

평소보다 조금 늦게 저는 부엌으로 내려왔습니다. 덧창 틈 사이로

---

* 「로마서」 8장 28절. "우리가 알거니와 하나님을 사랑하는 자 곧 그의 뜻대로 부르심을 입은 자들에게는 모든 것이 협력하여 선을 이루느니라."

새어 들어오는 햇살에 캐서린 양이 보이더군요. 여전히 벽난로 앞이더라고요. 큰방 문도 약간 열려 있고, 닫지 않은 큰방 창문들로 햇빛이 들어왔습니다. 힌들리도 부엌으로 나와 벽난로 앞에 서 있더군요. 초췌하고 졸린 얼굴이었지요.

"어디가 아프냐, 캐시?" 제가 부엌으로 들어서는데, 힌들리가 말했습니다. "물에 빠져 죽은 개새끼 꼴이구나. 왜 그렇게 기운이 없는 거냐?"

"비를 맞았어." 캐서린은 주저하며 대답했습니다. "추워서 그래. 별일 아니야."

"말썽꾸러기라니까요!" 저는 주인이 그런대로 정신이 맑은 것을 보고 소리쳤습니다. "캐서린 양이 어제저녁 소나기를 흠뻑 맞았는데 밤새도록 저기 앉아 있었네요. 아무리 일어나라고 해도 당최 말을 들어야지요!"

깜짝 놀란 언쇼 씨는 우리 둘을 빤히 쳐다보며 "밤새도록?"이라고 되뇌었습니다. "어째서 잠을 안 잔 거야? 천둥에 겁을 먹은 건 아니겠지. 비는 몇 시간 전에 그쳤잖아."

우리 둘 다 히스클리프가 없어졌다는 것을 숨길 수 있을 때까지 숨기고 싶었습니다. 그래서 저는 캐서린이 왜 밤을 새웠는지 모른다고 했고, 캐서린도 아무 말 하지 않았습니다.

아침 공기는 신선하고 차가웠습니다. 제가 덧창을 활짝 열자, 정원의 달콤한 향기가 집 안에 가득했습니다. 하지만 캐서린은 제게 심통맞게 소리쳤습니다.

"엘렌, 창문 닫아. 억수로 추워!" 벽난로 불씨는 거의 꺼져버렸지만, 캐서린은 이를 딱딱 부딪치며 벽난로 쪽으로 몸을 웅크렸습니다.

"병이 났네." 힌들리는 캐서린의 손목을 잡으며 말했습니다. "병이 나서 잠을 못 잤구먼. 망할! 이 집에서 두 번 다시 병치레는 안 돼. 너는 어쩌자고 비를 맞은 거냐?"

"머슴애 꽁무니를 쫓아 나간 기지, 그런 거이 하루 이틀이가!" 우리 둘이 머뭇대는 틈에 조지프가 마귀 같은 주둥이를 놀려댔습니다. "나리요, 윗길이고 아랫길이고 다 내쫓아버리소 고마! 나리만 없다 하면 린턴 그 고양이 같은 자슥이 슬금슬금 기어 들어온다 아입니까. 하면, 저 억수로 잘난 넬리 양이, 부엌에 죽치고 앉아서 나리가 언제 오나 요래 망을 보는 기지. 나리가 이 문으로 들어온다 하면, 그 자슥이 저 문으로 내뺀다. 한데 그기 전부인가 하면, 지체 높은 우리 아씨, 따로 은근짜를 놓는 기라. 자정 지난 야심한 시각에, 히스클리프 그 추접스러운 거렁뱅이 자슥이랑 밭두렁을 싸돌아댕기는 거이, 참말로 잘하는 짓이지. 나는 눈먼 봉사가 아이다! 린턴 그 자슥이 기어 들어오고 기어 나가고 하는 기를 나한테 딱 걸렸다. (이제 저를 보고 지껄이더군요.) 니도 나한테 딱 걸린 기고, 밥이나 축내는 이 요망한 가시나야! 나리가 말 타고 대문 밖에 왔다 하면 니가 벌떡 일어나 큰방으로 튀어 들어갔지."

"닥쳐, 누가 엿들으래!" 캐서린이 소리쳤습니다. "이게 감히 누구한테! 힌들리 오빠, 어제 에드거 린턴이 지나가다 들렀는데, 내가 가라고 했어. 그때 오빠 상태가 린턴을 만날 기분이 아닌 것 같아서."

"거짓말은 그만둬라, 캐시." 오빠가 대답했습니다. "너는 왜 이렇게 멍청하니! 어쨌든 린턴은 그렇다고 치고, 바른대로 말해. 어젯밤에 히스클리프랑 같이 있었어? 거짓말할 필요 없어. 그놈한테 해코지하지는 않을 테니. 예나 지금이나 싫은 놈이지만 얼마 전에 그놈한테 신세를 졌으니, 양심상 모가지를 꺾어버리기는 어렵겠다. 그렇지만 혹시 모르니까 당장에 그놈을 내보내야겠어. 그놈이 나가면 너희들 전부 정신 차리는 게 좋을 거야. 그놈이 없으면 내 화는 전부 너희들 몫이니까."

"나는 어젯밤에 히스클리프를 보지도 못했어." 캐서린은 이렇게 대답하면서 서럽게 흐느끼기 시작했습니다. "오빠가 그 애를 정말 쫓아내겠다면, 나도 같이 나가버릴 거야. 하지만 오빠는 그 애를 못 쫓아내. 벌써 나가버렸나 봐." 여기까지 말한 다음 캐서린은 슬픔을 이기지 못하고 울음을 터뜨렸습니다. 그 뒤로도 무슨 말인가를 더 했지만, 전혀 알아들을 수가 없었지요.

흔들리는 캐서린을 향해 한바탕 조롱과 욕설을 퍼부은 뒤, 당장 네 방으로 꺼지지 않으면 진짜 울 이유를 만들어주겠다고 위협하더군요! 제가 캐서린을 끌고 올라갔습니다. 우리가 방에 들어온 다음, 캐서린은 난리도 아니었습니다. 평생 잊지 못할 장면이었지요. 저는 정말 무서웠습니다. 캐서린이 이러다가 미쳐버리는 게 아닌가 싶어서 조지프한테 의사를 불러달라고 빌었지요.

나중에 알고 보니 그것이 정신착란증의 시작이었어요. 케네스 씨는 캐서린을 보자마자 위독한 상태라고 진단했습니다. 열병이었지요.

케네스 씨는 환자의 몸에서 나쁜 피를 뽑아내고 제게 환자에게 유장(乳漿)과 미음만 먹이고 계단이나 창문에서 몸을 던지지 못하게 하라고 이른 다음, 바로 돌아갔습니다. 교구 내에 있는 집들이 보통 몇 마일씩 떨어져 있어서 케네스 씨가 한가하지는 않았거든요.

제가 살뜰히 간호를 했다고 할 수는 없겠고 조지프와 주인도 그보다 나을 것이 없었던 데다가, 환자는 성가시고 고집이 세기가 이 세상어느 환자 못지않았지만, 어쨌든 병세는 점점 나아졌습니다.

린턴 가문의 안주인이었던 린턴 부인은 여러 번 들러서 이것저것바로잡아주고, 우리들 전부를 상대로 질책하고 지시하는 일을 해주었습니다. 캐서린이 회복기에 접어들자, 부인은 캐서린을 티티새 지나는 농원으로 옮겨야 한다고 했습니다. 우리는 짐을 덜었으니 무척 고마워했지요. 하지만 딱하게도 부인은 그렇게 친절을 베푼 것을 후회해야 했습니다. 린턴 내외가 함께 열병에 옮아 며칠 사이에 세상을 떠나버렸으니까요.

우리 집 아씨는 이전보다도 건방지고 과격하고 오만하게 변해서 집으로 돌아왔습니다. 천둥과 비바람이 몰아치던 그날 저녁 이후, 히스클리프는 소식조차 들을 수 없었습니다. 그리고 어느 날, 저는 캐서린때문에 너무 화가 나서 그만 히스클리프가 사라진 것이 아가씨 때문이라는 말을 해버렸습니다. (사실 맞는 말이었고, 그게 맞는 말이라는것은 캐서린도 알고 있었지요.) 그날부터 몇 달 동안 캐서린은 저에게주인이 하녀 대하듯이 하며 곁을 주지 않더군요. 조지프도 저와 같은신세가 되었습니다. 조지프는 머리에 떠오르는 건 죄다 늘어놓아야직성이 풀리는 사람이라 캐서린을 어린애 대하듯 하면서 가르치려 들었지만, 캐서린은 자기가 우리의 어엿한 주인이라고 생각했고, 병이나은 지도 얼마 되지 않았으니 환자 대접까지 받아야 한다고 생각했지요. 게다가 캐서린의 심기를 거스르면 병이 재발할 수 있으니까 가

급적 져주어야 한다는 의사의 주의도 있었고요. 그랬으니 캐서린이 보기에는 누가 자기 말에 반대하는 것은 살인이나 다름없는 몹쓸 짓이었답니다.

캐서린은 언쇼 씨를 위시한 집안 식솔들을 거만한 태도로 대하기 시작했습니다. 케네스 씨가 주의시킨 것도 있는 데다, 캐서린이 화를 내는 경우 진짜로 발작의 기미가 나타나다 보니 언쇼 씨는 캐서린의 요구는 뭐든 다 들어주었고, 평소에도 캐서린의 불같은 성미를 돋울 만한 일은 피했습니다. 캐서린의 변덕을 지나치게 받아주었다는 것이 맞겠지요. 하지만 애정 때문이 아니라 자존심 때문이었어요. 언쇼 씨는 캐서린이 자기네 가문이 린턴 가문과 맺어지는 영광을 가져다주기를 간절히 바랐고, 자기 일에 간섭하지 않는 한에서는 캐서린이 우리를 노예처럼 짓밟아도 나 몰라라 했답니다.

에드거 린턴은 사랑에 눈이 멀었습니다. 사랑에 눈이 머는 사람이야 예나 지금이나 수도 없이 많겠지만 캐서린을 기머턴 교회로 데리고 들어가던 그날, 그는 자신이 이 세상에서 가장 행복한 사람이라고 생각했답니다. 그의 아버지가 세상을 떠나고 3년 뒤의 일이었습니다.

저는 캐서린을 따라 이곳으로 거처를 옮길 수밖에 없었습니다. 폭풍의 언덕을 떠날 마음은 전혀 없었지만 말입니다. 그때 꼬마 헤어턴은 다섯 살이 다 되었고, 제가 막 글자를 가르치던 참이었거든요. 우리는 이별을 슬퍼했습니다. 하지만 캐서린의 눈물은 우리 눈물보다 강력했지요. 저는 처음부터 안 간다고 했고 캐서린의 간청에도 흔들리지 않았는데, 캐서린이 남편과 오빠를 상대로 우는소리를 했더라고요. 남편 쪽에서는 봉급을 후하게 쳐준다고 하고 오빠 쪽에서는 당장

짐을 싸라, 안주인도 없는 집에 여자가 무슨 소용이 있느냐, 헤어턴이
라면 이제 교구 목사 손에 맡기겠다라고 하더군요. 그러니 저는 명령
을 따르는 수밖에 없었지요. 주인한테는 사람 같은 사람은 모두 쫓아
버렸으니 파멸에 이를 날이 더욱 가까워졌다는 말로 인사를 대신했
고, 헤어턴한테는 작별의 뽀뽀를 해주었답니다. 그날 이후 헤어턴은
생판 남이 되어버렸지요. 생각하면 참 이상한 일이지만, 지금 그 아이
는 분명 엘렌 딘의 존재를, 그리고 자기와 엘렌 딘이 한때 서로 온 세
상보다도 소중한 존재였다는 사실을 까맣게 잊었을 거예요.

이 대목에서 무심코 벽난로 시계를 쳐다본 하녀장은 시곗바늘이 1시
반을 가리키는 것을 보고 화들짝 놀랐다. 잠시만 더 있으라는 말은 들
은 척도 하지 않았다. 솔직히 말하면, 나도 이야기의 뒷부분은 다음에
들었으면 하는 마음이었다. 나는 하녀장이 자러 간 뒤 한두 시간 동안
생각에 잠겼다. 머리와 사지가 무지근하니 쑤셔왔지만, 이제 나도 용
기를 그러모아 일어나야겠다.

<h1 style="text-align:center">10장</h1>

은둔자의 삶이 초장부터 운수 대통이로구나! 넉 주가 고행과 불면과 와병이로구나! 오호라, 바람은 살을 에는 듯하고, 북녘 하늘이니 음산하고, 길은 막혀 있고, 시골 의사들은 늑장이로구나! 게다가 오호라, 사람 구경 한번 하는 것이 어렵기가 한이 없다! 게다가 최악은 따로 있으니, 아아, 케네스여, 봄까지 외출할 생각은 말라니, 이 무슨 청천벽력인가!

방금 히스클리프 씨가 왕림해주셨다. 이레 전인가는 뇌조 한 쌍을 보내셨다. 마지막 사냥의 성과물이겠지.* 나쁜 놈 같으니! 내가 이런 꼴로 앓아누운 데는 그놈 탓도 있다. 정말이지 네놈 탓이라고 말해주

---

* 당시 영국의 사냥법에 따르면 뇌조 사냥은 12월 10일까지 허용되었다.

고 싶어 입이 근질근질했다. 하지만, 어쩌랴! 꼬박 한 시간을 환자 옆에 머물면서 알약과 물약, 고름 빼는 고약과 어혈 빼는 거머리가 아닌 화제를 거론해주시는 자비로운 분을 내가 어찌 거스를 수 있었으랴?

지금은 병세가 좀 수그러든 상태이다. 책을 읽을 기운은 없지만, 뭔가 재미있는 일을 하는 건 가능할 것 같다. 딘 부인을 불러 이야기를 마저 끝내라고 하는 것도 괜찮을 듯하다. 큰 사건들은 기억나는데, 어디까지 들었더라? 맞다, 남자 주인공이 집을 나가 3년 동안 소식이 끊겼고 여자 주인공은 결혼했지. 그럼 종을 쳐야겠다.[*] 내가 기분 좋게 이야기할 만큼 나은 것을 보면 딘 부인도 좋아하겠구먼.

딘 부인이 왔다.

"약 드실 시간은 20분 뒤인데요." 딘 부인의 첫마디였다.

"약은 필요 없어!" 내가 대답했다. "내가 왜 불렀느냐 하면……"

"의사 말이 가루약은 끊으셔야 한답니다."

"끊고말고! 나도 말 좀 하게 해줘. 이리 와서 앉지그래. 그 쓴 약병들은 그냥 거기 두고. 주머니에 뜨개질감 있으면 꺼내놓고. 그래, 그거면 되겠군. 그럼 이제 히스클리프 씨 이야기나 들려주게. 지난번에 이야기가 끊어진 데부터 어떻게 지금 상황까지 왔는지. 유럽에 가서 학업을 마치고 신사가 돼서 돌아왔나? 아니면 대학교에서 장학생이 됐나? 아니면 미국으로 가서, 동포들의 피를 흘리게 해서 훈장을 탔나? 아니면 그냥 영국 노상에서 도적질로 한밑천 잡았나?"

"그런 직업들을 모두 전전했을 수도 있겠지만, 제가 확실하게 아는

---

[*] 주인은 종을 쳐서 하인을 부른다.

146

것은 하나도 없네요. 지난번에도 말씀드렸다시피 저는 히스클리프 씨가 어떻게 돈을 모았는지도 모르고, 무슨 수로 천한 무지렁이 신세에서 벗어나 지금처럼 됐는지도 전혀 모른답니다. 괜찮으시다면, 이야기는 제가 하던 방식대로 하겠어요. 피로하지 않게 무료함을 달래실 수 있어야 할 텐데. 오늘 아침에는 몸이 좀 나아지셨어요?"

"많이 나아졌어."

"다행이네요."

저는 캐서린 양과 함께 티티새 지나는 농원으로 거처를 옮겼습니다. 캐서린 양의 행동거지는 제가 예상했던 바를 완전히 뛰어넘는 훌륭한 것이어서, 저는 기분 좋은 실망감을 맛보았답니다. 린턴 씨에 대한 캐서린 양의 사랑은 지나치다 싶을 정도였고, 린턴 씨의 동생에게 표하는 애정도 적잖았습니다. 린턴 남매가 캐서린 양의 안녕을 위해서 세심하게 배려하는 것도 사실이었어요. 가시나무가 덩굴들에게로 굽지 않으니 덩굴들이 가시나무를 껴안는 형국이었지요. 서로 양보하는 것이 아니었습니다. 한쪽은 한 번도 굽히지 않는데 한쪽은 언제나 물러났습니다. 항상 내 말을 따라주고 항상 내게 잘해주는데 화를 내고 심통을 부릴 사람이 대체 어디 있겠어요?

저는 에드거 씨가 캐서린 양의 심기를 거스르는 것을 마음 깊이 두려워한다는 사실을 알아챘습니다. 캐서린 양에게는 내색하지 않았지만, 캐서린 양의 안하무인격인 지시가 떨어질 때 제가 날카롭게 말대꾸하거나 다른 하인들이 싫은 기색을 하면, 미간을 찌푸리며 불편한 심기를 드러냈습니다. 자신의 일로는 표정 한 번 굳은 적이 없었는데 말입니다. 제가 건방지게 구는 것을 에드거 씨는 여러 번 꾸중했습니다. 칼에 찔리는 아픔보다 아내가 화난 모습을 보는 아픔이 더하다는 말도 하더군요.

친절한 나리를 속상하게 하는 게 싫어서 저도 성질 죽이는 법을 배웠습니다. 그로부터 반년 동안, 화약고는 모래상자 못지않게 평온무사했습니다. 폭발을 야기할 불씨가 없었기 때문이었지요. 때때로 캐서린에게는 우울과 침묵의 시기가 찾아왔습니다. 그때마다 남편은 그에 공명하는 침묵으로 아내를 배려해주었고, 아내가 중병을 앓은 뒤로 체질이 바뀌었다고 이해했습니다. 그전까지 캐서린은 우울에 빠진 적이 한 번도 없었으니까요. 아내의 얼굴에 다시 햇빛이 비치면, 남편도 햇빛으로 화답했습니다. 부부의 행복은 나날이 더더욱 깊어갔다고 말할 수 있을 것 같아요.

하지만 이러한 행복도 끝이 났습니다. 장기적으로, 인간이 자기를 위해서 사는 것은 불가피한 일입니다. 따뜻하고 이타적인 사람은 위압적인 사람보다 좀 더 공정하게 이기적일 뿐이지요. 이 부부의 행복이 끝난 것은 모종의 상황이 발생해 자기의 유익이 상대의 가장 큰 관심사가 아님을 느꼈을 때였습니다.

9월의 향기로운 저녁이었어요. 저는 정원의 사과를 한 광주리 따가지고 들어가는 길이었습니다. 날은 벌써 어둑했고, 높은 담을 넘어온 달빛이 마당을 비추니 건물의 수많은 돌출부에 형체를 알 수 없는 그림자가 어른어른했습니다. 저는 부엌으로 올라가는 계단에 광주리를 내려놓고 꾸물댔습니다. 향긋한 공기를 마시며 잠시 쉬자 싶었지요. 시선은 달을 향하고, 부엌문을 등진 자세였습니다. 그런데 등 뒤에서 누군가의 목소리가 들려왔습니다.

"넬리, 넬리 맞지?"

굵직한 음성, 낯선 말투였습니다. 그런데 제 이름을 발음하는 것이 어딘지 모르게 귀에 익은 데가 있었지요. 저는 누구인가 싶어 돌아섰습니다. 겁이 났습니다. 문은 모두 닫혀 있는 데다, 계단까지 오는 동안 여기 누가 있는 줄 몰랐으니까요.

부엌문 앞에서 뭔가 움직였습니다. 가까이 가보니 검은 옷, 검은 얼굴, 검은 머리의 키 큰 남자였습니다. 문을 열고 들어가려는 듯, 문에 어깨를 대고 문고리에 손을 올려놓은 자세였습니다.

'도대체 누구지?' 저는 생각했습니다. '언쇼 씨가 왔나? 아니야! 목소리가 전혀 달라.'

"여기서 한 시간을 기다렸어." 저는 계속 쳐다보았고, 정체불명의 남자는 다시 입을 뗐습니다. "그 한 시간 동안, 온 사방이 쥐 죽은 듯 조용해서 들어갈 엄두가 안 났어. 나를 몰라? 잘 봐, 네가 아는 사람이야."

달빛 한 줄기가 남자의 얼굴을 비추었습니다. 혈색은 어둡고 뺨은 검은 구레나룻에 반쯤 덮였고, 눈썹은 가운데가 처졌고, 눈은 특이하게 눈썹 뒤로 움푹 들어갔더군요. 저는 그 눈동자를 기억하고 있었습니다.

"세상에!" 저는 저승에서 온 손님일지도 모른다고 생각하며 소리쳤습니다. 두 손이 쳐들릴 정도로 놀라버렸지요. "어떻게 된 거야! 돌아왔어? 정말 너야? 정말?"

"그래, 히스클리프야." 남자가 저에게서 눈을 떼고 창문들을 올려다보며 대답했습니다. 10여 개의 창문이 저마다 달빛을 반사하고 있었지만, 새어 나오는 불빛은 전혀 없었습니다. "다들 집에 있어? 그 애 어디 있어? 넬리, 반가운 표정이 아니네. 그렇게 걱정할 필요 없어. 그 애 여기 있어? 대답해! 할 말이 있어서 그래. 네 안주인하고 할 말이 있다니까. 가서 전해. 기머턴에서 누가 만나러 왔다고."

"아씨가 어떻게 나올까?" 제가 소리쳤습니다. "뭐라고 할까? 얼마나 놀랐는지 내가 다 정신이 얼떨떨하다. 아씨는 정신이 나가버릴 거야! 한데 정말 히스클리프 맞아? 많이 변했구나! 대체 무슨 조화인지. 군대에 있었어?"

"가서 내가 한 말 좀 전해줘." 히스클리프는 제 말을 자르면서 조바심을 쳤습니다. "안 그러면 내 인생은 영영 지옥이야!"

저는 히스클리프가 열어준 문으로 들어갔습니다. 하지만 막상 린턴 내외가 있는 응접실 앞에 서니, 도저히 들어갈 엄두가 안 나더라고요.

결국 저는 촛불을 켜는 것이 좋을지 물어보는 구실을 대기로 마음먹은 다음, 문을 열고 들어갔습니다.

부부는 창가에 앉아 있었습니다. 활짝 열린 여닫이창을 통해 정원의 나무들과 농원의 울창한 녹음 너머, 기머턴 골짜기가 눈에 들어왔습니다. 골짜기에서 피어오르는 안개가 거의 산등성이까지 굽이굽이 이어졌습니다. (록우드 씨도 보셨겠지만, 교회에서 조금만 더 가면 늪에서 개울이 시작되는데, 그게 여울물이 돼서 굽은 골짜기를 따라 흐르거든요.) 폭풍의 언덕은 그 은빛 안개 위로 우뚝 솟아 있었고요. 하지만 그 방에서는 우리 옛날 집이 안 보이더군요. 건물은 언덕 반대편 쪽으로 조금 내려앉아 있거든요.

응접실, 거기 있는 사람들, 그들이 바라보는 경치…… 모든 것이 경이로울 만큼 평화로워 보였어요. 저는 부탁받은 일을 행하기가 몹시 꺼려졌답니다. 그래서 촛불이 어쩌고 하면서 한마디 물은 뒤에 그냥 돌아 나올 뻔했지요. 하지만 제가 너무 바보스럽다는 생각에 가까스로 다시 돌아가서 웅얼웅얼했습니다.

"기머턴에서 누가 왔는데, 린턴 부인을 뵙고 싶대요."

"무슨 일로?" 린턴 부인이 물었습니다.

"안 물어봤는데요." 제가 대답했지요.

"그럼, 넬리, 커튼 닫아." 린턴 부인이 말했습니다. "차도 내와. 금방 보고 올게."

캐서린이 나갔습니다. 나리는 지나가는 말로 누가 왔느냐고 묻더군요.

"아씨가 예상 못했을 사람이에요." 제가 대답했습니다. "히스클리프라고, 기억하시지요, 언쇼 씨 댁에 살았던."

"뭐? 그 집시…… 그 일꾼 아이?" 나리가 소리쳤습니다. "왜 캐서린에게 사실대로 말하지 않은 거야?"

"쉿! 그 사람에 대해 그렇게 말씀하시면 안 돼요." 제가 말했습니다. "아씨가 들으면 많이 속상해하실걸요. 그 사람이 집을 나갔을 때 얼마나 상심하셨는데요. 그 사람이 돌아왔으니 아씨는 신바람이 절로 나실 거예요."

린턴 씨는 마당이 내려다보이는 응접실 반대편 창가로 다가가 창문을 열고 몸을 내밀었습니다. 두 사람이 밑에 있었던가 봐요. 린턴 씨가 급히 부르더라고요.

"여보, 들어와요! 손님이면 같이 들어오고."

잠시 후, 빗장이 걸리는 소리가 들렸습니다. 캐서린이 순식간에 헉헉거리면서 올라왔습니다. 너무 흥분해서인지 기뻐하는 사람의 표정이 아니었습니다. 얼굴만 봐서는 끔찍한 변고가 생긴 줄 알았을 겁니다.

"아아, 에드거, 에드거!" 부인은 숨을 헐떡이면서 남편의 목을 끌어안았습니다. "아아, 여보, 에드거! 히스클리프가 돌아왔어요! 돌아왔다고요!" 그러면서 캐서린은 팔에 더욱 힘을 주어 세게 끌어안았지요.

"자, 자." 남편은 신경질적으로 소리쳤습니다. "그렇다고 나를 질식시킬 것까지는 없잖아요! 내 눈에는 그 정도로 반겨야 할 귀인으로 보이지 않았어요. 미쳐 날뛸 필요 없잖아요!"

"당신이 그 사람을 안 좋아했던 걸 알아요." 캐서린은 기쁨의 강도를 조금 억누르며 대답했습니다. "그렇지만 나를 봐서 이제 그 사람과 사이좋게 지내줘요. 올라오라고 할까요?"

"여기로?" 남편이 물었습니다. "응접실로?"

"아니면요?" 캐서린이 반문했습니다.

남편은 화난 표정으로 그 사람에게는 부엌이 더 적당하지 않겠냐고 했습니다.

린턴 부인은 묘한 표정으로 남편을 주시했습니다. 그렇게 격식을 차리는 남편이 짜증스러우면서도 가소로운 듯했습니다.

캐서린은 잠시 말을 끊었다가 대답했습니다. "안 돼요. 내가 부엌에서 손님을 맞을 수는 없잖아요. 엘렌, 여기 응접실에 다과상을 두 개 차려. 윗분들 상에는 나리와 이사벨라 양이 앉고, 아랫것들 상에는 히스클리프와 내가 앉을 거야. 여보, 이제 괜찮지요? 그것도 싫다면, 다른 방에 불을 지필까요? 분부대로 하겠어요. 나는 일단 내려가서 손님을 잡아놓을게요. 너무 행복해서 현실 같지가 않아."

다시 뛰어나가려는 캐서린을 에드거가 붙잡았습니다.

"자네가 안내해." 그는 제게 말을 했습니다. "그리고, 캐서린, 기뻐하는 것은 괜찮지만 바보짓은 그만둬요! 당신이 도망친 하인을 동기간인 듯이 반기는 모습을 온 집안에 보여줄 필요는 없어요!"

저는 분부대로 내려갔습니다. 히스클리프는 집 안으로 들어가게 될 줄 알았는지 현관에서 기다리고 있더군요. 그는 굳이 말을 붙이지도 않고 저를 따라왔고, 저는 그를 주인 내외 앞에 데려갔습니다. 부부의 얼굴이 상기된 것을 보니, 격한 말이 오간 듯했습니다. 하지만 친구가 눈앞에 나타나자 아내 쪽 얼굴은 아까와는 다른 감정으로 다시 한 번 상기되더군요. 아내는 부리나케 친구에게 달려가 친구의 두 손을 잡고 린턴에게 끌고 갔습니다. 그러고는 주저하는 린턴의 손을 친구의 손과 억지로 마주 잡게 했지요.

벽난로 불빛과 촛불이 히스클리프를 환히 비춘 순간, 저는 그의 변한 모습에 아까보다 더 놀랐습니다. 훤칠하고 단단하고 체격 좋은 사나이로 자라났더군요. 그에 대면 나리는 호리호리하고 앳돼 보였지요. 절도 있는 태도는 군대에 있었던 것 같은 분위기를 풍겼습니다. 그의 표정이나 이목구비 윤곽은 린턴 씨에 비해 훨씬 성숙하게 느껴졌습니다. 영락했던 과거의 흔적이 전혀 남아 있지 않은 똑똑해 보이는 얼굴이었지요. 제대로 개명되지 못한 야만성이 주저앉은 눈썹과 시커멓게 타오르는 눈동자에 어른거렸지만, 멋대로 날뛰는 야만성은 아니었습니다. 태도 면에서는 뻣뻣함 때문에 세련됨은 없었지만, 이제 천하기는커녕 위엄마저 엿보였습니다.

나리의 놀라움은 저보다 더하면 더했지 덜하지는 않았을 겁니다. 한동안 입을 떼지 못하더라고요. 방금 전에 일꾼 아이라고 불렀던 사람과 어떻게 말을 터야 할지 막막했겠지요. 한편, 히스클리프는 나리의 가냘픈 손을 내려놓고 나리를 냉랭히 쳐다볼 뿐이었습니다. 먼저 말을 걸 생각은 없어 보였지요.

"앉으시오." 마침내 나리가 입을 뗐습니다. "안사람은 옛날 생각이 나는지, 내가 그쪽을 잘 대접하기를 바라는군요. 안주인이 기뻐하는 일이라면 나도 언제나 환영이오."

"이하 동문입니다." 히스클리프가 대답했습니다. "특히 내가 그 일에 보탬이 되었다면 말입니다. 그럼 사양하지 않고 한두 시간 앉았다 가기로 하지요."

히스클리프는 캐서린의 맞은편에 자리했고, 캐서린은 히스클리프에게서 눈을 떼지 못했습니다. 눈을 떼면 사라질까 두려운 것 같았지요. 히스클리프가 캐서린 쪽으로 시선을 돌리는 경우는 드물었고 이따금씩 힐끗 쳐다보는 걸로 만족했습니다. 하지만 히스클리프의 시선은 회가 거듭될수록 점점 대담해져, 한편으로는 캐서린의 시선이 공공연히 드러내는 기쁨을 한껏 빨아들이고 다른 한편으로는 그것과 똑같은 기쁨을 뿜어냈습니다.

함께 행복감에 빠져 있는 두 사람은 난처함을 느낄 겨를도 없었지만 에드거 씨는 그게 아니었습니다. 나리는 순전히 짜증스러움 때문에 얼굴이 허옇게 질렸더라고요. 안주인이 급기야 벌떡 일어나서 히스클리프에게 다가가 다시 한 번 히스클리프의 두 손을 맞잡고 정신 나간 듯이 웃어대자 나리의 짜증은 최고조에 달했지요.

"내일이면 오늘 일이 꿈만 같을 거야." 캐서린이 소리쳤습니다. "내가 다시 네 얼굴을 보고, 너의 손을 잡고, 너와 이야기하다니, 내일이면 믿어지지 않을 거야. 하지만 히스클리프, 못됐어! 내가 너를 이렇게 반겨주면 안 되는데. 3년 동안 사라져서 연락 한 번 없고. 내 생각은 해주지도 않고!"

"네가 날 생각한 것보다는 내가 더 많이 널 생각했을걸!" 히스클리프가 속삭였습니다. "캐시, 네가 결혼한 줄 바로 얼마 전에 알게 됐어. 내가 아까 마당에서 기다리는 동안, 계획을 한 가지 세웠어. 어떤 계획이었느냐 하면, 일단 네 얼굴을 잠깐 보는 거야. 깜짝 놀라 멍청해진 얼굴이든 반가운 척하는 얼굴이든. 다음에는 힌들리를 만나 빚을 갚아주고, 그런 다음에는 법보다 앞서서 나 자신을 벌하는 거야. 그런데 네가 정말 반가워해주니 그런 생각들이 전부 사라졌어. 하지만 다음에 만나서 다르게 대하면 재미없어! 아니다. 네가 나를 다시 밀어낼 리 없지. 나한테 미안했겠지? 미안해할 만해. 너의 목소리를 듣지 못하게 된 뒤로 나는 무척 힘들게 살았어. 그러니까 용서해줘. 내가 애써 여기까지 온 건 모두 너 때문이니까."

"캐서린, 차가 그냥 식어버리네요. 이제 그만 제자리로 돌아와요." 린턴이 평상시 말투와 적정한 예의를 유지하려 애쓰면서 한마디 거들었습니다. "히스클리프 씨의 오늘 밤 거처가 어디든, 한참 걸어가야 하잖아요. 나도 목이 마르네요."

캐서린은 주전자가 놓인 안주인 자리에 섰습니다. 이사벨라 양도 종소리를 듣고 응접실에 들어왔습니다. 저는 두 사람을 위해 의자를 빼준 뒤 물러났습니다.

다과는 10분을 못 넘겼습니다. 캐서린의 잔은 아예 처음부터 비어 있었습니다. 먹을 수도 마실 수도 없는 상태였으니까요. 에드거는 차를 접시에 엎질러버린 후 목구멍으로 넘긴 것이 거의 없었지요.

그날 저녁 손님은 한 시간도 안 돼 돌아갔습니다. 그가 떠날 때, 저는 기머턴으로 가느냐고 물었습니다.

"아니, 폭풍의 언덕으로 갈 거야." 손님은 대답했습니다. "내가 아침에 방문했는데, 언쇼가 초대하더군."

언쇼 씨가 **초대**했다고? 언쇼 씨를 **방문**했다고? 그가 떠난 다음, 저는 그가 남긴 말을 열심히 곱씹었습니다. 위선자가 됐나? 신사의 가면을 쓰고 나타나서 무슨 사달을 일으키려고? 그가 돌아오지 않는 편이 나았으리라는 생각이 무슨 예감처럼 떠올랐습니다.

한밤중에 겨우 잠든 저를 깨운 것은 린턴 부인이었습니다. 살그머니 제 방에 들어와, 세 침대 옆에 앉아, 저를 깨우려고 머리카락을 잡아당기더라고요.

"잠이 안 와, 엘렌." 부인은 미안하다는 듯 말했습니다. "그리고 지금 나는 내 행복을 함께해줄 사람이 필요해! 에드거는 골이 났어. 자기는 관심 없는 일에 내가 즐거워하니까. 에드거는 얘기하기 싫다면서, 심술궂게 바보 같은 소리만 하잖아. 자기는 이렇게 아프고 졸린데 내가 얘기하고 싶다는 건 잔인하고 이기적인 짓이라는 말까지 하더라. 기분 나쁜 일이 있다 하면 용케 병이 나는 사람이야! 내가 히스클리프 칭찬을 몇 마디 했더니 엉엉 울기 시작하는 거야. 정말 두통 때문인지, 아픈 질투 때문인지 모르지만. 그래서 나도 박차고 나와버렸어."

"나리한테 히스클리프를 칭찬해서 뭐하게요?" 제가 대답했습니다. "둘은 어렸을 때부터 서로 싫어했잖아요. 히스클리프한테 나리를 칭찬해보세요, 듣기 싫어 하지. 그게 인지상정이라고요. 린턴 씨한테는 그 사람 이야기 꺼내지 마세요. 둘을 싸움 붙일 작정이면 모르지만."

"하지만 그건 너무 큰 약점을 드러내 보이는 거잖아?" 캐서린은 굽히지 않았습니다. "나는 질투 같은 건 안 해. 이사벨라는 노란 머릿결이 반짝반짝하고 살결이 하얗고, 까다롭다 싶을 만큼 세련됐고, 집안 사람들이 모두 이사벨라를 유난히 예뻐하지만, 나는 절대 기분 나빠하지 않아. 때때로 우리가 말다툼할 때 넬리 너도 바로 이사벨라 편을 들잖아. 그래도 난 어머니가 딸을 맹목적으로 사랑하듯 이사벨라에게 모든 걸 양보해. 우리 귀염둥이 아가씨라고 부르면서 비위를 맞춘단 말이야. 나랑 이사벨라랑 사이좋게 지내는 걸 보면 에드거가 좋아하고, 에드거가 좋아하면 나도 좋으니까. 하지만, 남매가 너무 닮았어. 무슨 응석받이 애들처럼 세상이 자기를 위해서 만들어진 줄 알잖아. 비록 나는 남매의 비위를 맞추면서 지내지만, 어쨌든 남매가 언제 한 번 된통 당해봐야 철이 들 것 같아."

"웃기지 마세요, 린턴 부인." 제가 말했습니다. "두 분이 부인 비위를 맞추는 거예요. 안 그랬으면 무슨 일이 생겼을지 뻔하지요! 두 분이 평소에 하는 일이 부인이 원하는 것들을 알아서 해주는 건데, 부인이 두 분 변덕을 어쩌다 한 번 받아주는 게 뭐가 어렵다고 그러세요. 하지만 만약에 부인과 두 분 사이에 똑같이 중요한 문제가 생겨서 서로 싸워야 한다면, 부인이 응석받이 아이라고 생각하는 그분들도 똑같이 완강하게 나올걸요."

"그러면 한편이 죽을 때까지는 싸움이 안 끝나겠구나, 넬리?" 부인은 깔깔 웃으면서 대꾸했습니다. "말도 안 돼! 린턴이 나를 얼마나 사랑하는데. 설사 내가 린턴을 죽인다고 해도, 린턴은 복수할 생각조차 안 할 거야."

저는 그렇게 사랑해주는 사람을 귀히 여기라고 충고했습니다.

"귀히 여기고 있어." 부인이 대답했습니다. "하지만 별일도 아닌데, 그렇게 질질 짤 필요는 없잖아. 무슨 어린애도 아니고. 내가 히스클리프에 대해 그 애는 이제 신사가 되었다, 우리나라에서 제일가는 신사라고 해도 그 애와 친한 것을 부끄러워하지 않을 거다, 이렇게 말했다고 해서 눈물을 쏟다니 말이야. 오히려 나한테 그런 말을 해주었어야지. 내가 그런 말을 듣고 기뻐하는 것을 보고 자기도 기뻐했어야지. 에드거도 이제 그 애한테 익숙해져야 할 테고, 사실 그 애한테 호감을 가질 만하잖아. 그 애가 에드거를 싫어하는 건 당연한 일인데, 내 생각에 그 애는 에드거 앞에서 훌륭하게 처신했어!"

"히스클리프는 왜 폭풍의 언덕으로 갔을까요?" 제가 물었습니다. "개과천선한 모양이에요. 진짜 예수 믿는 사람답게 원수들을 찾아다니면서 화해의 악수를 청하고 있으니."

"그 이유는 그 애한테 들었거든." 부인이 대답했습니다. "처음에는 나도 이상하게 생각했어. 하지만 그 애가 말하길, 내 소식을 네게 물어볼까 하고 찾아갔대. 네가 아직 거기 사는 줄 알았대. 조지프가 힌들리한테 자기가 왔다는 이야기를 했고, 이야기를 들은 힌들리가 밖으로 나왔다는 거야. 그러고는 자기한테 뭐 하고 지냈느냐, 어떻게 살

158

았느냐 이것저것 묻더니만, 잠시 들어왔다 가라고 하더래. 몇 사람이 카드놀이를 하고 있었대. 자기도 끼었고. 힌들리가 자기한테 돈을 조금 잃었는데, 자기 수중에 돈이 많은 걸 보고 저녁에 또 와달라고 했대. 그래서 가겠다고 한 거래. 사실 힌들리 오빠는 사람을 사귈 때 앞뒤 안 가리고 사귀잖아. 어떤 사람한테 몹쓸 짓을 했으면 그 사람을 믿으면 안 되는 이유를 생각해보기라도 해야 하는데 그조차 귀찮아하니까. 하지만 히스클리프가 말하길 자기가 옛날 박해자와 다시 연을 맺으려는 이유는, 티티새 지나는 농원까지 걸어 다닐 만한 곳에 거처를 마련하고 싶고, 우리가 함께 살았던 곳에 대한 애착이랑, 그리고 나와 만날 기회가 좀 더 많아지리라는 기대 때문이래. 기머턴 대신에 폭풍의 언덕에 살게 되면 내가 가끔 가서 만날 수도 있으니까. 폭풍의 언덕에 방을 얻게 되면 방세를 후하게 쳐줄 생각이래. 힌들리 오빠는 욕심쟁이니까 당장 방을 내줄 거야. 오빠는 언제나 돈을 밝혔잖아. 오른손으로 움켜잡은 걸 왼손으로 내팽개치지만."

"혈기왕성한 청년이 그런 데 살다니 가당키나 해요!" 제가 말했습니다. "린턴 부인, 앞일이 걱정스럽지도 않으세요?"

"내 친구 일이라면 걱정 없어." 부인이 대꾸했습니다. "똑똑한 애니까, 위험에 빠지거나 하지는 않을 거야. 힌들리 오빠는 조금 걱정스럽지만 정신 쪽은 이미 최악이니 더 이상 나빠질 수 없을 테고, 육체 쪽에 해가 되는 일은 내가 막을 거야. 나는 오늘 저녁에 생긴 일 덕분에 하느님과도 인간과도 화해했어! 옛날에는 하느님의 섭리 앞에 분노하고 반항했는데. 아아, 넬리, 나 그동안 정말 고통스러웠어! 저 인간이 그걸 알았다면, 지금 저러지는 않을 텐데. 아무것도 아닌 일로 심통을 부리며 내 홀가분한 마음에 초를 치는 짓은 안 할 텐데. 내가 그런 비참함을 혼자 견딘 건 다 자기를 위해서였는데. 시도 때도 없이 찾아오는 고통을 차라리 저 인간한테 모두 말할걸. 그랬으면 내 고통이 덜해지기만을 나 못지않게 간절하게 소망했을 텐데. 하지만 이제 다 지나간 일이야. 저 인간의 바보짓을 앙갚음하지는 말아야지. 앞으로는 무슨 일이라도 참아낼 수 있어! 세상에서 가장 천한 잡년이 내 오른뺨을 때려도 나는 왼뺨까지 내밀 거야. 아니, 나를 때려야 할 만큼 화나게 만든 것까지 사과할 거야. 이제 그 증거로, 당장 에드거랑 화해해야겠다. 그럼 잘 자. 천사가 따로 없네!"

부인은 이런 자만과 확신을 안고 돌아갔습니다. 이튿날에 보니 부인은 결심했던 대로 화해에 성공했더군요. 린턴 씨는 언짢아하는 태도를 완전히 버렸을 뿐 아니라(캐서린의 넘치는 활기 탓에 린턴 씨의 기분은 가라앉아 보였지만), 캐서린이 그날 오후에 이사벨라와 함께 폭풍의 언덕에 다녀오겠다고 해도 감히 반대하지 못하더라고요. 캐서린은 그에 대한 보답으로 린턴 씨에게 여름날의 감미로움과 따사로움을 선사했습니다. 덕분에 며칠 동안 천국 같은 집에서, 주인 하인 할 것 없이 따뜻한 햇볕을 즐길 수 있었답니다.

히스클리프는—앞으로는 히스클리프 씨라고 불러야겠네요—처음에는 티티새 지나는 농원의 손님 자격을 신중하게 이용했습니다. 집주인이 자기의 침입을 어디까지 용인하는지를 가늠하는 눈치였습니다. 캐서린도 그를 맞을 때는 기쁨의 표현을 누그러뜨리는 것이 현명하겠다고 생각했나 봐요. 그리하여 그는 무람없이 드나드는 손님의 자격을 서서히 획득해갔습니다.

그는 어릴 때와 비슷하게 과묵했습니다. 그가 온갖 충격적인 감정 표현들을 억제할 수 있었던 것은 그런 과묵함 때문이었지요. 휴식기를 거친 나리의 불안은 새로운 상황이 전개되면서 한동안 또다른 방향으로 옮아갔습니다.

나리의 새로운 걱정거리란 이사벨라 린턴이 이 반갑지 않은 손님을 향해 돌연하고 불가항력적인 연정을 끌어냈다는 예상치 못한 불행한 사태를 말합니다. 그 당시 이사벨라는 열여덟 살의 사랑스러운 아씨였습니다. 재치도 대단하고 감수성도 대단하고, 일단 화가 나면 성미도 대단했지만 행동은 어린애나 다름없었지요. 이사벨라를 아끼고 사랑했던 오빠는 이런 어이없는 취향 앞에 경악했습니다. 동생이 태생도 모르는 남자와 결혼해서 신분이 하락하는 것이나, 자기에게 상속받을 아들이 태어나지 않을 경우 재산이 그자의 손에 넘어간다는 것은 차라리 넘길 수 있는 문제였습니다. 그 오빠는 히스클리프라는 인간의 기질을 간파할 정도의 분별력을 갖고 있었으니 외양이 달라졌다 하더라도 마음은 달라질 수 없다는 것, 달라지지 않았다는 것을 알고 있었지요. 오빠는 히스클리프의 마음이 두려웠습니다. 역겨웠습니다. 마치 무슨 예감처럼, 그런 마음을 가진 자에게 이사벨라를 맡긴다니 생각하기도 싫었습니다.

이사벨라의 사랑이 짝사랑으로 시작되었고 여전히 짝사랑임을 알았다면 오빠가 느끼는 혐오감은 더했겠지요. 이사벨라의 감정을 처음 알았을 때, 오빠는 모든 것이 히스클리프라는 인간의 교묘한 계략 탓이라고 생각했거든요.

우리는 한동안 린턴 양이 무엇 때문인지는 몰라도 속을 끓인다는 것을 의식하고 있었습니다. 자주 성을 내며 성가시게 했고, 캐서린과 마주칠 때마다 톡톡 쏘며 속을 긁었으니, 안 그래도 참을성이 없는 캐서린은 폭발 직전이었지요. 어느 선까지는 우리도 린턴 양을 이해하며 몸이 아픈 탓이라고 했습니다. 린턴 양이 눈에 띄게 말라가는 것도 사실이었고요. 그러던 어느 날, 린턴 양이 유독 성가시게 굴었답니다. 아침을 안 먹겠다고 하지 않나, 하인들이 자기 말을 무시한다는 둥, 안주인은 자기를 집에 없는 사람 취급하고 에드거는 자기한테 신경도 안 쓴다는 둥, 문을 열어두니 자기가 감기에 걸렸다는 둥, 우리가 자기를 골탕 먹이려고 일부러 벽난로를 꺼뜨렸다는 둥, 그리고 그보다 하찮은 백 가지 불평을 늘어놓았지요. 린턴 부인은 고압적으로 이사벨라에게 방에 가서 누우라고 했습니다. 그러고는 실컷 잔소리를 퍼부은 뒤, 의사를 불러야겠다고 협박하더군요.

케네스라는 이름이 나온 순간, 이사벨라는 자기는 아주 건강하다고 외쳤습니다. 너무 가혹한 캐서린 때문에 불행한 것뿐이라고 하면서요.

"내가 너무 가혹하다고? 못된 애 같으니!" 캐서린은 부당한 비난에 어이가 없는 듯이 소리쳤습니다. "말이 되는 소리를 해. 내가 가혹하다니, 언제?"

"어제." 이사벨라가 흐느꼈습니다. "지금도!"

"어제!" 올케가 소리쳤습니다. "어제 언제?"

"같이 습지에서 산책할 때, 나더러 알아서 돌아다니라고 했잖아요. 자기는 히스클리프 씨랑 천천히 걸어가겠다고!"

"그게 가혹한 거야?" 캐서린이 깔깔 웃으면서 말했습니다. "너랑 같이 다니기가 귀찮다는 뜻이 아니었어. 우리는 네가 옆에 있건 없건 상관없었으니까. 다만 히스클리프의 이야기가 너한테는 재미없겠다고 생각했을 뿐이야."

"아니에요, 재미없지 않았어요." 아씨는 훌쩍였습니다. "내가 같이 있고 싶어 하는 걸 알고 나를 따돌렸잖아요."

"얘가 제정신이야?" 린턴 부인이 저를 보며 묻더군요. "이사벨라, 우리가 나눈 대화 내용을 하나하나 다시 들려줄게. 혹시라도 재미있었을 것 같은 데가 있으면 알려줘."

"대화 내용 같은 건 상관없어." 이사벨라가 대꾸했습니다. "나는 그저…… 옆에 있고 싶었단 말이에요."

"누구 옆에?" 캐서린은 이사벨라가 말을 얼버무리는 것을 눈치채고 다그쳤습니다.

"그이 옆에. 이제 나도 물러서지만은 않을 거야!" 이사벨라가 열을 올리면서 계속했습니다. "캐시 언니는 여물통에 들어앉은 개나 마찬가지야.* 남이 사랑받는 꼴을 못 보잖아!"

"너 정말 못하는 소리가 없구나!" 린턴 부인이 깜짝 놀라며 소리쳤습니다. "내가 잘못 들었겠지! 네가 히스클리프한테 사모받길 바라다니. 네가 히스클리프한테 호감을 가질 리가 없어!"

"잘못 들은 거 아니야." 사랑에 눈이 먼 처녀가 대답했습니다. "나는 그이를 사랑해. 캐시 언니가 에드거 오빠를 사랑하는 것보다 더 많이 사랑해. 캐시 언니만 비켜주면, 그이도 나를 사랑할 거야!"

"그런 인간한테 사랑받겠다니, 나는 왕을 시켜준다 해도 싫을 텐

---

* 여물을 먹으려던 소가 여물통 안에서 잠자던 개에게 쫓겨 가며 "자기가 못 먹는 걸 남도 못 먹게 한다"고 말한 이솝우화에 빗댄 것.

데!" 캐서린이 진심인 듯 단호하게 못 박았습니다. "얘가 정신 나간 소리 그만하게 너도 무슨 말 좀 해봐, 넬리. 히스클리프가 어떤 작자인지 너도 알 테니까. 황폐하고, 천하고, 교양 없고, 가시꽃이랑 돌덩이밖에 없는 메마른 황야라고 말하란 말이야. 이사벨라, 너한테 그 인간을 사랑하라고 부추기는 건 저 작은 카나리아를 겨울날 농원에 풀어놓는 것보다도 못할 짓이란다! 꼬마 아가씨야, 너는 그 사람이 어떤 인간인지 전혀 모르니까 그런 어처구니없는 꿈을 꾸는 거야. 제발 부탁인데 그 인간이 매몰찬 겉모습 이면에 자상함과 다정함을 감추고 있다고 상상하지 마! 그 인간은 다듬어지지 않은 보석도 아니고 진주를 품은 조개도 아니야. 흉포하고 잔인하고 늑대 같은 인간이야. 나는 그 인간한테 '이 사람과 저 사람은 그냥 내버려둬. 원수를 해치는 건 옹졸하고 무자비한 짓이야'라고 하지 않아. '그 사람들은 그냥 내버려둬. 그 사람들이 잘못되는 것은 내가 원치 않아'라고 할 뿐이야. 이사벨라, 그 인간은 네가 귀찮다고 느껴지면 너를 새알처럼 으깨버릴 거야. 내가 잘 아는네, 린턴 가문 사람이면 누가 됐든 사랑할 수 없는 인간이야. 그렇지만 네 재산과 네 유산을 노리면서 너와 결혼할 수는 있는 인간이야. 그 인간은 점점 탐욕의 죄악에 빠지고 있어. 한데 나는 그 인간의 친구거든. 너무 친한 친구라서, 혹시라도 그 인간이 너를 정말 낚아챌 생각이 있다면, 나는 아마 네가 덫에 걸려드는 것을 말없이 구경만 해야 할 정도야."

린턴 양은 분노의 눈초리로 올케를 노려보더군요.

"뻔뻔해! 뻔뻔해!" 린턴 양은 화난 목소리로 되뇌었습니다. "캐시 언니 같은 친구는 원수 스물보다 훨씬 못해. 친구라면서 어떻게 그런 말을 할 수 있어!"

"아하! 내 말을 안 믿겠다는 거야?" 캐서린이 말했습니다. "내가 하는 말이 악의적인 이기심 때문이라는 거야?"

"아니면 뭐겠어." 아가씨가 응수했습니다. "캐시 언니 같은 사람 소름 끼쳐!"

"좋아!" 캐서린이 소리쳤습니다. "정 그렇다면, 마음대로 해. 나는 손 떼겠어. 너처럼 건방지고 예의 없는 애랑은 얘기 못하겠다."

"자기 이기심을 위해 나를 이렇게 힘들게 해!" 린턴 부인이 나가자 이사벨라가 흐느꼈습니다. "왜 모두들 나만 괴롭히는 거야! 나의 유일한 낙이었는데, 그걸 캐시 언니가 망쳐버렸어. 거짓말이겠지? 히스클리프 씨는 악마가 아니야. 그이의 영혼은 고결하고 진실해. 그러니까 캐시 언니를 잊지 못하는 거잖아?"

"당장 그 인간을 머릿속에서 몰아내세요, 아가씨." 제가 말했습니다. "그 인간은 흉조(凶鳥)라니까요. 아가씨의 짝이 아니에요. 마님이 격하게 말하긴 했지만, 틀린 말이라고 할 수는 없네요. 마님은 그 인간의 속마음을 저보다 잘 아니까요. 어느 누구보다 잘 알지요. 거기다 마님이 그 인간에 대해 실제보다 나쁘게 말할 리는 없어요. 생각해보세요. 정직한 사람은 과거를 숨기지 않아요. 그 인간이 지금까지 어떻게 살았겠어요? 어떻게 부자가 됐겠어요? 언쇼 씨를 증오하는 그 인간이 왜 폭풍의 언덕에서 살겠어요? 그 인간을 들이고 나서 언쇼 씨가 점점 망가진다더라고요. 같이 만날 밤을 새운대요. 흔들리는 땅을 잡혀 돈을 빌렸는데, 하는 일은 노름하고 술 마시는 것뿐이래요. 바로 지난 주에 들은 얘기예요. 조지프가 그랬어요. 기머턴에서 만났거든요.

　'봐라, 넬리,' 조지프가 이러더라고요. '인자 검시관이 우리 집에 들이닥칠 기라. 한 자슥은 지가 무슨 쇠백정이라고 제 모가지를 칼로 벨라 하고 한 자슥은 말린다꼬 손가락이 결딴날 뻔했다. 니도 알겠지만, 나리는 최후 재판 날에 잡혀갈라고 저 지랄을 하는 기라. 재판장이 안 무섭다 한다. 바울 님도 베드로 님도 요한 님도 마태 님도 아무도 안 무섭다 한다. 괜찮탄다. 재판장에 가는 게 괜찮타는 거를 보면, 낯짝이 어지간히 두꺼운 기 아니다! 그러면 멀끔한 총각 히스클리프는 어쩌고 있는지 아나. 그 자슥이 예사 놈이 아닌 기라. 마귀 노는 판을 구경하듯 컹컹 웃는다. 그 자슥이 티티새 지나는 농원에 다니제? 우리 집에 사는 기 얼마나 좋은가 이바구를 안 하드나? 자, 한번 들어봐라. 해가 질라 하면 일어난다. 주사위 던지고 브랜디 처먹고 덧창까지 닫고 촛불 켜고 그러면 어느새 해가 중천이다. 그러면 그 미련한 자슥은 처자러 가면서 온갖 상소리를 씨부리니, 제대로 된 인간이면 귓구멍을 막아야지 아니면 귀 다 버린다. 그라면 그 악독한 자슥은 지가 얼마 땄나 계산하고, 처먹고, 처자고, 이웃집에 놀러 가서 그 집 마누라랑 수작질인 기라. 그 자슥은 캐서린한테 이리 씨부릴 기다, 늬 아부지 금덩이가 내 주머니로 뭉텅뭉텅 들어온다, 늬 아부지 아들 놈은 넓은 길로 뛰어가니, 내가 먼저 가서 문을 활짝 열어줄란다,* 이리 씨부릴 기다!' 린턴 양, 이제 아시겠지요. 조지프는 고약한 영감탱이지만, 거짓말쟁이는 아니에요. 조지프가 하는 말이 사실이라고 하면, 린턴 양도 혹여 히스클리프 같은 남편을 원하시진 않겠지요?"

---

* 「마태복음」 7장 13절. "좁은 문으로 들어가라. 멸망으로 인도하는 문은 크고 그 길이 넓어 그리로 들어가는 자가 많고."

"엘렌, 너도 한패구나!" 이사벨라가 대꾸했습니다. "나는 그런 중상모략에는 신경 안 써. 세상에 행복이 존재하지 않는다는 말을 믿으라니, 나더러 불행해지라는 거잖아!"

린턴 양의 사랑이 혼자만의 사랑으로 남아 있었다면, 린턴 양이 그 사랑을 이겨냈을지 아니면 계속 키워나갔을지 그건 저도 모르겠습니다. 어쨌든 린턴 양에게는 스스로 결정할 시간이 주어지지 않았지요. 다음 날은 이웃 마을의 재판일이어서 나리는 외출을 피할 수 없었고, 히스클리프는 나리가 없는 것을 알고 평소보다 조금 일찍 찾아왔습니다.

캐서린과 이사벨라는 서재에 있었습니다. 아직 화해하지 않은 두 사람은 어느 쪽도 입을 열지 않더군요. 이사벨라는 얼마 전에 흥분해서 자기도 모르게 자신의 은밀한 감정을 내보인 데 대해 좌불안석의 심정이었고, 캐서린은 나중에 이사벨라의 말을 곱씹으면서 정말 모욕감이 느껴졌으므로 두고 보자 하는 심정이었지요. 한 번만 더 건방지게 굴면 웃음거리로 만들어주마, 그렇지만 너한테는 웃어넘길 일이 아닐 거다, 이런 생각이었겠죠.

캐서린은 히스클리프가 창밖으로 지나가는 것을 보고 정말로 웃었습니다. 그때 저는 벽난로를 청소하고 있었는데, 캐서린의 입에 짓궂은 미소가 떠오르는 것을 목격했답니다. 한편 이사벨라는 생각에 잠겨 있었는지 독서에 빠져 있었는지, 서재 문이 열릴 때까지도 그냥 앉아 있더군요. 도망치기에는 너무 늦어버렸지요. 서재에서 나갈 수만 있었다면 기꺼이 나갔겠지만요.

"들어와. 마침 잘 왔어!" 안주인은 의자 하나를 벽난로 앞으로 당기며 명랑하게 소리쳤습니다. "여기 있는 두 사람에게는 냉기를 녹여줄 제삼자가 간절히 필요했거든. 게다가 우리 둘 다 제삼자로 너만큼 적당한 사람이 없다고 생각해. 히스클리프, 자랑스럽게도 내가 드디어 너한테 나보다 더 너를 사랑하는 사람을 소개할 수 있게 되었단다. 그게 누구인지 알면 너도 우쭐해질 거야. 아니야, 넬리는 아니니까 그쪽은 보지 마! 우리 딱한 시누이가 너의 육신과 영혼의 아름다움에 대한 생각만으로 시름시름 앓고 있어. 네가 원하기만 하면 에드거의 매부가 될 수 있어! 이사벨라, 안 돼, 안 돼, 어딜 도망가게!" 당황한 처녀는 분개하며 벌떡 일어났지만, 캐서린은 장난인 척 붙잡으며 말을 계속했습니다. "히스클리프, 우리는 너를 가운데 놓고 고양이들처럼 아옹다옹했어. 그런데 너에 대한 존경과 헌신을 맹세하는 데서 내가 지고 말았단다. 게다가 우리 시누이가 하는 말이, 자기가 내 경쟁자니까, 내가 염치 있게 빠져주면 자기가 네 영혼에 사랑의 화살을 쏘겠다는구나. 너를 영원히 사로잡아서 내 기억은 영원한 망각 속에 묻어버리겠대."

"캐서린 언니," 이사벨라가 말했습니다. 붙잡힌 팔목을 애써 뿌리치는 것도 창피한 짓이라는 듯, 위엄을 잃지 않으려고 안간힘을 쓰더군요. "아무리 농담이라도 사실무근의 중상모략은 삼가주기 바라! 히스클리프 씨, 부디 친구분께 제발 저를 놓으라고 말씀해주세요. 히스클리프 씨와 제가 허물없는 사이가 아니라는 것을 잊으셨나 봐요. 친구분은 재미있을지 모르지만, 저는 형언할 수 없이 고통스럽네요."

손님이 아무 대꾸 없이 네가 나를 사랑하든 증오하든 나와 상관없는 일이라는 표정으로 앉아 있자, 이사벨라는 상대를 바꾸어 캐서린을 향해 진지하게 제발 놔달라고 속삭였습니다.

"그렇게는 못하겠다!" 린턴 부인이 큰 소리로 대답했습니다. "여물통에 들어앉은 개라는 소리는 두 번 다시 듣기 싫으니까. 이사벨라, 내가 놓아줄 것 같아? 히스클리프, 내가 이런 기쁜 소식을 전해주었으면, 너도 기쁜 티 좀 내지그래? 이사벨라가 맹세하기를, 나를 향한 에드거의 사랑은 너를 향한 자기의 사랑에 비하면 아무것도 아니라고 했어.* 그 비슷한 말이었던 것 같은데. 엘렌, 이사벨라가 그랬지? 게다가 이사벨라는 엊그제 산책 갔다 와서부터 밥을 안 먹어. 나는 자기 생각해서 그런 건데, 나 때문에 네 옆에서 쫓겨났다면서 분하고 억울해서 밥을 못 먹겠대."

"그건 거짓말 같군." 히스클리프가 의자를 두 사람 쪽으로 돌려놓으면서 대꾸했습니다. "어찌 됐든 지금은 내 옆에 있기 싫어 하는걸."

그러면서 히스클리프는 화제의 대상을 뚫어져라 응시했습니다. 이상하게 생긴 징그러운 짐승, 예를 들면 인도 지네 같은 것을 쳐다보는 시선, 호기심 때문에 혐오감을 억누르고 쳐다보는 시선이었지요.

불쌍한 이사벨라는 그것을 견디지 못했습니다. 얼굴색이 허예졌다 벌게졌다 하더군요. 속눈썹에 눈물방울들이 맺힌 채로 캐서린의 억센 손을 풀어보겠다고 작은 손가락에 힘을 모으기도 하고. 그렇지만 손가락 하나를 떼어내는 순간 다른 손가락이 조여오니 손가락 전부를 떼어내기란 불가능함을 깨달았고, 그때부터 손톱을 사용하기 시작하더군요. 이사벨라의 날카로운 손톱은 캐서린의 손을 빨간 초승달로

---

* 캐서린의 착오. 이사벨라는 캐서린이 에드거를 사랑하는 마음보다 자신이 히스클리프를 사랑하는 마음이 더 클 것이라고 말했는데, 캐서린은 그 말을 착각하고 있다.

장식했습니다.

"호랑이 같은 년!" 린턴 부인이 이사벨라를 놓아주고 아픈 듯이 손을 털며 소리쳤습니다. "얼른 꺼져버려! 여우 같은 낯짝 치워! 그이가 보는 앞에서 사나운 발톱을 세우다니 너도 어지간히 바보구나. 네가 이런 짓을 하면 그이가 뭐라고 생각하겠니? 히스클리프, 이것 좀 봐! 이게 사람 잡는 손톱이야. 너도 눈알 조심해라."

"저 여자가 나한테 손톱을 세우면, 몽땅 뽑아버릴 거다." 이사벨라가 문을 닫고 나가자 히스클리프가 거칠게 대답했습니다. "한데 캐시, 너는 무슨 생각으로 저 여자를 그런 식으로 놀리냐? 거짓말이었지?"

"거짓말 아니야." 캐서린이 대꾸했습니다. "저 아이가 몇 주 전부터 너 때문에 안달복달하더니만 오늘 아침에는 너를 침이 마르도록 칭찬하더구나. 내가 자기의 뜨거운 연정을 식혀주기 위해 너의 부족한 점들을 까발려주니까, 악다구니를 부리더라. 하지만 이제 신경 쓸 거 없어. 나는 저 아이의 건방진 태도에 벌을 주고 싶었을 뿐이니까. 히스클리프, 그래도 나는 저 아이를 좋아하니까 네가 홀랑 잡아먹게 내버려두지는 않을 거야."

"나는 저 여자를 안 좋아하니까 홀랑 잡아먹을 생각 없어." 히스클리프가 말했습니다. "내가 송장 먹는 귀신이면 모르지만. 내가 저런 구역질 나는 밀랍 같은 면상하고 단둘이 산다면 이상한 소문이 들릴 거야. 그중 제일 흔한 소문은 희멀건 면상이 하루나 이틀꼴로 무지개 색깔로 변하고 퍼런 눈이 거무죽죽해진다는 소문일걸. 저 여자 눈은 밥맛 떨어지게 린턴 눈을 닮았구나."

"밥맛 돌게 닮았다고 하자꾸나!" 캐서린이 대꾸했습니다. "비둘기 같은, 아니 천사 같은 눈이잖아!"

"오빠가 죽으면 저 여자가 상속자인가?" 히스클리프가 잠깐 말을 끊었다가 묻더군요.

"그건 좀 서운한 일이지." 캐서린이 대꾸했습니다. "남자 조카들이 줄줄이 태어나서 고모의 상속권이 없어지게 하옵소서! 너도 이제 그런 생각일랑 당장 머리에서 지워버려. 너는 이웃집 재산을 너무 탐하는 경향이 있어.* 이번에는 이웃집 재산이 내 재산이라는 걸 잊지 마."

"그게 내 재산이었다 해도, 네 재산이 됐을 거야." 히스클리프가 말했습니다. "하지만 이사벨라 린턴이 아무리 바보라고 해도 설마 미치지는 않았겠지. 그러니까 네 말대로, 이런 얘기는 그만두자."

두 사람은 더 이상 그 이야기를 화제에 올리지 않았습니다. 캐서린은 다시 생각도 안 했을 겁니다. 하지만 히스클리프의 경우에는 그 이야기를 그날 저녁 몇 번이나 떠올렸던 것이 틀림없습니다. 린턴 부인이 이런저런 일로 방을 비울 때마다 히스클리프가 슬며시 미소를 지으며—아니, 이를 쓱 드러내며—불길한 상념에 잠기는 것을 제 눈으로 똑똑히 보았으니까요.

저는 그의 일거수일투족을 주시하기로 마음먹었습니다. 제 마음은 항상 캐서린 쪽보다 나리 쪽에 기울었거든요. 나리 편이 되는 게 당연하다고 생각했고요. 나리 쪽이 후덕했고 믿을 수 있었고 말을 바꾸지도 않았으니까요. 캐서린은 나리의 반대라고 할 수는 없었지만, 자기 자신에게 너무 너그러워 보인다고 할까, 저로서는 캐서린의 원칙들을

---

* 「출애굽기」 20장 17절. "네 이웃의 집을 탐내지 말라. 네 이웃의 아내나 남종이나 여종이나 소나 나귀나 무릇 네 이웃의 소유를 탐내지 말라."

신뢰하기 힘든 것은 물론이고, 캐서린의 감정들에 공감하기는 더욱 힘들었습니다. 저는 뭔가 사건이 일어나 히스클리프가 폭풍의 언덕과 티티새 지나는 농원에 출입하지 못하게 되기를 기원했습니다. 그가 나타나기 이전으로 돌아가고 싶었지요. 그의 방문은 저에게는 끝나지 않는 악몽이었고, 제가 짐작하기로는 나리에게도 마찬가지였습니다. 그가 폭풍의 언덕에 살고 있다는 것이 이루 말할 수 없이 답답했지요. 제가 생각하기에는 길 잃은 양은 하느님에게 버림받아 사악한 곳에서 홀로 방황하고, 마귀 같은 짐승은 양 우리 앞에서 어슬렁거리며 잡아 먹을 때를 기다리는 것만 같았어요.*

* 「마태복음」 18장 12절. "너희 생각에는 어떠하냐, 만일 어떤 사람이 양 백 마리가 있는데 그중의 하나가 길을 잃었으면 그 아흔아홉 마리를 산에 두고 가서 길 잃은 양을 찾지 않겠느냐." 「베드로전서」 5장 8절. "근신하라, 깨어라, 너희 대적 마귀가 우는 사자같이 두루 다니며 삼킬 자를 찾나니."

11장

홀로 이런 생각들에 잠겨 있노라면 이따금 돌연한 공포가 찾아왔습니다. 그럴 때면, 벌떡 일어나 보닛을 쓰고 폭풍의 언덕이 어떻게 돌아가는지 알아봐야겠다는 생각으로 집을 나섰지요. 저는 힌들리를 만나 사람들이 수군대는 이야기를 일러주는 것이 저의 의무라는 말로 제 양심을 설득했지만, 바로 다음 순간 힌들리의 고질적인 악습을 떠올렸고, 가서 만나본들 무슨 소용이랴 싶어 그 음산한 집구석에 들어가는 일이 몹시 꺼려졌습니다. 저의 말이 오해 없이 받아들여질지도 의심스러운 일이었고요.

제가 그 집 대문 안에 발을 들인 적이 딱 한 번 있었는데, 원래는 기머턴에 가는 길이었습니다. 시기상 저의 이야기와 바로 연결되겠네요. 맑고 쌀쌀한 오후였습니다. 땅은 메마르고 길은 단단했습니다.

마찻길을 따라 내려가다 보면 왼쪽으로 길이 갈라지잖아요. 갈라지는 길로 가면 습지고요. 그날 오후 저는 그곳의 갈림길 바위에 이르렀습니다. 울퉁불퉁한 흙바위가 기둥처럼 서 있는데, 북쪽에는 W. H. 동쪽에는 G. 남서쪽에는 T. G.*라고 새겨져 있었지요. 폭풍의 언덕, 기머턴, 티티새 지나는 농원 방향을 알리는 표지판이에요.

그날 오후, 햇빛이 그 회색 바위 꼭대기를 노랗게 비추는 것을 보니 여름날이 생각났습니다. 그리고 갑자기, 왜인지는 모르지만, 어린아이 때의 온갖 느낌들이 가슴속에 밀려왔습니다. 20년 전, 힌들리와 제가 자주 놀던 곳이었습니다.

저는 비바람에 상한 바윗덩어리를 한참 쳐다보며 서 있었습니다. 아래를 내려다보니 바위 밑에 구멍이 나 있고 구멍에는 여전히 달팽이 껍데기와 조약돌이 가득 들어 있더군요. 우리가 모아놓은 것들이었지요. 우리는 온갖 것을 모아 그곳 구멍 속에 넣어놓기를 좋아했거든요. 옛날 소꿉동무가 마른 잔디에 앉은 모습이 눈에 선했습니다. 검은 머리칼의 네모난 얼굴을 숙이고 조막손으로 돌조각을 들고 흙을 파는 모습이 현실인 듯 생생했습니다.

"가엾은 힌들리!" 저는 무심결에 소리쳤습니다.

그러고는 질겁했답니다. 한순간이지만 아이가 고개를 쳐들고 저를 똑바로 쳐다보았다고 착각했거든요! 아이의 모습은 순식간에 사라졌습니다. 하지만 그 순간, 폭풍의 언덕에 가보고 싶은 마음을 억누를 수가 없었습니다. 여기에 미신이 가세했습니다. 죽은 게 아닐까? 죽어

---

* 폭풍의 언덕(Wuthering Heights), 기머턴(Gimmerton), 티티새 지나는 농원(Thrush-cross Grange)의 약자.

가고 있는 게 아닐까? 죽음의 전조가 아닐까? 이렇게 생각되더군요.

집이 가까워질수록 불안감도 커져갔습니다. 그리고 그것을 본 순간, 온몸이 부들부들 떨려왔습니다. 귀신이 나보다 한발 앞섰구나. 귀신이 대문에서 내다보는구나. 엉망으로 헝클어진 머리에 갈색 눈동자의 어린아이가 발그레한 얼굴을 대문 틈에 대고 있는 모습을 본 순간, 그렇게 생각되더군요. 하지만 다시 생각해보니, 그 아이는 분명 헤어턴이었습니다. 나의 아기였던 헤어턴은 우리가 헤어진 열 달 전에 비해 그리 많이 변하지는 않았더라고요.

"아가, 잘 있었니?" 저는 바보 같은 두려움은 순식간에 잊어버리고 소리쳤습니다. "헤어턴, 넬리 왔어! 넬리 유모 왔어!"

아이는 저의 손이 닿지 않을 만한 거리로 물러나 큼직한 돌덩이를 집어 들더군요.

"너네 아버지를 만나러 왔단다, 헤어턴." 저는 이렇게 덧붙였습니다. 아이 하는 짓을 보아하니, 설령 넬리를 기억하고 있다 하더라도, 그것이 저라는 것까지는 모르리라 생각했거든요.

아이는 돌을 던지려고 손을 쳐들었습니다. 저는 말로 타이르겠다고 입을 열었지만 아이 손은 멈추지 않았고, 돌은 제 보닛을 쳤습니다. 그때부터 발음도 엉성한 어린아이의 입에서 욕설이 이어졌습니다. 알고 하는 건지 그냥 하는 건지 모르지만 강조돼야 하는 곳은 능숙하게 강조되었고, 어린아이의 이목구비는 소름 끼칠 만큼 악의 어린 표정으로 일그러졌습니다.

짐작하시겠지만, 화가 나기보다 마음이 아팠어요. 저는 울고 싶은 마음으로 주머니에 있던 오렌지를 꺼내 아이의 비위를 맞추려고 애썼지요.

아이는 잠시 머뭇거리더니 냉큼 낚아채더군요. 제가 약을 올리다가 그냥 가져갈 거라고 생각한 듯했습니다.

저는 다른 오렌지를 꺼낸 다음 아이 손이 닿지 않게 쳐들었습니다.

"아가, 그런 좋은 말은 누가 가르쳐줬니?" 제가 물었습니다. "목사님이 가르쳐줬니?"

"목사 뒈져! 너도 뒈져! 그거 내놔." 아이가 대꾸했습니다.

"누가 가르쳐줬는지 말해. 그럼 줄게." 제가 말했습니다. "누가 가르쳐줬니?"

"마귀 아빠." 아이의 대답이었습니다.

"아빠한테는 뭘 배웠니?" 제가 또 물었습니다.

아이는 오렌지를 잡으려고 펄쩍 뛰었습니다. 저는 좀 더 쳐들었습니다. "아빠는 너한테 뭘 가르쳐줬니?" 제가 물었지요.

"없어." 아이가 말했습니다. "아빠가 거치적거린대. 비키래. 내가 아빠한테 욕하니까, 아빠가 나보고 나가래."

"그랬구나! 아빠한테 욕하라고 누가 가르쳐줬니? 악마가 가르쳐줬니?" 제가 말했습니다.

"으으응, 아아니." 아이는 대답을 끌었습니다.

"그럼 누가 가르쳐줬니?"

"히스클리프."

저는 히스클리프 씨가 좋으냐고 물었지요.

"으으응!" 아이가 다시 대답했습니다.

히스클리프 씨가 왜 좋으냐고 물었지만, 돌아온 대답은 너무 단편

적이었습니다. "몰라. 아빠가 나 때리니까 아저씨가 아빠 때려. 아빠가 나한테 욕하니까, 아저씨가 아빠한테 욕해. 아저씨는 내가 하고 싶은 것만 하래."

"그러면 목사님은? 읽기 쓰기 가르쳐주러 오시지 않니?" 제가 계속 물었지요.

"안 와. 아저씨가 나한테 그랬어. 목사가 집 안에 한 발짝만 들어와도 아저씨가 이빨을 모조리 부러뜨려 목구멍에 쑤셔 넣을 거래. 나랑 약속했어!"

저는 오렌지를 아이 손에 쥐여주면서, 얼른 아버지한테 가서 엘렌 딘이라는 여자가 찾아와서 기다린다는 말을 전하라고 했습니다.

아이는 정원 오솔길을 통해 집 안으로 들어갔습니다. 하지만 문을 열고 나온 것은 힌들리가 아니라 히스클리프더군요. 저는 즉시 돌아서서 큰길을 내달렸습니다. 표지판 기둥에 도착할 때까지 죽을힘을 다해 쉬지 않고 달렸지요. 제 손으로 요괴를 불러내기라도 한 것처럼 오싹한 기분이었어요.

지금까지 말씀드린 것은 이사벨라의 연애 사건과 직접 연결되는 이야기는 아니에요. 그저 제가 이런 일을 겪은 후에 경계를 강화하기로 마음먹었다는 이야기일 뿐이지요. 사실 저는 린턴 부인의 즐거움을 방해함으로써 집안에 풍파를 일으키는 한이 있더라도, 티티새 지나는 농원에 그런 식의 악영향이 미치지 않도록 온 힘을 다해서 막아내겠다고 마음먹었답니다.

다음번에 히스클리프가 찾아왔을 때, 이사벨라 아가씨는 공교롭게도 마당에서 비둘기 모이를 주고 있었어요. 사흘 동안 올케에게 말 한

마디 하지 않은 채였지요. 하지만 짜증 내고 불평하는 일도 없어져서 우리는 천만다행으로 생각했답니다.

그때까지 히스클리프는 린턴 양과 마주쳐도 괜한 인사말 하나 덧붙이는 법이 없었어요. 그건 제가 잘 알고 있었지요. 한데 그날 히스클리프는 린턴 양을 보자마자, 가장 먼저 집 안쪽을 스윽 훑어보더군요. 저는 부엌 창문 앞에 서 있다가 몸을 숨겼어요. 다음 순간, 히스클리프는 린턴 양 쪽으로 성큼성큼 다가가서 무슨 말인가를 하더군요. 린턴 양은 쩔쩔매며 자리를 뜨려는 모습이었는데, 히스클리프가 못 가게 하려고 린턴 양의 팔에 손을 올려놓았어요. 린턴 양은 얼굴을 돌려버렸고요. 히스클리프로부터 뭔가 대답하고 싶지 않은 질문을 받은 모양이었어요. 그 작자는 다시 한 번 집 안쪽을 얼른 쳐다본 뒤, 보는 사람이 없는 줄 알고 뻔뻔스럽게도 린턴 아가씨를 끌어안더군요.

"유다 같은 놈! 배신자 같은 놈!" 제가 소리쳤습니다. "거기다 위선자였구나, 응? 교활한 사기꾼 같은 놈."

"누구 얘기야, 넬리?" 캐서린의 목소리가 바로 옆에서 들렸습니다. 창밖의 남녀에 정신이 팔려서 캐서린이 들어오는 줄도 몰랐지요.

"마님의 친구라는 작자예요!" 제가 열을 올리면서 대꾸했습니다. "저런 두더지 같은 놈을 봤나. 아, 저놈이 우리를 봤네요. 들어오네요! 린턴 양을 싫어한다고 해놓고 연애를 걸다가 들켰으니 이제 무슨 그럴싸한 변명을 늘어놓을지 궁금하네!"

린턴 부인은 이사벨라가 포옹에서 애써 빠져나와 정원으로 뛰어 들어가는 장면을 목격했습니다. 잠시 후, 히스클리프가 문을 열고 들어왔습니다.

제가 화를 못 참고 몇 마디 쏘아붙이자, 캐서린은 제게 화를 내며 입을 다물라고 했습니다. 방자한 주둥이를 나불대 주제넘은 소리를 지껄이면, 당장 부엌에서 내보내겠다고 하더군요.

"누가 들으면 네가 안주인인 줄 알겠다!" 캐서린은 소리쳤습니다. "네가 주제를 모르고 있구나! 히스클리프, 너는 어쩌자고 이렇게 분란을 일으키니? 이사벨라한테 손대지 말라고 그랬잖아! 제발 내 말 들어! 이제 우리 집에 오기 싫어? 린턴이 너한테 우리 집에 오지 말라고 하면 좋겠어?"

"린턴이 그러면 재미없지!" 그 음흉한 작자가 대답했습니다. 저는 그 자리에서 그가 싫어졌습니다. "앞으로도 계속 온순하게, 인내하며 사는 편이 그놈의 신상에 좋을걸! 천국에 보내고 싶은 걸 참느라 하루하루 몸이 근질근질해지고 있으니!"

"쉿!" 캐서린은 안으로 통하는 문을 닫으면서 속삭였습니다. "나 화나게 만들지 마. 왜 내 부탁을 무시했니? 저 아이가 너한테 먼저 접근했니?"

"그게 너랑 무슨 상관이지?" 그 작자가 으르렁거렸습니다. "저 여자가 괜찮다고 하면, 나는 키스할 권한이 있고, 너는 반대할 권한이 없어. 나는 네 남편이 아니니까, 네가 질투할 이유는 없어."

"질투가 아니야." 캐서린이 대답했습니다. "네가 걱정돼서 그런 거야. 표정 풀고, 나한테 인상 쓰지 마! 이사벨라가 좋으면 이사벨라랑 결혼해. 그렇지만 저 아이가 정말 좋니? 솔직히 말해봐, 히스클리프! 거봐, 대답 못하잖아. 좋아할 리가 없잖아."

"거기다 린턴 씨가 동생이 저런 남자하고 결혼하도록 허락하겠어요?" 제가 말했습니다.

"내가 허락하게 만들 거야." 마님이 단호하게 대꾸했습니다.

"괜히 그럴 필요 없어." 히스클리프가 말했습니다. "그런 허락 따위 필요 없어. 그리고 너 말이야, 캐서린, 이왕 말이 나왔으니 몇 마디만 하자. 네가 나한테 얼마나 못할 짓을 하고 있는지 내가 모두 안다는 거 명심해. 못할 짓이야! 알아들어? 내가 모르는 줄 알았다면 네가 멍청한 거야. 내가 듣기 좋은 말 몇 마디에 달래질 줄 알았다면 네가 머저리인 거야. 내가 복수하지 않고 넘어갈 줄 알았다면, 조금만 기다려! 그게 아니라는 걸 보여줄 테니까! 어쨌든 시누이의 비밀을 알려 줘서 고마웠어. 내가 최대한 써먹어주지. 너는 구경이나 해!"

"너한테 이런 면이 있었니?" 린턴 부인은 기가 막히다는 듯이 소리 쳤습니다. "내가 너한테 못할 짓을 했다고, 그래서 너는 복수하겠다 고! 이게 까불고 있어, 고마운 줄도 모르고! 내가 너한테 무슨 못할 짓을 했는데?"

"너한테 복수한다는 게 아니야." 히스클리프는 한풀 꺾이면서 대꾸 했습니다. "그런 뜻이 아니었어. 왕이 노예를 괴롭혀도 노예들은 왕에 게 반항하지 않아. 대신 자기 밑에 있는 노예들을 괴롭히지. 네가 나 를 괴롭히는 게 재미있다면 난 얼마든지 환영이야. 다만 내가 그런 방 식으로 재미 보는 것까지는 막지 마. 그리고 나한테 모욕적인 말도 가 능하면 하지 마. 내 왕궁을 부숴버렸으면, 개집 하나 지어주고 생색내 는 짓은 하지 마. 이사벨라하고 결혼하라고? 그게 네 진심이라면 난 벌써 목에 칼을 꽂고 자살했어!"

"옳아, 내가 질투를 안 해서 이 지경이 됐구나?" 캐서린이 목소리를 높였습니다. "좋아, 이제 네게 신붓감을 소개하는 일은 없을 거야. 사탄에게 길 잃은 영혼을 소개하는 거나 마찬가지니까. 너는 남을 괴롭혀야 행복해지니까 그것도 사탄과 마찬가지구나. 너 자신이 그걸 증명하고 있어. 네가 온 것 때문에 심술을 부리던 에드거가 이제 겨우 누그러져서 나도 편안했는데, 너는 우리 사이가 좋은 것 같으면 기어이 싸움을 붙여야 직성이 풀린다는 얘기잖아. 히스클리프, 에드거랑 싸우고 싶다면, 네 마음대로 해. 에드거 동생도 기만하고. 그게 바로 나한테 복수하는 가장 효과적인 방법일 테니까."

대화는 끊어졌습니다. 린턴 부인은 상기된 침울한 얼굴로 불 옆에 앉았습니다. 자기 말이라면 껌뻑 죽던 애가 고집을 세우기 시작하는데, 때릴 수도 없고 누를 수도 없으니 답답한 노릇이었지요. 히스클리프는 벽난로 근처에 팔짱을 끼고 서 있었습니다. 사악한 생각에 골몰했겠지요. 저는 두 사람을 남겨두고 나리에게 찾아갔습니다. 나리는 아래층에 내려간 캐서린이 한참이 지나도 돌아오지 않아 이상하게 생각하던 참이었습니다.

"엘렌," 제가 들어가자 나리가 물었습니다. "안주인은 어디 있나?"

"부엌에요." 제가 대답했습니다. "히스클리프 씨 때문에 화가 많이 나셨어요. 제가 보기에는 그 사람이 계속 드나드는 걸 재고하실 때가 아닌가 싶네요. 너무 무른 것도 해가 될 수 있답니다. 오늘 같은 일이 생긴 것도……" 저는 우선 마당에서 생긴 일을 얘기했고, 다음에는 두 사람의 말다툼 내용을 격에 어긋나지 않는 선에서 최대한 정확히 전달했습니다. 린턴 부인 쪽에 불리한 이야기는 아니라고 생각되었지요. 나중에 린턴 부인이 손님을 변호하기 위해 이야기를 자기에게 불리하게 몰고 가는 것도 가능했지만요.

에드거 린턴은 이야기를 끝까지 듣고 있기가 힘든 모양이더군요. 린턴의 첫마디에서 아내도 잘못이 없는 것은 아니라는 생각이 드러났습니다.

"도저히 참을 수가 없구나!" 린턴은 소리쳤습니다. "그런 자와 친구로 지내고, 그런 자와 나를 인사시키다니 이런 치욕스러울 데가! 현관에 장정으로 둘만 데려다 놔, 엘렌. 캐서린이 그런 천한 놈과 어울리는 것도 이걸로 끝이야. 맞춰주는 데도 한계가 있는 거야."

아래층에 내려온 린턴은 하인들을 복도에 대기시키고 부엌으로 들어갔습니다. 저도 따라 들어갔습니다. 부엌의 두 사람은 말다툼 중이었습니다. 적어도 린턴 부인 쪽에서는 아까의 기세를 되살려 잔소리를 하고 있었지요. 한편, 창가에서 고개를 숙이고 서 있는 히스클리프는 호된 꾸짖음에 위축된 모양이더군요.

나리를 먼저 발견한 히스클리프가 급히 린턴 부인에게 손짓했고, 부인은 손짓의 의미를 알자마자 부자연스럽게 입을 다물었습니다.

"어떻게 이럴 수가 있어요!" 린턴이 아내를 상대로 입을 열었습니다. "저런 천한 자에게 막말을 듣고도 가만히 있다니, 당신은 예의가 뭔지도 몰라요? 저자의 평소 말버릇이 그러니까 당신도 대수롭지 않게 생각하는군요. 당신이 저자의 천박한 언행에 익숙해졌으니, 나도 그럴 수 있을 줄 알았어요?"

"숨어서 엿들었어요, 에드거?" 안주인이 물었습니다. 남편을 약 올리기 위해 특별히 계산된 말투였습니다. 네가 짜증 내든 말든 나와 상관없는 일이지만 그 정도의 일로 언짢아하다니 한심하다, 그런 말투였습니다.

남편의 훈계에 눈을 치켜떴던 히스클리프는 아내의 응수에 비웃는 소리를 냈습니다. 린턴 씨의 주의를 자기에게 돌리려고 일부러 웃은 것 같더군요.

히스클리프는 에드거의 주의를 돌리는 데 성공했습니다. 하지만 에드거는 분노를 폭발시키거나 해서 히스클리프를 즐겁게 해줄 생각은 전혀 없었습니다.

"이때까지 내가 그쪽에게 관대했던 것은," 에드거는 조용히 말했습니다. "그쪽의 타락한 성품을 몰랐기 때문이 아니라, 그것이 그쪽의 잘못만은 아니라고 생각했기 때문이오. 게다가 캐서린이 그쪽과 친분을 유지하기를 원해서, 내가 용인했던 거요. 어리석은 일이었소. 그쪽의 존재는 고결한 이들을 오염시키는 인류의 독이오. 그런 연유에서, 이보다 해로운 사태가 발생하는 것을 미연에 방지하기 위해, 나는 이날 이후 그쪽이 이 집에 출입하는 것을 금하겠소. 지금 당장 이 집에서 나가시오. 3분 이상 지체하면 강제로 끌어내겠소."

히스클리프는 상대의 신장과 체격을 비웃음 가득한 눈으로 가늠했습니다.

"캐시, 너의 어린 양이 황소처럼 협박을 하는구나!" 히스클리프가 말했습니다. "자칫 잘못하면 린턴 씨 대가리가 내 주먹에 박살 나겠는데. 맙소사! 린턴 씨, 한주먹 거리가 안 되다니, 무지하게 아쉽구먼!"

나리가 복도 쪽을 흘긋 보며, 제게 사람들을 데리고 오라고 눈짓했습니다. 일대일로 대적할 생각은 없었으니까요.

저는 사람들을 부르려고 문 쪽으로 갔습니다. 하지만 린턴 부인이 뭔가 눈치채고 따라오더군요. 제가 사람들을 부르려고 하자, 린턴 부인은 저를 잡아당기면서 문을 소리 나게 닫은 다음 아예 안에서 잠가 버리더라고요.

"비겁하잖아요!" 린턴 부인이 남편의 얼굴에 떠오른 분노와 경악의 표정을 보면서 말했습니다. "저 사람을 상대할 용기가 없으면, 저 사람에게 사과해요. 아니면 얻어맞든지. 그래야 당신의 용감한 척하는 버릇이 고쳐질 테니까. 아아, 당신한테 열쇠를 주느니 삼켜버릴 테야! 내가 둘 다한테 얼마나 잘해주었는데, 보답이 고작 이거야? 한 사람의 나약함과 한 사람의 고약함을 한도 끝도 없이 받아주었는데, 둘 다 고마운 줄 모르고 배은망덕하니 멍청해도 너무 멍청하네! 에드거, 나는 당신과 당신 집을 변호하고 있었는데, 그런 나를 감히 나쁘게 보다니, 히스클리프한테 멀미할 때까지 때리라고 할까 보다!"

나리에게 구토증을 일으키는 데는 주먹질도 필요 없었어요. 나리가 열쇠를 빼앗으려 하자 캐서린은 열쇠를 벽난로의 가장 활활 타오르는 불길 속으로 내던졌거든요. 그때부터 에드거 씨는 발작적으로 온몸을 떨기 시작했고, 얼굴색이 죽은 사람처럼 퍼레지더군요. 사력을 다해서 버텼지만, 감정의 발작을 막지는 못했어요. 비통과 굴욕이 뒤섞인 감정에 완전히 압도되었지요. 결국 의자 등받이에 기대 얼굴을 가리더라고요.

"어머나, 세상에! 옛날 같았으면 무공을 세우고 작위를 받으셨겠어요!" 린턴 부인이 소리쳤습니다. "우리가 졌어요! 졌다고요! 히스클리프는 당신을 안 건드려요. 손가락 하나 까딱 안 해요. 쥐 떼가 돌아다닌다고 왕이 군대를 내보내겠어요? 정신 좀 차려요, 안 때린다고요! 당신은 어린 양이 아니라 젖먹이 아기 토끼였네요."

"캐시, 젖내 나는 겁쟁이 놈이랑 재밌게 지내라!" 친구가 말했습니다. "너의 사람 보는 눈에 경의를 표한다. 이렇게 찔찔 짜고 벌벌 떠는 자식이 나보다 좋았다 이거지! 주먹으로 때리지는 않겠지만 발로 차는 것까지 참지는 않겠어. 한번 차고 나야 기분이 좋아질 것 같으니. 엉엉 울고 있나? 아니면 겁먹고 기절할 참인가?"

그자가 다가와 린턴이 기대고 있던 의자를 밀었습니다. 하지만 다가오지 말았어야 했어요. 나리가 벌떡 일어나 그자의 목덜미를 정통으로 가격했거든요. 마른 사람이었다면 나가떨어졌을 겁니다.

히스클리프는 한동안 숨을 헐떡였습니다. 그자가 캑캑대는 틈에, 린턴 씨는 뒷문으로 빠져나가 마당을 지나서 현관 쪽으로 갔습니다.

"거봐! 이제 여기 못 오게 됐잖아!" 캐서린이 소리쳤습니다. "어서 나가. 그 사람이 총 가지고 부하 대여섯 명이랑 다시 들이닥칠 거야. 그 사람이 우리 이야기를 들었으면, 절대 너를 용서하지 않을 거야. 히스클리프, 너 정말 나한테 너무한다! 어쨌든, 가! 얼른! 네가 당하는 건 싫어. 차라리 에드거가 당하는 게 낫지."

"목이 아직 얼얼한데 내가 그냥 갈 것 같아?" 히스클리프가 분통을 터뜨렸습니다. "천만에, 안 가! 갈 때 가더라도 일단 그놈 갈빗대를 몇 개 으스러뜨려서 썩은 개암 꼴로 만들 거야! 지금 내가 그놈을 패주지 못하면 언젠가 죽이게 될 거야. 그러니 너한테 그놈의 목숨이 중하면 지금 내가 그놈을 잡도록 놔두는 게 좋을 거야!"

"나리는 안 와요." 제가 약간의 거짓을 꾸며냈습니다. "마부도 오고 정원사도 둘이나 오네요. 집 밖으로 끌어낼 때까지 기다릴 생각은 아니겠지요? 다들 몽둥이를 들었어요. 지금쯤 나리는 사람들이 자기 지시대로 하는지 응접실 창문으로 지켜보고 있을걸요."

정원사 둘과 마부 하나가 오고 있는 것은 사실이었지만, 린턴도 함께였습니다. 벌써 마당으로 들어서고 있었지요. 히스클리프는 졸개 셋과 씨름하는 일은 피하기로 생각을 바꾸었습니다. 그러고는 부지깽이를 집어 들고 안쪽 문의 자물쇠를 내리치더군요. 사람들이 부엌에 들이닥친 순간, 히스클리프는 부엌을 빠져나갔습니다.

몹시 흥분해 있던 린턴 부인은 제게 같이 올라가달라고 했습니다. 린턴 부인은 제가 이번 소동에 얼마나 기여했는지를 모르고 있었고, 저는 린턴 부인이 혹시라도 알게 될까 봐 전전긍긍했습니다.

"미칠 것 같아, 넬리!" 린턴 부인이 소파에 몸을 던지면서 소리쳤습니다. "쇠망치 천 개가 머리를 내리치는 것만 같아! 이사벨라한테 내 눈에 띄지 말라고 전해. 이 난리가 다 그 애 때문이잖아. 그 애든 누구든 지금 나를 건드렸다가는 내가 무슨 짓을 할지 몰라. 그리고 있잖아, 넬리, 오늘 밤에 에드거를 다시 보게 되면, 내가 자칫 잘못하면 크게 앓아누울지도 모른다고 해줘. 정말로 그렇게 됐으면 좋겠다. 저 인간 때문에 내가 얼마나 놀라고 괴로웠는데! 나도 저 인간을 놀라게 하고 싶어. 그것 때문만은 아니지만, 그 인간이 와서 불평이나 하소연을 늘어놓게 되면 나도 분명히 받아칠 텐데, 말싸움이 어디까지 갈지 누가 알아! 그러니까 내 말대로 해줄 거지, 넬리? 이번 일에 내가 잘못한 게 하나도 없는 건 너도 알잖아. 저 인간은 대체 뭐에 씌었기에 문 앞까지 와서 엿들었는지! 네가 나간 다음 히스클리프가 괘씸한 소리를 했어. 하지만 이사벨라 같은 건 내가 금방 그 애 머리에서 지워버릴 수 있었을 텐데. 그랬으면 그냥 넘어갈 일인데. 한데 그 바보 같은 인간이 엿듣는 바람에 이제 모두 엉망이 됐잖아. 무슨 마귀한테 홀렸는지 자기 욕을 듣고 싶어 환장한 인간들이 있다니까. 우리 이야기를 엿들어서 자기한테 무슨 득이 있어? 아까 에드거가 어이없게 화를 내며 나를 몰아붙일 때는, 그 둘이 서로 무슨 짓을 하건 내가 정말 신경 쓰고 싶지가 않더라. 내가 자기를 위해서 히스클리프를 목이 쉴 때까지 야단치고 있었는데 그것도 모르고 말이야. 게다가 일이 어떤 식으로 끝나든, 우리 모두 서로 멀어져버렸고 언제 다시 원래대로 돌아올지 모른다는 생각이 드니까 정말 아무것도 신경 쓰기 싫더라고. 한데 내가 히스클리프라는 친구를 잃어야 한다면, 에드거가 질투심 때문에 치사하게 나온다면, 나는 슬픔에 빠져서 시름시름 앓을 거야. 그러면 저 인간들도 좀 슬퍼하겠지. 완전히 궁지에 몰렸을 때는 앓는 게 가장 빠른 해결책이거든! 하지만 가망이 전혀 없지는 않으니까, 이 방법은 일단 아껴둬야겠어. 그이를 그런 식으로 기습하고 싶지는 않아. 이날 이때까지 내 심기를 거스르지 않으려고 조심해왔잖아. 이제 와서 이러면 어쩌자는 거야. 내 심기를 건드리면 어떤 일이 벌어질지 네가 그이한테 설명 좀 해줘. 그리고 내 불같은 성미가 잘못 자극받으면 발작으로 이어질 수 있다는 것도 상기시켜주고. 그렇게 냉담한 표정 대신 나를 조금쯤은 걱정하는 표정을 지어보지그래."

　제가 이런 지시 사항들을 아주 무관심한 표정으로 듣고 있었으니, 린턴 부인으로서는 적잖이 화가 났을 겁니다. 지시하는 쪽에서는 매우 진지했거든요. 하지만 발작을 어디에 써먹을지 미리 계획할 정도의 사람이라면, 발작 상태에서 어느 정도 자제력을 발휘할 수 있으리라는 것이 저의 생각이었어요. 그리고 린턴 부인의 남편을 '놀라게 하는' 짓은 하고 싶지 않았지요. 마님의 이기심을 채워드리려고 나리의 괴로움을 늘려드릴 수는 없었으니까요.

그래서 저는 나리가 응접실 쪽으로 가는 것을 보았을 때도 아무 말도 하지 않고 지나갔습니다. 하지만 부부 싸움이 다시 시작되는지 알아보고자 실례를 무릅쓰고 발길을 돌렸지요.

나리가 먼저 입을 열었습니다.

"그대로 앉아 있어요, 캐서린." 나리가 말했습니다. 화난 목소리가 아니라 비통하게 가라앉은 목소리였지요. "나는 금방 갈 거예요. 싸우려고 온 것도 아니고 화해하자고 온 것도 아니에요. 그냥 하나만 물어봅시다. 오늘 저녁 같은 일을 겪고도 당신은 그런 사람하고 계속⋯⋯"

"아아, 제발!" 마님은 발을 구르면서 끼어들었어요. "제발 이제 그런 얘기 그만해요! 당신 피는 너무 차가워서 아무리 해도 뜨거워지지 않아. 피가 아니라 얼음이야. 하지만 내 피는 뜨거워. 당신 같은 차가운 피 앞에서는 부글부글 끓어올라."

"내가 어서 가주기를 바란다면, 묻는 말에 대답해요." 린턴 씨는 계속했습니다. "대답할 때까지 기다리겠어요. 당신이 그렇게 격하게 나와도 나는 이제 겁나지 않아요. 당신도 마음만 먹으면 누구 못지않게 차분할 수 있다는 걸 알았으니까요. 당신은 앞으로 히스클리프를 포기하겠어요? 아니면 나를 포기하겠어요? 당신이 내 편이면서 동시에 그자 편일 수는 없어요. 나는 당신이 어느 편인지 기필코 알아야겠어요."

"나는 기필코 혼자 있어야겠어!" 캐서린이 미친 사람처럼 화를 내며 소리쳤습니다. "나가란 말이야! 내가 힘들어하는 거 안 보여? 당신, 당신 나가!"

린턴 부인은 미친 듯이 종을 흔들었고, 결국 종은 쨍 소리를 내며 부서졌습니다. 저는 느릿느릿 응접실로 들어갔습니다. 어찌나 발광을 하는지 성자라도 화가 치밀었을걸요! 벌렁 드러누워 머리를 소파 팔 걸이에 짓찧으며 이를 북북 가는 것을 보니, 저러다가 이가 결딴나지 싶었지요!

린턴 씨는 아내를 쳐다볼 뿐이었습니다. 순식간에 자책감과 두려움에 사로잡힌 모습이었어요. 린턴 씨는 제게 물을 떠 오라고 했습니다. 린턴 부인은 말을 할 수 있는 상태가 아니었고요.

제가 물을 가져왔습니다. 하지만 마시게 할 수가 없어서 얼굴에 끼 얹었습니다. 잠시 후, 린턴 부인은 사지가 뻣뻣해지고 눈이 뒤집히고 얼굴색이 핏기 없는 납빛으로 변했어요. 마치 죽은 사람 같았지요.

린턴 씨는 겁에 질린 모양이더군요.

"괜찮으니까 걱정 마세요." 제가 속삭였습니다. 저도 속으로는 겁이 안 날 수가 없었지만, 린턴 씨가 지는 것이 싫었어요.

"입술에서 피가 나네!" 린턴 씨가 진저리를 치며 말을 했습니다.

"별일 아니에요!" 저는 모질게 대꾸했습니다. 그러고는 마님은 나리가 들어오면 발작을 일으켜 본때를 보여줄 작정이었다고 고해바쳤지요.

그런데 소리를 낮추는 것을 깜빡 잊었던 겁니다. 제가 하는 말을 들었는지 린턴 부인이 벌떡 일어났습니다. 머리카락이 어깨 위로 휘날리고 눈이 번득이고 목과 팔의 근육이 기괴하게 불거지더군요. 저는 최소한 뼈마디 몇 개는 부러지겠구나 각오했습니다. 하지만 린턴 부인은 잠시 주위를 노려보더니 응접실을 뛰쳐나갔지요.

나리가 저더러 따라 나가라고 해서 방문까지 따라갔습니다. 하지만 린턴 부인은 제가 들어오지 못하도록 방문을 잠가버리더라고요.

다음 날, 린턴 부인은 아침 식사 자리에 내려오지 않았습니다. 저는 먹을 것을 올릴지 물어보러 올라갔습니다.

"안 먹어!" 린턴 부인은 단호하게 대꾸했습니다.

점심 식사 때도 다과 때도, 그리고 다음 날 아침에도 똑같은 질문과 똑같은 대답이 오갔습니다.

한편 린턴 씨는 서재에 틀어박혀서 아내가 어떻게 지내고 있는지 물어보지도 않았습니다. 이미 린턴 씨는 이사벨라와 한 시간 동안 면담을 했습니다. 면담에서 린턴 씨는 이사벨라에게 히스클리프의 구애라는 사태에 걸맞은 경악의 감정을 유도해내려고 했지만, 이사벨라의 애매한 대답을 좀처럼 이해할 수 없었고, 불만족스럽게 취조를 마칠 수밖에 없었지요. 하지만 면담을 끝내기에 앞서 린턴 씨는 네가 그런 아무짝에 쓸모없는 자의 구애를 부추기는 정신 나간 행동을 한다면 남매의 인연을 끊겠다고 엄중하게 경고했습니다.

12장

린턴 양은 줄곧 입을 굳게 다물고 거의 항상 눈물을 글썽거리면서 집 밖을 서성였습니다. 오빠 되는 분은 책은 펴보지도 않으면서 서재에 틀어박혀 있었습니다. 보아하니 캐서린이 잘못을 뉘우치고 제 발로 찾아와 용서를 구하고 화해를 청할지도 모른다고 막연히 기대하다 지친 모양이었지요. 정작 캐서린은 끈덕지게 굶고 있었고요. 보아하니 남편은 식사 시간마다 자기가 없어서 물 한 모금 못 넘길 것이고 자존심만 아니라면 당장 달려와서 자기 앞에 무릎을 꿇었을 거라고 생각하는 것 같더군요. 그런 와중에 저는 저에게 주어진 가사의 의무를 이행했습니다. 티티새 지나는 농원에 분별 있는 영혼은 오직 하나, 저의 육신 속에 있는 영혼뿐이라고 믿었지요.

저는 아가씨를 위로하거나 마님을 타이르는 일에 시간을 낭비하지 않았습니다. 마님 목소리를 못 들으니 마님 이름만이라도 듣고 싶어 하는 나리의 한숨도 그냥 모르는 척했습니다.

저는 셋이 각자 알아서 정신을 차리게 내버려두기로 작정했습니다. 지루하고 더딘 과정이었지만, 다행스럽게도 희미하게나마 나아지는 기미가 엿보이더군요. 처음에는 정말 그렇게 알았답니다.

사흘째 되는 날, 린턴 부인은 방문의 빗장을 풀었습니다. 주전자에 물병까지 비었으니 물을 새로 가져오고, 죽을병이 난 것 같으니까 귀리죽을 내오라고 하더군요. 저는 죽을병이라는 말을 남편더러 들으라고 하는 말이겠거니 생각했지요. 부인 말을 믿지 않았으니 아무한테도 알리지 않았고, 귀리죽 대신에 차와 구운 빵조각을 가져갔습니다.

린턴 부인은 허겁지겁 먹고 마셨습니다. 그러고는 도로 베개 위로 쓰러지더니 주먹을 움켜쥐고 신음하더군요.

"아아, 죽어버릴 거야." 부인이 소리쳤습니다. "아무도 나를 걱정해주지 않으니까. 괜히 먹었어."

그러고는 한참 만에 중얼중얼하는 소리가 들려왔습니다.

"아니, 안 죽어…… 그 인간은 좋아할걸…… 그 인간은 나를 전혀 사랑하지 않아…… 내가 없어져도 보고 싶어 하지도 않겠지!"

"뭐 시킬 거 있으세요, 마님?" 제가 물었습니다. 부인의 얼굴은 송장같이 창백하고 태도는 이상하게 격했지만, 저는 겉으로는 침착함을 유지했지요.

"그 무정한 인간은 지금 뭐 해?" 린턴 부인이 잔뜩 헝클어진 머리칼을 상한 얼굴에서 쓸어 올리면서 물었습니다. "혼수상태야? 아니면 죽었어?"

"둘 다 아니에요." 제가 대답했습니다. "린턴 씨를 두고 하는 말씀이시라면, 그런대로 건강하실걸요. 한데 책을 너무 많이 읽으시는 것 같아요. 계속 책만 읽으시던데요. 말동무가 없으니 그러시겠지요."

만약 제가 그때 부인의 상태를 제대로 알고 있었다면, 그런 말은 해서는 안 되었습니다. 그렇지만 그때 저는 부인이 병자를 연기하는 것이라는 생각을 떨칠 수가 없었지요.

"책을 읽어!" 린턴 부인은 어이없다는 듯 소리쳤습니다. "내가 죽어가는데! 내가 무덤 앞에 서 있는데! 맙소사! 그 인간은 내가 어떤 지경인지 알고 있는 거야?" 부인은 벽에 걸린 거울을 들여다보면서 계속 소리쳤습니다. "저게 캐서린 린턴이야? 그 인간은 내가 심술을 부리는 줄 아는 거야. 꾀병인 줄 아는 거야. 정말 심각하다고 네가 그 인간한테 가서 말해주면 안 돼? 너무 늦었는지도 모르겠지만, 나는 그 인간이 어떤 마음인지 알아내는 대로 양단간에 결판을 낼 거야. 당장 굶어 죽어버리든지. 하기야 그 인간이 인정머리 없는 인간이면, 그런 것은 벌도 아니겠지. 아니면 병을 이겨내고 이 나라를 떠날 거야. 네가 지금 그 인간에 대해 한 말 정말이야? 대답 잘해. 그 인간이 정말 내가 죽든 말든 아무 관심 없는 거야?"

"설마요." 제가 대답했습니다. "나리는 마님이 제정신이 아닌 줄은 전혀 모르세요. 마님이 굶어 죽으면 어쩌나 걱정하시지도 않지요."

"그렇단 말이지? 그 인간한테 내가 정말 굶어 죽는다고 말해주면 안 돼?" 린턴 부인이 말했습니다. "그 인간이 믿게 만들어줘…… 네 생각이 그렇다고 전해…… 네가 보기에 내가 정말 굶어 죽게 생겼다고 전하란 말이야!"

"안 돼요, 벌써 잊어버렸나 본데," 제가 말했습니다. "오늘 저녁 맛있게 먹었잖아요, 내일이면 음식의 효과를 느끼실 거예요."

"그 인간도 따라 죽는다는 것만 확실하면," 린턴 부인이 말을 돌렸습니다. "내가 당장 죽어버릴 텐데! 지난 사흘 밤은 정말 끔찍했어, 한숨도 못 잤어…… 아아, 정말 괴로웠어. 귀신에 홀렸던 것 같아, 넬리! 한데 네가 나를 좋아하지 않는다는 생각이 드는걸. 너무 이상하다! 자기네끼리는 미워하고 멸시해도 나를 보면 사랑할 수밖에 없다고 생각했는데, 불과 두세 시간 만에 전부 나의 원수로 변했네. 그들이 변한 건 확실해. 여기 사람들 말이야. 그 사람들의 냉정한 얼굴을 보면서 죽는다면 얼마나 쓸쓸할까! 이사벨라는 무서워서 싫다고 하면서 이 방에 들어와보지도 않을 거야. 캐서린 언니가 죽는 걸 지켜보다니 너무 겁나잖아, 이럴 거야. 에드거는 엄한 표정으로 서서 내가 정말 죽었는지 확인해보겠지. 그러고는 집안의 평화를 되찾은 것에 감사의 기도를 올린 다음 책한테로 돌아갈걸! 내가 죽어간다는데 책이라니, 그 인간은 감정도 없대?"

린턴 부인은 제가 묘사해준 린턴 씨의 달관한 모습을 도저히 참을 수 없는 듯했습니다. 엎치락뒤치락하면서 열에 들뜬 상태를 광기로 악화시키더니, 급기야 베개를 물어뜯더군요. 그러고는 불덩이 같은 몸을 일으키면서 창문을 열라고 했지요. 때는 한겨울이었고 강한 북동풍이 불고 있었으니, 저는 안 된다고 했습니다.

린턴 부인의 얼굴에 스치는 표정과 감정 변화에 저는 덜컥 겁이 났습니다. 그러면서 린턴 부인이 전에 병이 났던 일과 린턴 부인의 성미를 거스르면 안 된다고 한 의사의 경고도 기억났습니다.

그런데 격했던 감정이 순식간에 잦아들었어요. 어느새 부인은 한쪽 팔을 짚고 누워, 제가 명을 어겼다는 것도 신경 쓰지 않고 어린애 같은 장난에 빠진 듯했지요. 자기가 물어뜯은 베개에서 깃털을 꺼내 종류별로 늘어놓고 있더라니까요. 생각은 벌써 다른 데로 가버린 듯했습니다.

"이건 칠면조구나." 린턴 부인은 혼잣말을 했습니다. "이건 들오리, 이건 비둘기. 아하, 베개 속에 비둘기 깃털이 있었네. 어쩐지 죽을 수가 없더라.* 누울 때 꼭 바닥에 던져버려야지. 그리고 이건 뇌조, 그리고 이건 깃털이 천 개가 있어도 금방 골라낼 수 있지, 물떼새야. 물떼새는 예뻐. 우리가 습지 한가운데로 들어갔을 때, 물떼새가 우리 머리 위를 빙빙 돌았어. 물떼새는 둥지로 돌아가고 싶어 했어. 구름이 언덕에 내려앉았으니 금방 비가 온다는 걸 알았겠지. 이건 그때 히스 사이에서 주운 깃털이야, 사냥한 게 아니야. 우리는 겨울에 물떼새 둥지에 조그마한 해골들이 소복하게 쌓인 걸 봤어. 히스클리프가 둥지 옆에 덫을 놓았기 때문에, 부모 새가 차마 다가오지 못한 거야. 나는 히스클리프한테 앞으로는 물떼새를 쏘지 않겠다는 약속을 받았고, 히스클리프는 약속을 지켰어. 그래, 여기도 있네! 넬리, 그 애가 내 물떼새들을 쐈을까? 빨간 깃털 있어? 하나도 없어? 나도 볼래."

"그런 아이 같은 짓은 그만둬요." 저는 베개를 빼앗아 구멍 난 부분을 밑으로 돌리며 말렸습니다. 린턴 부인이 깃털을 한 뭉텅이씩 꺼내고 있었거든요. "누워서 눈 감아요. 정신이 오락가락하는군요. 이런,

---

* 베개에 비둘기 깃털이 들어 있으면 사람이 죽을 때 영혼이 떠나지 못한다는 미신이 있었다.

엉망이잖아요! 깃털이 눈처럼 날리네!"

저는 이리 뛰고 저리 뛰며 깃털을 주웠습니다.

"넬리, 너를 보면," 린턴 부인은 꿈꾸듯이 말을 이어갔습니다. "나이 든 여자가 보인다. 머리는 백발에, 어깨는 꼬부랑이야. 이 침대는 페니스턴 절벽 밑에 있는 요정의 동굴이고, 너는 지금 우리 암소들을 해치려고 요정의 화살촉*을 줍고 있어. 하지만 내가 옆에 있을 때는 양털을 줍는 척하는 거야. 이제 50년 뒤에 그렇게 될 거야. 물론 네가 지금 그렇다는 건 아니지만. 나 정신 오락가락하는 거 아니야. 오락가락하는 거였으면 너를 정말 저 꼬부랑 할망구로 알았을걸. 오락가락하는 거였으면, 여기가 정말 페니스턴 절벽 밑이라고 믿었을걸. 그렇지만 나는 지금이 밤이라는 것도 알고, 탁자 위에 초가 두 개 타고 있는 것도 알고, 검은색 옷장이 촛불 빛에 흑옥처럼 반짝이는 것도 알고 있어."

"검은색 옷장? 그게 어디 있는데요?" 제가 물었습니다. "잠꼬대를 하는군요!"

"벽 앞에 있잖아. 원래 있던 대로잖아." 린턴 부인이 대답했습니다. "한데 정말 이상하네, 옷장 속에 얼굴이 있잖아!"

"방에는 옷장이 없어요. 원래 없었어요." 저는 이렇게 말하며 다시 자리에 앉아 침대 커튼을 걷었습니다. 린턴 부인을 살펴보기 위해서였지요.

"너한테는 저 얼굴이 안 보이니?" 린턴 부인은 거울 속을 열심히 들

---

* 가축이 죽으면 요정들이 쏜 화살에 맞은 것이라고 여겼다.

여다보면서 물었습니다.

그것이 거울에 비친 자기라는 것을 아무리 설명해주어도 부인은 알아들으려고 하지 않더군요. 그래서 저는 자리를 박차고 일어나 거울을 숄로 덮어버렸답니다.

"아직 뒤에 있어!" 부인은 불안해하며 말을 이어갔습니다. "움직였어. 누굴까? 네가 나간 뒤에 밖으로 나오면 어쩌지? 아아! 넬리, 방 안에 유령이 있나 봐. 혼자 있기 싫어!"

저는 린턴 부인의 손을 잡고 진정하라고 말했어요. 연방 부들부들 떨면서도 기를 쓰고 거울 쪽을 쳐다보고 있었으니까요.

"여기는 아무도 없어요." 제가 다시 한 번 설명했습니다. "아까 그건 부인 자신이잖아요. 얼마 전까지만 해도 알았잖아요."

"나였구나." 부인이 숨을 몰아쉬더군요. "시계는 12시를 치고! 그럼 그 얘기가 정말이었구나! 무서워서 죽을 것만 같아!"

린턴 부인은 이불을 움켜쥐고 두 눈 위로 끌어올렸습니다. 저는 나리를 불러올 생각으로 살금살금 문으로 다가갔습니다. 하지만 날카로운 비명에 자리로 돌아갔습니다. 거울을 덮었던 숄이 바닥에 떨어져 있었지요.

"이런, 대체 왜 이래요?" 제가 소리쳤습니다. "이런 겁쟁이가 있나! 정신 좀 차려요! 저건 유리잖아요, 거울이잖아요. 저기 부인이 있고 옆에 나도 있잖아요."

린턴 부인은 멍한 표정으로 부들부들 떨며 저에게 매달렸습니다. 하지만 공포의 표정은 점차 사라졌고, 하얗게 질렸던 얼굴은 수치심에 벌겋게 달아올랐습니다.

“어머나! 우리 집인 줄 알았네.” 린턴 부인은 한숨을 내쉬었습니다. “폭풍의 언덕에 있는 내 침대라고 생각했어. 몸에 힘이 없으니까 머리도 뒤숭숭해져서 무심결에 소리를 질렀네. 아무 말도 하지 말고 그냥 옆에 있어. 잠들기가 겁나. 무서운 꿈을 꾸게 되니까.”

“푹 자고 나면 괜찮아질 거예요.” 제가 대답했습니다. “이렇게 고생을 했으니 이제 굶겠다는 말은 안 나오겠네요.”

“아아, 여기가 옛날 집 내 침대라면 얼마나 좋을까!” 린턴 부인은 손가락을 쥐어짜며 원망스러운 듯 말을 이어갔습니다. “창을 열면 전나무 사이로 바람 부는 소리가 들리면 얼마나 좋을까. 그 바람을 맞고 싶어…… 곧장 습지로 불어오잖아…… 한 번만 맞을래.”

저는 부인을 진정시키려고 아주 잠깐 창문을 열어놓았습니다. 차가운 바람이 들이쳤습니다. 저는 창문을 닫은 다음 제자리로 돌아왔습니다.

어느새 부인은 가만히 누워 있더군요. 얼굴이 눈물범벅이었어요. 몸이 기진맥진하니, 마음도 약해졌겠지요. 불같이 사나운 우리 캐서린이 울먹이는 어린애가 되어버린 것입니다!

“내가 여기 혼자 있은 지가 얼마나 됐어?” 캐서린이 갑자기 기운을 되찾으면서 물었습니다.

“그때가 월요일 저녁이었고,” 제가 대답했습니다. “지금은 목요일 밤, 아니 금요일 새벽이네요.”

“뭐? 일주일도 안 지났어?” 캐서린이 소리쳤습니다. “그것밖에 안 된 거야?”

“냉수랑 못된 성질머리만 가지고 오래 버텼어요.”

"설마, 내가 얼마나 많은 시간을 지나왔는데." 캐서린은 못 믿겠다는 듯 중얼댔습니다. "그것밖에 안 됐을 리가 없는데…… 내가 응접실에 있었던 건 기억난다. 둘이 싸우고 나서였어. 에드거가 잔인하게 내 속을 긁었고, 내가 참다 못해 이 방으로 뛰어왔고…… 문을 잠갔는데 그 순간에 앞이 캄캄해지더니, 바닥으로 쓰러졌어…… 에드거가 끝까지 내 속을 긁으면 내가 분명 발작하든지 화를 내다 미쳐버리든지 할 것 같았는데, 에드거에게 제대로 설명해줄 수가 없었어! 혀도 말을 듣지 않고 머리도 제대로 돌아가지 않았거든. 그러니 에드거는 내가 얼마나 고통스러운지 몰랐겠지. 에드거가 없는 곳으로, 에드거의 목소리가 안 들리는 곳으로 피하자는 생각뿐이었어…… 뭔가가 보이고 들릴 만큼 정신이 돌아왔을 때는 벌써 날이 밝는 중이었어. 넬리, 그때 무슨 생각이 떠올랐는지 말해줄게. 그 생각이 자꾸 떠올라서 나중에는 이러다가 내가 정말 미치는 게 아닌가 싶었어…… 내 머리맡에는 그 책상 다리가 있었고, 회색의 사각형 창문이 희미하게 내 시야에 들어왔어. 내가 있는 곳이 내 방 침대 안이라고 생각했던 거야. 가슴이 미어지는 것처럼 슬펐는데, 잠이 깨고 보니 왜 그렇게 슬픈지 기억이 안 났어…… 내가 대체 왜 그렇게 슬픈지 기억해내려고 열심히 머릿속을 더듬었지. 그랬더니 이상하게도, 내 인생에서 지난 7년이 통째로 없어져버렸어! 7년이 흐른 것 자체가 생각나지 않는 거야. 나는 어린아이였고, 아버지 장례식 직후였어. 내가 슬펐던 이유는 힌들리 오빠가 나랑 히스클리프를 떼어놓았기 때문이었어. 처음으로 혼자 자게 됐고, 밤새도록 울다 으스스한 선잠에서 깨어났던 거야. 상자 문을 열고 나가려고 손을 뻗었는데 문은 없고 탁자가 있더라! 바닥을 더듬어보았지. 그랬더니 기억이 밀려왔어. 히스클리프와 떨어져야 했던 슬픔은 갑작스러운 절망감 속에 묻혀버렸어. 왜 그렇게 죽을 듯 불행한 기분이었는지 모르겠어. 일시적인 정신착란이었겠지, 불행할 이유가 없었으니까. 그렇지만 상상해봐. 열두 살 때 폭풍의 언덕에서 나가야 했다면, 갖고 있던 모든 것을 잃고 살던 곳을 떠나야 했다면, 옛날 히스클리프 같은 신세였다면, 그러다가 순식간에 린턴 부인이 되어버렸다면, 티티새 지나는 농원의 마나님이 되어버렸다면, 모르는 사람의 아내가 되어버렸다면, 내가 살던 세계에서 추방당해 낯선 세계에서 이방인이 되어버렸다면, 그랬다면 어땠을까. 그렇게 상상해본다면 너도 내가 느낀 아득한 절망을 조금은 이해할 수 있을 거야! 넬리 너는 지금 너랑 상관없는 일이라는 듯이 고개를 내젓지만, 내가 병이 난 데는 네 책임도 있어! 네가 에드거한테 말을 했어야지! 나를 가만 놔두라고 했어야지! 아아, 몸이 너무 뜨거워! 밖에 나가고 싶어! 다시 어린애가 되고 싶어! 마음 가는 대로 하는, 용감하고 자유로운 아이! 상처를 입어도 분노하지 않고, 상처를 보면서 웃는 아이! 내가 왜 이렇게 변했지? 내가 왜 말 몇 마디에 피가 거꾸로 솟지? 다시 히스 밭에 들어서면 나 자신으로 돌아갈 수 있을 것 같은데…… 창문 다시 활짝 열어. 닫히지 않게 고정해! 얼른! 왜 안 열어?"

"감기 걸려 죽는 꼴은 못 보니까요." 제가 대답했습니다.

"내가 사는 꼴은 못 보겠다 그 말이군." 캐서린이 심통 맞게 말했습니다. "하지만 나도 아직 못 움직일 정도는 아냐. 내가 열면 되지."

그러더니 캐서린은 제가 말릴 틈도 없이 침대에서 내려와서 창문까지 비틀비틀 걸어갔습니다. 그러고는 창을 활짝 열고 몸을 내밀더라고요. 살을 에는 듯한 칼날 같은 바람이 어깨를 후려치는데도 전혀 아랑곳하지 않더군요.

저는 처음에는 침대로 가자고 사정을 하다가 나중에는 억지로 끌고 가려고 애썼습니다. 그렇지만 저로서는 정신 나간 사람 같은 캐서린의 힘을 도저히 당해낼 수가 없었어요(캐서린은 정말 정신이 나간 상태였어요. 헛짓, 헛소리를 하는 것을 보니 알겠더라고요).

달도 없는 밤이었습니다. 세상 모든 것이 안개 같은 어둠에 덮여 있었어요. 먼 곳이나 가까운 곳이나 불빛 하나 새어 나오는 집이 없었습니다. 불이 전부 꺼진 지가 오래였습니다. 여기서는 폭풍의 언덕의 불빛이 보일 리가 없는데…… 그런데도 캐서린은 보인다고 했습니다.

"저기!" 캐서린이 열성적으로 소리쳤습니다. "내 방 촛불이야…… 창문 앞에 나무들이 흔들리고…… 저건 조지프 다락방의 촛불…… 조지프가 아직 깨어 있네? 내가 돌아오길 기다리는 거야. 그래야 대문을 잠글 수 있으니. 하지만 한참 기다려야겠네. 험한 길인 데다 슬픈 마음으로 가고 있으니까.* 우리는 기머턴 교회를 지나야 그곳으로 갈 수 있어! 같이 있으니까 유령들도 겁나지 않았어. 우리는 서로의 용기를 시험하면서 무덤 위에 올라보라고 하고 유령을 불러내보라고 했어…… 그런데, 히스클리프, 지금 다시 해보라고 하면, 할 수 있어? 네가 무덤 위로 올라오면 내가 놓아주지 않을 거야. 나는 혼자 누워 있지 않을 거야. 나를 깊은 땅속에 파묻고 나의 무덤 위에 교회를 세워도, 나는 네가 올 때까지 잠들지 못할 거야…… 자지 않을 거야!"

---

* 셰익스피어의 「겨울 이야기」 4막 3장 120~121행. "즐거운 마음은 온종일 걷는데/당신의 슬픈 마음은 1마일에 지치네요."

잠시 조용하던 캐서린은 이상한 미소를 지으며 말을 이었습니다. "그 애가 생각해보겠대. 그 애가 나더러 차라리 자기한테 오라는데! 얘, 그럼 길을 찾아! 교회 무덤 사잇길은 싫어…… 느림보야! 투덜댈 것 없어! 너는 항상 나를 따라다녔잖아!"

저는 제정신이 아닌 사람하고 싸워봤자 소용없음을 깨닫고, 캐서린을 붙잡은 상태로 어깨에 덮을 만한 것을 집을 방법을 궁리 중이었습니다. 캐서린을 열린 창문 앞에 혼자 놔둘 수는 없었으니까요. 바로 그때 손잡이가 덜거덕거리는 소리가 들려서, 저는 혼비백산했답니다. 린턴 씨가 들어오더군요. 린턴 씨는 서재에서 나오다가 말소리를 듣고 이렇게 야심한 시각에 무슨 일이 났나 싶어 호기심 반 두려움 반으로 들어와본 것이었습니다.

"나리!" 제가 먼저 소리쳤습니다. 린턴 씨는 눈앞에 벌어진 광경과 방 안의 냉기에 놀라서 고함을 치려는 참이었거든요. "마님이 병이 나셨는데 제가 못 당하겠어요. 아무리 말려도 안 들으시네요. 나리가 오셔서 마님에게 침대로 가라고 말씀해주세요. 노여움은 잠시 잊으시고요. 마님이 얼마나 고집을 부리시는지!"

"캐서린이 병이 났어?" 린턴 씨가 다급히 우리에게 다가오며 말했습니다. "창문 닫아, 엘렌! 캐서린! 왜……"

린턴 씨는 말문이 막혔습니다. 아내의 초췌한 모습 앞에서 아무 말도 못하고 경악한 얼굴로 아내와 저를 번갈아 쳐다볼 뿐이었습니다.

"마님은 여기서 혼자 속을 끓이고 계셨나 봅니다." 제가 말을 이었습니다. "거의 아무것도 입에 대지 않으시고, 계속 아무 말도 없으셨어요. 오늘 저녁까지 저희한테 문도 안 열어주셨어요. 그래서 저희도 나리께 마님의 상태가 어떤지 알려드릴 수가 없었어요. 저희도 이럴 줄은 몰랐어요. 그렇지만 별일 아니에요."

말을 하면서도 말이 안 된다고 생각되더군요. 나리는 얼굴을 찌푸렸습니다. "별일 아니라고, 엘렌 딘?" 나리가 엄한 목소리로 말했습니다. "이 지경이 될 때까지 내가 왜 아무것도 몰랐는지 좀 제대로 설명해봐." 그러면서 린턴 씨는 아내를 품에 안고 아내의 얼굴을 괴로운 표정으로 바라보더군요.

처음에 린턴 부인은 남편을 알아보는 것 같지 않았습니다. 부인의 멍한 시선에는 남편의 존재가 없었던 겁니다. 하지만 정신착란은 일시적이었습니다. 린턴 부인은 창밖의 어둠을 응시하던 눈을 돌려 점차 남편의 얼굴을 쳐다보기 시작했고, 결국 자기를 안고 있는 사람이 누구인지 알아보았습니다.

"아하! 이제 오셨어요. 에드거 린턴 씨?" 린턴 부인은 분노로 활기를 되찾은 듯 말을 했습니다. "원치 않을 때는 계속 얼쩡대고, 원할 때는 코빼기도 안 보이고! 이제 우리 집에 곡소리가 날 거예요…… 두고 봐요…… 하지만 아무리 곡을 해도 나는 저 밖 나의 작은 집에 들어가서 안 나올 테야. 봄이 가기 전에 내가 가야 하는 나의 안식처! 그곳은 교회 지붕 밑 린턴 가문 쪽이 아니에요, 명심해요, 바깥의 묘석 아래라고요. 당신은 린턴 가문 쪽에 가든 내 옆으로 오든 마음대로 해요!"

"캐서린, 그게 무슨 말이에요?" 나리가 입을 뗐습니다. "이제 나는 당신한테 아무것도 아니오? 당신이 사랑하는 사람이 그자, 히스……"

"쉿!" 린턴 부인이 말을 막았습니다. "쉿, 당장 그만! 당신이 그 이름을 입에 담으면, 나는 당장 창문에서 뛰어내릴 거야! 지금 당신 손에 있는 내 육신은 당신이 가져요. 하지만 다음번에 당신 손이 내게 닿을 때, 내 영혼은 이미 저 언덕 꼭대기에 있을 거야. 에드거, 나는 당신을 원하지 않아…… 당신을 원하던 때는 지났어…… 이제 다시 책이나 보러 가세요…… 당신한테 위안거리가 있어서 다행이에요. 당신 것이었던 나는 이제 없으니까."

"마님은 정신이 오락가락하세요." 제가 끼어들었습니다. "저녁 내내 헛소리를 하시네요. 안정을 취하게 하고 제대로 간호를 하면 회복하실 거예요…… 앞으로는 마님의 기분을 거스르지 않게 조심하는 것이 좋겠어요."

"이제 자네 충고는 듣고 싶지 않아." 나리가 대답했습니다. "자네는 안주인 성미가 어떤지 알고 있었으면서 나를 부추겨 괴롭히게 했어. 거기다가 지난 사흘 동안 안주인 상태가 어떤지 나한테 일언반구도 없었어! 인정머리 없는 것 같으니! 몇 달을 앓아누웠어도 사람이 이렇게 변할 수는 없어."

저는 변명을 시작했습니다. 남이 고집부린 것 때문에 제가 혼난다고 생각하니 억울했거든요.

"마님 성미가 고집불통에다 제멋대로라는 것은 알고 있었지요. 하지만 나리가 마님의 과격한 성질을 아끼시는 줄은 몰랐네요! 마님의 비위를 맞추기 위해서 히스클리프 씨를 못 본 척해야 하는 줄도 몰랐고요. 저는 충직한 하인의 의무를 다하기 위해서 사실을 말씀드린 것뿐인데, 충직한 하인이 받는 상이 이거군요! 이번 일 덕분에 다음부터 조심해야겠다는 걸 배웠네요. 다음부터는 직접 알아내시도록 빠져드릴게요!"

"다음부터는 나한테 고자질하면 해고야, 엘렌 딘." 린턴 씨가 대꾸했습니다.

"그렇다면 나리는 차라리 아무것도 모르는 편이 좋으시다 그거네요." 제가 말했습니다. "히스클리프가 와서 아가씨에게 수작을 하든지, 나리가 출타할 때마다 찾아와서 마님 마음에 나리에 대한 미움을 심든지 나리는 상관없으시다 그거네요."

캐서린은 아직 오락가락이었지만, 우리의 대화를 이해할 정도의 의식은 남아 있었습니다.

"아하! 배신자는 넬리였군." 캐서린이 격하게 소리쳤습니다. "넬리가 나의 숨은 원수였어, 마녀 같은 년! 그래서 네년이 우리를 해치려고 요정의 화살촉을 찾는구나! 이거 봐봐. 저년이 후회하게 만들겠어! 저년이 울면서 잘못했다고 말하게 하겠어!"

눈썹 아래에서 광인의 분노가 번득였습니다. 캐서린은 린턴 씨의 품에서 벗어나기 위해 필사적으로 몸부림을 치더군요. 저는 캐서린이 경고한 사태를 기다리고 싶은 마음은 없었어요. 그래서 누가 시키지는 않았지만 의사를 불러야겠다고 마음먹고 방에서 빠져나왔지요.

정원을 지나서 대문을 나서려는데, 벽에 박힌 말고삐 고리 언저리에서 뭔가 허연 것이 눈에 띄었습니다. 불규칙적으로 움직이고 있었는데, 아무래도 바람에 흔들리는 것은 아니었습니다. 바쁜 걸음이었지만 멈춰 서서 살펴보았어요. 나중에 제 머릿속에 그것이 유령이었다는 믿음이 각인되는 것을 방지하기 위해서였지요.

그것의 정체를 알고 나니 무척 놀랍고 당혹스러웠습니다. 눈을 쓰기보다 손을 써서 알아낸 바로는 이사벨라 양의 스프링어 스패니얼 종 애완견인 패니가 손수건에 대롱대롱 매달려 숨이 넘어가기 직전이 더군요.

저는 얼른 개를 풀어 정원에 내려놓았어요. 이사벨라 양이 자러 갈 때 따라 올라가는 개를 보았는데 어떻게 여기까지 내려왔는지, 어떤 나쁜 놈이 이런 짓을 저질렀는지 저는 정말 의아했습니다.

고리에서 손수건의 매듭을 풀고 있는 중에 멀리서 질주하는 말발굽 소리가 계속 들려오는 것 같더군요. 하지만 하도 많은 일로 머리가 복잡했던 터라 그냥 넘어갔습니다. 새벽 2시에 그런 곳에서 그런 소리가 난다는 것이 이상한 일이었지만요.

제가 길을 나섰을 때 마침 케네스 씨는 읍내에 있는 환자를 보러 집을 나서는 중이었지요. 제가 캐서린 린턴의 병세를 설명하자 케네스 씨는 곧장 발길을 돌려서 저와 동행했습니다.

케네스 씨는 솔직하고 거친 남자였습니다. 캐서린이 이번에도 지난번 발병 때처럼 자기 말을 안 들으면 가망이 없다고 거리낌 없이 말하더군요.

"넬리 딘," 케네스 씨가 말했습니다. "아무래도 내 생각에는 병이 난 원인이 따로 있는데. 티티새 지나는 농원에서 무슨 일이 있었어? 이쪽에 이상한 소문이 퍼졌어. 캐서린같이 튼튼하고 명랑한 아가씨는 웬만한 일로는 병이 나지 않아. 한데 이런 부류들은 일단 병이 났다 하면 큰일이지. 열병이라도 걸려버리면, 고치기가 아주 힘이 들어. 어쩌다가 병이 났어?"

"나리가 알려주시겠지요." 제가 대답했습니다. "언쇼 가문 사람들

성격이 얼마나 격한지 알잖아요. 그중에서도 린턴 부인이 으뜸이고요. 말다툼이 발단이었다는 것만 알아둬요. 린턴 부인이 화가 나서 펄펄 뛰다 발작을 일으킨 거예요. 어쨌든 부인은 그렇게 말하더라고요. 사실 부인은 화가 치민 상태에서 자기 방에 뛰어 들어가 문을 잠가버렸거든요. 그때부터 밥을 안 먹었어요. 지금은 헛소리하다가 멍하게 가만히 있다가 왔다 갔다 하는 상태고요. 사람은 알아보지만, 머릿속에 갖가지 이상한 생각과 환각이 들어찼어요."

"일이 나면 린턴 씨가 슬퍼할까?" 케네스가 궁금한 듯 묻더군요.

"슬퍼하다 뿐인가요? 일이 생긴다면 린턴 씨는 가슴이 미어질 거예요!" 제가 대꾸했습니다. "린턴 씨한테 괜히 겁주지 마세요."

"거참, 내가 조심하라고 일렀는데." 케네스가 말을 했습니다. "내 말을 안 들어 당한 일이니까, 자기 책임이지. 린턴 씨가 최근에 히스클리프 씨와 가깝게 지내지 않았어?"

"히스클리프가 자주 티티새 지나는 농원으로 찾아와요." 제가 대답했습니다. "하지만 어렸을 때 안주인과 알던 사이라서 그렇지, 주인이 그 사람을 좋아해서 그런 건 아니에요. 지금은 히스클리프에게 굳이 찾아올 것 없다고 말해놓은 상태예요. 히스클리프가 주제도 모르고 린턴 양에 대한 마음을 표시했거든요. 두 번 다시 우리 집에 발을 들여놓기 힘들걸요."

"그럼 린턴 양은 그 사람한테 쌀쌀맞나?" 의사의 다음 질문이었어요.

"린턴 양의 속마음이 어떤지는 제가 모르지요." 저는 이런 이야기를 계속하고 싶지 않다는 표를 내면서 대꾸했습니다.

"모를 거야. 앙큼한 처녀니까." 그가 고개를 내저으면서 말했습니다. "아무한테도 말을 안 하니! 하지만 정말 어리석은 아가씨야. 내가 믿을 만한 사람한테 들었는데, 간밤에 — 정말 아름다운 밤이었지! — 린턴 양하고 히스클리프하고 집 뒤 숲 속에서 두 시간이 넘게 걸어 다녔다는구먼. 총각이 처녀한테 집에 들어가지 말고 그냥 자기하고 같이 말을 타고 가버리자고 졸랐다는 거야! 내 소식통이 말하기를, 처녀는 총각한테 다음번에 만났을 때 떠나기로 맹세하고서야 겨우 총각을 보낼 수 있었대. 그게 언제인지는 못 들었다는데. 어쨌든 린턴 씨한테 조심시켜."

그의 이야기에 제 마음은 새로운 걱정으로 가득 찼습니다. 저는 그를 뒤에 오게 하고 남은 길을 거의 내내 달려서 왔습니다. 작은 개는 아직 마당에서 짖고 있더군요. 저는 개를 들여보내려고 문고리를 잡은 채로 한동안 지체했지만, 개는 집 안으로 들어가지 않고 풀밭에서 이리저리 킁킁대며 돌아다녔습니다. 제가 붙잡아서 들고 들어가지 않았다면 아예 대문 밖으로 나갔을 거예요.

이사벨라 방에 들어서는 순간 제 의심이 사실로 판명되었지요. 제가 몇 시간만 빨랐어도 이사벨라는 린턴 부인의 병세를 알았을 테고, 그랬으면 무턱대고 일을 저지르지도 않았을 텐데. 하지만 때늦은 후회였지요. 당장 쫓아가면 아슬아슬하게 따라잡을 수도 있을 시간이었어요. 그렇지만 제가 뒤쫓아 갈 수는 없는 노릇이었습니다. 게다가 저는 온 집안을 깨워 소동을 일으킬 엄두가 안 났고, 무엇보다 나리한테 사실을 전해줄 엄두가 안 났어요. 나리는 눈앞의 큰일에 여념이 없어서, 두번째 재난에 마음 쓰는 것이 불가능한 상태였거든요!

저로서는 입을 봉한 채로 일이 되어가는 대로 내버려둘 수밖에 없다는 생각이었지요. 마침 케네스 씨가 도착했고, 저는 수습되지 않은 표정으로 의사가 왔다고 알리러 들어갔습니다.

캐서린은 근심 어린 표정으로 잠들어 있었습니다. 남편이 아내의 발광을 가라앉혔더라고요. 캐서린의 머리맡을 지키는 남편은 고통스러울 정도로 속마음이 드러나는 캐서린의 이목구비에서 아주 작은 변화 하나까지 놓치지 않고 살피더군요.

환자를 진찰한 의사는 남편에게 희망적인 말을 들려주었어요. 환자가 절대적, 지속적 안정을 취하기만 하면 순조롭게 회복되리라는 것이었지요. 하지만 저에게 의사는 정작 위험한 것은 죽음이 아니라 영구적 정신착란이라고 귀띔했답니다.

저는 그날 밤을 뜬눈으로 지새웠습니다. 린턴 씨도 마찬가지였고요. 사실 우리는 아예 침대에 눕지도 않았지요. 하인들도 모두 평소보다 훨씬 일찍 일어났고, 걸을 때는 발소리를 죽였으며, 각자 자기 일을 하다 마주치면 귓속말로 속삭였습니다. 나타나지 않은 것은 이사벨라 양뿐이었습니다. 하인들 사이에 너무 잘 자는 게 아니냐는 말이 나오기 시작했고, 오빠도 동생이 일어났느냐고 묻더군요. 오빠는 동생이 나오기를 초조하게 기다리는 눈치였고, 동생이 올케에게 너무 무신경한 것에 마음이 상한 듯했습니다.

저는 오빠가 제게 동생을 부르라고 시킬까 봐 조마조마했습니다. 하지만 동생의 야반도주를 처음 발표해야 하는 고통은 면했답니다. 아침 일찍 기머턴에 심부름을 갔던 하녀 애 하나가 철딱서니 없게 쩍 벌어진 입으로 헐떡대며 위층 방으로 뛰어 올라와서 이렇게 소리쳤습니다.

"큰일났어요! 큰일났어요! 인자는 또 무슨 일이 생길라는 긴지! 나리, 나리, 우리 아가씨가요."

"시끄러워!" 제가 다급하게 소리쳤습니다. 하녀 애의 호들갑에 화가 치밀더라고요.

"메리, 목소리 좀 낮춰. 무슨 일인데?" 린턴 씨가 말했습니다. "아가씨가 무슨 일인데?"

"나갔어요! 집을 나갔어요! 저기 히스클리프하고 같이 도망갔소!" 하녀 애가 숨을 헐떡였습니다.

"설마!" 린턴은 몹시 흥분해서 벌떡 일어나며 소리쳤습니다. "그럴 리가 없어. 너는 대체 뭘 봤기에 그런 말을 하는 거냐? 엘렌 딘, 이사벨라 좀 찾아와…… 믿을 수 없어…… 그럴 리가 없어."

린턴은 이렇게 말하면서 하녀 애를 문 앞으로 데려갔습니다. 그러고는 다시 한 번 그런 말을 하는 이유를 대라고 다그쳤습니다.

"그게, 우유 배달하는 애랑 길에서 마주쳤는데요," 하녀 애가 더듬댔습니다. "티티새 지나는 농원에 난리 났지, 그러데요. 저는 마님 병 난 걸 말하는 줄 알고, 맞다, 그랬네요. 그랬더니, 누가 쫓아갔지? 그러데요. 저는 멀뚱하게 있었네요. 그랬더니 제가 아무것도 모른다는 걸 알고 말을 해주는데, 자정이 조금 넘어 기머턴에서 2마일 되는 대장간에 신사분 하나랑 숙녀분 하나랑 말굽에 편자를 박으러 왔대요! 그 집 딸이 자다 일어나서 누구인가 하고 내다보았는데, 금방 알아봤대요. 신사분이 자기 아버지한테 편자 값이라고 1파운드짜리를 쥐여주는 것도 보았대요. 히스클리프가 틀림없더래요. 그 남자를 누가 몰라보겠어요. 숙녀분은 머리에 망토를 뒤집어썼는데, 물 한 모금 달래서 마실 때 망토가 흘러내려서 똑똑히 봤대요. 히스클리프가 고삐 둘을 잡고 둘이 말을 타고 떠났는데, 읍내 반대 방향으로 험한 길을 애써 다급하게 가더래요. 대장간 집 딸이 아버지한테는 아무 소리 안 하고 가만있다가 오늘 아침 기머턴에 가서 소문을 퍼뜨렸대요."

저는 이사벨라 방에 달려가서 들여다보는 시늉을 했습니다. 그러고는 돌아와서 하녀 애의 말이 맞다고 했지요. 린턴 씨는 이미 침대 머리맡에 앉아 있었는데, 제가 들어오자 시선을 옮겨서 저의 멍한 표정의 의미를 알아차리고는 아무런 지시도 하지 않고 말 한마디 없이 시선을 떨어뜨리더군요.

"어떻게든 쫓아가서 데려와야겠지요?" 제가 물었습니다. "어쩌면 좋아요?"

"자기 발로 나갔어." 나리가 대답했습니다. "나가고 싶으면 나가야지. 내게 이사벨라 이야기는 이제 그만해라. 오늘부터 우리는 명목상 남매일 뿐 남남이나 다름없어. 내가 이사벨라와 연을 끊은 게 아니라 이사벨라가 나와 연을 끊은 거야."

그 문제에 대한 나리의 언급은 그 말이 전부였습니다. 아무것도 묻지 않은 것은 물론이고, 동생에 대한 이야기는 아예 입에 올리지 않았습니다. 저더러 아가씨가 어디에 사는지 알게 되면 집에 있는 짐을 전부 보내라고 했던 것만이 유일한 예외였습니다.

13장

두 달 동안 도망자들은 나타나지 않았습니다. 그리고 그 두 달 동안 린턴 부인은 뇌염에 걸려 최악의 상황까지 갔다가 다시 회복되었지요. 에드거는 외아들을 간호하는 어머니보다도 지극정성으로 아내를 간호했습니다. 밤낮으로 환자 옆을 지키면서 예민한 신경과 불안정한 정신에서 비롯되는 온갖 골칫거리들을 견뎌냈답니다. 에드거 덕분에 무덤에서 살아난 목숨은 에드거의 간호에 대한 보답으로 끝없는 우환만 가져오리라는 것이 케네스 씨의 진단이었지만—사실 에드거는 폐인 하나 살려놓으려고 자신의 건강과 체력을 모두 희생하고 있었지요—아내가 고비를 넘겼다는 말을 들었을 때 에드거의 감사와 기쁨은 한이 없었습니다. 몇 시간씩 병상을 지키면서 환자의 육신이 점차 회복되는 것을 확인했고, 이제는 환자의 정신도 정상으로 돌아와 원래의 모습을 완전히 되찾을 것이라고 착각하며 지나친 희망에 부풀었답니다.

캐서린은 이듬해 3월 초순에야 처음 병실 밖을 나섰습니다. 린턴 씨가 아침에 아내의 베개 위에 샛노란 크로커스 한 움큼을 놓아둔 날이었습니다. 잠에서 깨어난 캐서린은 꽃들을 꼭 모아 쥐더군요. 오랫동안 기쁜 빛을 띤 적이 없었던 눈이 즐거움으로 반짝거렸지요.

"폭풍의 언덕에서 제일 먼저 피는 꽃이에요!" 캐서린이 소리쳤습니다. "얼음을 녹이는 부드러운 바람, 따스한 햇살, 녹아 흐르는 눈이 떠올라요. 에드거, 남풍이 불지 않나요? 눈이 거의 녹지 않았나요?"

"여기 아래쪽은 모두 녹았어요!" 남편이 대답했습니다. "습지에서 하얀 눈이 남은 곳은 두어 군데뿐인 것 같아요. 하늘은 푸르고, 종달새는 노래하고, 개울과 시내가 모두 넘실대는군요. 캐서린, 작년 이맘때 내 소망은 당신하고 이 집에서 같이 사는 거였는데, 지금 내 소망은 당신이 저 언덕들을 1~2마일이라도 올라가는 거랍니다. 바람이 살랑살랑해서 당신 건강에도 좋을 것 같아요."

"나는 저기 못 올라가! 한번 올라가면 끝이니까!" 환자가 말했습니다. "그러면 당신은 나를 두고 내려갈걸. 나는 영원히 못 내려가니까. 내년 봄에도 당신의 소망은 나와 이 집에서 같이 사는 거겠네. 당신은 오늘 일을 기억하며 그때가 행복했다고 생각하겠지."

린턴은 세상에서 가장 다정한 손길로 아내를 어루만지면서, 세상에서 가장 정겨운 말로 아내를 위로하려고 애썼습니다. 하지만 캐서린은 멍한 눈으로 꽃들을 바라볼 뿐이었습니다. 눈물방울이 속눈썹에 맺혔다가 뺨으로 떨어졌지요.

우리는 캐서린의 몸상태가 좋아진 것을 알고 있었습니다. 그래서 이렇게 마음이 가라앉은 이유를 오래 한곳에만 갇혀 있던 탓으로 돌렸고, 장소를 바꾸면 기분도 조금은 나아지리라고 생각했습니다.

나리는 저에게 여러 주 비워둔 응접실에 불을 지피고 볕이 드는 창가에 편안한 의자를 갖다놓으라고 지시한 뒤 캐서린을 데려왔습니다. 캐서린은 아늑한 열기에 둘러싸여 한참을 앉아 있었습니다. 우리가 기대했던 대로 캐서린은 응접실에 와서 활기를 되찾았습니다. 익숙한 곳이면서도 지겨운 병실과는 달리 음울한 생각을 떠올리게 하는 물건이 없었으니까요. 저녁이 되면서 캐서린은 매우 지쳐 보였습니다. 하지만 아무리 달래도 자기 방에 돌아가려고 하지 않았지요. 그래서 할수 없이 저는 다른 방이 준비될 때까지 응접실 소파에 잠자리를 마련해야 했습니다.

캐서린이 층계를 오르내리느라 지치지 않도록 우리는 응접실과 같은 층에 침실을 마련했습니다. 그게 바로 여기 록우드 씨 침실이랍니다. 얼마 안 가 캐서린은 남편의 부축을 받으며 침실과 응접실을 오갈만큼 체력을 회복했습니다.

어라, 캐서린이 좋아질 수도 있겠는걸. 저는 혼자 생각했습니다. 워낙 지극정성으로 간호를 받았으니까요. 캐서린의 회복을 바라는 데에는 또 다른 이유가 있었어요. 캐서린의 생명에 의지하는 또 다른 생명이 생겨났거든요. 우리는 조만간 상속자의 탄생으로 린턴 씨의 마음이 기쁨을 얻고 린턴 씨의 땅이 남의 손에 넘어가는 사태도 막을 수 있으리라 기대했습니다.

이사벨라는 집을 나간 지 여섯 주쯤 지났을 때, 오빠에게 짤막한 편

214

지를 보내서 히스클리프와 결혼했다는 소식을 전했습니다. 편지는 건조하고 냉담하게 보였지만 그 말미에 연필로 흐릿하게 오빠를 화나게 했다면 용서해달라는 사과, 좋게 기억해달라는 부탁, 부디 화를 풀라는 간청을 적어놨더군요. 그때는 어쩔 수 없었고 이제는 이미 엎질러진 물이라는 것이었습니다.

제가 알기로 린턴 씨는 답장을 보내지 않았습니다. 그로부터 두 주 뒤에 저한테 장문의 편지가 왔어요. 신혼여행에서 돌아온 신부의 편지라기에는 이상하더군요. 아직 갖고 있으니까, 읽을게요. 생전에 소중한 사람이었다면 유품도 소중하거든요.

엘렌에게, (이렇게 시작됩니다.)

간밤에 폭풍의 언덕에 도착했어. 여기 와서 처음으로 캐서린 언니가 병이 나서 아직 많이 아프다는 소식을 들었어. 캐서린 언니는 편지를 읽으면 안 될 테고 오빠도 답장이 없는 것을 보니 화가 많이 났거나 너무 힘든가 봐. 하지만 나는 누군가에게 편지를 쓰지 않고는 못 견디겠으니, 남은 사람이 엘렌밖에 없네.

에드거 오빠한테 내 말 좀 전해줘. 오빠의 얼굴을 한 번 더 볼 수만 있다면 이 세상을 전부 주겠다고. 티티새 지나는 농원을 떠난 지 하루 만에 내 마음은 이미 그곳으로 돌아갔고, 아직도 그곳에 머물고 있다고. 내 마음은 에드거 오빠와 캐서린 언니에 대한 사랑뿐이라고! 하지만 나는 내 마음이 가는 곳으로 갈 수 없네. (이 문장에 밑줄을 쳤더라고요.) 그러니까 나를 기다릴 필요는 없어. 내가 돌아가지 못하는 이유는 마음대로 생각해도 괜찮지만, 그곳으로 돌아갈 의지가 약하다거나 그곳에 대한 사랑이 약해서라고는 생각지 말아줘.

이제부터 하는 얘기는 엘렌만 알고 있어. 두 가지만 물어볼게. 첫번째 질문.

엘렌은 이곳에 살면서 어떻게 인간의 보편적인 심성을 간직할 수 있었어? 여기 사는 사람들이 느끼는 감정은 내가 느끼는 감정과 전혀 다른 것 같아.

두번째 질문. 이건 내가 정말 알고 싶은 질문이야.

히스클리프 씨는 사람이야? 사람이라면, 미친 사람이야? 사람이 아니라면, 악마야? 내가 왜 이렇게 묻는지 그 이유는 말하지 않겠어. 하지만 답을 알고 있다면 부디 내가 대체 무엇과 결혼한 것인지 알려 줘. 그러려면 네가 와줘야 해. 엘렌, 빨리 와줘. 편지 쓰지 말고, 그냥 와줘. 오면서 에드거 오빠한테 편지도 받아 와.

내가 나의 새 가정인 폭풍의 언덕에서 지금껏 어떻게 대접받았는지 말해줄게. 보아하니 계속 이럴 것 같아. 살기 불편하다 운운하는 건 웃자고 해보는 소리야. 불편함이 느껴지는 때를 빼면 불편함에 대해 생각하는 일도 없으니까. 외적인 불편이 내 불행의 전부이고 나머지 는 잔인한 꿈이라면, 나는 덩실덩실 춤이라도 출 것 같아.

우리가 습지로 접어들었을 때, 나는 티티새 지나는 농원 뒤로 해가 지는 것을 보고 6시가 되었다고 생각했어. 히스클리프는 거기서 반시 간을 지체하면서 농원과 그 너머 정원들, 그리고 그 너머 본채까지 유 심히 바라보더라. 그러니 우리가 마당까지 와서 말에서 내렸을 때 날 은 벌써 저물었지. 너의 옛 동료인 하인 조지프가 초를 들고 맞으러 나왔어. 얼마나 예의가 바르신지 퍽이나 신뢰가 가더라고. 조지프의 첫번째 행동은 초를 내 얼굴 높이로 치켜들고 심술궂게 흘겨본 후 아랫입술을 삐죽 내밀고 돌아서는 것이었어.

그런 다음 말 두 필을 마구간에 끌어다 넣고는 대문을 잠가버리더라. 여기가 고성(古城)이라도 되는 줄 아는지.

히스클리프는 계속 밖에 서서 조지프에게 무슨 말인가를 했고, 나는 부엌으로 들어갔어. 부엌이 아니라 너저분한 동굴이었어. 아마 엘렌도 부엌인 줄 몰랐을걸. 엘렌이 여기에서 일하던 때와는 너무 달라졌으니까.

벽난로 앞쪽에 성질이 고약한 애가 하나 서 있었어. 팔다리는 튼튼하고 옷은 더러운데 눈매와 입매가 캐서린 언니를 닮았더라고.

'에드거 오빠의 처조카로구나.' 나는 생각했어. '그렇다면 나한테도 조카뻘이니까. 악수쯤은 해야겠네. 그래, 뽀뽀해야겠다. 처음에 인사를 확실히 해놓는 게 옳아.'

나는 아이한테 다가갔어. 그러고는 아이의 통통한 주먹을 잡으려고 손을 내밀면서 말했지.

"안녕?"

아이는 내가 알아듣지 못할 말로 대꾸했어.

"헤어턴, 우리 친구 할까?" 다시 한 번 대화를 시도해보았지.

나의 끈기에 대한 답례는 욕설, 그리고 당장 안 '꺼지면' 스로틀러한테 물릴 줄 알라는 위협이었어.

그 어린놈이 한쪽 구석에서 자고 있는 잡종 불도그를 깨우더니 "야, 스로틀러, 어이!" 하고 속닥거리더라. 그러고는 나한테 위세 좋게 "자, 이제 꺼질래?" 하는 거지.

목숨이 아까웠으니 시키는 대로 하는 수밖에. 나는 다른 사람들이 들어올 때까지 기다리려고 부엌을 나왔어. 히스클리프는 아무리 찾아도 없더라. 나는 마구간까지 따라 들어가서 조지프에게 같이 집으로 들어가달라고 했는데, 조지프는 나를 노려보면서 뭔가 혼자 중얼거리더니 코를 찡그리며 대꾸하는 말이,

"뭐라 씨부리노! 예수 믿는 신자가 그기 무슨 소린지 어찌 알겄노. 마님 행세 집어치워라! 뭐꼬?"

"나를 집 안으로 안내하라니까!" 나는 고함을 쳤어. 무례한 태도가 아주 메스꺼웠지만 귀머거리인 줄 알았거든.

"안 되제! 나는 다른 일이 있소." 조지프는 대꾸를 하더니 그냥 하던 일을 하는 거야. 일을 하는 내내 주걱턱을 흔들면서 내가 입은 옷과 내 얼굴을 살피는데(옷은 사실 지나치게 예뻤지만 얼굴은 조지프가 바라는 만큼 엉망이었을 거야), 더없이 경멸스럽다는 표정이었지.

마당을 돌아서 쪽문으로 들어가니 다른 문이 나오더라. 나는 좀 더 예의 바른 하인이 문을 열어주기를 기대하면서 문을 두드려보았어.

긴장하며 잠시 기다리자 문이 열렸는데, 문을 연 사람은 키가 크고 여윈 남자였어. 네커치프도 매지 않았고 전체적으로 몹시 흐트러진 차림이었어. 텁수룩한 머리털을 어깨까지 늘어뜨린 탓에 얼굴을 알아볼 수 없을 정도로 말이야. 남자의 눈은 어딘지 유령 같은 캐서린 언니의 눈과 닮아 있었어. 언니의 눈에서 아름다움은 모두 제거해버린 눈이었지.

"무슨 볼일이오?" 그 남자가 험악하게 물어왔어. "누구요?"

"처녀 때 이름은 이사벨라 린턴이에요." 내가 대꾸했어. "저를 보신

적이 있을 거예요. 얼마 전에 히스클리프 씨와 결혼했는데, 남편이 저를 이리 데리고 왔어요. 언쇼 씨가 허락하신 일이 아닌지요."

"그럼, 그자가 돌아왔군요?" 은둔자가 굶주린 늑대처럼 안광을 내뿜으며 묻더라.

"네, 지금 막 도착한 길이에요." 내가 말했어. "그런데 그이가 저를 부엌 앞에 세워두고 사라졌답니다. 제가 집 안으로 들어가려는데, 자제분이 가로막았어요. 불도그를 앞세워 저를 쫓아내더군요."

"죽일 놈이 약속을 지켰으니 다행이군!" 집주인은 히스클리프를 찾는 듯 내 뒤의 어둠을 시선으로 더듬으며 으르렁거렸어. 그러고는 혼잣말로 악담과 저주를 늘어놓은 다음, '마귀'가 자기를 속였을 경우에 자기가 어떻게 보복했을지를 열거했어.

나는 문을 두드렸던 것을 후회했어. 그 남자의 욕이 좀처럼 끝나지 않기에 나는 슬쩍 자리를 떠야겠다고 생각했지. 그런데 내가 그 생각을 실행에 옮기기 직전에 그 남자가 나를 들어오게 해주더라. 그러고는 문을 다시 잠가버렸어.

벽난로가 활활 타고 있었는데 커다란 방 안에 불빛은 그것뿐이었어. 하얗던 바닥은 전부 회색으로 변했고, 어릴 적에 내 눈길을 사로잡았던 반짝반짝하던 백랍 접시들도 때가 타고 먼지가 앉아서 역시 우중충한 색으로 변해버렸더라.

나는 하녀를 불러서 침실로 안내를 받았으면 좋겠는데 괜찮겠느냐고 물어봤지. 언쇼 씨는 대꾸가 없더라고. 양손을 주머니에 찔러 넣고 방 안을 서성거리는데 아무래도 내 존재를 까맣게 잊은 것 같았어. 완전히 넋이 나간 듯한 모습에 전체적으로 너무 염세적인 분위기여서,

나는 그 남자에게 두 번 다시 말을 걸고 싶지 않았어.

그때 내 기분이 유독 울적했다고 해도, 엘렌 너는 놀라지 않겠지. 나를 반겨주지 않는 집에 앉아 고독보다 못한 감정에 싸여 있었거든. 4마일 밖에 쾌적한 나의 집이 있고 그곳에 내가 이 세상에서 유일하게 사랑하는 사람들이 있는데, 나와 그곳 사이에 가로놓인 4마일이 대서양보다 넓어서 결코 건너갈 수 없다는 사실이 생각났으니까!

나는 자문했지, 나는 어디서 위안을 찾아야 하나? 그랬더니—에드거 오빠와 캐서린 언니에게 말하면 안 되는 거 알지?—다른 모든 슬픔보다 크게 느껴지는 슬픔이 있었어. 그건 히스클리프에 맞서 내 편이 돼줄 사람, 내 편이 되겠다고 나서줄 사람이 아무도 없다는 절망이었어.

내가 폭풍의 언덕으로 오게 되었을 때 기뻐한 이유는 그이와 단둘이 살지 않아도 되기 때문이었어. 하지만 그이는 여기 사람들이 어떤지 알고 있었으니, 이들이 우리 일에 간섭하지 않으리라는 것도 알고 있었던 거야.

나는 서글픈 생각에 잠겨 시간을 보냈어. 시계가 8시를 치고 9시를 쳤지만 언쇼 씨는 고개를 가슴에 파묻고 왔다 갔다 할 뿐, 이따금씩 신음이나 외마디 절규를 뱉어내는 것 말고는 아무 말도 없이 조용했어.

나는 집에서 여자 목소리가 나지 않나 수시로 귀를 기울였고, 나머지 시간에는 미칠 듯한 후회와 참담한 예감에 빠져 있었어. 마침내 그러한 후회와 예감은 한숨과 울음소리로 튀어나왔지.

나는 내가 소리를 내고 있는 줄도 몰랐는데, 왔다 갔다 하던 언쇼가 어느새 멈춰 서서 새삼 놀란 듯이 나를 빤히 보는 거야. 나는 언쇼가 내게 다시 관심을 보이는 틈을 타서 소리쳤어.

"먼 길을 오느라 지쳐서 이만 자러 갔으면 합니다! 하녀는 어디 있나요? 하녀가 나오지 않으니, 어디 가야 찾을 수 있는지라도 알려주세요!"

"우리 집에는 하녀가 없소." 언쇼가 대답했어. "자기 일은 자기가 해야지."

"그럼 저는 어디서 자나요?" 나는 흐느껴 울면서 물었어. 피로와 참담함에 짓눌린 나머지 체면 차릴 여유가 없었지.

"조지프가 히스클리프의 방으로 안내해줄 거요." 언쇼가 말했어. "저 문을 열면 조지프가 있소."

내가 시키는 대로 문을 열려는 참에 언쇼가 갑자기 나를 붙잡으며 너무나 이상한 말투로 말하기를,

"부디 문에 자물쇠를 걸고 빗장을 내리시오. 잊지 마시오."

"알았어요!" 내가 말했어. "하지만 왜 그래야 하나요, 언쇼 씨?" 히스클리프와 둘이 문을 잠그고 들어앉는다는 것이 별로 좋은 생각 같지 않았거든.

"보시오!" 언쇼는 희한하게 제작된 총 한 자루를 조끼에서 꺼내면서 대꾸했어. 용수철이 달린 양날 칼이 총신에 붙어 있었어. "절망한 사람에게는 대단한 유혹이 아니겠소? 나는 매일 밤 이걸 들고 그자의 방으로 올라가 문고리를 돌려보지. 문이 열리는 날엔, 그자도 끝장나는 거요! 참아야 하는 이유를 백 가지씩 헤아려보지만, 정신을 차리면 언제나 그자의 방문 앞인 거요. 내 계획이 망가지건 말건 그자를 죽여버리라고 나를 부추기는 것은 마귀겠지. 사랑의 힘으로 어디 한번 그

마귀와 싸워보시오. 때가 오면 천국에서 천사들이 몽땅 내려와도 그 자를 구하지 못할 거요!"

나는 언쇼의 무기를 유심히 살폈어. 끔찍한 생각이 떠오르더라. 이런 것만 있으면 나도 강해지겠구나! 나는 언쇼의 손에서 무기를 낚아채서 칼날을 만져보았어. 짧은 순간 내 얼굴에 스친 표정에 언쇼가 놀란 것 같았지. 끔찍하다는 표정이 아니라 탐난다는 표정이었으니까. 언쇼는 그만 보라는 듯 낚아채 갔어. 그러고는 칼날을 접은 뒤 조끼 속에 숨기더라고.

"그자에게 말한대도 나는 상관없소." 언쇼가 말했어. "그자에게 조심하라고 전하고, 그자를 지키시오. 그자하고 내가 어떤 사이인지 아는 모양이군. 그자가 위험하다는데 놀라지 않는 것을 보니."

"그이가 언쇼 씨한테 무슨 짓을 했나요?" 내가 물었어. "무슨 몹쓸 짓을 당했기에 그이를 이토록 무섭게 미워하나요? 차라리 집을 나가라고 하는 편이 현명한 처사가 아닐까요?"

"안 돼!" 언쇼가 고함을 질렀어. "집을 나간다고 하는 순간 그자는 죽은 목숨이야! 당신이 그자를 꼬드겨 집을 나가자고 하면 당신은 살인자가 되는 거요! 나더러 **모조리** 잃으라는 거요? 되찾을 기회도 안 주고? 헤어턴더러 거지가 되라는 거요? 이런, 빌어먹을! 내가 도로 찾을 거요. **그자의** 재산도 **뺏을** 거요. 그리고 그자의 피까지 **뺏을** 거요. 영혼은 지옥으로 보내버려야지! 그자 같은 손님이 있으면 지옥도 열 배는 더 어두워지겠지."

언쇼가 어떤 주인이었는지 엘렌한테 들어서 알고 있었지만, 이제 분명 그 사람은 미치기 일보 직전이야. 적어도 어젯밤에는 그렇더라.

옆에만 있어도 진저리가 났고 차라리 본데없이 퉁명스러운 하인 쪽이 낫겠다 싶었어.

언쇼가 또다시 음산하게 왔다 갔다 하기 시작했고, 나는 빗장을 열고 부엌으로 피신했어.

조지프는 벽난로 쪽을 보고 서 있었어. 불에 올려놓은 큼직한 냄비를 들여다보고 있더라. 벽난로 옆 긴 의자에는 귀리 가루가 담긴 사발이 있었어. 그런데 냄비가 끓기 시작하니까 조지프가 귀리 사발에 손을 집어넣으려는 거야. 조지프가 만드는 것이 우리가 먹을 음식이라고 짐작되더라고. 나도 마침 배가 고팠기 때문에 이왕이면 먹을 수 있는 음식을 만들기로 작정하고 빽 소리를 질렀지. "귀리죽은 내가 만들게!" 그런 다음 사발을 하인 손이 닿지 않는 데로 옮겨놓고 모자와 승마용 드레스를 벗기 시작했지. "언쇼 씨가 그랬어." 내가 말을 이어갔어. "자기 일은 자기가 하라고, 하면 되지, 너희한테 마님 행세 안 해. 굶어 죽을 수는 없으니까."

"주님요!" 조지프가 자리에 앉더니 줄무늬 양말에 감싸인 다리를 무릎에서 발목까지 주무르며 중얼거렸어. "상전이 또 생기면, 나리 둘을 시중 드는 거이 인자 겨우 손에 익을라 하는데, 마님 시중까지 들라 하면, 내는 인자 나갈란다. 여기 뼈를 묻을라 했는데, 인자 더는 못 해먹겠구먼."

나는 조지프의 한탄을 무시하고 얼른 일을 시작했어. 요리하는 것이 재미있는 놀이였던 때를 떠올리면 한숨이 났지만, 지난 일은 머릿속에서 지워버리는 수밖에 없었지. 지나간 행복이 떠오르면 괴로웠으니까. 과거의 망령이 튀어나올 위험이 커질수록 주걱을 젓는 손이 빨라지고 귀리 가루를 집는 손이 급해졌어.

조지프는 내가 요리하는 모습을 지켜보려니 점점 화가 나는 것 같았어.

"저거 봐라!" 조지프가 소리를 질렀어. "헤어턴 도련님요, 오늘 밤에 귀리죽 먹기는 글렀소. 뭉친 덩어리가 이따시만 하다. 저거, 저거 봐라! 사발까지 패대기를 치겠구마! 냄비를 홀랑 뒤집고 나서 그만할라는지. 우당탕, 우당탕. 냄비 바닥 안 빠지는 거이 희한하다!"

귀리죽을 그릇에 담아보니 솔직히 꽤 뭉쳤더라고. 귀리죽을 그릇 네 개에 나누어 담았지. 새로 짠 우유도 있었어. 그런데 1갤런들이 우유 주전자를 헤어턴이 통째 넓적한 입에 대고 마시면서 질질 흘리는 거야.

나는 잔에 따라 마셔야 한다고 타일렀어. 누가 입을 댄 음료수는 마실 수 없다고 말했지. 그랬더니 늙은 냉소가는 내가 유난스럽다며 아주 불쾌해하더라. 헤어턴이 나와 비교해서 '어디 하나 안 빠지는 얼라' 나와 비교해서 '튼실한 얼라'라는 말을 몇 번씩 되풀이하면서 내가 어이없을 만큼 잘난 척을 한다는 듯 고개를 설레설레 젓더라고. 그동안 어린놈은 계속 주전자째 들고 우유를 마시면서, 네가 어쩔 테냐 하는 성난 표정으로 나를 올려다보는 거야. 아이 놈의 침은 계속 주전자로 흘러들었고.

"나는 다른 데서 먹어야겠는데," 내가 말했어. "집에 응접실이라고 이름 붙은 데는 없어?"

"응접실이란다!" 조지프가 비웃음을 흘리면서 내 말을 따라 했어. "응접실이라고 했소? 없소. 응접실이라는 데는 없소. 우리가 싫으면 집

주인 옆인 기지. 집주인이 싫으면 우리 옆인 기고."

"그럼 위층으로 가야겠군." 내가 대답했지. "방으로 안내해."

나는 쟁반에 그릇을 올리고 직접 나가 우유를 더 가져왔어.

하인 놈은 있는 대로 투덜거리면서 자리에서 일어나 앞장서 올라가더라. 우리는 맨 위층까지 올라갔어. 하인 놈은 이 문 저 문 열어보며 안을 들여다보더군.

"여기 좋네." 한참 만에 하인 놈은 경첩이 빠지게 생긴 문짝을 훌렁 밀어젖히면서 말을 했어. "귀리죽 몇 그릇 먹기는 괘안소. 저기 곡식 부대들은 더럽지가 않소. 비싼 비단옷이 더럽혀질까 걱정되면 위에 손수건을 까소."

하인 놈이 '좋다'는 그곳은 창고 같은 곳이었어. 맥아와 곡물 냄새가 코를 찔렀지. 벽마다 곡식 부대가 쌓여 있고 가운데는 휑하니 비었고.

"이게 뭐야!" 나는 하인 놈을 보며 화를 냈어. "이런 데서 어떻게 자겠어. 내 침실로 가자니까."

"침실!" 조지프는 비웃는 말투로 내 말을 따라 했어. "침실이라는 데를 싸그리 구경하소. 저기는 내가 자는 침실이고."

하인 놈이 다른 다락방을 보여줬어. 벽에 쌓인 부대 개수가 적고 한쪽 끝에 침대가 있다는 것만 빼면 아까 본 방이랑 똑같았어. 남색 누비이불이 깔린 침대는 널찍하고 낮고 커튼은 없고.

"내가 네 침실을 왜 봐?" 내가 대꾸했어. "히스클리프 씨 방이 맨 위층에 있는 건 아니겠지?"

"옴마! 히스클리프 나리 방에 가겠다는 소리였소?" 조지프는 새로운 사실을 알았다는 듯이 소리쳤어. "진작 말을 하지? 그랬으면 내가 딱 못 간다 말을 했을 긴데. 이래 고생도 안 했을 기고. 그 방은 자기 방이라고 노상 잠가놓으니 아무도 얼씬을 못하는 기라."

"퍽도 좋은 집에 사는구나." 나는 더 이상 못 참고 속에 있던 말을 해버렸어. "퍽도 좋은 사람들이 사는 집이구나. 내가 이런 작자들과 같은 집에 살기로 한 날은 이 세상 모든 미친 기운이 한데 모여 내 머릿속에 들어앉은 날이었을 거야! 하지만 지금 이런 말이 무슨 소용이야. 이봐, 다른 방이 있을 거 아니야. 제발 얼른, 어디든 들어가게 해줘!"

내가 이 정도로 사정하는데도 조지프는 대꾸가 없었어. 그렇게 나무계단으로 터벅터벅 고집스럽게 내려가다가 어느 방문 앞에 멈추더라. 조지프의 태도를 보아하니 이 집에서 제일 좋은 방인 듯했지. 가구도 고급이었어.

카펫도 질이 좋은 것이 깔려 있었는데, 얼마나 먼지가 많은지 무늬가 안 보일 지경이었어. 벽난로는 종이장식이 거의 떨어져 나간 상태였고. 침대는 근사한 참나무 목재에, 풍성한 진홍색 침대 커튼은 꽤 비싼 천에 신식이었지만 함부로 사용한 티가 났어. 장식 커튼은 고리에서 빠져 줄줄이 흘러내리고, 철제 봉이 한쪽으로 휘어 천이 바닥에 질질 끌릴 정도였지. 의자도 거의 망가졌고 그중 몇 개는 아예 부서졌더라. 벽에는 여기저기 깊이 파인 자국이 있었어.

그래도 나에게 주어진 방이니 힘을 내서 들어가보기로 결심하고 있는데, 바보 같은 안내자가 말하기를,

"여기는 나리 방이고."

귀리죽은 이미 차가웠고, 식욕은 사라져버렸고, 인내심도 바닥났

어. 나는 당장 잠자리를 마련해내라고 악을 썼어.

"마귀를 물리치소서." 독실한 척하는 늙은이가 흥분해서 떠들더라. "주여, 돌보소서! 주여, 용서하소서! 대체 어데 갈라 하노? 지옥 갈라 하나? 쓸모도 없는 거이 형편없고 성가시네! 도련님 방 빼면 싸그리 구경시켜줬다. 인자 우리 집에 처자는 방구석은 없다."

나는 하도 화가 나서 쟁반을 통째로 바닥에 내동댕이쳤어. 그러고는 계단 꼭대기에 앉아 두 손에 얼굴을 파묻고 울었어.

"옴마! 옴마!" 조지프가 고함을 치더라. "잘했구마, 캐시 아가씨요! 잘했구마, 캐시 아가씨요! 나리가 그릇 깨진 거를 밟기라도 하면 사달이 날 긴데 두고 봐라. 쓰잘데기 없는 거이! 하느님이 내려주신 귀한 거를 화가 난다 캐서 동댕이치니, 인자부터 크리스마스 때까지 굶어봐야 양식 귀한 줄을 아는 기라! 암만 그래도 그런 성질머리 오래 못 갈 기다. 히스클리프가 그런 이쁜 짓을 봐줄라 그라겄나? 그라고 성질 내는 거를 히스클리프가 직접 봐야 내가 속이 시원하겄는데. 그라면 참말 시원하겄는데."

조지프는 잔소리를 늘어놓으면서 아래층 동굴로 내려갔어. 조지프가 촛불까지 가져가버려서 나는 어둠 속에 남겨졌지.

이런 바보 같은 짓을 저지른 뒤 반성의 시간이 찾아왔어. 자존심을 억누르고 분노를 참아야 한다는 것, 그리고 자존심과 분노로 야기된 결과를 수습해야 하는 상황을 인정하지 않을 수 없었지.

그런데 생각지도 않은 도움의 손길이 스로틀러라는 모습으로 나타났어. 이제 보니 우리 스컬커의 새끼더라. 티티새 지나는 농원에서 나고 자란 놈을 아버지가 힌들리 씨한테 선물했던 거야. 녀석도 나를 알아본 것 같았어. 반갑다는 듯이 자기 코를 내 코에 비벼대더니 얼른 귀리죽을 핥아 먹는 거야. 그동안 나는 계단을 하나하나 손으로 더듬어 깨진 그릇 조각을 줍고, 난간에 튄 우유 방울을 손수건으로 닦아냈어.

우리가 청소를 끝내자마자 복도에서 언쇼의 발소리가 들려왔어. 스로틀러는 꼬리를 감추며 벽에 달라붙었고, 나는 제일 가까이 있는 방으로 들어갔어. 스로틀러는 언쇼를 피하는 데 성공하지 못했던 것 같아. 황급히 계단을 내려가는 우당탕 소리에 이어서 한참 동안 애처롭게 깨갱거리는 소리가 들렸거든. 나는 비교적 운이 좋았지. 언쇼는 내가 있는 방을 지나쳐 자기 방에 들어가 문을 닫았거든.

곧이어 조지프가 헤어턴을 재운다고 함께 올라왔어. 내가 숨은 곳이 헤어턴의 방이었던 거야. 늙은이가 나를 보자마자 말하기를,

"봐라, 거만을 떨려면 큰방으로 가라 고마. 인자 방이 비었으니 니하고 니 친구 거만이하고 둘이 있다 보면 악마가 와서 셋이 친구 하자 그럴 기다!"

나는 기쁜 마음으로 큰방으로 갔어. 그리고 벽난로 앞에 있는 의자에 주저앉자마자 꾸벅꾸벅 졸기 시작했어.

그러다가 깊은 잠에 빠져 한창 달게 자고 있는데, 너무 일찍 깨버렸어. 히스클리프 씨가 깨웠거든. 막 집에 들어온 그이는 그이다운 퍽이나 다정한 말투로 이런 데서 무슨 짓이냐고 호통을 치더라.

나는 내가 왜 이렇게 늦도록 잠자리에 들지 않았는지 말해줬지. 우리 방 열쇠가 당신 주머니에 있다고.

그 방을 우리 방이라고 말한 것이 죽을죄였나 봐. 그이는 그 방은

절대로 내 방이 아니고 영원히 내 방이 될 수 없다면서 길길이 뛰더라. 그러면서 뭐랬느냐 하면…… 됐어. 그이가 했던 말을 옮기는 일은 그만둘래. 그이의 평소 행동을 묘사하는 일도 그만둘래. 그이는 내 증오를 사는 일에 창의력과 불굴의 끈기를 발휘하고 있어! 가끔은 놀라움 때문에 무서움도 잊을 지경이야. 하지만 무서운 정도가 약한 건 아니야. 호랑이나 독사라고 해도 그이만큼 무섭지는 않으니까. 그이한테 캐서린 언니가 아프다는 소리를 들었어. 그이는 캐서린 언니가 아픈 것이 오빠 때문이라더라. 그러면서 오빠를 붙들기 전까지는 나를 대신 괴롭혀주겠대.

　나는 그이가 정말 싫어. 비참해. 내가 바보였어! 티티새 지나는 농원 사람들한테는 이런 말 한마디도 하면 안 돼. 네가 와주기를 매일 기다릴게. 안 오면 실망할 거야!

이사벨라

14장

저는 이 편지를 읽자마자 나리에게 가서 동생이 폭풍의 언덕에 왔으며 저에게 편지를 보냈다는 것을 알려주었어요. 편지에는 린턴 부인을 걱정하는 마음과 린턴 씨를 보고 싶어 하는 간절한 마음이 표현되어 있으며 가능한 한 빨리 린턴 씨가 저를 통해 용서의 증표를 보내주었으면 하더라고 이야기했지요.

"용서?" 린턴 씨가 말했습니다. "용서할 게 뭐가 있어. 엘렌, 폭풍의 언덕에 가보고 싶으면 오늘 오후에 가도 괜찮아. 내가 전할 말은 별로 없어. 나는 동생에게 화가 난 게 아니라 동생을 잃어서 슬픈 거야. 그 아이가 행복해질 것 같지 않으니까 슬픔이 더하고. 하지만 내가 그 아이를 보러 가는 일은 있을 수 없잖아. 우리는 영원히 남남이 된 거야. 만약 그 아이가 정말 나를 위해 뭔가 하고 싶다면, 남편이라는 작자를 설득해서 이 동네를 떠나라고 해줘."

"그렇다면 짧은 편지라도?" 제가 애원조로 물었지요.

"아니." 린턴 씨가 대답했습니다. "필요 없어. 히스클리프가 우리 집안과 연락하는 일이 드물수록 좋듯 내가 히스클리프 집안과 연락하는 일은 드물수록 좋아. 내가 연락하는 일은 절대 없을 거야."

린턴 씨의 냉담한 태도에 저는 몹시 낙담했답니다. 농원을 나오면서 저는 린턴 씨가 했던 말을 좀 더 다정하게 전하려면 어찌해야 할까, 린턴 씨가 이사벨라에게 위안이 될 만한 쪽지 몇 줄 쓰는 것도 마다하더라는 말을 부드럽게 전하려면 어찌해야 할까, 머리를 쥐어짰습니다.

이사벨라는 제가 오지 않나 아침부터 망을 보고 있었나 봅니다. 제가 정원 자갈길을 따라 올라갈 때 창밖으로 내다보는 이사벨라가 보이더라고요. 저는 고갯짓을 했습니다. 하지만 이사벨라는 누가 볼까 겁이 나는지 뒤로 물러서더군요.

저는 노크 없이 그냥 들어갔습니다. 한때는 그토록 쾌적했던 집이 그렇게 스산하고 음침할 수가 없더군요! 솔직히 말해서, 제가 아씨 입장이었다면, 최소한 난로 바닥은 쓸어내고 탁자는 걸레질을 했을 것 같아요. 하지만 아씨는 집 안을 가득 채운 될 대로 되라는 분위기에 이미 합류한 듯했습니다. 고운 얼굴이 생기가 없고 나른했으며 머리카락은 컬이 풀렸더군요. 어떤 부분은 축 늘어져 있고, 어떤 부분은 아무렇게나 묶여 있었어요. 옷은 아무래도 전날 저녁부터 입고 있던 것 같았고요.

힌들리는 없었습니다. 히스클리프 씨는 탁자에 앉아서 수첩을 뒤적이고 있었고요. 하지만 제가 들어가니까 자리에서 일어나 제법 친근하게 안부를 물으며 의자를 권하더군요.

그곳에서 단정해 보이는 것은 히스클리프 씨뿐이었습니다. 보던 중 멋있어 보이더라고요. 상황이 두 사람의 위치를 완전히 바꾸어놓은 탓에, 모르는 사람이었다면 남편은 집안 좋고 본데 있는 신사인데 아내는 나이 어린 창부라고 생각할 만했습니다!

이사벨라는 간절함이 담긴 표정으로 저를 맞으러 나왔습니다. 그러고는 편지를 달라고 손을 내밀었습니다.

저는 고개를 저었습니다. 이사벨라는 저의 고갯짓을 알아들으려고 하지 않더군요. 보닛을 놓으러 선반으로 가자, 거기까지 따라와서 어서 내놓으라고 속삭였어요.

히스클리프가 이사벨라의 행동이 무슨 뜻인지 짐작하고 말하기를,

"이사벨라한테 주려고 가져온 것 있잖아. 줘도 돼, 넬리. 숨길 필요 없어. 우리 사이에는 비밀이 없잖아."

"아무것도 없어요." 저는 얼른 이실직고하는 것이 상책이겠다고 생각하고 대답했습니다. "나리께서 당분간 편지나 방문을 기대하지 말라시네요. 부인, 나리께서 안부를 전하고, 부인의 행복을 바라고, 부인이 걱정 끼친 것을 용서한답니다. 하지만 이후로 나리 집안과 이쪽 집안이 연락을 끊어야 한다는 게 나리의 생각이랍니다. 서로 연락해서 좋을 일이 없을 거라고요."

히스클리프 부인의 입술이 살짝 떨렸습니다. 부인은 창가 자리로 돌아갔습니다. 히스클리프는 제가 앉은 벽난로 근처에 자리를 잡고 서서 캐서린에 대해 묻기 시작했습니다.

저는 캐서린의 병에 대해 적절치 않다고 생각되는 것을 빼고 모두 얘기했고, 히스클리프는 저를 추궁해서 발병의 원인과 관련된 대부분의 사실들을 알아냈습니다.

저는 캐서린의 병은 자업자득이라고 했습니다. 그게 사실이었고요. 저는 히스클리프 씨도 린턴 씨를 본떠서 앞으로는 린턴 씨 집안일에 일절 상관하지 말아주기 바란다는 말로 마무리를 했습니다.

"린턴 부인은 겨우 회복되는 중이에요." 제가 말했습니다. "예전으로 돌아가는 것은 불가능하지만, 목숨은 건졌으니까요. 린턴 부인을 위하는 마음이 있다면 이제 부인 앞에 나타나는 일은 피하도록 해요. 아니, 아예 이 동네를 떠나도록 해요. 알고 보면 섭섭해할 일도 아닌 것이, 지금의 캐서린 린턴은 옛 친구 캐서린 언쇼와 아예 다른 사람이니까요! 저기 저 아씨가 저와 전혀 다른 사람인 것처럼 말이에요! 겉모습도 많이 변했지만 속은 더 많이 변했어요. 아내 곁을 지키지 않으면 안 되는 남편이 애정을 계속 유지하려면 아내의 옛 모습에 대한 기억, 자비심, 그리고 의무감에 의지할 수밖에 없을걸요!"

"충분히 가능해." 히스클리프는 애써 담담한 체하며 말했습니다. "너네 집주인이 자비심과 의무감에 의지할 수밖에 없으리라는 건 충분히 가능해. 한데 너는 내가 캐서린을 그자의 의무감과 **자비심**에 맡겨둘 거라고 생각해? 캐서린에 대한 내 감정과 그자의 감정을 비교할 수 있다는 거야? 내가 캐서린과 만날 수 있도록 네가 자리를 마련하겠다고 약속해줘. 약속하기 전에는 이 집에서 못 나갈 줄 알아. 네가 약속하든 말든, 나는 캐서린을 **만날** 테지만! 약속하는 거지?"

"가당치 않아요," 제가 대답했습니다. "만나면 안 돼요. 약속할 수 없어요. 히스클리프 씨와 나리가 다시 마주치는 일이 생긴다면, 그건 캐서린을 죽이는 거예요!"

"네가 도와줘야 그런 일이 안 생기지." 히스클리프가 말을 이었습니다. "만에 하나 그자로 인해 캐서린의 병이 조금이라도 악화된다면, 나로서는 극단적인 방법을 쓸 수밖에 없어! 네가 이번에는 솔직하게 말해주면 좋겠는데. 네 생각은 어때, 캐서린이 에드거를 잃으면 많이 괴로울까? 캐서린이 괴로울까 봐 내가 참는 거야. 이제 너도 그자의 감정과 내 감정이 어떻게 다른지 알겠지. 그자가 내 입장이고 내가 그자의 입장이라면, 그자를 증오하는 마음이 내 인생을 쓰디쓴 원한 그 자체로 만든다고 해도, 나는 그자에게 손끝 하나 대지 않아. 믿기지 않는다는 표정이군. 안 믿어도 좋아! 내가 그자의 입장이라면, 캐서린이 그자를 보고 싶어 하는 한, 그자가 캐서린을 보러 오는 것을 막지 않아. 물론 캐서린이 그자를 염려하지 않게 되는 때가 오면, 나는 즉시 그자의 심장을 파내고 그자의 피를 마시겠지. 하지만 그때까지 나는—내 말이 믿기지 않는다면, 그건 네가 나라는 인간을 몰라서 그런 거야—캐서린이 그자를 염려하지 않게 되는 때가 올 때까지 내 목숨이 한 조각씩 떨어져 나가는 한이 있더라도 그자의 머리카락 한 오라기 안 건드려!"

"아무리 그래도," 제가 말을 막았습니다. "지금 히스클리프 씨는 캐서린이 완쾌될 수 있는 모든 가능성을 아무 거리낌 없이 송두리째 망쳐놓고 있잖아요. 캐서린은 히스클리프 씨를 거의 잊었는데, 굳이 기억 속에 비집고 들어가 또다시 갈등과 고통 속에 몰아넣으려고 하잖아요."

"그 애가 나를 거의 잊었다고?" 히스클리프 씨가 말했습니다. "이봐, 넬리! 그게 아니잖아! 알면서 왜 그래! 린턴 생각을 한 번 할 때 내 생각을 천 번 하는 애라는 걸 너도 나만큼 잘 알잖아! 내 인생에서 가장 비참했던 시절에는 나도 그런 생각을 했어. 작년 여름 이곳으로 돌아오는 내내 그 생각이 내 머리를 떠나지 않았지. 하지만 이제는 그렇게 끔찍한 생각은 두 번 다시 안 해. 그 애가 자기 입으로 나를 잊었다고 하기 전까지는 안 해. 그 애가 정말로 나를 잊는다면, 린턴도 허깨비, 힌들리도 허깨비, 내가 꿈꾼 모든 것이 허깨비야. 그 애가 정말로 나를 잊는다면, 내 앞날은 **죽음**과 **지옥**이라는 두 마디로 끝나. 그 애 없는 삶은 지옥이야.

그 애가 에드거 린턴의 사랑을 나의 사랑보다 중히 여긴다고 생각했다니, 잠깐이지만 내가 바보였어. 그렇게 하찮은 인간이 혼신의 노력을 다해서 여든 해를 사랑한다 해도, 내가 하루 사랑하는 것만 못하거든. 그리고 캐서린의 가슴속은 나의 가슴속만큼 깊은데, 그자가 그 애의 사랑을 모두 차지하겠다는 건 여물통이 바다를 담겠다는 것과 다름없지. 쳇! 그 애가 그자를 아끼는 정도는 자기 개나 자기 말을 아끼는 정도에 불과해. 나만큼 사랑할 만한 것이 그자에게는 없는데, 그 애가 어떻게 사랑할 게 없는 자를 사랑할 수 있겠어?"

"캐서린 언니와 에드거 오빠는 어느 부부 못지않게 서로 사랑하고 있어!" 이사벨라가 갑자기 기운을 차리고 소리쳤습니다. "누구라도 그따위로 말할 자격 없어! 오빠에 대해서 함부로 말하면 내가 가만있지 않아!"

"당신 오빠는 당신에 대한 사랑도 대단하지 않았던가?" 히스클리프가 경멸 어린 투로 물었습니다. "당신을 내치는 속도가 놀라울 정도더군."

"오빠는 내가 겪는 괴로움을 모르니까." 이사벨라가 대답했습니다. "오빠에게 그런 말은 안 했으니까."

"그럼 다른 말은 했다는 뜻인데. 편지했지?"

"결혼 소식 알리려고 몇 자 적었어요. 봤잖아요."

"그 뒤로는?"

"안 했어요."

"아가씨가 결혼하고 나서 얼굴이 완전히 못쓰게 됐네요." 제가 말했습니다. "누군가의 사랑이 부족하기 때문이겠지요. 그게 누구인지 짐작은 되지만 말하지는 않겠어요."

"사랑이 부족한 쪽은 당사자라고 짐작이 되는데." 히스클리프가 말했습니다. "저 여자는 지저분하고 게을러빠진 계집으로 전락하는 중이야! 내 호감을 사는 일에 유난히도 일찌감치 싫증을 내더군. 믿어지지 않겠지만, 저 여자 말이야, 결혼식 다음 날 집에 가겠다고 찔찔 짰어. 하지만 이 집에 어울리자면 지나치게 깔끔한 것보다 나을 거야. 싸돌아다니지 못하게 하면 나를 망신시키지는 않을 테고."

"히스클리프 씨." 제가 대꾸했습니다. "생각 좀 해봐요. 부인은 보살핌을 받는 것에 익숙해요. 모두들 부인을 외동딸 키우듯 애지중지 위했으니까요. 부인의 시중을 전담할 하녀도 필요하고 히스클리프 씨도 부인에게 다정하게 대해줘야 해요. 히스클리프 씨가 린턴 씨를 어찌 생각하건, 부인의 사랑이 강하다는 것은 의심할 수 없을걸요. 그게 아니었더라면 어떻게 부인이 전에 살던 집의 우아함과 안락함, 그리고 시중드는 하인들을 버리고 이렇게 황량한 곳까지 기쁜 마음으로 히스클리프 씨를 따라왔겠어요."

"저 여자가 살던 집을 버린 건 착각에 빠졌던 탓이야." 히스클리프가 대답했습니다. "나를 로맨스의 남자 주인공이라고 상상하고, 내가 기사도를 발휘해 무한히 헌신해주기를 기대했던 거야. 나로서는 저 여자를 이성적인 인간으로 보기가 어려워. 저 여자는 지금까지 계속 나라는 존재에 대해 소설 같은 상상을 펼치면서, 애초에 자기가 품었던 잘못된 인상에 따라서 행동하고 있으니까. 그런데 드디어 저 여자도 내가 어떤 사람인지 알아보기 시작하는군. 처음엔 멍청한 미소와 우거지상으로 나를 자극하더니 이제 그런 짓은 그만둔 것 같아. 나한테 홀딱 빠져서는 내가 자기를 어떻게 생각하며 자기 감정을 어떻게 생각하는지 진심으로 말해줘도 전혀 못 알아듣더니 이제는 좀 아는 것도 같고. 내가 자기를 사랑하지 않는다는 걸 알아내는 데 가히 기적적인 통찰력이 필요했던 거지. 한때 나는 저 여자라면 무슨 짓을 당해도 그 사실을 깨닫지 못할 거라 생각했거든! 아직 제대로 깨달았다고 할 수도 없어. 오늘 아침에도 저 여자가 하는 말이, 내가 자기로 하여금 나를 미워하게 만드는 데 결국 성공했다더군. 그게 무슨 끔찍한 소식이라는 듯 말이야. 하긴 나를 미워한다는 건 가히 헤라클레스의 과업 만큼이나 힘든 일이니까! 만약 그런 일이 정말 일어나면 나야 그저 고마울 뿐이지. 이사벨라, 당신이 나를 미워한다는 게 정말이야? 내가 당신을 한나절만 가만두면, 다시 슬금슬금 다가와서 끙끙대고 알랑알랑하는 것 아니야? 넬리, 모르긴 몰라도 이 여자는 내가 네 앞에서 자기한테 다정한 척해주기를 바라고 있을걸. 진실이 밝혀지면 허영에 상처가 나겠지. 나야 일방적인 감정이었다는 것이 알려지든 말든 상관없고, 내 감정을 속인 적도 없어. 이 여자도 내 달콤한 거짓말에 속았다는 말은 절대 못할 거야. 티티새 지나는 농원을 나오던 그 순간에도 이 여자는 내가 자기 개새끼를 달아매는 걸 봤거든. 이 여자가 그러지 말라고 사정할 때, 내가 너희 식구 중에 한 사람만 빼고 몽땅 달아매버리고 싶다고 했는데, 이 여자는 빠지는 사람이 자기라고 생각했던 모양이야. 하지만 이 여자는 잔인함에 대한 혐오감이 없어. 자기 육체가 안전하게 지켜지기만 한다면 잔인함에 감탄하는 천성인 것 같아. 저렇게 한심하고 비굴하고 저밖에 모르는 년이, 내가 저를 사랑할 거라고 헛꿈을 꾸다니, 이런 어이없는 년이 또 있을까, 이런 멍청한 년이 또 있을까? 넬리, 주인한테 가서 전해, 이런 딱한 년은 내가 평생 처음 보았다고. 그리고 린턴이라는 이름에까지 먹칠하는 년이라고. 나는 이 여자가 어떤 심한 짓을 당하고도 슬슬 다가와서 알랑댈 수 있을지 열심히 실험하고 있어! 이따금 실험의 강도가 약해지는 건 그저 무슨 짓을 해야 할지 떠오르지 않아서야! 그렇지만 넬리, 주인한테 전해, 괜히 오빠랍시고 또 치안판사랍시고 설치지 말라고. 그리고 나는 법의 테두리를 절대 넘지 않는다고. 이날 이때까지 나는 이 여자에게 이혼을 청구할 빌미를 전혀 주지 않았거든.* 게다가 우리를 떨어뜨려놓는다고 이 여자가 고마워하지도 않을걸. 나가고 싶으면 나가라고 해. 이 여자를 괴롭히는 재미보다는 옆에 있어서 성가신 게 더 크니까 말이야!"

___

* 당시에 여자가 이혼을 청구하기 위해서는 철저하게 방치되었다거나 극도로 학대를 받았음을 증명해야 했다.

"히스클리프 씨," 제가 말했습니다. "미친 소리 그만해요. 부인도 당신이 미쳤다고 생각하겠네요. 그랬으니 여태까지 참아줬겠지요. 하지만 당신 입으로 나가도 좋다고 허락했으니까 못 나갈 이유가 없네요. 이사벨라 아가씨, 아무리 제정신이 아니라고 해도 저런 사람 곁에 남겠다고 하지는 않겠죠?"

"조심해, 엘렌!" 이사벨라가 분노로 이글거리는 눈으로 대답했습니다. 이사벨라의 눈을 보니 아내에게 미움받으려는 남편의 노력이 대성공을 거뒀다는 것은 분명하더군요. "저이 말은 한마디도 믿어서는 안 돼. 거짓말쟁이 악마인지 괴물인지 아무튼 인간이 아니야. 전에도 나갈 테면 나가라고 해서 정말 나가려고 했는데, 이제는 그러면 안 된다는 걸 알아! 약속해줘, 엘렌, 저이가 떠드는 악랄한 말은 오빠나 캐서린 언니한테 한마디도 하면 안 돼. 저이가 늘어놓는 말은 모두 에드거 오빠를 자극해서 절박한 행동을 유도하기 위한 거야. 나랑 결혼한 이유도 에드거 오빠를 주무르기 위해서였다고 실토를 하더라. 하지만 저이 마음대로 되지는 않을걸! 그런 일이 벌어지기 전에 내가 먼저 죽어버릴 거야! 내 소원, 내 기도는 저이가 악마 같은 조심성을 내던지고 나를 살해하는 거야! 내가 상상할 수 있는 유일한 기쁨은, 내가 죽거나, 아니면 저이가 죽는 꼴을 보는 거야!"

"됐어. 이번에는 그쯤 해둬!" 히스클리프가 말했습니다. "넬리, 만약 네가 재판정에 출두하게 되면 저 여자가 지금 한 말 잊지 마라! 저 표정을 좀 봐. 거의 내게 어울리는 짝이 되어가고 있어. 이사벨라, 어림없어. 지금 당신은 정상이 아니야. 내가 당신의 법적 보호자니까 당신을 책임지고 감시하겠어. 혐오스러운 책임이지만 어쩔 수 없지. 올라가 있어. 나는 엘렌 딘과 따로 할 얘기가 있으니까. 그쪽 말고, 위층으로 올라가라니까! 이거 왜 이래, 이쪽으로 가야 위층이지!"

히스클리프는 이사벨라를 붙잡아 문밖으로 밀어냈습니다. 그러고는 돌아오며 중얼거렸습니다.

"나한테 동정심 따위는 없어! 없고말고! 벌레가 몸부림칠수록 창자가 터지게 짓밟아버리고 싶거든! 이가 새로 날 때처럼 아플수록 이를 더욱 세게 갈아대는 거야."

"동정심이 무슨 뜻인지나 알아요?" 저는 급히 보닛을 집어 들면서 말했습니다. "태어나서 지금까지 동정심이라는 것을 느껴본 적은 있어요?"

"그거 내려놔!" 히스클리프는 제가 떠나려는 것을 알아채고 가로막더군요. "아직 가면 안 돼. 넬리, 이리 와봐. 나는 캐서린을 만나기로 결심했으니까 네가 나를 도와줘야겠어. 순순히 도와주지 않으면 강제로 돕게 만들 거야. 지금 당장 도와줘. 맹세할게. 누구를 해치려는 게 아니야. 분란을 일으키겠다는 게 아니야. 린턴 씨를 화나게 하거나 모욕하려는 게 아니야. 다만 그 애한테 이제 괜찮은지, 어쩌다가 병에 걸렸는지 듣고 싶은 거야. 내가 뭐든 도와줄 게 없느냐고 묻고 싶은 거야. 나는 어젯밤에 여섯 시간 동안 티티새 지나는 농원의 정원에 있었어. 오늘 밤에도 찾아갈 거야. 매일 밤 찾아갈 거야. 낮에도 찾아갈 거야. 안으로 들어갈 기회가 올 때까지 계속 찾아갈 거야. 그러다가 에드거 린턴과 마주치면 주저 없이 때려눕힐 거야. 내가 거기 있는 동안 그자에게 방해받지 않을 만큼 처리해줄 거야. 그자의 하인들이 가로막으면 이 총으로 쫓아버릴 거야. 하지만 말이야, 내가 그자나 그자의 하인들과 부딪치는 일을 막을 수 있으면 좋잖아? 너라면 아주 쉽게 막을 수 있잖아! 내가 가서 너한테 신호를 보낼게. 그럼 네가 캐서린이 혼자 있을 때를 엿보다가 나를 눈에 띄지 않게 들여보내주고 내가 갈 때까지 망을 보면 되는 거야. 양심에 거리낄 게 없어. 네가 말썽의 소지를 미리 막는 거야."

저는 저의 주인집을 그렇게 배신하는 짓은 못한다고 맞서면서, 자기 만족을 위해서 린턴 부인의 평화를 깨뜨리려는 히스클리프의 잔인함과 이기심을 지적했습니다.

"캐서린은 아무리 작은 일에도 심하게 놀라요." 제가 말했습니다. "신경이 곤두서 있어서 충격을 받으면 큰일 난다니까. 제발 그만둬요! 당신이 이렇게 나오면, 나도 나리한테 당신의 계획을 알릴 수밖에 없어. 그러면 나리가 그런 불법 침입에서 자기 집과 식구들을 지킬 수 있도록 조치를 취할걸."

"그렇다면 나도 네가 못 나가게 조치를 취할 거야!" 히스클리프가 소리쳤습니다. "내일 아침까지 폭풍의 언덕에서 못 떠날 줄 알아. 캐서린이 나를 보면 충격받고 큰일 날 거라니 바보 같은 소리 하지 마. 나도 캐서린을 놀라게 하고 싶지 않으니까 너한테 부탁하는 거잖아. 내가 간다고 전하란 말이야. 내가 가도 괜찮은지 물어보라고. 그 애는 나를 전혀 언급하지 않고 아무도 그 애 앞에서 나를 언급하지 않는다고 했지? 나에 대해 말하는 것 자체를 금하는 집에서, 그 애가 누구한테 내 이야기를 하겠어? 그 애는 너희들 전부가 남편의 첩자라고 생각하고 있는데…… 아아, 그 애한테는 지옥이 따로 없겠네! 다른 무엇보다 그 애의 침묵에서 나는 그 애 기분을 알 것 같아. 종종 안절부

절못하고 불안하게 보인다고 했지. 그게 평화로운 거야? 그 애가 정신이 불안정하다고 했지. 그렇게 지독한 고립 상태에서, 제기랄, 어떻게 정신이 안정될 수 있어? 거기다 멍하고 하찮은 그자의 간호는 그저 의무감과 인간의 도리라며! 동정심과 자비심이라며! 그 애가 그자의 얄팍한 간호로 회복되리라고 기대한다니 참나무를 화분에 심고 무성해지기를 기다리는 거나 마찬가지잖아! 당장 결판을 내자. 너는 여기 있고, 나는 캐서린을 못 만나게 하는 린턴이나 린턴 졸개들과 한판 할까? 아니면 네가 지금까지 내 편이 되어준 것처럼 이번에도 부탁을 들어줄래? 결정해! 만약 네가 끝내 고집을 부리며 못된 성질머리대로 하겠다면, 나도 여기서 이렇게 꾸물거릴 이유가 없으니까."

록우드 씨, 저는 설득도 해보고 비난도 해보고 딱 잘라 50번을 거절도 했습니다. 하지만 결국은 히스클리프가 저를 설득하고 말았답니다. 저는 그의 편지를 안주인에게 전해주겠다고 했고, 부인이 동의할 경우에는 그가 몰래 들어올 수 있게 린턴 씨가 집에 없는 때를 알려주겠다고 했으며, 그런 다음에는 하인들을 모두 내보내고 저도 자리를 비켜주겠다는 약속까지 해버렸지요.

잘한 일이었을까요, 아니면 잘못한 일이었을까요? 사정상 어쩔 수 없었다고 해도, 잘한 일은 아니었던 것 같아요. 그때 저는 제가 응해줌으로써 또 다른 충돌을 막는다는 생각도 있었고, 캐서린의 정신병에 히스클리프와의 만남이 바람직한 자극이 될 수 있겠다는 생각도 있었어요. 게다가 린턴 씨가 제가 말 옮기는 것을 호되게 야단쳤던 일도 떠올랐습니다. 저는 이 문제로 인해 불안해진 마음을 달래기 위해서, 이런 일을 배신이라고 할 수 있을지는 모르지만, 설사 그렇다고 해도 배신은 이번이 마지막이라고 몇 번이고 되뇌었습니다.

그럼에도 집으로 돌아가는 길은 집에서 나오던 길보다 우울했습니다. 저는 편지를 린턴 부인에게 전하기로 마음먹기까지 무던히도 망설였답니다.

그런데 케네스 씨가 왔네요. 제가 내려가서 록우드 씨가 많이 나아졌다고 전하겠어요. 이곳 사람들이 쓰는 말로 하면, 저의 이야기가 억수로 애처롭다 할 수 있습니다. 남은 이야기는 언제고 아침에 시간 날 때 하기로 하지요.

억수로 애처롭고, 우울하구나! 이것이 저 선량한 여인이 의사를 맞으러 내려갈 때 내가 내린 평가였다. 확실히 여흥거리로 들을 만한 이야기는 아니었다. 하지만 그런들 어떠랴! 입에 쓴 약초 같은 딘 부인의 이야기에서 내가 몸에 좋은 약효를 뽑아낼 것이다. 그리고 무엇보다도 캐서린 히스클리프의 반짝이는 눈동자에 어른대는 매력을 경계해야겠다. 그녀에게 내 마음을 주어버린 후에 딸이 어머니의 판박이로 밝혀지면, 나도 참 난처한 상황에 처할 것 아닌가!

제 2 권

1장

또 한 주가 지나갔다. 병석에서 털고 일어날 날에 일주일 더 다가섰고, 봄날에도 일주일 더 다가섰다! 이웃집 내력을 여러 회에 걸쳐 끝까지 들었다. 중요한 일들로 분주한 하녀장이지만 잠깐씩 시간을 내주었기 때문이다. 하녀장의 말을 약간 압축해서 그대로 옮긴다. 하녀장은 대체로 꽤 훌륭한 이야기꾼이라 내가 고쳐 쓴다 해서 더 나을 건 없으리라 생각된다.

폭풍의 언덕에 다녀온 날 저녁, 저는 히스클리프 씨가 근처에 있다는 걸 알고 있었어요. 보나 마나 뻔했지요. 그래서 밖에 나가는 일을 삼갔어요. 그의 편지는 아직 주머니에 있었는데, 그가 다시 협박이든 뭐든 저를 재촉하는 것이 싫었지요.

저는 나리가 출타하기 전에는 편지를 전하지 않기로 작정했어요. 캐서린이 편지를 받고 어떻게 될지 짐작되지 않았으니까요. 그런 이유에서 저는 사흘이 가도록 편지를 갖고 있었어요. 나흘째 되는 날은 일요일이었습니다. 다들 교회에 가고 없을 때, 저는 편지를 가지고 캐서린의 방으로 갔습니다.

하인 하나가 저와 함께 집을 지키려고 남아 있었어요. 우리 집에서는 예배 시간이면 보통 문을 잠가두었는데, 그날따라 날이 따뜻하고 상쾌해서 제가 문을 활짝 열어놓았어요. 저는 누가 올지 알고 있으니 맡은 일을 행한다는 취지에서, 하인더러 안주인이 오렌지가 너무 드시고 싶다는데, 네가 얼른 읍내에 뛰어가 값은 내일 치른다고 하고 몇 개 사 오라고 했습니다. 하인은 나갔고, 저는 위층으로 올라갔습니다.

린턴 부인은 여느 날과 다름없이 헐렁한 흰옷에 가벼운 숄 차림으로 열린 창문 앞 우묵한 곳에 앉아 있었습니다. 길고 풍성했던 예전의 머리는 처음 병에 걸렸을 때 어느 정도 정리했고, 지금은 컬을 넣지 않은 머리채를 관자놀이와 목으로 자연스럽게 빗어 내리고 있었습니다. 제가 히스클리프에게도 말했던 것처럼 부인의 외모는 예전과 달랐지만, 부인이 차분한 상태에 있을 때 그 변화에는 이 세상의 것이 아닌 아름다움이 깃든 듯했습니다.

번득이는 눈빛 대신 꿈꾸는 듯 우수 어린 부드러움이 생겼습니다. 두 눈은 주변의 사물을 바라보는 눈빛이 아니었습니다. 항상 저 너머를, 저 너머의 너머를 응시하는 것만 같았지요. 이 세상 너머라고 해도 틀린 말은 아니었습니다. 살이 오르면서 수척함은 사라졌지만 창백한 얼굴과 당시의 정신 상태에서 비롯된 독특한 표정 같은 것을 보면, 그것들의 원인이 아프게 떠오르면서 부인에 대한 측은한 마음이 더욱 커졌고, 회복의 증거가 나타나는데도 명이 다했다는 것이 느껴졌습니다. 저만 해도 항상 그랬는데 부인을 본 사람이라면 누구라도 그런 느낌을 받지 않을까 싶었습니다.

부인 앞의 창턱에는 책 한 권이 펼쳐져 있었습니다. 바람이 부는지 이따금씩 책장이 팔락거렸어요. 린턴이 놓아둔 책이었겠지요. 아내는 독서고 뭐고 아무것도 안 하려고 들었거든요. 린턴은 예전에 아내가 좋아했던 것에 다시금 아내의 관심을 불러일으키기 위해 몇 시간씩 애를 썼습니다.

아내는 남편의 의도를 알아챘고, 비교적 기분이 좋을 때는 남편의 수고를 차분하게 참아냈습니다. 다만 이따금씩 지친 한숨을 억누르면서 쓸데없는 수고임을 보여주었고, 결국은 세상에서 가장 슬픈 미소와 입맞춤으로 남편의 수고를 중단시켰지요. 하지만 기분이 좋지 않을 때는 짜증스럽게 외면하면서 손으로 얼굴을 가리거나, 화를 내며 남편을 떠밀었습니다. 그러면 남편은 소용없는 일을 했다고 느끼며 아내를 혼자 있게 해주었어요.

아직 기머턴 교회의 종소리가 들려왔습니다. 골짜기에 차오른 개울이 졸졸졸 흐르는 소리도 들렸습니다. 이 소리가 들려오는 때는 여름이 오기 전이었습니다. 여름 나뭇잎이 사락거리기 시작하면 티티새 지나는 농원에서는 개울의 노랫소리가 들리지 않았습니다. 하지만 폭풍의 언덕에서는 눈이 녹은 뒤나 장마 뒤에 조용한 날이면 언제나 개울물 소리가 들려왔습니다. 그러니 부인은 개울물 소리를 들으며 폭풍의 언덕을 생각했겠지요. 부인이 뭔가 들었거나 생각했다면 말입니다. 하지만 아까 말한 대로 캐서린은 어딘가 먼 곳을 바라보는 표정이었고, 뭔가 이 세상의 것을 듣거나 본다는 기색은 없었습니다.

"린턴 부인한테 편지가 왔네요." 저는 편지를 부인의 손에 쥐여주면서 말했습니다. "답장을 달라고 하니까, 얼른 읽으세요. 봉투를 뜯어드릴까요?"

"그래." 부인은 고개를 돌리지도 않고 대답했습니다.

제가 편지를 뜯었습니다. 아주 짧은 편지였습니다.

"자," 제가 재촉했습니다. "읽으세요."

부인은 손을 무릎에 올려놓고 있었는데, 손을 내리면서 편지를 떨어뜨렸어요. 저는 편지를 주워서 부인의 무릎에 올려놓은 다음 편지를 내려다볼 마음이 생기기를 기다렸습니다. 하지만 부인의 고개가 좀처럼 편지 쪽을 향하지 않기에, 결국 제가 다시 재촉했습니다.

"읽어드릴까요? 히스클리프 씨한테서 왔는데요."

부인은 흠칫 놀랐고, 뭔가를 기억하려는 괴로운 기색, 생각을 정리하려고 애쓰는 기색이었어요. 편지를 집어 들고, 읽는 것처럼 손에 쥐더니 서명 쪽을 보며 한숨을 내쉬더군요. 한데 알고 보니 읽은 것이 아니었습니다. 제가 답을 달라고 했더니, 부인은 그저 서명을 가리키면서 미심쩍어하는 애처로운 눈빛으로 저를 뚫어져라 보더군요.

"있잖아요, 그 사람이 부인을 만나고 싶대요." 저는 부인에게 통역이 필요하리라고 짐작하고 말을 했습니다. "정원에 와 있는데, 무슨 답을 전해 듣게 될지 몹시 기다리고 있답니다."

이렇게 말하면서 저는 양지바른 풀밭에 누워 있던 큰 개 한 마리가 짖으려는 듯이 귀를 쫑긋 세우다가, 세운 귀를 도로 내리면서 꼬리를

드는 모습을 주시했습니다. 누가 오고 있고, 낯선 사람이 아니라는 뜻
이었지요.

린턴 부인은 허리를 굽히고 숨을 죽이더니 귀를 기울였습니다. 잠
시 후, 현관을 지나는 발소리가 들려왔습니다. 문이 열려 있었으니,
히스클리프로서는 유혹을 이길 수 없었던 겁니다. 아무래도 제가 약
속을 지키지 않으려 한다 생각하고 자신의 배짱을 믿기로 작정했던
것 같아요.

캐서린은 긴장한 빛으로 방문 쪽을 뚫어져라 보더군요. 히스클리프
가 방을 단번에 찾지 못했기 때문에, 캐서린은 제게 그를 안내하라고
손짓했습니다. 하지만 제가 방문으로 가는 중에 그가 방을 찾아냈고,
한두 걸음 만에 캐서린 옆으로 다가와 그녀를 껴안았습니다.

히스클리프는 5분이 되도록 입을 열지도 않았고 팔을 풀지도 않았
습니다. 모르긴 몰라도 그때 했던 입맞춤이 평생 그가 했던 입맞춤보
다도 많았을 겁니다. 하지만 입맞춤을 시작한 것은 캐서린이었습니
다. 히스클리프가 오로지 괴로움 때문에 부인의 얼굴을 제대로 들여
다보지 못하는 것을 저는 똑똑히 보았습니다! 부인을 보는 순간, 그도
저처럼 부인이 회복될 가망이 없다는 것, 명이 다했다는 것, 죽을 날
이 머지않다는 것을 알았던 겁니다.

"아아, 캐시! 너는 나의 목숨인데! 나더러 어떻게 살라고!" 히스클
리프 씨의 첫마디였습니다. 굳이 절망감을 감추려고 하지 않는 말투
였습니다.

그때부터 그는 캐서린을 뚫어져라 보더군요. 강렬한 시선만으로도
눈물이 맺히겠다고 생각했는데, 그의 눈동자는 고통으로 타오를 뿐

눈물로 녹아 흐르지는 않았어요.

"이제 와서 어쩌라고?" 캐서린은 뒤로 기대앉아 갑자기 어두워진 표정으로 그를 마주 보면서 말했습니다. 그녀의 기분은 수시로 방향을 바꾸는 풍향계 같았지요. "히스클리프, 너랑 에드거가 내 가슴을 찢어놓았잖아! 그래 놓고 둘 다 나를 찾아와서 마치 자기네를 불쌍히 여겨야 한다는 듯 한탄하는구나! 나는 네가 불쌍하지 않아. 조금도 불쌍하지 않아. 네가 나를 죽였잖아. 나를 죽이고 부자가 됐잖아. 너 참 질기구나! 내가 죽은 뒤에 얼마나 더 살려고 그러니?"

히스클리프는 한쪽 무릎으로 꿇어앉아 캐서린을 끌어안고 있었는데, 그가 일어나려고 하니까 캐서린이 그의 머리털을 쥐고 도로 꿇어앉혔습니다.

"너를 붙들어두고 싶어!" 캐서린은 침통하게 말을 이어갔습니다. "우리 둘 다 죽는 그날까지 너를 붙들어두고 싶어! 네가 괴롭든 말든 나는 상관없어. 네가 괴로운 건 상관 안 해. 왜 너는 괴로우면 안 되니? 나는 괴로운데! 너는 날 잊을 거니? 내가 땅에 묻혔는데 너는 행복하게 살 거니? 20년 뒤에는 이렇게 말할 거니? '저건 캐서린 언쇼의 무덤이다. 오래전 그녀를 사랑했고, 그녀를 잃고 불행했다. 하지만 지나간 일이다. 그 후 나는 많은 다른 사람들을 사랑했다. 지금 내 아이들은 그때 그녀보다 소중하다. 내가 눈을 감을 날이 오면, 나는 그녀 곁에 가는 것을 기뻐하는 대신 아이들을 두고 가야 하는 걸 슬퍼할 것이다!' 이렇게 말할 거니, 히스클리프?"

"그만해! 내가 너만큼 미치는 꼴을 봐야 그만할래?" 히스클리프 씨는 캐서린의 손아귀에서 겨우 빠져나와 이를 갈며 소리쳤습니다.

냉정한 관객이 보기에 두 사람은 이상하고 무서운 장면을 연출했습니다. 캐서린이 이 세상 육신을 벗을 때 이 세상 성품까지 벗는다면 모르지만, 그게 아니라면 천국을 유배지로 여길 만도 했습니다. 창백한 뺨과 핏기 없는 입술과 불을 뿜는 눈에서 격렬한 복수심이 드러났습니다. 거기다가 손은 조금 전에 쥐어뜯은 히스클리프의 머리털을 움켜쥐고 있었지요. 한편 히스클리프는 일어날 때 한 손으로 바닥을 짚고 다른 한 손으로 캐서린의 팔을 잡았는데, 워낙 부드러움과는 담을 쌓은 인간이라 병자를 어떻게 다뤄야 하는지 알 리가 없으니, 캐서린의 피부에 네 개의 시퍼런 손자국을 선명하게 남겨놓았더군요.

"너 정말 악마에 홀렸냐?" 히스클리프는 난폭하게 말을 이어갔습니다. "그게 죽으면서 내게 할 소리냐? 지금 하는 말이 모두 내 기억에 새겨져서 네가 나를 떠난 뒤에 영원토록 나를 갉아먹으리라고 생각 안 해? 내가 너를 죽였다는 말이 거짓말인 건 너도 알잖아! 그리고 캐서린, 내가 내 몸뚱이를 잊으면 잊었지 너는 잊지 못한다는 거 알잖아! 네가 고이 잠들었을 때 내가 지옥 같은 괴로움에 몸부림치리라는 것만으로는 네 악마 같은 이기심을 채우기에 부족해?"

"나는 고이 잠들지는 못할 거야." 캐서린이 신음했습니다. 급격하고 불규칙한 심장 박동을 느끼면서 자신의 육체가 쇠약한 상태임을 떠올렸겠지요. 이렇듯 과하게 흥분한 심장은 눈으로 보이고 귀로 들릴 만큼 격하게 뛰었습니다.

캐서린은 발작이 끝나기까지 말을 잇지 못하다가 이번에는 좀 다정하게 말을 시작했습니다.

"히스클리프, 네가 나보다 더 고통 받았으면 좋겠다는 게 아니야!

그저 우리가 영원히 헤어지지 않았으면 좋겠다는 거야. 혹시 내가 했던 말이 훗날 너를 괴롭히거들랑 나도 땅속에서 똑같이 괴로워한다고 생각하고 부디 용서해줘! 이리 와서 아까처럼 무릎 꿇어! 너는 평생 나한테 나쁘게 한 적이 없었어. 아아, 네가 화를 풀지 않으면 나한테 들었던 심한 말보다 지금 나한테 화를 냈던 게 더 괴로운 기억이 될 걸! 아까처럼 이리 와봐! 얼른!"

히스클리프는 캐서린이 앉은 의자 뒤로 가서 허리를 굽혔습니다. 하지만 깊이 숙인 것은 아니어서, 캐서린에게는 감정이 북받쳐 흙빛으로 변한 그의 얼굴이 보이지 않았습니다. 캐서린은 그의 모습을 보려고 몸을 틀었지만 히스클리프는 얼굴을 보여주지 않고 급히 돌아서서 벽난로 쪽으로 갔습니다. 그러고는 우리에게 등을 돌린 채로 말없이 서 있었습니다.

린턴 부인의 시선은 히스클리프를 의심스러운 듯 뒤쫓았습니다. 그의 움직임 하나하나가 새로운 감정을 환기시키는 듯했습니다. 부인은 한참을 그렇게 바라보다가 다시 말을 시작했습니다. 이번에는 제게 말을 걸었는데 말투에서 분노와 실망이 느껴졌지요.

"세상에, 저 애 좀 봐, 넬리! 나를 무덤에서 구할 수 있다는데도 계속 화만 내! 나를 사랑한다는 게 이 정도였어! 그래, 됐어! 저 애는 나의 히스클리프가 아니야. 난 나의 히스클리프만 사랑할 거야. 그 애를 데려갈 거야. 나의 히스클리프는 내 영혼 안에 있으니까." 부인은 생각에 잠긴 채 말을 이어갔습니다. "그리고 있잖아, 제일 성가신 건 이 망가진 감옥이야. 나는 지쳐버렸어. 여기 갇혀 있는 데 지쳐버렸어. 내 소원은 저기 저 행복한 세상으로 도망쳐서 두 번 다시 돌아오지 않는 거야. 저곳을 눈물 저편으로 희미하게 바라보는 게 아니라, 이 아픈 마음의 벽에 갇힌 채로 저곳을 그리워하는 게 아니라, 정말 저곳으로 가서 살고 싶은 거야. 넬리, 너는 네가 나보다 행복하고 나보다 나은 처지라고 생각하지. 건강하고 활기차고…… 나를 가엾다고 생각하지. 하지만 조만간 바뀔 거야. 내가 너를 가엾다고 생각할 테니까. 너희와는 비교도 안 되게 저 높은 곳으로 갈 테니까.” 그리고 이렇게 혼잣말을 했습니다. “이상하네! 저 애는 왜 내 곁으로 오지 않을까? 내 곁에 오고 싶어 하는 줄 알았는데. 야아, 히스클리프! 이제 나한테 골내면 안 돼. 내 곁으로 오라니까, 히스클리프.”

캐서린은 간절히 애원하면서 자리에서 일어나 의자 팔걸이에 기대섰습니다. 그 간절한 애원에 히스클리프도 돌아섰습니다. 정말이지 절망적인 모습이더군요. 결국 젖어버린 커다란 두 눈은 캐서린을 향해 맹렬하게 번득이고 가슴은 발작을 일으킨 듯 울렁거렸습니다. 방금 전까지 떨어져 있던 두 사람이 어느 틈에 다가섰는지는 모르지만, 캐서린이 몸을 내던지고 히스클리프가 받아 안으면서 두 사람은 서로를 끌어안았어요. 캐서린이 살아서는 풀려나지 못할 것만 같은 포옹이었지요. 사실 제 눈에는 캐서린이 곧바로 정신을 잃은 것 같았어요. 히스클리프는 마침 옆에 있던 의자로 몸을 던졌지만 제가 급히 다가가서 캐서린이 기절했는지 확인해보려 했더니, 자기 것을 빼앗기지 않겠다는 듯 미친개처럼 이를 드러내고 거품을 물면서 그녀를 끌어당겼습니다. 저게 무슨 인간인가 싶더군요. 저런 인간과는 말이 통할 것 같지가 않아서 저는 한쪽 구석으로 물러났습니다. 그리고는 몹시 당황한 채 입을 다물었지요.

이윽고 캐서린이 움직였고, 저는 조금 안심했습니다. 캐서린은 한 손으로 자기를 안은 히스클리프의 목을 끌어안고 자기 뺨을 히스클리프의 뺨에 갖다댔습니다. 그러자 히스클리프는 캐서린을 광포하게 어루만지면서 격하게 말했습니다.

"이제 보니 너 정말 잔인했구나, 잔인한 거짓말쟁이였어. 왜 나를 경멸했어? 캐시, 왜 네 마음을 배신했어? 나는 너를 위로할 말이 없다. 네가 자초한 일이야. 너를 죽인 건 바로 너 자신이야. 그래, 내게 입맞춤을 하든 눈물을 흘리든 마음대로 해. 나한테서 입맞춤을 가져가든 눈물을 가져가든 마음대로 해. 나의 입맞춤과 눈물이 너를 망가뜨릴 테니, 너를 죽일 테니. 너는 나를 사랑했잖아. 그런데 너는 무슨 자격으로 나를 떠났니? 무슨 자격으로…… 말 좀 해봐, 린턴에게 싸구려 사랑을 느낀 거야? 곤궁도, 영락도, 죽음도, 하느님이든 사탄이든 누가 무슨 짓을 해도 우리를 갈라놓을 수는 없었는데, 네가 네 손으로 우리를 갈라놓은 거야. 내가 네 가슴을 찢은 게 아니야, 네가 네 가슴을 찢은 거야, 네 가슴을 찢으면서 내 가슴까지 찢어놓은 거야. 내 목숨이 질긴 만큼 내 괴로움도 질기단 말이야. 내가 살고 싶겠냐? 내가 어떻게 살겠냐? 네가 이미…… 제기랄! 네 영혼이 무덤에 있는데 너라면 살 수 있겠어?"

"날 그냥 내버려둬. 내버려두라고." 캐서린이 흐느꼈습니다. "내가 잘못하기는 했지만, 그래서 이렇게 죽잖아. 그거면 됐잖아! 너도 나를 두고 떠났는데, 나는 널 탓하지 않잖아! 나는 널 용서할게. 너도 날 용서해!"

"너의 눈이 이 꼴이 됐는데, 너의 손이 이 꼴이 됐는데, 너를 용서하기 쉽지 않다." 히스클리프가 대답했습니다. "다시 입 맞춰줘. 내가 너의 눈을 볼 수 없게! 네가 나한테 한 짓을 용서할게. 나는 나를 죽인 너를 사랑하니까. 하지만 내가 너를 죽이다니! 내가 어떻게 그러겠어!"

두 사람은 말이 없었습니다. 얼굴을 포개고 서로의 눈물로 서로의 얼굴을 씻었습니다. 적어도 제가 생각하기에는 양쪽 모두 눈물을 흘린 것 같아요. 히스클리프 같은 인간도 이런 큰일 앞에서는 우는 것이 가능하구나 싶었지요.

그러는 사이에 저는 점점 불편해졌어요. 오후가 순식간에 지났고 제가 심부름 보냈던 하인도 돌아왔거든요. 서쪽으로 달려가는 해가 골짜기를 비추어준 덕에 사람들이 기머턴 교회 앞마당으로 나오는 모습이 보였습니다.

"예배가 끝났어요." 제가 알렸습니다. "반시간만 지나면 나리가 올 거예요."

히스클리프는 신음 소리처럼 욕설을 내뱉고 캐서린을 더욱 세게 껴안았습니다. 캐서린은 전혀 움직이지 않았고요.

오래지 않아서 하인들이 부엌문 쪽으로 올라오는 것이 보였습니다. 약간 뒤처져 있던 린턴 씨는 직접 대문을 열고 천천히 올라왔습니다. 여름날처럼 포근한 바람이 부는 아름다운 오후를 즐기는 듯했습니다.

"나리가 왔어요." 제가 소리쳤습니다. "제발 얼른 내려가요! 마주치지 않으려면 앞쪽 계단으로 내려가요. 빨리. 나리가 집 안으로 들어올 때까지 정원에 숨어 있어요."

"가야 해, 캐시." 히스클리프는 캐서린의 품에서 빠져나오려고 하면서 말했습니다. "하지만 살아 있는 한 네가 자기 전에 다시 올게. 네 방 창문에서 5미터도 안 떨어져 있을게."

"가면 안 돼!" 캐서린은 사력을 다해 히스클리프를 끌어안으면서 대답했습니다. "절대 못 가."

"한 시간만." 히스클리프가 간절하게 사정했습니다.

"한순간도 안 돼." 캐서린이 대꾸했습니다.

"가야 돼. 린턴이 금방 올라올 텐데." 불안해진 침입자가 다시 사정했습니다.

히스클리프가 처음 생각대로 몸을 일으켰더라면 캐서린의 손가락이 미끄러졌겠지만, 캐서린은 숨을 헐떡이며 매달렸습니다. 캐서린의 표정에는 광기 어린 결연함이 떠올랐습니다.

"안 돼!" 캐서린은 비명을 내질렀습니다. "아아, 가지 마, 가지 마. 이게 마지막이야! 에드거도 괜찮다고 할 거야. 히스클리프, 나 죽어! 죽는단 말이야!"

"빌어먹을 머저리가! 저기 왔네." 히스클리프는 도로 주저앉으면서 소리쳤습니다. "쉿, 내 사랑! 쉿, 쉿, 캐서린! 나 안 갈게. 그래, 쏠 테면 쏘라고 해, 축복하며 죽어줄 테니."

그러고는 두 사람은 다시 끌어안았어요. 나리가 계단을 오르는 소리가 들리더군요. 이마에서 식은땀이 줄줄 흘렀습니다. 그렇게 무서울 수가 없었지요.

"미친 사람 헛소리를 듣고 안 나가겠다고?" 제가 열을 내며 말했습니다. "아씨는 자기가 무슨 말을 하는지도 모르는데. 아씨가 정신이 빠진 틈에 아씨 인생을 망치겠다고? 일어나! 뿌리칠 수 있잖아. 당신이 저지른 짓 중에 이게 가장 악독해. 이제 우리 다 망했어, 주인이고 아씨고 하인이고 다 망했어."

저는 손가락을 쥐어짜며 고함쳤고, 그 소리에 린턴 씨가 발걸음을 재촉했습니다. 제 마음이 너무 불안하던 터라 그때 캐서린의 두 팔과 머리가 축 늘어지는 것을 보니 정말 다행스럽더라고요.

'기절했을까, 죽었을까.' 저는 속으로 생각했습니다. '어쨌든 잘됐어. 명을 질질 끌며 주변 사람에게 짐이 되고 불행을 가져다주느니 죽는 편이 훨씬 낫지.'

불청객을 발견한 에드거는 경악과 분노로 허예진 얼굴로 덤벼들더군요. 에드거가 어쩔 생각이었는지는 모르지만, 상대방이 죽은 듯 늘어진 몸뚱이를 안기는 바람에 생각을 실행에 옮길 수는 없었지요.

"이걸 봐!" 히스클리프가 말했습니다. "당신이 악마가 아니라면 일단 이 애 좀 살려봐. 나한테 할 말이 있으면 나중에 해!"

히스클리프는 응접실로 들어가서 자리를 잡았습니다. 린턴 씨가 저를 불렀습니다. 우리는 무진 애를 쓰고 갖가지 방법을 동원해 간신히 캐서린의 의식을 되살렸습니다. 하지만 여전히 넋이 나간 상태였답니다. 한숨을 쉬고 신음을 하며 아무도 못 알아보았지요. 에드거는 아내를 걱정하느라 마음에 안 드는 아내의 친구 일은 까맣게 잊어버렸습니다. 하지만 저는 잊지 않고 있었지요. 저는 기회를 엿보다 응접실로 가서 제발 돌아가달라고 사정했습니다. 캐서린이 괜찮아졌다고 장담했고, 오늘 밤 용태를 내일 알려주겠다고 약속했습니다.

"집에서는 나가겠지만," 히스클리프가 대답했습니다. "정원에 있을 거야. 그리고 넬리, 내일 약속 꼭 지켜. 나는 저기 저 낙엽송들 밑에 있을 테니까, 약속 지켜! 안 그러면 린턴이 있든 없든 또 들어올 테니까."

히스클리프는 반쯤 열린 문 틈으로 방 안을 급히 살폈습니다. 그러고는 제가 했던 말이 사실임을 확인한 뒤, 그 재수 없는 몸뚱이를 끌고 밖으로 나갔습니다.

2장

그날 밤 자정 무렵 태어난 아이가 록우드 씨가 폭풍의 언덕에서 본 캐서린이에요. 너무 작은 칠삭둥이였답니다. 그리고 두 시간 뒤 산모는 세상을 떠났습니다. 끝까지 온전한 의식이 돌아오지 않아 히스클리프를 찾지도, 에드거를 알아보지도 못했지요.

린턴 씨가 얼마나 슬퍼했던지 다시 떠올리는 것도 고통스럽네요. 그의 슬픔이 얼마나 컸는지는 린턴 씨가 그때부터 어떻게 살았는지를 보면 알 수 있답니다.

제가 보기에 린턴 씨를 한층 더 슬프게 했던 건 자기의 재산을 상속할 아들 없이 홀아비가 되었다는 사실이었습니다. 저는 엄마 없는 핏덩이를 바라보며 딸인 것을 한탄했고, 고인이 된 린턴 어른이 당신의 땅을 손녀 대신 딸이 상속하게 해놓았던 것을 마음속으로 원망했어요. 물론 딸을 둔 아버지로서는 당연한 일이었겠지만요.

딱하게도 환영받지 못한 아기였습니다! 태어나서 처음 몇 시간 동안은 울다 죽었다고 해도 아무도 몰랐을 겁니다. 나중에 우리가 그만큼 잘해주긴 했지만, 아기의 인생은 돌봐주는 사람 하나 없이 시작되었고 아무래도 끝날 때도 마찬가지일 것 같습니다.

다음 날 아침—화창한 날씨였습니다—조용한 방의 차일 사이로 은은하게 비쳐 드는 아침 해가 고인과 침대를 부드럽게 감싸주더군요.

에드거 린턴은 고인의 베개에 머리를 누이고 눈을 감고 있었습니다. 앳되고 흰 이목구비가 캐서린 못지않게 죽은 사람 같고, 전혀 움직이지 않았지요. 하지만 에드거 쪽은 괴로움이 소진되어 진정된 표정인 반면에 캐서린 쪽은 온전히 평화로운 표정이었어요. 매끄러운 이마, 감은 두 눈, 미소 띤 입술. 천국을 지키는 천사라고 해도 그렇게 아름다울 수는 없었을 겁니다. 저는 캐서린을 감싼 무한한 고요에 동참했습니다. 그 고요한 '천상의 안식'을 바라보던 그때만큼 제 마음이 경건했던 적은 없었지요. 저도 모르게 캐서린이 몇 시간 전에 했던 말을 되뇌었습니다. "우리와는 비교도 할 수 없는 저 높은 곳으로 갔구나! 아직 지상에 있든 벌써 천국에 갔든 저 아이의 영혼은 하느님과 함께하겠구나!"

제가 유별난지는 모르겠지만, 고인의 침상을 지키고 있을 때는 항상 행복하답니다. 미친 듯이 괴로워하거나 자포자기하는 사람이 함께 있을 때는 예외지만. 고인의 침상 옆에 앉아 있노라면 지상이나 지옥의 힘으로는 깨뜨릴 수 없는 안식이 눈에 보일 것만 같고, 영원하고 그늘 한 점 없는 내세가—고인들이 얻은 '영원의 세계'가—영원히 죽지 않는 그곳, 사랑이 영원히 샘솟는 그곳, 기쁨이 영원히 가득한 그곳이 손에 잡힐 것만 같거든요. 저는 린턴 씨가 캐서린의 축복받은 해방을 그토록 슬퍼하는 것을 보고 그런 헌신적인 사랑 속에도 적지 않은 이기심이 들어 있음을 깨달았답니다!

캐서린은 평생 제멋대로 주변 사람들을 괴롭히며 살았는데 이제 와서 평화로운 안식처에 들어갈 자격이 있는지, 물론 의심해볼 수도 있었을 거예요. 사실 냉정하게 생각하면 그렇지만, 캐서린의 주검 앞에서는 그게 아니더라고요. 주검의 평안한 표정은 주검을 떠나간 영혼 역시 그렇게 평안하다는 표시 같았지요.

"그런데, 록우드 씨, 그런 사람들도 저세상에서 과연 행복할 수 있을까요? 정말 궁금하네요."

나는 딘 부인의 질문에 답하지 않았다. 이단적이라는 느낌이 들었다. 딘 부인은 이야기를 계속했다.

"캐서린 린턴의 일생을 되짚어본다면, 저세상에서 행복하리라고 생각할 만한 근거는 없는 것 같아요. 하지만 이제 캐서린은 조물주의 손에 맡기기로 하지요."

나리는 잠이 든 것 같았어요. 저는 해가 뜨자마자 살짝 방을 빠져나와 맑고 상쾌한 바깥공기를 쐬었습니다. 하인들은 밤을 새운 제가 졸음을 쫓으러 나갔다고 생각했겠지만, 사실 저는 히스클리프 씨를 만나는 게 첫번째 목적이었지요. 만약 그가 밤새 낙엽송 밑에 있었다면 티티새 지나는 농원의 소동이 들리지 않았을 거예요. 들리는 소리는 기머턴에 심부름을 가는 하인의 말발굽 소리가 전부였겠지요. 하지만 만약 집 쪽으로 다가왔다면 촛불이 분주히 왔다 갔다 하고 밖으로 통하는 문들이 여닫히는 것이 보였을 테고, 그랬으면 집 안에 문제가 생겼다는 사실을 알았을 겁니다.

히스클리프를 찾고 싶었지만 두렵기도 했습니다. 끔찍한 소식을 전해주는 것이 저의 일이라고 생각해서 얼른 매듭짓고 싶었지만, 어떻게 전해야 좋을지 모르겠더군요.

그가 있었어요. 본채에서 적어도 몇 미터는 멀찍이 떨어진 곳이었습니다. 늙은 물푸레나무에 기대서, 모자도 안 쓰고 머리는 이슬에 흠뻑 젖었더라고요. 물푸레나무의 싹 난 가지에서 이슬이 뚝뚝 떨어지고 있었으니까요. 그 자세로 한참을 서 있었나 봐요. 검은 티티새 한 쌍이 둥지를 짓느라 그에게서 1미터도 안 떨어진 곳을 분주하게 왔다 갔다 하며 그를 통나무 보듯이 무시하는 것을 보니 알겠더군요. 제가 다가가자 새들은 어디론가 날아갔고, 그는 고개를 들면서 입을 뗐습니다.

"그 애는 죽었어!" 그가 말했습니다. "그걸 몰라 너를 기다린 게 아니야. 손수건은 치워. 내 앞에서 훌쩍대지 마. 너희 몽땅 뒈져버려! 그 애는 너희 눈물 따위는 원하지 않아!"

그때 제가 눈물을 흘린 것은 캐서린 때문이기도 했지만 히스클리프 때문이기도 했어요. 우리는 자신과 타인을 불쌍히 여길 줄 모르는 사람들에게 연민을 느낄 때가 있잖아요. 저는 그의 얼굴을 보자마자 히스클리프가 이미 이 사태를 알고 있음을 눈치챘거든요. 저는 히스클리프가 마음을 가라앉히고 기도를 한다는 바보 같은 생각을 했었지요.

그의 입술이 달싹거렸고 그의 시선은 바닥을 향하고 있었으니까요.

"그래, 죽었어!" 저는 울음을 삼키고 눈물을 닦으며 대답했습니다. "천국에 갔을 거야. 마땅한 교훈에 따라서 악을 멀리하고 선을 좇는다면 우리 모두 천국에서 그 애를 다시 만날 거야."

"그 애가 마땅한 교훈에 따랐다고?" 히스클리프가 애써 코웃음을 치며 묻더군요. "성자의 죽음이었다고? 됐으니까, 정말 일어났던 일을 말하란 말이야. 어떻게……"

히스클리프는 그 이름을 말하려 애쓰다가 결국 포기하더군요. 입을 굳게 닫고 마음속의 괴로움과 소리 없는 싸움을 하면서, 겉으로는 흔들리지 않는 사나운 눈빛으로 저의 동정을 거부했습니다.

"어떻게 죽었어?" 히스클리프는 한참 만에 말을 했습니다. 그렇게 강한 척하더니 똑바로 서 있지 못하고 기대더군요. 그렇게 지지 않으려고 애쓰더니 자기도 모르게 손끝까지 덜덜 떨지 뭐겠어요.

'가엾은 놈!' 저는 속으로 생각했습니다. '너도 심장이 있고 신경이 있는 인간이었구나! 왜 그걸 그렇게 숨기려고 하니? 네가 그렇게 오만을 부린다고 하느님이 모르겠니? 네가 계속 오만을 부리며 하느님을 시험하면 결국은 하느님 앞에서 굴욕의 비명을 지르게 될 거다.'

저는 속마음을 털어놓는 대신 이렇게 대꾸했습니다. "어린 양처럼 조용하게 떠났어! 한숨을 쉬면서 똑바로 누웠어. 어린애가 잠이 깰 듯하다 다시 잠드는 것처럼. 그리고 5분이 지나서 아주 작은 심장 박동 소리가 한 번 들리더니, 그게 마지막이었어."

"그럼 그 애가…… 내 이야기는 없었어?" 히스클리프가 머뭇거리면서 묻더군요. 저의 대답 속에 차마 듣지 못할 내용이 들어 있을까 겁내는 것 같았어요.

"온전한 의식이 끝내 돌아오지 않았어. 네가 나간 다음부터 아무도 못 알아봤어." 제가 대답했습니다. "부드럽게 미소 짓는 표정으로 누워 있었어. 마지막 순간에 그 애의 생각은 행복한 어린 시절로 돌아갔어. 정다운 꿈을 꾸면서 세상을 떠났어. 그 아이 영혼도 그렇게 정다운 곳으로 가게 해주소서!"

"괴로운 곳으로 가게 해주소서!" 히스클리프가 무섭도록 격렬하게 소리쳤습니다. 발을 쾅쾅 구르기도 하고 신음을 하기도 했어요. 제어할 수 없는 분노가 갑자기 폭발했던 것입니다. "아하, 끝까지 거짓말이야! 그 애 있는 곳이 어디라고? 거기는 아니야, 천국은 아니야, 떠나지 않았어, 어디 있는 거야? 아아! 너는 내가 괴로운 건 상관 안 한다고 했지! 내가 기도하마, 혓바닥이 뻣뻣하게 굳을 때까지 계속 기도하마, 내가 살아 있는 한 캐서린 언쇼를 고이 잠들지 못하게 하소서! 너는 내가 너를 죽였다고 했지, 그럼 나타나봐! 살해당한 사람은 자기를 살해한 사람 앞에 반드시 나타나니까. 지금도 이승을 떠도는 유령들이 있다고 하니까. 나를 떠나지 마, 유령이든 뭐든 상관없어, 나를 미친 사람으로 만들어도 좋아! 떠나지만 않는다면! 네가 없는 이 나락에 나를 버려두고 떠나지만 않는다면! 이런, 제길! 그건 안 돼! 내 목숨이 없는데, 나더러 어떻게 살라고! 내 영혼이 없는데, 내가 어떻게 살아!"

히스클리프는 울퉁불퉁한 나무줄기에 머리통을 찧었습니다. 그러고는 하늘을 올려다보면서 울부짖더군요. 인간이 아니라, 칼과 창에 찔려 죽게 생긴 야수 같더군요.

나무껍질 여기저기 피가 튄 자국이 보였고, 그의 손과 이마에 핏자국이 있었습니다. 그때 제가 목도한 장면이 간밤에 벌써 여러 번 되풀이되었던 겁니다. 하지만 그때 제가 느낀 것은 연민이 아니라…… 공포였답니다. 그렇기는 해도, 그런 히스클리프를 두고 떠나기는 꺼림칙했지요. 하지만 어느 정도 정신을 차린 그는 제가 쳐다보고 있는 것을 알아채자마자 당장 꺼지라고 고함을 질렀고, 저는 그 말대로 했습니다. 그를 달래거나 위로하는 일은 저의 능력 밖이었습니다!

린턴 부인의 장례식은 사망 후 첫번째 금요일로 정해졌습니다. 관은 장례식 날까지 뚜껑을 열고 꽃잎과 향기 나는 나뭇잎을 뿌려 큰 거실에 안치했습니다. 린턴은 낮이나 밤이나 잠 한숨 안 자고 관 옆을 지켰고, 히스클리프도 똑같이 밤마다 밖에서 불침번을 섰습니다. 히스클리프 쪽은 저만 아는 일이었지만요.

저는 연락을 주고받지는 않았지만 그가 들어올 기회를 엿보고 있다는 것을 알았지요. 화요일에 날이 어두워진 직후, 나리가 피곤을 이기지 못하고 두어 시간 쉬러 간 사이에, 저는 거실로 들어가 창문 하나를 열었습니다. 히스클리프의 끈질김에 감동했던 저는 그가 이제 빛이 바래버린 자기 우상에게 마지막 작별을 고하게 해주어야겠다고 생각했습니다.

히스클리프는 기회를 놓치지 않았습니다. 신중하고 신속하더군요. 얼마나 신중했는지, 다녀갈 때까지 아주 작은 소리 하나 들려오지 않았지요. 사실 다녀갔던 것도 모를 뻔했는데, 주검 얼굴 쪽의 천에 구김이 있고 은실로 동여맨 밝은색 머리털이 바닥에 나뒹굴고 있더군요. 살펴보았더니 캐서린의 목걸이에 달린 로켓에 담겨 있던 머리털이었습니다. 히스클리프가 로켓에 있던 것을 내버리고 자신의 검은색 머리털을 넣어놨더군요. 저는 머리털 두 뭉치를 한데 엮어 로켓에 집어넣었습니다.

언쇼 씨는 물론 동생 장례식에 초대받았지요. 하지만 참석하지 못한다는 말도 없이 안 왔더라고요. 그래서 남편을 제외한 조문객은 소작인과 하인 들뿐이었습니다. 이사벨라는 초대받지 못했고요.

캐서린이 묻힌 곳을 보고 마을 사람들은 깜짝 놀랐습니다. 린턴 가문의 묘석이 있는 교회 안도 아니었고 밖에 있는 언쇼 가문의 묘지 쪽도 아니었거든요. 캐서린이 묻힌 곳은 공동묘지 한구석의 푸른 비탈인데, 그곳은 담이 아주 낮아요. 히스와 월귤 가지가 습지에서 담을 넘어오고, 담은 거의 토탄에 묻힐 정도지요. 린턴 씨도 나중에 같은 곳에 묻혔습니다. 머리맡에는 수수한 비석이 하나씩 있고 발치에는 회색 돌덩이가 하나씩 있어서 그곳이 묘지임을 말해주지요.

3장

한 달간의 화창한 날씨는 그 금요일이 마지막이었습니다. 저녁에 날씨가 바뀌었습니다. 남풍이 북동풍으로 바뀌고, 처음에는 비가 내리다가 나중에는 진눈깨비에 눈까지 내렸지요.

다음 날이 되니 지난 석 주 동안 여름 날씨였던 것이 믿어지지 않을 정도였습니다. 앵초와 크로커스는 싸락눈에 파묻혔고, 종달새는 노래를 그쳤고, 일찍 돋은 어린 나뭇잎은 찬바람을 맞아 검게 변해버렸습니다. 쓸쓸하고 춥고 음산한 시간은 느리게만 흘러갔습니다! 나리는 방에서 나오지 않았고 저는 혼자 응접실을 차지하고 앉아 아기를 돌보았습니다. 칭얼칭얼하는 인형만 한 아기를 무릎에 뉘고 어르면서 커튼 없는 창문으로 눈보라가 치는 것을 보고 있었지요. 한데 그때 문이 열리더니 누가 숨을 헐떡이고 깔깔 웃으면서 들어오더군요!

잠시 동안 저는 놀라기보다는 화가 났습니다. 하녀인 줄 알고 소리를 쳤지요.

"시끄러워! 감히 여기가 어디라고 경망을 떨어? 린턴 씨가 들으면 뭐라고 하겠어?"

"미안!" 귀에 익은 목소리가 대답했습니다. "하지만 에드거 오빠는 자고 있을 거야. 나 웃음을 못 참겠어."

이렇게 말하며 그 사람은 벽난로 앞으로 다가왔습니다. 숨을 헐떡이며 옆구리를 짚더군요.

"폭풍의 언덕에서부터 계속 뛰어왔어!" 그녀는 잠시 쉬었다가 말을 이어갔습니다. "중간에는 날아왔어! 수도 없이 넘어졌어! 으으, 온몸이 쓰라려! 놀랄 거 없어! 숨 좀 돌린 다음 전부 설명할게. 부탁이 있는데, 밖에 나가서 마부한테 나를 기머턴까지 태워다주라고 시키고, 하인한테 내 옷장에 있는 옷 두어 벌만 꺼내 오라고 말해줘."

침입자는 히스클리프 부인이었습니다. 보아하니 웃고 있을 형편은 아니었지요. 눈에 젖은 머리카락이 어깨로 흘러내리면서 물이 뚝뚝 떨어졌습니다. 자신의 위치보다는 나이에 어울리는 앳된 평상복 차림이었는데, 목이 파이고 소매가 짧은 원피스를 입은 것이 전부였고 모자를 쓰지도, 숄을 걸치지도 않았더군요. 축축해진 가벼운 비단 원피스는 몸에 달라붙었고, 발에는 얇은 슬리퍼만 신겨져 있었습니다. 또한쪽 귀 아래로 깊게 베인 상처가 있어서 추위에 얼어붙은 것만 아니라면 피가 철철 나게 생겼고, 하얀 얼굴은 긁힌 자국에 멍투성이였고 몸을 가누지도 못할 만큼 지쳐 있더군요. 그랬으니 그녀를 찬찬히 살펴본 뒤에도 처음에 느꼈던 경악스러움이 가라앉지 않는 것은 당연한 일이었습니다.

"어머!" 제가 소리쳤습니다. "부탁이고 뭐고, 일단 그거 전부 벗고 마른 옷으로 갈아입어요. 오늘 밤에는 기머턴에 못 가니까 마부는 필요 없어요!"

"갈 거야." 그녀가 말했습니다. "걸어서라도 갈 거야…… 하지만 제대로 된 옷으로 갈아입는 건 좋아. 그리고…… 으으, 목으로 흘러내리잖아! 따뜻해지니까 쓰라리네."

이사벨라는 자기 지시대로 안 해주면 아무것도 하지 않겠다고 했습니다. 제가 마차를 준비시키고 하녀 애가 필요한 옷들을 챙기기 시작하자 비로소 그녀는 저에게 상처를 싸매고 옷을 갈아입히는 일을 허락했습니다.

제 일이 끝나고, 그녀는 벽난로 앞 안락의자에 앉아 찻잔을 들었습니다. 그러고는 저를 불러 앉혔지요. "자, 엘렌, 이리 와서 앉아. 캐서린 언니 애는 저리 치워! 꼴도 보기 싫어! 내가 아까 들어올 때 바보같이 굴긴 했지만, 그렇다고 캐서린 언니 일을 슬퍼하지 않는다고 생각진 말아줘. 나도 서럽게 울었단 말이야. 맞아, 다른 누구보다 내가 울어 마땅하잖아. 캐서린 언니랑 싸우고 헤어졌으니까. 나 자신이 용서가 안 돼. 하지만, 아무리 그래도, 그자와 슬픔을 나눌 수는 없었을 걸. 짐승 같은 자식! 아, 저 부지깽이 줘봐! 그자의 물건은 이게 마지막이구나!" 그녀는 약지에 끼고 있던 금반지를 빼내 바닥에 내동댕이치더군요. 그러고는 심통 부리는 어린애처럼 금반지를 내리치며 말을 이었습니다. "부숴버릴 거야! 그리고 태워버릴 거야!" 그러고는 찌그러진 금반지를 주워 불 속에 집어 던지더라고요. "됐어! 내가 잡히면 또 하나 사주겠지. 에드거 오빠를 괴롭히기 위해서라면 나를 잡으러 오는 것도 마다 않을 인간이야. 그 생각이 그자의 사악한 머리에 떠오르지 않게 하려면 내가 여기 있어서는 안 돼. 그렇기도 하고, 에드거 오빠가 나를 환영해줄 것도 아니잖아? 그러니까 여기 와서 오빠한테 도와달라지는 않을 거고, 오빠를 더 힘들게 만들지도 않을 거야. 지금은 다른 수가 없어서 잠깐 들른 거야. 오빠가 방에서 안 나온다기에 올라왔지, 처음에는 그냥 부엌에서 세수하고 몸을 녹인 다음 너한테 짐 좀 챙겨달라고 해서 어디로든 떠나려고 했어. 그 빌어먹을 놈이 못 찾을 곳으로! 그 요괴의 화신 같은 놈이 못 찾을 곳으로! 그자가 미쳐 날뛰는데 정말 대단했어…… 만약 잡혔으면! 안타까운 일이지만 언쇼는 그자를 힘으로 당할 수가 없어. 힌들리가 그럴 힘이 있었다면 그자가 깨지는 꼴을 구경했지, 왜 내가 도망을 쳤겠어!"

"그렇게 급하게 말하지 마세요!" 제가 가로막았어요. "싸맨 데가 풀리면 다시 피가 날 텐데, 차도 마시면서, 천천히. 그렇게 웃지 말고요. 집안이 이 꼴이고 자기가 이 꼴인데, 웃음이 가당키나 해요?"

"옳은 말씀." 이사벨라가 대꾸했습니다. "저 애는 왜 저래? 계속 울고 있네. 듣기 싫으니까 한 시간만 치워. 더 있지는 않을 거야."

저는 종을 쳐서 아기를 하인 손에 맡긴 다음, 무슨 일이 있었기에 그런 괴상망측한 꼴로 폭풍의 언덕에서 도망을 쳤는지, 떠난다니 어디로 갈 생각인지 물었지요.

"내가 있어야 할 곳도, 내가 있고 싶은 곳도 이 집이야." 그녀가 대답했습니다. "에드거 오빠를 위로하고 아기를 보살피는 것이 내 일이기도 하고, 티티새 지나는 농원이 내 진짜 집이니까. 하지만 그러면 그자가 가만 안 있을 거야! 내가 건강하고 행복하게 사는 꼴을 보고만 있겠어? 우리가 편하게 사는 것 같으면 망쳐놓으려고 덤비지 않겠어? 그자는 내가 자기 근처에만 가도 불쾌해할 만큼 나를 싫어한다는 걸 이제 충분히 알았어! 내가 나타나면 자기도 모르게 얼굴 근육이 혐오스럽다는 듯이 일그러지거든. 그건 나한테도 자기를 혐오할 합당한 이유가 있음을 알기 때문이기도 하고 나를 원래 싫어하기 때문이기도 하겠지만, 어쨌든 나를 몹시 싫어하니까, 내가 눈에 띄지 않게 피하기만 하면 나를 찾아 온 영국을 뒤지고 다니는 일은 없을 거야. 그러니까 나는 아주 멀리 떠나야 해. 처음에는 그자가 날 죽여주는 게 소원이었는데, 이제는 아니야. 그자가 자살하는 게 나아! 그자가 내 사랑을 완전히 없애준 덕에 내 마음도 편해졌어. 하지만 한때는 사랑했고 어쩌면 아직도…… 아니야, 안 그래! 그자가 나를 사랑해줬다고 해도 내가 그자를 아직도 사랑하고 있을 리 없어. 악마의 천성은 어떤 식으로든 드러났을 테니까 말이야. 그자를 그렇게 잘 알면서 그렇게 좋아하다니, 캐서린 언니 취향도 심하게 비뚤어졌어. 괴물 같은 자식! 이 세상에서 사라져버리면 얼마나 좋을까! 그자가 내 기억에서 없어지면 얼마나 좋을까!"

"그만, 그만! 그 사람도 인간인데," 제가 말했습니다. "동정해주는 게 어때요. 세상에는 그보다 더한 인간도 많아요!"

"그자는 인간이 아니야." 그녀가 대꾸했습니다. "나한테 동정받을 자격이 없었어. 나는 그자에게 내 마음을 주었는데, 그자는 그걸 받아 눌러 죽인 다음 내 앞에 내동댕이쳤어. 마음이 있어야 동정을 하는데, 그자가 내 마음을 죽여버렸으니 나는 동정할 능력도 없고 동정할 생

각도 없어. 그자가 지금부터 죽는 그날까지 캐서린 언니의 죽음을 슬
퍼하며 피눈물을 흘린다고 해도, 나는 절대 동정 안 해! 안 해, 절대,
절대 안 해!" 이 대목에서 이사벨라가 눈물을 흘리기 시작하더군요.
하지만 곧바로 눈물을 훔치고 이야기를 계속했습니다.

 "무슨 일이 있었기에 도망쳤느냐고 했지? 도망칠 수밖에 없었어.
그자의 분노가 원한을 압도하게 만드는 데 성공했거든. 불에 달군 족
집게로 신경줄을 하나하나 끊으려면 머리통을 깨부수는 것보다도 냉
정해야 하잖아. 평소에는 악마 같은 신중함을 자랑하는 그자지만, 한
번 약이 오르니까 그런 신중함도 잊고 흉악한 폭력을 휘두르더라. 나
는 그자를 화나게 할 수 있다는 데 쾌감을 느꼈고, 그 덕에 내 생존 본
능이 깨어났어. 그래서 도망쳤지. 이제 그자한테 잡힌다면 어떻게 복
수당한대도 할 말 없어.

 어제 언쇼 씨가 장례식에 참석하기로 되어 있었잖아. 장례식에 간
다면서 술을 안 마시더라고. 전혀 안 마신 건 아니고. 새벽 6시에 인
사불성으로 잠자리에 들었다가 낮 12시에 술이 덜 깬 채 일어날 정도
로 마시지는 않았다는 거야. 아무튼 그랬으니 잠이 깼을 때는 죽고 싶
을 만큼 우울했겠지. 장례식장이든 무도회장이든 갈 상태가 아니었으
니, 벽난로 앞에 죽치고 앉아 진인지 브랜디인지 하는 술을 큰 잔으로
계속 들이켰어.

 히스클리프는—이름만 말해도 소름이 끼친다!—지난 일요일부터
오늘까지 큰방에 발걸음도 안 했어. 천사들한테 얻어먹는지 아니면
악마 친구들한테 얻어먹는지 모르겠지만, 꼬박 일주일 동안 우리랑
식사한 적이 없어. 새벽에야 겨우 집에 들어오고, 들어오면 자기 방에

올라가서 문을 잠가버려. 누구는 자기랑 있고 싶은 줄 아나! 방에 틀어박혀서는 감리교도처럼 기도를 하는데, 하느님을 찾는 대신 흙과 재를 찾고, 하느님 아버지를 찾을 때도 진짜 하느님을 찾는 건지 자기한테 어울리는 그 흉악한 아버지를 찾는 건지 이상하게 헷갈린다니까. 목이 쉬고 목소리가 안 나올 때까지 그렇게 지독한 기도를 하다가 다시 나가는데, 그 목적지가 항상 티티새 지나는 농원인 거야! 왜 에드거 오빠는 경찰을 불러서 그자를 감옥에 안 처넣는지 모르겠어! 나로 말하자면 캐서린 언니 일이 슬프지 않은 건 아니지만 잠시나마 굴욕적인 억압에서 해방되는 그 시간이 반갑기는 했어.

나는 조지프의 끝없는 잔소리에도 울지 않을 만큼 기운을 차렸고, 큰방을 다닐 때도 겁에 질린 도둑같이 걷지 않게 됐어. 조지프 같은 작자가 하는 말에 왜 우냐고 하겠지만, 조지프와 헤어턴은 정말 같이 있기 싫은 사람들이야. '도련님'과 그 충복인 역겨운 늙은이랑 같이 있을 바엔 차라리 힌들리의 지독한 욕설을 듣는 편이 낫지.

히스클리프가 큰방에 있을 때면 나는 부엌으로 가서 그 사람들이랑 같이 있거나 눅눅한 빈방 중 하나에 들어앉아 억수로 벌벌 떨 수밖에 없지만, 이번 주처럼 그자가 집에 없을 때면 벽난로 한쪽 옆에 탁자와 의자를 갖다놓고 앉아 있는 거야. 나는 언쇼 씨가 무슨 짓을 하건 신경 쓰지 않고, 언쇼 씨는 내가 하는 일에 참견하지 않아. 사실 요새 언쇼 씨는 누가 건드리면 모르지만 그렇지 않으면 전에 비해 한결 조용하게 지내. 전보다 뚱하고 의기소침하긴 했지만 화를 내는 일도 줄었거든. 조지프 말로는 언쇼 씨가 새사람이 되었다나, 주께서 나리의 마음을 움직여 나리가 '불 가운데서'* 구원을 받은 것 같다나.

나로서는 뭐가 바람직한 변화라는 건지 모르겠지만, 내가 상관할 바는 아니지.

어제저녁, 나는 큰방 내 자리에 앉아서 거의 12시까지 옛날 책들을 읽었어. 위층으로 올라가려니까 너무 음산했어. 밖에서는 거센 눈보라가 몰아쳤고, 내 생각은 줄곧 공동묘지와 새로 생긴 무덤으로 달려갔으니까! 책에서 눈을 뗄 엄두가 안 나더라. 잠시만 한눈을 팔아도 그 우울한 광경이 떠올랐어.

맞은편 자리에 앉은 힌들리는 한 손으로 머리를 받치고 아마 나와 같은 생각을 하고 있었던 것 같아. 이성을 잃기 전에 술잔을 내려놓더니 두세 시간 동안 말 한마디 없이 가만히 앉아 있었어. 큰방에서 들리는 소리라고는 이따금씩 창문을 흔드는 바람의 신음 소리, 아주 작은 석탄 타는 소리, 그리고 어쩌다 한 번씩 촛불의 심지를 자르는 내 가위 소리뿐이었어. 헤어턴과 조지프는 방에 들어가서 곯아떨어졌을 테고. 너무너무 슬프더라. 책을 보는데 한숨이 나왔어. 이 세상 모든 행복이 사라져서 다시는 돌아오지 않을 것만 같았어.

우울한 정적을 깨뜨린 건 부엌 빗장 소리였어. 불침번을 서던 히스클리프가 여느 날보다 일찍 돌아왔던 거야. 갑자기 몰아친 폭풍우 때문이었겠지.

그 문은 잠겨 있었어. 그자가 들어오려고 다른 문 쪽으로 돌아가는 소리가 들렸어. 억누를 수 없는 감정이 입 밖으로 흘러나오는 것을 느끼며 내가 자리에서 일어났더니, 문을 뚫어져라 쳐다보고 있던 힌들

---

* 「고린도전서」 3장 15절. "누구든지 그 공적이 불타면 해를 받으리니. 그러나 자신은 구원을 받되 불 가운데서 받은 것 같으리라."

리가 고개를 돌리고 나를 빤히 쳐다봤어.

'5분 동안 놈을 밖에 세워놓을 건데,' 그가 소리쳤어. '괜찮겠소?'

'그럼요. 밤새 세워놔도 나는 상관없어요.' 내가 대답했지. '어서! 자물쇠를 걸고 빗장을 내려요.'

언쇼는 하숙인이 문에 닿기 전에 빗장을 내렸어. 그러고는 의자를 가져와 내 맞은편에 놓은 다음 탁자에 기대며 내 눈을 들여다보았어. 불타는 증오로 눈을 번득이며 나의 눈에서도 자기 것과 똑같은 증오를 찾으려고 했던 거야. 언쇼의 모습은 영락없는 암살자였고 언쇼의 증오는 암살자의 증오였으니, 내 눈 속에서 자기와 똑같은 증오를 찾지는 못했지. 하지만 언쇼가 나에게 이런 말을 할 용기를 냈던 것을 보면 내 눈 속에서 적잖은 증오를 발견했었나 봐.

'당신이나 나나,' 그가 말했어. '저기 밖에 있는 인간에게 갚아야 할 빚이 많지! 우리 둘이 겁쟁이가 아니라면, 힘을 합칠 수도 있을 텐데. 당신도 당신 오빠처럼 나약한가? 복수 한번 안 해보고, 끝까지 참기만 할 건가?'

'이제 참는 데도 지쳤어요.' 내가 대꾸했지. '내가 무사할 것 같으면, 왜 복수를 안 하겠어요. 하지만 배반과 폭력은 양날의 창이라, 창을 던진 쪽이 창에 맞은 쪽보다 더 큰 상처를 입는다고요.'

'배반에는 배반으로, 폭력에는 폭력으로 갚는 것이 옳아!' 힌들리가 소리쳤어. '히스클리프 부인, 내가 당신한테 뭘 해달라는 게 아니야. 그냥 아무 소리 말고 앉아 있으라는 거야. 자, 말해봐. 할 수 있겠나? 당신도 저 악마 같은 놈의 숨이 끊어지는 것을 보면 나 못지않게 흐뭇할걸. 당신이 선수 치지 않으면, 그자가 당신을 죽일 거야. 그리고 나를 파멸시키겠지…… 망할 놈의 악마 자식! 벌써 이 집 주인인 양 문짝을 두드려대는군! 당신이 가만있겠다고 약속하면, 저 시계가 치기 전에―1시가 되려면 3분이 남았군―당신은 자유로워지는 거요!'

언쇼는 지난번에 내가 편지에서 말한 그 무기를 품에서 꺼내놓더니 촛불을 끄려고 하더라. 하지만 내가 초를 낚아채며 팔을 붙잡았어.

'그럴 순 없어요!' 내가 말했지. '저 사람한테 손대면 안 돼요…… 그냥 문을 열어주지 말고 조용히 있어요.'

'안 돼! 결심한 일이니 반드시 실행에 옮기고 말겠어!' 언쇼가 절박하게 소리쳤어. '당신이 안 된다고 해도 나는 당신에게는 친절을 베풀고, 헤어턴에게는 공의를 베풀 거야! 내 죄를 가려주기 위해 고민할 필요는 없소. 캐서린은 세상을 떠났고…… 내가 지금 당장 내 모가지를 칼로 벤다고 해도, 이 세상에 나를 위해 슬퍼해주거나 나 때문에 창피해할 사람은 아무도 없으니…… 이제 끝을 내야 하는 때가 왔소!'

곰과 싸우는 게 낫고, 광인과 시비를 가리는 게 낫지. 그때 내가 할 수 있었던 유일한 행동은 창문으로 달려가서 언쇼가 노리는 그자에게 앞으로의 일을 경고하는 것이었어.

'오늘 밤은 딴 데 가서 자는 것이 좋겠어요.' 나는 약간 의기양양하게 소리쳤어. '당신이 부득부득 들어오겠다고 하면, 언쇼 씨가 방아쇠를 당길 생각인가 봐요.'

'당장 문을 여는 게 좋을 거다, 이……' 그자는 나를 지칭하면서 내가 옮기고 싶지 않은 꽤 고상한 표현을 쓰더라.

'나는 이번 일에 끼어들지 않겠어요.' 내가 다시 받아쳤지. '총 맞는 게 소원이면 들어와요! 나는 내 할 일은 했으니까.'

그런 다음 창문을 닫고 벽난로 옆 내 자리로 돌아왔어. 내가 보유하고 있는 위선의 분량이 부족하다 보니 그자에게 위험이 닥칠까 봐 염려하는 척하기는 어려웠지.

언쇼는 내게 욕을 하고 화를 냈어. 내가 아직 그 자식을 사랑하는 게 틀림없다고도 했고, 내 야비한 태도를 응징하듯 나를 온갖 험한 이름으로 부르기도 했어. 그때 나는 마음속으로 생각했지. (양심의 가책은 조금도 없었어.) 히스클리프가 그의 불행을 끝장내준다면 그에게 다행이겠고, 그가 히스클리프를 마땅히 가야 할 지옥으로 보내준다면 나에게 다행이겠다고! 내가 이런 생각에 빠져 있는데, 지옥에 가야 할 그자의 주먹에 내가 등진 쪽 여닫이창 하나가 굉음을 내면서 바닥으로 떨어지고, 험악한 얼굴이 구멍 안을 죽일 듯이 들여다보는 거야. 하지만 구멍이 좁아서 어깨가 걸렸어. 나는 내가 안전하다는 생각에 뻐기며 미소를 지었어. 그자의 머리와 옷은 눈으로 하얗게 덮여 있었고, 추위와 분노로 벌어진 입술 아래 식인종같이 날카로운 이빨이 어둠 속에 빛나고 있었어.

'이사벨라, 당장 문 열어. 안 그러면 후회하게 만들어주겠어!' 그자가 '컹컹댔어'. 조지프가 잘 쓰는 말이야.

'살인을 할 수는 없지요.' 내가 대꾸했어. '힌들리 씨가 칼 달린 총을 가지고 문에서 지키고 있어요.'

'가서 부엌문 열어!' 그자가 말했어.

'힌들리 씨가 나보다 먼저 달려갈걸요.' 내가 대답했어. '한데 당신 사랑이란 것도 별게 아니었네! 눈 좀 내린다고 그걸 못 참다니! 여름 달이 환할 때는 우리를 편히 자게 내버려두더니, 겨울바람이 불어닥치자마자 집구석에 기어드네! 히스클리프, 내가 당신이었다면 캐서린 언니의 무덤 위에 누워 충견답게 세상을 하직했을 거야…… 이제이런 세상 살아 뭐하겠어, 안 그래요? 그동안 당신은 나한테 캐서린 언니가 당신 인생의 전부라는 생각을 분명히 주입시켰잖아…… 캐서린 언니도 없는데 어떻게 계속 살 생각을 하는지 당최 모르겠네.'

'그놈 거기 있지…… 그렇지?' 언쇼가 뚫린 구멍으로 돌진해 오면서 소리쳤어. '팔을 내밀고 쏘면 맞출 수 있겠어!'

엘렌, 나를 정말 사악하다고 생각하겠지…… 하지만, 네가 내 사정을 전부 아는 건 아니니까 섣불리 판단하지는 말아줘! 나는 살인을 거들거나 부추기는 짓은 절대 안 해. 당하는 게 **그자**라고 해도 안 해. 하지만 말이야, 그자가 죽기를 바라는 마음은 어쩔 수 없었어. 그래서 그자가 팔을 힘껏 내밀어 언쇼의 손에서 무기를 빼앗았을 때는 몹시 실망스러웠고, 조금 전에 빈정거린 것이 무슨 보복을 부를까 싶어 몸에 힘이 빠질 만큼 무서웠어.

화약이 터지고, 칼이 뒤쪽으로 튕겨 나오면서 언쇼의 손목에 박혔어. 히스클리프는 그 칼을 완력으로 잡아 뽑으면서 살을 길게 찢은 다음, 피가 뚝뚝 떨어지는 칼을 자기 주머니에 쑤셔 넣었어. 그러고는 돌을 집어 들더니 가운데 창틀을 쳐내고 훌쩍 넘어 들어왔어. 그자의 원수는 극심한 통증과 출혈로 의식을 잃고 쓰러진 상태였는데, 동맥에서 피가 철철 났어.

그 악당은 언쇼를 발로 차고 짓밟았고, 머리채를 잡아 몇 번이고 바닥에 짓찧었어. 그러면서 내가 조지프를 부르러 가지 못하게 다른 손으로는 나를 붙잡았어.

언쇼의 숨통을 완전히 끊고 싶은 걸 참기 위해 초인적인 자제력을 발휘하더라. 결국은 숨이 가빠서 하던 짓을 그만두고 죽은 듯이 축 늘어진 언쇼의 몸뚱이를 긴 의자 위에 끌어다 놓았지.

그러고는 언쇼의 윗도리 소매를 찢더니 상처를 잔인할 정도로 거칠게 동여맸어. 그렇게 상처를 처치하는 와중에도 조금 전 발로 찰 때와 마찬가지로 격렬하게 침을 뱉고 욕을 해댔고.

나는 그자의 손에서 풀려나자마자 늙은 하인 조지프를 찾아 위층으로 올라갔어. 한참 만에 내 두서없는 이야기를 알아들은 조지프는 숨을 헐떡이면서도 한 걸음에 두 계단씩을 뛰어 내려갔어.

'우짜노? 우짜노, 응?'

'어떻게 할 건지 내가 알려주지.' 히스클리프가 고함쳤어. '네 나리라는 놈은 정신병자니까, 한 달 안에 뒈지지 않으면 내가 정신병원으로 보낼 거다. 이빨 빠진 사냥개 같은 놈아, 대체 어쩌자고 문을 안 열어준 거냐? 거기 서서 중얼대지 말고 이리 와. 나는 이놈 간호해줄 생각 없으니. 그 피 닦아내고 불똥이 튀지 않게 촛불은 치워. 그 피에는 브랜디가 태반일 테니까!'

'이게 뭐꼬, 죽인 기가?' 조지프가 대경실색해서 두 손을 치켜들고 두 눈을 치켜뜨며 소리쳤어. '내가 살다 살다 이런 꼬라지는 처음이다! 주님요……'

히스클리프는 조지프를 피웅덩이 한복판에 꿇어앉히고는 수건을 던져주었어. 하지만 조지프는 피를 닦아내는 대신 두 손을 모으더니 기도를 시작하더라. 그런데 그 말투가 하도 희한해서 웃음이 터져버렸어. 그때 나는 어떤 일에도 충격을 느끼지 못하는 상태였던 거야. 어떤 죄수들이 교수대 아래에서 무모해지듯이, 나도 그런 심정이었어.

'아하, 너를 잊을 뻔했구나.' 폭군이 말했어. '너도 같이 닦아. 바닥에 앉으란 말이야. 독사 같은 네년이 저놈이랑 짜고 나를 골탕 먹이려고? 자, 네년한테 딱 어울리는 일이다.'

그자는 내 어깨를 잡고 이가 달가닥거리도록 흔들더니 나를 조지프 옆에 내동댕이쳤어. 조지프는 꿋꿋이 기도를 마친 다음 몸을 일으키면서 당장 티티새 지나는 농원에 다녀오겠다고 선언했어. 린턴 씨는 치안판사니까, 아내 50명이 죽었다고 해도 이 사건을 조사해야 한다면서.

조지프가 하도 완강하게 나오니까, 히스클리프는 사건의 전말을 내가 설명하는 게 낫겠다고 생각했어. 내가 자기의 질문에 대답하는 형식으로 상황을 머뭇머뭇 설명하는 동안, 그자는 증오로 온몸을 들썩거리면서 내 앞에 버티고 서 있었어.

그자가 공격을 한 것이 아니라고 늙은이를 납득시키는 데는 상당한 노력이 필요했어. 내 입에서 겨우겨우 쥐어짜낸 대답이었으니 더 미심쩍었겠지. 하지만 언쇼 씨가 곧 자기가 죽지 않았다는 사실을 늙은이에게 확인시켜주었고, 늙은이가 급히 독한 술을 한 모금 먹인 덕에 늙은이의 주인은 곧 의식과 몸의 움직임을 되찾았어.

히스클리프는 언쇼 씨가 의식 불명 상태에서 당한 일에 대해 전혀 기억하지 못하는 걸 알고, 술에 취해 행패를 부렸다고 몰아세우더라. 그러고는 끔찍한 행동을 했던 건 눈감아줄 테니 그만 방에 가서 자라고 했어. 다행스럽게 그자는 이렇게 적절한 충고를 한 다음 곧바로 떠났고, 흔들리는 벽난로 앞 돌바닥에 드러누웠어. 나는 쉽게 보복을 피한 것을 경이로워하며 내 방으로 갔지.

그리고 오늘 아침, 11시 반 정도에 큰방으로 내려오니까 언쇼 씨는 벽난로 앞에 죽어가는 병자 꼴로 앉아 있고, 언쇼 씨의 천적 악마 히스클리프는 언쇼 씨 못지않게 수척하고 핼쑥한 몰골로 굴뚝에 기대서 있었어. 둘 다 식사할 생각이 없는 것 같았고, 나는 차려진 음식이 다 식을 때까지 기다리다가 혼자 먹기 시작했어.

실컷 먹지 못할 이유가 없었지. 말이 없는 두 사람을 한 번씩 쳐다볼 때마다 난 만족감과 우월감 같은 걸 느꼈고 내 마음속의 고요한 양심에서 비롯되는 편안함도 느꼈어.

식사를 마친 뒤, 나는 여느 때와 달리 대담함을 발휘해 벽난로 쪽으로 다가갔어. 언쇼가 앉아 있는 의자를 돌아서 그의 옆 구석에 무릎을 꿇고 앉았지.

히스클리프는 내 쪽을 쳐다보지도 않았어. 그래서 나는 그자를 올려다보면서 마치 돌로 변한 얼굴을 구경하듯 대담하게 그자의 이목구비를 뜯어보았지. 한때 내가 남성적이라고 생각했던 이마, 그러나 이제는 악마 같아 보이는 그 이마에는 짙은 구름이 끼어 있었고, 바실리스크* 같은 눈깔은 잠을 못 잔 탓에 거의 빛을 잃은 상태였어…… 울었는지 속눈썹이 젖었더라. 입술은 평소의 잔인한 냉소를 잃은 채 형언할 수 없는 슬픈 표정으로 굳게 닫혀 있었어. 그가 아닌 다른 사람이었다면, 차마 그런 슬픔을 마주할 수 없어 내 얼굴을 가려버렸겠지.

____

* 쳐다보는 것만으로도 단숨에 사람을 죽일 수 있다는 전설상의 파충류.

하지만 **그자였으니**, 나는 아주 기분이 좋았어. 넘어진 원수를 모욕하는 건 비열한 짓 같지만, 나는 화살을 꽂을 수 있는 그 기회를 놓칠 수 없었어. 악을 악으로 갚는 즐거움을 맛볼 수 있는 때는 그자가 약할 때뿐이었으니까."

"저런, 저런!" 제가 끼어들었어요. "누가 들으면, 아씨가 한평생 성경책을 펴본 적도 없는 사람인 줄 알겠어요. 하느님이 원수들을 벌해주신다면 그것으로 만족해야지요. 아씨가 나서서 그 사람의 괴로움을 가중시키다니 야비하고 뻔뻔스러워요."

"일반적인 경우라면 나도 네 말에 수긍했을 거야, 엘렌." 이사벨라가 이야기를 계속했습니다. "하지만 히스클리프가 당하는 어떠한 고통도, 내가 준 고통이 아니면 나를 만족시키지 못하는 걸 어쩌겠어? 차라리 그자의 고통이 줄어들더라도 고통을 준 게 나라면 좋겠고, 고통을 준 게 나라는 걸 그자가 안다면 좋겠어. 아아, 그자에게 갚을 것이 얼마나 많은데! 내가 그자를 용서할 희망이라도 간직하려면, 한 가지 조건이 필요해. 그게 뭐냐 하면, 눈은 눈으로 갚고, 이는 이로 갚고,* 내가 당한 것을 모두 고스란히 돌려주고, 그자를 내 처지로 끌어내리는 거야. 그자가 먼저 상처 입혔으니, 그자가 먼저 용서를 빌어야 해…… 그런 다음에야…… 그런 다음에야 나도 엘렌 네게 아량을 자랑할 수 있을 거야. 한데 그자에게 복수하는 것은 처음부터 불가능한 일이니까, 그자를 용서할 수도 없는 거야. 힌들리가 목이 마르다고 해서, 나는 물을 한 잔 갖다주고 몸 상태가 어떠냐고 물어봤어.

---

* 「출애굽기」 21장 24절. "눈은 눈으로, 이는 이로, 손은 손으로, 발은 발로."

'몸뚱이야 더 아프면 좋겠지만.' 그가 대답했어. '팔은 그렇다 치고 온몸이 구석구석 쑤시는 게 도깨비 떼하고 전쟁을 치른 것 같은데!'

'당연하지요.' 내가 말했어. '캐서린 언니는 당신 몸이 상하지 않는 건 자기 덕이라고 항상 자랑했었어요…… 어떤 사람이 당신을 해치고 싶어 하지만 자기를 불쾌하게 할까 봐 당신을 가만 놔둔다는 뜻이었지요. 죽은 사람이 무덤에서 벌떡 일어나는 일이 **실제로는** 없으니까 다행이지, 어젯밤 사건을 캐서린 언니가 보았다면 몹시 불쾌했을걸요! 가슴과 어깨에 멍이 들고 찢어지지 않았어요?'

'글쎄.' 그가 대답했어. '그런데 그게 무슨 말이지? 내가 정신을 잃었을 때 저놈이 감히 나를 치기라도 했나?'

'당신을 짓밟고 걷어차고 바닥에 짓찧었어요.' 내가 속삭였어. '당신을 물어뜯고 싶어서 침까지 질질 흘리더군요. 인간인지 짐승인지…… 짐승에 가깝겠네요.'

언쇼 씨는 내 시선을 좇아 우리 둘의 원수의 표정을 올려다보았어. 그자는 자기 괴로움에 빠져 주변에서 일어나는 일을 전혀 알아채지 못하는 모양이었어. 그자는 한참을 그렇게 서 있었고, 시간이 갈수록 그자의 검은 생각이 표정에 빤히 나타났지.

'아아, 하느님이 내 마지막 고통의 시간에 저놈 모가지를 조를 힘을 주신다면, 기쁜 마음으로 지옥에 갈 텐데!' 언쇼는 분노를 이기지 못하고 자리에서 일어나려고 발악을 하다가 그자와 붙어볼 상태가 아니라는 것을 깨닫고 절망스럽게 주저앉으면서 신음을 내뱉었지.

'무슨 소리예요. 당신 집안에서 저자 손에 죽는 사람은 한 명으로 충분해요.' 내가 큰 소리로 대꾸했어. '히스클리프 씨만 없었다면 동생은 멀쩡하게 살아 있었을걸요. 티티새 지나는 농원에서는 다들 아는 얘기예요. 그렇게 보자면, 저자에게 미움받는 것이 저자에게 사랑받는 것보다는 낫네요. 우리가 얼마나 행복했었는지, 저자가 나타나기 전까지 캐서린 언니가 얼마나 행복했었는지, 나는 그걸 생각할 때마다 그날을 저주하고 싶어진답니다.'

아무래도 그때 히스클리프는 말하는 사람의 기분보다 말 자체의 진실이 귀에 박혔나 봐. 내 말을 듣고 정신이 들었는지 눈물이 줄줄 흘러서 잿더미 위로 뚝뚝 떨어지고, 숨이 막히는 듯 한숨을 몰아쉬는 걸봤지.

나는 그자를 정면으로 마주 보면서 큰 소리로 비웃어주었어. 뿌옇게 흐려진 지옥의 창문이 일순간 나를 향해 번쩍거렸지만, 평소에는 창밖을 노려보고 있던 악마놈이 그날따라 어룽어룽하고 축축하게 젖었기에, 나는 겁도 없이 다시 한 번 웃어댔어.

'당장 일어나서 눈앞에서 꺼져!' 그자가 눈물을 흘리며 말했어.

아마 그런 말이었을 거야. 목소리는 거의 알아들을 수 없었지만.

'당신한테는 미안하지만,' 내가 대꾸했어. '나도 캐서린 언니를 사랑했으니, 캐서린 언니의 오빠한테 간호가 필요하면, 언니를 위해서 내가 나서야지. 캐서린 언니는 죽었는데 힌들리 씨에게서 캐서린 언니의 모습이 보이네요. 당신이 그의 눈을 후벼내려다 검붉은 피멍만 들여놓지 않았어도 그의 눈은 캐서린 언니와 똑같았을 거야. 또 언니의……'

'이 천치 같은 년아, 나한테 밟혀 죽기 전에 당장 일어나!' 그자가 한 발 다가오며 소리쳤고, 나는 한 발 물러났어.

'하지만 말이야,' 여차하면 도망칠 태세로 말을 계속했어. '만약에 캐서린 언니가 당신을 신뢰해서 히스클리프 부인이라는 우스꽝스럽고 가증스럽고 불명예스러운 이름을 갖게 되었다면, 오래지 않아서 나와 비슷한 꼴이 됐을걸! 캐서린 언니였다면 당신의 괘씸한 행동을 묵묵히 참아주지는 않았겠지. 증오와 혐오를 어떻게든 드러냈을 거야.'

그자와 나 사이에는 의자와 언쇼 씨의 몸이 가로놓여 있었어. 그자는 나를 잡으러 오는 대신 식탁에서 나이프를 움켜쥐고 내 얼굴에 던지더라. 나이프가 귀 아래쪽에 박혀서 내 악담은 잠시 중단되었지만, 나는 나이프를 뽑아내고 문 쪽으로 내달리며 다시 악담을 퍼부었어. 내 악담이 그자의 나이프보다 깊이 박히길 바라면서 말이야.

내가 마지막으로 본 건 미친 사람처럼 나를 쫓아 나오다가 집주인의 팔에 가로막히는 그자의 모습이었어. 둘은 한데 엉켜 바닥으로 쓰러졌어.

나는 부엌을 통해서 도망치는 길에 조지프더러 얼른 너희 나리한테 가보라고 했어. 부엌문을 빠져나오다가 헤어턴과 부딪혔는데, 갓 태어난 강아지들을 의자 등받이에 달아매고 있더라고. 그때부터 나는 연옥에서 빠져나온 축복받은 영혼처럼 가파른 비탈을 껑충껑충 뛰고 이것저것 뛰어넘어 훨훨 날아 내려갔어. 그러다가 아예 굽이 길을 따라가지 않고 습지를 직선으로 가로지르면서 개울 기슭에서 구르기도 하고 늪을 첨벙첨벙 건너기도 했어. 티티새 지나는 농원의 불빛을 향해서 곧장 달려왔던 거야. 폭풍의 언덕 지붕 아래에서 하룻밤이라도 더 지내느니, 차라리 영원히 지옥에 갇히는 편이 훨씬 나으니까."

이사벨라는 이야기를 중단하고 차를 마셨습니다. 그러고는 자리에서 일어나 보닛을 씌워달라고 하고 제가 갖다놓은 숄을 둘러달라고 한 뒤, 한 시간만 더 있으라는 제 간청은 들은 척도 않고 의자 위로 올라가서 에드거와 캐서린의 초상화에 입을 맞추었습니다. 그런 다음 저한테도 똑같은 인사를 해주고는 마차를 타러 내려갔습니다. 주인과 재회한 패니는 반가움에 미친 듯이 짖어대며 따라갔습니다. 마차를 타고 간 이사벨라는 두 번 다시 이 동네를 찾아오지 않았지만, 어느 정도 상황이 정리된 후로는 이사벨라와 나리 사이에 정기적인 서신 왕래가 이루어졌습니다.

이사벨라가 새로 정착한 곳은 런던과 가까운 남부였던 것 같은데, 그곳에서 도피 생활 2~3개월 만에 아들을 낳았습니다. 이사벨라는 아이의 이름을 린턴이라고 지었고, 처음부터 병치레가 잦고 투정 많은 아이라는 이야기를 전해왔어요.

어느 날 읍내에서 히스클리프 씨를 만났는데 이사벨라가 사는 곳을 묻더군요. 저는 알려주지 않겠다고 했습니다. 그러자 상관없다며, 어디 살건 오빠한테 오는 일은 삼가라고 전하라며 자기가 데리고 사는 한이 있더라도 오빠랑 살도록 내버려두지는 않는다고 했습니다.

저는 아무것도 알려주지 않았지만, 그는 다른 하인들을 통해 이사벨라가 사는 곳과 아이의 존재를 알아냈습니다. 그렇지만 이사벨라를 괴롭히지는 않았습니다. 그가 이사벨라에게 이러한 관용을 베푼 건 이사벨라에 대한 혐오감 때문이었을 거예요.

그는 저를 보면 종종 아이에 대해서 물었습니다. 제가 아이의 이름을 알려주자 그는 음산한 미소를 지으며 말했습니다.

"내가 아이도 미워하기를 바라서 그렇게 지었나?"

"당신이 아이에 관해 아무것도 모르기를 바랄걸요." 제가 대답했습니다.

"하지만 난 내가 원할 때 아이를 데려올 거야." 그가 말했습니다. "틀림없이 데려올 테니 걱정 말라고 해!"

다행히도 아이 어머니는 그때가 오기 전에 세상을 떠났습니다. 캐서린이 죽고 13년 정도 지났을 때, 그러니까 린턴이 열두 살을 조금 넘겼을 때였습니다.

이사벨라가 갑자기 찾아왔던 그날과 그 이튿날까지도 저는 나리와 이야기할 기회가 없었습니다. 나리는 대화를 피했고, 대화할 수 있는 상태도 아니었거든요. 제가 겨우 기회를 잡아서 나리에게 말했더니, 나리는 동생이 남편을 떠났다는 것을 기뻐하는 기색이 역력했습니다. 나리 같은 유순한 사람이 어떻게 그럴 수 있을까 싶을 만큼 히스클리프에 대한 나리의 증오는 강렬했거든요. 그 증오가 너무나 깊고 민감해서 히스클리프가 눈에 띄거나 히스클리프에 대한 이야기가 들릴 만한 곳은 일절 발걸음을 하지 않을 정도였지요. 슬픔에 그런 사정까지 더해지다 보니, 나리는 완벽한 은둔자가 되었습니다. 치안판사 일은 집어치우고, 교회에도 발길을 끊고, 읍내에도 전혀 나가지 않으면서 농원 울타리 안에서 철저한 은둔의 시간을 보냈지요. 유일한 예외는 혼자서 습지를 거닐거나 아내의 무덤을 찾아갈 때였지만, 그것도 대개는 저녁이나 다른 사람들이 일어나지 않은 이른 아침이었어요.

그러나 나리는 불행으로만 가득 찬 생활을 오래 하기에는 너무 좋

은 사람이었어요. 나리는 아내의 영혼에게 유령이 되어서 나타나달
라고 기도하는 짓 따위는 하지 않았지요. 시간이 체념을 가져왔고
체념과 함께 온 우수는 일상의 즐거움보다 달콤했어요. 캐서린의 기
억을 떠올리는 나리에게는 열정적이면서도 부드러운 사랑과, 캐서
린이 갔으리라 의심치 않는 더 좋은 세상을 향한 희망찬 동경이 있
었습니다.

그리고 나리에게는 이승의 위안과 사랑도 있었습니다. 아까 말씀드
린 대로, 처음 며칠간 나리는 죽은 캐서린을 이을 핏덩이가 안중에도
없는 듯했지만, 그런 냉담함은 4월의 눈처럼 순식간에 녹아 없어졌지
요. 어린것은 옹알이도 하기 전에, 걸음마도 떼기 전에 이미 나리의
가슴에 독재자로 군림했답니다.

나리는 아이의 이름을 캐서린이라고 지었지만, 항상 줄인 이름으로
불렀습니다. 나리가 먼젓번 캐서린을 한 번도 줄인 이름으로 부르지
않았던 것은 히스클리프가 그렇게 불렀기 때문이겠지요. 어쨌든 딸은
항상 캐시였고, 나리에게 딸은 아내와는 다른 존재인 동시에 아내와
연결되는 존재였습니다. 나리가 딸을 사랑한 것은 자기 딸이어서라기
보다 아내와 연결된 존재라서였죠.

저는 나리와 힌들리 언쇼를 비교하며 두 사람이 엇비슷한 상황에서
왜 그렇게 정반대로 행동했는지 속 시원히 설명해보려고 골머리를 썩
였답니다. 두 사람 다 아내를 극진히 사랑했고 또 자식도 사랑했는데,
어찌하여 두 사람은 좋은 길이든 나쁜 길이든 같은 길을 가지 않았는
지 모르겠더군요. 하지만 곰곰이 생각해보니까, 힌들리는 나리보다
정신력이 강한 것처럼 보였지만, 알고 보니 더 못나고 더 나약한 인간

이었어요. 배가 좌초하자 선장은 책임을 내팽개쳤고, 선원들은 배를 구하려고 노력하는 대신 방종과 혼란에 빠져서 살아날 가능성을 완전히 없애버렸지요. 반면에 린턴은 신실한 영혼의 진정한 용기를 보여주었어요. 린턴은 하느님을 의지했고 하느님은 린턴을 위로해주었습니다. 한 사람은 소망을 간직했고 다른 한 사람은 절망에 빠졌지요. 저마다 자신의 운명을 스스로 선택한 것이고, 자신이 선택한 운명을 정당하게 감수할 수밖에 없었던 겁니다.

하지만 록우드 씨는 제 설교가 듣고 싶지는 않으시겠지요. 록우드 씨도 저 못지않게 이런 모든 일을 잘 판단할 능력이 있으시니까요. 적어도 잘 판단한다고 생각하실 텐데, 그거나 그거나 마찬가지지요.

언쇼의 죽음은 의외의 사건은 아니었습니다. 언쇼는 동생을 보내고 불과 여섯 달 만에 세상을 떠났습니다. 티티새 지나는 농원의 우리는 언쇼가 임종을 앞두고 어떤 상태였는지 정확한 설명을 듣지 못했어요. 저만 해도 장례식 준비를 거들러 갔을 때 들은 것이 전부였습니다. 케네스 씨가 나리에게 부음을 알리러 찾아왔었지요.

"저어, 넬리," 어느 날 아침 나쁜 소식이리라는 불안감이 엄습할 수밖에 없는 시각, 케네스 씨가 말을 타고 마당으로 들어오며 말했습니다. "이제 너와 내가 장례식에 갈 차례야. 이번에는 누가 우리보다 먼저 내뺐을까?"

"누군가요?" 제가 허둥지둥 물었지요.

"한번 맞혀보지그래!" 케네스 씨가 말에서 내려 문 가까이에 있는 고리에 말고삐를 걸며 대꾸했습니다. "앞치마 자락도 들어 올려. 눈물 찍으려면 필요할 테니까."

"설마 히스클리프 씨는 아니지요?" 제가 소리쳤습니다.

"엥? 그를 위해 흘릴 눈물도 있어?" 의사가 말했습니다. "아니야, 히스클리프는 튼튼한 청년이거든. 오늘도 신수가 훤하던데…… 조금 전에 만났거든. 안사람이 집을 나간 뒤로 살이 팍팍 찌고 있어."

"그럼 누구예요?" 제가 조바심을 내며 다시 물었지요.

"힌들리 언쇼! 너의 오랜 친구 힌들리 말이야." 의사가 대꾸했습니다. "나의 고약한 말동무이기도 하고. 하긴 내가 감당하기 힘들어진 지도 오래지만. 거봐! 눈물이 날 거라고 내가 그랬잖아…… 너무 슬퍼할 거 없어! 고주망태가 되어 죽었으니까 그답게 죽은 거야…… 딱한 녀석. 나도 슬프구먼. 오랜 말동무를 잃었으니 당연하지. 하기야 사람이 상상할 수 있는 가장 나쁜 짓을 했고, 나한테도 몇 번 몹쓸 짓을 했었지만…… 이제 겨우 스물일곱일걸, 그럼 넬리 너와 동갑이군. 그 녀석과 네가 같은 해에 났다고 하면 누가 믿겠어!"

솔직히 말하면, 그때의 충격은 린턴 부인이 죽었을 때보다 더 했습니다. 옛 기억들이 머릿속을 맴돌았습니다. 저는 현관 앞에 주저앉아 혈육을 잃은 듯 엉엉 울었어요. 케네스 씨에게는 안내받으려면 다른 하인을 찾아보라고 했습니다.

한 가지 의문이 쉽게 사라지지 않았습니다. '명이 다해 간 것일까?' 아무리 떨쳐버리려고 해도 이 생각이 계속 저를 괴롭혔습니다. 이 생각이 제 마음을 하도 끈질기게 갉아먹는 탓에, 저는 폭풍의 언덕으로 가서 장례를 돕게 해달라고 요청해보기로 결심했습니다. 린턴 씨는 허락해주기를 몹시 꺼렸지만, 저는 고인의 고독한 처지를 고려해달라고 열렬히 호소했고, 저의 옛주인이자 젖 동기였으니 린턴 씨를 모시는 것만큼이나 그를 돌보는 것도 중요하다고 말했습니다. 아울러 저는 린턴 씨에게 헤어턴이 돌아가신 린턴 부인의 조카라는 것과 가까운 친척인 린턴 씨가 후견인이 되어야 한다는 점을 상기시켰지요. 남겨진 재산이 어떤 상태인지 알아보는 것과 처남의 뒷일을 처리하는 것은 린턴 씨의 의무이자 도리라는 사실도 일깨웠습니다.

당시 린턴 씨는 그런 일을 처리할 상태가 아니었지만, 저더러 자기 변호사와 이야기할 것을 지시했고, 제가 폭풍의 언덕으로 가는 것도 허락했습니다. 린턴 씨의 변호사는 언쇼의 변호사이기도 했어요. 저는 읍내로 찾아가 변호사에게 저와 함께 폭풍의 언덕으로 가달라고 부탁했습니다. 하지만 변호사는 고개를 저으며 히스클리프 씨를 내버려두라고 충고했습니다. 실상이 알려지게 되면, 헤어턴이 빈털터리임을 모두가 알게 되리라고 장담하더군요.

"아버지가 빚을 지고 죽었으니," 변호사가 말했습니다. "전 재산은 저당 잡혀 있고, 상속인이 기대할 수 있는 유일한 가능성은 채권자의 동정심을 자극해서 관대한 처우를 유도하는 거요."

폭풍의 언덕에 도착한 저는 일이 격에 맞게 진행되는지 보러 왔다고 했지요. 충분히 상심한 상태였던 조지프는 제가 나타난 것에 만족을 표시했습니다. 히스클리프 씨는 제가 왜 왔는지는 모르겠지만, 굳이 있겠다면 장례식 준비를 맡으라고 했습니다.

"정확히 하자면," 그가 말했습니다. "식 따위는 그만두고 그 멍청이의 시체를 사거리에 갖다 묻어야겠지만……* 내가 어쩌다가 어제 오

---

* 당시에는 자살한 사람을 사거리에 묻는 관습이 있었다.

후에 10분 정도 그놈을 혼자 두고 나갔는데, 그사이에 큰방으로 가는 문 두 개를 안에서 잠그고 밤새 죽으려고 작정하고 술을 마셨어! 오늘 아침에 그놈이 말울음 비슷한 소리를 내길래, 우리가 문짝을 부수고 들어가봤더니, 글쎄, 장의자에 널브러진 꼴이…… 누가 살가죽을 벗겨내도 몰랐을걸…… 내가 케네스 씨를 부르러 보냈고 케네스 씨가 오기는 했는데, 그때 이미 짐승놈은 고기로 변한 뒤라…… 죽었단 말이야. 완전히. 제대로. 그놈 살린다고 더 난리를 피워봤자 소용없었다는 건 조지프 너도 인정하겠지!"

늙은 하인은 히스클리프의 말을 확인해주면서도 중얼댔습니다.

"의사를 부르러 갈라면 지가 직접 가지! 내가 나리 곁에 있을걸…… 내가 나갈 때만 해도 멀쩡했는데!"

저는 장례식을 번듯하게 치르기를 고집했습니다. 히스클리프 씨는 제 마음대로 하라고 말했지만, 다만 모든 비용이 자기 주머니에서 나온다는 것만은 기억하라고 하더군요.

그는 내내 딱딱하고 무관심한 태도였고, 기뻐하거나 슬퍼하는 기색은 전혀 없었습니다. 굳이 말하자면, 어려운 일 하나를 성공적으로 마쳤다는 냉혹한 만족감 정도가 나타났습니다. 사실 기뻐하는 듯한 모습을 한 번 보이긴 했어요. 사람들이 와서 관을 내갈 때 그는 문상객으로 따라나서는 위선을 과시했는데, 헤어턴과 함께 관을 따라나서기에 앞서, 그 불쌍한 아이를 탁자 위로 번쩍 들어 올리더니 묘하게 입맛을 다시며 이렇게 중얼대는 거예요.

"이 잘생긴 놈아, 이제 너는 내 거다! 바람이 휘몰아치는데 굽는 나무가 있고 안 굽는 나무가 있는지 두고 보자!"

아무것도 모르는 아이는 히스클리프의 말을 듣고 좋아하면서, 그의 구레나룻으로 장난을 치고 볼을 쓰다듬더군요. 하지만 저는 그 말뜻을 짐작하고 이렇게 쏘아붙였지요.

"그 아이는 내가 티티새 지나는 농원으로 데려가겠어요. 이 세상이 다 당신 것이라고 해도, 이 아이는 당신 것이 아니에요."

"린턴이 그렇게 말했나?" 그가 묻더군요.

"당연하지요. 나더러 데리고 오라고 했어요." 제가 대답했고요.

"글쎄," 그자가 말했습니다. "그건 우리가 지금 왈가왈부할 문제는 아니야. 한데 나도 어린애를 길러볼 생각이 있어서 말이야. 그러니까 네 주인한테 가서 전해. 만약에 이 아이를 데려가겠다면 나는 대신 내 아이를 데려오겠다고 말이야. 내가 헤어턴을 호락호락 내주지는 않겠지만, 다른 놈은 꼭 데리고 올 거야! 잊지 말고 전해."

그의 말은 우리의 손발을 묶어놓기에 충분했습니다. 저는 돌아오자마자 그 말을 전했고, 처음부터 별로 관심이 없었던 에드거 린턴은 그날 이후 아이 일에 관여하겠다는 말을 일절 하지 않았지요. 의욕적으로 나섰다고 해도 무슨 소득이 있었을 것 같지는 않아요.

하숙인이 주인으로 들어앉아 폭풍의 언덕을 확실히 점유하게 되었습니다. 히스클리프는 언쇼가 도박에 미쳐서 마지막 한 뙈기 땅까지 저당 잡혀 돈을 빌렸다는 것과 히스클리프 본인이 저당권자라는 것을 변호사에게 증명했습니다. 변호사는 그것을 린턴 씨에게 증명했고요.

그러한 연유로, 지금쯤 이 근방에서 제일가는 신사분이 되었어야 할 헤어턴은 자기 아버지의 철천지원수에게 완전히 얹혀사는 신세로 전락했습니다. 자기 집에 살면서도 급료 한 푼 못 받는 하인 처지이고, 그러한 처지를 바로잡을 수도 없는 상황이지요. 돌봐주는 친구 하나 없는 데다 자기가 부당한 대우를 받는 줄도 모르고 있으니까요.

4장

그렇게 암담한 시절 뒤에 찾아온 열두 해는 저의 인생에서 가장 행복한 나날이었습니다. (딘 부인의 이야기는 계속되었다.) 열두 해가 지나는 동안 제게 가장 힘든 일은 아씨의 잔병치레였습니다. 부유한 집이든, 가난한 집이든, 아이들이라면 다들 겪는 일이지요.

아씨는 그런 일을 제외하면 여섯 달이 지나면서부터 낙엽송처럼 무럭무럭 자라났고, 린턴 부인의 무덤에 히스 꽃이 두 번 피기 전에, 나름대로 걸을 줄도 알고 말도 할 줄 알게 되었지요.

아이의 애교는 쓸쓸한 집 안에 햇살 같은 역할을 했어요. 생김새도 정말 예뻤고요. 언쇼 가문의 또렷한 검은 눈과 함께 린턴 가문의 하얀 피부와 오목조목한 이목구비와 노란 곱슬머리를 물려받은 아이였거든요. 생기가 넘치면서도 거칠지 않았고, 뭔가에 애정을 쏟을 때는 지나칠 정도로 섬세하고 의욕적이었습니다. 강렬하게 사랑할 줄 아는 그 능력은 어머니를 연상시켰지만, 아씨는 자기 어머니와는 달랐습니다. 비둘기처럼 부드럽고 온순하며, 나긋나긋한 목소리에 깊은 생각에 잠길 때가 많았고, 화를 내더라도 날뛰지 않았고, 사랑하더라도 격하지 않았습니다. 깊은 사랑, 배려하는 사랑이었지요.

하지만 솔직히 말해서 아씨는 그런 장점을 덮어버릴 만한 단점도 있었어요. 건방진 성향도 있었고, 수더분한 아이든 성 잘내는 아이든 응석받이라면 가지게 마련인 비딱한 고집도 있었지요. 어쩌다 하인이 자기를 짜증 나게 하면, 언제나 "아빠한테 이를 거야!"라고 말했고, 그 아빠가 눈빛으로라도 나무라면 가슴이 찢어질 것처럼 슬퍼했답니다. 아빠에게 심한 말을 들은 적은 한 번도 없었을 거예요.

아이의 교육은 아빠가 전담했고, 또 그것을 낙으로 삼았습니다. 다행히도 아씨는 호기심이 많고 총명해서 좋은 학생이 되었습니다. 빠르게 그리고 열심히 배우는 학생, 가르치는 아빠에게 부끄럽지 않은 학생이었지요.

아씨는 열세 살이 될 때까지 혼자서 농원 울타리를 넘은 적이 없었습니다. 린턴 씨가 아씨를 데리고 농원 밖을 1, 2마일 다녀오는 때가 간혹 있었지만, 남의 손에 맡긴 적은 단 한 번도 없었지요. 아씨가 기머턴에 대해 아는 것은 기머턴이라는 이름뿐이었고, 집을 제외하고 다가가보거나 들어가본 건물은 교회뿐이었습니다. 아씨에게 폭풍의 언덕이나 히스클리프는 존재하지 않는 거나 마찬가지였죠. 이렇듯 아이는 완전한 은둔자였으며, 은둔자 생활에 완전히 만족한 듯했습니다. 물론 가끔 놀이방 창문으로 경치를 둘러보면서 이런 말을 하기는 했지요.

"엘렌, 나는 얼마나 있어야 저 비탈 꼭대기에 올라갈 수 있을까? 비탈 너머에는 뭐가 있을까…… 바다일까?"

"아니에요, 캐시 양," 저는 대답하곤 했습니다. "저런 비탈과 똑같이 생긴 비탈들이 있답니다."

"저 황금색 바위들은 아래쪽에서 보면 어떻게 보일까?" 언젠가 아씨가 물었습니다.

깎아지른 듯한 페니스턴 절벽이 특히 아씨의 눈길을 끌었습니다. 뉘엿뉘엿 지는 해가 절벽과 언덕 꼭대기를 비춰서 나머지 풍경에 그림자를 드리우는 시간에는 더욱 그랬습니다.

저는 그곳에는 바윗덩어리밖에 없고, 갈라진 틈에는 졸든 나무 한 그루 키울 흙도 거의 없다고 설명했습니다.

"그런데 저기는 왜 환해? 여기는 아까부터 저녁인데?" 아씨가 또 물었습니다.

"여기보다 훨씬 높으니까 그렇지요." 제가 대답했습니다. "캐시 양은 못 올라가요. 너무 높고 가파르거든요. 겨울에는 항상 여기보다 일찍 서리가 내리고, 한여름에도 북동쪽에 검게 움푹 파인 저 부분은 눈이 안 녹더라고요!"

"아하, 엘렌은 올라가봤구나!" 아씨가 신이 나서 소리쳤습니다. "그럼 나도 크면 올라갈 수 있겠네. 아빠도 올라가봤을까, 엘렌?"

"아빠는," 제가 얼른 대답했습니다. "올라갈 가치도 없는 곳이라고 할 걸요. 캐시 양이 아빠랑 산책하러 가는 습지가 훨씬 좋은 곳이에요. 티티새 지나는 농원 땅은 세상에서 가장 좋은 곳이고요."

"하지만 여기는 내가 아는 데고, 저기는 내가 모르는 데잖아." 아씨가 혼잣말을 했습니다. "저기 제일 높은 벼랑에서 아래쪽을 둘러보면 얼마나 좋을까…… 내 조랑말 미니가 언젠가 날 데려다주겠지."

하녀 애 하나가 요정의 동굴 이야기를 꺼낸 뒤로, 아씨는 그 계획을 실행하고 싶은 마음으로 제정신이 아니었습니다. 아씨는 린턴 씨를 졸라댔고, 린턴 씨는 좀 더 크면 데려가주기로 약속했습니다. 하지만 캐서린 양은 한 달에 한 번씩 나이를 먹는지,

"이제 나도 페니스턴 절벽에 갈 나이가 됐어?"라는 말을 입에 달고 살았지요.

절벽으로 올라가는 굽이 길 근처에 폭풍의 언덕이 있었습니다. 에드거는 그곳을 지나갈 마음이 내키지 않았고, 아씨에게 돌아오는 대답은 항상 똑같았습니다.

"아직 아니란다. 아직."

전에도 말했지만, 히스클리프 부인은 남편을 떠나고 10여 년 남짓 살다 세상을 떠났습니다. 린턴 가문 사람들은 허약한 체질이었고, 이 지역에서 흔히 볼 수 있는 혈색 좋은 튼튼함이 부족했습니다. 히스클리프 부인이 무슨 병 때문에 죽었는지는 확실히 모르겠지만, 제가 추측해보건대 남매는 똑같은 증세로 죽은 것 같아요. 열병의 일종으로, 열이 서서히 오르면서 시작되는데 다시 내리지는 않고, 말기로 갈수록 기력이 급속히 소모되는 증세지요.

이사벨라는 오빠에게 편지를 보내 넉 달 동안 앓던 작은 병의 예상되는 결말을 알리면서 가능하면 찾아와달라고 부탁했습니다. 죽기 전에 정리해야 하는 일도 많고, 오빠에게 마지막 인사를 하면서 린턴을

오빠 손에 안전하게 맡기고 싶다는 것이었지요. 히스클리프 부인의 바람은 린턴이 지금껏 자기 곁에 있었듯이 앞으로 오빠 곁에 있는 것이었습니다. 아이 아버지가 아이의 양육과 교육을 떠맡을 마음이 없다고 믿어 마지않으면서 말입니다.

나리는 한순간도 지체하지 않고 부름에 응했습니다. 여느 용무에는 집을 나서기를 꺼리는데 이번에는 아주 빠르더라고요. 캐서린을 제게 맡기면서 자기가 없는 동안 특별히 잘 보살피고, 절대 농원 바깥으로 데리고 나가지 말라고 신신당부하더군요. 캐서린이 혼자 농원 바깥으로 나간다는 것은 나리로서는 상상도 못할 일이었지요.

나리는 3주간 집을 비웠습니다. 캐서린은 처음 하루 이틀은 독서나 놀이도 마다할 정도로 상심해서 서재 한구석에 앉아 있었고, 그렇게 조용히 지내는 동안은 제게 거의 수고를 끼치지 않았습니다. 하지만 곧 아이는 무료함에 짜증을 부리고 조바심을 내기 시작했습니다. 저는 아이와 놀아주기 위해 층계를 오르내리기에는 너무 바쁘기도 하고 이제 나이를 먹어 힘들기도 하던 차에 아이가 혼자 놀 수 있는 방법 한 가지를 생각해냈지요.

저는 아이를 내보내 농원 안을 돌아다니도록 했습니다. 걷든 조랑말을 타든 좋을 대로 하게 하고, 아이가 돌아오면 아이가 겪거나 상상한 모든 모험담을 인내심을 갖고 들어주었지요.

한창 볕이 좋은 여름이었습니다. 아이는 혼자 돌아다니는 데 완전히 재미를 붙인 덕에 아침 먹고 나갔다가 차 마시는 시간까지 들어오지 않는 날이 많아졌고, 그런 날 저녁은 꾸며낸 이야기들을 들려주느라 여념이 없었습니다. 아이가 울타리를 넘을 걱정은 하지 않았어요.

대문들은 보통 잠겨 있는 데다, 활짝 열려 있다 해도 아이가 혼자서 겁도 없이 밖에 나가지는 않으리라 믿었지요.

유감스럽지만 잘못된 믿음이었어요. 어느 날 아침, 캐서린은 아침 8시에 내려와서, 그날은 자기가 아라비아 상인이라 대상을 이끌고 사막을 건너가야 한다면서 자기와 짐승들을 위해 충분한 식량을 준비해 달라고 하더군요. 캐서린과 함께할 말 한 필과 낙타 세 필은 실은 덩치 큰 사냥개 한 마리와 포인터 한 쌍이었지요.

제가 맛있는 음식들을 바구니에 잔뜩 담아 안장 한쪽 옆에 매달자 캐서린은 챙 넓은 모자와 망사 베일로 7월의 햇살을 가리고 요정처럼 화사하게 나타났습니다. 그러고는 너무 빨리 달리지 말고 일찍 돌아오라는 저의 주의사항들을 조롱하듯 깔깔 웃으면서 말을 빨리 걸리며 사라졌습니다.

그 못된 것이 차 마실 시간에도 나타나지 않더군요. 여행자들 중에 나이 들고 편한 것을 좋아하는 사냥개 한 마리만 돌아왔을 뿐, 캐시와 조랑말과 포인터 두 마리는 어디를 봐도 안 보였습니다. 저는 산책로 여기저기로 사람을 보내서 찾다가 결국 직접 찾아 나섰습니다.

일꾼 하나가 농원의 경계를 이루는 조림지 쪽 울타리를 수리하고 있었습니다. 저는 일꾼에게 아씨를 못 보았느냐고 물었습니다.

"아침에 봤어요." 일꾼이 대답했습니다. "나한테 개암나무 가지를 꺾어달라고 하더니, 저 산울타리 제일 낮은 데를 조랑말로 훌쩍 뛰어넘어 전속력으로 달려 사라졌어요."

제가 이 말을 듣고 어떤 심정이었을지 짐작이 되시지요. 분명 페니스턴 절벽으로 갔겠구나 싶더군요.

"그러다가 무슨 변을 당하려고!" 저는 이렇게 외치면서, 수리 중인 울타리 구멍으로 빠져나가 곧장 큰길로 향했습니다.

저는 내기라도 하는 듯이 1마일 또 1마일 서둘러 걸었고, 드디어 모퉁이를 돌아 폭풍의 언덕이 보이는 곳에 도착했습니다. 하지만 캐서린의 모습은 어디에서도 보이지 않았습니다.

페니스턴 절벽은 히스클리프 씨의 집에서 1마일 반 정도 더 가는 곳, 그러니까 티티새 지나는 농원에서 4마일 거리라서, 아무래도 목적지에 닿기도 전에 날이 저물 것 같았습니다.

저는 생각했습니다. '절벽으로 올라가다 미끄러졌으면 어떡하나? 죽었으면 어떡하나? 뼈가 부러졌으면 어떡하나?'

정말 애가 탔습니다. 그랬으니 폭풍의 언덕 옆을 헐레벌떡 지나가다 찰리를 보고는 정말 안도했지요. 포인터들 중에 가장 난폭한 놈인데, 창문 아래 누워 있는 것을 보니 대가리가 부어올랐고 귀에서는 피가 나더군요.

저는 쪽문을 열고 현관으로 달려가 마구 문을 두드렸습니다. 문을 열어준 건 저도 아는 사람으로, 전에 기머턴에 살던 여자였습니다. 언쇼 씨가 죽고 나서 하녀로 들어왔더군요.

"아하," 하녀가 말했습니다. "그 집 아씨 찾으러 왔군요! 걱정할 것 없어요. 안에 잘 있어요. 그래도 주인이 아니라서 다행이네."

"주인은 없지요?" 빨리 걸어온 데다 불안한 마음에 숨이 턱에 찬 목소리로 물었습니다.

"없어요, 없어요." 하녀가 대답했습니다. "나리와 조지프 둘 다 나갔어요. 한 시간 내로는 돌아오지 않을걸요. 들어와서 좀 쉬어요."

집 안으로 들어가니 길 잃은 어린 양이 벽난로 앞에서 작은 의자에 앉아 몸을 앞뒤로 흔들고 있더군요. 자기 어머니가 어렸을 때 자주 앉던 의자더라고요. 아이는 모자까지 벽에 걸어놓고 마치 자기 집에 온 양 깔깔 웃고 조잘조잘 떠드는데, 상상도 못하게 기분이 좋아 보였습니다. 아이의 말 상대가 되어주던 헤어턴은 (어느새 덩치 좋고 힘센 열여덟 살 청년이 되었더라고요) 꽤나 신기하고 놀랍다는 표정으로 아이를 바라보고 있었는데, 아이의 입에서 끊임없이 쏟아지는 거침없는 발언과 질문 가운데 헤어턴이 이해할 수 있는 것은 거의 없는 듯했습니다.

"참 잘했군요." 저는 반가운 마음을 화난 표정으로 감추면서 소리쳤습니다. "아빠가 돌아올 때까지 말 타기는 이번이 마지막이에요. 집에서 한 발짝도 못 나가게 할 테니까. 말썽쟁이!"

"야아, 엘렌!" 아이는 벌떡 일어나 제게 달려오며 신나게 소리쳤습니다. "오늘 밤에 내가 재미있는 이야기를 해주려고 했는데…… 이렇게 엘렌이 나를 찾아냈네. 엘렌은 여기에 한 번이라도 와본 적 있어?"

"저기 걸린 모자 쓰고, 당장 집에 가요." 제가 말했습니다. "내가 캐시 양 때문에 얼마나 속상한지 몰라. 이건 보통 잘못한 일이 아니에요! 입을 비쭉대고 엉엉 울어도 소용없지. 내가 캐시 양을 찾느라고 온갖 데를 헤매면서 고생한 건 그래봤자 못 갚는다고요. 린턴 씨가 캐시 양을 내보내지 말라고 그렇게 당부했는데, 이렇게 빠져나가다니! 이제 보니 교활한 여우 새끼였네. 이제부터 캐시 양이 하는 말은 아무도 안 믿겠네."

"내가 어쨌는데?" 아이는 순식간에 풀이 죽어 흐느꼈습니다. "아빠는 나한테 그런 말 한 적 없어. 아빠는 나 야단치지 않을 거야. 아빠는 엘렌처럼 화낸 적 없어!"

"자, 자!" 제가 다시 채근했습니다. "모자 끈은 내가 매줄게요. 이제 우리 골내기는 그만. 아유, 이게 뭐예요! 열세 살이 아기처럼!"

제가 이렇게 외친 이유는 아이가 모자를 벗어버리고 제 손에서 벗어나 벽난로 쪽으로 달아났기 때문이었어요.

"거참," 하녀가 말했습니다. "딘 부인, 예쁜 아가씨한테 너무 그러지 마세요. 우리가 들어오라고 했어요. 아가씨는 딘 부인이 걱정한다면서 그냥 지나쳐 가려고 했는데 헤어턴이 같이 가주겠다고 했고, 나도 그게 낫겠다고 생각했지. 비탈 건너편은 길이 험하니까."

이런 말들이 오가는 내내 헤어턴은 제가 들이닥친 것이 달갑지 않다는 표정이었지만, 양팔을 호주머니에 찔러 넣고 가만히 서 있을 뿐 어색한지 입을 떼지는 못했습니다.

"나더러 얼마나 더 기다리라는 거예요?" 저는 하녀의 참견을 무시하면서 계속 채근했습니다. "10분만 있으면 어두워질 텐데. 캐시 양, 조랑말은 어디 있어요? 그리고 피닉스는요? 서두르지 않으면 두고 갈 테니까 마음대로 해요."

"조랑말은 마당에 있어." 아이가 대답했습니다. "그리고 피닉스는 저기 가둬놨어. 물렸으니까…… 찰리도 물렸어. 다 이야기해주려고 했는데 그렇게 화내면 들을 자격 없어."

저는 모자를 주워 들고 다시 씌우려고 다가갔지만, 아이는 그 집 사람들이 자기편인 걸 알고 요리조리 도망가기 시작했습니다. 제가 뒤를 쫓자, 아이는 생쥐처럼 가구 위, 가구 밑, 가구 뒤로 뛰어다니면서 쫓는 저를 웃음거리로 만들었습니다.

헤어턴과 하녀가 웃어댔고, 캐서린도 따라 웃으면서 점점 건방지게 굴었습니다. 저는 결국 크게 화를 내며 소리쳤습니다.

“자, 캐시 양, 여기가 누구 집인지 안다면, 당장 나가고 싶을걸요.”

“너희 아버지 집 아니야?” 아이는 헤어턴을 돌아보면서 물었습니다.

“아니다.” 헤어턴은 바닥을 내려다보고 멋쩍게 얼굴을 붉히며 대꾸했습니다.

헤어턴은 자기를 빤히 쳐다보는 아이의 시선을 마주 보지 못했습니다. 자기 눈을 꼭 닮은 눈이었는데도 말이지요.

“그럼, 너희 주인 집이야?” 아이가 물었습니다.

헤어턴은 아까와는 사뭇 다른 감정으로 더 얼굴을 붉히더니, 중얼중얼 욕을 하며 외면했습니다.

“저 애 주인이 누군데?” 이 성가신 아이가 이번에는 저에게 물어왔습니다. “저 애가 ‘우리 집’ ‘우리 식구’ 그러기에 이 집 주인 아들인 줄 알았어. 그리고 저 애는 나한테 아가씨라고 부르지도 않았는걸. 하인이면 그렇게 불러야 하는 거 아니야?”

이 철없는 소리에 헤어턴의 얼굴은 먹구름처럼 어두워졌습니다. 저는 질문하는 캐시의 어깨를 말없이 흔들었고, 결국 출발 채비를 시키는 데 성공했습니다.

“내 말 대기시켜.” 아이는 상대가 자기와 친척인 줄 모르고, 티티새 지나는 농원의 마구간 인부들을 대하듯 지시했습니다. “그리고 따라와. 나는 요괴 사냥꾼이 올라오는 늪도 보고 싶고, 네가 아까 말한 요정인지 뭔지 하는 것들 이야기도 듣고 싶으니까…… 어쨌든 서둘러! 왜 그래? 내 말 대기시키라잖아."

"니가 뒈지는 꼴을 보지, 니 하인은 안 한다!" 청년이 으르렁거렸습니다.

"뭘 본다고?" 캐서린이 놀라서 물었습니다.

"뒈지는 꼴 말이다, 이 건방진 마녀야!" 헤어턴이 대꾸했습니다.

"거봐요, 캐시 양! 이 사람들이 얼마나 좋은 사람들인지 이제 알겠지요." 제가 끼어들었습니다. "이런 어린 숙녀한테 어찌나 고운 말을 쓰는지! 제발 그 청년한테 시비 걸지 말고 이리 와요, 자, 미니는 우리끼리 찾고, 얼른 돌아가요."

"하지만, 엘렌." 너무 놀란 캐서린은 헤어턴에게서 눈을 떼지 못하고 소리쳤습니다. "저 애가 감히 나한테 어떻게 저런 말을 하는 거야? 내가 시키면 따라야 되잖아? 나쁜 놈, 네가 뭐라 그랬는지 아빠한테 이를 테야…… 두고 봐!"

헤어턴이 전혀 겁내는 기색이 없자 캐서린은 분을 못 참고 눈물을 쏟았습니다. "네가 내 말을 대기시켜." 캐서린이 하녀를 돌아보며 소리쳤습니다. "내 개도 당장 풀어놔!"

"말 좀 곱게 하죠." 하녀가 대답했습니다. "예의 차린다고 손해 볼 거 없거든요. 저기 헤어턴 씨는 주인 나리 아들은 아니지만 아가씨랑 사촌이고, 나는 아가씨 모시라고 있는 하녀가 아니에요."

"저 애가 나랑 사촌이라니!" 캐시가 코웃음을 치며 소리쳤습니다.

"그렇다니까요." 캐시를 꾸짖은 하녀가 대꾸했습니다.

"으아, 엘렌! 저것들이 저런 소리 못하게 해." 캐시는 크게 당황해서 소리쳤습니다. "아빠가 내 사촌 데리러 런던에 갔잖아…… 내 사촌은 신사 집안이잖아…… 내……" 캐시는 말을 하다 말고 울음을 터뜨렸습니다. 그런 얼간이와 친척이라는 생각만으로도 속이 상한 모양이었지요.

"뚝, 뚝!" 제가 속삭였습니다. "사촌이 여럿 있을 수도 있고 사촌 중에는 별의별 사람이 있을 수도 있지요. 그런 건 아무래도 괜찮아요. 싫은 사촌이고 나쁜 사촌이면, 안 만나면 그만이니까요."

"아니야, 저 애는 내 사촌 아니야, 엘렌!" 캐시는 생각할수록 슬퍼지는지, 슬픈 생각에서 도망치듯 저의 품속으로 달려들며 계속 칭얼댔습니다.

저는 캐서린과 하녀가 서로에게 공연한 사실을 알려준 데 몹시 화가 났습니다. 린턴이 온다는 소식이 히스클리프에게 전해질 게 분명했고, 캐서린이 아버지가 돌아오는 대로 가장 먼저 본데없이 자란 그 친척에 대해 물어볼 게 분명했거든요.

하인 취급에 대한 불쾌감을 떨쳐낸 헤어턴은 캐서린이 상심한 모습에 마음이 움직인 듯했습니다. 헤어턴은 조랑말을 현관 앞에 끌어다 놓은 다음, 캐서린을 달랠 요량으로 개집에서 귀여운 안짱다리 테리어 새끼를 데리고 오더니 캐서린의 손바닥에 올려놓으며 별말 아니었으니까 뚝 그치라고 하더군요.

잠시 울음을 그친 캐서린은 공포와 경악의 시선으로 헤어턴을 흘긋 살피더니 또다시 울음을 터뜨렸습니다.

딱한 청년에게 그토록 반감을 표하는 걸 보니, 저도 모르게 웃음이 나오더군요. 헤어턴의 체격은 늘씬하면서도 탄탄하고, 잘생긴 얼굴에 튼튼하고 건강했지만, 차림새는 매일 하는 일, 즉 밭에 나가 농사짓는 일 아니면 습지를 어슬렁거리며 토끼나 사냥감을 쫓아다니는 일에 어울렸답니다. 그렇지만 저는 헤어턴의 관상에서, 그의 마음에는 아버지보다 훨씬 나은 자질이 자리 잡고 있음을 알았습니다. 좋은 곡식들이 무성한 잡초 때문에 제대로 자라지 못하고 완전히 가려져 있지만, 좋은 밭이라는 건 틀림없으니까 좀 더 바람직한 환경이 된다면 풍성한 소출을 내리라는 생각이었지요. 히스클리프는 헤어턴을 신체적으로 학대하지는 않았던 것 같아요. 헤어턴은 원래 겁이 없는 성격이라 그런 식의 괴롭힘을 도발하지는 않았거든요. 소심하고 감수성이 예민한 성격이었다면 히스클리프도 괴롭히는 재미가 있었겠지요. 그러나 히스클리프는 자신의 악의를 헤어턴을 짐승으로 만드는 데 모두 사용한 듯했습니다. 헤어턴은 읽기와 쓰기를 전혀 배운 적이 없고, 사육자를 거스르지 않는 한에서는 아무리 나쁜 짓을 해도 꾸중 한 번 들은 적이 없었지요. 헤어턴에게는 미덕으로 이끌어주거나 악덕으로부터 지켜주는 지침이 단 한 번도 내려지지 않았던 겁니다. 듣자 하니 조지프도 헤어턴을 퇴화시키는 데 크게 기여했더군요. 헤어턴이 어렸을 때 오래된 가문의 장손이라는 이유로 치켜세우고 귀여워하며 편협한 애정을 쏟았더라고요. 그러면서 조지프는 캐서린 언쇼와 히스클리프가 어렸을 때 두 아이가 '악독한 짓거리'를 해서 나리를 더 이상 못 참게 만들었고 그래서 나리가 술에서 위안을 구할 수밖에 없었다고 두 아이를 비난했던 것과 똑같은 식으로, 헤어턴의 잘못을 전부 헤어턴의 재산을 강탈한 히스클리프의 어깨에 지웠습니다.

청년이 욕을 해도 조지프는 바로잡으려고 하지 않았어요. 아무리 괘씸한 짓을 해도 마찬가지였고요. 조지프는 청년이 최악으로 망가지는 것을 구경하며 흡족해했어요. 청년이 몰락하고 그의 영혼이 지옥불에 떨어질 것을 알면서도 그것이 히스클리프의 책임이라는 생각을 곱씹을 뿐이었지요. 하느님이 헤어턴의 피를 히스클리프의 손에서 찾으리라는 생각이 조지프에게는 무한한 위로였답니다.[*]

조지프는 헤어턴에게 가문과 혈통에 대한 자부심을 주입할 수 있었으니, 만약 하려고만 들었다면 헤어턴과 폭풍의 언덕의 현재 주인 사이에 미움을 심을 수도 있었을 겁니다. 하지만 주인에 대한 조지프의 두려움은 미신에 가까웠지요. 조지프는 자기가 주인에게 느끼는 감정들을 빈정거리는 혼잣말이나 은밀한 모의로 한정했습니다.

그 당시 폭풍의 언덕 사람들이 어떤 식으로 생활했는지 제가 소상하게 알고 있었다는 건 아닙니다. 제가 하는 이야기는 그저 소문으로 들은 것들이랍니다. 제 눈으로 본 건 거의 없었으니까요. 읍내 사람들은 히스클리프 씨가 인색하고 소작인들에게 잔인하고 독하게 군다고 입을 모았지만, 어쨌든 집 안은 여자가 살림을 맡으면서 예전의 아늑한 모습을 되찾았고, 힌들리 시절에 흔히 벌어졌던 난장판은 자취를 감추었습니다. 히스클리프는 너무 침울한 성격이라 좋은 사람이건 나쁜 사람이건 사람들과 어울리는 것 자체를 싫어했지요. 그건 지금도 마찬가지지만……

이야기가 다른 데로 흘렀군요. 캐시 양은 화해의 선물인 테리어를 거절하면서, 자기 개들을 내놓으라고 요구했습니다. 찰리와 피닉스는

---

[*] 「에스겔」 33장 8절. "가령 내가 악인에게 이르기를 악인아 너는 반드시 죽으리라 하였다 하자 네가 그 악인에게 말로 경고하여 그의 길에서 떠나게 하지 아니하면 그 악인은 자기 죄악으로 말미암아 죽으려니와 내가 그의 피를 네 손에서 찾으리라."

고개를 숙이고 다리를 절면서 나타났고, 우리는 집을 향해 출발했습니다. 사람 짐승 할 것 없이 대단히 언짢은 상태였습니다.

아씨는 좀처럼 그날 있었던 일들을 말해주려고 하지 않았습니다. 겨우 들은 이야기는 제가 예상했던 대로 목적지가 페니스턴 절벽이었다는 것, 그리고 그 집 대문 앞까지는 아무 일도 없었는데 마침 헤어턴이 밖으로 나왔고, 그를 수행하던 견공들이 캐시 양 일행을 공격했다는 것이었습니다.

개들은 주인들이 미처 떼어놓기 전에 혹독한 전투를 치렀고, 주인들은 싸움을 뜯어말리다 인사까지 나누었습니다. 캐서린은 헤어턴에게 자기를 소개한 뒤 목적지를 말해주면서 길 안내를 부탁했고, 결국 헤어턴을 꾀어 동행하게 되었습니다.

헤어턴이 요정의 동굴을 비롯해 스무 군데 이상 신기한 장소의 비밀을 보여주었지만, 이제 제가 자기 눈 밖에 났으니 자기가 구경한 재미난 것들을 이야기해주지 않겠다더군요.

하지만 저는 캐서린이 헤어턴을 하인 취급해서 헤어턴을 기분 나쁘게 하고, 하녀가 헤어턴을 캐서린의 사촌이라고 말해서 캐서린을 기분 나쁘게 하기 전까지 캐서린이 헤어턴을 아주 마음에 들어 했다는 걸 알 수 있었어요.

헤어턴이 했던 욕도 캐서린의 가슴에 사무쳤겠지요. 티티새 지나는 농원에서 캐서린은 모두에게 '귀염둥이' '아기' '공주' '천사'인데, 낯선 사람한테 그런 충격적인 욕을 들었으니 오죽했겠어요! 이해할 수 없는 일이었겠지요. 저는 캐서린이 이번 일을 아버지에게 말하지 않겠다는 약속을 하게 만드느라 무진 애를 썼답니다.

저는 나리가 폭풍의 언덕 사람들 전부를 얼마나 안 좋게 보는지, 아씨가 거기 갔던 것을 알면 나리가 얼마나 상심할지 이야기하기도 했지만, 무엇보다 아씨가 이번 일을 말하면 제가 나리의 명을 어겼다는 것이 밝혀지는데 그러면 나리는 화가 나서 저를 쫓아내리라는 사실을 강조했습니다. 캐시는 제가 쫓겨날지도 모른다는 생각에 괴로워하면서 저를 위해 이번 일을 비밀로 하기로 약속했습니다. 그리고 그 약속을 지켰지요. 어쨌든 캐시는 마음씨가 고운 아이였거든요.

5장

나리가 돌아올 날짜를 알리는 검은 테두리의 편지가 도착했습니다. 이사벨라가 세상을 떠난 것이었습니다. 나리는 딸에게 상복을 입히고 어린 조카를 위해 방과 다른 필요한 것들을 준비하도록 제게 당부했습니다.

캐서린은 아버지를 다시 만날 생각에 뛸 듯이 기뻐했고, 자기의 '진짜' 사촌은 얼마나 훌륭한 점이 많을지 상상하며 꿈에 부풀었습니다.

아버지와 사촌이 도착하는 저녁이 왔습니다. 이른 아침부터 자신의 소소한 일들을 정리하며 분주한 하루를 보낸 캐서린은 새로 장만한 검은 드레스를 차려입고—딱했지요! 고모가 죽었다는데 무엇이 슬픈지도 제대로 모르는 모양이었으니—저한테 계속 마중을 나가자고 졸라댔습니다. 저는 캐서린을 따라 농원 대문까지 나가야 했지요.

"린턴은 나보다 딱 여섯 달 어리대." 캐서린이 저와 함께 나무 그늘 아래 이끼 낀 잔디밭의 완만한 굴곡을 따라 한가롭게 거닐면서 조잘 댔습니다. "같이 놀면 정말 재미있을 거야! 이사벨라 고모가 아빠한테 그 아이의 고운 머리털을 보냈는데, 내 것보다 밝은색이었어…… 색 깔은 나보다 연하고 굵기는 나랑 비슷하게 가늘더라. 그 애 머리털을 작은 유리상자에 잘 넣어두었지. 직접 만나면 얼마나 좋을까 많이 생 각했었는데…… 야호! 너무 좋아…… 그리고 아빠, 사랑하고 사랑하 는 아빠! 얼른, 엘렌, 뛰어가자! 빨리!"

제 차분한 걸음이 대문 앞에 도착할 때까지 캐서린은 몇 번이나 뛰 어갔다 뛰어왔다 다시 뛰어갔고, 결국 길가의 비탈진 잔디밭에 자리 를 잡고 앉아 애써 끈기 있게 기다리려고 했습니다. 하지만 무리였습 니다. 가만히 앉아 있던 건 채 1분도 못 됐지요.

"왜 이렇게 안 와!" 캐서린이 소리쳤습니다. "야아, 큰길에 먼지가 난다…… 온다! 아니네! 언제 오는 거야? 조금만 나가면 안 될 까…… 반 마일만, 엘렌, 딱 반 마일도 안 돼? 제발, 저기 모퉁이에 있 는 자작나무 숲까지만!"

저는 절대 안 된다고 했지요. 그리고 마침내 캐서린의 조바심도 끝 이 났습니다. 달려오는 마차가 보이더라고요.

캐시 양은 창밖을 내다보는 아버지의 얼굴을 발견하자마자 환호성 을 지르고 양팔을 내뻗었습니다. 아버지도 딸 못지않게 반가움을 표 시하며 마차에서 내렸지요. 두 사람이 다른 사람 생각을 할 여유가 생 기기까지는 상당한 시간이 필요했습니다.

두 사람이 얼싸안고 있는 동안, 저는 린턴을 챙기기 위해서 마차 안을 들여다보았습니다. 린턴은 마치 한겨울처럼 모피로 안을 댄 따뜻한 망토를 입고 구석 자리에 잠들어 있었습니다. 창백하고 가냘픈 것이 여자아이라고 해도 믿을 만한 사내아이였고, 나리의 동생이라 해도 될 만큼 많이 닮았더라고요. 하지만 아이의 표정에는 에드거 린턴이 한 번도 보여준 적이 없는 병자의 심술이 드러나 있었지요.

나리는 마차 안을 들여다보는 제게 악수를 청한 뒤, 아이가 깨지 않게 마차 문을 닫는 것이 좋겠다고 하더군요. 여행으로 고단했을 거라면서요.

캐시도 아이를 들여다보고 싶어 했지만, 아버지가 말렸습니다. 저는 하인들을 대기시켜놓기 위해 서둘러 앞장섰고, 두 사람은 함께 농원 길을 걸어 올라갔습니다.

"자아, 얘야." 딸과 함께 현관 앞에 도착한 린턴 씨가 걸음을 멈추고 딸에게 당부했습니다. "네 사촌은 너처럼 튼튼하지도 못하고 너처럼 명랑하지도 않단다. 불과 얼마 전에 어머니를 잃었다는 걸 명심하렴. 그러니까 당장 너랑 같이 놀고 뛰어다니지는 못할 거야. 말을 많이 해서 네 사촌을 힘들게 해서도 안 돼요…… 오늘 저녁만이라도 조용히 쉬게 해주자꾸나, 알았지?"

"알았어요, 알았어요, 아빠." 캐서린이 대답했습니다. "하지만 얼굴은 봤으면 좋겠어요. 한 번도 안 내다보는데요."

마차가 멈추었습니다. 외삼촌이 자던 아이를 깨워 땅에 내렸지요.

"린턴, 이쪽은 너의 사촌 캐시란다." 외삼촌은 두 아이의 작은 손을 한데 포개면서 말했습니다. "캐시 누나는 벌써 너를 많이 좋아하는구나. 그러니까 누나 슬퍼하지 않게, 오늘 밤에는 울지 말기로 하자. 이제 기운을 좀 내자꾸나. 여행은 끝났으니까, 이제부터는 네가 하고 싶은 대로 편히 쉬고 재미있게 놀면 되는 거야.”

“그럼 잘래.” 린턴은 캐서린의 인사에 뒷걸음을 치면서 대답했습니다. 그러고는 손가락을 눈으로 가져가 눈가에 맺히기 시작한 눈물을 닦아냈습니다.

“자, 자, 착하기도 하지.” 저는 아이를 안으로 데리고 들어가면서 속삭였습니다. “네가 울면 누나도 울 거야…… 네가 우니 누나가 얼마나 슬퍼하는지 좀 보렴!”

캐시는 린턴이 울어서인지는 모르지만, 아무튼 린턴 못지않게 슬픈 표정을 지으며 아버지 옆으로 돌아갔습니다. 세 사람은 함께 서재로 올라갔습니다. 서재에는 차가 준비되어 있었지요.

저는 린턴의 모자와 망토를 벗겨주고 탁자 앞 의자에 앉혔습니다. 하지만 린턴은 자리에 앉자마자 다시 울기 시작했습니다. 나리가 왜 우느냐고 물었지요.

“의자에는 못 앉아요.” 아이가 흐느꼈습니다.

“그럼 소파로 가렴. 엘렌이 차를 갖다줄 거야.” 외삼촌이 참을성 있게 대답했습니다.

외삼촌이 칭얼거리는 병약한 조카를 데려오느라 여행 내내 얼마나 애를 먹었을지 짐작이 가고도 남았습니다.

린턴은 발을 질질 끌며 느릿느릿 걸어가서 소파에 드러누웠습니다. 캐시는 발판과 찻잔을 가지고 린턴의 옆자리로 갔고요.

처음에는 캐시도 가만히 앉아 있었지만 오래가지는 못했습니다. 사촌을 만나면 귀여워해주기로 마음먹고 있던 터였지요. 캐서린은 린턴

316

의 곱슬머리를 쓰다듬고 볼에 입을 맞추는가 하면 어린 아기에게 하듯 차를 받침 접시에 따라서 린턴에게 내밀기도 했습니다. 린턴은 좋아했습니다. 사실 아기보다 나을 것도 없었지요. 결국 린턴은 눈물을 그치고 보일락 말락 미소를 지었습니다.

"흠, 괜찮겠어." 나리는 두 아이를 잠시 지켜본 뒤 제게 말했습니다. "우리가 데리고 있을 수 있다면 저 아이도 괜찮을 거야. 또래 아이하고 놀다 보면 곧 새로운 기운이 솟을 테고, 자기가 원하는 만큼 체력도 키울 테지."

"그거야 우리가 데리고 있는 게 가능할 때 얘기지요!" 저는 혼잣말을 했습니다. 어림도 없다는 불길한 예감이 들더군요. 그러자 이런 생각이 들었습니다. 저런 약한 것이 폭풍의 언덕에서 자기 아버지와 헤어턴 사이에 끼여서 어떻게 살아갈까? 두 사람이 저 아이와 어떻게 놀아줄 것이며, 무엇을 가르칠까.

우리의 우려는 곧 현실로 나타났습니다. 예상했던 것보다도 빨랐지요. 차를 다 마신 후 저는 두 아이를 위층으로 데려갔고, 린턴이 잠든 것을 보고서야 내려왔습니다. (잠들기 전에는 저를 못 떠나게 했거든요.) 막 아래층에 내려와 현관 탁자에서 에드거 씨 침실에 가져갈 초에 불을 붙이고 있는데, 하녀 애 하나가 부엌에서 나오더니 히스클리프 씨의 하인 조지프가 찾아왔다더군요. 나리를 만나려고 한다는 것이었습니다.

"내가 나가서 왜 왔는지 알아봐야겠군." 저는 몹시 두려움을 느끼면서 말했습니다. "지금이 남의 집에 찾아올 시간도 아니고, 나리는 긴 여행에서 방금 돌아왔잖아. 조지프는 못 만나실 거야."

제가 이렇게 말하는 틈에 조지프는 부엌을 지나 현관까지 쳐들어왔습니다. 교회 갈 때 입는 외출복 차림에, 더없이 경건한 체하는 심술궂은 표정에, 한 손에는 모자 한 손에는 지팡이를 들고 신발을 깔개에 문지르더군요.

"오랜만이네요, 조지프." 제가 차갑게 말했습니다. "오늘 밤 여기에 무슨 볼일이라도 있나요?"

"린턴 씨를 만나야 할 긴데." 조지프는 너 따위는 비키라는 듯이 거만하게 손을 내저으며 대답했습니다.

"린턴 씨는 곧 주무셔야 하니, 급한 일이라면 모르지만 지금 만나 주시지는 않을걸요." 저는 차갑게 말을 이었습니다. "일단 거기 좀 앉아서 나한테 말하지그래요."

"린턴 씨 방이 어데고?" 늙은이는 닫힌 방문들을 훑어보았어요. 물러설 기세가 아니었습니다.

보아하니 제 중재안을 절대 받아들이지 않을 태세였습니다. 저는 내키지 않았지만 서재로 올라가 불청객의 방문을 알린 다음, 일단 돌아가게 하고 내일 오라고 하는 게 좋겠다고 말했습니다.

그러나 린턴 씨가 그런 권한을 제게 줄 시간도 없이 조지프가 저를 바로 쫓아 올라와 서재까지 들어왔습니다. 조지프는 책상 건너편에 자리 잡고 서서 두 손을 지팡이 손잡이 위에 턱 올리더니 어디 한번 덤벼보라는 듯 기세등등하게 말을 시작했습니다.

"히스클리프가 자기 자슥 데려오라 그래서 왔소. 애 없으면 나도 못 가니까."

에드거 린턴은 잠시 말이 없었습니다. 무한한 슬픔의 표정이 그의 온 얼굴에 나타나더군요. 아이만 놓고 봐도 가여운데, 이사벨라가 아이에게 기대하고 걱정했던 것들, 아이를 위해서 간절히 바란 것들, 아이를 부탁하면서 했던 말들 등을 떠올리니 아이를 내주어야 한다는 생각에 몹시 마음이 아팠겠지요. 나리는 아이를 데리고 있을 방법을 이리저리 궁리하는 듯했습니다. 하지만 묘안이 없었어요. 아이를 데리고 있고 싶은 마음을 드러내는 순간 요구하는 쪽은 더욱 강경하게 나올 테니, 아이를 내주는 것 말고는 다른 수가 없었지요. 하지만 린턴은 자고 있는 아이를 깨우지는 않았어요.

"히스클리프 씨에게 전하게." 린턴은 차분하게 대답했습니다. "아들은 내일 폭풍의 언덕으로 보내주겠다고. 지금은 잠자리에 들었고, 너무 지친 상태라서 그렇게 멀리는 못 가. 린턴의 모친은 아들이 나의 보살핌 아래에 있길 바랐다는 것, 그리고 아이의 건강이 지금 매우 좋지 않은 상태라는 것도 전하면 좋겠네."

"치우소!" 조지프는 지팡이로 바닥을 치면서 기고만장하게 지껄였습니다. "치우소! 됐소 고마. 히스클리프는 얼라의 에미가 뭐라 했든 댁이 뭐라 하든 자기 자슥 데려오라 그라는 기고, 그러니까 내가 데려가겠다는 기라. 인자 알아듣소!"

"오늘 밤은 안 돼!" 린턴이 단호하게 응수했습니다. "당장 가서 자네 주인한테 가서 내 말 전해. 엘렌, 내려 보내. 가라잖아……"

린턴은 화난 늙은이의 팔을 잡아 문밖으로 나가도록 도와주고는 문을 닫았습니다.

"두고 봐라!" 조지프는 느릿느릿 물러나며 소리쳤습니다. "내일은 애비가 직접 올 긴데, 그때도 이래 쫓아내봐라!"

6장

이 위협이 실현될 위험을 미리 막기 위해, 린턴 씨는 저에게 아침 일찍 캐서린의 조랑말에 아이를 태워 폭풍의 언덕으로 데려다주라고 했습니다. 그리고 이렇게 말했습니다.

"앞으로 우리는 그 아이의 운명에 좋은 쪽으로든 나쁜 쪽으로든 영향을 미치지 못할 테니, 아이가 어디로 갔는지 내 딸한테 말하지 않는 게 좋을 것 같군. 내 딸은 이제 그 아이와 교제할 수 없어. 캐시가 쉴 새 없이 폭풍의 언덕에 가겠다고 안달복달하지 않게 하려면, 그 아이가 가까이에 사는 걸 모르는 게 좋아. 아이 아버지가 갑자기 아이를 데려가겠다고 사람을 보내와서 아이를 보내지 않을 수 없었다고, 내 딸한테는 그렇게만 말해."

린턴은 새벽 5시에 침대에서 나가야 하는 것을 몹시 내키지 않아했고, 다시 길을 떠날 채비를 해야 한다는 말에 깜짝 놀랐지요. 도련님은 얼마 동안 아버지와 지내게 되었다, 아버지는 도련님을 몹시 보고 싶어 한다, 아들을 만나는 기쁨을 아들의 여독이 풀린 뒤로 미루고 싶어 하지 않을 정도다, 저는 이런 말로 상황을 에둘러 설명했습니다.

"아버지?" 린턴이 어리둥절해하며 소리쳤습니다. "엄마는 아버지가 있다고 말한 적이 없었는데. 아버지는 어디 살아? 나는 외삼촌이랑 살고 싶은데."

"티티새 지나는 농원에서 멀지 않은 곳이에요." 제가 대답했습니다. "바로 저 언덕 너머예요. 별로 멀지 않으니까, 도련님이 기운을 차리면 여기까지 걸어서 올 수도 있을걸요. 그리고 집에 가서 아버지를 만나게 됐으니 기뻐해야지요. 도련님이 어머니를 사랑했던 만큼, 아버지도 사랑하려고 애써야 해요. 그럼 아버지도 도련님을 사랑할 거예요."

"하지만 왜 나는 지금까지 아버지 이야기를 못 들었지?" 린턴이 물었습니다. "왜 엄마랑 아버지는 다른 사람들처럼 함께 살지 않은 거야?"

"아버지는 사업 때문에 북부를 떠날 수가 없었어요." 제가 대답했습니다. "어머니는 건강 때문에 남부에 머물러 있어야 했고요."

"그런데 왜 엄마는 아버지 이야기를 안 했을까?" 아이가 계속 물었습니다. "외삼촌에 대한 이야기는 엄마한테 많이 들었어. 그렇기 때문에 외삼촌은 오래전부터 사랑할 수 있었어. 하지만 내가 어떻게 아버지를 사랑하겠어? 아버지를 알지도 못하는데."

"아아, 자식은 부모를 사랑하는 법이에요." 제가 말했습니다. "도련님의 어머니는 아버지에 대한 이야기를 자주 들려주면 도련님이 아버지랑 살고 싶어 할 거라고 생각했겠지요. 얼른 준비하자고요. 이렇게 상쾌한 아침에 일찍 말을 타면 한 시간 더 자는 것보다 훨씬 개운하답니다."

"그 아이도 우리랑 함께 가는 거야?" 린턴이 물었습니다. "어제 본 그 아이도?"

"지금은 안 가요." 제가 대답했습니다.

"외삼촌은?" 린턴이 계속 물었습니다.

"안 가요. 내가 같이 갈 거예요." 제가 말했습니다.

린턴은 도로 드러누워 뭔가를 골똘히 생각했습니다.

"외삼촌 안 가면 나도 안 가." 린턴이 한참 만에 소리쳤습니다. "네가 나를 어디로 데려갈지 내가 어떻게 알아."

저는 아버지를 만나기 싫다고 하는 게 얼마나 나쁜 일인지 설명하려고 애썼습니다. 하지만 아이는 제가 옷을 못 입히게 버티더군요. 아이를 구슬려 침대에서 나오게 하려면 나리에게 도움을 청하는 수밖에 없었습니다.

잠깐 다녀오면 된다, 에드거 씨와 캐시가 놀러 갈 거다, 이런 거짓 약속들을 듣고서야 그 불쌍한 것은 길을 나섰습니다. 길을 가면서도 저는 역시 근거 없는 약속들을 지어내어 계속 들려주었지요.

시간이 지나면서 히스 향 가득한 맑은 공기, 밝은 햇빛, 그리고 조랑말 미니의 적당한 속도가 아이의 실망을 덜어주었습니다. 아이는 자기가 살 집과 거기 사는 사람들에 대해 관심을 가지고, 생기 있게 질문을 하기 시작했습니다.

"폭풍의 언덕도 티티새 지나는 농원만큼 살기 좋은 데야?" 아이가 골짜기 아래를 마지막으로 돌아보면서 물었습니다. 골짜기에서 엷은 안개가 피어오르며 파란 하늘 가장자리에서 양털 구름을 만들고 있었습니다.

"나무가 그렇게 울창하지는 않아요." 제가 대답했습니다. "그리고 그렇게 넓지도 않아요. 하지만 사방으로 아름다운 경치를 볼 수 있답니다. 도련님의 건강에는 그곳 공기가 더 좋을 거예요. 더 상쾌하고 습기도 적으니까. 처음에는 집이 오래되고 어둡다고 생각할지 모르지만…… 훌륭한 집이고, 동네에서 두번째로 좋은 집이지요. 습지에서 산책하면 정말 좋답니다! 헤어턴 언쇼가―캐시 양과 사촌이니 도련님하고도 친척이겠네요―온갖 아름다운 곳을 보여줄 거예요. 날씨가 좋으면 밖에 나가 책을 읽을 수도 있고 오목한 잔디밭을 도련님 서재로 삼을 수도 있답니다. 그리고 이따금 외삼촌이 도련님과 함께 산책을 할 수도 있고요. 외삼촌도 비탈길로 산책 나갈 때가 많거든요."

"그런데 아버지는 어떻게 생겼어?" 아이가 물었습니다. "외삼촌처럼 젊고 잘생겼어?"

"외삼촌만큼 젊어요. 그렇지만 검은 머리칼과 검은 눈에, 외삼촌보다는 엄한 인상이고, 외삼촌에 비해 키도 크고 몸집도 크지요. 처음에는 인자하고 자상한 인상이 아닐지도 모르지만, 그건 아버지 성격이 원래 그런 거고…… 그래도 아버지를 솔직하고 다정하게 대해야 하는 거 명심해요. 그럼 아버지도 자연히 외삼촌보다 훨씬 도련님을 사랑할 거예요. 아들이니까요."

"검은 머리칼에 검은 눈이라니!" 린턴은 혼잣말을 했습니다. "상상이 안 되네. 그럼 나는 아버지랑 안 닮았어?"

"별로 안 닮았어요." 제가 대답했습니다. 전혀 안 닮았다고 생각하면서요. 아이의 모습을 살펴보니 유감스럽더군요. 창백한 얼굴에 가냘픈 체격, 크고 나른한 눈…… 자기 어머니를 빼다 박은 눈이었습니다. 다만 그 눈빛은, 병자의 과민한 짜증으로 잠깐 빛날 때를 제외하면, 반짝반짝 생기가 넘치던 이사벨라의 눈빛과는 완전히 달랐지요.

"아버지가 엄마와 나를 보러 온 적이 한 번도 없다니 너무 이상해." 아이가 웅얼댔습니다. "아버지는 나를 본 적이 있을까? 봤다고 해도 갓난아기 때였을걸. 아버지에 대해 기억나는 게 아무것도 없어."

"이봐요, 린턴 도련님," 제가 말했습니다. "300마일은 아주 먼 거리라고요. 그리고 10년이라는 시간은 도련님에게는 길게 느껴지겠지만 어른들에게는 전혀 긴 시간이 아니랍니다. 히스클리프 씨는 해마다 내년 여름에는 가봐야지 하고 생각만 하다가 기회를 놓쳤을 거예요. 그러다 이제는 너무 늦어버렸고요. 아버지한테는 그런 걸 캐묻지 마세요. 괜스레 아버지 마음만 불편할 테니까."

아이는 그때부터 도착할 때까지 생각에 잠겨 있었어요. 드디어 그 집의 정원 대문 앞에 멈춰 섰을 때, 저는 아이의 표정에서 아이가 받은 인상을 가늠해보려고 했습니다. 아이는 건물 정면의 부조, 길고 폭이 좁은 창문, 제멋대로 자란 구스베리 덤불, 구부러진 전나무를 심각한 얼굴로 열심히 살핀 다음 고개를 내저었습니다. 자기가 살 집의 외양을 아주 못마땅해하는 모습이었지요. 그래도 불평을 미뤄둘 분별력은 있더군요. 집 안으로 들어가면 아주 좋을 수도 있었으니까요.

아이가 말에서 내리기에 앞서 제가 현관문을 열었습니다. 시간은

6시 반, 식구들이 아침을 먹고 난 직후였습니다. 하녀는 식탁을 치우며 행주질을 하고 있었고, 조지프는 주인이 앉은 의자 옆에 서서 절름발이 말에 대한 이야기 중이었어요. 헤어턴은 목초밭에 나갈 채비를 하고 있었습니다.

"어이, 넬리!" 히스클리프가 저를 보고 소리쳤습니다. "내가 직접 내려가서 내 재산을 가져와야 하나 걱정하던 참이었어. 네가 데려왔구나? 어디 쓸 만한가 보자."

그가 의자에서 일어나더니 성큼성큼 문 앞으로 왔고 헤어턴과 조지프도 궁금한 듯 입을 헤벌리고 따라왔습니다. 불쌍한 린턴은 겁먹은 눈으로 세 사람의 얼굴을 번갈아 쳐다보았습니다.

"틀림없소." 조지프가 엄숙한 얼굴로 이리저리 뜯어본 후 말했습니다. "애를 바꿔치기했소. 나리, 저 자슥은 그 집 딸내미요."

히스클리프는 아이를 빤히 쳐다봐서 결국 부들부들 떨게 만든 다음, 웃음을 터뜨렸습니다.

"맙소사! 예쁘기도 해라! 무슨 이런 귀여운 게 다 있어!" 그가 소리쳤습니다. "넬리, 달팽이랑 쉰 우유를 먹여 키운 거야? 에이, 망할! 기대만도 못하잖아. 악마에 맹세코 큰 기대도 없었는데."

저는 벌벌 떨며 어쩔 줄 몰라 하는 아이에게 이제 들어가야 하니 말에서 내리라고 했습니다. 아이는 자기 아버지가 하는 말이 무슨 뜻인지도, 그것이 자기를 두고 하는 말인지도 모르는 듯했습니다. 음산한 얼굴로 자기를 비웃는 이 낯선 남자가 아버지인지도 긴가민가했지요. 아이는 점점 겁을 내며 제게 달라붙었고, 히스클리프 씨가 자리에 앉아 "이리 와라" 하고 말하자, 제 어깨에 얼굴을 파묻고 울기 시작했습니다.

"쯧쯧!" 히스클리프는 한 손으로 아이를 거칠게 끌어당겨 자기 무릎 사이에 세운 다음 아이의 턱을 들어 올렸습니다. "그런 바보짓은 안 돼. 우리는 너를 해치지 않아, 린턴…… 그게 네놈 이름이냐? 네 엄마를 쏙 빼닮았구나! 질질 짜는 겁쟁이 자식, 네놈 안에 내 몫은 어디 있나?"

그는 아이의 모자를 벗겨보기도 하고, 숱 많은 아마빛 곱슬머리를 뒤로 넘겨보기도 하고, 가는 팔과 조그마한 손가락을 만져보기도 했습니다. 그동안 린턴은 울음을 그치고, 크고 파란 눈을 들어 자기를 살피는 사람을 살폈습니다.

"나에 대해 아냐?" 히스클리프는 아이의 팔다리가 하나같이 가늘고 약하다는 것을 실컷 확인한 뒤에 물었습니다.

"아니요!" 린턴이 막연한 공포의 시선으로 바라보며 대답했습니다.

"나에 대해 들어본 적은 있겠지?"

"아니요." 아이가 다시 대답했습니다.

"없어? 아들에게 아비에 대한 공경심을 일깨우지 않았다니, 네 어미가 수치스럽구나! 그럼 이제 내 말 명심해. 너는 내 아들이다. 그리고 네 어미는 몹쓸 년이었다. 너한테 나 같은 아비가 있다는 것도 알리지 않다니…… 자, 그리 질겁하지 마라, 얼굴 붉힐 것도 없어! 그래도 네놈 피가 허옇지는 않은 모양이니 그건 다행이로구나. 착하게 지내면 내가 잘해주마. 넬리, 너는 피곤하면 자리에 앉든지, 아니면 돌아가. 얼른 가서 티티새 지나는 농원의 멍청이 놈에게 네가 보고 들은 걸 보고해야 할 거 아냐. 네가 계속 여기서 얼쩡거리면 이 물건도 마음을 못 잡을 거야."

"그럼," 제가 대답했습니다. "아이한테 잘해줘요. 안 그러면 오래 못 데리고 있을걸요. 이 넓은 세상에서 당신 혈육이라고는 앞으로도 이 아이 하나뿐이잖아요. 명심하라고요."

"내가 아주 잘해줄 테니까 염려할 거 없어!" 그가 껄껄 웃으면서 대답했습니다. "하지만 나 말고 이놈에게 잘해주는 녀석은 없어야 해. 내가 이놈의 애정을 독차지할 거야. 그럼 이제 잘해주기 시작해볼까. 조지프! 아이에게 아침 좀 갖다줘. 헤어턴, 이 데퉁맞은 놈아, 일하러 안 가고 뭐하냐." 그는 두 사람이 나간 뒤에 이렇게 덧붙였습니다. "맞아, 넬리! 내 아들이 장래 티티새 지나는 농원 소유주야. 그러니 이놈이 그 집을 상속받는 것이 확실해질 때까지는 나도 이놈이 죽기를 바라지 못하지. 또, 이놈은 내 거니까, 내 후손이 놈들의 토지를 차지하고 그럴듯하게 지주 노릇을 하는 걸 보며 즐기고 싶거든. 내 후손이 놈들의 후손을 일꾼으로 고용해서 자기 조상의 땅을 갈게 한다 이 말이야. 그 정도 보상도 없다면 내가 이런 개새끼를 견뎌낼 재간이 없잖아. 이놈은 경멸스럽고, 불러일으키는 기억은 혐오스럽거든! 그렇지만 그 정도 보상이면 충분하니까, 이놈은 내 집에서 무사히 지낼 거야. 네 주인이 제 자식 돌보듯 신경 써서 돌보게 할 생각이야. 이놈이 쓸 방은 위층에 보기 좋게 꾸며놓았고, 가정교사도 20마일이나 떨어진 곳에서 한 주에 세 번씩 와서 배우고 싶어 하는 건 뭐든 가르치게 해놓았어. 헤어턴한테는 이놈이 시키는 대로 하라고 했지. 사실 나는 이놈 안에 있는 우월한 자질과 신사의 자질을 보존해서 다른 놈들보다 윗자리에 앉힐 요량으로 모든 것을 완벽하게 마련해놓았어. 하지만 이렇게 싹수없는 놈이라니, 정말 섭섭한걸. 내가 이승에서 바란 복이 있었다면, 내놓고 자랑할 만한 자식을 얻는 거였는데, 젖국 같은 희멀건 얼굴에 개새끼처럼 낑낑거리는 놈을 얻다니, 몹시 실망스러워!"

그가 이야기를 늘어놓는 동안, 조지프가 우유죽이 담긴 사발을 가지고 들어와 린턴 앞에 내려놓았습니다. 린턴은 싫은 표정으로 이 소박한 식사를 휘저어보더니, 먹을 수 없다고 선언했습니다.

보아하니 늙은 하인 역시 주인과 비슷한 정도로 아이를 깔보고 있었습니다. 다만 하인 쪽은 감정을 겉으로 드러내지는 못했습니다. 아이를 깍듯이 모셔야 한다는 뜻을 히스클리프가 분명히 밝혔으니까요.

"못 먹겠다?" 늙은 하인은 린턴의 얼굴을 들여다보면서 되뇌었고, 다른 사람에게 들리지 않도록 목소리를 낮추었습니다. "헤어턴 도련님이 어렸을 때 노상 먹던 기다. 헤어턴 도련님이 먹은 거를 니는 왜 못 먹노."

"나는 못 먹어." 린턴이 쏘아붙였습니다. "치워."

조지프는 화난 표정으로 사발을 낚아채 우리에게 가져왔습니다.

"이 음식이 뭐가 잘못됐소?" 조지프는 쟁반을 히스클리프의 코앞에 들이밀면서 물었습니다.

"잘못될 게 뭐가 있어?" 그가 대꾸했습니다.

"보소!" 조지프가 대답했습니다. "저기 계신 까다로운 분이 이런 거는 못 먹겠단다. 하긴 그기 맞지! 지 에미가 꼭 저랬다. 우리는 그분 먹을 빵 만드는 밀을 심는 것도 안 될 만치 더러운 놈들이었다."

"내 앞에서 애 엄마 이야기는 집어치워!" 주인이 화를 내며 말했습니다. "애가 먹을 수 있는 걸로 갖다주면 될 거 아냐. 넬리, 저 애는 보통 뭘 먹지?"

저는 데운 우유나 차가 좋을 거라고 했고, 하녀는 그런 것을 만들라는 명을 받았지요.

저는 생각했습니다. 그렇다면, 아이 아버지의 이기심 덕분에 아이의 안락함이 보장되겠구나. 아이 몸이 약하다는 것과 너그러운 대우가 필요하리라는 것을 알았겠지. 에드거 씨가 안심할 수 있게 히스클리프가 어떤 마음인지 알려줘야겠다.

저는 더 있을 구실도 없고 해서, 린턴이 양치기 개가 같이 놀고 싶어서 달려드는 걸 겁을 내며 쫓는 사이 살짝 빠져나왔습니다. 하지만 린턴은 속아 넘어가지 않을 정도로 저에게도 신경을 쓰고 있었나 봐요. 제가 문을 닫고 나온 순간, 미친 듯이 울부짖더군요.

"날 두고 가지 마! 여기 안 있을래! 여기 안 있을래!"

그리고 빗장이 걸리는 소리가 들렸습니다. 아이를 못 나오게 하는 조치였습니다. 저는 미니 등에 올라타고 내달렸습니다. 이것으로 짧았던 보호자 역할도 끝이 났지요.

7장

그날 우리는 꼬마 캐시 때문에 홍역을 치렀습니다. 사촌이랑 놀겠다는 생각으로 한껏 신이 나서 일어난 캐시는 사촌이 갔다는 말을 듣고 얼마나 서럽게 울던지, 에드거가 직접 나서서 사촌은 곧 돌아올거라는 말로 달래줄 수밖에 없었지요. "내가 데려올 수 있다면"이라는 말을 덧붙이면서요. 사실 그럴 가능성은 전혀 없었지요.

이런 약속의 말도 캐시를 달래기에는 역부족이었습니다. 하지만 시간의 힘은 강했지요. 캐시는 이따금 아버지한테 린턴이 언제 돌아오는지 물었지만, 린턴의 얼굴은 서서히 캐시의 기억 속에서 희미해져, 나중에 다시 만났을 때는 알아보지도 못했답니다.

저는 기머턴에 볼일을 보러 나갔다가 폭풍의 언덕의 하녀와 마주치면, 젊은 도련님의 안부를 묻곤 했습니다. 린턴도 캐서린 못지않게 바깥출입이 없어서, 사람들 눈에 띄는 일은 전혀 없었으니까요. 하녀의 말에 따르면, 린턴은 여전히 허약하고 식구들을 성가시게 하는 존재였습니다. 히스클리프 씨는 내색하지 않으려고 애쓰지만 아들을 싫어하는 마음이 점점 심해지는 모양이더군요. 아들이 말하는 소리만 들려도 질색하고, 아들과 한방에 있으면 단 몇 분도 못 참는다더라고요.

부자간 대화는 거의 없는 모양이었어요. 린턴은 응접실이라고 부르는 작은 방에 앉아 공부를 하거나 저녁을 보내고, 안 그런 날에는 하루 종일 침대에 누워서 지낸다고 하더군요. 기침과 감기를 달고 살고, 언제나 어디 한 군데는 아프다고 하고요.

"그리고 내 평생 그렇게 심약한 물건은 처음이야." 하녀가 덧붙였습니다. "자기 몸을 그렇게 위하는 물건도 처음이고. 내가 저녁에 창문을 좀 늦게까지 열어놓으면, 그때부터 계속 똑같은 소리야. 아이! 얼어죽겠어, 밤바람 들어오잖아! 한여름에 불을 때달라질 않나, 조지프의 담뱃대를 독약 보듯 하질 않나, 낮이고 밤이고 달달한 게 없으면 안 되고, 우유, 우유, 노래를 부르고, 나머지 식구는 한겨울에 얼어죽든 말든 자기는 벽난로 앞에서 털망토를 뒤집어쓰고는 한 손에는 토스트를 들고 시렁에는 물이든 죽이든 홀짝거릴 것을 올려놓고 앉아 있는 거야. 헤어턴이 불쌍하게 생각해서 놀아주러 오기도 하는데—헤어턴은 거칠지만 천성이 나쁜 애는 아니거든—항상 한쪽은 욕을 하고 한쪽은 엉엉 우는 걸로 끝이 나. 린턴이 자기 아들만 아니면, 주인은 언쇼가 린턴을 죽도록 패줘도 재미있어할걸. 린턴이 얼마나 제 몸뚱이 챙기기에 열심인지 주인이 반만 알아도 당장 쫓아내고 싶어 할 텐데. 그러니 주인은 아예 그런 맘이 들지 않게 조심을 하더란 말이야. 응접실엔 아예 발을 들이지를 않고, 자기가 큰방에 있을 때 린턴이 그런 짓을 하면 당장 위층으로 쫓아버리더라니까."

이런 말을 듣자, 히스클리프 씨가 어렸을 때부터 이기적이고 밉살스러운 성격은 아니었다 하더라도, 정을 나눌 사람 하나 없는 환경에서 지내다 보니 그렇게 되어버렸구나 싶더군요. 그와 함께 린턴에 대한 관심은 사라졌습니다. 하지만 린턴의 운명이 안쓰럽다는 마음과 우리가 린턴을 데리고 있었다면 좋았을걸 하는 아쉬운 마음은 남아 있었어요.

에드거 씨는 소식을 알아보도록 저를 부추겼습니다. 린턴에 대해서 생각이 많은 것 같았고, 린턴을 보기 위해서라면 어느 정도 위험을 감수할 용의도 있었을 겁니다. 한번은 저에게 그 집 하녀를 만나 린턴이 읍내에 나올 때가 있나 물어보라고 했어요.

린턴이 읍내에 나간 것은 딱 두 번, 아버지를 따라 말을 타고 나간 것이 전부였고, 두 번 모두 집에 돌아와서 사나흘간 어지간히 기진맥진한 시늉을 했다고 하녀가 말하더군요.

제 기억이 맞는다면, 그 하녀는 린턴이 오고 2년 뒤에 일을 그만뒀고, 제가 잘 모르는 사람이 새로운 하녀로 왔습니다. 그 하녀는 아직 거기 살고 있답니다.

티티새 지나는 농원의 시간은 전과 다름없이 평탄하게 흘러갔고, 어느덧 캐시 양은 열여섯 살이 되었습니다. 캐시 양의 생일은 돌아가신 안주인의 기일이기도 해서, 생일을 특별히 축하한 적은 한 번도 없었습니다. 그날이면 나리는 온종일 서재에 처박혀 있다가, 어두워질 때쯤 기머턴 교회의 공동묘지까지 걸어갔다 오곤 했습니다. 자정이 넘도록 돌아오지 않을 때도 많았지요. 그러니 캐서린은 생일이면 혼자서 놀거리를 찾아야 했습니다.

그해 3월 20일은 아름다운 봄날이었습니다. 아버지가 방에 들어가자 아씨는 나들이옷 차림을 하고 내려왔습니다. 아버지에게 엘렌과 함께 습지 가장자리까지 산책을 가도 되겠느냐고 물었더니 멀리 가지 않고 한 시간 안에 돌아온다면 다녀와도 괜찮다고 허락했다더군요.

"그러니까, 얼른 가자, 엘렌!" 캐시가 소리쳤습니다. "가보고 싶은 데가 있어. 뇌조 떼가 날아온 곳인데, 벌써 둥지를 틀었는지 보고 싶어."

"거기라면 한참 올라가야 되잖아요." 제가 대답했습니다. "뇌조는 습지 가장자리에 알을 낳는 새가 아니니까요."

"아니야, 안 멀어." 아씨가 말했습니다. "전에 아빠하고 거의 근처까지 갔었단 말이야."

저는 더 이상 깊이 생각하지 않고, 보닛을 쓰고 신나게 출발했습니다. 아씨는 마치 그레이하운드 새끼처럼 제 앞으로 뛰어갔다 제 옆으로 뛰어왔다 다시 앞으로 뛰어갔습니다. 저도 처음에는 즐거운 것들을 많이 찾아냈습니다. 여기저기에서 들려오는 종달새들의 노랫소리에 귀를 기울이는 것도 즐거웠고, 따사로운 햇살을 받으면서 저의 귀염둥이이자 저의 기쁨인 아씨를 바라보는 것도 즐거웠습니다. 아씨의 황금색 곱슬머리는 등 뒤로 날리고 있었고, 아씨의 눈부신 두 뺨은 활짝 핀 들장미처럼 보드랍고 맑았으며, 두 눈은 구름 한 점 없는 행복으로 반짝였습니다. 그 시절의 캐시는 아무 걱정 없는 어린아이였고 천사였습니다. 그런데도 만족할 줄 몰랐으니 딱한 일이지요.

"그런데," 제가 말했습니다. "뇌조가 어디에 있다는 거예요? 근처 라면서요. 농원 울타리를 너무 벗어났잖아요."

"아이, 조금만 더 가면 돼. 정말 조금만 더 가면 돼, 엘렌." 아씨는 계속 이 대답만 했어요. "저 작은 언덕으로 올라가서, 저 개울을 건너면 돼. 엘렌이 맞은편에 도착할 때쯤이면 내가 새들을 날려 보낸 다음일걸."

하지만 올라갈 언덕과 건너갈 개울이 얼마나 많던지 저는 결국 지치기 시작했고, 이제 되돌아가야겠다고 말했지요.

저는 한참 뒤쪽에서 고함쳤습니다. 아씨가 앞서 가고 있었으니까요. 하지만 못 들은 건지 못 들은 척하는 건지 아씨는 계속 획획 내달렸고 저도 할 수 없이 따라갔습니다. 결국 움푹한 곳으로 뛰어 내려가서 제 시야에서 사라진 동안 자기 집보다 폭풍의 언덕에 2마일이나 더 가까운 곳까지 가버렸더군요. 다시 모습을 보인 아씨는 두 사람에게 붙잡혀 있었습니다. 아무래도 한 사람은 히스클리프 씨라는 느낌이 들었습니다.

알을 훔치다가 잡혔거나 최소한 뇌조 둥지를 찾아다닌 죄로 잡힌 것이었습니다.

폭풍의 언덕은 히스클리프 씨의 땅이었고, 그는 밀렵꾼을 책망하는 중이었습니다.

"가져간 것도 없고 찾아낸 것도 없어요." 제가 겨우 사람들 쪽으로 기어 올라가자, 캐시는 자기 말에 대한 증거를 제시하듯이 양손을 펼쳐 보이며 말했습니다. "가져갈 생각도 아니었다고요. 아빠가 여기 올라오면 뇌조 알이 많다기에 구경하러 온 거예요."

히스클리프는 악의 어린 미소를 지으며 저를 힐끗 쳐다보았습니다. 아이의 아빠가 누구인지 익히 알고 있고, 그래서 그자를 증오하고 있음을 보여주는 미소였습니다. 그러면서도 히스클리프는 캐시에게 '아빠'가 누구냐고 물었습니다.

"티티새 지나는 농원의 린턴 씨랍니다." 캐시가 대답했습니다. "내가 누구인지 모를 줄 알았어. 알았다면 그런 식으로는 말하지 않았겠죠."

"아빠가 크게 인정받고 존경받는 사람인 줄 아나 보지?" 그는 냉소하듯 물었습니다.

"아저씨는 누구세요?" 캐서린은 이상하다는 듯 상대를 쳐다보면서 물었습니다. "저 남자는 전에 본 적이 있는데. 아저씨 아들이에요?"

캐서린은 헤어턴을 가리켰습니다. 헤어턴은 지난 2년 동안 덩치가 커지고 힘이 세졌을 뿐 어색하고 촌스러운 것은 여전했습니다.

"캐시 양," 제가 끼어들었습니다. "한 시간 안에 돌아가기로 했는데 벌써 세 시간째예요. 이제 정말 돌아가야 해요."

"아니, 저 남자는 내 아들이 아니란다." 히스클리프가 저를 밀어내면서 대답했습니다. "하지만 아들이 있는데 그 아이도 네가 전에 본 적이 있지. 네 유모는 서두르고 있지만, 너나 네 유모나 잠시 쉬었다가는 게 나을 듯한데. 이 히스 밭 길만 돌아가면 우리 집이니까 들어왔다 가렴. 휴식을 취하면 가는 길도 빨라질 테니까. 대접하고 싶어서 그래."

저는 무슨 일이 있더라도 그 제안에 응해서는 안 된다고 캐서린의 귀에 속삭였습니다. 가당치 않은 일이었지요.

"왜?" 캐서린이 큰 소리로 물었습니다. "한참 뛰었더니 피곤한걸. 바닥은 이슬이 내려서 앉을 수도 없어. 가자, 엘렌! 저 아저씨는 내가 자기 아들을 본 적이 있대. 잘못 알았겠지. 하지만 저 아저씨 집이 어딘지는 알 것 같아. 내가 전에 페니스턴 절벽에서 돌아오는 길에 들어갔던 집일 거야. 내 말 맞지?"

"맞을걸. 자아, 넬리, 너는 입 닥치고 있어. 저 아이도 우리 집을 구경하면 재미있을 테니. 헤어턴, 너는 아가씨하고 앞장서라. 넬리, 너는 나하고 가야지."

"안 돼, 캐시 양은 그런 데 안 가요." 저는 그에게 붙잡힌 팔을 빼내려고 버둥대면서 소리쳤습니다. 하지만 캐시 양은 벼랑길을 전속력으로 내달리더니 이미 폭풍의 언덕 현관 앞에 거의 도착했더군요. 동행을 명받은 헤어턴은 캐시 양을 수행하는 시늉조차 없이 멀찍이 길가로 떨어져 가다가 어디론가 사라졌습니다.

"히스클리프 씨, 이건 못할 짓이에요." 저는 소리쳤습니다. "무슨 꿍꿍이냐고요. 캐시 양이 린턴을 볼 테고, 집에 돌아가자마자 모두 말해버릴 텐데. 그러면 다 내 잘못이 된다고요."

"나는 저 아이한테 린턴을 보여주고 싶어." 그가 대답했습니다. "린턴은 최근 며칠 그런대로 봐줄 만하거든. 남들 앞에 내보일 수 있는 때가 많지 않은 놈이란 말이야. 우리가 저 아이를 구슬려서 여기 왔던 일을 비밀로 하자고 하면 되지. 나쁠 거 없잖아?"

"나쁠 게 없다니. 당신 집에 캐시 양이 들어가게 놔둔 걸 그 아버지가 알면 나를 증오할 텐데. 그것도 그렇고, 캐시 양을 이렇게 집에 불러들이다니 분명 나쁜 속셈이 있겠지." 제가 대꾸했습니다.

"내 속셈은 더없이 정직한 속셈이지. 전부 다 알려줄 테니까 들어."
그가 말했습니다. "두 사촌이 사랑에 빠져서 결혼하게 만드는 게 내
속셈이야. 내가 네 주인한테 아량을 베푸는 셈이지. 그의 딸년은 물려
받을 유산도 없는데, 내 뜻대로 따르기만 하면 즉시 린턴이랑 공동 상
속자가 되어 생계가 보장되잖아."

"린턴 도련님이 죽으면 캐서린이 상속자야." 제가 대답했습니다.
"린턴 도련님이 살아야 얼마나 살겠어."

"아니, 그렇게는 안 돼." 그가 말했습니다. "유언장에는 그런 조항
이 없어. 그자의 재산은 나한테 오게 돼 있어. 내가 두 아이를 결혼시
키려는 것은 분쟁의 소지를 없애기 위해서지. 나는 두 아이를 결혼시
킬 작정이야."

"나는 저 아이가 당신 집 근처에 얼씬도 못하게 할 작정이야." 저는
캐시 양이 우리를 기다리는 대문으로 걸어가며 대꾸했습니다.

히스클리프는 제게 닥치라고 한 뒤, 현관문을 열기 위해 서둘러 갔
습니다. 아씨는 히스클리프가 어떤 사람인지 모르겠다는 듯 몇 번이
나 그를 쳐다보았는데, 그는 아씨와 눈이 마주칠 때마다 미소를 지었
고 말할 때는 부드러운 목소리가 되더군요. 어리석게도 저는 그가 아
씨 어머니를 추억하며 아씨를 해코지하려는 마음을 접을지도 모른다
고 생각했답니다.

린턴은 벽난로 앞에 서 있었습니다. 들판을 산책하고 돌아온 듯 모
자를 쓴 채로 조지프에게 젖지 않은 신발을 내오라고 소리치고 있더
군요.

열여섯 살에서 아직 몇 달 부족한 나이를 생각하면 키가 큰 편이었

고, 이목구비는 여전히 귀여웠습니다. 눈빛과 혈색이 제가 기억했던 것보다는 밝았는데, 시원한 바람과 따뜻한 햇볕 덕에 잠시 그렇게 보였던 것이었지요.

"자, 저게 누굴까?" 히스클리프 씨가 캐시를 돌아보면서 물었습니다. "알아보겠니?"

"아들이에요?" 캐시는 미심쩍다는 듯 양쪽을 번갈아 살펴본 뒤 되물었습니다.

"그럼, 그럼." 그가 대답했습니다. "그런데 내 아들을 본 게 이번이 처음일까? 잘 생각해봐! 이런! 기억력이 나쁘구나. 린턴, 사촌을 만나고 싶다고 그렇게 우리를 귀찮게 하더니, 기억 안 나?"

"어머, 린턴!" 캐시는 그 이름을 듣고 반가운 놀라움으로 얼굴이 환해지면서 소리쳤습니다. "저게 꼬마 린턴? 키가 나보다 더 크네? 네가 린턴이야?"

소년이 한 발 다가오며 그렇다고 말했습니다. 캐시는 린턴에게 입맞춤을 퍼부었고, 두 아이는 서로를 바라보면서 시간이 바꿔놓은 서로의 모습에 경탄했습니다.

캐서린의 키는 이미 어른 정도로 자란 상태였고, 몸매는 풍만하면서도 날씬했으며 강철처럼 탄력이 있었고, 몸 전체가 건강과 활기로 불꽃처럼 빛나는 아이였습니다. 반면에 린턴은 표정이나 움직임이 매우 나른했고, 체격은 심하게 가냘팠습니다. 하지만 우아한 매너가 이런 결점들을 메워주어 전체적으로는 나쁘지 않은 인상이더군요.

캐시는 사촌과 이런저런 정담을 주고받은 다음, 문 앞에서 꾸물거리고 있는 히스클리프 씨에게 다가갔습니다. 히스클리프 씨는 안과 밖을 모두 신경 쓰고 있었어요. 다시 말해 밖을 살피는 척하면서 실은 안에 신경을 쓰고 있었지요.

"그렇다면 아저씨가 고모부였군요!" 캐시는 인사를 하려고 다가가면서 외쳤습니다. "저한테 화를 내셨지만, 저는 처음부터 고모부가 좋았던 것 같아요. 린턴이랑 같이 티티새 지나는 농원에 놀러 오지 그러세요. 그동안 이렇게 가까이 살면서 한 번도 안 오시다니 이상해요. 지금까지 왜 안 오셨어요?"

"네가 태어나기 전에 너무 자주 갔었거든." 그가 대답했습니다. "이런 빌어먹을! 뽀뽀가 남아돌면 린턴한테나 줘라. 나한테 낭비하지 말고."

"엘렌, 나빠!" 캐서린은 이번에는 제게 뽀뽀 세례를 퍼부으려고 달려들면서 외쳤습니다. "엘렌, 못됐어! 여기 못 오게 하다니. 내일 아침부터 매일 이 길로 산책해야지. 그래도 되나요, 고모부? 아빠랑 같이 와도 되나요? 우리가 오면 좋겠죠?"

"물론이지!" 고모부는 오겠다는 두 사람에 대한 지독한 혐오로 쓴 웃음이 나오는 걸 겨우 참으면서 대꾸했습니다. 그러고는 아씨를 향해 돌아서면서 덧붙였습니다. "가만있자. 생각해보니까, 너한테 말해주는 편이 낫겠구나. 린턴 씨는 내게 편견을 가지고 있어. 우리는 예전에 한 번 예수 믿는 사람답지 않게 격렬하게 싸운 일이 있단다. 만약 네가 여기 왔었다는 말을 하면, 린턴 씨는 너를 여기 두 번 다시 못 오게 할 거야. 그러니까 앞으로 계속 네 사촌을 만나고 싶거든, 여기 왔었다는 말은 하면 안 돼. 오는 건 좋지만 왔다고 말하는 건 안 돼."

"왜 싸웠어요?" 캐서린이 꽤 낙심하면서 물었습니다.

"린턴 씨는 내가 자기 동생 남편감으로는 너무 가난하다고 생각했 단다." 히스클리프가 대답했습니다. "우리가 결혼하자, 린턴 씨는 몹 시 상심했지. 자존심이 상했으니 결코 용서하지 않을 거다."

"그건 옳지 않은 일이에요!" 아씨가 말했습니다. "조만간 아빠한테 도 그렇게 말할 거예요. 하지만 린턴이랑 나는 두 분이 싸운 것과 상 관없는걸요. 그럼 제가 여기 오는 대신 린턴한테 티티새 지나는 농원 으로 오라고 할래요."

"나한테는 너무 먼데." 린턴이 중얼댔습니다. "4마일을 걸어가면 나는 죽고 말 거야. 그냥 캐서린 양이 가끔 와줘요. 매일 아침은 곤란 하고, 일주일에 한두 번만 와요."

아버지는 아들을 지독한 경멸의 시선으로 쏘아보더군요.

"넬리, 잘못하면 공든 탑이 무너지겠는걸." 그가 제게 속삭였습니 다. "저 얼간이 녀석이 말하는 걸 좀 봐. 아무래도 캐서린 양이 저놈의 값어치를 알아채고 지옥으로 꺼지라고 하겠는걸. 만약 저게 헤어턴이 라면…… 그거 알아? 나는 하루에도 스무 번씩 헤어턴이 탐나거든. 꼬락서니는 한심한데도 말이야. 그놈이 다른 사람이었다면, 나는 그 놈을 사랑했을 거야. 하지만 저년이 헤어턴을 사랑할 일은 없겠지. 이 너절한 물건이 제대로 못하고 빌빌대면, 헤어턴을 경쟁자로 내보낼 거야. 계산대로라면 이 물건은 열여덟 살까지 살기도 어려워. 제길, 얼빠진 놈! 발 말리는 데 정신이 팔려서 여자는 쳐다보지도 않잖 아…… 린턴!"

"네, 아버지." 아이가 대답했습니다.

"사촌이 왔는데 어디든 데리고 나가서 보여줄 거 없니, 토끼든 족

제비 굴이든? 신발 갈아 신기 전에 사촌이랑 정원에도 가고. 마구간에 가서 말도 구경시켜주렴.”

“여기 앉아 있는 게 좋죠?” 린턴이 캐시에게 물었습니다. 나가기 싫은 마음이 뚝뚝 묻어나는 말투였습니다.

“글쎄.” 캐시가 문을 향해 갈망의 시선을 던지며 대답했습니다. 나가고 싶은 기색이 역력했습니다.

린턴은 몸을 일으키는 대신 벽난로 쪽으로 몸을 더 웅크렸습니다.

히스클리프는 부엌을 통해 마당으로 나가서 헤어턴을 불렀습니다.

헤어턴이 부름에 답했고 두 사람이 함께 들어왔습니다. 씻다가 불려 나온 모양인지 뺨이 반짝반짝하고 머리가 젖어 있더군요.

“아, 고모부한테 물어봐야겠다.” 캐시 양은 하녀가 했던 말을 떠올리며 소리쳤습니다. “저 남자는 나랑 사촌이 아니지요?”

“너랑 사촌 맞아.” 그가 대꾸했습니다. “네 어머니의 조카니까. 너는 저 아이가 싫어?”

캐서린은 묘한 표정을 지었습니다.

“잘생긴 청년 아니냐?” 그가 다시 물었습니다.

그 발칙한 어린것이 까치발을 하고 히스클리프의 귀에 뭔가 속삭였습니다.

그는 껄껄 웃었고, 헤어턴은 표정이 어두워졌습니다. 헤어턴은 누가 자기를 깔보는 것 같으면 아주 예민하게 반응하더라고요. 자신의 열등함을 희미하게 의식하는 게 분명했습니다. 하지만 자기 주인인지 보호자인지가 이렇게 외치자 찌푸렸던 얼굴이 환해졌습니다.

“우리 중 네가 제일 인기가 좋구나, 헤어턴! 이 아이가 너더러……

뭐랬더라? 어쨌거나, 아주 듣기 좋은 말이었지. 자! 네가 같이 나가서 농장을 한 바퀴 돌아보려무나. 신사답게 행동하는 것 명심하고! 욕은 절대 안 돼. 아가씨가 다른 데를 볼 때는 얼굴을 쳐다보지 말고, 아가씨가 너를 볼 때는 얼굴을 가려. 말할 때는 또박또박, 주머니에 손 넣지 말고. 이제 나가봐라. 최대한 정중하게 모셔라."

그는 창밖으로 걸어가는 남녀를 지켜보았습니다. 언쇼는 동행을 완전히 외면하더군요. 익숙한 풍경을 외지인이나 예술가처럼 흥미를 가지고 관찰하는 시늉을 했어요.

캐서린은 미미한 감탄이 드러나는 시선으로 언쇼를 슬쩍 훔쳐보았습니다. 그러고는 혼자 구경거리를 찾는 일에 주의를 돌렸고, 경쾌한 흥얼거림으로 대화의 부족을 메우며 신나게 거닐었습니다.

"내가 저놈 입을 틀어막았으니," 히스클리프가 말했습니다. "돌아올 때까지 말 한마디 못할 거야! 넬리, 너도 내가 저놈 나이일 때 어땠는지 기억나지—아니, 내가 몇 살 어렸겠군—나도 저렇게 멍청해 보였어? 조지프가 쓰는 말로 하면, 내가 저런 '미련퉁이'였어?"

"더했지요." 제가 대답했습니다. "뚱하기까지 했으니."

"저놈 구경하는 재미가 쏠쏠해." 그가 계속 속내를 털어놓더군요. "내가 기대했던 그대로야. 저놈이 원래 바보였다면 지금의 절반만큼도 재미가 없었겠지만. 저놈은 바보가 아니야. 저놈이 느끼는 감정을 다 이해할 수 있지. 내가 느낀 감정들이니까. 예를 들어 나는 지금 저놈이 무엇을 괴로워하는지 정확하게 알고 있어. 하지만 그건 저놈이 느끼게 될 괴로움의 시작에 불과해. 조악함과 무식함의 수렁에서 절대 빠져나올 수 없을걸. 나는 저놈의 아비가 나를 옭아맨 것보다 더 단단히, 더 깊숙이 저놈을 옭아맸으니까. 저놈은 자기의 야수성에 자부심을 느낄 정도거든. 나는 저놈에게 짐승의 본능을 제외하면 모든 것이 우스꽝스럽고 약한 것이니까 경멸하라고 가르쳤지. 힌들리가 자기 아들을 본다면 자랑스러워하겠지? 내가 내 아들을 자랑스러워하는 것과 거의 비슷할 거야. 하지만 다른 점이 있어. 한 놈은 금덩이인데 길에 까는 포석으로 사용되고, 한 놈은 양철인데 광나게 닦여서 은그릇 대접을 받고 있다는 거야. 내 물건은 똥값이지만, 그런 데데한 물건이라도 좋은 값에 팔고 끝까지 우려먹을 텐데. 그 작자 물건은 최고급이지만 이제 무용지물이야. 그냥 쓸모없는 것보다 못해졌지. 나는 손해 볼 게 하나도 없는데, 그 작자 손해가 얼마나 큰지는 나밖에 몰라. 한데 가장 재미있는 건 헤어턴이 나를 무지막지하게 좋아한다는 거야! 내가 그 점에서 힌들리를 이겼다는 건 너도 인정해야 할걸. 죽은 놈이 무덤에서 일어나 나한테 자기 자식을 망쳤다고 욕을 하면, 그 자식이 자기 아비에게 네가 뭔데 이 세상에 하나뿐인 내 친구를 욕하느냐고 화를 내며 무덤 속에 도로 처넣는 장면을 구경하게 생겼거든!"

히스클리프는 자기 말이 재밌는지 악마처럼 낄낄댔습니다. 저는 그가 대꾸를 기대하지 않는 것을 알고 그냥 잠자코 있었습니다.

그동안 린턴이 불편한 기색을 보이기 시작했습니다. 멀찌감치 앉아 있었으니 우리 이야기가 들리지는 않았을 테고, 약간의 피곤함이 두려워 캐서린과 함께 있을 기회를 거절했던 것이 후회스러웠겠지요.

아버지는 아들의 시선이 초조하게 창문 쪽을 향하는 것과 아들의 손이 주저주저 모자로 가는 것을 알아챘습니다.

"일어나려무나, 게으름뱅이야!" 그는 다정한 척 꾸민 목소리로 소리쳤습니다. "쫓아 나가봐라…… 이제 막 모퉁이, 벌통 옆이구나."

린턴은 기운을 추슬러 벽난로 앞을 벗어났습니다. 린턴이 문을 나서는 순간, 열려 있던 창문으로 캐시의 말소리가 들려왔습니다. 문 위에 써 있는 글자가 무엇인지 무뚝뚝한 안내자 헤어턴에게 묻고 있었어요.

헤어턴은 위를 올려다보며 진짜 바보처럼 머리를 긁적거렸습니다.

"빌어먹을 글자 쪼가리다." 헤어턴이 대답했습니다. "나는 못 읽는다."

"못 읽어?" 캐시가 소리쳤습니다. "나는 읽을 수는 있어…… 영어잖아…… 나는 저 글자가 왜 저기 있는지 묻는 거야."

린턴이 낄낄댔습니다. 린턴이 즐거운 기색을 보인 것은 그때가 처음이었지요.

"헤어턴은 글자를 못 읽어요." 린턴이 말했습니다. "세상에 저렇게 덩치 큰 바보가 있다니, 거짓말 같죠?"

"괜찮은 거야?" 캐시 양이 심각하게 물었습니다. "어디가 모자라거나…… 정상이 아닌가? 내가 두 번 질문을 했는데, 두 번 다 멍청한 표정만 짓더라. 내 말을 못 알아듣나 봐. 나는 이 사람 말을 못 알아듣겠어!"

린턴은 다시 한 번 낄낄 웃으면서 조롱하듯 헤어턴을 힐끗 쳐다보았습니다. 헤어턴은 상황을 정확히 이해하지 못하는 것 같더군요.

"문제가 있다면 게으르다는 것뿐이에요. 내 말 맞지, 언쇼?" 린턴이 말했습니다. "내 사촌은 네가 백치인 줄 알아. '책 쪼가리를 어따 쓰노' 하며 비웃더니, 꼴좋구나…… 캐서린, 언쇼의 요크셔 사투리*가 얼마나 심한지 들었어?"

"그런 망할 거를 어따 쓰노?" 헤어턴은 매일 보는 린턴 쪽이 대거리하기가 쉬운 듯 으르렁거렸습니다. 하지만 헤어턴이 말을 이으려는 찰나, 두 아이가 폭소를 터뜨렸습니다. 경박한 아씨는 린턴이 헤어턴의 이상한 말투를 웃음거리로 삼는 게 즐거운 모양이더군요.

"그 문장에서 '망할'이란 말은 어따 쓸래?" 린턴이 킬킬댔습니다. "아빠가 너한테 욕하지 말라고 했는데, 너는 욕이 없으면 말을 못하지…… 신사처럼 굴려고 애써보란 말이야! 이제 다시 해봐!"

"니가 머스마가 아니라 가시나라서 내가 가만있지, 아니면 당장 때려눕힐 긴데, 당장. 한심한 약골 자슥!" 촌뜨기 헤어턴은 분노와 수치로 벌게진 얼굴로 뒷걸음질치며 대거리를 했습니다. 모욕당했다는 것은 알면서도 어떻게 보복해야 할지 몰라 쩔쩔매는 모습이었지요.

저와 마찬가지로 대화를 엿듣던 히스클리프 씨는 헤어턴이 물러나는 것을 보고 빙긋 웃었지만, 바로 다음 순간, 계속 현관에서 조잘대고 있는 경박한 남녀에게 예사롭지 않은 혐오의 시선을 던졌습니다. 사내아이 쪽은 헤어턴의 실수와 결점을 늘어놓고 헤어턴의 일상 이야기를 들려주면서 적잖이 활기를 찾았고, 계집아이 쪽은 그런 주제넘고 악의적인 이야기를 재미있어하면서 그런 말 속에 드러나는 고약한 성미는 신경도 쓰지 않았거든요. 저는 린턴을 동정하기보다 혐오하게

---

* 엘렌 딘을 제외하면 하인들은 거의 사투리를 쓰는데 특히 조지프의 모든 대사는 외지인이 해독하기 힘들 정도이다. 헤어턴 언쇼는 하인이 아닌 인물 중에 유일하게 사투리를 쓴다.

되었고, 린턴을 싸구려 취급하는 그의 아버지를 어느 정도 용서할 수 있었습니다.

우리는 오후까지 머물렀습니다. 그전에는 캐시 양이 일어날 생각을 안 하더라고요. 하지만 다행히 린턴 씨는 자기 방에 틀어박혀 있었기 때문에, 우리가 늦도록 돌아오지 않은 것을 몰랐습니다.

저는 캐시 양과 함께 집으로 돌아오면서 그 집 사람들의 됨됨이를 알려주고 싶다는 마음이 간절했습니다. 하지만 캐시 양은 제가 그 집 사람들에게 편견을 가지고 있다고 생각하더군요.

"아하!" 캐시 양은 소리쳤습니다. "엘렌은 아빠 편이니까…… 편견이 있구나. 그게 아니라면 어떻게 그렇게 오랫동안 린턴이 먼 곳에 산다고 나를 속였겠어. 정말 많이 화가 나는데 즐거움이 더 커서 티가 안 나는 것뿐이야! 하지만 고모부에 대해 함부로 말하지 마…… 내 고모부라는 거 명심해. 고모부랑 싸우다니 아빠도 혼내줘야겠어."

캐시 양이 계속 이런 식이라서 결국 저는 오해를 바로잡아주려는 노력을 포기했습니다.

그날 밤 캐서린이 폭풍의 언덕에 갔던 일을 말하지 않은 건 린턴 씨를 볼 기회가 없어서였어요. 다음 날 모든 것이 밝혀졌고, 저는 정말 속이 상했지요. 하지만 다행스럽기도 했습니다. 지도와 권고의 책임을 감당하기에는 저보다는 린턴 씨가 적격이었으니까요. 하지만 린턴 씨는 캐서린이 폭풍의 언덕 사람들과 만나지 않았으면 좋겠다고 하면서도 충분한 이유를 대는 데는 너무 소극적이었고, 캐서린은 자기의 응석이 받아들여지지 않자, 언제나처럼 타당한 이유를 알고 싶어 했습니다.

"아빠!" 캐서린은 아침 문안 인사를 한 뒤, 이야기를 시작했습니다. "내가 어제 습지에서 산책하다 누구를 만났게? ……아하, 아빠, 깜짝 놀라네요! 아빠 잘못한 거 있지, 그치? 내가 누굴 만났느냐 하면…… 아니, 내 말 들어봐요, 내가 아빠랑 엘렌의 거짓말을 알아냈단 말이에요. 내가 계속 린턴이 돌아오기를 기다리다 실망할 때, 둘이 짜고 나를 무척 동정하는 척했잖아."

캐서린은 산책 중에 일어난 일들과 이후의 일들을 자세히 설명했고, 나리는 저에게 여러 번 질책의 시선을 던지면서도 캐서린의 이야기가 끝날 때까지 아무 말도 하지 않았습니다. 이윽고 나리는 캐서린을 가까이 부른 후, 왜 자기가 린턴이 가까운 데 사는 걸 숨겼는지 아느냐고, 그저 캐서린의 즐거움을 빼앗기 위해 그랬다고 생각하느냐고 물었습니다.

"아빠가 히스클리프 씨를 싫어해서 그런 거잖아요." 캐서린이 대꾸했습니다.

"그럼 캐시, 너는 내가 나 자신의 감정을 네 감정보다 중히 여긴다고 생각하는 거니?" 나리가 말했습니다. "아니야, 내가 히스클리프 씨를 싫어해서 그랬던 게 아니라, 히스클리프 씨가 나를 싫어해서 그랬던 거야. 그는 자기가 싫어하는 사람이라면, 아무리 작은 기회라도 놓치지 않고 해치고 망치기를 좋아하는 사악한 인간이야. 네가 네 사촌과 친하게 지내면 그자와 마주칠 게 분명했고, 그자는 나를 싫어하니 너까지 싫어할 게 분명했지. 그러니까 내가 너를 린턴과 만나지 못하게 했던 것은 오직 너를 위해서였을 뿐 다른 이유는 없었단다. 네가 좀 더 자란 뒤에 설명할 생각이었는데, 진작 말할 걸 그랬구나!"

"하지만, 아빠, 히스클리프 씨는 아주 친절하던데요." 캐서린은 전혀 믿지 못하겠다는 듯 대꾸했습니다. "히스클리프 씨는 나랑 린턴이 만나도 좋다고 했어요. 집에 오고 싶을 때는 언제든 오라고 했고요. 다만 아빠와는 싸운 적도 있고, 이사벨라 고모랑 결혼한 걸 용서하지도 않을 테니 자기 집에 왔던 것을 아빠한테 말하지 말라고 했어요. 아빠가 용서를 안 해서 그런 거잖아요. 아빠가 잘못한 거예요. 최소한 히스클리프 씨는 우리, 그러니까 린턴이랑 내가 친하게 지내기를 바라는데, 아빠는 아니잖아요."

캐서린이 히스클리프가 악한 인간이라는 자기 말을 믿지 않자 나리는 그자가 이사벨라에게 했던 짓과 폭풍의 언덕이 그자 손에 넘어간 경위를 아주 간단하게 설명했습니다. 오래하기 힘든 이야기였지요. 나리가 이 이야기를 입에 담는 일은 거의 없었지만, 린턴 부인이 세상을 떠난 후 가슴에 가득했던 경악의 감정과 원수에 대한 증오의 감정을 여전히 느끼고 있었으니까요. '그자만 아니었으면, 아내는 아직 살아 있을 텐데!'라는 생각은 나리의 머릿속을 떠나지 않는 비통한 상념이었으며, 나리가 보기에 히스클리프는 살인자나 마찬가지였습니다.

캐시 양은 깜짝 놀랐지요. 자기가 알고 있는 나쁜 행동이라고는 반항, 부당한 대우, 격한 성미 같은 자기의 사소한 잘못들, 말하자면 화가 나서 생각 없이 저질렀다 그날 바로 후회하는 잘못들이 고작인데, 수년 동안 복수의 계획을 세우면서 안 그런 척할 수 있고, 그 계획을 차근차근 실행하면서 아무런 양심의 가책도 느끼지 않을 수 있는 인간의 검은 속과 맞닥뜨렸으니 놀랄 수밖에요. 여태껏 책에서 본 적도 없고 생각해본 적도 없는 인간형을 처음 접한 캐시 양이 너무 깊은 인상과 충격을 받은 덕에 에드거 씨는 이야기를 계속할 필요는 없다고 판단했습니다. 그는 이렇게만 덧붙였습니다.

"아가, 이제 왜 너한테 그 집과 그 집 식구들을 피하라는 건지 알았겠지. 자, 이제 그 생각은 그만하고 평소대로 부지런하고 즐겁게 지내려무나!"

캐서린은 아버지에게 입을 맞춘 다음, 두어 시간 동안 조용하게 앉아 공부한 후 아버지와 함께 농원을 산책했습니다. 평소와 똑같은 하루였습니다. 하지만 저녁에 캐서린이 자러 들어갈 때 제가 옷을 갈아입혀주러 따라가보니, 침대 옆에 무릎을 꿇은 채 울고 있더군요.

"참 나, 이런 바보 같은 어린애를 봤나!" 제가 소리쳤습니다. "진짜 슬픈 일을 당해봐야 이런 작은 일에 눈물 낭비한 걸 부끄러워하지. 캐서린 양은 지금껏 살면서 정말 슬픈 일은 요만큼도 겪은 적이 없잖아요. 나리하고 내가 죽어 없어지고 이 세상에 캐서린 양 혼자 남았다고 한번 생각해봐요…… 어떤 심정이겠어요? 지금의 경우를 그런 슬픈 일과 비교해보면서, 지금 곁에 있는 사람들에 감사하고 더는 욕심내지 마세요."

"나 때문에 우는 게 아니야, 엘렌." 캐서린이 대답했습니다. "린턴 때문에 우는 거야. 내일 나를 만난다고 좋아했었는데, 얼마나 실망하겠어. 나를 기다릴 텐데, 나는 못 가잖아!"

"말 같지도 않은 소리!" 제가 말했습니다. "이쪽이 그쪽을 생각하는 만큼 그쪽도 이쪽을 생각할 줄 알아요? 린턴 옆엔 헤어턴이 있잖아요? 친척이라지만 겨우 한나절씩 달랑 두 번 만난 사람을 못 만나게 되었다고 울 사람은 백 명에 한 명도 없어요. 린턴은 상황을 짐작할 수 있을 테고 캐서린 양 때문에 고민하는 일은 없을 거라고요."

"그럼 내가 왜 못 가는지 편지로 알려주면 안 돼?" 캐서린이 일어나면서 물었습니다. "그리고 이 책들만 보내주면 안 돼? 빌려주기로 약속했어. 린턴이 가진 책들은 내 책들만큼 좋지 않거든. 내 책들이 얼마나 재미있는지 이야기해줬더니 린턴이 너무너무 보고 싶어 했어. 괜찮지, 엘렌?"

"어림없어요! 절대 안 돼요!" 제가 단호하게 대답했습니다. "그러면 린턴이 캐서린 양에게 답장을 쓸 테고, 절대 끝이 안 날 거라고요. 안 돼요, 캐서린 양, 관계를 완전히 정리하도록 해요. 아빠 말이잖아요. 아빠 말을 듣나 내가 두고 볼 거예요."

"하지만 고작 편지 몇 줄인데……" 캐서린은 애원하는 표정으로 다시 사정했습니다.

"그만!" 제가 말을 가로막았지요. "몇 줄이든 몇 장이든 안 된다고 했잖아요. 이제 침대로 가요."

캐서린이 아주 버릇없는 눈초리로 쏘아보는 통에, 처음에는 잘 자라는 입맞춤도 해주기 싫었어요. 저도 화가 나서 이불만 덮어주고 방을 나와버렸지요. 하지만 도중에 아무래도 내가 잘못했다 싶어 살그머니 되돌아갔더니, 글쎄! 캐서린이 탁자 위에 빈 종이를 펼쳐놓고 연필을 쥐고 서 있다가 제가 들어가자마자 뒤가 켕기는지 연필을 감추더라고요.

"전해줄 사람도 없을 텐데," 제가 말했습니다. "써서 뭐하게요. 당장 촛불을 꺼버려야겠네요."

촛불에 덮개를 덮는 순간, 저의 손등 위로 캐서린의 손바닥이 날아왔어요. 그러면서 심술궂은 목소리로 "못됐어!"라고 소리치더군요. 저는 다시 방을 나와버렸고, 캐서린은 있는 대로 성질을 부리며 빗장을 질렀습니다.

편지를 다 썼다는 것, 그리고 읍내에서 오는 우유 배달부가 그 편지를 수신자의 손에 전해주었다는 사실을 저는 시간이 한참 흐를 때까지 모르고 있었습니다. 여러 주가 지나면서 캐시도 냉정을 되찾은 듯했지만, 혼자 구석으로 숨어드는 일이 이상하게 많았고, 제가 불쑥 옆에 나타나면 화들짝 놀라며 읽고 있던 책 위로 고개를 숙이는 일도 잦아졌어요. 무언가를 감추고 싶어 하는 것이 분명했지요. 낱장의 종이 모서리가 책갈피 너머로 비쭉 나와 있는 것이 눈에 띌 때도 있었습니다.

또 뭔가가 오기를 기다리는 듯 아침 일찍 아래층에 내려와 부엌 주위에서 꾸물대는 버릇이 생겼더군요. 그리고 서재에서 작은 서랍 하나를 차지하고는 몇 시간씩 서랍 안을 뒤적거리고, 자리를 뜰 때는 열쇠를 꽂아두는 일이 없게 특별히 조심했습니다.

어느 날 캐시가 그 서랍 안을 살피는 동안 저도 슬쩍 보았는데, 최근까지 들어 있던 장난감과 장신구가 사라지고, 접혀 있는 종이쪽들이 가득하더군요.

호기심과 의구심이 발동한 저는 캐시의 신비한 보물을 엿보기로 작정했고, 밤이 되어 캐시와 나리가 위층에 올라가자마자 제가 갖고 있는 집 열쇠를 전부 뒤져 맞는 것을 쉽게 찾아냈습니다. 저는 서랍을 열고 내용물을 몽땅 앞치마에 쏟은 다음, 제 방에서 찬찬히 살펴보기 위해 가져갔습니다.

예상 못한 건 아니었지만 놀라웠습니다. 캐시의 보물은 자기가 보냈던 편지들에 대한 린턴 히스클리프의 답장이었는데, 방대한 양으로 보아서 거의 매일 보낸 게 분명했습니다. 초기의 것들은 어색하고 짧았지만, 시간이 갈수록 장문의 연애편지로 바뀌더군요. 얼빠진 편지였지만 그야 발신자 나이를 고려하면 당연한 일이었지요. 하지만 군데군데 아무래도 유경험자에게 빌려왔으리라 짐작되는 표현들도 있었습니다.

개중에는 열렬함과 시시함이 매우 희한하게 섞인 표현들이 있었는데, 일단 격한 감정으로 시작했다가 마치 어떤 남학생이 이 세상에 존재하지 않는 상상의 연인에게 쓰듯 부자연스럽고 장황한 투로 끝나는 것이었지요.

캐시는 이런 편지들에 만족했는지 모르지만, 제가 보기에는 아무짝에도 쓸모없는 휴지 쪼가리더군요.

저는 필요한 만큼의 편지만을 훑어본 뒤 손수건에 싸서 따로 치워놓고, 빈 서랍은 다시 잠가놓았어요.

아씨는 평소대로 일찌감치 아래층에 내려와 부엌으로 들어갔습니다. 우유 배달부 아이가 오자마자 문 앞으로 가더니만, 외양간 하녀가 아이의 빈 통에 우유를 채우는 사이에, 아이의 윗옷 주머니에 뭔가를 찔러 넣고 뭔가를 뽑아내더군요.

저는 정원을 한 바퀴 돌아서 전령이 지나갈 길목에 숨어 기다렸어요. 전령은 전갈을 빼앗기지 않기 위해 용감히 싸웠고, 전투 중에 우유까지 쏟았습니다. 하지만 저는 결국 편지를 빼앗는 데 성공했고, 크게 혼나기 싫으면 얼른 꺼지라고 엄포를 놓은 뒤 담장 밑에 그대로 서서 캐시 양의 연서를 꼼꼼히 읽었습니다. 사촌의 편지에 비하면 간결하고 유려했는데, 아주 귀여우면서도 아주 우습더라고요. 저는 고개를 한 번 내저은 다음, 생각에 잠긴 채 집 안으로 들어갔습니다.

캐시는 그날 비가 와서 농원에 산책을 나갈 수 없었기 때문에 아침 공부가 끝나자 서랍을 위안으로 삼으려고 했지요. 나리는 책상에서 책을 읽고 있었고, 저는 미리 계획했던 대로 뜯어진 커튼 술을 일감으로 마련해놓고 캐시의 행동을 주시했습니다.

새끼로 가득했던 둥지가 습격당한 것을 본 어미 새의 고통스러운 울부짖음과 날갯짓도 캐시의 "아!" 하는 외마디 소리와 표정의 변화보다는 절망스럽지 않았을 거예요. 린턴 씨가 고개를 들었습니다.

"아가, 왜 그러니? 어디 다쳤니?" 린턴 씨가 물었습니다.

캐시는 나리의 말투와 표정에서 아빠가 발견자가 아니라는 것을 알아챘습니다.

"아니에요, 아빠……" 캐시는 숨을 헐떡였습니다. "엘렌! 엘렌! 위층으로 가자. 나 몸이 안 좋아."

저는 명을 받은 대로 캐시를 따라 나갔습니다.

"아아, 엘렌! 네가 가져갔지." 캐시는 방문을 닫자마자 무릎을 꿇으며 빌기 시작했습니다. "아아, 돌려줘. 절대, 절대, 다신 안 그럴게! 아빠한테 말하지 마. 아빠한테 말 안 했지, 엘렌, 말 안 했다고 해줘! 내가 진짜 잘못했으니까, 앞으로 다시는 안 그럴 테니까!"

저는 엄하고 모진 태도로 일어서라고 말했습니다.

"보아하니," 제가 소리쳤습니다. "진도를 꽤 많이 나갔네요. 부끄러운 줄 알아야지! 훌륭한 쓰레기 뭉치로 쉬는 시간마다 공부를 했군요.

책으로 내도 되겠네! 나리한테 보여드리면 어떻게 생각하시겠어요? 아직 보여드리지는 않았지만, 내가 그런 바보 같은 비밀을 지켜주리란 기대는 버리는 게 좋아요. 이런 터무니없는 글을 주고받다니, 아이고 창피해! 캐서린 양이 먼저 시작했을 게 빤하네요. 린턴이 이런 짓을 생각했을 리가 없지."

"내가 아니야! 내가 아니야!" 캐시는 가슴이 찢어질 듯 흐느꼈습니다. "그 애를 사랑할 생각은 해본 적도 없었는데, 그 애가……"

"사랑!" 저는 단어에 최대한 경멸을 실어서 소리쳤습니다. "사랑! 그런 소리는 또 내가 살다살다 처음 듣네! 내가 1년에 한 번씩 곡식 사러 오는 방앗간 주인을 사랑한다는 소리랑 뭐가 달라. 평생 두 번 만나 네 시간이나 같이 있었어요? 참 대단한 사랑일세! 여기 있는 유치한 쓰레기를 내가 서재로 가져갈 테니, 그런 사랑에 아버지는 뭐라고 하는지 들어보자고요."

캐시가 소중한 연서들을 잡으려고 펄쩍 뛰었지만, 저는 머리 위로 들어올려 손이 닿지 않게 했습니다. 그러자 캐시는 또다시 미친 듯이 애원하기 시작했습니다. 아빠에게 보여주지만 않으면 태워버려도 좋고, 무슨 짓을 해도 좋다면서요. 그게 모두 소녀다운 허영심이라고 생각하니 깔깔 웃고 싶은 마음이 혼을 내고 싶은 마음 못지않게 커졌지요. 저는 결국 어느 정도 태도를 누그러뜨리며 물었습니다.

"만약 내가 편지를 태우겠다고 하면, 캐서린 양은 아무것도 보내거나 받지 않겠다고 확실하게 약속할 거예요? 편지든 책이든—책도 보냈더군요—머리털이든 반지든 장난감이든?"

"우리는 장난감 같은 건 안 보내!" 자존심이 상한 캐서린이 수치심도 잊고 소리쳤습니다.

"뭐가 됐든!" 제가 말했습니다. "약속하지 않겠다면, 나는 이만 나가보겠어요."

"약속할게, 엘렌!" 캐서린이 제 옷자락을 붙잡으며 소리쳤습니다. "아아, 불에 던져! 던지란 말이야!"

하지만 제가 부지깽이로 공간을 만들기 시작하자, 캐서린은 희생을 감당하기 힘들었는지 한두 장은 남겨달라고 간절히 애원하더군요.

"한두 장만, 엘렌, 린턴을 위해서야!"

저는 손수건을 풀고 내용물을 비스듬히 던져 넣기 시작했습니다. 불꽃이 너울거리며 굴뚝을 향해 솟아올랐지요.

"하나라도 가질 거야, 잔인한 것!" 캐시는 손가락을 데는 것도 아랑곳없이 불구덩이에서 타다 만 종잇장을 집어내며 소리쳤습니다.

"마음대로 해요. 아버지한테 보여줄 것들은 남아 있으니까!" 저는 남은 편지를 모아 손수건에 싸서 문 쪽으로 돌아섰습니다.

캐서린은 검게 그을린 종잇조각들을 몽땅 불길 속에 던진 다음, 제물을 모조리 태우라고 손짓했습니다. 번제는 끝났고, 저는 재를 긁어모은 다음 석탄을 한 삽 가득 덮어 매장했습니다. 캐시는 지독한 상처를 입은 듯 아무 말 없이 자기 방으로 물러났습니다. 저는 서재로 내려가 나리에게 아씨의 현기증은 괜찮아졌지만 한동안 누워 있게 하는 편이 좋겠다고 보고했습니다.

캐시는 점심 식사 때는 나오지 않았지만 다과 시간에는 나타났습니다. 얼굴은 창백하고 눈가는 빨갰지만, 겉모습은 놀라울 정도로 차분했습니다.

다음 날 아침, 저는 "린턴 양은 편지를 받지 않으니 히스클리프 도련님은 더 이상 편지 보내지 마시길"이라고 쓴 종이 쪼가리를 답장으로 보냈습니다. 그날 이후 우유 배달부 아이는 빈 주머니로 나타났답니다.

8장

늦여름이 지나고 초가을이 왔습니다. 성 미카엘 축일이 지난 때였지만 그해는 추수가 늦었고 우리 밭 일부도 아직 추수 전이었습니다.

린턴 씨 부녀는 추수할 때 자주 일꾼들 사이로 산책을 다니곤 했는데, 마지막 곡식 단을 운반하던 날에는 어두울 때까지 바깥에 있었습니다. 그런데 하필 그날 저녁 날씨가 쌀쌀하고 눅눅했던 탓에 나리가 심한 감기에 걸렸습니다. 감기는 좀처럼 낫지 않았고, 나리는 겨울이 다 가도록 바깥출입 한 번 못하고 집 안에 갇혀 지냈습니다.

캐시는 단단히 혼이 나고 짧은 로맨스를 그만둔 뒤부터 훨씬 울적해하고 따분해했습니다. 아버지는 딸에게 독서를 줄이고 운동을 더 하라고 했습니다. 린턴 씨가 딸과 시간을 보낼 수 없었으니 저는 아버지의 빈자리를 가능한 한 메워주는 게 저의 의무라고 생각했지요. 하지만 아버지를 대신하기는 역부족이었습니다. 낮에 일이 많다 보니 캐시 뒤를 졸졸 따라다닐 수 있는 것은 두어 시간뿐이었고, 캐시 역시 저와 같이 있는 것을 아버지와 있는 것만큼 반기지 않았으니까요.

10월인지 11월 초인지, 물기를 머금은 상쾌한 오후였습니다. 잔디밭과 산책로는 젖은 낙엽들로 바스락거렸고, 차고 파란 하늘은 구름에 절반쯤 가려져 있었지요. 진회색 먹구름 띠가 서쪽 하늘에서 점점 다가오면서 큰비를 예고하고 있었습니다. 저는 아씨한테 소나기가 내릴 테니 산책을 나가지 말자고 했습니다. 하지만 아씨는 거절했고, 저는 내키지 않는 발걸음으로 망토를 입고 우산을 챙겨 따라나섰습니다. 목적지는 농원 끝이었습니다. 아씨가 우울할 때 항상 선택하는 길이었는데, 에드거 씨 병세가 평소보다 심각해진 이후로 아씨는 언제나 우울해했지요. 에드거 씨 자신은 악화되는 병세를 결코 인정하지 않았지만, 아씨와 저는 점점 말수가 줄고 표정에 우수가 깃드는 에드거 씨를 보며 병세를 충분히 짐작할 수 있었습니다.

아씨는 슬픈 얼굴로 걸었습니다. 내달리지도 깡충깡충 뛰지도 않았어요. 차가운 바람이 경주를 하자고 유혹해도 소용없었지요. 곁눈질해보니 몇 번이나 손등으로 뺨 위의 뭔가를 닦아내더군요.

저는 아씨의 생각을 다른 데로 돌릴 만한 것이 없나 주위를 살폈습니다. 길 한쪽이 높고 거친 비탈이었는데, 개암나무와 자라다 만 참나무가 절반쯤 드러난 뿌리로 불안정하게 땅을 움켜쥐고 있었습니다. 흙이 너무 푸석푸석해서 나무가 제대로 자랄 수 없는 환경인 데다, 어떤 나무들은 강풍 탓에 거의 수평으로 누운 상태였습니다. 여름이면 캐서린 양은 이런 나무줄기에 기어 올라가서 가지에 앉아 5~6미터 높이에서 흔들리는 것을 좋아했습니다. 저는 캐서린 양의 날렵함과 어린아이 같은 태평한 마음이 흐뭇하면서도, 그런 높은 곳에 있는 것을 발견할 때마다 야단을 쳤습니다. 하지만 내려올 필요는 없다는 걸 알아챌 정도로 야단을 쳤지요. 점심 식사 후 다과 시간까지 캐서린 양은 산들바람이 흔들어주는 요람 위에 누워 있곤 했습니다. 거기서 하는 일이라고는 옛날 노래를 흥얼거리거나(캐서린이 어릴 때 제가 불러주던 노래들이랍니다) 옆 가지에 둥지를 튼 새들이 새끼에게 먹이를 주거나 날갯짓을 가르치는 것을 구경하거나, 생각에 잠긴 듯 혹은 꿈속에 빠진 듯 눈을 감고 자세를 편하게 고치는 게 전부였어요. 말로는 표현하기 힘든 행복한 시간이었지요.

"저기 좀 봐요!" 저는 구부러진 나무의 뿌리 쪽 빈틈을 가리키며 소리쳤습니다. "여기는 아직 겨울이 아닌가 봐요. 작은 꽃이 피었네요. 7월에 저 잔디 층계를 연보라색 안개처럼 뒤덮었던 히스 꽃 중에서 마지막 남은 한 송이예요. 캐시 양이 올라가서 꺾어다가 아빠한테 보여주지 않을래요?"

캐시는 뿌리 밑에 숨어 떨고 있는 외로운 꽃 한 송이를 한참 바라보다 대답했습니다.

"싫어, 안 꺾을래. 그런데 엘렌, 꽃이 슬퍼 보이지 않아?"

"그러게요. 억수로 벌벌 떨고 기운 없어 보이는 게 꼭 캐시 양 같아요." 내가 대꾸했습니다. "캐시 양 얼굴에 핏기가 하나도 없네요. 우리 같이 손잡고 뛰어요. 캐시 양이 이렇게 기운이 없으니, 내가 뒤처지지는 않겠는데요."

"싫어." 캐시는 역시 마다하며 계속 느린 걸음으로 거닐었습니다. 그러다 이따금 걸음을 멈추고 이끼 한 무더기, 시든 풀 한 포기, 수북한 낙엽 사이에서 밝은 귤색 갓을 펼친 버섯 같은 것들을 물끄러미 내려다보거나, 옆으로 돌린 얼굴로 손을 가져갔습니다.

"우리 아가가 왜 울까?" 저는 가까이 다가가 어깨를 안으며 물었습니다. "아빠가 감기 좀 걸린 것 가지고 울면 안 돼요. 이보다 더 중한 병이 아닌 것에 감사할 줄 알아야지요."

캐시는 참았던 울음을 터뜨리더니 숨이 막히도록 흐느꼈습니다.

"아아, 중한 병이 될 거잖아." 캐시가 말했습니다. "아빠와 엘렌이 내 곁을 떠나고 혼자 남으면 나는 어떡하지? 엘렌이 했던 말이 잊히지 않고 계속 귓가에서 울리는 것 같아. 아빠와 엘렌이 죽으면, 인생은 어떻게 바뀔까? 세상은 얼마나 쓸쓸해질까?"

"캐시 양이 우리보다 먼저 죽지 않는다고 누가 그래요?" 제가 대꾸했습니다. "나쁜 일을 미리 걱정하는 건 잘못이에요. 우리 셋 중 하나라도 죽으려면 아직 멀었다고 생각하자고요. 나리는 젊고, 나는 팔팔하고 아직 마흔다섯도 안 됐잖아요. 우리 어머니는 여든까지 살았는데, 죽는 순간까지 정정했답니다. 린턴 씨가 예순까지 산다 치면, 캐시 양이 살아온 날보다 많이 남은 건데. 20년 뒤에 일어날 불행을 미리 슬퍼하다니 어리석잖아요?"

"하지만 이사벨라 고모는 아빠보다 어렸잖아." 캐시는 저를 올려다보면서 말했습니다. 제가 좀 더 위로해주기를 조심스럽게 기대하는 모습이었지요.

"이사벨라 고모는 우리가 곁에서 간호해주지 못했잖아요." 제가 대꾸했습니다. "고모는 나리만큼 행복했던 것도 아니었고, 나리만큼 살아야 할 이유가 많은 것도 아니었답니다. 그러니까 이제부터 아버지를 잘 간호해드리고, 아버지가 기운을 차릴 수 있도록 즐거운 모습을 보여드리고, 아버지가 걱정하실 만한 일은 아무것도 하지 말 것, 명심! 솔직히 말하면, 캐시 양이 말 안 듣고 제멋대로 굴면 아버지는 돌아가실 수도 있어요. 아버지가 땅에 묻히기를 바라 마지않는 자가 있는데, 캐시 양이 그자의 아들에게 얼빠지고 허황된 애정을 품는다면…… 아버지가 상종하지 않는 것이 낫겠다고 했는데도 애태우는 모습을 보인다면……"

"나는 아빠의 건강 외에는 어떤 일에도 애태우지 않아." 캐시가 대꾸했습니다. "내가 아빠보다 사랑하는 사람은 아무도 없어. 나는 절대, 절대, 아아, 절대, 내가 미치지 않는 한, 아빠가 싫어할 짓은 안 할 거고, 아빠가 싫어할 말도 안 할 거야. 나는 아빠를 나 자신보다 더 사랑하는걸. 그걸 어떻게 아느냐면, 나는 매일 밤 아빠보다 오래 살게 해달라고 기도해. 아빠가 불행한 것보다 차라리 내가 불행한 게 나으니까. 이게 바로 내가 아빠를 나보다 더 사랑하는 증거잖아."

"좋은 말이네요." 제가 대꾸했습니다. "하지만 행동이 따르지 않으면 무슨 소용이겠어요. 아빠가 아플 때 결심했던 걸 아빠가 나은 뒤에 잊으면 안 돼요."

우리는 이런 이야기를 주고받으면서 큰길로 통하는 농원 대문 근처까지 갔습니다. 아씨는 다시 햇살처럼 밝은 표정으로 담장을 기어 올라가더니 담장 위에 걸터앉았습니다. 그러고는 담장 밖 큰길 쪽으로 드리워진 들장미 가지에서 주홍색 열매를 따기 위해 손을 뻗었습니다. 낮은 쪽 열매는 이미 누가 따 간 뒤였지만, 높은 쪽 열매는 새가 아닌 다음에야 캐시가 있는 곳에서만 손이 닿았지요.

열매를 따려고 손을 뻗는 순간 캐시의 모자가 떨어졌습니다. 대문이 잠겨 있었기 때문에 캐시는 담을 타고 내려가서 주워 오겠다고 했지요. 저는 미끄러지지 않게 조심하라고 했고, 캐시는 민첩하게 담장 아래로 사라졌습니다.

하지만 다시 올라오는 일은 그리 쉽지 않았습니다. 담장 돌은 반들반들했고, 돌 사이사이는 말끔하게 메워져 있는 데다, 발을 디디고 올라올 만한 장미덤불이나 블랙베리 가지도 없었으니까요. 바보처럼 저는 캐시가 깔깔 웃으며 소리칠 때까지 그 생각을 못했답니다.

"엘렌! 열쇠 좀 가져와. 아니면 내가 담장을 돌아서 문지기 막사로 뛰어갈게. 밖에서는 못 올라가겠어."

"거기 가만있어요." 제가 대답했습니다. "주머니에 열쇠 꾸러미가 있으니까. 맞는 게 있는지 열어보고 안 되면 내가 갔다 올게요."

제가 큼직한 열쇠들을 하나하나 끼워보는 동안, 캐서린은 대문 너머에서 왔다 갔다 춤을 추며 놀았습니다. 열쇠를 모두 넣어보았는데, 맞는 것이 하나도 없더군요. 저는 다시 한 번 캐시에게 그 자리에 있으라고 말했습니다. 최대한 서둘러 다녀올 생각이었지요. 그런데 바로 그때 무언가 다가오는 소리가 제 발목을 붙잡았습니다. 말이 급히 걸어오는 소리였습니다. 캐시가 춤을 멈추더군요. 잠시 후, 말발굽 소리도 멈추었습니다.

"거기 누구예요?" 제가 작은 소리로 물었습니다.

"엘렌, 빨리 문 좀 열어줘야겠어." 캐시가 불안한 듯 속삭였습니다.

"오호, 린턴 양!" 낮은 목소리가 들려왔습니다. (말을 탄 사람의 목소리였지요.) "만나서 반갑구나. 서둘러 들어갈 거 없어. 내가 린턴 양한테 해명을 들을 게 있거든."

"나는 히스클리프 씨와 말하면 안 돼요." 캐서린이 대답했습니다. "아빠가 그랬어요. 히스클리프 씨는 나쁜 사람이고, 아빠와 나를 둘 다 미워한다고. 엘렌도 그랬어요."

"그건 지금 중요한 문제가 아니야." 히스클리프가 말했습니다. (나타난 사람은 히스클리프였어요.) "나는 내 아들을 미워하지는 않거든. 내가 린턴 양과 이야기할 것은 내 아들 일이야. 그래! 역시 얼굴이 빨개지는구나. 두어 달 전 린턴한테 한창 편지를 썼었지? 장난으로 연애를 했나, 응? 둘 다 매로 다스려야 마땅한데! 특히 린턴 양은 누나면서 알고 보니 더 매정하더군! 린턴 양의 편지가 나한테 있으니 나한테 까불면 몽땅 아버지에게 보내버리는 수가 있어. 내가 보기에는 린턴 양이 사랑놀음에 싫증이 나서 갑자기 그만둬버린 것 같은데, 맞지? 그런데 말이야. 내 아들은 린턴 양에게 버림을 받고 '절망의 수렁'에 빠져버렸어. 그놈은 진심으로 사랑했거든…… 내가 살아 있는 것이 사실이듯, 그놈이 린턴 양 때문에 죽게 생긴 것도 사실이야. 린턴 양 변덕에 마음을 다쳤어. 비유가 아니라 실제로 말이야. 헤어턴이 그놈을 여섯 주 동안이나 놀려댔지. 나는 좀 더 따끔한 방법으로 바보짓을 그만두게 하려고 했지만 녀석의 병이 하루가 다르게 깊어지기만 하니, 린턴 양이 살려주지 않는다면 놈은 여름이 오기 전에 땅에 묻힐 거야!"

"가엾은 어린애한테 어떻게 그런 허무맹랑한 거짓말을 해요!" 제가 담장 안쪽에서 소리쳤습니다. "제발 가던 길로 가요! 어쩌자고 그런 어처구니없는 거짓말을 꾸며내요? 캐시 양, 내가 돌로 자물쇠를 부술게요. 저따위 악독한 헛소리를 믿는 건 아니겠죠? 잘 알지도 못하는 사람을 사랑해서 죽다니, 있을 수 없는 일이라는 건 캐시 양도 알 거 아니에요?"

거짓말을 들킨 놈이 중얼거렸습니다. "누가 엿듣는 줄은 몰랐군." 그러고는 큰 소리로 덧붙였습니다. "존경하는 딘 부인이시군. 나는 부인을 좋아하지만, 겉과 속이 다른 부인의 행동은 좋아하지 않아. 내가 이 '가엾은 어린애'를 미워한다니, 부인이야말로 어떻게 그런 허무맹랑한 거짓말을 할 수 있지? 부인이 그렇게 도깨비 같은 이야기를 지어내니까, 애가 겁이 나서 우리 집에 못 오는 거 아냐? 캐서린 린턴, 나는 네 이름만 들어도 마음이 따뜻해진단다. 예쁜 아가씨, 나는 이번 주에 계속 집에 없을 거야. 그러니 내 말이 거짓말인지 직접 가서 확인해봐. 제발 부탁할게! 입장을 바꿔 생각해봐. 린턴 양 아버지가 린턴 양을 보러 와달라고 린턴에게 직접 간청을 하는데 린턴은 한 발자국 떼는 것도 싫다고 한다면, 린턴 양 눈에는 그렇게 무심한 연인이 어때 보이겠어. 한번 생각해보라고. 지금 아무것도 모르니까 안 간다고 하는 건데, 그럼 못써. 내 구원을 걸고 맹세하는데, 린턴은 무덤에 들어가기 일보 직전이야. 린턴을 구해줄 사람은 오직 린턴 양뿐이야."

저는 자물쇠를 부수고 뛰쳐나갔어요.

"린턴이 다 죽게 생겼다는 건 맹세할 수 있어." 히스클리프가 저를 노려보면서 말했습니다. "슬픔과 절망이 그놈의 죽음을 재촉하고 있지. 애를 정 못 보내겠으면, 넬리 네가 가서 확인해봐. 나는 다음 주

이맘때까지는 집에 없을 거야. 네 주인도 딸이 자기 사촌을 만나러 간다는데 반대하지는 않겠지!"

"들어가요." 저는 캐시의 팔을 붙잡고 반강제로 끌고 들어가며 말했습니다. 캐시가 문 앞에서 꾸물거리면서 불안한 눈빛으로 히스클리프의 표정을 살피고 있었거든요. 하지만 히스클리프는 내면의 거짓이 드러나지 않는 근엄한 표정이더군요.

그는 말을 탄 채 가까이 오더니, 허리를 굽히고 덧붙였습니다.

"캐서린 양, 솔직히 말해서 나는 내 아들만 보면 화가 나서 못 참겠어. 헤어턴과 조지프는 나보다 더하지. 그놈은 거친 인간들 틈에서 지내며 사랑이 그리운 만큼 다정한 손길도 그리울 거야. 캐서린 양의 다정한 말 한마디가 최고의 명약이 될 거야. 딘 부인의 모진 잔소리 따위는 신경 쓰지 말고, 아량을 발휘해 무슨 수를 써서라도 린턴한테 가줘. 린턴은 밤이나 낮이나 캐서린 양 생각뿐이야. 자기를 싫어한다는 생각에서 벗어나지 못하고 있지. 캐서린 양이 편지도 안 해주고 와주지도 않으니까."

대문을 닫은 저는 망가진 자물쇠 대신 돌을 굴려서 문짝이 열리지 않도록 해놓았습니다. 그러고는 우산을 펼치고 캐시를 우산 밑으로 잡아끌었습니다. 더는 지체하면 안 된다고 경고하듯, 구슬프게 우는 나뭇가지 사이로 빗방울이 떨어지기 시작했거든요.

우리는 급한 걸음으로 돌아왔습니다. 발걸음을 재촉하느라 히스클리프를 만난 일에 대해 이러니저러니 말할 틈도 없었지요. 하지만 저는 캐서린의 마음에 드리운 어둠이 갑절이 되었음을 직감했습니다. 캐서린의 표정이 얼마나 슬프던지 마치 딴사람 같았거든요. 자기가 들었던 이야기를 모두 사실이라고 믿는 눈치였지요.

나리는 우리가 돌아오기 전에 벌써 방으로 들어갔더군요. 캐시가 안부를 물으러 살짝 들어갔지만, 나리가 잠든 후였습니다. 방을 나온 캐시는 저더러 자기와 같이 서재에 있어달라고 말했습니다. 함께 차를 마신 다음 캐시는 카펫에 누웠습니다. 그러고는 피곤하니까 아무 말도 하지 말라더군요.

저는 책을 한 권 집어들고 읽는 척을 했습니다. 캐시는 제가 책에 열중하는 것처럼 보이자마자 또다시 소리를 죽이고 울기 시작했습니다. 그즈음 캐시에게는 기분 전환으로 울음만 한 게 없었던 것 같아요. 저는 캐시에게 잠시 울 시간을 준 뒤, 훈계를 시작했습니다. 캐시의 생각도 나와 같다는 걸 확신한다는 듯 히스클리프가 아들에 대해서 늘어놓은 모든 이야기를 비웃고 조롱했지요. 그러나 아뿔싸! 저에게는 그의 이야기가 남긴 인상을 지울 만한 말재간이 없었어요. 그가 바란 대로 되어버렸지요.

"엘렌 말이 맞을지도 모르지만," 캐시가 대답했습니다. "내 눈으로 확인하기 전까지는 마음이 불편할 것 같아. 편지를 못 보낸 건 내 잘못이 아니라고 말해주고, 내 마음이 변치 않을 거라고 믿게 해줘야 해."

캐시가 완전히 속아 넘어갔는데, 제가 화를 내고 아니라고 한들 무슨 소용이겠어요? 그날 밤 우리는 다툰 채 각자 방으로 들어갔습니다. 하지만 다음 날 저는 고집쟁이 아씨의 조랑말을 끌고 폭풍의 언덕을 향하고 있었습니다. 아씨가 슬퍼하는 모습, 허옇게 풀 죽은 아씨의 얼굴과 퉁퉁 부은 눈을 차마 볼 수가 없었으니까요. 린턴이 우리를 어

떻게 맞이하는지를 아씨가 직접 보면, 히스클리프의 이야기가 얼마나
사실무근인지 깨달으리라는 희미한 기대도 없지 않았고요.

9장

밤에 비가 와서 아침에는 안개가 자욱했고(진눈깨비 같은 안개였습니다), 고지대에서 흘러내리는 물줄기는 일시적으로 시내가 되어 길 여기저기를 가로막았습니다. 저는 발이 다 젖어버렸고, 짜증스럽고 침울한 기분이었습니다. 이 불쾌한 상황을 최대한 불쾌하게 느끼기에 꼭 알맞은 기분이었지요.

우리는 부엌문을 통해 집 안으로 들어갔습니다. 히스클리프가 정말 집에 없는지를 확인하기 위해서였지요. 저는 그의 말을 별로 신용하지 않았으니까요.

조지프가 천국에 온 듯한 얼굴로 혼자 앉아 있었어요. 벽난로는 활활 타고, 탁자에는 1쿼트짜리 맥주잔과 큼직하게 자른 귀리 비스킷이 잔뜩 놓여 있었습니다. 조지프는 몽땅한 검은 담뱃대를 입에 물고 있더군요.

캐서린은 벽난로로 달려가서 불을 쬐었고, 저는 주인이 안에 있느냐고 물었습니다.

묻는 말에 한참 대답이 없기에 저는 이 영감이 가는귀가 먹었나 싶어 좀 더 큰 소리로 다시 물었지요.

"읍다!" 조지프의 대답은 으르렁거리는 것 같기도 하고 콧구멍으로 고함치는 것 같기도 했습니다. "읍다! 느그 집에 돌아가라."

"조지프!" 제가 입을 떼는 것과 동시에 큰방에서 짜증 섞인 목소리가 들려왔습니다. "내가 몇 번을 불러야 되겠어! 이제 정말 불씨 몇 개밖에 안 남았어. 조지프! 당장 들어오지 못해!"

파이프를 뻐끔거리면서 벽난로만 쳐다보는 꼴을 보아하니, 이 소리를 듣지 않겠다는 뜻이었습니다. 하녀와 헤어턴은 보이지 않았습니다. 하나는 심부름을 가고, 하나는 일하러 나간 듯했습니다. 린턴의 억양을 익히 아는 우리가 안으로 들어갔습니다.

"야아, 너 같은 건 다락에서 죽어버려! 억수로 벌벌 떨다 죽어봐야," 아이는 우리가 게으른 하인인 줄 알고 소리쳤습니다.

자기의 실수를 알아챈 아이가 곧 입을 다물었고, 캐서린이 달려갔지요.

커다란 의자 팔걸이에 머리를 기대고 있던 린턴이 머리를 들면서 말했습니다. "린턴 양 왔어요? 하지 마요. 입 맞추지 마요. 숨차단 말이에요. ……싫어!" 린턴은 캐서린의 포옹에서 어느 정도 풀려나자 말을 이었습니다. 캐서린은 크게 뉘우치는 표정으로 한쪽 옆에 서 있었고요. "아빠가 린턴 양이 찾아올 거라고 했어요. 문 좀 닫아줄래요?

문을 열어놓고 들어왔잖아요. 그런데 저것들, 저 **가증스러운** 것들, 석 탄은 안 가져올 작정인가. 추워죽겠는데!"

저는 벽난로의 재를 뒤적거려놓고 직접 나가 석탄 한 통을 가져왔습니다. 환자는 재가 날린다고 투덜거렸지요. 하지만 환자의 기침이 끊이지 않는 데다 열이 있고 아픈 기색이라, 저는 환자의 성미를 나무라지는 않았습니다.

"저어, 린턴." 아이의 찡그린 얼굴이 풀리자 캐서린이 속삭였습니다. "내가 와서 좋아? 내가 뭐 해줄 거 없어?"

"왜 진작 안 왔어요?" 환자가 물었습니다. "편지 쓰지 말고 그냥 오지 그랬어요. 그 긴 편지들을 쓰느라 피곤해서 죽을 뻔했어요. 말을 하는 편이 차라리 덜 피곤했을 텐데. 이제는 말을 하는 것도 힘들어요. 힘들어서 아무것도 못하겠다고요. 질라는 어디 갔을까! (그러고는 저를 쳐다보며 말했어요.) 네가 가서 부엌에 있는지 보고 올래?"

저는 아까 해준 일에 대해 고맙다는 말 한마디 듣지 못한 데다, 아이의 명령에 왔다 갔다 하기가 싫어서 그냥 대답했습니다.

"조지프 말고는 아무도 없어요."

"목마른데." 아이가 고개를 돌리며 신경질적으로 소리쳤습니다. "아빠가 없으니, 질라는 노상 기머턴으로 놀러다녀요. 염치없게! 그러니까 내가 내려올 수밖에 없어요. 위층에서는 아무리 불러도 들은 척도 안 하니까."

"아버지가 히스클리프 도련님한테 잘해주나요?" 캐서린이 다정하게 굴고 싶은 마음을 참고 있음을 알고 제가 물었습니다.

"잘해주느냐고? 나한테 잘해주라고 **저것들**에게 시키기는 하지." 린턴이 소리쳤습니다. "망할 것들! 있잖아요, 린턴 양, 저 막돼먹은 헤어턴이 나를 비웃어요. 나는 헤어턴이 싫어요. 사실, 저것들이 다 싫어요. 역겨운 것들이에요."

캐시는 물을 찾아다니다가 장식장 선반 위에서 주전자를 발견하고 잔에 물을 따라 왔습니다. 아이는 캐시를 시켜 탁자 위에 있는 병에서 포도주 한 숟갈을 잔에 섞게 했지요. 조금 삼키더니 좀 진정된 듯, 캐시에게 고맙다는 인사까지 했습니다.

"내가 와서 좋아?" 캐시는 아이의 얼굴에 희미한 미소가 떠오르는 것을 보고 기뻐하며 아까와 똑같이 물었습니다.

"그래요, 좋아요. 린턴 양 같은 목소리를 들을 일은 좀처럼 없으니까요!" 아이가 대답했습니다. "하지만 린턴 양이 와주지 않아서 그동안 정말 곤란했어요. 아빠는 그게 나 때문이라고 욕했어요. 나더러 한심하고 못난 겁쟁이라면서 린턴 양이 나를 경멸한다고 했고요. 아빠가 나였다면, 지금쯤 티티새 지나는 농원의 주인은 린턴 양 아버지가 아니라 아빠였을 거랬어요. 하지만 린턴 양은 나를 경멸하지 않……"

"캐서린, 아니면 캐시라고 불러!" 아씨가 말을 가로막더군요. "경멸이라고? 아니야. 나는 세상에서 아빠하고 엘렌 다음으로 네가 좋아. 하지만 히스클리프 씨는 싫어. 히스클리프 씨가 돌아오면 나는 여기 못 올 거야. 오래 있다 올까?"

"오래는 아니야," 린턴이 대답했습니다. "하지만 이제 사냥철이 시작되었으니까 습지에 나갈 때가 많아. 그러니까 아빠가 없을 때 한두 시간 정도 와 있어도 돼. 제발 와줘! 온다고 말해줘! 너하고 있으면 나도 짜증 안 낼게. 너는 나를 짜증 나게 안 할 거고, 항상 나를 도와줄 거잖아, 그치?”

“그래.” 캐서린은 아이의 길고 부드러운 머리카락을 쓰다듬으면서 대답했습니다. “아빠만 허락해준다면 내 시간의 반을 너와 함께 보낼 텐데…… 귀여운 린턴! 네가 내 동생이면 얼마나 좋을까!”

“내가 동생이면 너희 아버지만큼 좋아해줄 거야?” 린턴은 약간 기운을 내며 물었습니다. “하지만 아빠가 그랬어. 네가 내 아내가 되면, 너는 나를 너희 아버지보다 더, 세상 전체보다 더 사랑할 거라고. 그러니 차라리 내 아내면 좋겠어.”

“안 돼! 내가 아빠보다 사랑할 사람은 아무도 없어.” 캐서린은 심각하게 대꾸했습니다. “그리고 아내를 미워하는 사람은 있지만 형제자매를 미워하는 사람은 없거든. 내 동생이면 너도 우리 집에 가서 살 수 있을 테고, 아빠도 너를 나 못지않게 사랑해줄 텐데.”

린턴은 세상에 아내를 미워하는 사람은 없다고 했습니다. 그러자 캐시는 그렇지 않다고 하면서, 린턴의 아버지가 아내였던 자기의 고모를 미워했다는 예를 들었지요.

저는 캐시의 경솔한 혓바닥을 막으려고 노력했습니다. 하지만 기어코 아는 것을 모두 까발렸고, 제 노력은 수포로 돌아갔습니다. 린턴은 정말 화가 나서 거짓말이라고 소리쳤지요.

“아빠가 그랬어. 아빠는 거짓말 안 해.” 캐시가 젠체하며 대답했습니다.

“우리 아빠는 네 아빠를 경멸한대!” 린턴이 소리쳤습니다. “비열한 멍청이래.”

“네 아빠는 고약한 사람이야.” 캐시가 받아쳤습니다. “감히 나한테 네 아빠 말을 옮기다니, 너도 정말 못됐구나. 네 아빠가 고약하니까 이사벨라 고모가 버린 거잖아."

"버린 거 아니야." 아이가 말했습니다. "모르면 가만있어!"

"버린 거 맞아." 아씨가 소리쳤습니다.

"좋아, 너도 이건 모를 거다." 린턴이 말했습니다. "네 어머니는 네 아버지를 싫어했어. 어때?"

"어머!" 캐서린이 소리쳤습니다. 그러고는 너무 화가 나서 아무 말도 못했지요.

"네 어머니는 우리 아버지를 사랑했어." 린턴이 덧붙였습니다.

"거짓말쟁이! 너 같은 애 싫어!" 캐서린이 씩씩거리며 말했습니다. 얼굴은 분노로 새빨개졌지요.

"사랑했어! 사랑했어!" 린턴은 노래하듯 되뇌면서 의자 깊숙이 기대앉아 머리를 뒤로 젖혔습니다. 의자 뒤에 서 있는 말싸움 상대의 흥분을 즐기기 위해서였지요.

"그만해요!" 제가 말했습니다. "그것 역시 도련님의 아버지가 지어낸 이야기겠지요."

"아니야, 너는 가만있어!" 린턴이 대답했습니다. "캐서린, 네 어머니는! 우리 아버지를! 사랑했어!"

이성을 잃은 캐시가 소파를 세게 밀자 린턴은 팔걸이로 고꾸라졌습니다. 린턴은 곧바로 숨이 멎을 듯이 기침을 해댔고, 이로써 린턴의 승리도 금방 끝이 났습니다.

린턴의 기침이 좀처럼 그치지 않아서 저까지 겁이 날 정도였습니다. 린턴의 사촌은 아무 말도 못하고, 자기의 행동이 초래한 결과에 겁을 집어먹고 전력을 다해 울어댔습니다.

저는 기침이 잦아들 때까지 린턴을 붙잡고 있었습니다. 린턴은 기침이 그치자 저를 밀어내고 조용히 드러눕더군요. 캐서린도 울음을 그치고 맞은편 의자에 앉더니, 심각한 얼굴로 벽난로 불꽃을 쳐다보았고요.

"이제 좀 어때요?" 제가 10분 정도 기다렸다가 물었습니다.

"저 애도 나처럼 아프면 좋겠어." 린턴이 대꾸했습니다. "못된 것, 잔인한 것! 헤어턴은 나 안 때려. 평생 단 한 번도 안 때렸어. 게다가 오늘은 몸이 괜찮았는데, 다시 이렇게……" 린턴의 말이 울먹임으로 바뀌었습니다.

"나도 때린 거 아니야!" 캐시는 또 울음이 터지려는 걸 참기 위해 입술을 깨물며 중얼댔습니다.

린턴은 엄청난 고통을 느끼는 사람처럼 15분 동안이나 한숨을 쉬고 신음을 했습니다. 보아하니 사촌을 괴롭히려는 수작이더군요. 사촌의 숨죽인 흐느낌이 포착될 때마다 신음에 고통과 비애의 감정을 다시금 집어 넣더라니까요.

"아프게 해서 미안해, 린턴!" 캐시가 참을 수 없는 괴로움에 떨며 한참 만에 입을 열었습니다. "하지만 나였다면 살짝 밀었다고 그렇게 아프지는 않았을 거야. 그래서 네가 그 정도로 아플 줄 몰랐어. 많이 아파? 네가 나 때문에 다쳤다고 생각하며 돌아가게 하지는 말아줘! 대답해봐, 말 좀 해봐."

"못하겠어." 린턴이 웅얼댔습니다. "너 때문에 다친 거야. 너 때문에 이렇게 다쳐서 밤새도록 잠 한숨 못 자고 이렇게 기침만 해야 돼.

너도 이렇게 기침을 해보면 얼마나 아픈지 알 거야. 하지만 내가 아플 때 너는 쿨쿨 자겠지. 나는 밤새 혼자 아플 텐데! 그게 얼마나 끔찍한지 네가 알 리가 없지!" 그러면서 순전히 자기연민에 휩싸여 엉엉 울기 시작했습니다.

"도련님이 밤에 끔찍한 시간을 보내는 습관이 있다면," 제가 말했습니다. "도련님의 잠을 방해하는 게 캐시 양은 아니겠죠. 캐시 양이 안 왔어도 마찬가지였을 거라고요. 어쨌든 캐시 양이 도련님을 괴롭히는 일은 두 번 다시 없을 테고, 우리가 떠나면 아마 도련님도 좀 괜찮아지겠지요."

"나 갈까?" 캐서린은 린턴 쪽으로 몸을 수그리며 슬픈 듯 물었습니다. "내가 갔으면 좋겠어, 린턴?"

"네가 있어봤자 너 때문에 아픈 건 그대로야." 린턴은 캐서린을 피해 몸을 움츠리며 뚱하게 대꾸했습니다. "네가 더 있으면 더 아파질지도 몰라! 네가 자꾸 성가시게 굴면 열이 오를 거야!"

"그럼, 나 갈까?" 캐서린이 다시 물었습니다.

"가든지 말든지 나 좀 가만 내버려둬." 린턴이 말했습니다. "시끄러우니까 떠들지 마."

캐서린은 제가 아무리 돌아가자고 해도 한참 동안 들은 척도 하지 않았습니다. 하지만 린턴이 쳐다보지도 않고 말을 걸지도 않으니 결국 문 쪽을 향하더군요. 저도 뒤를 따랐지요.

그런데 비명이 우리의 발목을 붙잡았습니다. 린턴이 의자에서 미끄러져 벽난로 앞 바닥을 뒹굴며 괴로워하고 있었습니다. 그저 버릇없는 골칫덩이 어린애의 심술이었지요. 캐시 양을 힘들게 하려고 작정했더군요.

저는 린턴의 행동에서 그 아이의 성격을 완전히 파악했고, 달래려는 건 바보 같은 짓임을 즉시 알아챘습니다. 하지만 캐서린은 기겁을 하면서 도로 뛰어가 무릎을 꿇더니 눈물을 흘리고 달래고 애원하더군요. 결국은 린턴도 잠잠해졌어요. 캐서린을 괴롭게 했다는 미안함 때문이 아니라 숨이 차서였지만요.

"내가 장의자에 올려놓을게요." 제가 말했습니다. "마음대로 뒹굴라지. 우리는 이런 꼴 구경하고 있을 시간이 없어요. 캐시 양도 이제 확실히 알았겠지요? 사촌에게 도움이 될 사람은 캐시 양이 아니라는 사실을 말이에요. 사랑 때문에 병이 난 게 아니에요. 사촌은 저런 아이예요! 얼른 돌아가자고요. 캐시 양 사촌도 이런 바보짓을 봐주는 사람이 없으면 알아서 조용해질 테니!"

캐서린은 린턴의 머리에 쿠션을 받쳐준 다음 물을 갖다주었습니다. 린턴은 물을 마시기 싫다고 하면서, 쿠션이 아니라 돌덩이나 나무토막을 받친 듯 머리를 뒤척였습니다.

캐서린은 린턴을 좀 더 편하게 해주려고 애를 썼지요.

"이걸로는 안 돼." 린턴이 말했습니다. "더 높아야 해!"

캐서린이 쿠션을 하나 더 가져와 겹쳐놓으려고 했지요.

"너무 높아!" 그 성가신 것이 웅얼대더군요.

"그럼 어떡하지?" 캐서린이 절망스럽게 물었습니다.

그때 캐서린은 장의자 옆에 무릎을 꿇다시피 앉아 있었는데, 린턴이 갑자기 상체를 틀더니 캐서린의 어깨를 베개처럼 베는 거예요.

"히스클리프 도련님, 그러면 안 돼요!" 제가 말했습니다. "쿠션이면 충분하잖아요! 캐시 양은 이미 너무 오래 지체했단 말이에요. 우리는 5분 안에 떠날 거예요."

"아니야, 아니야, 괜찮아!" 캐서린이 대꾸했습니다. "린턴이 이제 착하게 잘 참는걸. 내가 괜히 찾아와서 린턴을 더 아프게 만들었다고 생각하면서 돌아간다면, 오늘 밤에 내가 자기보다 훨씬 비참하리라는 걸 린턴도 아는 거야. 그럼 나는 다시는 못 올 거야. 린턴, 사실대로 말해줘. 나 때문에 다쳤다면, 나는 이제 오면 안 되잖아."

"낫게 해주려면 와야 해." 린턴이 대답했습니다. "너 때문에 다쳤으니 당연히 와야지. 너 때문에 이렇게 심하게 다친 거잖아! 네가 오기 전에는 지금처럼 아프지는 않았어, 안 그래?"

"하지만 네가 울고 화를 내서 더 아픈 거야. 내 잘못만은 아니야." 사촌이 말했습니다. "어쨌든 이제 싸우지 말자. 너도 내가 오면 좋지? 가끔 나를 보고 싶은 거지, 그치?"

"그렇다니까!" 린턴이 신경질적으로 대꾸했습니다. "의자에 앉아서 무릎베개해줘. 엄마는 오후 내내 늘 이렇게 해줬어. 움직이지 말고 말도 하면 안 돼. 노래할 줄 알면 노래는 괜찮아. 아니면 길고 재미있는 담시(譚詩)도 괜찮아. 네가 가르쳐주기로 약속한 거. 아니면 옛날 이야기. 하지만 담시가 더 좋아. 시작해."

캐서린은 자기가 기억하는 가장 긴 담시를 들려주었어요. 두 아이 다 무척 재미있어했습니다. 린턴은 하나 더 해달라고 한 다음, 또 하나를 더 해달라고 했습니다. 제가 완강하게 안 된다고 했는데도 소용없었지요. 두 아이가 그렇게 시간을 보내는 동안 시계가 12시를 쳤고, 마당에서 헤어턴의 기척이 들려왔습니다. 점심을 먹으러 돌아온 것이었지요.

"그러면 내일, 캐서린, 내일 올 거야?" 캐서린이 마지못해 일어서자 린턴이 캐서린의 원피스를 붙잡으며 묻더군요.

"안 돼요!" 제가 대답했습니다. "모레도 안 돼요." 하지만 캐서린은 다르게 대답한 것이 분명했습니다. 캐서린이 허리를 굽히고 린턴에게 귓속말을 하자, 린턴의 미간이 펴지더라고요.

"캐시 양, 내일은 못 와요. 명심해요." 제가 집 밖으로 나오면서 입을 뗐습니다. "설마 다시 올 생각은 아니겠지요?"

캐서린은 빙그레 웃더군요.

"이런, 조심해야겠네!" 제가 말을 이었습니다. "그 자물쇠는 고치라고 할 거예요. 다른 데로 도망 나갈 길은 없으니까."

"담을 넘으면 되지." 캐서린이 깔깔 웃으면서 말했습니다. "티티새 지나는 농원은 감옥이 아니고, 엘렌은 간수가 아니야. 게다가 나는 조금만 있으면 열일곱 살이야. 나는 어른이니까, 내가 린턴 옆에서 돌봐주면 곧 나을 거야. 내가 린턴보다 누나잖아. 그 애보다 아는 것도 많고, 그 애처럼 어린애 같지도 않고. 그치? 그러니까 내가 잘 달래주면 린턴도 조만간 내 말을 잘 들을 거야. 얌전하게 있을 때는 예쁘고 귀여운 애잖아. 내 동생이라면 정말 귀여워해줄 텐데. 서로 익숙해지면 싸울 일도 없을 거야. 그치? 엘렌은 린턴이 마음에 안 들어?"

"마음에 안 드냐고요!" 제가 소리쳤습니다. "그렇게 성질이 고약하고 골골대는 놈이 어떻게 저 나이까지 살았는지! 히스클리프 씨가 짐작했던 대로 다행히 스무 살을 못 넘기겠어요! 봄까지 목숨이 붙어 있을지도 의심스럽지만…… 언제 죽든 그 집 사람들이 손해 볼 건 없겠

378

네요. 아이 아버지가 데려가준 게 우리한테는 다행이었지. 그런 놈은 친절하게 해줄수록 까다롭고 이기적이 된다고요! 캐서린 양이 그놈과 결혼할 가능성이 없는 게 얼마나 다행인지!"

캐서린은 얼굴이 굳어졌습니다. 제가 린턴의 죽음에 대해서 함부로 말한 것이 상처가 된 모양이었어요.

"린턴은 나보다 어리니까," 캐서린은 한참 생각하더니 대꾸했습니다. "더 오래 살아야 해. 더 오래 살 거야. 나만큼은 오래 살아야 해. 처음 북부에 왔을 때랑 비교하면 건강이 나빠진 건 아니잖아! 지금은 감기에 걸려서 아플 뿐이야. 아빠랑 똑같아. 아빠는 나을 거라고 엘렌이 그랬잖아. 그런데 왜 린턴은 안 낫는다는 거야?"

"자, 자," 제가 소리쳤습니다. "어쨌든 우리랑 상관없는 일이에요. 내 말 명심해요, 나는 한다면 하는 사람이니까. 만약 캐시 양이 나를 대동하든 대동하지 않든 폭풍의 언덕에 가려고 든다면, 린턴 씨한테 이를 거예요. 린턴 씨 허락 없이는 사촌하고 다시 만나면 안 돼요."

"벌써 다시 만났는걸!" 캐시가 골을 내며 투덜거렸습니다.

"그러면 이제 그만 만나요!" 제가 말했습니다.

"두고 봐!" 이렇게 대꾸한 캐시는 전속력으로 달려가버렸고, 뒤에 남은 저는 애써 걸음을 재촉했습니다.

우리 둘 다 점심시간 전에 집에 도착했습니다. 나리는 우리가 농원 안을 산책하고 돌아온 줄 알았는지 어디 갔다 왔느냐고 물어보지도 않았습니다. 저는 집에 들어가자마자 흠뻑 젖은 신발과 양말을 급히 갈아 신었지만, 폭풍의 언덕에서 젖은 채 한참을 앉아 있던 것이 화근이었습니다. 다음 날 아침에는 드러누워 꼼짝을 못했고, 그로부터 3주간은 제가 맡은 일도 할 수 없었지요. 그렇게 아팠던 건 그때가 처음이었는데, 고맙게도 아직까지 다시 겪은 적은 없답니다.

아씨는 제 방으로 찾아와서 간호해주고 외로움을 달래주었습니다. 천사 같았지요. 방 안에 갇혀 있자니 몹시 울적했지만(육체적으로 활동적인 사람에게는 지루한 일이랍니다) 아씨 덕에 더없는 호강을 했지요. 캐서린은 린턴 씨 방에서 나오면 곧바로 제 머리맡에 나타났습니다. 하루를 린턴 씨와 저에게만 쓰면서 단 1분도 딴전을 피우지 않았습니다. 식사, 공부, 놀이 모두 제쳐놓고 그렇게 다정하게 간호할 수가 없었어요. 아버지를 그토록 사랑하면서 또 저까지 챙겨주다니, 마음이 따뜻한 아이가 틀림없었지요.

린턴 씨와 제가 캐시의 하루를 나누어 가졌다고는 해도, 나리는 일찍 자러 들어갔고 저도 보통 6시 이후에는 필요한 게 없었으니, 저녁 시간은 캐서린만의 것이었습니다.

가엾은 것! 저는 캐서린이 차를 마신 다음 혼자서 어떻게 시간을 보낼지 전혀 생각해보지 않았습니다. 캐서린이 제 방을 들여다보며 밤 인사를 할 때, 발그레한 볼과 분홍빛 도는 가는 손가락이 종종 눈에 띄었지만, 저는 그게 추운 습지에서 말을 탔기 때문이리라고는 상상도 못하고, 서재의 뜨거운 벽난로 때문이겠거니 여겼답니다.

10장

　3주가 지나고 나서야, 저는 제 방을 벗어나 집 안을 돌아다닐 정도가 되었습니다. 앉아서 저녁을 보낼 수 있게 된 첫날, 저는 눈이 침침해서 캐서린에게 책을 읽어달라고 했습니다. 린턴 씨는 자러 들어가고 우리끼리 서재에 남아 있었는데, 캐서린은 알겠다고 하면서도 왠지 싫은 눈치였습니다. 제가 좋아하는 종류의 책을 읽기 싫은가 싶어서, 무슨 책을 읽을지는 마음대로 고르라고 말했지요.

　캐서린은 자기가 제일 좋아하는 책 한 권을 고르더니 한 시간쯤 차분하게 읽어 내려갔습니다. 그런데 어느새 질문이 잦아지더군요.

　"엘렌, 피곤하지 않아? 이제 그만 자리에 눕는 게 좋지 않을까? 이렇게 오래 앉아 있으면 다시 병이 날 거야."

　"아니, 아니, 피곤하지 않아요." 저도 계속 대꾸했습니다.

제가 꿈쩍하지 않자, 캐서린은 책 읽는 일이 지겹다는 걸 알리기 위해 다른 수를 냈습니다. 하품을 하고, 기지개를 켜며 말하더라고요.

"엘렌, 나 피곤해."

"그럼 그만 읽고 얘기해요." 제가 대답했습니다.

그때부터는 더 심했습니다. 캐서린은 엉덩이를 들썩이며 한숨을 쉬었고, 8시가 될 때까지 시계만 쳐다보다가 자기 방으로 돌아갔어요. 짜증 섞인 멍한 표정으로 계속 눈을 비벼대기에, 저는 잠이 쏟아지는 탓이려니 생각했답니다.

다음 날 밤에는 조바심이 더 심해진 듯했고, 세번째 밤에는 두통을 호소하며 나가버리더라고요.

저는 캐서린의 행동이 이상하게 생각되었습니다. 한참 동안 혼자 남아 있던 저는, 캐서린의 방에 올라가서 두통은 좀 나았는지 물어보고, 어두운 위층에 있지 말고 내려와서 소파에 좀 누워 있으라고 권하기로 마음먹었지요.

캐서린은 위층에도, 아래층에도 없었습니다. 하인들은 캐서린을 보지 못했다고 했고요. 에드거 씨의 방문 앞에서 귀를 기울여보았지만…… 아주 조용하더군요. 저는 다시 캐서린의 방에 가서, 초를 끄고 창가에 앉았습니다.

달빛은 환했고, 땅에는 드문드문 눈이 쌓여 있었습니다. 캐서린이 정원으로 산책을 나갔을지도 모르겠다는 생각이 들었어요. 정말 누군가가 농원 안쪽 담장을 따라 살금살금 걸어가더군요. 그런데 밝은 곳으로 나온 사람은 우리 집 마부 중 하나였습니다.

농원 마차 길을 쳐다보며 한참을 서 있던 마부는 뭔가를 발견한 듯

빠른 걸음으로 사라지더니 잠시 후 캐서린의 조랑말을 끌고 나타났습니다. 방금 말에서 내린 듯한 캐서린도 함께 걸어오고 있었습니다.

마부는 말을 끌고 잔디밭을 지나 마구간을 향해 조심조심 걸었습니다. 캐시는 응접실 여닫이창을 넘어 제가 기다리는 곳으로 소리 없이 올라왔고요.

캐서린은 문을 살짝 닫고 눈이 묻은 신발을 벗어 던지더니 모자 끈을 끌렀어요. 제가 몰래 지켜보는 줄은 전혀 눈치채지 못하고 외투를 벗으려는 찰나, 제가 벌떡 일어나서 모습을 드러냈습니다. 캐시는 깜짝 놀라 돌처럼 굳어버렸습니다. 알아듣지 못할 외마디 비명을 지르더니, 그 자리에 얼어붙어 있었지요.

"있잖아요, 캐서린 양," 캐시가 따뜻하게 간호해준 일이 아직 기억에 생생해서, 크게 야단을 치지는 못했습니다. "이 시간에 말을 타고 어디 갔었어요? 왜 거짓말로 나를 속였어요? 어디 갔었어요? 말해봐요!"

"농원 저 아래쪽에." 캐시가 더듬댔습니다. "나 거짓말 안 했어."

"다른 데는 안 갔어요?" 제가 다그쳤습니다.

"안 갔어." 캐시가 중얼거렸습니다.

"맙소사, 캐서린 양," 제가 슬픈 목소리로 소리쳤습니다. "잘못한 줄은 아는 모양이네요. 아니면 나한테 거짓말을 늘어놓을 이유도 없을 테니까. 마음이 아프네요. 캐서린 양이 거짓말을 지어내는 걸 듣느니 차라리 석 달 동안 앓아눕는 편이 낫지."

캐시는 갑자기 뛰어와 제 목을 와락 끌어안으면서 울음을 터뜨렸습니다.

"있잖아, 엘렌이 화내면 너무 무서워." 캐서린이 말했습니다. "화 안 낸다고 약속해줘. 그러면 솔직히 말할게. 나도 숨기는 건 싫어."

우리는 창가에 앉았습니다. 저는 무슨 말을 듣더라도 절대 야단치지 않겠다고 약속했습니다. 물론 짐작 가는 바가 있었지요. 캐서린은 이야기를 시작했습니다.

"폭풍의 언덕에 갔었어. 엘렌이 병이 난 다음부터 하루도 안 빠지고 갔어. 엘렌이 앓아누워 방에만 있었던 사흘하고, 엘렌이 방에서 나온 뒤 이틀만 못 갔어. 마이클한테 책이랑 그림을 주고 매일 저녁 미니를 준비시켜 데려오는 일이랑 마구간에 도로 데려가는 일을 해달라고 했어. 마이클도 야단치지 마, 꼭이야. 폭풍의 언덕에 도착하면 6시 반이었고, 보통 8시 반까지 있다가 전속력으로 달려 돌아왔어. 내 즐거움을 위해 갔던 건 아니야. 내내 비참했던 날도 많았어. 행복했던 건 일주일에 한 번 정도나 될까. 처음에는 나도 린턴과 한 약속을 지킬 수 있게 엘렌을 설득하는 일이 큰일이겠다고 생각했어. 사실은 우리가 그 집에 갔던 날, 린턴과 헤어지면서 다음 날 또 오겠다고 약속했었거든. 그런데 다음 날 엘렌이 아래층에 내려오지 않은 덕에 어려움 하나가 없어졌던 거야. 그날 오후 마이클이 농원 문을 잠글 때, 내가 열쇠를 달라고 했어. 사촌이 아파서 티티새 지나는 농원에 올 수가 없는데 나를 보고 싶어 한다, 그런데 아빠는 내가 가는 것을 싫어한다, 그렇게 말했어. 그런 다음 마이클과 조랑말에 대해 협상했어. 마이클은 책 읽기를 좋아하는데, 조만간 우리 집을 나가 결혼할 생각이래. 내가 서재의 책들을 빌려주면 내 말대로 해주겠다더라. 하지만 나는 서재의 책 대신 내 책을 줬어. 마이클도 더 좋아했고.

두번째로 찾아갔을 때는 린턴 기분이 좋은 것 같았어. 그 집 하녀인 질라가 방을 깨끗하게 치워주고 불을 피워주면서, 조지프는 기도회에 갔고 헤어턴 언쇼는 개들을 데리고 밖에 나갔으니 우리 마음대로 놀 아도 된다고 하더라. 나중에 들으니까 헤어턴 언쇼는 우리 농원 숲에 꿩을 밀렵하러 갔던 거래.

질라는 나한테 따뜻한 포도주랑 생강 비스킷을 가져다줬어. 아주 친절한 사람 같더라고. 린턴은 안락의자, 나는 작은 흔들의자를 놓고 벽난로 앞에 앉았어. 웃고 얘기하는 게 정말 즐거웠고, 할 말도 많았 어. 여름에 어디로 가서 어떻게 놀지 계획도 세웠어. 무슨 계획인지 그건 말 안 할래. 엘렌이 들으면 바보 같은 소리라고 할 테니까.

한번은 거의 싸울 뻔했어. 린턴은 뜨거운 7월의 하루를 가장 기분 좋게 보내는 방법이 아침부터 저녁까지 습지 한복판에 있는 비탈진 히스 밭에 누워 있는 거라고 했어. 벌들은 활짝 핀 꽃 사이에서 꿈결 인 듯 윙윙거리고, 종달새는 높은 하늘에서 노래하고, 밝은 해는 구름 한 점 없는 파란 하늘에서 끝없이 환하게 빛나고…… 린턴이 생각한 완벽한 천국의 행복은 그거였어. 내가 생각한 천국의 행복은, 내가 산 들거리는 초록색 나뭇가지에 올라가 앉아 있고, 서풍이 불어오고, 새 하얀 구름이 머리 위를 휙휙 지나가고, 종달새는 물론이고 티티새, 검 은새, 방울새, 뻐꾹새가 사방에서 목청껏 노래를 부르고, 멀리 보이는 습지는 서늘하고 어스레한 계곡들로 이어지고, 가까이 보이는 키 큰 풀잎들은 산들바람 앞에 넘실넘실 파도치고, 숲이 있고 물소리가 있 고, 온 세상이 잠에서 깨어나 기뻐 노래하는 거야…… 린턴은 만물이 평화의 희열 속에 누워 있기를 바랐고, 나는 만물이 찬란한 환희 속에 불꽃을 튀기며 춤추기를 바랐어.

나는 린턴의 천국은 살아 있는 것도 죽은 것도 아니라고 했어. 린턴은 내 천국은 술에 취했다고 했지. 나는 린턴의 천국이 잠자기에 딱 좋다고 했고, 린턴은 내 천국이 숨이 막힌다고 했어. 아주 딱딱거리더라. 결국 우리는 날씨가 적당한 날에 두 가지 다 해보기로 하고, 서로 입맞추고 화해했어. 나는 한 시간쯤 가만 앉아 있다 커다란 방 바닥을 내려다봤는데, 매끄럽고 카펫이 없어서 탁자만 치우면 놀기 좋을 것 같았어. 그래서 린턴에게 질라를 불러 도움을 청하자고 했어. 까막잡기를 하면서 질라는 술래를 시키자고 말이야…… 전에는 엘렌이 술래였잖아. 그런데 린턴이 싫다고 하더라. 까막잡기는 재미없대. 그렇지만 나랑 공놀이를 하는 건 괜찮다고 했어. 우리는 벽장에 있는 팽이, 굴렁쇠, 배드민턴, 셔틀콕 같은 낡은 장난감 사이에서 공 두 개를 찾아냈지. 하나는 C 하나는 H라고 쓰여 있었어. C는 캐서린, H는 히스클리프의 머리글자니까, C자 공은 내가 갖고 H자 공은 린턴이 가졌으면 했어. 그런데 린턴은 H자 공에서 겨가 샌다면서 싫다는 거야.

계속 내가 이기니까 린턴은 다시 짜증을 내고 기침을 하면서 의자로 돌아갔어. 그래도 그날 밤은 린턴의 기분이 쉽게 풀어졌어. 고운 노래 두세 곡에 아주 즐거워하더라. 엘렌이 가르쳐준 노래들 말이야. 내가 그만 돌아오려는데, 린턴이 다음 날 저녁에도 와달라고 빌고 사정을 하기에 알았다고 약속해버렸어.

미니하고 나는 바람처럼 가볍게 날아서 돌아왔고, 아침이 올 때까지 폭풍의 언덕과 귀여운 사촌이 나오는 꿈을 꿨어.

다음 날 아침은 슬펐어. 엘렌이 아프기도 했고, 아버지가 내가 폭풍의 언덕에 가는 걸 알고 허락해준다면 얼마나 좋을까 싶기도 했거든. 그렇지만 차를 마시고 저녁이 되니 달빛이 고와서, 말을 타고 가는 길에 슬픔이 사라져버렸어.

오늘 저녁에도 즐거운 시간을 보내야지, 하지만 귀여운 린턴이 즐거운 시간을 보내게 된다는 게 더 기뻐, 하고 나는 생각했어.

내가 말을 타고 그 집 정원으로 들어가서 막 뒤뜰로 가려는데, 언쇼라는 남자가 내 앞에 나타나더니 말고삐를 잡으면서 앞문으로 들어가라더라. 그러고는 미니 목을 쓰다듬으면서 예쁜 말이라고 하는 거야. 내가 말을 걸어주었으면 하는 눈치였어. 나는 내 조랑말을 가만두지 않으면 걷어차일 거라고 말해줬지.

그 남자가 천한 말투로 대답했어.

'걷어차여봤자 아프지도 않을 기다.' 그러고는 씩 웃으며 내 조랑말의 다리를 훑어봤어.

미니한테 발길질을 시켜볼 마음이었는데, 그 남자가 문을 열어주겠다고 뛰어가더니 빗장을 올리면서 위에 있는 글자를 올려다보더라. 그러고는 수줍은 것 같기도 하고 의기양양한 것 같기도 한 멍청한 태도로 말했어.

'캐서린 양! 인제 나도 저거 읽을 줄 안다.'

'대단하네!' 내가 외쳤어. '그럼 한번 읽어봐요. 정말 똑똑해졌나 봐!'

그 남자는 철자를 하나씩 떼어서 읽은 다음, 음절을 하나씩 늘여서 발음했어.

'헤, 어, 턴, 언, 쇼.'

'그럼 저 숫자는?' 나는 그가 더 읽지 못하자 응원하듯 소리쳤어.

'저건 아직 못 읽는다.' 그렇게 대답했어.

'어머, 바보!' 나는 한바탕 웃으면서 말했지.

그 바보는 나를 빤히 쳐다보면서, 따라 웃어야 할지 말아야 할지 모르겠다는 듯, 입가로는 미소를 짓고 이마로는 인상을 쓰더라. 내 웃음이 친밀감의 표현인지 경멸의 표현인지 몰랐겠지. 경멸이었는데.

그 남자의 망설임을 내가 해결해주었어. 갑자기 정색한 다음, 내가 만나러 온 건 당신이 아니라 린턴이니 저리 비키라고 했거든.

그는 얼굴이 벌게지더니―달빛에 보였어―빗장에서 손을 떼고 슬금슬금 물러났어. 굴욕당한 허영심을 보여주는 한 편의 그림이었다고나 할까. 자기 이름 하나 읽을 줄 안다고 자기가 린턴만큼 교양 있다고 생각했나 봐. 보기 좋게 당황하더라고. 나는 그렇게 생각해주지 않았으니까."

"잠깐만요, 캐서린 양!" 제가 끼어들었습니다. "야단치려는 건 아니지만, 그 행동은 마음에 안 드네요. 히스클리프 도련님이 사촌인 것처럼 헤어턴도 사촌이라는 사실을 기억한다면, 그런 식의 행동이 얼마나 잘못됐는지 알아야지요. 적어도 헤어턴이 린턴만큼 교양 있는 사람이 되고 싶어 하는 건 칭찬해줄 만한 포부잖아요. 그냥 뽐내려고 배운 건 아닐 테고, 아마도 글을 몰라서 캐서린 양한테 창피당한 적이 있었을 거예요. 그랬으니 글을 배워 캐서린 양한테 잘 보이고 싶었겠죠. 노력하는 사람한테 못한다고 비웃다니, 정말 본데없는 짓이네요. 캐서린 양이 그런 환경에서 자랐다면 덜 무식했겠어요? 헤어턴도 어렸을 때는 캐서린 양 못지않게 영리하고 똑똑한 아이였다고요. 그랬던 아이가 그 야비한 히스클리프한테 지금껏 이렇게 부당한 대우를 받고 그 때문에 이렇게 멸시를 당하다니, 내가 너무 속이 상하네요."

"어머, 엘렌, 그런 일로 우는 거야?" 캐시는 제 진지한 반응에 깜짝 놀라면서 소리쳤습니다. "조금 더 들어봐. 그러면 그 남자가 나한테 잘 보이고 싶어서 ABC를 외웠는지, 내가 그런 짐승 같은 남자한테 예의를 지켜야 했는지 엘렌도 알게 될 테니까. 나는 집 안으로 들어갔어. 린턴은 장의자에 누워 있다가 나한테 인사하려고 몸을 반쯤 일으켰지.

'오늘 밤은 몸이 아파, 캐서린.' 린턴이 말했어. '그러니까 너 혼자 얘기해. 나는 듣기만 할게. 내 옆으로 와서 앉아. 네가 약속을 지킬 줄 알았어. 오늘도 네가 돌아가기 전에 약속을 받아낼 거야.'

나는 린턴이 아플 때 귀찮게 굴면 안 된다는 걸 알고 있었어. 그래서 이야기는 작은 목소리로 했고, 질문은 하나도 안 했고, 린턴을 짜증 나게 만들 일은 아무것도 안 했어. 린턴을 위해 내 책 중에 제일 좋은 것을 몇 권 가져갔는데, 린턴이 그중에 한 권을 조금 읽어달라기에 내가 막 읽으려던 참이었어. 한데 바로 그때 언쇼가 문을 벌컥 열고 들어오는 거야. 생각할수록 약이 올랐나 봐. 언쇼는 곧장 우리한테 오더니 린턴의 팔뚝을 붙잡고 의자에서 끌어내렸어.

'니 방에 가라!' 언쇼는 알아듣기 힘든 흥분한 목소리로 말했어. 몹시 화가 난 거만한 얼굴이었어. '저 여자는 니를 보러 왔다니까, 같이 데려가라. 너네들이 나를 못 들어오게 할 수는 없다. 나가라, 둘 다!'

언쇼는 우리한테 욕을 하더니, 린턴이 뭐라고 대구할 틈도 없이 린턴을 부엌으로 내동댕이쳤어. 내가 따라 나가니까 한 대 패고 싶다는 듯 주먹을 쥐더라. 순간 겁이 나서 책을 한 권 떨어뜨렸는데, 내가 나오자마자 언쇼가 바로 책을 차내고 문을 닫아버렸어.

찢어지는 듯한 심술궂은 웃음소리가 들리기에 돌아봤더니 메스꺼운 조지프가 벽난로 옆에 서서 몸을 바들거리면서 뼈만 남은 손을 비비고 있는 거야.

'본때를 보여줄 줄 알았다. 훌륭한 청년이지! 영이 정직한 기다! 누가 여기 주인인지 내가 아는 것처럼 도련님도 안다. 헤헤헤! 쫓아내야 맞는 기다! 헤헤헤!'

'이제 어디로 가지?' 나는 늙은이가 놀려대는 걸 못 들은 척하고 사촌한테 물어봤어.

린턴은 허옇게 질려서 부들부들 떨고 있었어. 그때 보니 전혀 귀엽지가 않더라, 전혀! 끔찍한 몰골이었어! 비쩍 마른 얼굴에 큼지막한 눈이 미친 분노, 무력한 분노로 일그러진 거야. 린턴은 문고리를 잡고 흔들어댔지만…… 문은 안에서 잠겨 있었어.

'안 들여보내주면 죽여버릴 거야! 나를 안 들여보내주면 죽여버릴 거야!' 말을 하는 게 아니라 비명을 지르는 것 같았어. '나쁜 놈! 나쁜 놈! 죽여버릴 거야! 죽여버릴 거야!'

조지프가 또 껄껄 웃어대더라.

'저거 봐라, 천생 지 애비다!' 조지프가 외쳤어. '애비를 빼다 박았다! 우리는 다 애비 닮은 데가 있는 기다. 헤어턴 도련님, 신경 쓰지 마소…… 걱정 마소…… 저 자슥이 도련님을 어쩌겠노.'

나는 린턴의 두 손을 붙잡고 끌어당기려고 했어. 그런데 린턴이 너무 지독하게 비명을 질러서 포기해버렸어. 린턴은 비명을 지르다가 끝내 무섭게 기침을 해댔고, 그러다가 피를 토하면서 바닥으로 쓰러졌지.

나는 속이 울렁거릴 정도로 겁이 나서 마당으로 뛰쳐나가 있는 힘껏 질라를 불렀어. 질라는 마구간 뒤에 있는 작은 헛간에서 소젖을 짜고 있었는데, 내 소리를 바로 듣고 달려 나와서 대체 무슨 일이냐고 물었어.

나는 숨이 차서 말이 안 나왔어. 그냥 질라를 끌고 들어가 린턴이 어디 있나 찾았지. 자기가 저지른 행동의 결과를 확인하러 나와봤는지 언쇼가 불쌍한 그 애를 위층으로 옮기고 있더라. 질라하고 내가 뒤따라 올라갔는데, 내가 층계 끝까지 다 올라가니까 언쇼가 막아 세우더니 난 들어가지 못한다고 집에 가라고 했어.

나는 언쇼에게, 네가 린턴을 죽였다, 나는 기필코 들어갈 거다, 하고 소리를 질렀어.

조지프가 문을 잠그면서 '그런 짓거리' 좀 하지 말라고 야단을 쳤어. '그 자슥처럼 미치려는 거냐' 하고 묻더라고.

질라가 나올 때까지 계속 울고 서 있었어. 질라는 린턴이 금방 괜찮아질 거라면서 그렇게 울고불고하면 린턴이 못 견딘다고 했어. 그러고는 나를 거의 들다시피 해서 큰방에 데려다 놓았고.

엘렌, 나는 정말 머리를 쥐어뜯기 일보 직전이었어! 울다가 눈이 통통 부어서 앞이 거의 안 보였어. 엘렌이 그렇게 가엾게 여기는 그놈이 맞은편에 서 있더라. 그놈은 자꾸 나한테 '뚝' 그치라고 얼러대고, 자기 탓이 아니라고 발뺌을 했어. 내가 아빠한테 이르면 너는 감옥에 갇히고 교수형을 당할 거다 그랬더니, 울먹거리다가 나가버리더라.

겁쟁이처럼 무서워하는 모습을 감추려고 그랬겠지.

그런데 그게 끝이 아니었어. 결국 그 집에서 떠밀리듯 나와 몇백 미터 걸었는데, 그 남자가 갑자기 길가 그늘에서 튀어나오더니 미니와 나를 잡아 세우는 거야.

'캐서린 양, 나도 마음 아프지만,' 그 남자가 말했어. '그래도 아까는 너무 심하……'

나를 죽이러 왔구나 싶은 생각에 나는 그 남자에게 채찍으로 상처를 냈어. 무시무시한 욕을 퍼부으면서 손을 놓은 틈에 나는 전속력으로 달려서 돌아왔어. 반쯤은 넋이 나간 상태였지.

그날 저녁에는 엘렌한테 잘 자라는 인사도 못했고, 다음 날 저녁에는 폭풍의 언덕에 안 갔어. 너무너무 가고 싶었지만 이상하게 가슴이 울렁거리더라. 린턴이 죽었다는 말을 들을까 무섭기도 하고 헤어턴과 마주칠 생각에 오싹하기도 했어.

셋째 날에는 용기를 냈어. 그렇게 불안한 상태를 더 이상은 견딜 수가 없어서 다시 빠져나간 거야. 5시에 출발했어. 걸어갔지. 살그머니 들어가서 린턴의 방으로 올라가면 아무도 모를 거라고 생각했어. 하지만 개들이 짖어서 들키고 말았어. 질라가 문을 열어주고 '도련님은 많이 좋아졌다'고 말하면서 카펫이 깔린 작고 깔끔한 방으로 안내해줬어. 린턴이 내 책 중 하나를 읽으며 작은 소파에 누운 걸 보고 얼마나 기뻤는지 몰라. 그런데 린턴이 한 시간이 지나도록 나한테 말 한마디 안 걸고 눈길 한번 안 주는 거야—그 애는 정말 성질이 못됐어—그러더니 한참 만에 한다는 소리가, 지난번에는 내가 소란을 피웠고, 헤어턴은 아무 잘못이 없대. 그런 거짓말을 하다니 정말 어이가 없더라!

화를 내지 않고는 대꾸를 못할 것 같아서 그냥 일어나서 방에서 나와버렸어. 린턴이 들릴락 말락 한 소리로 '캐서린!' 하고 불렀어. 내가 그냥 나가버릴 줄은 몰랐겠지. 하지만 끝까지 안 돌아봤고, 그다음 날도 집에만 있었어. 이제는 린턴을 찾아가지 않겠다고 결심까지 했고.

하지만 린턴의 소식을 하나도 듣지 못한 채 자고 깨고 하는 것이 너무 비참해서, 그 결심도 흐지부지 사라져버렸어. 처음에는 거기 가는 게 잘못 같았는데, 이제는 안 가는 게 잘못처럼 느껴졌어. 마이클이 와서 미니한테 안장을 올려야 하느냐고 묻기에, 나는 그만 '그래'라고 대답했어. 미니가 날 태우고 비탈길을 올라갈 때는 그 집에 가는 게 나의 의무라고 생각되기까지 했지.

마당으로 들어가려면 본채 창문 앞을 지날 수밖에 없었어. 몰래 들어가려고 해봤지만 헛수고였지.

'도련님은 큰방에 있어요.' 응접실로 가려는 나를 보고 질라가 말했어.

나는 큰방으로 들어갔어. 언쇼도 있었는데, 내가 들어가니 바로 나가버리더라. 린턴은 커다란 안락의자에서 반쯤 잠들어 있었어. 나는 벽난로 앞으로 가서 심각하게 말을 꺼냈지. 어느 정도는 진심이었어.

'이제 우리 그만 만나자. 너는 나를 좋아하지도 않고, 내가 너를 괴롭히기 위해 찾아온다고 생각하고, 또 그렇게 말하지. 그러니 작별하자. 나를 만나고 싶지 않다고, 그러니 더 이상 그 일로 거짓말을 꾸며내지 말라고 히스클리프 씨에게도 솔직하게 말해.'

'캐서린, 앉아봐, 모자 벗고.' 린턴이 말했어. '너는 나보다 훨씬 행복하니까 나보다 착해야 해. 아빠가 항상 결점을 지적하고 나에 대한 경멸을 드러내니까, 나 스스로도 나를 믿지 못하게 돼버렸어. 나는 정말 아빠 말대로 아무짝에 쓸모없는 놈인 건 아닐까 하는 생각이 자주 들거든. 내가 정말 그런 놈이라고 생각하면 짜증이 나고 속상해서 모두가 미워져! 나는 정말 아무짝에도 쓸모가 없어. 게다가 성격도 나쁘고 거의 항상 기분이 안 좋아. 나랑 헤어지겠다면 네 마음대로 해. 너는 귀찮은 일 하나 더는 셈이겠지. 하지만 캐서린, 이거 하나만 믿어 줘. 나는 정말 너처럼 행복하고 건강한 사람이 되고 싶어, 그리고 그에 못지않게, 아니 그보다 더 간절하게, 너처럼 상냥하고 친절하고 착한 사람이 되고 싶어. 또 하나, 내가 너를 깊이 사랑하게 됐다는 것도 믿어줘. 너는 사랑받을 자격이 없는 나를 사랑해줬고, 그래서 너를 더욱 깊이 사랑하게 됐어. 지금까지 너한테 성질만 부렸고 앞으로도 그럴 거야. 하지만 후회하고 뉘우치고 있어. 나는 죽을 때까지 후회하고 뉘우칠 수밖에 없을 거야.'

진심 같았어. 린턴을 용서해줘야 한다고 생각했지. 린턴이 싸움을 걸어도, 나는 다시 용서해줘야 할 거야. 화해는 했지만 거기 있는 내내 우리 둘 다 계속 울기만 했어. 슬퍼서만은 아니었어. 어쨌든 린턴의 성격이 그렇게 비뚤어졌다는 건 정말 슬펐어. 린턴은 절대 곁에 있는 사람들을 편하게 해주지 못하고, 스스로도 절대 편해질 수 없을 거야!

그날 밤 후로는 항상 린턴의 응접실로 갔어. 린턴 아버지가 그다음 날 돌아오는 바람에 첫날처럼 즐겁고 희망에 찼던 날은 세 번이나 될까, 다른 날은 모두 우울하고 속상했어. 린턴은 어떤 날은 제멋대로 굴며 심술을 부렸고 어떤 날은 아팠어. 하지만 나는 린턴이 아플 때는 물론이고, 제멋대로 굴며 심술을 부릴 때도 화내지 않고 참을 줄 알게 됐어.

히스클리프 씨는 일부러 나를 피하나 봐. 마주친 적이 거의 없어. 그런데 지난 일요일은 다른 날에 비해 좀 일찍 찾아갔는데, 히스클리프 씨가 린턴의 전날 밤 행동을 모질게 질책하는 소리가 들리더라. 히스클리프 씨가 엿들은 게 아니라면, 그걸 대체 무슨 수로 알았는지 모르겠어. 확실히 전날 밤 린턴이 짜증 나게 굴기는 했지만, 그건 다른 사람들하고는 상관없는 일이잖아. 그래서 내가 안에 들어가 히스클리프 씨의 설교를 가로막으면서 당신과는 상관없는 일이라고 말했거든. 그러자 웃음을 터뜨리더니 내 생각이 그렇다면 다행이라면서 나가버리더라고. 그때부터 나는 린턴한테 못된 말을 하려거든 목소리를 낮추라고 해.

자, 엘렌, 이게 다야. 내가 폭풍의 언덕에 가는 걸 막으면 두 사람이 비참해져. 하지만 엘렌이 아빠한테 말만 안 하면, 내가 거기 가는 게 누구의 평화를 깨뜨리는 일도 아니잖아. 말 안 할 거지? 말하면 그건 정말 잔인한 짓이야."

"캐서린 양, 그건 내일까지 결정하지요." 제가 대답했습니다. "생각 좀 해봐야겠네요. 나는 가서 곰곰이 생각해볼 테니 캐서린 양은 쉬도록 해요."

저는 나리 앞에 가서 곰곰이 생각해봤습니다. 캐서린의 방을 나와 곧장 나리 방에 가서 사태의 전말을 고한 거죠. 캐서린과 린턴의 대화 내용과 헤어턴에 관한 부분만은 생략했습니다.

린턴 씨는 크게 내색은 안 했지만 꽤 놀라고 슬퍼하는 눈치였어요. 다음 날 아침, 캐서린은 제가 신뢰를 저버렸다는 사실과 비밀 나들이가 끝났다는 사실을 알게 되었지요.

캐서린은 울고불고 난리를 피우기도 하고, 린턴을 가엾게 생각해달라고 애원하기도 했지만 아버지의 명령은 단호했습니다. 캐서린이 얻어낸 유일한 위안은 아버지가 린턴에게 편지를 보내주겠다고 약속한 것이었습니다. 언제든 티티새 지나는 농원에 와도 좋다는 편지, 하지만 캐서린은 이제 폭풍의 언덕에 가지 못한다는 걸 설명하는 편지였습니다. 나리가 조카의 성질머리와 건강 상태에 대해 알았다면, 그 작은 위안조차 주지 않는 편이 낫다는 걸 알았을 테지요.

11장

"여기까지가 지난겨울에 있었던 일이랍니다." 딘 부인이 말했다. "겨우 1년 전이네요. 작년 겨울만 해도 제가 열두 달 뒤에 그 집 사람들하고 아무 상관 없는 분한테 이런 이야기를 늘어놓을 줄 생각이나 했겠어요! 하지만 록우드 씨가 언제까지 상관없는 사람일지 누가 알겠어요? 계속 독신으로 만족하며 지내기에는 너무 젊고, 누구라도 캐서린 린턴을 한 번 보면 사랑하지 않을 수 없잖아요. 웃으시는군요. 하지만 록우드 씨, 왜 제가 캐서린 린턴 이야기를 할 때마다 그렇게 흥미로워하시고 왜 캐서린의 초상화를 벽난로 위에 걸어놓으라고 하셨어요? 게다가……"

"그만하게, 이 사람아!" 내가 소리쳤다. "내가 그 여자를 사랑하게 된다 해도 과연 그 여자가 나를 사랑할까? 나는 자진해서 유혹 속에 뛰어들어 마음의 평화를 깨뜨릴 필요를 못 느끼고 내 원래 집도 여기가 아니야. 나는 본디 소란한 세상에 속한 사람이고, 언젠가는 그곳으로 돌아가야 하네. 이야기나 계속해봐. 캐서린은 아버지의 명에 순종했나?"

"순종했답니다." 하녀장은 이야기를 계속했다. "캐서린의 마음에서 가장 큰 비중을 차지하는 감정은 여전히 아버지에 대한 사랑이었으니까요. 아버지 쪽도 화를 내며 명령한 게 아니었어요. 자기의 보물을 온갖 위험과 장애물 사이에 남겨두고 떠나야 할 사람답게 지극히 다정했지요. 딸을 위한 지침으로 남겨줄 수 있는 것은 자기 유언밖에 없었으니까요.

며칠 후에 린턴 씨가 제게 말했습니다.

'조카가 편지를 보내주거나 찾아와주면 좋을 텐데. 엘렌, 그 아이에 대해 어떻게 생각하는지 솔직히 말해봐. 전에 비해 나아졌어? 어른이 되면 좀 나아질 것 같아?'

'너무 약골이라서요.' 제가 대답했습니다. '어른이 될 때까지 살 수 있을지 모르겠어요. 자기 아버지를 닮지 않은 건 확실해요. 만에 하나 캐서린이 그 아이와 결혼한다 해도, 캐서린이 지나치게 오냐오냐해주지만 않는다면, 충분히 다룰 수 있을 것 같아요. 하지만 그 아이에 대해 알아보고 캐서린에게 어울리는 상대인지 확인할 시간은 많으시잖아요. 그 아이가 성년이 되려면 4년 이상 남았으니까요.'

에드거 씨는 한숨을 내쉬었습니다. 그러고는 창가로 다가가 기머턴 교회 쪽을 내다보더군요. 안개 낀 오후였지만 2월의 희미한 햇살에 묘지에 서 있는 전나무 두 그루와 여기저기 솟아 있는 비석들이 눈에 들어왔습니다.

'자주 기도를 했어.' 에드거 씨는 독백처럼 이야기를 이어갔습니다. '어서 나를 데려가달라고 말이야. 한데 막상 떠날 때가 되니 주저되고 겁이 나네. 결혼식 날 신부를 데리고 저 계곡을 내려오던 그때의 기억이 아무리 달콤했어도 조만간, 몇 달 뒤에, 아니 어쩌면 몇 주 뒤에 그때 그 길을 거꾸로 올라가 호젓한 땅속에 묻히는 기대만은 못하리라 생각했는데! 엘렌, 내 인생은 꼬마 캐시 덕에 아주 행복했어. 겨울밤과 여름낮을 지나오는 동안, 나에게 캐시는 살아 있는 희망 그 자체였지. 하지만 저 낡은 교회 아래 묘석들 사이에서 혼자 생각에 잠겨 있을 때도 그에 못지않게 행복했어. 기나긴 6월의 저녁 내내 잔디로 뒤덮인 애 엄마의 무덤 위에 누워, 애 엄마와 함께 누울 날이 오기를 바라고 또 기다렸지. 내가 캐시에게 무엇을 해줄 수 있을까? 캐시에게 뭐라고 하고 떠나야 할까? 내가 죽은 뒤에 린턴이 캐시에게 위로가 될 수만 있다면, 린턴이 히스클리프의 자식이든 캐시를 나에게서 빼앗아 가든 나는 아무 상관 없어. 히스클리프가 자기 목적을 모두 달성하고 내게서 마지막 축복마저 훔쳐 간다 해도 상관없어! 하지만 린턴이 하찮은 녀석이라면—그저 제 아비 손에 휘둘리는 도구라면—그런 녀석에게 캐시를 내줄 순 없어! 캐시의 들뜬 마음을 눌러버리는 건 몹시 괴로운 일이지만 그렇다고 굴해서는 안 되겠지. 내가 살아 있는 동안에는 캐시를 슬프게 만들고 내가 죽은 다음에는 캐시를 쓸쓸하게 만드는 일이라고 해도 할 수 없어. 사랑하는 캐시! 차라리 그 아이를 내 손으로 땅에 묻고 그 아이의 영혼을 하느님의 손에 맡기는 편이 나을 것 같아.'

'지금 모습 그대로 하느님의 손에 맡기셔야지요.' 제가 대답했습니다. '나리께서 우리 곁을 떠나시는 것이 하느님의 뜻이라면—주여, 그리 마옵소서—제가 하느님의 가호 아래 마지막까지 따님의 지지자 겸 조언자 역할을 할게요. 캐서린 양은 착한 아이니까, 일부러 나쁜 길로 갈 리는 없어요. 자신의 도리를 다하는 사람들은 결국 상을 받잖아요.'

날씨 좋은 봄날이 계속되었지만 나리의 건강은 제대로 회복되지 않았습니다. 다만 딸과 함께 농원 산책을 다시 시작한 정도였지요. 환자를 돌본 경험이 부족한 캐시는 산책 그 자체를 회복의 징조로 보았습니다. 나리의 뺨이 자주 붉어지고 눈이 반짝이니까 병이 낫는 것이라고 확신했지요.

캐시의 열일곱번째 생일날, 나리는 묘지에 가지 않았습니다. 비가 내렸고, 제가 물었습니다.

'오늘 밤은 안 나가시죠?'

나리가 대답했습니다.

'안 나가. 올해는 좀 미루려고. 조금 뒤로.'

나리는 다시 한 번 린턴에게 편지를 보내 만나고 싶다는 뜻을 전했습니다. 환자가 남들 앞에 나서도 될 만한 상태라면 환자 아버지도 굳이 못 가게 할 이유는 없었을 겁니다. 하지만 환자 꼴이 말이 아니었는지 환자의 아버지는 아들에게 답장을 쓰라고 했습니다. 답장에서 린턴은 아버지 히스클리프의 반대 때문에 티티새 지나는 농원을 방문할 수 없다는 뜻을 내비치면서, 삼촌의 친절한 안부 말씀이 얼마나 기쁜지 모른다고 했지요. 또 이따금 산책 중에 만나 뵈었으면 하고, 아울러 자기와 사촌이 이렇게 떨어져 지내는 상태가 오래 계속되지 않게 해달라고 부탁했습니다.

마지막 대목은 단순했고, 아무래도 린턴이 직접 쓴 것 같더군요. 히스클리프도 린턴이 캐서린을 만나게 해달라는 말 정도는 혼자서 잘할 수 있으리라 생각했겠지요.

캐서린이 이곳을 방문할 수 있게 해달라는 말은 아닙니다. 하지만 아버지는 제가 캐서린의 집에 못 가게 하고, 외삼촌은 캐서린이 저희 집에 못 오게 하시니, 저는 영영 캐서린을 못 보는 걸까요? 부디 외삼촌이 가끔씩이라도 캐서린과 함께 말을 타고 폭풍의 언덕 쪽으로 와주세요! 그리고 외삼촌이 계시는 곳에서 캐서린과 몇 마디만이라도 이야기를 나누게 해주세요! 저희가 서로 못 만날 정도로 잘못한 건 없잖아요. 외삼촌도 저한테 화가 나신 건 아니라고, 저를 싫어하실 이유는 없다고 그러셨잖아요. 외삼촌! 부디 내일 따뜻한 답장을 보내주세요. 외삼촌이 원하시는 데면 어디든지 좋으니까 저한테 오라고 말씀해주세요. 티티새 지나는 농원만 빼고요. 저를 만나보시면 제 성품이 아버지랑 다르다는 걸 알게 되실 거예요. 아버지는 제가 아버지보다는 외삼촌을 닮았대요. 물론 저는 모자라는 점이 많고 캐서린의 친구가 될 자격도 없지만, 캐서린은 저를 너그럽게 봐줬어요. 외삼촌도 캐서린을 생각해서 저를 너그럽게 봐주세요. 제 건강이 어떤지 물으셨죠? 전보다는 나아졌어요. 하지만 모든 희망이 끊긴 채 외톨이로 지내야 하는데, 저를 한 번도 좋아한 적이 없고 앞으로도 결코 좋아하지 않을 사람들 틈에서 지내야 하는데, 이런 제가 기운을 차리고 건강해질 수가 있을까요?

에드거 씨는 아이를 불쌍히 여겼지만, 아이의 부탁을 들어주지는 못했습니다. 캐서린과 함께 집을 나설 기운이 없었으니까요.

답장에서 에드거 씨는 아마 여름이면 만날 수 있을 거라며 그때까지 종종 편지해주기를 바란다고 했습니다. 또 자기도 편지로 최대한 조언과 위로를 전하겠다고 약속하며 린턴이 얼마나 힘든지 잘 알고 있다고 다독였습니다.

린턴은 외삼촌의 말에 따라 편지를 썼습니다. 린턴이 자기 마음대로 편지를 썼다면 불평과 한탄을 늘어놓아 일을 그르쳤겠지만 린턴의 아버지는 아들을 철저히 감독했지요. 나리의 편지를 한 줄도 빠뜨리지 말고 모두 자기에게 보이라고 한 것은 물론이고요. 그러니 린턴은 항상 머릿속을 가득 채우고 있는 자신의 고통과 슬픔에 대해 쓰는 대신, 친구요 연인인 캐서린을 만나지 못하는 비참한 신세를 한탄했습니다. 또한 에드거 씨가 자기를 곧 만나주지 않는다면 헛된 약속으로 자기를 속였다고 생각할 거라는 뜻도 은근히 내비쳤습니다.

집에서는 캐시가 강력한 동맹군이었습니다. 두 아이 사이에서 시달리던 나리는 마침내 두 아이가 일주일에 한 번 정도 만나는 걸 허락했습니다. 저의 감독 아래 티티새 지나는 농원 바로 근처 습지에서 승마나 산책을 함께해도 좋다고요. 6월로 접어든 후에도 나리의 건강은 계속 나빠졌거든요. 나리는 해마다 소득의 일부를 아씨 재산으로 저축하고 있었지만, 자기 딸이 조상의 저택을 물려받거나 빠른 시간 안에 되찾기를 바란 것은 당연한 일이었습니다. 나리가 생각하기에 이를 위한 유일한 방법은 자기 상속인과 딸을 결혼시키는 것이었습니다. 하지만 상속인의 몸 상태가 자기 못지않게 급격히 악화되고 있는 줄은 몰랐지요. 사실은 아무도 몰랐던 것 같아요. 의사가 폭풍의 언덕으로 왕진 가는 일도 없었고, 우리 중에 히스클리프 도련님을 만나고 돌아와 몸 상태가 어떻다는 걸 전해줄 사람도 없었으니까요.

저만 해도 괜히 걱정을 했나 싶더라고요. 습지로 나가서 승마와 산책을 하겠다는 말을 할 정도고, 자신의 목적을 이루기 위해서 그토록 열심이었으니 정말 회복되고 있나 보다 생각했지요.

나중에야 알았지만 린턴이 그렇게 애썼던 건 히스클리프의 강요 때문이었어요. 하지만 그때는 아버지라는 사람이 죽어가는 자식을 그토록 포학하고 악독하게 다루리라곤 생각도 못했지요. 히스클리프는 자식이 죽으면 자신의 탐욕스럽고 비정한 계획이 수포로 돌아가게 되니, 죽음이 가까울수록 자식을 더 닦달했더군요."

<h1 style="text-align:center">12장</h1>

에드거 씨가 두 아이의 청을 마지못해 승낙한 때는 한여름 더위가 한풀 꺾일 무렵이었습니다. 캐서린과 저는 캐서린의 사촌을 만나기 위해 첫 승마 나들이에 나섰지요.

후텁지근한 날이었어요. 해는 없었지만 구름이 너무 띄엄띄엄하고 엷어 비가 올 것 같지는 않았습니다. 교차로 표지판 앞에서 만나기로 했는데, 가보니 양치기 아이가 심부름꾼으로 와 있더군요. 아이가 우리에게 말했습니다.

"린턴 도련님은 언덕 가는 길목까지 와 계신데요. 정말 미안하다면서 조금만 더 오시래요."

"그렇다면 린턴 도련님은 외삼촌의 첫번째 명령을 잊어버렸군요." 제가 말했습니다. "나리는 우리에게 티티새 지나는 농원 땅을 벗어나면 안 된다고 했어요. 이래서야 당장 돌아가는 게 낫겠어요."

"엘렌, 우리가 가서 말 머리를 돌리면 되잖아." 제 나들이 동무가 대답했습니다. "거기서 같이 우리 집 쪽으로 오면 되지."

하지만 우리가 린턴을 만난 곳은 폭풍의 언덕 현관에서 4분의 1마일도 안 되는 곳이었습니다. 더구나 린턴은 말을 타고 나오지도 않아서 우리도 말에서 내려야 했어요. 타고 온 말들은 풀을 뜯으면서 돌아다녔지요.

린턴은 히스 밭에 누워 우리를 기다리고 있었는데, 우리가 몇 미터 앞에 왔을 때에야 일어나더군요. 그런데 걸음걸이가 너무 힘이 없고 안색이 너무 나쁘기에 저는 대뜸 소리쳤습니다.

"세상에, 히스클리프 도련님! 오늘 아침은 산책을 할 만한 상태가 아니잖아요. 너무 아파 보이네요!"

캐서린은 안쓰럽고 놀란 기색으로 린턴을 살피더니 기쁨의 탄성을 우려의 탄식으로 바꾸었어요. 오래 기다려온 만남을 기뻐하는 인사말은 몸 상태가 좋지 않느냐고 걱정하는 인사말로 바뀌었지요.

"아니야. 나았어. 나았어!" 린턴은 숨을 가쁘게 쉬고 몸을 부들부들 떨면서 부축이 필요한 듯 캐서린의 손을 붙들었습니다. 커다랗고 푸른 눈은 캐서린의 뒤쪽을 소심하게 두리번거리고요. 움푹 꺼진 눈에서는 한때 보였던 나른함이 사라지고 광포함이 번득였습니다.

"너 건강이 나빠졌어." 캐서린이 반박했습니다. "지난번보다 나빠졌어, 더 야위었고 또……"

"피곤하다." 린턴이 황급히 말을 가로막더군요. "더워서 못 걷겠어. 여기서 좀 쉬자. 아침에는 어지러울 때가 많아. 아빠는 내가 너무 빨리 자라서 그렇대."

캐시는 이상하다고 생각하면서도 자리에 앉았고, 린턴은 캐시 옆에 드러누웠습니다.

"여기는 네가 말한 천국이랑 비슷하네." 캐시는 애써 활기차게 말했습니다. "서로 가장 좋다고 생각하는 장소에서 가장 좋다고 생각하는 방법으로 하루씩 지내기로 했던 것 기억나지? 여기는 너의 천국이랑 비슷한걸. 구름이 있는 게 조금 다르지만, 포근하고 부드러운 구름이니 햇빛보다 근사하네. 다음 주에는 네가 괜찮으면 말을 타고 농원으로 내려가서 나의 천국에도 있어보자."

린턴은 캐시의 이야기를 기억하지 못하는 듯했고 말하는 것조차 매우 힘들어 보였습니다. 캐시가 꺼내는 화제에 흥미를 보이지도 못하고 캐시를 재미있게 해주지도 못했지요. 린턴의 무기력함에 캐시는 실망감을 감추지 못했어요. 린턴의 외양과 태도는 전체적으로 어딘지 모르게 변해 있었습니다. 전에는 심통을 부리기는 해도 누가 달래주면 좋아하고 따랐는데, 이제는 만사가 귀찮은 듯 무관심했어요. 또 전에는 투정부리는 어린애처럼 달램 받을 속셈으로 짜증을 부리고 성가시게 굴었는데, 이제는 고질병에 시달리는 환자처럼 자기 말고는 아무것에도 관심이 없더라고요. 위로도 마다할 뿐 아니라 다른 사람들이 즐거워하면 그걸 자신에 대한 모욕으로 받아들일 태세였지요.

린턴은 우리와 함께 있는 것을 즐기기보다는 벌을 받듯 견딜 따름이었습니다. 저와 캐서린은 그걸 알아챘지요. 캐서린은 별로 망설이지 않고 그만 돌아가는 편이 좋겠다고 하더군요.

그런데 돌아가자는 캐서린의 말이 뜻밖에도 무기력한 린턴을 동요하게 만들었지요. 린턴은 폭풍의 언덕 쪽을 두려운 듯 힐끔 쳐다보면서, 반시간이라도 좋으니 더 있어달라고 간청하더군요.

"하지만," 캐시가 말했습니다. "너는 여기보다는 집에 있는 게 편할 거야. 오늘은 내가 아무리 이야기를 하고 노래를 부르고 수다를 떨어도 너를 재미있게 못해주겠다. 여섯 달 사이에 네가 나보다 똑똑해졌나 봐. 내가 재미있어하는 것에 너는 시큰둥하잖아. 그렇지만 내가 너를 재미있게 해줄 수 있다면 나도 좀 더 있고 싶어."

"그냥 편하게 있어." 린턴이 대꾸했습니다. "그리고 캐서린, 내 건강이 **진짜** 나쁘다고 생각하면 안 돼. 그런 말도 하면 안 돼. 날씨가 흐리고 더워서 기운이 없을 뿐이야. 네가 오기 전에 걸어 다녔거든. 나로서는 많이 걸었던 거야. 외삼촌한테는 내가 꽤 건강하더라고 말해줘. 알았지?"

"네가 그런 말을 하더라고 전해줄게. 정말 건강한 것 같지는 않지만." 아씨는 린턴이 빤한 거짓말을 부득부득 우기자 이상하게 여기면서 대꾸했습니다.

"그럼, 다음 주 목요일에 여기에서 보자." 린턴은 아씨의 의아해하는 시선을 피하면서 말을 이었습니다. "그리고 외삼촌한테는 너를 보내줘서 감사드린다고, 정말 감사드린다고 해줘. 그리고, 그리고 있잖아, 혹시 네가 우리 아버지를 만났을 때 아버지가 나에 대해 물어보면, 대답 좀 잘해줘. 내가 아무 말도 없이 멍청하게 앉아 있었다고 생각하지 않게. **지금** 같은 그런 슬프고 낙심한 표정도 하지 말고. 그럼 아버지가 화낼 테니까."

"너희 아버지가 화를 내건 말건 상관없어." 캐시는 자기에게 화를 낼 거라는 말로 알아듣고 소리쳤습니다.

"하지만 나는 상관없지 않아." 캐시의 사촌이 부들부들 떨며 대답했습니다. "캐서린, 절대로 아버지를 자극해서 나한테 화내게 만들면 안 돼. 아버지는 아주 엄하단 말이야."

"아버지가 히스클리프 도련님한테 엄하다고요?" 제가 물었습니다. "제멋대로 하게 내버려두기가 지겨워졌대요? 전에는 소극적으로 미워하더니 이제는 적극적으로 미워한대요?"

린턴은 저를 쳐다보았지만 대꾸를 하지는 않았습니다. 그러고는 졸린 듯 고개를 떨어뜨리고 피로 때문인지 통증 때문인지 알 수 없는 신음을 억누르는 것 외에 아무 말도 하지 않더군요. 그런 린턴 옆에 10분을 더 앉아 있던 캐시는 월귤 열매를 찾아다니고 따 온 열매를 제게 나누어주면서 마음을 달랬습니다. 린턴에게는 권하지 않았어요. 신경 써줄수록 피로와 짜증을 불러올 뿐임을 알았으니까요.

"엘렌, 이제 반시간은 지나지 않았어?" 마침내 캐시가 저에게 속삭였습니다. "우리가 왜 여기 있어야 하는지 모르겠어. 린턴은 잠이 들었고, 아빠는 우리가 돌아오길 기다릴 텐데."

"하지만 린턴이 자는 동안 떠날 수는 없잖아요." 제가 대답했습니다. "잠이 깰 때까지 기다려야지요. 아까 집을 나설 때만 해도 가엾은 린턴을 보고 싶어 안달하더니 마음이 금방도 변하네!"

"저 애는 왜 나를 보자고 했을까?" 캐서린이 대꾸했습니다. "전에는 저 애가 아무리 심술을 부려도 지금보다 좋았어. 지금은 이상스럽잖아. 이렇게 나를 만나는 것도, 아버지한테 혼날까 봐 무서워서 억지로 하는 일 같아. 히스클리프 씨가 린턴에게 이런 힘든 일을 시키는 이유가 뭐든 간에, 이제 나는 히스클리프 씨 기분 좋을 일은 안 할 거야. 린턴의 건강이 좋아진 건 기쁘지만 예전에 비해 나한테 덜 상냥하고 덜 다정한 건 아쉬워."

"저 애 건강이 좋아졌다고요?" 제가 물었습니다.

"그런 것 같은데." 캐서린이 대답했습니다. "얼마 전까지만 해도 아프다는 말을 입에 달고 살았잖아. 자기가 꽤 건강하다고 아빠한테 전해달라는데, 그 정도는 아닌 것 같지만 그래도 좋아진 것 같던데."

"내 생각은 달라요." 제가 말했습니다. "훨씬 악화되었다고 생각해요."

바로 그때 린턴이 느닷없이 공포에 사로잡힌 듯 화들짝 깨어나더니, 누가 자기 이름을 불렀느냐고 하더군요.

"아니." 캐서린이 대답했습니다. "꿈을 꿨겠지. 어떻게 집 밖에서, 그것도 아침에 꾸벅꾸벅 졸 수가 있는지 이해가 안 가."

"아버지가 부른 줄 알았어." 우리 위로 험상궂게 드리워진 절벽의 튀어나온 모서리를 올려다보면서 린턴은 숨을 헐떡였습니다. "정말 아무도 안 불렀어?"

"정말이야." 사촌이 대꾸했습니다. "엘렌하고 내가 네 건강 상태에 대해 옥신각신하고 있었을 뿐이야. 린턴, 너 정말 우리가 마지막으로 본 지난겨울보다 건강해진 거니? 몸은 강해졌다고 해도, 나에 대한 마음은 강해지지 않은 듯하지만…… 아무튼 말해봐, 정말 건강해졌어?"

린턴은 눈물을 쏟으며 대답했습니다.

"정말이야, 정말이야, 이제 나 건강해!"

그 와중에도 상상 속의 목소리에 홀려 있던 린턴은 목소리의 주인을 찾아 주위를 두리번거렸습니다.

캐시가 일어섰습니다.

"오늘은 그만 헤어져야겠다." 캐시가 말했습니다. "그리고 솔직히 오늘 너 만나고 너무 실망했어. 하지만 다른 사람들한테는 이런 말 안 할게. 히스클리프 씨가 무서워서 그런 건 아니야!"

"쉿!" 린턴이 소곤거렸습니다. "제발 입 다물어! 아버지가 오고 있어." 그러더니 캐서린의 팔에 매달려 못 가게 하려고 안간힘을 쓰더군요. 그렇지만 캐서린은 그 말에 급히 팔을 뿌리치고 미니를 향해 휘파람을 불었어요. 미니는 말 잘 듣는 개처럼 순하게 달려왔습니다.

"다음 주 목요일에 여기서 만나." 캐시는 안장에 뛰어오르면서 소리쳤습니다. "안녕, 린턴. 어서, 엘렌!"

우리는 그렇게 린턴을 남기고 떠났습니다. 린턴은 아버지가 나타날까 봐 전전긍긍하느라 우리가 떠나는 것도 모르는 듯했습니다.

집에 도착하기도 전에 캐서린의 불쾌감은 동정과 후회가 뒤섞인 당혹감으로 바뀌었습니다. 거기에 린턴의 몸 상태와 가족과의 관계가 정말 괜찮은지 막연하고 불안한 의심이 더해졌지요. 저도 같은 의심이 들었지만, 캐서린에게는 다시 한 번 만나보면 좀 더 정확하게 판단할 수 있을 테니 이번에는 말을 아끼라고 조언했습니다.

나리는 린턴을 만난 일을 이야기해달라고 했습니다. 캐시 양은 린턴의 감사 인사를 적절히 전한 후 나머지 부분은 완곡하게 둘러댔습니다. 저도 나리의 질문에 시원하게 대답하지 못했어요. 무엇을 숨기고 무엇을 밝혀야 할지 잘 몰랐거든요.

410

13장

그로부터 이레 동안, 에드거 린턴의 병세는 하루가 다르게 나빠졌습니다. 이제는 몇 시간 악화되는 정도가 지난 몇 달 악화된 정도에 맞먹었지요.

캐서린이 모르게 하려고 했지만 워낙 영리한 아이라 속일 수가 없었어요. 캐서린은 자신이 예측했던 무서운 상황이 점점 현실로 다가오자 남몰래 골똘한 생각에 빠졌지요.

목요일이 돌아왔지만, 캐시는 차마 말을 타러 나간다는 이야기를 꺼내지 못했습니다. 제가 대신 이야기를 하고 외출 허락을 받았습니다. 그때 캐서린에게는 아버지가 매일 들르는 서재와 아버지의 방이 세상의 전부였어요. (아버지가 서재에 가 있을 기운을 내는 건 아주 잠시였지만요.) 캐서린은 아버지의 머리맡에 있는 시간이나 아버지와 함께 서재에 앉아 있는 시간을 빼고는 매 순간을 아까워했어요. 캐서린의 얼굴은 밤샘 간호와 슬픔으로 창백해졌고, 나리는 캐서린이 다른 장소에서 다른 사람을 만나는 게 캐서린을 위해 좋으리라 믿으면서 흔쾌히 허락했습니다. 자기가 죽어도 캐서린이 완전히 혼자 남겨지지는 않겠다는 희망을 가지고요.

나리가 몇 번 흘린 말을 듣고 짐작하기로는, 나리는 조카가 자신의 외모를 닮았으니 성품도 자신을 닮았으리라 생각하는 듯했어요. 린턴의 편지에서는 린턴의 불량한 성품이 거의, 아니 전혀 나타나지 않았으니까요. 제가 그런 잘못된 생각을 바로잡지 않은 건, 변명하자면 마음이 약해서였어요. 알게 된 사실을 이용할 능력도, 기회도 없는 사람에게 사실을 알려서 삶의 마지막 시간을 어지럽힌다고 무슨 좋은 일이 있겠어요.

우리는 외출을 미루다 오후에야 출발했습니다. 8월의 황금빛 오후, 비탈에서 불어오는 바람이 얼마나 생기로 충만하던지, 숨을 들이마시기만 하면 죽어가는 사람도 되살아날 듯했습니다.

캐서린의 낯빛은 마치 주위 경치처럼 그늘과 햇빛이 빠르게 교차했습니다. 다만 그늘은 좀 더 오래 머물고, 햇빛은 좀 더 빨리 사라지더군요. 가엾게도 캐서린은 자기 마음이 순간적으로 근심을 잊었던 것까지 자책했지요.

우리는 지난번과 같은 자리에서 기다리는 린턴을 발견했습니다. 말에서 내린 아씨는 금방 돌아갈 생각이라며 저에게는 말에서 내리지 말고 자기 말의 고삐를 잡고 있으라고 하더군요. 하지만 저는 안 된다고 했습니다. 저에게 맡겨진 아씨를 시야에서 놓치다니, 그런 일은 절대 용납할 수 없었지요. 그래서 우리는 비탈진 히스 길을 나란히 올라 갔습니다.

히스클리프 도련님은 지난번에 비해 활기찬 태도로 우리를 맞이했습니다. 하지만 기운을 차렸다거나 기분이 좋아서라기보다는 겁에 질려서 그런 것 같더군요.

"늦었구나!" 린턴이 숨이 찬지 힘겹게 말했습니다. "너희 아버지 많이 편찮으신 거 아니야? 나는 네가 안 나올 줄 알았어."

"왜 솔직하게 말하지 않니?" 캐서린은 인사말을 삼키면서 소리쳤습니다. "그냥 나를 안 보고 싶다고 말하면 되잖아? 다시 여기까지 오게 만들다니, 너 자신이랑 나를 괴롭히려는 거 말고는 이유도 없는 것 같은데 이상하잖아."

린턴은 몸을 떨면서 반은 간청하는 눈빛, 반은 부끄러워하는 눈빛으로 캐시를 힐끗 쳐다보았습니다. 그렇지만 캐서린은 그런 수수께끼 같은 태도를 참아줄 정도의 인내심이 없었지요.

"아버지가 정말 많이 편찮으셔." 캐서린이 말했습니다. "도대체 왜 아버지를 간호하는 나를 불러내니? 내가 안 나오기를 바랐으면, 안 나와도 괜찮다는 말을 전해주면 좋잖아! 자! 나는 설명을 들어야겠어. 쓸데없이 시시덕거릴 생각은 전혀 없으니까. 이제 네 가식에 장단 맞춰줄 여유가 없다고!"

"가식이라고!" 린턴이 웅얼댔습니다. "내가 어쨌다고? 제발, 캐서린, 그렇게 화난 표정 짓지 마! 경멸하는 건 상관없어. 난 아무짝에도 쓸모없는 겁쟁이에 아무리 경멸당해도 모자란 놈이니까. 하지만 네가 화를 내기에도 아까운 놈이 나야. 그러니 미워할 거라면 우리 아버지를 미워하고 나는 그냥 경멸해줘.”

“무슨 헛소리야!” 캐서린은 흥분해서 소리쳤습니다. “바보 천치 같은 놈! 덜덜 떠는 꼴이라니! 내가 정말 때릴까 봐 겁을 먹은 거야? 린턴, 경멸해달라는 말 같은 건 안 해도 돼. 그런 말 안 해도 너를 보면 누구나 경멸할 테니까. 저리 비켜! 집에 가야겠어. 바보같이 너를 난롯가 앞에서 끌어내다니. 우리가 대체 왜 이런 가식적인 짓을 하는 거니? 이 옷 좀 놔! 겁에 질린 표정으로 징징대는 걸 설사 내가 동정한다 해도, 네가 그런 동정 따위 필요 없다면서 물리쳐야지! 엘렌, 이런 행동이 얼마나 창피한 짓인지 애한테 말 좀 해줘. 린턴, 일어나! 도마뱀처럼 비굴하게 그러지 마. 하지 마.”

린턴은 눈물을 흘리며 괴로운 얼굴로 바닥에 엎드려 있었어요. 극심한 공포로 발작을 일으킨 것 같더군요.

“으으!” 린턴이 흐느꼈습니다. “못 참겠어! 캐서린, 캐서린, 나는 너를 속이고 있지만 너에게 그게 뭔지 말할 수는 없어! 하지만 네가 가버리면 나는 살해당할 거야. **사랑하는 캐서린**, 내 목숨은 너한테 달렸어. 나를 사랑한다고 전에 말했잖아. 정말 그렇다면 너한테도 나쁜 일은 아닐 거야. 계속 있어줄 거지? 친절하고, 다정하고, 착한 캐서린! 너라면 꼭 승낙해줄 거야. 그러면 아버지가 나를 네 곁에서 죽게 해줄 거야!”

린턴이 극도로 괴로워하자 아씨는 허리를 굽히고 린턴을 안아 일으켰습니다. 너그럽고 다정했던 예전의 감정이 되살아나 짜증을 몰아냈는지 근심에 휩싸인 모습이더군요.

“무슨 승낙?” 캐서린이 물었습니다. “계속 있어주겠다는 승낙? 대체 무슨 말인지 알아듣게 설명해봐. 그러면 안 갈게. 계속 횡설수설하니까 하나도 못 알아듣겠어! 진정하고 네 마음에 있는 걸 전부 솔직하게 털어놔. 네가 나를 해치겠어? 아니잖아? 누가 나를 해치는데 네가 그냥 보고만 있겠어? 네가 너 자신에 대해서는 겁쟁이라 해도 가장 친한 친구까지 배신하는 겁쟁이는 아니잖아."

"하지만 아버지가 말하면 혼낸다고 했어." 아이는 가느다란 손가락을 깍지 끼며 헐떡였습니다. "아버지는 무서워, 무섭단 말이야! 나는 절대로 말 못해!"

"그럼 괜찮아!" 캐서린은 경멸과 연민이 뒤섞인 감정으로 대꾸했습니다. "네 비밀을 지켜. 혼날 일은 하지 말아야지. 나는 겁쟁이가 아니니까 하나도 겁 안 나!"

캐서린의 아량에 눈물이 쏟아진 린턴은 엉엉 울며 자기를 부축해주는 캐서린의 손에 입을 맞췄습니다. 하지만 솔직하게 털어놓을 용기는 못 내더라고요.

저는 린턴이 숨기는 게 뭘까 곰곰이 생각해보면서, 캐서린이 린턴이든 누구든 남을 도와주려다 해를 입는 일은 결코 일어나지 않게 하겠다고 다짐했지요. 한데 바로 그때 히스 덤불 사이에서 부스럭거리는 소리가 들렸습니다. 소리 나는 쪽을 쳐다보니 폭풍의 언덕에서 내려온 히스클리프 씨가 거의 코앞까지 와 있더라고요. 그는 린턴의 흐느낌이 들릴 정도로 두 아이와 가까운 곳에 있었는데도 그쪽에는 시선 한 번 주지 않고 제게 인사를 하더군요. 오직 저에게만 쓰는 스스럼없는 말투로요. 저의를 의심하지 않을 수가 없었지요.

"넬리, 이렇게 집 근처에서 만나다니! 티티새 지나는 농원 사람들은 어떻게들 지내? 궁금하네." 그러고는 낮은 목소리로 덧붙이더군요. "에드거 린턴이 사경을 헤맨다는 소문이 있던데, 조금 아픈 걸 과장한 거겠지?"

"아니요. 돌아가시기 직전이에요." 제가 대답했습니다. "소문대로죠. 우리에겐 슬픈 일이지만 그분에게는 축복이겠지요!"

"얼마나 버틸 것 같아?" 그가 물었습니다.

"몰라요." 제가 대답했습니다.

"왜 묻느냐면," 히스클리프 씨의 시선에 두 아이는 얼어붙어 있더군요. 린턴은 잔뜩 겁에 질려 고개도 못 들고, 캐서린도 덩달아서 움직이지 못했지요. "저기 저 자식이 나를 물 먹이려고 작정한 것 같아. 외삼촌이 서둘러서 조카보다 먼저 가준다면 고마운 일인데 말이야. 어이! 저기 저 개새끼가 언제부터 저 지랄이었어? 내가 질질 짜면 어떻게 되는지 단단히 가르쳐줬는데. 저놈이 린턴 양 옆에서 기운이 좀 있던가?"

"기운? 천만에, 얼마나 괴로워했는데요." 제가 대답했습니다. "내가 보기에 저 아이는 애인이랑 언덕을 산책할 게 아니라 침대에 누워서 의사의 치료를 받아야겠어요."

"하루 이틀 뒤에 치료받을 거야." 히스클리프가 중얼거렸습니다. "하지만 우선은……" 그러더니 소리쳤습니다. "린턴, 일어나! 바닥에서 기지 말고. 당장 일어나지 못해!"

린턴은 견딜 수 없는 공포로 발작을 일으켰는지 다시 바닥에 엎드린 상태였습니다. 아버지의 시선 때문이었겠죠. 그런 굴욕적인 모습을 보일 이유가 달리 없었으니까요. 린턴은 아버지의 명에 복종하려고 몇 번이나 애썼지만 얼마 되지 않는 기운마저 죄다 사라졌는지 끙 끙거리면서 다시 쓰러졌습니다.

히스클리프 씨가 다가가 린턴을 일으키더니 비탈진 풀밭에 기대 앉혔어요.

"이제 슬슬 화가 나는구나." 그가 잔인한 감정을 억누르면서 말했습니다. "기운 없는 놈인 줄은 안다만 계속 이렇게 빌빌거리면…… 망할 녀석! 냉큼 일어나지 못해!"

"일어날게요, 아버지!" 린턴이 숨을 헐떡였습니다. "조금만 이렇게 있게 해주세요. 기절할 것 같아서 그래요. 아버지가 시킨 대로 다 했어요, 정말 다 했어요. 캐서린한테 물어보세요. 내가…… 내가…… 쾌활했다고 할 거예요. 으! 캐서린, 내 옆에 있어줘, 일어나게 손 좀……"

"내 손 잡고 일어나라!" 아버지가 말했습니다. "이제 됐다. 린턴 양 팔에 기대…… 잘했다, 이제 린턴 양 얼굴을 좀 쳐다봐. 린턴 양, 이놈이 나를 이렇게 무서워하니, 린턴 양은 내가 악마의 화신쯤 된다고 생각하겠군. 부탁이 하나 있는데, 이놈을 집까지 부축해주겠나? 이놈은 내가 손가락만 대도 덜덜 떠니 말이야."

"린턴!" 캐서린이 속삭였습니다. "나는 폭풍의 언덕에 못 가…… 아빠가 가지 말라고 했어…… 너희 아버지가 너를 해칠 것도 아닌데 왜 그렇게 겁을 내니?"

"나는 저 집에 다시는 못 들어가." 린턴이 대답했습니다. "너 없이는 들어오지 말래."

"닥쳐." 린턴의 아버지가 소리쳤습니다. "캐서린이 아버지 명을 지

키게 해주자꾸나. 넬리, 이놈 좀 데리고 들어가. 그러면 네 충고대로
지체 없이 의사를 부를게."

"그러는 게 좋을 거예요." 제가 대답했습니다. "하지만 나는 아씨
곁을 떠날 수 없어요. 그 집 아들 챙기는 건 내 소관이 아니에요."

"너도 참 뻣뻣하구나." 히스클리프가 말했습니다. "그건 나도 알지.
하지만 네가 정 그렇게 나오면 애를 꼬집어서 비명을 지르게 할 수밖
에. 그래야 네 동정심이 우러날 테니까. 자, 용감한 우리 린턴, 내가
부축해줄 테니 나랑 같이 들어가겠니?"

그가 다시 한 번 다가가 린턴의 약한 몸뚱이를 붙잡는 시늉을 했지
요. 그러자 린턴은 흠칫 놀라 물러나며 사촌에게 매달려서 같이 가달
라고 애걸했습니다. 미친 사람처럼 들러붙는 통에 싫다고 할 수가 없
겠더라고요.

이래서는 안 된다고 생각하면서도 저는 캐서린을 말리지 못했습니
다. 캐서린이 어떻게 린턴을 뿌리치겠어요? 우리는 무엇이 그토록 린
턴을 공포에 휩싸이게 하는지 알아낼 방법이 없었습니다. 어쨌든 린
턴은 두려움으로 정신이 나간 상태였고, 조금만 더 심해지면 영원히
백치가 되어버릴 것만 같았지요.

우리는 현관 앞에 도착했습니다. 캐서린은 안에 들어갔고, 저는 밖
에 서서 캐서린이 환자를 의자에 앉히고 나오기를 기다렸습니다. 그
런데 바로 그때 히스클리프 씨가 저를 집 안으로 떠밀면서 소리쳤습
니다.

"넬리, 우리 집에 들어가면 염병이라도 옮을까 그래? 걱정 마. 오늘
은 손님을 접대하고 싶은 마음이니 일단 앉아. 문은 좀 닫을게."

그는 문을 닫더니 아예 잠가버렸어요. 저는 더럭 겁이 났습니다.

"차를 내올 테니, 마시고 가." 그가 말을 이었습니다. "집에 나밖에 없어. 헤어턴은 소 떼를 끌고 풀밭으로 갔고, 질라와 조지프는 멀리 놀러 갔어. 원래는 혼자 있는 데 이골이 났지만 재미있는 사람들과 함께할 수 있다면야 그게 낫지. 린턴 양, 그놈 옆에 앉아. 선물할 게 그것밖에 없으니 변변치 않지만 받아주면 고맙겠어. 린턴을 줄 테니 받으라 그 말이야. 저년 쳐다보는 것 좀 보게! 나는 뭐가 됐든 날 무서워하는 게 있으면 잔인하게 대하고 싶어지니 참 이상하지! 법이 엄격하고 취향이 고상한 나라에 태어났으니까 망정이지, 아니었으면 하룻저녁 여흥으로 저 두 놈을 산 채로 천천히 해부했을 거야."

그는 숨을 들이마시더니 탁자를 내리치며 혼자 욕을 하더군요.

"망할! 나는 저놈들이 싫어!"

"나는 당신이 무섭지 않아!" 그의 말을 미처 뒷부분까지 듣지 못한 캐서린이 소리쳤습니다.

한 발 다가선 캐서린의 검은 눈동자가 분노와 결의로 번득였지요.

"그 열쇠 줘. 내놔!" 캐서린이 말했습니다. "굶어죽더라도 여기서는 아무것도 안 먹고 안 마셔."

히스클리프는 열쇠를 쥔 손을 탁자 위에 내려놓고 있었어요. 그는 캐서린의 대담함에 좀 놀란 것 같기도 하고 그런 목소리와 눈초리를 물려준 누군가를 떠올리는 것 같기도 했지요.

캐서린이 열쇠로 달려들었고, 느슨해진 손아귀에서 열쇠를 뺏는 데 반쯤 성공했습니다. 하지만 그는 곧 정신을 차리고 열쇠를 날쌔게 뺏어갔습니다.

"어허, 캐서린 린턴." 그가 말했습니다. "비키지 않으면 바닥에 패대기칠 거야. 그랬다간 딘 부인이 미쳐 날뛰겠지."

경고에도 아랑곳하지 않고 캐서린은 열쇠를 쥔 그의 손에 다시 한 번 달려들었습니다.

"우린 집에 갈 거란 말이야!" 캐서린이 소리쳤습니다. 그의 무쇠 같은 근육을 펴려고 안간힘을 썼지요. 손톱으로 할퀴어도 자국이 남지 않자, 이로 꽤 아프게 깨물더라고요.

히스클리프가 힐끗 던진 시선에 저는 한순간 멈칫했습니다. 캐서린은 손가락을 펴는 일에 집중한 나머지 그의 얼굴을 보지 못했지요. 그는 갑자기 손을 펴고 열쇠를 내놓았습니다. 그러더니 캐서린이 열쇠를 챙기는 사이 펼쳤던 손으로 캐서린을 잡아 꿇어앉히고 다른 손으로 캐서린의 머리통 양옆을 무시무시하게 후려치기 시작했습니다. 캐서린이 그의 손에 잡혀 있지 않았다면 한 대만으로도 바닥에 패대기쳐질 정도였어요.

이 극악무도한 폭행에 저는 미친 사람처럼 화를 내며 그를 향해 돌진했습니다.

"나쁜 놈아!" 저는 비명을 질렀어요. "나쁜 놈아!"

저는 가슴께를 한 번 떼밀린 뒤 입을 다물었습니다. 제가 좀 뚱뚱한 편이라 금방 숨이 차거든요. 그런 사정에 격한 분노까지 더해져서 현기증이 났지요. 저는 비틀비틀 뒤로 물러났습니다. 금방이라도 질식하든지 혈관이 터지든지 할 것 같더라고요.

소동은 2분 만에 막을 내렸습니다. 그의 손아귀에서 풀려나온 캐서린은 양손을 관자놀이에 갖다대고, 자기 귀가 떨어져 나갔는지 붙어 있는지 긴가민가하는 표정을 짓더군요. 가엾게도 갈대 줄기처럼 몸을 부들부들 떨며 넋이 나간 듯 탁자에 기대섰지요.

"봐서 알겠지만, 나는 아이들 체벌하는 법을 알거든." 그놈은 바닥에 떨어진 열쇠를 줍기 위해 몸을 굽히면서 무자비하게 말했습니다. "이제 아까 말한 대로 린턴 옆으로 가, 옆에서 마음껏 울어라! 나는 내일이면 네 시아버지니까…… 그리고 며칠 더 있으면 너한테 아버지는 나 하나뿐이겠지. 앞으로 그렇게 눈을 흘기다가 나한테 걸리면 실컷 맛을 보여주마. 약골이 아니니 날마다 그래줄 수 있겠구나!"

캐시는 린턴에게 가는 대신 제게 달려왔습니다. 그러더니 주저앉아 얼얼해진 뺨을 제 무릎에 올려놓고 큰 소리로 흐느꼈습니다. 린턴은 장의자 한구석에 몸을 웅크리고 생쥐처럼 조용히 앉아 있더군요. 모르긴 몰라도 벌을 받은 사람이 자기가 아닌 걸 자축하고 있었을 거예요.

히스클리프 씨는 얼이 빠진 우리를 보고 자리에서 일어나 재빨리 차를 끓여 왔습니다. 찻잔과 찻종이 차려졌지요. 그가 차를 따라 내게 내밀었습니다.

"이거 마시고 언짢은 기분 풀어." 그가 말했습니다. "너희 집 말괄량이랑 우리 집 개구쟁이 건 네가 따라주고. 내가 끓였지만 독은 안 탔어. 나는 너희가 타고 온 말들을 찾아서 끌고 올게."

그가 나간 순간 가장 먼저 떠오른 생각은 어떻게든 여기서 빠져나가야 한다는 것이었습니다. 하지만 부엌문을 밀어보니 밖에서 잠겨 있었고, 창문을 살펴보니 캐서린의 작은 몸도 나갈 수가 없겠더라고요.

"린턴 도련님," 우리가 제대로 갇힌 걸 깨닫고 제가 소리쳤습니다.

"악마 같은 아버지가 무슨 속셈인지 알고 있죠? 그럼 우리한테 말해 줘요. 안 그러면 방금 사촌이 맞았던 그대로 나한테 맞을 줄 알아요."

"그래, 린턴, 네가 말을 해줘." 캐서린이 말했습니다. "내가 여기 들어온 건 너 때문이잖아. 그런데도 말을 안 해주면 은혜를 원수로 갚는 거야."

"목이 마르니까 차를 좀 줘. 그럼 말해줄게." 린턴이 대꾸했습니다. "딘 부인, 저쪽으로 비켜. 그렇게 내 앞에 버티고 있지 마. 어, 캐서린, 찻잔에 네 눈물이 떨어지잖아! 그거 안 마실래. 다른 걸로 줘."

캐서린은 다른 잔을 건네주며 눈물을 닦았습니다. 린턴 놈의 태연한 꼴에 저는 넌더리가 났습니다. 자기 몸뚱이가 공포에서 벗어났다는 것이었지요. 습지에 있을 때 내보였던 괴로움이 폭풍의 언덕에 들어서는 순간 사라졌더라고요. 저는 놈이 우리를 집 안으로 유인하지 못하면 무시무시한 벌을 받을 거라는 위협을 받았는데, 이제 임무를 완수했으니 당장은 두려워할 일이 없어졌구나 짐작했습니다.

"아버지는 우리가 결혼하길 원해." 놈은 찻물 몇 모금을 홀짝거린 다음 말을 이었습니다. "하지만 너희 아버지는 당장 우리를 결혼시킬 마음이 없잖아. 그걸 우리 아버지도 알고 있으니까 시간을 지체하다 내가 죽을까 걱정이 되나 봐. 내일 아침에 우리는 결혼할 거야. 그러니 너는 밤새 여기 있어야 해. 아버지가 시키는 대로 하면 내일 집에 돌아가게 해줄 거야. 나도 함께 데려가게 해줄 거고."

"네놈을 데려가? 요정이 바꿔친 못난 놈을?" 제가 소리쳤습니다. "네놈이 결혼을 해? 세상에, 너희 아버지가 미쳤든지 아니면 우리가 다 바보인 줄 아는구나. 이렇게 아름답고 젊은 아가씨가, 이렇게 씩씩

하고 튼튼한 아가씨가, 네놈같이 죽을 날을 받아놓은 원숭이 새끼랑 결혼을? 네놈을 남편 삼을 여자가 하나라도 있을 것 같아? 그런데 캐서린 린턴 양이 네놈을? 개새끼처럼 낑낑거리는 비열한 속임수로 우리를 이리로 끌어들인 것만 해도 네놈은 회초리감이야. 이제 와서 바보 흉내 내지 마! 저열하게 배신한 것도 모자라 저능한 공상이라니, 네놈을 붙잡고 된통 흔들어놔야 내 속이 좀 풀리겠다."

살짝 흔들었을 뿐인데 놈이 기침을 시작하더군요. 놈은 항상 하던 대로 끙끙거리며 훌쩍거렸고 캐서린은 저를 야단쳤습니다.

"밤새 여기 있으라고? 그건 안 돼!" 캐서린이 천천히 주위를 둘러보며 말했습니다. "엘렌, 나는 문에 불을 질러서라도 나갈 거야."

캐서린이 당장 그 말을 실천할 기세를 보이자 린턴이 깜짝 놀라며 일어났습니다. 이번에도 소중한 자기 몸뚱이에 대한 걱정 때문이었지요. 린턴은 허약한 두 팔로 캐시를 붙잡고 흐느끼더군요.

"나랑 결혼하면 안 돼? 나 좀 살려주면 안 돼? 티티새 지나는 농원으로 데려가면 안 돼? 아! 사랑하는 캐서린! 나를 두고 가면 안 돼. 우리 아버지 말 들어. 들으란 말이야!"

"나는 내 아버지 말을 들을 거야." 캐서린이 대답했습니다. "지금 몹시 걱정하고 계실 거야. 어서 안심시켜드려야 하는데 밤새 여기 있으라니! 얼마나 걱정하시겠어? 벌써 큰일 난 줄 아실 거야. 때려 부수든지 불을 지르든지 나는 이 집에서 나갈 거야. 조용히 해! 널 어떻게 하지는 않겠지만, 만일 네가 막는다면…… 린턴, 나는 너보다 아빠를 사랑해!"

아이는 히스클리프 씨의 분노에 극도의 공포를 느끼는 듯 다시 한

번 겁쟁이의 웅변술을 발휘했지요. 캐서린은 거의 제정신이 아닌 상태로 집에 가야 한다는 주장을 되풀이했고, 린턴을 향해 그런 이기적인 몸부림을 가라앉히라고 애원했습니다.

두 아이가 옥신각신하는 사이에 간수가 돌아왔습니다.

"너희가 타고 온 말들은 달아나버렸어." 간수는 말했습니다. "이런, 린턴! 또 질질 짜는 거냐? 저년이 너한테 무슨 짓을 했니? 자, 자, 그만하고 가서 자라! 아들아, 저년이 지금은 너한테 사납게 굴지만 한두 달 뒤에는 튼튼한 손바닥 하나로 갚아줄 수 있을 거다. 네놈은 순수한 사랑을 갈망하고 그것만 있으면 아무것도 필요 없다면서? 그러니 내가 저년한테 보내준다잖아! 이제 가서 자! 질라는 오늘 밤 돌아오지 않을 테니 옷은 혼자 갈아입고. 뚝! 시끄럽다니까! 네가 네 방으로 돌아가면 나도 네 근처에 안 갈 테니 그건 걱정하지 마라. 요행히 네놈이 그런대로 해냈구나. 남은 일은 나한테 맡겨라."

그는 이렇게 말하면서 아들이 나갈 수 있게 문을 잡아주었고, 린턴은 방을 빠져나갔습니다. 아들의 모습은 마치 자기를 쓰다듬어주는 사람이 사실은 자기를 눌러 죽이려는 속셈이 아닐까 의심하는 스패니얼 새끼 같았지요.

히스클리프는 문이 잠겼는지 다시 한 번 확인한 뒤, 아씨와 제가 말없이 서 있는 벽난로 쪽으로 다가왔습니다. 캐서린은 그를 올려다보면서 자기도 모르게 한쪽 손을 뺨으로 가져가더군요. 그가 가까이 오니 맞았을 때의 느낌이 되살아났겠지요. 이런 어린아이 같은 행동 앞에서 험악한 태도를 유지할 수 있는 사람은 그자 말고는 없을 거예요. 그자는 캐서린에게 인상을 쓰면서 이렇게 중얼거렸어요.

424

"아! 넌 내가 안 무섭다고 했지? 그 용기를 잘도 숨기는구나. 겉으로는 끔찍이도 무서워하는 것 같은데!"

"지금은 무서워요." 캐서린이 대꾸했습니다. "내가 안 돌아가면 아빠가 걱정하실 테니까요. 아빠가 나 때문에 걱정하면 어떡해요. 지금 아빠는…… 지금 아빠는…… 제발 집에 가게 해주세요! 린턴이랑 결혼하겠다고 약속할게요. 아빠도 좋아하실 테고, 나는 린턴을 사랑해요. 자진해서 하겠다는 일을 왜 억지로 시키세요?"

"누가 억지로 시키게 놔둘까 봐요!" 제가 소리쳤습니다. "우리가 아무리 외진 곳에 산다 해도 이 나라는 법이 있는 나라예요. 주여, 감사하옵니다! 저 인간이 내 아들이라 해도 고발하겠어요. 이런 죄는 성직자 면책도 안 통하는 중죄예요!"

"시끄러워!" 그놈이 말했습니다. "그렇게 꽥꽥대려거든 뒈져버려! 넬리, 너는 그만 닥치란 말이야. 린턴 양, 린턴 양의 아버지가 걱정할 거라고 생각하니 기분이 상당히 좋군. 흐뭇해서 잠도 안 오겠어. 그런 일이 벌어지리라고 지적해주다니, 린턴 양이 앞으로 스물네 시간 동안 내 집에 머물고 싶었다면 그보다 확실한 방법이 없었겠어. 린턴과 결혼하겠다고? 그 약속 지킬 수 있도록 내가 도와주지. 약속을 지키기 전에는 이 집에서 못 나갈 거야."

"그럼, 엘렌이라도 보내주세요! 내가 무사하다는 걸 아빠한테 알려주게요!" 캐서린은 서럽게 울면서 소리쳤습니다. "아니면 지금 당장 결혼하게 해주세요. 불쌍한 아빠! 엘렌, 아빠는 우리가 길을 잃은 줄 알 거야. 우리 어쩌면 좋지?"

"천만에! 네 아비는 네가 간호하는 일에 싫증나서 놀러 나갔다고 생각할걸." 히스클리프가 대답했습니다. "너는 아비의 명을 우습게 여기고 자진해서 내 집으로 걸어 들어왔어. 부인할 수 없을 거야. 하기야 네 나이 때는 놀고 싶은 게 당연하고 병자 수발에 싫증이 나는 것도 당연하지. 게다가 그 병자는 고작 네 아비일 뿐이잖아. 캐서린, 네 인생이 시작되던 순간 네 아비의 행복한 인생은 끝났어. 모르긴 몰라도 네 아비는 네가 세상으로 나온 것을 저주했을 거다. (적어도 나는 저주했지.) 이번에는 네 아비가 세상을 뜨면서 너를 저주하는 것도 괜찮겠구나. 나도 함께 저주하마. 나는 네가 싫다. 당연한 일이지. 실컷 울어라. 보아하니 이제부터는 우는 일이 네 주된 소일거리가 되겠구나. 잃을 건 많은데 린턴이 네가 잃어버릴 것들을 메워주진 못할 테니 말이다. 선견지명 있는 네 아비는 린턴이 그래줄 거라고 믿는 모양이지만. 네 아버지가 보낸 충고와 위로의 편지들을 아주 재미있게 읽었어. 내 보물단지에게 보낸 마지막 편지에는 자기 보물단지를 귀히 여겨주고, 결혼하면 마음 써주라고 했더구나. 귀히 여겨주고 마음 써주라니, 부모라면 그럴 수 있겠지! 하지만 린턴은 제 몸뚱이 하나 귀히 여기고 마음 쓰기에도 바쁜 놈이거든. 린턴은 비열한 폭군에나 어울리는 놈이지. 이빨이 뽑히고 발톱이 잘린 고양이를 보면 몇 마리가 됐든 괴롭히겠다고 달려들 놈이야. 네가 집으로 돌아갈 때쯤에는 그 놈의 마음 씀씀이에 대한 재미난 이야기를 아버지한테 분명 들려줄 수 있을 거다."

"이번에는 맞는 말을 하네!" 제가 말했습니다. "당신 아들놈이 어떤 물건인지 제대로 밝혀요. 당신을 얼마나 닮았는지 보여주라고요. 그러면 캐시 양도 그런 독사 같은 물건하고 결혼하는 걸 다시 생각하겠지요!"

"이제 와서 그놈의 장점을 말해줄 마음은 없는걸." 그가 대꾸했습
니다. "어쨌든 저 애는 그놈이랑 결혼하든, 네 주인이 세상 하직할 때
까지 너랑 여기 갇혀 있든 둘 중 하나야. 너희 둘을 아무도 모르게 이
집 안에 잡아두는 건 나한테는 문제도 아니야. 의심스러우면 저 애한
테 약속을 무르라고 해봐. 그러면 내 말이 맞는지 판단할 기회가 생길
테니."

"안 무를 거예요." 캐서린이 말했습니다. "린턴과 결혼하겠어요. 결
혼하고 나서 티티새 지나는 농원으로 가게 해준다면, 당장 하겠어요.
히스클리프 씨는 잔인한 사람이지만 악마는 아니잖아요. 단순히 악의
만으로 내 모든 행복을 돌이킬 수 없게 망가뜨리지는 않을 거잖아요.
만약에 아빠가 내가 일부러 아빠를 버려두었다고 생각하면 어떡해
요? 내가 돌아가기 전에 아빠가 죽어버린다면 내가 어떻게 더 살아
요? 이제 안 울래요. 대신 히스클리프 씨 앞에 무릎을 꿇겠어요. 히스
클리프 씨가 나를 봐줄 때까지 일어나지 않고 계속 쳐다볼래요! 안 돼
요, 외면하지 마세요. **제발 나를 봐주세요!** 화내실 일은 하지 않을게
요. 나는 히스클리프 씨를 미워하지 않아요. 히스클리프 씨가 나를 때
린 것에 화가 나 있지도 않아요. 고모부는 평생을 살면서 아무도 사랑
하지 않았어요? 단 한 번도 그런 적이 없었냐고요? 아아! 한 번만 이
쪽을 보세요. 얼마나 괴로워하는지 봐주세요. 가엾게 여기고 동정할
수밖에 없을 테니까요."

"그 도마뱀 발가락 당장 치워. 비켜라! 걷어차버리기 전에!" 히스
클리프는 캐서린을 난폭하게 밀치면서 소리쳤습니다. "차라리 뱀한

테 둘둘 말리는 게 낫지. 제길, 어떻게 나한테 아양 떨 생각을 할 수 있냐! 징그러운 년!"

그는 어깨를 움츠렸습니다. 소름이 끼치는 듯 진저리를 치더군요. 그러고는 앉아 있던 의자를 뒤로 밀었어요. 저는 자리에서 일어나 제대로 퍼부어주려고 입을 열었는데, 첫번째 문장도 끝내지 못하고 벙어리가 됐습니다. 한마디만 더 지껄이면 독방에 가둬버린다는 위협 때문이었지요.

어두워질 무렵이었어요. 정원 대문에서 웅성거리는 소리가 들려왔습니다. 집주인이 부리나케 뛰어나가더군요. 그는 눈치가 있었고 우리는 눈치가 없었어요. 몇 분 동안 이야기 소리가 들리더니 그가 혼자 돌아왔습니다.

"헤어턴이 온 줄 알았는데 아닌가 봐요." 제가 캐서린에게 말했습니다. "아가씨 사촌이 오면 좋을 텐데! 우리 편을 들어줄지 누가 알겠어요?"

"티티새 지나는 농원에서 하인 셋이 너희를 찾으러 왔었어." 제 이야기를 들은 히스클리프가 말했습니다. "창문을 열고 소리를 질렀어야지. 하지만 내가 장담하는데, 저년은 네가 안 그런 걸 다행으로 생각할걸. 계속 갇혀 있게 돼서 분명 좋아하고 있을 거야."

달아날 기회를 놓쳐버렸음을 알고 우리는 목 놓아 울었습니다. 그는 우리를 울게 내버려두더니, 9시가 되자 이제 그만 부엌을 지나 위층 질라 방으로 올라가라고 했어요. 저는 캐서린에게 시키는 대로 하자고 속삭였습니다. 창문으로 빠져나가거나 다락으로 올라가서 천창을 통해 밖으로 나가는 방법이 있을지 몰랐으니까요.

하지만 창문은 아래층과 마찬가지로 좁았고, 다락으로 올라가는 길은 막혀 있더군요. 아래층에서와 마찬가지로 갇힌 신세였습니다.

캐서린도 저도 침대에 눕지 않았습니다. 캐서린은 창문 옆에 자리를 잡고 동이 트기만을 초조하게 기다리더군요. 몇 번이나 눈 좀 붙이라고 사정했지만 들리는 대답은 깊은 한숨뿐이었습니다.

저는 흔들의자에 앉아 앞뒤로 흔들리면서, 제 임무에 충실하지 못했음을 가혹하게 자책했습니다. 제가 모셨던 주인들의 모든 불행이 저에게서 비롯된 게 아닐까 하는 생각까지 들더라고요. 물론 그건 사실이 아니었지만, 막막했던 그날 밤 저는 모든 게 저의 잘못이고 히스클리프의 잘못조차 저의 잘못보다는 덜하다고 생각했답니다.

아침 7시가 되자 그가 와서 린턴 양이 일어났는지 묻더군요.

캐서린이 얼른 문 앞으로 달려가서 대답했습니다.

"네."

"그럼 나와." 그는 문을 열고 캐서린을 끌어냈습니다.

저도 따라가려고 일어났지만, 다시 문을 잠그더라고요. 저는 내보내달라고 했지요.

"좀 기다려." 히스클리프가 대꾸했습니다. "조금 이따 아침밥 올려보내줄게."

화가 치민 저는 문짝을 쾅쾅 치며 빗장을 흔들어댔습니다. 캐서린은 왜 저를 풀어주지 않는지 물었고요. 그는 제가 한 시간은 더 참아야 한다고 대꾸하더니 캐서린을 데리고 가버렸습니다.

두세 시간이 지나서야 드디어 발소리가 들렸습니다. 히스클리프의 발소리는 아니었습니다.

“먹을 걸 좀 가져왔소.” 누군가의 목소리가 들려왔습니다. “문 좀 여소!”

부리나케 문을 열어보니 헤어턴이 하루 종일 먹을 만큼 넉넉한 음식을 가져왔더군요.

“받으소!” 헤어턴은 쟁반을 내밀며 말했습니다.

“잠깐만 있어봐.” 제가 말을 붙였습니다.

“안 돼요!” 헤어턴은 소리치더니 제가 온갖 말로 사정하는데도 뿌리치고 가버렸습니다.

저는 그날 낮과 다음 날 밤, 그다음 날과 그다음 날 밤까지 계속 갇혀 있었답니다. 도합 닷새 밤과 나흘 낮을 갇혀 있으면서 매일 아침 헤어턴을 한 번 보는 것 빼고는 사람 구경도 못했지요. 헤어턴은 간수의 모범이라 할 만했습니다. 퉁명스럽고, 입 한 번 안 열고, 정의감이나 동정심을 일으켜보려는 갖은 노력들을 아예 못 들은 척했지요.

14장

닷새째 되는 날 아침, 아니 오후에 더 가까운 시각에 전과는 조금 다른 발소리가 들려왔습니다. 걸음이 가볍고 보폭이 좁은 소리가 점점 가까워지더니 방 안으로 들어오더군요. 질라였습니다. 주홍색 솔을 걸치고 검은색 비단 보닛을 쓰고 버드나무 가지로 엮은 바구니를 팔에 걸친 차림이었지요.

"맙소사! 딘 부인," 질라가 소리쳤습니다. "세상에! 기머턴에 소문이 파다해. 딘 부인이 아씨하고 검은 말 늪에 빠졌다고. 나만 해도 그런 줄 알았는데, 글쎄, 주인이 자기가 딘 부인을 발견해서 이 집에 재웠다는 거야! 어떻게 된 거야, 어디 발을 디딜 데가 있었어? 얼마나 그렇게 있었던 거야? 주인이 딘 부인을 구한 거야? 그리 야위지는 않았네. 많이 고생스럽지는 않았나 봐?"

“당신네 주인은 진짜 나쁜 놈이야!” 제가 대꾸했습니다. “그렇지만 내가 죗값을 치르게 할 거야. 그런 거짓말을 꾸며낸들 무슨 소용이야. 모두 밝혀지고 말걸!”

“무슨 소리야?” 질라가 물었습니다. “주인이 꾸민 얘기가 아니야. 읍내에서 다들 그러던데, 딘 부인이 늪에 빠졌다고. 그래서 내가 들어오면서 언쇼한테 말했거든.

‘맙소사, 헤어턴 씨, 내가 집을 비운 사이에 끔찍한 일이 생겼네. 앞날이 창창한 젊은 처자하고 억수로 명랑한 넬리 딘이 그렇게 되다니 정말 불쌍해.’

헤어턴이 눈을 뚱그렇게 뜨고 쳐다보더라. 아직 아무 말도 못 들었나 싶어서 내가 들은 소문을 얘기해줬지.

그런데 옆에서 주인이 듣다가 혼자서 빙그레 웃더니 이러는 거야.

‘질라, 그 사람들이 늪에 빠졌었는지는 모르지만 어쨌든 지금은 나왔어. 넬리 딘이 당신 방에 있어. 올라가서 얼른 내보내도 좋아. 열쇠 여기 있어. 진흙이 머리에 찼는지 집에 가겠다고 날뛰는 걸 제정신이 들 때까지 일단 잡아놨어. 딘 부인한테 올라가거든, 괜찮아졌으면 당장 티티새 지나는 농원으로 가라고 전하고, 대지주의 장례식에 늦지 않게 아씨도 보내주겠다고 전해.’ 하고 말이야.”

“에드거 씨가 죽었어?” 제가 숨을 헐떡였습니다. “아아! 질라, 질라!”

“아니, 안 죽었어. 여기 좀 앉아봐.” 질라가 대꾸했습니다. “아직도 상태가 안 좋네. 에드거 씨 안 죽었어. 케네스 씨가 하루는 더 버티겠다고 하던걸. 오는 길에 만나서 물어봤지.”

저는 앉는 대신 부리나케 짐을 챙겨 들고 아래층으로 내려갔습니다. 아무 장애물도 없더군요.

큰방으로 들어가서 캐서린 소식을 알려줄 사람을 찾아 두리번거렸습니다.

햇살이 방에 가득하고 문은 활짝 열려 있었는데 사람의 흔적은 없었어요.

그대로 나갈까 아니면 돌아서서 아씨를 찾을까 망설이던 차에 벽난로 앞에서 약한 기침 소리가 들려왔습니다.

린턴이 장의자를 혼자 차지하고 누워 있었습니다. 막대사탕을 빨면서 심드렁한 시선으로 저의 움직임을 뒤쫓더라고요.

"캐서린 양 어디 있어?" 린턴이 혼자 있으니 겁을 주면 사실을 알 수 있으리라 생각하며 저는 매섭게 다그쳤습니다.

린턴은 아무것도 모른다는 표정으로 사탕만 빨았습니다.

"갔어?" 제가 물었습니다.

"아니." 린턴이 대꾸했습니다. "위층에 있어. 아무 데도 못 가. 우리가 못 가게 할 거야."

"못 가게 한다고? 천치 같은 놈!" 제가 소리쳤습니다. "당장 캐서린 양한테 안내하지 못해? 따끔하게 혼나기 전에."

"네가 그 방에 들어가려고 하면 아빠가 너를 따끔하게 혼낼걸." 린턴이 대답했습니다. "아빠가 그랬어, 캐서린한테 호락호락 넘어가면 안 된다고. 캐서린은 내 아내인데 나를 떠나고 싶어 하다니 괘씸하다고! 아빠가 그랬어, 캐서린은 나를 미워하고, 내가 죽길 바란다고. 내가 죽어야 내 돈을 가질 수 있으니까. 하지만 내 돈 못 가지게 할 거야. 집에 못 가게 할 거야! 절대 못 가게 할 거야! 울든 병이 나든 마음대로 하라고 해!"

린턴은 다시 사탕을 빨면서 잠이 오는지 눈을 스르르 감더군요.

"히스클리프 도련님." 제가 다시 말했습니다. "지난겨울, 캐서린이 얼마나 잘해줬는지 모두 잊었어요? 캐서린을 사랑한다고 말했잖아요! 캐서린이 책도 가져다주고 노래도 불러주고 도련님을 만나려고 몇 번이나 눈보라를 뚫고 찾아왔잖아요! 하루라도 못 올 때는 도련님이 실망할까 울었는데. 그때 도련님은 캐서린이 자기한테 백배 과분하다 생각했잖아요. 그런데 이제는 아버지가 꾸며내는 거짓말을 믿다니! 아버지가 도련님과 캐서린을 미워하는 것도 알고 있으면서! 도련님도 아버지와 마찬가지로 캐서린을 미워하는군요. 어쩌면 이렇게 배은망덕해요?"

린턴은 한쪽 입꼬리를 내리며 물고 있던 사탕을 빼더군요.

"도련님이 미웠으면 캐서린이 폭풍의 언덕에 왔겠어요?" 제가 말을 이었습니다. "생각 좀 해봐요! 돈 얘기가 나왔으니 하는 말인데요. 캐서린은 도련님이 유산을 물려받는 것도 몰라요. 더구나 캐서린이 아프다면서요. 그런 캐서린을 낯선 위층 방에 혼자 내버려두다니요! 그렇게 혼자 버려지는 기분이 어떤지 도련님은 알잖아요! 도련님은 아팠을 때 스스로의 처지를 슬퍼했고, 캐서린도 도련님을 가엾게 여겼는데, 도련님은 아픈 캐서린을 가엾게 여길 줄 모르다니! 히스클리프 도련님, 나 좀 봐요. 울고 있잖아요. 고작 나이 먹은 하녀인데 울고 있잖아요. 한데 도련님은 캐서린을 사랑하는 것처럼 행동하더니, 캐서린을 숭배할 만한 이유가 있으면서도 자기 일이 아니라고 눈물 한 방울조차 아까워하면서 마음 편하게 누워 있네요. 거참, 인정머리 없고 이기적이군요!"

"그애 옆에는 못 있겠어." 린턴이 짜증스레 대답했습니다. "캐서린 옆에 있기 싫어. 울기만 하니까 참을 수가 없어! 아버지를 부른다고 해도 계속 울어. 한번은 정말 아버지를 불렀거든. 아버지가 와서 계속 시끄럽게 굴면 목을 졸라버린다고 했어. 그런데도 아버지가 방을 나가니까 바로 다시 울더라. 잠 좀 자자고 소리를 지르는데도 밤새 울고 짜더라고."

"히스클리프 씨는 나갔어요?" 제가 물었습니다. 그놈은 사촌의 정신적 고통에 공감할 능력이 전혀 없더군요.

"마당에서 케네스 씨랑 이야기 중이야." 린턴이 대꾸했습니다. "의사 말이 외삼촌이 드디어 정말 죽을 거래. 외삼촌이 죽고 나면 내가 티티새 지나는 농원의 주인이 될 테니 나는 기분 좋아. 캐서린은 항상 티티새 지나는 농원이 자기 집이라고 했어. 자기 집은 무슨! 내 집이야. 캐서린 거는 몽땅 내 거라고 아빠가 그랬단 말이야. 근사한 책들도 다 내 거야. 방 열쇠를 가져와서 자기를 나가게 해주면 책들이랑 예쁜 새들이랑 조랑말 미니까지 전부 나한테 준다고 캐서린이 그러더라. 하지만 나는 캐서린한테 너는 내게 줄 게 하나도 없고 그것들은 다, 모두 다 내 거라고 했어. 그러니까 캐서린이 울면서 목에 걸고 있던 작은 초상화를 보여주면서 그걸 가지라더라고. 그림 두 장이 황금 로켓 안에 들어 있었는데, 한쪽은 캐서린의 어머니가 젊었을 때, 한쪽은 외삼촌이 젊었을 때였어. 어제 일이야…… 나는 **그것들도** 내 거라고 말하면서 뺏으려고 했어. 그런데 그 못된 것이 안 주려고 버티다가 나를 떠밀어서 좀 다쳤어. 고래고래 소리를 질렀지. 내가 소리 지르면 캐서린이 무서워하거든. 아빠가 오는 소리를 듣고, 캐서린은 로켓을 분지르더니 자기 어머니 초상화를 나한테 줬어. 다른 쪽은 감추려고 했지만 아빠가 무슨 일이냐고 물어서, 내가 사실대로 대답했지. 아빠는 내가 가진 초상화를 가져가면서, 캐서린한테 나머지 하나도 나에게 주라고 말했어. 캐서린이 싫다고 했더니 아빠가…… 아빠가 캐서린을 때리면서 로켓 줄을 잡아 뜯고 짓밟아버렸어."

"캐서린이 맞는 걸 보니 기분이 좋던가요?" 제가 물었습니다. 린턴을 이렇게 떠들게 하는 데는 다 이유가 있었지요.

"나는 한쪽 눈을 감고 봤어." 린턴이 대답했습니다. "아빠가 개나 말을 때릴 때 나는 한쪽 눈을 감아. 너무 세게 때리니까…… 처음에는 기분이 좋았어. 나를 떠밀었으니 벌을 받는 게 당연하지. 그런데 아빠가 나가고 캐서린이 나를 창가로 부르더니 입안을 보여주는데, 뺨 안쪽이 이에 찍혀 찢어지고 입에 피가 잔뜩 고였더라. 그런 다음에 캐서린은 찢어진 초상화 조각을 주워 모으더니 벽을 보고 앉았어. 그때부터 나한테 한마디도 안 해. 아파서 말을 못하나 생각도 들지만 설마 그건 아니겠지! 하지만 그렇게 울기만 하다니 너무 못됐어. 그런데다 너무 창백하고 제정신이 아닌 것 같아서 무서워!"

"그럼 도련님은 마음만 먹으면 열쇠를 가져올 수 있나 봐요?" 제가 물었습니다.

"그럼, 위층에 올라가면 있어." 린턴이 대답했습니다. "하지만 지금은 힘들어서 못 올라가."

"열쇠가 어느 방에 있는데요?" 제가 물었습니다.

"아하," 린턴이 소리쳤습니다. "너한테는 말 못하지. 그건 우리 비밀이야. 아무도 몰라. 헤어턴도 모르고 질라도 몰라. 이런! 너 때문에 피곤해졌잖아. 저리 비켜, 비키라고!" 그러고는 얼굴을 팔에 묻으며 다시 눈을 감더군요.

저는 히스클리프와 부딪히지 않고 얼른 티티새 지나는 농원으로 가서 아씨를 구해낼 사람들을 데려오는 것이 최선이라고 판단했습니다.

집으로 돌아온 저를 보자 동료 하인들은 매우 놀라고 기뻐했어요. 게다가 아씨가 무사하다는 소식에 몇몇 하인들이 달려 올라가서 에드거 씨에게 반가운 소식을 전하려고 했지요. 하지만 저는 그들에게 제가 직접 알리겠다고 했습니다.

에드거 씨는 불과 며칠 새 너무 변했더라고요! 누워 있는 모습이 죽음을 기다리는 비애와 체념 그 자체였습니다. 또 얼마나 젊어 보이던지요. 실제 나이는 서른아홉인데 적어도 10년은 젊어 보였습니다. 캐서린을 생각하고 있었는지 이름을 중얼거리더군요. 저는 그의 손을 만지면서 입을 뗐습니다.

"나리, 캐서린이 곧 와요!" 제가 속삭였습니다. "멀쩡하게 살아 있답니다. 아마 오늘 밤에 돌아올 거예요."

에드거 씨가 처음 보인 반응에 저는 두려웠지요. 제 말을 듣자마자 몸을 반쯤 일으키고 방 안을 유심히 둘러보더니 도로 쓰러져서 기절했거든요.

나리가 정신이 들자마자 저는 폭풍의 언덕에서 우리에게 일어났던 일과 어쩔 수 없이 지체해야 했던 이유를 말했습니다.

저는 히스클리프가 저를 강제로 집 안으로 밀어 넣었다고 했는데,

정확히 맞는 말은 아니었습니다. 또 저는 린턴을 나쁘게 여길 만한 내용은 최대한 줄이고, 히스클리프의 잔인한 행동도 전부 말하지는 않았어요. 나리의 잔은 이미 차고 넘치는데, 제가 굳이 고통을 보태줄 필요는 없다고 생각했거든요.

에드거 씨는 원수 같은 히스클리프가 부동산은 물론 동산까지 아들의 소유, 아니 히스클리프 본인의 소유로 챙기려 한다는 걸 직감했습니다. 하지만 왜 자신이 죽기까지 기다리지 않는지는 의문스러워했지요. 조카가 곧 자기 뒤를 따라 세상을 뜨리라는 사실을 몰랐으니까요.

어쨌든 나리는 유언장 내용을 바꾸는 게 낫겠다고 생각했습니다. 재산을 캐서린에게 직접 물려주는 대신 수탁인들에게 맡겨 캐서린이 살아 있는 동안에는 캐서린을 위해 사용하게 하고, 캐서린에게 자녀가 생기면 캐서린 사후 그들이 물려받도록 할 작정이었지요. 이렇게 조치를 취하면 린턴이 죽더라도 캐서린의 재산이 히스클리프 씨에게 넘어갈 수 없으니까요.

나리에게 명을 받은 저는 하인을 보내서 변호사를 불러오게 했습니다. 그리고 하인 넷을 더 불러서 쓸 만한 무기를 들린 다음 아씨를 간수의 손에서 구해 오게 했지요. 양쪽 모두 늦게까지 소식이 없다가, 혼자 갔던 하인 쪽이 먼저 돌아왔습니다.

변호사 그린 씨가 출타 중이어서 돌아올 때까지 두 시간 정도 기다렸는데, 그린 씨가 돌아와서는 읍내에 볼일이 좀 있어 나가야 하니 내일 아침 전에 티티새 지나는 농원을 방문하겠다고 말했다더군요.

넷이 함께 갔던 쪽도 목적을 이루지 못하고 돌아왔습니다. 히스클리프가 나오더니 캐서린이 병이 나서 방을 떠날 수 없다고 하며 캐서린을 보러 들어가는 것도 허락하지 않았다고 했습니다.

저는 그런 거짓말을 믿은 어리석은 하인들을 호되게 나무랐습니다. 나리에게 전할 필요도 없는 말이었습니다. 저는 날이 밝는 즉시 하인들을 전부 끌고 폭풍의 언덕으로 가서, 포로를 조용히 넘겨받지 못할 경우 그야말로 쑥대밭을 만들기로 작정했지요.

저는 맹세했습니다. 아버지에게 딸을 꼭 데려다주겠다! 또 저는 맹세했습니다. 그 악마 같은 놈이 우리를 방해하면 현관문 앞에서 죽여버리겠다!

다행히 폭풍의 언덕에 가서 그런 짓을 저지를 필요는 없어졌지요.

새벽 3시에 주전자에 물을 담으려고 아래층으로 내려갔는데, 제가 주전자를 들고 현관 앞을 지나는 순간, 요란하게 문을 두드리는 소리가 들렸습니다. 저는 소스라치게 놀랐습니다.

"아! 그린 씨로구나." 저는 마음을 가다듬고 혼잣말을 했어요. "그린 씨면 굳이……" 저는 문을 여는 일은 다른 하인들이 하겠거니 싶어 그냥 지나쳤습니다. 그런데 다시 문을 두드리는 소리가 들려왔습니다. 크지는 않지만 끈질겼지요.

저는 주전자를 계단 난간 위에 내려놓고, 직접 문을 열어주기 위해 걸음을 재촉했습니다.

하늘에는 중추의 만월이 환하게 떠 있었습니다. 밖에 있는 사람은 변호사가 아니었습니다. 우리 귀여운 아씨가 저의 목을 얼싸안으면서 흐느꼈습니다.

"엘렌! 엘렌! 아빠 살아 있어?"

"그럼요!" 제가 소리쳤습니다. "그럼요, 천사 같은 우리 아씨, 그럼요! 주여, 감사합니다, 무사히 돌아오셨군요!"

아씨는 숨을 헐떡이면서도 린턴 씨 방으로 달려가고 싶어 했습니다. 하지만 제가 붙잡아서 의자에 앉힌 다음 물을 마시게 하고, 얼굴을 씻기고, 창백한 얼굴을 앞치마로 문질러 희미하게나마 홍조가 돌게 했습니다. 그러고는 제가 먼저 올라가서 아씨가 왔다는 소식을 알려야 한다고 말했어요. 제발 아버지한테는 린턴 히스클리프가 아씨를 행복하게 해준다고 말하라고 애원했습니다. 아씨는 눈을 동그랗게 뜨고 저를 쳐다보았지만, 제가 거짓말을 하라는 이유를 금세 깨닫고는 나쁜 말은 하지 않겠다고 약속하더군요.

부녀가 만나자 차마 옆에 있지 못하겠더군요. 문 앞에서 15분을 서 있었어요. 나중에도 침대 근처로는 못 갔어요.

모든 것이 평온했고, 캐서린의 절망도 아버지의 기쁨 못지않게 고요했습니다. 캐서린은 적어도 겉으로는 아버지를 차분하게 부축했고, 아버지는 줄곧 딸을 올려다보면서 딸의 얼굴에서 눈을 떼지 않았지요. 더없는 기쁨에 눈이 더 커다랗게 보이더라고요.

록우드 씨, 나리는 행복하게 돌아가셨어요. 나리는 딸의 뺨에 입을 맞추면서 속삭였답니다.

"나는 네 어머니 곁으로 간단다. 언젠가는 아가, 너도 우리 곁에 와야 한다!" 이 속삭임 후에는 움직임도 없고 말도 없었지만, 황홀한 듯 반짝이는 그 눈은 여전했습니다. 그러다 아무도 모르게 맥박이 멈추고 영혼이 떠나갔지요. 죽음이 왔을 때 어떤 저항도 하지 않았기 때문에, 아무도 나리가 운명한 정확한 시각은 알 수 없었어요.

눈물이 말라버렸는지, 슬픔이 깊으면 눈물도 흐르지 않는지, 캐서린은 아침이 밝아올 때까지 메마른 눈으로 자리를 지켰습니다. 그렇게 정오가 되었습니다. 제가 가서 좀 쉬라고 부득부득 우겼으니 망정이지 아니라면 언제까지라도 지키고 있었을 겁니다.

제가 캐서린을 들여보낸 건 잘한 일이었습니다. 점심때 변호사가 나타났거든요. 이미 폭풍의 언덕에 들러서 행동 지침을 받아 왔더군요. 이미 히스클리프 씨에게 매수돼 있었고, 나리의 호출에 즉시 달려오지 않은 것도 그 때문이더라고요. 다행히 나리는 딸이 돌아온 뒤로는 세속잡사들을 전혀 떠올리지 않았으니 그런 일로 속을 끓이지는 않았지요.

그린 씨는 집 안 모든 물건들과 사람들을 정리하겠다고 나섰습니다. 우선 저를 제외한 모든 하인에게 해고를 통보했습니다. 나중에는 자기에게 위임된 권한으로 에드거 린턴이 묻힐 곳은 아내 옆이 아닌 예배당 안 가족 옆이라고 주장하기까지 했습니다. 하지만 고인이 그런 일을 막기 위해 이미 유언을 남겨두었고, 저도 절대로 유언장 조항을 어겨서는 안 된다고 큰 소리로 이의를 제기했습니다.

장례식은 급하게 치러졌습니다. 이제 린턴 히스클리프 부인이 된 캐서린에게는 아버지의 관이 나가는 날까지 티티새 지나는 농원에 있어도 좋다는 허락이 내려졌습니다.

말을 들어보니, 캐서린이 괴로워하는 모습을 보다 못한 린턴이 캐서린을 풀어주는 위험을 무릅썼더군요. 캐서린은 제가 보낸 사람들이 문 앞에서 따지는 소리를 들었고, 히스클리프가 뭐라고 대답하는지도 짐작을 했지요. 그 때문에 자포자기 상태가 되었대요. 제가 떠난 직후 바로 위층 응접실로 자리를 옮긴 린턴은 캐서린의 상태에 너무 겁이 난 나머지 아버지가 다시 올라오기 전에 열쇠를 빼냈답니다.

린턴은 문을 잠글 때 문을 열어둔 채로 자물쇠를 거는 꾀를 썼습니다. 그러고는 잘 시간이 되자 헤어턴의 방에서 자게 해달라고 사정했고, 바로 허락을 받아냈지요.

캐서린은 동이 트기 전에 빠져나왔습니다. 문으로 나가면 개들이 짖을 것 같아서 빈방을 돌아다니면서 창문을 살폈다더군요. 그러다 요행히 자기 어머니가 쓰던 방에 들어갔고, 창문으로 쉽게 빠져나와 창문 가까이 있는 전나무를 타고 땅으로 내려왔더라고요. 공범인 린턴은 그렇게 소심한 술책을 썼음에도 탈출을 도운 것 때문에 고초를 겪었다더군요.

15장

장례식 날 저녁, 아씨와 저는 서재에 앉아서 우리가 떠나보낸 분을 슬픈 마음으로 애도했습니다. 둘 중 하나는 절망적인 마음이었다고 해야겠지요. 우리는 암울한 장래를 이리저리 예측해보았습니다.

우리 둘은 캐서린이 티티새 지나는 농원에서 계속 지낼 수 있다면 가장 좋을 것이라고 생각했습니다. 린턴이 여기서 캐서린과 함께 살고 저도 계속 하녀장을 맡을 수 있다면요. 그렇게 우리한테 유리한 결정이 내려지기를 바라는 건 무리라고 생각하면서도 기대를 품은 거였죠. 저는 살던 집에 계속 살게 되고, 하던 일을 계속 할 수 있을 뿐 아니라 무엇보다도 아씨를 계속 모실 수 있다는 가능성에 의지하며 기운을 차리기 시작했습니다. 그런데 바로 그때, 해고된 뒤에도 아직 남아 있던 하인 하나가 급히 뛰어 들어와서 '히스클리프 그 악마 같은 놈'이 마당을 지나고 있는데, 그놈 코앞에서 문을 잠가버릴까 하고 묻더군요.

우리가 그러라고 할 정도로 제정신이 아니었다고 해도 사실 시간이 없었습니다. 그는 문을 두드린다거나 이름을 밝힌다거나 하는 격식은 완전히 무시했거든요. 그가 주인이었으니 말 한마디 없이 곧장 걸어 들어올 수 있는 주인의 특권을 행사한 것이죠.

하인의 목소리가 그를 서재로 이끌었습니다. 서재로 들어온 그는 하인에게 나가라고 손짓한 뒤 문을 닫았습니다.

그가 18년 전 손님으로 들어왔던 바로 그 방이었습니다. 창문으로 비쳐드는 달빛도 똑같았고, 창밖에 펼쳐진 가을 풍경도 똑같았습니다. 촛불은 없었지만 방 안의 모든 것이, 벽에 걸린 초상화들—린턴 부인의 눈부시게 아름다운 얼굴과 린턴 씨의 품위 있는 얼굴—까지 모두 눈에 들어왔습니다.

히스클리프는 벽난로 앞으로 다가갔습니다. 세월이 무색하기로는 그도 마찬가지였습니다. 그때와 똑같았어요. 거무스름한 얼굴이 더 검어지고 태도가 침착해진 것, 그리고 체중이 좀 늘어난 것 말고는 달라진 게 없더라고요.

일어나 있던 캐서린은 그를 본 순간 뛰쳐나가고 싶은 충동을 느꼈겠지요.

"가만있어!" 그가 캐서린의 팔을 붙들며 말했습니다. "이제 그만 도망쳐! 네가 가면 어디로 갈 건데? 너를 집으로 데려가려고 왔다. 나는 이제 네가 순종하는 며느리가 되었으면 한다. 내 아들을 부추겨서 나를 거역하게 만드는 짓은 그만둬. 그놈이 이번 일에 관여한 걸 알고, 어떤 벌을 줘야 할지 난감했지. 한 번 꼬집기만 해도 숨통이 끊어질 거미줄 같은 놈이라서 말이다. 그래도 그놈 얼굴을 보면 합당한 대가를 치렀다는 걸 알 수 있을 게다! 그저께였지. 그저 하룻저녁 그놈을 불러다 내 앞에 앉혔을 뿐, 전혀 손도 안 댔거든. 헤어턴은 내보내고 큰방에 우리 둘만 있었지. 그렇게 두 시간을 보내고 조지프를 불러 그놈을 데리고 올라가라고 했는데, 그 후로 그놈은 나만 보면 귀신을 본 듯이 경기를 일으키더구나. 내가 없을 때도 그놈 눈깔에는 종종 내가 보이나 봐. 헤어턴 말로는 그놈이 밤이면 한 시간이 멀다 하고 자다 깨서 비명을 지르고, 네 이름을 부르면서 자기를 내 손에서 보호해 달라고 울부짖는다더구나. 그러니까 너는 네 신랑이 좋든 싫든 그놈한테 가야 해. 그놈은 이제 네 소관이니까. 나는 이제 그놈한테 볼일 없으니 알아서 해."

"캐서린을 그냥 여기 있게 하는 게 어때요?" 제가 사정했습니다. "린턴 도련님을 이쪽으로 보내고요. 당신은 두 아이를 다 싫어하니 아쉬울 것 없잖아요. 당신같이 이상한 사람은 매일 두 아이를 보는 일이 고역일 테니까."

"티티새 지나는 농원의 세입자를 구하는 중이야." 그가 대답했습니다. "나도 아들 며느리를 옆에 두고 싶은 사람이야. 게다가 저 아이도 나한테 밥을 얻어먹으려면 나를 위해 일해야 할 거 아냐. 제 아비가 죽은 마당에 호사를 누리며 빈둥대게 할 수는 없지. 어이, 어서 갈 준비해라. 질질 끌려가고 싶지 않으면 말이다."

"가야겠지." 캐서린이 말했습니다. "내가 이 세상에서 사랑할 사람은 린턴밖에 없으니까. 당신이 나하고 린턴을 이간질하려고 애쓰는

데, 우리가 서로를 미워하게 만들진 못해! 내가 보는 데서 린턴을 괴롭히면 가만 안 돼. 당신이 무슨 짓을 해도 나는 안 무서워.”

“아주 큰소리를 치는구나!” 히스클리프 씨가 대꾸했습니다. “하지만 나는 네년 좋으라고 그놈을 괴롭힐 생각은 없어. 네년이야말로 끝까지 고통을 맛볼 거다. 네년은 그놈을 미워하게 되겠지만 그건 내 탓이 아니라 다정한 그놈 성미 탓이야. 그놈은 네년이 도망치고 나서 당한 일 때문에 단단히 앙심을 품고 있으니까, 네년의 고귀한 헌신에 고마워하리라는 기대는 버려. 그놈은 질라를 상대로 자기가 나만큼 힘이 세면 네년에게 어떻게 갚아줄 건지 잘도 조잘대더구나. 마음은 있는데 체력이 없으니 체력을 대신할 책략을 짜겠지.”

“린턴의 고약한 천성은 나도 알아.” 캐서린이 말했습니다. “당신 아들이니까. 하지만 다행히 내 천성은 그보다 나으니까 용서할 수 있어. 그리고 린턴이 나를 사랑하는 건 사실이니까 나도 린턴을 사랑할 수 있어. 히스클리프 씨, 당신을 사랑해주는 사람은 아무도 없어. 당신이 우리를 아무리 불행하게 만들어도 우리는 그 잔인함이 당신의 더 큰 불행 탓이라 생각하는 걸로 복수할 수 있어. 당신은 정말 불행한 사람이잖아? 악마같이 고독하고 악마같이 질투하지. 아무도 당신을 사랑하지 않아. 당신이 죽어도 아무도 당신을 위해 울어주지 않을 거야! 나는 당신같이 되지 않을 거야!”

캐서린은 음울한 승리감을 내보이며 말했습니다. 이미 캐서린은 시댁 분위기에 동화되어 원수의 슬픔을 자기 기쁨으로 삼기로 작정한 모양이었지요.

“네년이 네년인 걸 후회하고 싶지 않거들랑,” 시아버지가 말했습니다. "꾸물대지 말고 당장 움직여. 요망한 년, 헛소리 집어치우고 짐이나 챙기라고."

캐서린은 조롱의 눈길을 던지며 물러갔습니다.

캐서린이 없는 동안 저는 티티새 지나는 농원의 하녀장 자리를 포기하겠으니 저를 질라 대신 폭풍의 언덕에 있게 해달라고 사정했습니다. 그렇지만 그는 절대 안 된다고 했어요. 제 입을 다물게 하더니 그제야 방 안을 둘러보고는 그림에 시선을 고정하더군요. 그는 린턴 부인의 초상화를 자세히 살펴보더니 말했습니다.

"저건 내가 집에 가져가야겠어. 꼭 필요한 건 아니지만……"

그는 갑자기 벽난로 쪽으로 돌아서더니 미소라고밖에 달리 지칭할 수 없는 표정으로 말을 이었습니다.

"내가 어제 뭘 했는지 알려주지! 린턴의 무덤을 파고 있던 묘지기를 시켜 캐시 관에 덮인 흙을 치우라고 했어. 그리고 관 뚜껑을 열어봤지. 한때는 그 애 얼굴을 다시 보게 되면 영원히 그 애 옆에 누워 있으려고 생각했었어. 그 애 얼굴은 그대로더군. 내가 꼼짝을 안 하니까 묘지기가 나를 물러나게 하려고 진땀깨나 흘렸지. 공기가 닿으면 얼굴이 변한다고 해서, 관 뚜껑을 닫은 다음 일부러 한쪽 옆을 내리쳐서 헐겁게 해놓았어. 린턴이 묻힐 쪽 말고! 그런 망할 놈의 관은 납땜을 해버리면 좋을 텐데. 내가 거기 묻힐 때가 오면 그 애 관의 헐거운 판자를 빼고 내 관에서도 헐거운 쪽을 빼라고 묘지기를 매수했어. 내 관을 그렇게 만들라고 할 거거든. 그러면 나중에 린턴의 관이 썩어 그의 영혼이 우리 쪽에 올 때쯤이면 누가 누군지 못 알아볼걸!"

"히스클리프 씨, 그런 나쁜 짓을!" 제가 소리쳤습니다. "고인의 안

식을 어지럽히다니 부끄럽지 않던가요?"

"넬리, 내가 누굴 어지럽힌 게 아니야." 그가 대꾸했습니다. "나 자신한테 약간의 안정을 주었을 뿐이야. 이제 내 마음도 훨씬 편해질 테니, 내가 죽은 뒤에 얌전하게 묻혀 있을 가능성도 높아진 거야. 그 애의 안식을 어지럽혔다고? 천만에! 그 애야말로 나를 어지럽혔는걸. 밤이고 낮이고, 18년 내내, 끊임없이, 인정사정없이. 바로 어제까지도 말이야. 그런데 이제 다 끝난 거야. 어젯밤에는 마음이 편했어. 꿈을 꿨어. 잠든 그 애 옆에 누워 최후의 잠을 자는 꿈이었지. 내 심장은 멎어 있었고, 얼어붙은 내 뺨은 그 애의 뺨과 맞닿아 있었어."

"하지만 만약에 캐시가 흙이 되어버렸다면, 아니 흙보다 끔찍한 모습이었다면, 그랬으면 무슨 꿈을 꾸었을까?" 제가 말했습니다.

"그 애하고 같이 흙이 되는 꿈을 꿨겠지, 더 행복한 꿈." 그가 대답했습니다. "내가 그렇게 변하는 걸 겁낼 줄 알아? 관 뚜껑을 열 때 이미 그런 변화를 예상하고 있었어. 하지만 아직은 변하지 않는 쪽이 좋아. 그래야 나중에 나와 함께 변할 수 있을 테니까. 무엇보다도 내가 그 애의 초연한 표정을 선명하게 보지 않았다면, 그 이상한 느낌을 여간해서는 떨치지 못했을 거야. 그 느낌은 묘하게 시작됐어. 너도 알다시피 그 애가 죽고 나는 정신 나간 사람처럼 하루 종일 그 애한테, 아니 그 애 영혼한테, 돌아와달라고 빌었잖아. 나는 정말 유령이 있다고 믿어. 유령은 분명 우리 곁에 있고, 지금 여기에도 있어!

그 애가 묻히던 날은 눈이 왔어. 나는 저녁에 묘지로 갔지. 겨울처럼 차가운 바람이 불었고 주위엔 아무도 없었어. 바보 같은 그 애 남편이 그렇게 늦은 시각에 거기까지 올 것 같지는 않았고, 다른 사람들은 거기까지 올 일도 없었지.

그렇게 혼자서, 그 애와 나 사이를 가로막고 있는 건 2미터 정도의 흙뿐임을 의식하면서 나는 혼잣말을 했어.

'그 애를 다시 품에 안을 거야! 그 애 몸이 차가우면 내 몸을 식히는 이 북풍 때문이고, 그 애 몸이 움직이지 않으면 자고 있어서라고 생각할 거야.'

나는 창고에서 삽을 가져다가 온 힘을 다해 땅을 파기 시작했어. 삽 끝이 관에 닿은 다음부터는 손으로 팠어. 관 뚜껑의 나사가 헐거워지고 목표한 바를 곧 이루려던 참이었는데, 위쪽에서 한숨 소리가 들리는 것 같았어. 누군가가 무덤 가장자리에서 내려다보는 느낌이었지. '내가 이걸 어떻게든 뜯어내고 나면, 누가 저 삽으로 우리 둘을 같이 묻어주면 좋겠는데!' 나는 이런 말을 중얼거리면서 필사적으로 관 뚜껑을 비틀었어. 그때 다시 한숨 소리가 났어. 이번에는 바로 내 귓가에서 들렸어. 따뜻한 입김이 진눈깨비를 실은 바람을 날려버리는 느낌이었지. 피와 살이 있는 생명체가 아니라는 건 알고 있었어. 하지만 어둠 속을 걸을 때 눈앞이 보이지 않아도 내가 지금 뭔가에 다가가고 있음을 감지하듯이, 나는 캐시가 거기 있음을, 관 속이 아니라 땅 위에 있음을 확실히 느꼈어.

갑작스러운 안도감이 심장에서부터 손끝, 발끝까지 퍼져나갔지. 나는 괴로운 노동을 포기하고 돌아보았어. 순식간에 말로는 표현 못할 위안이 느껴졌어. 그 애가 내 곁에 있었어. 그 애는 내가 무덤을 도로 메우는 동안 계속 곁에 있다가 나를 집까지 데려다주었어. 웃을 테면 웃어. 하지만 그때 나는 정말 그 애가 눈에 보이는 것만 같아서 그 애한테 말을 걸 수밖에 없었어.

폭풍의 언덕에 이른 나는 현관까지 내달렸어. 잠겼더군. 그래, 생각난다. 빌어먹을 언쇼 놈과 내 마누라가 잠가놓았지. 나는 언쇼 놈을 숨이 끊어지게 걷어차고 위층으로 뛰어 올라가서 내 방으로 들어갔어. 그 애 방 말이야. 방 안을 급하게 살펴봤어. 그 애가 곁에 있는 게 느껴졌어. 하지만 거의 보일 것 같으면서도 끝내 보이지 않았어! 그 애가 보고파서 마음이 얼마나 괴롭던지 한 번만 눈앞에 나타나달라고 얼마나 애타게 빌었는지 몰라. 그때 난 분명히 땀이 아니라 피를 흘리고 있었을 거야. 하지만 그 애는 내 소원을 들어주지 않았어. 살아 있을 때 종종 그랬듯이 그때도 내게 악마 같은 짓을 했던 거야! 그날 이후 나는 줄곧 그 견딜 수 없는 괴로움의 노리개로 살아왔어! 더할 때도 있고 덜할 때도 있었지만 지옥 같은 괴로움이 내 신경줄을 얼마나 팽팽하게 당겨놓았는지, 고래 힘줄 같은 신경이니 망정이지 아니면 이미 오래전에 린턴처럼 축 늘어져버렸을걸.

헤어턴이랑 큰방에 앉았을 때는 밖에 나가기만 하면 그 애를 만날 것 같았고, 습지를 돌아다닐 때는 집에 들어가야 그 애를 만날 것 같았지. 외출하는 날은 서둘러 돌아왔어. 그 애가 폭풍의 언덕 어딘가에 분명 있을 것만 같았거든! 그 애 방에 가서 자는 날은—그 짓도 관둬야했지만—가만히 누워 있을 수가 없었어. 눈을 감자마자 그 애가 창밖에 나타나거나, 미닫이를 열거나, 안으로 들어왔어. 심지어 자기가 어릴 때 쓰던 베개에 그 귀여운 머리를 누일 때도 있었어. 그러니 눈을 뜨고 확인할 수밖에. 그렇게 하룻밤에 수백 번씩 눈을 감았다 뜨는데…… 눈을 뜨면 아무것도 없어! 고문이었어! 내가 밤새 큰 소리로 신음하니 조지프 영감탱이 놈은 양심이 악마처럼 내 마음을 휘젓고 있다고 믿었지.

그런데 이제 그 애를 보고 나니 약간이지만 마음이 놓여. 그 애는 내게 18년 내내 허깨비 같은 희망을 품게 했어. 사람을 죽이는 방법치고는 이상한 방법이지. 한 치씩도 아니고, 머리카락 한 올 두께만큼씩 죽이고 있으니."

히스클리프 씨는 말을 멈추고 이마를 닦았습니다. 땀에 젖은 머리칼이 이마에 달라붙었고 시선은 벽난로의 붉은 잉걸에 고정되어 있었습니다. 눈썹이 찌푸려지는 대신 관자놀이께로 추켜올라가, 험악한 인상은 누그러지면서 독특한 번민의 표정이 나타났습니다. 뭔가를 고통스러우리만치 골똘하게 생각하는 표정이었지요. 그의 말은 제게 하는 말이라기보다 혼잣말에 가까워서 저는 침묵을 지켰습니다. 듣고 싶지 않았거든요.

잠시 후, 그는 다시 그림을 쳐다보더니 더 잘 보기 위해 벽에서 떼어내 소파에 기대놓더군요. 그러는 사이에 캐서린이 들어와서 말에 안장을 올리기만 하면 떠날 수 있다고 했습니다.

"저건 내일 보내." 히스클리프는 제게 말한 후, 캐서린을 돌아보며 덧붙였습니다. "조랑말은 없어도 돼. 저녁 날씨도 좋고, 폭풍의 언덕에서 말 따위는 필요 없을 테니까. 어딜 가든 네 두 발로 걸어가야 할 거야. 출발하자."

"안녕, 엘렌!" 아씨가 속삭였습니다. 제게 입 맞추는 입술이 얼음처럼 차가웠지요. "나를 보러 와줘, 엘렌. 잊지 말고, 꼭."

"딘 부인, 그런 짓은 안 하는 게 좋을 거야!" 아씨의 새 시아버지가 말했습니다. "할 말이 있으면 내가 이리 오지. 내 집에서 딘 부인의 염탐질은 사절이야!"

그는 아씨에게 앞장서라고 손짓했습니다. 아씨는 제 가슴을 미어지게 하는 눈빛으로 그의 말에 순종했습니다.

저는 창가에서 두 사람이 정원을 걸어 내려가는 모습을 지켜보았습니다. 캐서린의 팔을 자기 팔에 단단히 고정시킨 히스클리프가 캐서린을 이끌고 성큼성큼 오솔길로 걸어갔습니다. 캐서린이 싫다는 표시를 분명히 했지만 소용없었어요. 곧 두 사람은 나무에 가려졌습니다.

16장

폭풍의 언덕에 찾아간 적은 있지만 아씨 얼굴은 보지 못했어요. 아씨 안부를 물으려고 갔었는데 조지프가 문짝을 붙들고 안 들여보내주더군요. 린턴 부인은 '노닥거릴 새가 없고' 나리는 출타 중이라면서요. 그나마 질라한테 어떻게 지내는지 들었으니 망정이지 누가 죽고 누가 살았는지도 모를 뻔했지요.

질라는 캐서린을 거만하다고 생각하고 별로 좋아하지 않더군요. 이야기하는 걸 들어보니 그렇더라고요. 아씨가 처음에 그 집에 도착해 질라에게 뭔가 도움을 청했는데, 히스클리프 씨가 질라더러 너는 네 일이나 신경 쓰라고 했고, 며느리에게도 자기 일은 스스로 알아서 하라고 했다더군요. 질라는 얼씨구나 하고 그 말을 따랐지요. 원래부터가 좀 속이 좁고 이기적인 여자거든요. 캐서린은 질라가 자기를 도와주지 않자 어린애처럼 성을 내고 질라를 멸시해서 앙갚음을 했고요. 그러고는 질라가 엄청난 잘못이라도 한 것처럼 저에게 이런 이야기를 해준 그녀의 이름을 원수의 목록에 올렸던 거죠.

6주 전쯤인가, 록우드 씨가 이사 오기 전에 습지에서 질라를 만나 한참 이야기를 나눈 적이 있어요. 지금부터 제가 하는 이야기는 질라가 들려준 이야기랍니다.

"린턴 부인은 폭풍의 언덕에 도착하자마자 나랑 조지프한테는 인사 한마디 안 하고 위층으로 뛰어 올라갔어. 그러고는 린턴 방에 틀어박혀 아침까지 안 나오는 거야. 아침에 주인과 헤어턴이 식사를 하는데 큰방으로 들어오더니 온몸을 부들부들 떨면서 말하더라. 린턴이 많이 아프니까 의사를 불러달라고.

'그걸 누가 몰라!' 히스클리프 씨가 말했어. '하지만 그놈은 살아 있어봤자 한 푼 값도 안 되는 놈이야. 그놈한테 쓰기에는 한 푼도 아까워.'

'하지만 어떻게 할지 모르겠단 말이야.' 부인이 말했어. '아무도 도와주지 않으면 저 애는 죽고 말 거야!'

'당장 이 방에서 나가!' 주인이 소리쳤어. '내 앞에서 그놈 이야기는 집어치워! 이 집에서는 그놈이 죽든 말든 아무도 신경 안 써. 그렇게 신경 쓰이면 네가 직접 간호해. 아니면 방 안에 가두고 나와버리든지.'

그때부터 부인은 나를 잡고 귀찮게 굴었어. 그래서 내가 말했지. 나는 그 성가신 물건이 지긋지긋하고, 우리는 각자 맡은 일이 있는데 당신 일은 린턴을 시중드는 것이다, 히스클리프 씨가 그 일은 당신에게 맡기라고 했다, 이렇게 말이야.

둘이 어떻게 버텼는지 그건 모르겠어. 남편은 밤이고 낮이고 보채면서 낑낑거리고 아내는 거의 잠도 못 잤겠지. 얼굴이 허옇고 눈이 때꾼한 걸 보니 짐작이 가더라고. 가끔씩 부인은 뭘 어떻게 해야 할지 모르겠다는 표정으로 부엌으로 들어왔는데, 여차하면 도와달라고 할 품새더라. 그렇지만 나는 주인을 거역할 생각은 없거든. 딘 부인, 나는 주인 명을 거역하는 짓은 못한다고. 케네스 씨를 안 부르는 건 잘못이라고 생각했지만 내가 맡은 일은 충고하고 비판하는 일이 아니잖아. 나는 여태껏 남의 일에 참견해본 적이 없거든.

한 번인가 두 번인가, 다들 잠자리에 든 시각에 어쩌다가 내 방문을 연 적이 있는데 부인이 계단 꼭대기에 앉아 울고 있는 거야. 얼른 문을 닫고 들어갔지. 참견하고 싶어질까 싶어 말이야. 사실 그때는 부인이 정말 불쌍하더라고. 하지만 일자리를 잃고 싶지는 않았으니까……딘 부인도 알잖아!

그러다가 결국 어느 날 밤, 린턴 부인이 내 방으로 쳐들어와서 나를 깜짝 놀라게 했어.

'히스클리프 씨한테 아들 죽는다고 전해. 이번에는 정말 죽어. 당장 일어나서 전하란 말이야!'

부인은 그렇게 말하고 나가버렸어. 나는 귀를 쫑긋 세우고 덜덜 떨면서 15분을 누워 있었는데…… 아무 일도 없는 거야. 온 집 안이 조용하더라고.

'부인이 착각했나 봐.' 나는 혼잣말을 했지. '고비는 넘겼나 봐. 자는 사람을 굳이 깨울 필요는 없겠지.' 그리고 깜빡 졸았어. 그런데 시끄러운 종소리에 다시 잠이 깼지 뭐야. 집에 있는 종은 린턴이 쓰라고 갖다 놓은 것 하나뿐이거든. 주인은 나한테 무슨 일이 생겼는지 알아보고 다시 시끄럽게 굴면 가만두지 않겠다고 전하라고 고함을 쳤어.

그때 내가 캐서린의 말을 그대로 전했어. 주인은 혼잣말로 욕을 중얼거리더니 몇 분 만에 촛불을 가지고 나와서 부부 방에 들어갔어. 나도 따라 들어갔지. 히스클리프 부인이 깍지 낀 두 손을 무릎에 올린 자세로 침대 옆에 앉아 있더라. 시아버지는 침대로 가서 촛불로 린턴의 얼굴을 비추며 눈으로 살피기도 하고 손으로 만지기도 했어. 한참 만에 며느리를 돌아보더라.

'자, 캐서린.' 시아버지가 말했어. '기분이 어떠냐?'

며느리는 묵묵부답이었어.

'기분이 어떠냐, 캐서린?' 시아버지가 다시 물었지.

'린턴은 안전해졌고, 나는 자유로운 몸이 되었으니,' 며느리가 대답했어. '기분이 좋아야 하는데……' 부인은 비통한 심정을 감추지 못하고 말했어. '너무 오랫동안 혼자 버려져서 죽음과 싸워야 했던 탓에 손에 만져지는 것도, 눈에 보이는 것도 죽음뿐이야! 나 자신이 죽음인 것 같아!'

내가 봐도 그런 것 같더라고! 부인에게 포도주를 조금 가져다줬지. 종소리와 발소리에 잠이 깬 헤어턴과 조지프는 방문 앞에 서서 우리 이야기를 듣다 그제야 방 안으로 들어왔어. 조지프는 애가 없어져서 좋았을 거라고 생각해. 헤어턴은 약간 걱정하는 표정이었지만 린턴 생각보다는 부인을 멀뚱히 쳐다보는 일에 열심이더라고. 주인은 곧 헤어턴한테, 네가 도울 일은 없을 테니 가서 자라고 말했어. 조지프한테는 시신을 조지프의 방에 옮기라고 했고, 나한테는 내 방에 돌아가라고 했으니 히스클리프 부인은 혼자 남게 됐지.

주인은 아침이 되자 나를 시켜 부인한테 아래층에 내려와서 아침 식사를 하라고 전하랬어. 부인은 옷을 벗고 잠자리에 들 참이었는데, 몸이 아프다고 하더라. 안 아프면 그게 이상하지. 부인이 아프다고 전했더니 히스클리프 씨가 말했어.

'그럼, 장례식이 끝날 때까지는 내버려둬. 가끔 올라가서 필요한 게 있다고 하면 가져다주고 나아진 것 같으면 바로 와서 알려.'"

질라의 말에 따르면 캐시는 2주 동안 위층에 있었고, 질라가 하루에 두 번씩 들여다봤다고 하더군요. 좀 더 친절하게 굴 생각이었지만, 친절하게 대하려고 하면 캐시가 지체 없이 거만한 태도로 거절했답니다.

히스클리프가 위층에 올라갔던 건 딱 한 번, 캐시에게 린턴의 유언장을 보여주기 위해서였어요. 린턴은 자신의 재산 전부와 캐서린의 소유였던 동산을 자기 아버지에게 상속했습니다. 그 딱한 것이 외삼촌이 죽고 캐서린이 일주일간 집을 비운 사이, 협박을 당했거나 회유를 당했던 거지요. 린턴은 미성년자라서 토지 소유권에 직접 관여할 수는 없었어요. 하지만 히스클리프는 자기 아내의 권리와 함께 자신의 권리를 내세워 결국 토지를 차지했지요. 아마 합법적인 소유일 거예요. 어쨌든 돈도 없고 도와줄 친구들도 없는 캐서린은 그의 소유권에 문제를 제기하지 못하고 있어요.

"그때 딱 한 번을 빼면," 질라가 말했습니다. "나 말고는 아무도 그 방에 얼씬하지 않았어. 부인에 대해 물어보는 사람도 없었지. 부인이 처음 큰방에 내려왔던 건 어느 일요일 오후였어.

내가 식사를 들고 올라갔는데, 추워서 못 참겠다고 소리치는 거야. 그래서 내가, 주인은 티티새 지나는 농원에 갈 거고 언쇼하고 나는 부인이 내려오는 걸 굳이 안 막는다 그랬지. 부인은 외출하는 히스클리프 씨의 말발굽 소리를 듣자마자 아래층에 나타났어. 상복 차림에 노란 곱슬머리를 퀘이커 교도처럼 수수하게 귀 뒤로 빗어 넘겼는데, 빗질을 한다고 펴지는 머리는 아니었어.

평소 조지프하고 나는 일요일마다 예배당에 가는데, (록우드 씨도 아시겠지만, 우리 교회에는 지금 목사가 없어서 기머턴에 있는 감리교회인지 침례교회인지 하는 데를 예배당이라고 부른답니다, 하고 딘 부인이 설명해주었다) 조지프는 그날도 예배당에 갔지만, 나는 집에 남는 편이 좋겠다고 생각했지. 젊은 사람들은 항상 손윗사람이 감독해줘야 하거든. 헤어턴이 수줍음이 많긴 해도 행실이 반듯한 젊은이는 아니니까. 나는 헤어턴한테 곧 사촌이 내려와서 우리 옆에 자리를 잡을 듯한데, 사촌은 주일 지키는 걸 보고 자란 사람이니 사촌이 옆에 있는 동안에는 총을 만지거나 일감을 손에 들지 않는 게 좋겠다고 말했지.

헤어턴은 내 말을 듣더니 얼굴을 붉히며 자기 손과 옷을 훑어보더라고. 고래기름*과 화약도 순식간에 안 보이는 곳으로 치웠어. 보아하니 사촌에게 말상대가 돼줄 마음인 것 같았는데, 잘 보이고 싶은 모양

---

* 총을 닦을 때 사용한다.

이었어. 나는 깔깔 웃으면서—주인이 있으면 소리 내서 웃지도 못해—원한다면 내가 도와주겠다고 했어. 당황하기에 좀 놀려주었더니 뚱해져서 욕을 하더라고."

질라는 제가 자기 말을 못마땅해하는 것을 알고 덧붙였습니다. "딘 부인은 딘 부인이 모시던 아씨가 헤어턴 씨에게 너무 과분하다 생각할지 몰라. 그 생각이 맞을 수도 있겠지. 하지만 솔직히 나는 아씨의 높은 콧대를 살짝 꺾어놓고 싶어. 게다가 옛날에 많이 배우고 호사 누린 게 이제 와서 무슨 소용이래? 지금은 우리 못지않게 가난뱅이잖아. 어쩌면 우리보다 더 가난할걸…… 틀림없어…… 딘 부인은 이제 돈 좀 모으잖아? 나도 얼마 안 되지만 예전부터 애쓰고 있고."

헤어턴은 질라의 도움을 받아주었고, 질라는 칭찬의 말로 헤어턴을 즐겁게 해주었습니다. 전에 모욕당한 일은 이미 반은 잊어먹고, 헤어턴은 캐서린이 들어오자 기분 좋게 대하려고 노력했다더군요.

"마나님이 들어오시는데 냉랭하기가 고드름이요, 도도하기가 공주님이었어. 내가 안락의자에서 일어나면서 앉으라고 공손하게 권했는데 콧방귀도 안 뀌더라고. 언쇼도 일어나더니, 억수로 추운 모양인데 불 앞에 와서 앉으소, 그러더라.

'억수로 추운 지 한 달이 넘었어.' 부인이 단어에 한껏 경멸을 실어 대꾸했지.

부인은 의자 하나를 가져다 멀찍이 떨어진 자리에 놓았어.

처음에는 가만히 앉아만 있었는데, 몸이 녹으니까 방을 둘러보더라고. 그러다가 장식장에 꽂힌 책을 본 거야. 부인은 얼른 일어나서 책을 꺼내려고 손을 뻗었는데 너무 높아 손이 닿지 않았어.

부인이 애쓰는 모습을 한참 보고 있던 헤어턴이 마침내 용기를 내서 도와줬어. 부인이 치맛자락을 펼쳤고, 헤어턴은 손에 잡히는 대로 책을 꺼내 담았지.

헤어턴으로서는 엄청난 발전이었는데, 부인은 고맙다는 인사도 없었어. 그래도 헤어턴은 부인이 자기 도움을 받아들인 것에 만족하면서 부인이 책을 뒤적이는 동안 부인 뒤에 서 있기도 하고, 책에 있는 옛날 그림에서 마음에 드는 데가 나오면 고개를 숙이고 손가락으로 가리키기까지 했어. 부인이 버릇없게 책을 홱 잡아당기면서 손가락이 닿지 못하게 해도 상관 안 했지. 그때부터는 약간 뒤로 물러나 책 대신 부인을 쳐다보는 것에 만족했어.

부인은 계속 책을 읽었어. 읽을 만한 데가 없나 뒤적이는 것 같기도 했고. 헤어턴의 관심은 부인의 풍성하고 부드러운 곱슬머리로 옮겨갔어. 헤어턴은 부인의 얼굴을 볼 수 없었고, 부인은 헤어턴이 보이지 않았지. 그러다가, 아마 헤어턴은 자기가 무슨 짓을 하는지도 몰랐을 텐데, 어린애가 촛불에 끌리듯이 결국 보는 데 그치지 못하고 손을 대고 만 거야. 마치 새를 쓰다듬듯 조심스레 말린 머리 한쪽을 만지더라고. 그런데 부인이 목에 칼이라도 들어온 것처럼 펄쩍 뛰며 뒤를 돌아봤어.

'당장 저리 비켜! 감히 나한테 손을 대? 비키라는데 왜 안 비켜?' 부인이 질색하며 소리쳤어. '소름 끼쳐! 가까이 오면 다시 위층으로 가버릴 거야.'

헤어턴은 얼이 빠진 듯 멍청한 얼굴로 물러났지. 그러더니 반시간

을 아주 조용히 앉아만 있었고, 부인은 계속 이 책 저 책 뒤적였어. 마
침내 헤어턴이 내 쪽으로 와서 속삭였어.

'질라, 저쪽한테 책 좀 읽어달라 하소, 응? 가만 앉아 있으려니 억
수로 지겹네. 또 나는…… 나는 저쪽 말소리가 들리면 좋을 것 같소!
내가 그랬다고 하지 말고 그냥 책 좀 읽어달라 하소.'

'헤어턴 씨가 마님께 책을 읽어달라네요.' 내가 곧바로 말했어. '부
디 읽어주시기를 바란답니다. 읽어주신다면 아주 고맙겠다고요.'

부인은 미간을 찡그리더니 고개를 들면서 대답했어.

'헤어턴 씨, 그리고 당신네들 전부, 내 말 잘 들어. 아무리 위선을
떨면서 친절한 척해도 그런 친절 사절이야! 나는 당신들을 경멸하고
당신들과 말을 섞을 생각도 없어! 따뜻한 말 한마디 들을 수 있다면,
아니 얼굴이라도 한 번 볼 수 있다면 목숨도 아깝지 않을 때가 있었는
데, 그때는 코빼기 한 번 안 비치더니. 그렇지만 넋두리할 생각은 없
어! 추우니까 어쩔 수 없이 내려왔지, 당신들을 재미있게 해주거나 함
께 있는 게 좋아서 내려온 게 아니야.'

'내가 뭘 어쨌다고?' 언쇼가 말했어. '내가 뭘 잘못했소?'

'아! 당신은 예외야.' 히스클리프 부인이 대답했어. '당신 같은 인
간이 아쉬웠던 적은 한 번도 없었어.'

'하지만 나는 여러 번 도와주겠다고 했소.' 부인의 건방진 태도에
열이 오른 언쇼가 말했어. '그쪽 대신 내가 밤샘을 하겠다고 히스클리
프 씨한테 여러 번 말했소.'

'닥쳐! 기분 나쁜 네 목소리를 듣느니 밖으로든 어디로든 나가버릴
거야!' 부인이 말했지.

'그러면 지옥으로 가시든가!' 헤어턴은 중얼거리며 벽에 걸린 총을 들고 왔어. 일요일에 일을 삼가야 할 이유가 없어졌던 거야.

그때부터 헤어턴은 말을 가려 하지 않았고, 부인은 자기 방에 올라가서 혼자 있는 편이 좋겠다고 생각했지. 하지만 서리가 내린 뒤로는 부인도 자존심을 굽히고 우리 옆으로 올 수밖에 없는 날이 많아졌어. 나는 그날 이후 부인이 더 이상은 내 착한 천성을 멸시하지 못하도록 조심하고 있어. 나도 부인 못지않게 뻣뻣하게 군다 그 말이야. 우리 중에 부인을 아껴주거나 부인 곁에 있기를 좋아하는 사람은 아무도 없어. 다 자초한 결과야. 누가 자기한테 말 한마디 걸면, 잔뜩 움츠리고 들은 척도 않거든! 주인한테까지 톡톡 쏘고, 때릴 테면 때려보라는 식이야. 얻어맞을수록 독이 오르나 봐."

질라에게 이런 이야기를 듣고 처음에는 지금 일자리를 그만두고 오두막이라도 장만해서 캐서린을 데려다가 함께 살아야겠다고 생각했답니다. 하지만 히스클리프가 그런 일을 허락해줄 리 없죠. 그가 헤어턴에게 집을 장만해주기를 기대하는 거나 마찬가지예요. 그러니 당장은, 캐서린이 다시 결혼할 수 있다면 모를까, 저로서는 해결책이 없어요. 저 같은 사람이 결혼을 주선할 재주도 없고요.

딘 부인의 이야기는 이렇게 끝났다. 의사의 예측과는 달리 나는 빨리 회복되고 있다. 아직 1월 둘째 주밖에 안 됐지만, 내일이나 모레쯤에는 말을 타고 폭풍의 언덕까지 가볼 생각이다. 내가 앞으로 여섯 달을 런던에서 지내게 되었음을 집주인에게 알려주기 위해서이다. 원한다면 10월 이후 들어올 다른 세입자를 구하라고 하자. 나

는 어떤 좋은 것을 준다 해도 이곳에서 또다시 겨울을 보내지는 않
을 테니까.

17장

어제는 맑고 바람이 없었고 몹시 추웠다. 나는 예정대로 폭풍의 언덕을 찾아갔다. 우리 하녀장이 쪽지를 주면서 자기 아씨한테 전해달라고 부탁했다. 이 훌륭한 부인이 그 부탁을 이상하다고 생각하지 않기에, 나도 싫다고 하지 않았다.

현관은 열려 있었지만, 대문은 지난번 방문 때와 마찬가지로 단단히 걸려 있었다. 나는 문을 두드려서 언쇼를 정원 화단에서 불러냈다. 언쇼가 사슬을 끌러 나를 들여보내주었다. 촌놈치고는 드물게 잘생겼다. 유심히 살펴보니 잘생긴 외모를 최대한 감추려는 듯한 차림새였다.

히스클리프 씨가 있는지 물었더니, 지금은 없지만 점심시간에는 돌아올 거라고 대답했다. 그때가 11시였고, 나는 안에 들어가서 기다리겠다고 말했다. 언쇼는 곧 연장을 내팽개치고 따라 들어왔다. 주인 대신 나를 접대하기 위해서가 아니라 감시하기 위해서였다.

언쇼와 함께 집 안으로 들어가니 캐서린이 점심 식사에 쓸 채소를 다듬고 있었다. 처음 보았을 때보다 뚱하고 맥 빠진 모습이었다. 내가 들어가는데도 알은체는커녕 제대로 쳐다보지도 않았고, 상식적인 예의조차 차리지 않고 하던 일을 계속하는 것도 지난번과 똑같았다. 내 목례와 인사에도 아무 대꾸가 없었다.

'그리 상냥해 보이지는 않네.' 내가 생각했다. '딘 부인 말로는 아주 상냥하다던데. 미인은 맞지만 천사는 아니야.'

언쇼는 퉁명스럽게 채소를 부엌으로 치우라고 말했다.

"직접 치워." 캐서린이 대꾸했다. 그러고는 다듬기가 끝나자마자 채소를 밀어버린 다음 창가 의자에 앉아 무릎에 놓인 순무 껍질에 새와 동물 모양을 새기기 시작했다.

나는 정원의 경치를 보는 척하면서 캐서린 쪽으로 다가갔다. 그러고는 내가 생각하기에도 교묘한 솜씨로 딘 부인의 쪽지를 그녀의 무릎에 떨어뜨렸다. 헤어턴은 눈치 채지 못했는데 캐서린이 큰 소리로 물었다.

"이게 뭐예요?" 그러면서 쪽지를 방바닥에 내던졌다.

"부인의 오랜 친구, 티티새 지나는 농원의 하녀장이 보낸 편지랍니다." 내가 대답했다. 캐서린이 내 친절한 행동을 폭로해버린 것에 화도 나고, 내가 보낸 편지라고 오해할까 두렵기도 했다.

캐서린은 내 말을 듣고 기뻐하며 쪽지를 얼른 집으려고 했지만 헤어턴이 한발 빨랐다. 헤어턴은 쪽지를 집어 조끼 주머니에 넣으면서 히스클리프 씨에게 먼저 보여야 한다고 말했다.

헤어턴의 말을 듣고 캐서린은 얼굴을 말없이 돌리더니 살그머니 손수건을 꺼내 눈가를 닦았다. 그녀의 사촌은 약해지는 마음을 억누르기 위해 한참 애쓰더니 결국 편지를 다시 꺼내 최대한 무례한 태도로 그녀의 발치에 내동댕이쳤다.

캐서린은 쪽지를 집어 들고 열심히 읽었다. 그러고는 친정 사람들과 짐승들에 대해 나에게 두어 가지 질문을 하고 비탈 쪽을 바라보며 혼잣말을 했다.

"미니를 타고 저 아래에서 달리고 싶어! 저길 올라가고 싶어…… 아아, 지겨워. 헤어턴, **지긋지긋해!**"

그리고 다시 귀여운 얼굴을 창틀에 기대고 하품 같기도 하고 한숨 같기도 한 소리를 내더니 우리가 자기를 보든 말든 상관없이, 아니 자기를 보는지 깨닫지도 못한 채 멍한 슬픔 속에 빠져들었다.

"히스클리프 부인," 내가 한동안 잠자코 앉아 있다 말을 시작했다. "부인은 제가 부인에 대해 얼마나 잘 아는지 모르실 테지요? 너무 친한 느낌이라 부인이 저에게 말을 걸지 않는 게 이상할 지경이랍니다. 우리 하녀장은 부인 이야기나 부인 칭찬에는 지치는 법이 없으니까요. 그런데 제가 부인의 근황을 듣지도 못하고 답장도 받지 못한 채 돌아가서, 부인이 편지를 받고는 아무 말도 없더라는 말만 전한다면, 우리 하녀장이 얼마나 실망할까요!"

캐서린은 내 말에 놀란 듯 물었다.

"엘렌이 당신을 좋아하나요?"

"그럼요, 아주 좋아한답니다." 나는 냉큼 대꾸했다.

"엘렌한테 전해줘요." 캐서린이 말을 이었다. "답장을 쓰고 싶지만 종이가 없다고. 책 한 권 없으니 책장을 찢어서 쓸 수도 없다고."

"책이 없다고요!" 내가 소리쳤다. "이런 데서 책도 없이 어떻게 살아요? 실례되는 말씀이지만…… 저는 티티새 지나는 농원에 커다란 서재가 있는데도 무척 무료한데요. 저한테서 책을 빼앗는다면 살 수 없을 것 같은데!"

"나도 책이 있을 때는 항상 책을 읽었지만," 캐서린이 말했다. "히스클리프 씨는 책을 전혀 안 읽어요. 그러니까 내 책들을 모두 없애야겠다고 생각했겠지요. 몇 주 동안 책 구경도 못했어요. 딱 한 번, 조지프의 신학 책 더미를 뒤졌는데 조지프가 몹시 화를 내더군요. 그리고 한 번은 헤어턴, 네 방에서 비밀 책 더미를 발견했어…… 라틴어 책도 있고 그리스어 책도 있고, 이야기책도 있고 시집도 있더라. 모두 내 오랜 친구인데…… 내가 예전에 가져왔던 책인데…… 까치가 은수저를 모으듯 너는 그저 훔치는 재미로 모았겠지! 너한테는 쓸모도 없잖아. 아니면 네가 못 읽으니 남도 못 읽게 하려는 못된 마음으로 숨겨놓았거나. 혹시 네가 시기심 때문에 히스클리프 씨한테 내 보물을 빼앗자고 했니? 하지만 내가 읽은 것은 내 머리와 가슴에 새겨져 있으니 너도 그걸 빼앗지는 못해!"

언쇼는 남몰래 책을 모아둔 것을 사촌이 까발리자 얼굴이 시뻘게졌다. 그리고 사촌의 비난에 대한 분노 어린 말을 더듬거렸다.

"헤어턴 씨는 지식을 쌓고 싶은 겁니다." 내가 헤어턴을 구해주려고 말했다. "부인의 교양을 부러워하지만, 그것은 시기가 아니라 선망입니다. 몇 년 후에는 학식 높은 분이 될 거예요."

"그리고 그사이에 내가 멍텅구리가 되길 바라겠죠." 캐서린이 대답했다. "분명해요. 혼자 철자를 외우고 글을 읽는 걸 들었는데, 더듬대는 게 정말이지 가관이더군요! 헤어턴, 어제 네가 읽던 「체비 체이스」* 를 여기서 읽어보지그래? 정말 웃기더라! 다 들었어…… 어려운 단어를 찾아보겠다고 사전을 뒤지는 소리도 들었고, 사전을 못 읽어서 욕하는 소리도 들었다고!"

청년은 무식하다고 조롱하더니, 또 무식을 벗어나려 한다고 조롱하는 건 부당하다고 생각하는 게 분명했다. 나도 같은 생각이었다. 더구나 청년이 자기가 자라온 어두운 환경에 불을 밝히려고 노력했던 첫번째 일화를 딘 부인에게 들었던 일이 생각나서, 한마디 거들지 않을 수 없었다.

"하지만 히스클리프 부인, 누구나 초심자일 때가 있고, 문턱을 넘으며 비틀거릴 때도 있어요. 그럴 때마다 스승들이 우리를 도와주는 대신 비웃었다면 우리는 아직도 비틀거리고 있을 겁니다."

"어머!" 캐서린이 대꾸했다. "나는 헤어턴이 공부하는 걸 막겠다는 게 아니에요…… 내 책을 가져갈 권리가 없다는 거예요! 내가 듣는 데서 용납할 수 없는 실수와 틀린 발음으로 내 책을 우스꽝스럽게 만들 권리도 없어요! 그 책들은 산문이든 운문이든 저마다 사연이 있어서 소중한데, 헤어턴의 입이 그 책들을 천하고 더럽게 만드는 건 싫단 말이에요! 그런데다 일부러 나를 괴롭히려고 내가 제일 좋아하는 것만 골라서 읽어요."

---

* 영국의 옛 담시.

헤어턴의 가슴팍이 한동안 소리 없이 오르내렸다. 극심한 굴욕과 분노를 억제하기가 쉽지 않아 보였다.

나는 문 쪽으로 가서 바깥의 경치를 둘러보았다. 헤어턴의 난처함을 덜어주려는 신사다운 배려였다.

헤어턴도 나를 따라 자리에서 일어나 방을 나갔지만, 금세 책을 대여섯 권 들고 돌아와서는 가져온 책들을 캐서린의 무릎 위에 집어 던지며 소리쳤다.

"가져가라! 나는 이제 이따위 책 알고 싶지도 않고 읽고 싶지도 않고 생각하고 싶지도 않다!"

"나도 이제 갖기 싫어." 캐서린이 대답했다. "네가 한 번 가졌던 거니까, 꼴도 보기 싫어."

캐서린은 자주 읽은 티가 나는 책 한 권을 펼치더니, 글을 처음 배운 사람처럼 한 대목을 느릿느릿 읽었다. 그러고는 깔깔 웃으면서 책을 내던졌다.

"이것도 들어봐!" 캐서린은 이번에는 옛 담시를 아까처럼 느릿느릿 읽으면서 헤어턴의 속을 뒤집어놓았다.

헤어턴의 자존심은 더 이상 수모를 견디지 못했다. 캐서린의 건방진 언사를 손바닥으로 저지하는 소리가 들렸다. 아예 수긍하지 못할 일은 아니었다. 세련되지는 못해도 예민한 그의 감정을, 못된 사촌 애가 기를 쓰고 상처를 줬으니, 받은 만큼 돌려줄 방법은 물리적 대응밖에 없었던 것이다.

잠시 후, 그는 책들을 주워서 불 속에 던졌다. 책을 분노의 제물로 삼는 게 얼마나 괴로운 일인지 표정에서 드러났다. 그는 책이 타는 동안 책을 읽으면서 맛본 즐거움과 성취감, 그리고 앞으로 맛보게 되리라 기대했던 더 큰 즐거움을 떠올렸을 것이다. 그가 왜 남몰래 공부를 시작했는지 짐작도 갔다. 나날의 노동과 동물적 쾌락에 만족하던 그의 앞에 어느 날 캐서린이 나타났다. 그녀에게 멸시받으며 느낀 수치심, 그리고 그녀에게 인정받고 싶다는 소망은 그가 보다 높은 무엇을 추구하게 만든 최초의 자극제가 되었을 것이다. 그러나 독학을 하면서 노력했음에도 불구하고 그녀의 멸시를 피하고 인정을 받기는커녕 오히려 정반대의 결과를 초래하고 말았다.

"그렇지, 너처럼 짐승 같은 놈은 책을 땔감으로 쓰는 게 고작이지!" 캐서린이 소리쳤다. 그러고는 상처 난 입술을 빨면서, 분노 어린 눈으로 타오르는 불길을 바라보았다.

"이제 닥치는 게 좋을 긴데." 헤어턴이 난폭하게 대꾸했다.

헤어턴은 흥분으로 더는 말을 잇지 못하고 급히 문 쪽으로 걸음을 옮겼다. 나는 그가 지나갈 수 있도록 길을 비켜주었다. 그러나 현관문을 나서기도 전에 정원 사잇길로 올라오던 히스클리프와 마주쳤다. 히스클리프가 그의 어깨를 잡으며 물었다.

"무슨 일 있었어?"

"아니, 아무 일 없었소." 헤어턴은 이렇게 말한 뒤, 자신의 슬픔과 분노를 홀로 음미하러 달아났다.

히스클리프는 헤어턴의 뒷모습을 지켜보며 한숨을 쉬었다.

"내가 내 계획을 방해한다면 이상하겠지!" 그는 내가 뒤에 있는지 모르고 혼잣말을 했다. "하지만 저놈 얼굴에서 저놈 아비의 모습을 찾으려고 해도, 하루가 다르게 그 애가 보이니! 왜 저렇게 닮은 거야? 얼굴 보는 것이 고역이군."

히스클리프는 눈을 내리깔고 못마땅한 표정으로 들어섰다. 그의 얼굴에는 지난번에는 볼 수 없었던 어딘가 초조하고 불안한 표정이 어려 있었고, 몸도 더 여윈 것 같았다.

그의 며느리는 창문을 통해서 그가 오는 것을 보자마자 부엌으로 도망쳐버렸기 때문에 방에는 나 혼자뿐이었다.

"록우드 씨, 이제 바깥출입하시는 걸 보니 다행이오." 그가 내 인사말에 대한 답례로 말했다. "거기엔 이기적인 이유도 있지만. 이런 무주공산에서 다른 세입자를 쉽게 구할 수는 없으니 말이오. 록우드 씨가 왜 이런 데로 오게 되었을까 의아했던 적도 여러 번 있었지."

"이유 없는 변덕 때문이었겠지요." 내가 대답했다. "어쨌든 이번엔 이유 없는 변덕 탓에 훌쩍 떠나게 되었습니다…… 다음 주에 런던으로 떠날 겁니다. 티티새 지나는 농원에서 지내는 기간을 제가 처음 계약했던 열두 달에서 연장할 의향이 없음을 미리 알려드리려고요. 더 이상 그 집에 살지는 못할 것 같습니다."

"아하, 역시! 세상과 담쌓고 살기가 지겨워졌군요?" 그가 말했다. "그렇지만 집을 비우는 동안 집세를 제해달라고 사정하러 왔다면 헛걸음했소. 나는 누구한테든 내 몫을 정확하게 받아내는 사람이니까."

"그런 일 때문에 온 게 아닙니다." 몹시 기분이 상한 내가 소리쳤다. "원하시면 당장 셈을 치르겠습니다." 나는 주머니에서 수표책을 꺼냈다.

"아니, 됐소." 그가 냉정하게 대꾸했다. "혹시 다시 못 오신다 해도, 남겨두고 간 물건들로 집세를 충당할 거요. 급할 것 없지요. 앉으세요, 함께 식사나 합시다. 다시 찾아올 위험이 없는 손님은 대체로 환영받는 법이니까. 캐서린! 식탁 차려야지. 어디 있는 거냐?"

캐서린이 포크와 나이프가 놓인 쟁반을 들고 다시 나타났다.

"너는 조지프랑 먹어라." 히스클리프가 캐서린에게 속삭였다. "손님이 돌아갈 때까지 부엌에서 나오지 마."

캐서린은 그의 명을 엄수했다. 명을 어기고 싶은 유혹을 느끼지도 않는 것 같았다. 촌뜨기들과 염세가들 사이에서 살다 보니 수준 높은 인간을 만나도 알아볼 줄 모르는 모양이다.

나는 음침하고 무뚝뚝한 히스클리프 씨와 말 한마디 없는 헤어턴 사이에서 즐겁지 않은 식사를 마친 후 일찌감치 작별을 고했다. 떠날 때는 뒷문으로 빠져나가 캐서린의 얼굴을 마지막으로 한 번 보고 조지프 노인을 귀찮게 할 작정이었지만, 헤어턴이 명령에 따라 내 말을 끌어오고 집주인이 몸소 문 앞까지 배웅하는 통에 바람을 이룰 수 없었다.

'저런 집에 살면 얼마나 따분할까!' 나는 말을 타고 길을 내려오면서 생각했다. '린턴 히스클리프 부인이 자기의 착한 유모가 소원했던 대로 나와 사랑하게 되어 함께 런던 번화가로 이사를 간다면, 그녀로서는 동화보다 낭만적인 일이 실현되는 것이었을 텐데!'

472

18장

1802년. 올해 9월에 북부에 사는 한 친구가 습지를 초토화시키자고 나를 초대했다. 친구의 집으로 가는 길에 나는 뜻밖에도 기머턴과 15마일도 안 떨어진 지역을 지나게 되었다. 내 말들에게 줄 물동이를 들고 있던 길가 주막집 마부는 갓 베어낸 새파란 귀리를 실은 짐마차가 지나가자 이렇게 말했다.

"기머턴에서 나오는구먼! 그 동네 추수가 항상 3주 늦으니까."

"기머턴?" 내가 되물었다. 그곳에서 살던 일은 이미 꿈결처럼 희미해져 있었다. "아! 거기라면 나도 알지. 여기서 얼마나 걸리나?"

"언덕으로 넘어가면 14마일인데, 워낙 길이 험해놔서요." 마부가 대답했다.

나는 갑자기 티티새 지나는 농원에 가보고 싶은 충동에 사로잡혔다. 아직 오전이었고, 여관에 묵느니 내 집에서 자는 편이 나을 듯했다. 게다가 이번에 집주인과 일을 처리해서 이 동네에 다시 와야 하는 수고를 덜게 된다면, 하루쯤 시간을 내는 건 쉬운 일이었다.

나는 잠시 쉬고 나서 하인에게 읍내 가는 길을 알아보게 했고, 세 시간쯤 말들을 혹사시킨 끝에 그곳에 도착할 수 있었다.

하인을 읍내에 남겨두고 혼자 골짜기를 걸어 내려갔다. 잿빛이던 교회 건물은 더 짙은 잿빛이 되어 있었고, 쓸쓸하던 묘지는 더욱 쓸쓸해 보였다. 야생 양 한 마리가 무덤의 잔디를 뜯어먹는 것이 눈에 들어왔다. 감미롭고 따뜻한 날씨였다. 여행하기에는 지나치게 따뜻했지만, 위쪽과 아래쪽의 아름다운 경치를 만끽하는 데는 아무런 지장이 없었다. 그때가 8월에 조금만 더 가까웠더라도, 분명 나는 그곳의 호젓한 경치를 즐기며 한 달을 허비하고 싶은 유혹을 느꼈을 터이다. 언덕들 사이로 가려진 협곡과 가파르게 솟은 히스 구릉. 겨울에는 그보다 황량한 것이 없지만 여름에는 그보다 신묘한 것이 없다.

해가 지기 전에 티티새 지나는 농원에 도착했다. 대문을 두드렸지만 대답이 없었다. 부엌 굴뚝에서 파란 연기 한 줄기가 피어오르는 것으로 보아 거처를 본채 뒤쪽으로 옮겨서 문 두드리는 소리를 못 듣는 듯했다.

말을 타고 마당으로 들어갔다. 현관 앞에 아홉이나 열 살 정도로 보이는 여자애가 뜨개질을 하며 앉아 있고, 웬 노파가 승마 발판에 기대앉아 생각에 잠긴 듯 담배를 피우고 있었다.

"딘 부인은 안에 있나?" 내가 노파에게 물었다.

"딘 마님* 말이우? 여기 없우!" 노파가 대답했다. "여기 안 살고, 저기 위 폭풍의 언덕에 산다우.”

“그러면 자네가 하녀장인가?” 다시 물었다.

“그렇다우. 내가 집 지키는 사람**이우.” 노파가 대꾸했다.

“그렇군. 내 이름은 록우드, 이 집 주인이네. 내가 묵을 방이 있을 까? 오늘 밤에 자고 가면 좋겠는데.”

“주인 나리시라고요!” 노파가 화들짝 놀라면서 소리쳤다. “옴마, 오실 줄을 누가 알았겠소? 왜 기별을 안 하셨소! 죄다 눅눅하고 더러운데 이를 어쩌면 좋노!”

노파가 담뱃대를 내던지고 허둥지둥 집 안으로 뛰어 들어가자 아이도 따라 들어갔다. 나도 들어갔다. 보아하니 노파의 말은 사실이었다. 더군다나 달갑잖은 내 등장이 노파의 혼을 쏙 빼놓은 듯했다.

나는 노파에게 진정하라고 했다. 산책을 하고 올 테니 내가 돌아올 때까지 거실 한구석에 식탁을 차리고 잠잘 방만 마련해놓으라고 했다. 쓸고 닦고 할 것 없이 활활 타는 모닥불과 마른 시트만 있으면 된다고.

노파는 최선을 다할 마음은 있는 것 같았지만, 솔을 부지깽이로 착각해 벽난로 시렁에 쑤셔 넣는 등 여러 살림 도구들을 혼동했다. 하지만 나는 노파의 기력이 내가 쉴 곳 하나 마련할 만큼은 되리라고 믿으며 밖으로 나왔다.

---

* 넬리 딘의 지위가 하녀장에서 고용주로 변했음을 암시한다.
** 하녀장(housekeeper)은 하녀들의 우두머리를 뜻하지만 집(house)을 지키는 사람(keeper)으로 분리해서 해석할 수도 있다. 노파는 하녀장이라는 어의를 모르고 있거나 자기더러 하녀장이냐고 묻는 상대방을 조롱하고 있다.

산책의 목적지는 폭풍의 언덕이었다. 마당에서 뒤늦게 생각난 것이 있어 발길을 돌렸다.

"폭풍의 언덕은 별일 없나?" 내가 노파에게 물었다.

"그럼요, 별일이 뭐 있겠어요!" 노파가 뻘건 잉걸이 담긴 판을 허둥지둥 내가면서 대답했다.

왜 딘 부인이 티티새 지나는 농원을 떠났느냐고 물어보려 했지만, 그런 위기 상황에서 노파를 불러 세우기란 불가능한 일이어서 그냥 돌아 나와 대문을 나섰다. 빨갛게 지는 해를 뒤로하고 환하게 뜨는 달을 마주하며 한가롭게 걷는 사이, 햇빛은 점점 어두워지고 달빛은 점점 밝아졌다. 어느새 나는 농원 땅을 벗어나 히스클리프 씨 집으로 접어드는 돌투성이 샛길을 오르고 있었다.

폭풍의 언덕이 보이는 곳에 이르기도 전에, 낮의 흔적은 서쪽 지평선을 따라 이어지는 호박색의 탁한 빛줄기 하나만이 남았다. 하지만 휘영청 밝은 달 덕분에 길 위의 자갈 하나, 풀잎 하나까지 눈에 들어왔다.

대문을 타넘을 필요도 없었고 문짝을 두드릴 필요도 없었다. 살짝 미니까 그냥 열렸다.

발전했다고 생각했다. 두번째 발전은 코로 느껴졌다. 수수한 과실수 사이에서 비단꽃향무와 꽃무 향기가 풍겼다.

문과 창이 전부 열려 있었지만, 석탄 산지에서 대개 그렇듯이 보기 좋게 타오르는 불이 벽난로를 붉게 비추고 있었다. 눈에 보이는 아늑함이 살에 닿는 다소 과한 열기를 견디게 해주는 것이다. 또한 폭풍의 언덕의 큰방은 아주 널찍하기 때문에 방에 있어도 열기를 피할 곳이 많았다. 큰방 안에 있던 사람들도 그런 이유에서 창가 가까이에 자리를 잡고 있었다. 밖에서부터 그들의 모습이 보이고 이야기 소리가 들렸다. 나는 그저 보이는 것을 보고 들리는 것을 들었다. 내가 들어가지 않고 꾸물거린 건 호기심과 부러움이 뒤섞인 감정 때문이었는데, 꾸물거릴수록 부러움은 더해갔다.

"컨-트러리!" 은종처럼 감미로운 목소리가 들렸다. "바보야, 벌써 세번째잖아! 가르쳐주는 건 이번이 마지막이야. 잊어버리지 마. 또 잊어버리면 머리카락을 잡아당길 거야!"

"컨트러리, 잘 읽잖아." 굵직하지만 부드러움이 감도는 목소리가 대답했다. "자, 잘 읽었으니 이제 뽀뽀해줘."

"안 돼. 전부 한 번에 정확하게 읽어. 하나도 틀리면 안 돼."

남자가 글을 읽기 시작했다. 목소리의 주인은 점잖은 차림이었고, 탁자에 책을 펼치고 앉아 있었다. 청년의 잘생긴 얼굴은 기쁨으로 환하게 빛났고, 청년의 시선은 자꾸만 책장을 벗어나 어깨 위에 놓인 작고 하얀 손으로 향했다. 손의 주인은 청년의 시선이 흐트러질 때마다 청년의 뺨을 때려서 정신을 차리게 만들었다.

손의 주인은 청년 뒤에 서 있었다. 그녀가 공부를 감독하기 위해 상체를 숙이자 윤기 나는 밝은 곱슬머리가 청년의 갈색 머리카락과 섞였다. 그리고 그녀의 얼굴은…… 청년이 그녀의 얼굴을 볼 수 없었기에 망정이지, 만약 보았더라면 절대로 가만히 앉아서 공부하지 못했을 것이다. 그러나 그녀의 얼굴을 볼 수 있었던 나는, 나에게 찾아왔던 기회를 스스로 내던져버렸다는 억울함을 억누르기 위해 입술을 깨물어야 했다. 나는 이제 넋을 잃게 하는 아름다운 그 얼굴을 멀거니 쳐다보는 일 말고는 아무것도 할 수 없었다.

과제를 끝낸 학생은 여러 번 틀렸으면서도 상을 요구했고, 최소한 다섯 번은 뽀뽀를 받고 받은 것 이상을 되돌려주었다. 그런 다음 두 사람은 문 쪽으로 왔다. 대화로 미루어보건대 밖으로 나와서 습지를 산책하려는 듯했다. 만약 그때 불운한 내 몸뚱이가 보이면, 헤어턴 언쇼가 말로 뱉지 않아도 마음속으로는 지옥 밑바닥으로 꺼져버리라고 저주를 퍼부을 것 같아서, 나는 졸렬하고 악의에 찬 존재가 된 기분으로 살금살금 본채를 돌아 부엌으로 갔다.

부엌문도 열려 있기는 마찬가지였다. 부엌에서는 나의 옛 친구 넬리 딘이 바느질을 하며 노래를 부르고 있었는데, 듣기 좋은 말투와는 거리가 먼 옹졸하고 거친 야유가 그녀의 노래를 자꾸만 중단시키고 있었다.

"니가 노래하는 것을 듣느니 차라리 아침부터 밤까지 욕하는 소리를 듣겠다!" 넬리가 무슨 말을 했는지, 부엌 안의 누군가가 대꾸했다. "내가 성경책을 펼치려고 하면 니가 그런 마귀 찬송하는 노래로 세상에서 제일 악한 짓거리들을 늘어놓으니, 하이고 남세스러워라! 아무짝에 쓸모없는 가시나, 저쪽 가시나도 똑같다. 우리 딱한 도련님이 느그들 때문에 지옥 가게 생겼다." 그러고는 신음을 뱉으며 덧붙였다. "하이고, 딱해라! 도련님이 홀린 게 틀림없다. 주님요, 저놈들 좀 심판하소. 세상 임금들은 법도 없고 정의도 없소!"

"물론 없지, 있었으면 우리도 화형당했을걸." 넬리가 맞받아쳤다. "조지프 영감, 이제 그만하고 예수 믿는 사람답게 성경이나 읽어. 내가 무슨 짓을 하든 상관하지 말고. 이건 〈요정 애니의 결혼식 날〉이라는 노래인데, 아름다운 곡조라서 춤추기에 좋아."

던 부인이 막 노래를 시작하려 할 때 내가 다가갔다. 그녀는 금세 나를 알아보고 벌떡 일어나서 소리쳤다.

"세상에, 록우드 씨, 별고 없으시지요! 무슨 생각으로 이렇게 갑자기 돌아오셨어요? 티티새 지나는 농원은 문이 닫혀 있을 텐데. 기별을 주셨어야지요!"

"묵어갈 수 있게 그럭저럭 준비시켜놓고 왔어." 내가 대답했다. "내일 아침에 떠날 거야. 그런데, 던 부인, 어떻게 이리로 옮겼나? 자초지종이 듣고 싶군."

"록우드 씨가 런던으로 떠나고 얼마 안 돼서 질라가 일을 그만뒀어요. 록우드 씨가 올 때까지 여기 있으라고 히스클리프 씨가 말하더군요. 그건 그렇고, 어서 들어오세요! 기머턴에서부터 걸어오신 거예요?"

"티티새 지나는 농원에서부터 걸어왔지." 내가 대답했다. "그쪽에서 내가 묵을 방을 준비하는 동안, 나는 집주인하고 용무를 끝내고 싶어서 말이야. 당분간은 다시 오기 어려울 테니까."

"무슨 용무신지?" 넬리가 나를 큰방으로 안내하면서 물었다. "집주인은 방금 나갔어요. 빨리 돌아오지는 않을 텐데."

"집세 문제인데." 내가 대답했다.

"아! 그런 문제라면 히스클리프 부인과 처리하셔야겠네요." 넬리가 말했다. "아니면 나하고 처리하시든가. 부인은 아직 일처리가 서툴러서 내가 대신하고 있거든요. 달리 사람도 없고."

나는 뜻밖의 말에 딘 부인을 바라보았다.

"아! 히스클리프 씨가 죽었다는 말을 못 들으셨군요." 딘 부인이 말했다.

"히스클리프 씨가 죽었다고!" 나는 깜짝 놀라 소리쳤다. "언제?"

"석 달 전에요. 그건 그렇고, 좀 앉으세요. 모자는 이리 주시고. 모두 이야기해드릴게요. 잠깐, 아직 식전이시죠?"

"생각 없어. 저쪽에 저녁을 차리라고 하고 왔어. 딘 부인도 앉아. 그 사람이 죽을 줄은 꿈에도 몰랐군! 어쩌다 그렇게 됐는지 이야기 좀 해봐. 그 두 젊은이는 바로 돌아오지는 않을 거라고?"

"그럴걸요. 저녁마다 늦게까지 돌아다니지 말라고 야단을 치지만 내 말은 들은 척도 안 하니까. 오래 묵은 맥주가 있으니 그거라도 한잔하세요. 몸에 좋답니다. 지쳐 보이세요."

그녀는 내가 사양할 틈도 없이 맥주를 가지러 나가버렸다. 조지프의 목소리가 들려왔다. "나잇살 처먹고 사내들을 끌어들이는 기 얼마나 남세스러운지 모르나? 인제 아예 나리 술독에서 술까지 퍼 먹이네! 나리가 살아서 저 꼴을 봤으면 얼마나 남세스러웠을꼬."

딘 부인은 멈춰 서서 대거리를 하는 대신 거품이 넘치는 1파인트짜리 은제 맥주잔을 들고 금방 돌아왔고, 나는 맥주 맛에 어울리는 찬사를 보냈다. 그때부터 딘 부인은 히스클리프 이야기의 속편을 들려주었다. 히스클리프의 죽음은 딘 부인의 표현을 빌리자면 '괴상한' 죽음이었다.

록우드 씨가 떠나고 2주도 안 돼서 폭풍의 언덕으로 오라는 지시가 떨어졌어요. 나는 캐서린을 생각하며 기쁘게 따랐지요.

캐서린과 처음 대면했을 때는 슬프기도 하고 놀라기도 했답니다! 저와 헤어진 뒤 너무 많이 변했더라고요. 히스클리프 씨는 왜 마음을 바꿔 저를 불렀는지 설명해주지는 않더군요. 그는 그저, 네가 여기 있어줘야겠다, 나는 캐서린을 보기가 지겹다, 네가 위층 응접실을 거실로 쓰면서 캐서린을 데리고 있어라, 나는 캐서린과 하루에 한두 번 꼭 봐야할 때 보는 걸로 충분하다, 그러더라고요.

캐서린은 이 새로운 결정에 만족한 듯했지요. 나는 종종 티티새 지나는 농원으로 가서 캐서린이 즐겨 읽던 책과 좋아하던 물건들을 몰래 가져왔고, 이제 캐서린과 함께 그런대로 편히 지낼 수 있겠다고 생각했습니다.

하지만 착각은 오래가지 않았습니다. 처음에는 만족하던 캐서린이 곧 짜증을 내고 초조해하더군요. 정원 밖을 나가는 일이 금지되어 있었으니 봄이 지나는데 좁은 정원에 갇혀 있는 것이 애가 탔겠죠. 게다가 내가 집안일을 돌보느라 곁에 있어주지 못할 때가 많아서, 외로움을 호소하기도 했지요. 혼자 응접실에서 평화롭게 지내기보다 차라리 부엌에 내려와 조지프와 싸우는 편을 택할 정도였답니다.

두 사람의 말다툼이야 신경 쓸 게 없었지만, 주인이 큰방에 혼자 있고 싶어 할 때마다 헤어턴도 부엌에 있어야 했는데 그때는 신경이 쓰이더군요. 처음에 캐서린은 헤어턴이 들어오면 부엌에서 나가거나 말없이 내 일을 거들 뿐, 알은척하거나 말을 걸지는 않았어요. 헤어턴도 항상 더없이 뚱하고 말이 없었지요. 그런데 언제인가부터 캐서린이 태도를 바꿔서 헤어턴을 가만 놔두지를 못하더라고요. 먼저 말을 걸지를 않나, 멍청하다느니 게으르다느니 잔소리를 늘어놓지를 않나,

어떻게 이런 삶을 견딜 수 있는지, 어떻게 저녁 내내 벽난로 앞에서 꾸벅꾸벅 졸 수 있는지 놀랍다고 비아냥거리지를 않나.

"엘렌, 저 애는 개랑 다를 게 없잖아?" 캐서린이 언젠가 말했습니다. "아니면 수레를 끄는 말이려나? 허구한 날 일하고, 밥 먹고, 잠자고! 머릿속이 텅텅 비었을걸! 헤어턴, 너 잘 때 꿈은 꾸니? 혹시 꾼다면, 무슨 꿈을 꾸니? 참, 너는 나한테 말을 못하지!"

그러면서 캐서린은 헤어턴을 쳐다보았지만 헤어턴은 입을 열려고도, 쳐다보려고도 하지 않았지요.

"지금도 꿈을 꾸나 봐." 캐서린이 말을 이었습니다. "주노가 자면서 어깨를 씰룩거리는 것처럼, 저 애도 지금 어깨를 씰룩거렸어. 엘렌 네가 저 애한테 좀 물어봐."

"아씨가 계속 버릇없이 굴면 헤어턴 씨가 나리한테 아씨를 위층으로 쫓아버리라고 할걸요." 내가 말했습니다. 헤어턴은 어깨를 씰룩이는 것으로 모자라 주먹을 그러쥐더군요. 한번 휘두르고 싶은 모양이었지요.

"내가 부엌에 있을 때 헤어턴이 왜 아무 말도 안 하는지 나는 알지." 캐서린이 또 언젠가 말했습니다. "내가 비웃을까 겁내는 거야. 엘렌, 네 생각은 어때? 예전에 저 애가 독학으로 읽기를 시작했는데, 내가 웃었더니 자기 책을 몽땅 불태우고 그만뒀어. 바보 같지?"

"아가씨가 나빴네요." 내가 대꾸했습니다. "안 그래요?"

"아마 내가 나빴겠지." 캐서린이 말했습니다. "그래도 저 애가 그런 바보짓을 할 줄은 몰랐어. 헤어턴, 내가 책을 주면 받을 거야? 받나 안 받나 시험해봐야지!"

캐서린이 자기가 읽던 책을 헤어턴의 손에 올려놓자 헤어턴은 책을 집어던지면서 그만하지 않으면 모가지를 부러뜨려버린다고 웅얼거렸습니다.

"그럼, 여기 둬야겠다." 캐서린이 말했습니다. "서랍에 넣어놔야지. 나는 이제 자러 갈래."

캐서린은 내게 헤어턴이 책에 손을 대나 잘 보라고 소곤거리고는 자러 갔습니다. 하지만 헤어턴은 책 근처에도 오지 않았고, 다음 날 아침에 그 사실을 말해주자 캐서린은 몹시 실망했습니다. 캐서린은 헤어턴이 퉁명스럽게 고집을 부리고 빈둥대는 걸 안타까워하는 것 같았어요. 자기 때문에 헤어턴이 공부를 그만두었다고 생각하며 양심의 가책을 느꼈던 겁니다. 틀린 생각은 아니었지요.

하지만 캐서린은 잘못을 바로잡기 위해 머리를 썼습니다. 내가 다림질을 비롯해서 아래층에서만 할 수 있는 일을 하고 있노라면, 캐서린이 재미있는 책을 가져와서 큰 소리로 읽어주었습니다. 언쇼가 옆에 있을 때면 재미있는 대목에서 읽기를 멈추고 책을 놓아둔 채 나가버렸고요. 그런 일이 여러 번 되풀이되었어요. 하지만 언쇼는 노새처럼 고집스럽게 캐서린의 미끼를 물지 않았어요. 비가 오는 날이면 헤어턴은 조지프와 벽난로 양옆을 차지하고 앉아 자동인형처럼 담배를 피웠는데, 젊은 쪽은 캐서린의 말을 무시하려 애썼고 늙은 쪽은 다행히 귀가 먹어 캐서린의 말을 알아듣지 못했지요. 만약 들렸다면 가당찮은 헛소리라고 했을 거예요. 날씨가 좋은 날 저녁이면 헤어턴은 사냥을 나갔어요. 그러면 캐서린은 하품을 하고 한숨을 쉬거나 이야기를 해달라고 조르다가 내가 입을 떼는 순간 마당이나 정원으로 뛰쳐나갔어요. 그러다가 나중에는 울면서, 사는 게 지겹고 자기 삶은 아무 쓸모가 없다고 말하기도 했지요.

히스클리프 씨는 점점 사람을 피하더니 급기야 언쇼가 옆에 있는 것도 싫어하게 되었어요. 언쇼는 3월 초에 사고를 당해서 여러 날 동안 부엌에 죽치고 앉아 있을 수밖에 없었습니다. 혼자 사냥하러 나갔을 때 엽총이 터지는 바람에 파편에 팔이 찢겼는데 집으로 돌아오는 동안 피를 많이 흘렸어요. 그러니 회복될 때까지 별수 없이 난롯가를 지키면서 안정을 취해야 했지요.

캐서린은 헤어턴이 부엌에 있는 것이 좋았나 봅니다. 어쨌거나 그때부터 위층 자기 방을 몹시 싫어하더군요. 내게 아래층에 가서 일거리를 찾으라고 채근했던 것도 따라 내려오기 위해서였지요.

부활주일 다음 월요일이었습니다. 조지프는 소 떼를 끌고 기머턴 장터로 갔고, 저는 오후에 부엌에서 다림질을 하느라 바빴습니다. 언쇼는 늘 그렇듯이 뚱한 모습으로 벽난로 앞에 앉아 있었고, 아씨는 김 서린 창문에 낙서를 하면서 지루한 시간을 흘려보내다가, 그것도 지겨워지면 소리를 죽이고 노래를 하거나, 감탄사를 내뱉거나, 짜증스러움과 조바심이 어린 눈빛으로 사촌 쪽을 힐끗거렸어요. 하지만 사촌은 꿋꿋이 담배를 피우며 벽난로 시렁을 응시할 뿐이었지요.

빛이 가려지니 비키라는 제 말에 캐서린은 벽난로 쪽으로 옮겨 앉더군요. 그때부터 저는 캐서린을 거의 신경 쓰지 않았는데, 얼마쯤 지났을까 캐서린의 말소리가 들렸습니다.

"내가 생각해봤는데, 헤어턴, 너 내 사촌해라…… 난 너랑 사촌이라 좋아. 네가 나한테 짜증을 내거나 거칠게만 안 대하면."

헤어턴은 묵묵부답이었지요.

"헤어턴, 헤어턴, 헤어턴! 듣고 있어?" 캐서린이 계속했습니다.

"꺼져라, 고마!" 헤어턴이 누그러질 것 같지 않은 무뚝뚝한 태도로 으르렁거렸습니다.

"이 담뱃대는 내가 가져갈게." 캐서린이 조심조심 손을 뻗어 헤어턴이 물고 있는 담뱃대를 뽑아내며 말했습니다.

헤어턴이 도로 뺏으려고 해볼 새도 없이, 담뱃대는 부러져서 난롯불 속으로 사라졌습니다. 헤어턴은 캐서린에게 욕을 하면서 다른 담뱃대를 집어 들었습니다.

"그만 피워." 캐서린은 소리쳤습니다. "일단 내 말 좀 들어봐. 연기가 자꾸 내 쪽으로 오니까 말을 못하겠잖아."

"뒈진다, 고마." 헤어턴이 사납게 소리쳤습니다. "내 좀 내버려두라 그 말이다."

"싫어." 캐서린은 고집스러웠습니다. "그렇게는 못해. 난 어떻게 해야 네가 나한테 말을 할지 모르겠어. 너는 내 말은 안 듣기로 작정을 했잖아. 너를 바보라고 불렀던 건, 진심이 아냐. 너를 무시해서 그랬던 게 아니란 말이야. 헤어턴, 나를 계속 없는 사람 취급할 수는 없잖아. 너는 나랑 사촌 사이잖아. 나를 사촌으로 대해야 하잖아."

"나는 니랑 아무 사이 안 할 기다. 그러니까 잘난 척하든 남을 놀려먹든 딴 데 가서 해라!" 헤어턴이 대답했습니다. "내가 니를 다시 곁눈으로라도 쳐다보면, 뒈져서 지옥에 갈 거다. 이제 가라, 당장!"

캐서린은 이맛살을 찌푸리더니 창가 자리로 물러나면서 입술을 깨물었습니다. 그러고는 기묘한 곡조를 흥얼거리며 터져나오는 울음을 애써 참더라고요.

"헤어턴 씨, 사촌이랑 친하게 지내도록 해요." 제가 끼어들었습니다. "건방졌던 행동을 뉘우치고 있잖아요. 사촌과 친구가 되면 헤어턴 씨한테도 큰 도움이 될 거예요. 완전히 다른 사람으로 변할 거라고요."

"친구 같은 소리 하지 마소!" 헤어턴이 소리쳤습니다. "저 가시나는 내를 미워하고 내를 자기 신발 한 짝 닦기에도 모자라는 놈이라고 생각한다! 싫다, 왕을 시켜줘도 저 가시나한테 잘 보이려다 망신당하는 짓은 이제 안 할 거다."

"내가 너를 미워하는 게 아니야! 네가 나를 미워하는 거야!" 캐서린은 쓰라린 마음을 더 이상 감추지 못하고 울음을 터뜨렸습니다. "히스클리프 씨가 나를 미워하듯 너도 나를 미워하는 거야. 아니, 네가 더해."

"거짓부렁하지 마라." 언쇼가 반박했습니다. "나는 니 편을 들다가 히스클리프 씨한테 골백번은 혼이 났다. 니가 미웠으면 내가 그랬겠나? 그런데 그때 니는 나를 망신 주고 멸시하고…… 니가 나를 계속 성가시게 하면 난 저기 들어가서 니 때문에 성가셔서 부엌에 못 있고 왔다고 할 거다!"

"내 편을 들어준 줄 몰랐어." 캐서린이 눈물을 닦으며 대답했습니다. "그때 나는 불행해서 모두에게 못되게 굴었어. 지금은 너한테 감사해. 그리고 용서를 구하고 싶어. 또 내가 어떻게 하면 좋겠어?"

캐서린이 다시 벽난로 앞으로 와서 진심으로 손을 내밀었습니다.

헤어턴은 표정이 어두워졌고, 먹구름 낀 하늘처럼 미간을 찌푸렸습니다. 두 주먹을 불끈 쥔 채 바닥만 뚫어지게 내려다보더군요.

캐서린은 헤어턴이 이렇게 버티는 이유가 고집을 굽히지 못해서이지 자기를 싫어해서가 아니라는 걸 본능적으로 간파했던 것 같아요. 잠시 우물쭈물하던 캐서린이 몸을 굽히더니 헤어턴의 뺨에 살짝 입을 맞추더라고요.

이 장난꾸러기는 제가 자기를 못 봤다고 생각하고는, 몸을 일으키고 꽤나 얌전한 척 창가 자리로 돌아갔습니다.

제가 나무라는 표정으로 고개를 가로저었더니 캐서린이 얼굴을 붉히며 속삭였습니다.

"어떡해, 엘렌, 방법이 없잖아? 악수도 안 하려 하고 쳐다보지도 않으니까. 좋아하는데, 친구가 되고 싶은데, 어떻게든 내 마음을 전해야 하잖아."

그 마음이 입맞춤을 통해 헤어턴에게 전해졌는지는 모르겠습니다. 어쨌든 헤어턴은 표정을 들키지 않으려고 몇 분 동안 아주 조심스레 행동했고, 마침내 고개를 든 뒤에는 눈을 어디 둬야 할지 몰라 몹시 당황해하더군요.

캐서린은 한참 동안 근사한 책 한 권을 흰 종이로 깔끔하게 포장했습니다. 그러고는 책을 리본으로 묶고 '헤어턴 언쇼 씨에게'라고 쓴 뒤, 저한테 특사가 되어 선물을 전해달라고 하더군요.

"그리고 만약 그 애가 선물을 받으면, 내가 가서 읽는 법을 가르쳐주겠다는 말도 전해줘." 캐서린이 말했습니다. "만약 선물을 안 받으면 나는 위층으로 올라가서 다시는 그 애를 성가시게 하지 않을 거야."

보낸 사람의 초조해하는 시선을 받으며 선물과 말을 전했습니다. 헤어턴이 주먹을 펴려고 하지 않기에 무릎 위에 책을 올려놓았어요. 밀어내지는 않더라고요. 나는 하던 일로 돌아갔고, 캐서린은 탁자 위에 엎드려 있다가 바스락거리며 포장이 풀리는 소리가 들리자, 살그머니 사촌 옆 자리로 가서 앉았습니다. 헤어턴은 잔뜩 긴장하며 얼굴을 붉혔습니다. 무례하고 퉁명스러운 태도는 이미 사라졌더군요. 처음에는 캐서린이 말을 해달라는 눈빛으로 애원하는데도 용기가 없는지 대꾸 한마디를 못하더라고요.

"헤어턴, 제발 나를 용서해준다고 말해! 그 말 한마디면 나는 정말 행복해질 거야."

헤어턴은 무슨 말인가를 웅얼댔습니다.

"그럼 나랑 친구 하는 거야?" 캐서린이 되물었습니다.

"싫다. 니는 평생 나를 창피해할 거다." 헤어턴이 대답했습니다. "내에 대해 알면 알수록 나를 더 창피해할 거다. 그럼 내는 못 견딜 거다."

"그렇다고 나랑 친구 안 할 거야?" 캐서린이 꿀처럼 달콤한 미소를 지으며 헤어턴 옆으로 바짝 다가앉더군요.

더 이상은 이야기를 알아들을 수 없었어요. 그렇지만 고개를 돌리고 다시 보니 두 아이가 환한 표정으로 제가 전해준 책을 들여다보고 있더군요. 양측에 조약이 체결되었다는 것, 적이었던 두 사람이 동맹을 맹세한 사이가 되었다는 것은 의심할 여지가 없었지요.

두 아이가 보는 책 속에는 값비싼 그림이 가득했습니다. 두 아이는 그림도 좋고 함께 앉아 있는 것도 좋은지, 조지프가 돌아올 때까지 한

참을 그렇게 있었습니다. 딱하게도 조지프는 캐서린이 헤어턴 언쇼와 어깨동무를 하고 한 의자에 앉아 있는 모습에 대경실색했고, 자기 도련님이 캐서린에게 곁을 주었다는 사실에 굉장히 혼란스러워했어요. 어찌나 충격이 컸던지 그날 밤에는 그 문제에 대해 말 한마디 못하더라고요. 커다란 성경을 엄숙하게 펼쳐두고 그날 소를 팔고 받은 손때 묻은 지폐를 지갑에서 꺼내 놓으면서 땅이 꺼질 듯 한숨만 내쉬었지요. 조지프의 심정을 드러내는 건 그 한숨뿐이었답니다. 마침내 조지프가 헤어턴을 불렀어요.

"이거 나리한테 갖다주고 나리랑 있으소." 조지프가 말했습니다. "나는 내 방으로 갈라니까. 여기는 드럽고 천하니 우리는 나가서 다른 데를 찾아야 쓰겠소."

"자, 캐서린." 제가 말했습니다. "우리도 '나가야 쓰겠네요'. 다림질도 다 했는데, 이제 가볼까요?"

"8시도 안 됐는데!" 캐서린은 마지못해 일어나며 대답했습니다. "헤어턴, 이 책은 벽난로 선반에 놔둘게. 그리고 내일 다른 책도 가져올게."

"여기 책을 놓고 가면 내가 큰방으로 갖고 갈 긴데." 조지프가 말했습니다. "그럼 다시 보기 힘들걸. 그러니까 마음대로 해라!"

캐시는 자기 책이 없어지면 조지프의 책들도 무사하지 못할 거라고 으름장을 놓았습니다. 그렇지만 헤어턴 옆을 지나치면서는 미소를 지었고 층계를 오르며 노래를 흥얼거렸지요. 모르긴 몰라도 캐시가 이 집에 들어와 그렇게 명랑했던 적은 없었을 거예요. 처음에 린턴을 만나러 왔을 때 정도가 비슷할까요.

이렇게 시작된 관계는 급속도로 발전했습니다. 물론 일시적인 장애물도 있었지요. 언쇼가 하루아침에 교양이 생기는 것도 아니었고, 아씨는 현자도 인내의 표본도 아니었으니까요. 하지만 한 사람은 사랑하는 마음으로 인정해주고자 했고, 한 사람은 사랑하는 마음으로 인정받고자 했으니 두 사람은 한곳을 향하고 있었고, 결국은 그곳에 도달했답니다.

록우드 씨, 히스클리프 부인의 마음을 얻는 일이 그리 어렵지 않다는 걸 아시겠죠? 그렇지만 지금 생각하면 록우드 씨가 나서지 않아서 다행이었어요. 지금 제 가장 큰 소원은 두 아이가 맺어지는 거랍니다. 두 아이가 결혼하는 날에는 이 세상에 부러울 게 없을 것 같아요. 그 날에는 영국에서 나보다 행복한 여자는 없을걸요!

19장

그 월요일이 지나고 다음 날, 언쇼는 아직 평소대로 일을 하기는 무리였기 때문에 집에 있었습니다. 저는 앞으로는 캐서린을 제 곁에 잡아두는 일이 불가능하리라는 것을 금세 알아챘지요.

저보다도 먼저 아래층에 내려간 캐서린은 사촌이 정원에서 가벼운 일을 하는 것을 보고 정원으로 나갔어요. 그런데 제가 아침 먹으라고 부르러 나가 보니, 벌써 사촌을 설득해 까치밥나무 덤불과 구스베리 덤불을 뽑고 널찍한 터를 마련하게 했더군요. 두 아이는 그 빈터에 티티새 지나는 농원의 화초를 옮겨 심을 계획을 짜느라 한창 분주했어요.

불과 반시간 만에 쑥대밭이 되어버린 정원을 보면서, 저는 덜컥 겁이 났습니다. 까치밥나무는 조지프가 애지중지하는 보물인데, 캐서린이 화단을 만들겠다고 고른 데가 하필 덤불 한복판이었어요.

"저런! 조지프가 알면 당장 주인한테 일러바칠 텐데." 제가 소리쳤습니다. "그리고 정원을 이렇게 파헤쳐놓다니 나중에 뭐라고 변명하려고요? 이 지경이 되었으니 날벼락이 떨어지겠네요! 내 말이 틀리나 두고 봐요! 아무리 아씨가 시켜도 그렇지, 이 지경을 만들어놓다니 왜 이렇게 생각이 모자라요?"

"조지프의 나무인데 내가 깜빡했네." 언쇼가 난처해하면서 대답했습니다. "조지프한테 내가 그랬다고 해야겠다."

우리는 항상 히스클리프 씨와 함께 식사를 했습니다. 차를 내고 고기를 썰어서 나누는 안주인 역할을 했기 때문에 식사 시간에는 제가 꼭 필요했어요. 캐서린은 대개 제 옆자리에 앉았지만 그날은 헤어턴 쪽으로 슬며시 가려고 하더군요. 적대감을 드러낼 때와 마찬가지로 친밀감도 막무가내로 드러내겠더라고요.

"자, 사촌이랑 너무 많이 말하지도 말고 사촌 쪽을 너무 많이 보지도 마세요." 함께 큰방으로 들어가면서 캐서린에게 속삭였어요. "그럼 히스클리프 씨 심기가 불편해질 테고, 아씨하고 아씨 사촌에게 화를 낼 테니까."

"알았어." 캐서린이 대답했지요.

1분 뒤 캐서린을 보니, 사촌 옆에 다가앉아 사촌의 죽 그릇에 프림로즈를 올려놓고 있더군요.

헤어턴은 감히 캐서린에게 무슨 말을 하지는 못했어요. 쳐다볼 엄두도 못 내더군요. 하지만 캐서린이 계속 지분대자 두 번이나 웃음을 터뜨릴 뻔했지요. 내가 상을 찌푸리자 캐서린은 주인 쪽을 힐끗 쳐다보았어요. 주인의 정신이 다른 데 있음을 그의 표정에서 알아챈 캐서린은 잠시 진지한 얼굴이 되어 그를 아주 심각하게 관찰했습니다. 하지만 곧 고개를 돌리더니 다시 장난질을 시작했고, 결국 헤어턴은 쿡쿡 웃음을 터뜨렸답니다.

히스클리프 씨가 흠칫 놀라면서 우리 얼굴을 급히 훑어보더군요. 그를 마주 보는 캐서린은 익숙한 불안의 표정, 그러나 그가 질색하는 반항적인 표정을 짓고 있었지요.

"잘도 멀리 피해 앉았구나." 그가 소리쳤습니다. "네년은 무슨 마귀에게 홀렸기에 번번이 그렇게 눈을 까뒤집고 째려보는 거냐? 당장 눈깔아! 자꾸 거슬리게 굴면 가만 안 둘 거다. 네년의 그 낄낄대는 병은 내가 고쳐준 줄 알았다만."

"내가 웃었어요." 헤어턴이 중얼거리며 고백했습니다.

"뭐라고?" 히스클리프 씨가 물었지요.

헤어턴은 접시를 내려다보면서 입을 다물었습니다.

히스클리프 씨는 잠시 헤어턴을 쳐다보더니 말없이 수저를 들면서 다시 생각에 잠겼습니다.

식사가 거의 끝나고, 두 아이는 신중을 기해서 약간 떨어져 앉았습니다. 더 이상의 소란 없이 식사가 끝날 줄 알았어요. 그런데 바로 그 순간, 문 앞에 조지프가 나타났습니다. 떨리는 입술과 노한 눈을 보아하니, 자기가 아끼던 나무에 변고가 생겼음을 알아챈 듯했지요.

조지프는 현장을 확인하기 전에 이미 현장 근처에서 캐시와 헤어턴을 본 것 같더군요. 되새김질하는 암소처럼 아래턱을 이리저리 움직이는 탓에 무슨 소리인지 잘 알아듣기 어려웠지만 대충 이런 말이었어요.

"내는 품삯 챙겨 나갈란다! 60년을 모신 집에 정말 뼈를 묻을라 캤는데, 그래서 책이랑 전부 다락방에 올려놔야겠다 생각했는데, 집안이 조용하도록 부엌을 내줘야겠구나 생각했는데, 난로 앞자리를 내놓을라 카니 애달팠지만 **못할 것도 없다** 그리 생각했는데! 한데 인자 정원 한 귀퉁이까지 뺏겨버렸으니, 보소, 나리, 나는 인자 못 참겠소! 남들은 어떤지 몰라도 내는 이런 멍에 못 지겠소. 내는 이런 짓은 당한 적이 없고, 늙은이라 처음 당해보는 일은 못 참겠소. 차라리 길바닥에 나가 하루 벌어 하루 먹고 살라 그라소!"

"바보 같은 영감탱이!" 히스클리프 씨가 끼어들었습니다. "짧게 말해! 뭐가 못마땅해? 넬리하고 싸운 거라면 말하지도 마. 넬리가 네놈을 석탄에 처박았다 해도 나는 신경 안 써."

"넬리가 아이다!" 조지프가 대답했습니다. "넬리가 뭐라꼬 내가 집을 나가겠노. 이 가시나는 추잡하고 밥이나 축내는 물건이지만 감사하게도 남의 혼 빼놓는 재주는 없다! 반반했던 적이 없었으니, 누가 어쩌다 낯짝을 볼 일이 있어도 금세 딴 데를 본다. 우리 도련님을 홀린 거는 저 악독하고 버릇없는 가시나다. 눈웃음을 살살 치고 집적대는 걸 보자보자 하니, 우야꼬! 내 심장 찢어지겠다! 내가 자기한테 해준 거를 모조리 잊어먹고, 내가 자기한테 가르쳐준 거를 모조리 잊어먹고, 정원에서 제일로 큰 까치밥나무를 몽땅 뽑아버렸다!" 이 대목에서 조지프가 울음을 터뜨렸습니다. 몹쓸 짓을 당했다는 억울함에 언쇼의 배은망덕함과 언쇼에게 닥친 위험이 더해져 마음이 약해졌겠지요.

“이 바보가 취한 건가?” 히스클리프 씨가 물었습니다. “헤어턴, 이 바보가 욕하는 게 너냐?”

“내가 관목 두어 그루를 뽑았는데,” 청년이 대꾸했습니다. “도로 심어놓을게요.”

“왜 뽑았어?” 주인이 물었습니다.

캐서린이 현명하게도 혀를 놀려댔습니다.

“거기 꽃을 심으려고요.” 캐시가 소리쳤습니다. “내가 뽑으라고 시켰으니 내 잘못이에요.”

캐시의 시아버지는 몹시 놀라 물었습니다. “누가 네년더러 저기 손을 대도 된다고 했어?” 그러고는 헤어턴을 돌아보며 덧붙였습니다. “누가 네놈더러 저년이 시키는 대로 하라고 했어?”

헤어턴은 말이 없었는데 헤어턴의 사촌이 대꾸했습니다.

“내 땅을 다 가져갔으면서 꽃밭 조금 가꾸는 것까지 아까워할 건 없잖아요!”

“건방진 년, 네년 땅이라고? 네년 땅은 하나도 없었어!” 히스클리프가 말했습니다.

“내 돈도 다 가져갔잖아요.” 이렇게 말한 캐서린은 분노로 번득이는 그의 눈을 마주 보며 먹다 남은 빵조각을 베어 물더군요.

“닥쳐!” 그가 소리쳤습니다. “그만 처먹고 꺼져!”

“헤어턴의 땅도, 헤어턴의 돈도 모두 가져갔잖아요.” 그 분별없는 것이 입을 다물지 않았습니다. “이제 나는 헤어턴이랑 친하니까, 헤어턴한테 당신에 대해서 모두 말할 거야!”

주인은 잠시 당황한 듯 얼굴이 창백해지더니 무시무시한 증오의 표정으로 캐서린을 주시하며 자리에서 일어나더군요.

"당신이 나를 때리면, 헤어턴이 당신을 때릴걸." 캐시가 말했습니다. "그러니까 그냥 앉으시지."

"헤어턴이 네년을 안 끌어내면 내가 놈을 때려죽일 거다." 히스클리프가 소리쳤습니다. "요망한 년! 저놈을 꼬드겨 나한테 반항하게 만들겠다 그 말이냐? 당장 저년 끌어내! 내 말 안 들려? 부엌에 처박아버리란 말이야! 엘렌 딘, 또 내 눈앞에 얼쩡대면 저년은 내 손에 죽을 거야!"

헤어턴은 낮은 목소리로 캐서린을 설득하며 나가게 하려 했습니다.

"저년 끌어내라니까!" 히스클리프가 격분해서 소리쳤습니다. "거기 서서 말만 지껄이고 있을 테냐?" 그러더니 그는 결국 자기가 한 말을 손수 이행하기 위해 걸음을 옮겼습니다.

"이제 헤어턴은 당신같이 나쁜 놈 말은 안 들을 거야!" 캐서린이 말했습니다. "머지않아 나 못지않게 당신을 싫어하게 될걸."

"쉿! 쉿!" 청년이 나무라는 투로 작게 말했습니다. "히스클리프 씨한테 그렇게 말하면 내가 가만 안 있는다. 그만해라!"

"하지만 저 사람이 나를 때리려고 하면 너도 가만있지 않을 거지?" 캐서린이 소리쳤습니다.

"알았으니 그만 가자!" 헤어턴이 간절하게 속삭였습니다.

하지만 이미 늦었지요. 히스클리프가 캐서린을 붙잡았거든요.

"이제 네놈은 비켜!" 그가 언쇼에게 말했습니다. "요망한 년! 하필 내 심사가 사나울 때 성질을 건드리는구나. 오늘 일을 평생 후회하게 만들어주지!"

그가 캐서린의 머리채를 휘어잡자 헤어턴은 그의 손을 풀기 위해 애쓰면서 이번만은 캐서린을 때리지 말라고 사정했습니다. 히스클리프의 검은 눈이 번득였습니다. 당장이라도 캐서린을 갈기갈기 찢어버릴 것만 같았지요. 나도 과감하게 캐서린을 구하러 갈 참이었는데, 갑자기 그의 손가락이 풀리더니 머리채를 놓고 대신 팔을 붙잡은 후 캐서린의 얼굴을 뚫어져라 쳐다보더군요. 그러고는 한 손으로 두 눈을 가리고 마음을 가라앉히려는 듯 잠시 서 있다가, 다시 한 번 캐서린을 돌아보며 짐짓 침착한 듯 말했어요.

"내 성질 건드리면 안 된다는 걸 배웠겠지. 정말이지 언제 내 손에 죽는 수가 있어! 딘 부인을 따라서 썩 나가라. 딘 부인 옆에만 달라붙어 있고, 시건방진 소리 하려거든 딘 부인한테나 해. 헤어턴 언쇼가 네년 이야기를 듣다 나한테 걸리면, 내가 놈을 길거리로 쫓아버릴 테니! 네년의 사랑이 저놈을 떠돌이 거지로 만들 거야. 넬리, 저년 끌고 나가. 다들 나가! 나가라니까!"

나는 아씨를 끌어냈습니다. 아씨는 매를 피한 것을 다행스러워하면서 순순히 따라 나왔고요. 헤어턴도 뒤따라 나왔고 히스클리프 씨는 점심때까지 혼자 큰방을 차지했습니다.

나는 캐서린에게 위층에서 따로 점심을 먹는 것이 좋겠다고 말했는데, 캐서린의 빈자리를 본 히스클리프 씨는 캐서린을 부르라고 하더군요. 식사하는 동안에는 아무 말도 없이 먹는 둥 마는 둥 하다가 식사가 끝나자 저녁에나 돌아온다면서 곧장 외출했고요.

그가 없는 동안, 친구가 된 두 아이가 큰방에 자리를 잡았습니다. 듣자 하니 캐서린이 자기의 시아버지가 헤어턴의 아버지에게 어떻게 했는지 알려주겠다고 하는 것을 헤어턴이 단호하게 가로막더군요.

헤어턴은 히스클리프 씨를 나쁘게 말하면 가만있지 않겠다고 했어요. 그가 악마라고 해도 자기는 그의 편이라며 히스클리프에 대해 이러쿵저러쿵하려면 차라리 전처럼 자기를 욕하라고 했지요.

캐서린은 헤어턴의 말에 짜증이 나는 듯했어요. 하지만 헤어턴은 만약 내가 너의 아버지를 나쁘게 말하면 나를 좋아할 수 있겠느냐며 캐서린의 입을 막았습니다. 그제야 캐서린은 언쇼가 히스클리프의 평판을 자기 평판처럼 생각한다는 것, 언쇼가 그에게 느끼는 유대감은 이성의 힘으로 파괴할 수 없을 만큼 강력하다는 것, 습관에 의해 벼려진 유대의 사슬을 풀겠다고 하는 건 잔인한 짓임을 깨달았습니다.

그때부터 캐서린은 히스클리프에 대한 불만이나 반감을 표시하지 않는 착한 마음씨를 보여주었습니다. 나에게는 히스클리프와 헤어턴을 이간질하려고 했던 게 후회스럽다고 털어놓았어요. 정말이지 그날 이후 캐서린은 헤어턴이 듣는 곳에서는 자기 박해자를 비방하는 말을 한마디도 안 했던 것 같아요.

이 사소한 말다툼이 끝난 후 둘은 다시 친해졌고, 한 명은 학생이 되고 한 명은 선생이 되어 그렇게 바쁠 수가 없었습니다. 나도 일을 마치고 큰방으로 들어와 함께 앉아 있었는데, 두 아이를 바라보는 게 어찌나 흐뭇하고 즐거운지 시간 가는 줄도 몰랐답니다. 록우드 씨도 아시겠지만, 두 아이는 어떤 의미에서 내게 자식 같은 존재였거든요. 한 아이는 예전부터 나의 자랑거리였고, 또 한 아이는 이제부터 그에 못지않은 기쁨을 안겨줄 게 틀림없었지요. 헤어턴의 솔직하고 따뜻하고 총명한 천성은 무지와 타락의 구름을 금세 몰아냈고, 캐서린의 진

498

실한 칭찬은 헤어턴의 면학에 박차를 가했습니다. 헤어턴은 정신이 밝아지자 이목구비가 훤해졌고, 얼굴에 활기와 품위가 더해졌답니다. 전에 페니스턴 절벽으로 탐험 나간 아씨를 찾으러 폭풍의 언덕에 갔을 때 보았던 그 아이라는 것이 믿어지지 않을 정도였습니다.

두 아이가 배우고 가르치는 것을 감탄하며 바라보는 사이 어둠이 찾아오고, 어둠과 함께 주인도 돌아왔습니다. 앞문으로 갑자기 들이닥친 탓에 우리가 고개를 들어 그를 보기도 전에 그가 우리 셋을 보고 말았지요.

봐라, 이보다 더 보기 좋고 이보다 더 악의 없는 광경은 없다. 두 아이를 야단치는 일은 정말 부끄러운 짓이다. 저는 그렇게 생각했습니다. 붉게 타오르는 벽난로 불빛이 두 아이의 귀여운 머리를 비추니 왕성한 호기심으로 생기 넘치는 어린애 같은 표정이 드러났습니다. 헤어턴은 스물셋, 캐서린은 열여덟이었지만, 두 사람 모두 새로 느껴야 할 것과 새로 배워야 할 것이 너무 많아서, 환멸을 경험한 사람의 냉정함이나 원숙함 같은 건 드러나지 않았어요.

두 아이는 동시에 고개를 들고 히스클리프 씨를 보았습니다. 록우드 씨는 눈여겨본 적이 없겠지만 두 아이는 눈이 아주 닮았답니다. 캐서린 언쇼의 눈이지요. 딸 캐서린은 눈 말고는 어머니를 닮은 데가 거의 없어요. 이마가 넓다는 것, 콧대의 높이 때문에 본심과는 상관없이 다소 도도해 보인다는 것 정도가 어머니를 닮았을까. 그런데 헤어턴은 캐서린 언쇼를 훨씬 많이 닮았어요. 언제 봐도 놀라울 정도랍니다. 그때 보니 정말 닮았더라고요. 평소와는 다른 활동으로 감각이 살아나고 지성이 깨어나서였겠지요.

히스클리프 씨의 마음이 누그러진 것도 캐서린과 닮은 헤어턴의 얼굴 때문이었던 것 같아요. 그는 흥분해서 벽난로 앞으로 갔지만 헤어턴을 보는 동안 동요가 가라앉더군요. 아니, 계속 동요하고 있었지만 그 성격이 바뀌었다고 해야겠네요.

·그는 헤어턴이 들고 있던 책을 가져가서 펼쳐진 책장을 힐끗 쳐다본 뒤 아무 말도 없이 돌려주더군요. 캐서린에게는 나가라는 손짓이 고작이었고요. 헤어턴도 캐서린을 곧 따라 나갔고, 저도 막 나가려는데 그가 좀 앉아 있으라고 하더군요.

"시시한 결말이야, 그치?" 그는 자기가 좀 전에 목격한 장면을 한동안 곱씹다가 입을 열었습니다. "내가 죽기 살기로 애쓴 일들이 어처구니없이 끝나버렸잖아? 두 집안을 무너뜨릴 작정으로 쇠지레니 곡괭이니 구해놓고, 헤라클레스 같은 힘을 기르려고 나 자신을 단련시켰는데, 막상 준비가 모두 끝나고 힘이 생기니까 두 집 지붕에서 기와 한 장 들어낼 의욕조차 사라져버렸어! 옛 원수들은 나를 이기지 못했지. 지금이 바로 그들의 자손에게 복수할 때인데…… 나에게 힘이 있고 나를 막는 건 아무것도 없는데…… 하지만 이게 다 무슨 소용이야? 나는 복수할 마음이 없어. 손가락 하나도 까딱하기 귀찮아! 이렇게 말하니 그저 대단한 아량을 자랑하려고 지금껏 고생한 것처럼 들리지만, 절대 그런 게 아니야. 나는 이제 그들을 파멸시키는 데서 즐거움을 못 느끼게 되어버렸는데, 즐겁지도 않은 일을 하기에는 내가 너무 게으르지.

넬리, 이상한 변화가 시작됐어. 지금 내게는 그 변화의 그림자가 드리워져 있지. 일상에서 도무지 흥미를 느낄 수가 없어. 먹고 마시는 일도 잊어버릴 지경이야. 지금 나간 저 두 아이가 현재 내게 확실한 실재(實在)로 느껴지는 유일한 존재야. 저들을 보면 죽을 만큼 고통스럽지. 저년에 대해서는 아예 말을 말자. 생각하고 싶지도 않고, 정말이지 내 눈에 안 보이면 좋겠어. 저년이 앞에 있으면 미칠 듯이 화가 치밀 뿐이니까. 하지만 저놈은 내 마음을 다른 방식으로 들쑤시지. 저놈을 안 보고 살면 좋겠지만, 그랬다간 다들 내가 미친 줄 알겠지!" 그는 애써 미소를 지으며 덧붙였습니다. "만약 내가 저놈이 불러일으키거나 구체화시키는 온갖 기억들과 생각들을 말해주면, 아마 너도 내가 진짜 미쳐가는구나 생각할걸. 그렇지만 네가 어디 가서 내 말을 옮기지는 않겠지. 너무 오랫동안 이런 생각들을 머릿속에만 가둬두었더니, 이제 누구한테 털어놓고 싶어졌어.

5분 전에 헤어턴을 보니, 살아 있는 사람이 아니라 내 젊은 날의 화신을 보는 것 같았어. 감정이 얼마나 복잡하던지, 그놈에게 말을 걸었다고 해도 조리 있는 말은 아니었을 거야.

첫째로, 저놈은 섬뜩할 정도로 캐서린을 닮아서 무서울 만큼 캐서린을 떠오르게 해. 그 점이 내 상상력에 가장 크게 작용한다고 생각하겠지만, 실은 그게 가장 사소한 부분이야. 내게 캐서린과 관련되지 않은 것이 뭐가 있고, 캐서린을 떠올리게 하지 않는 것이 뭐가 있겠어? 이 바닥만 내려다봐도 깔린 돌들이 모두 그 애 모습인데! 구름들이, 나무들이 모두 그 애 모습인데! 밤이면 사방을 그 애가 가득 채우고, 낮이면 그 애의 모습이 나를 둘러싸서 모든 것이 그 애로 보여! 더없이 평범한 얼굴들이, 남자 여자 할 것 없이, 심지어 내 얼굴까지 그 애 얼굴처럼 보이면서 나를 조롱해! 온 세상이 그 애가 한때 살아 있었지만 이제 내 곁을 떠나버렸다는 사실이 적혀 있는 끔찍한 비망록이야!

내가 헤어턴을 보았을 때, 그 모습은 내 불멸의 사랑의 유령이었어. 내 권리를 지키려던 안간힘의 유령, 내 영락의 유령, 내 오만의 유령, 내 행복의 유령, 내 고뇌의 유령……

그런데 너한테 이런 말을 떠들다니 정신이 나갔나 봐. 어쨌든 이제 너도 알았겠지. 왜 내가 항상 혼자 있기 싫어하면서도, 저놈이랑 같이 있는 건 반기기는커녕 평소보다 더 괴로워하는지. 저놈이 사촌과 어울리든 말든 신경 쓰지 않게 된 데는 그런 이유도 있어. 난 더는 저 두 사람한테 관심이 안 가. 더는."

"그런데 히스클리프 씨, **변화**라니, 그게 무슨 말인가요?" 그의 태도에 불안해진 제가 물었습니다. 물론 당장 미치거나 죽을 사람으로 보이지는 않았어요. 제가 판단하기에 그는 힘이 세고 건강한 사람이었지요. 지적인 면을 보더라도, 어린 시절부터 악한 짓을 생각하거나 희한한 것을 좋아하고 세상을 떠난 자기 우상에 대해서는 편집증을 갖고 있었지만, 다른 문제에 관해서는 저 못지않게 멀쩡했답니다.

"변화가 와봐야 알겠지." 히스클리프 씨가 대답했습니다. "아직 절반 정도밖에 모르겠어."

"어디 아픈 건 아니지요?" 제가 물었습니다.

"아냐, 넬리, 아픈 데는 없어." 히스클리프 씨가 대답했습니다.

"그럼, 죽는 게 무섭지는 않아요?" 제가 또 물었습니다.

"무섭냐고? 전혀 안 무서워!" 그가 대꾸했습니다. "나는 죽는 것에 대한 두려움도, 그런 예감도 그런 희망도 없어. 이유가 없잖아? 몸은 튼튼하고 생활은 절제되어 있고 하는 일이 위험한 것도 아니니, 검은 머리털이 모두 없어질 때까지 이승을 떠날 수 없겠지. 아마 그럴 거야. 하지만 이 상태로는 못 살겠어! 나 자신한테 숨을 쉬라고 일러야 하고, 내 심장한테 뛰라고 일러야 할 지경이야! 용수철을 뒤로 구부려 팽팽하게 해놓은 꼴이라고 할까. 나는 단 한 가지 생각뿐이거든. 그것에서 비롯된 행동이 아니면 아무리 작은 행동이라 해도 억지로 해야 하고, 그것과 연결된 것이 아니라면 산 것이든 죽은 것이든 무엇을 본다 해도 억지로 보아야 해…… 나에게는 단 한 가지 소원밖에 없어. 내 전 존재와 내 전 능력이 그 소원을 이루기를 원해. 그토록 오랫동안, 그토록 줄기차게 원해왔으니까, **틀림없**이 이루어질 거야, 이제 얼마 안 남았어. 내 소원이 내 존재를 삼켜버렸거든. 소원이 이루어지리라는 기대가 나를 삼켜버렸단 말이야.

속을 털어놔도 마음이 가벼워지지는 않는군. 하지만 설명할 수 없었던 변덕들이 이제 설명되었겠지. 맙소사! 나도 참 오래 싸웠구나! 이제 그만 끝났으면 좋겠는데!"

그는 끔찍한 말을 중얼거리면서 방 안을 왔다 갔다 하기 시작했습니다. 양심이 그의 마음을 생지옥으로 만들었다는 게 조지프의 말이었는데, 저도 그 말을 믿고 싶을 정도였습니다. 결말이 어떨지 몹시 궁금했습니다.

그때까지 그는 자기 속을 표정으로라도 드러냈던 적이 거의 없었지만, 그의 속이 항상 그랬으리라는 것은 분명했습니다. 본인이 자기의 입으로 그렇다고 말했으니까요. 그렇지만 평소 모습에서 그러한 사실을 짐작할 사람은 아무도 없었을 거예요. 록우드 씨가 히스클리프 씨를 만났을 때도 그런 줄은 모르셨잖아요. 제가 지금 말한 그 당시에도 그는 록우드 씨가 보셨을 때와 똑같았어요. 달라진 점이 있다면, 한참 씩 혼자 있는 걸 더 좋아하게 되었다는 것과 사람들이 있을 때 말수가 더 적어졌다는 것 정도였답니다.

20장

  그날 저녁 이후 며칠 동안 히스클리프 씨는 식사 시간에 우리와 마주치는 일을 피했지만, 헤어턴과 캐시를 정식으로 식탁에서 추방하지는 않았어요. 자기 감정에 그렇게 철저히 굴복당하느니 차라리 스스로 자리를 피하는 편을 택했지요. 스물네 시간에 한 번 꼴로 먹는데도 충분히 버티는 것 같더군요.

  어느 날 밤, 식구들이 모두 잠든 뒤 그가 층계를 내려가 앞문으로 나가는 소리가 들렸습니다. 다시 들어오는 소리는 없었어요. 아침에 보니 아직 들어오지 않았더라고요.

  때는 4월, 날씨는 상쾌하고 따뜻했습니다. 잔디는 봄비와 햇빛이 만들어낼 수 있는 가장 푸른빛이었고, 남쪽 담장 앞에 있는 난쟁이 사과나무 두 그루는 꽃으로 만발했습니다.

아침 식사가 끝나자 캐서린은 제게 의자를 가지고 밖으로 나오라고
성화였어요. 일감을 가지고 나와서 큰방 끝 쪽 전나무 밑에 앉으라고
했지요. 그러고는 상처가 다 아문 헤어턴을 꼬드겨서 땅을 파고 정원
을 만들게 했습니다. 조지프의 하소연 때문에 꽃밭의 위치가 전나무
쪽 구석으로 옮겨졌거든요.

제가 사방에서 풍기는 봄 향기와 머리 위로 펼쳐진 아름다운 하늘
빛을 편안히 즐기고 있을 때, 꽃밭 가장자리에 심을 프림로즈를 구하
러 대문 근처까지 달려갔던 아씨가 절반밖에 차지 않은 바구니를 들
고 돌아와서 히스클리프 씨가 집 안으로 들어가더라고 말하더군요.

"그런데 나한테 그러는 거야." 아씨가 당황한 얼굴로 덧붙였습니다.

"뭐라고 했는데?" 헤어턴이 물었습니다.

"가능한 한 빨리 꺼지라고 했어." 아씨가 대답했습니다. "하지만 표
정이 여느 때와 너무 딴판이라 잠시 서서 빤히 쳐다봤어."

"어떻게 딴판이었는데?" 헤어턴이 물었습니다.

"글쎄, 거의 밝고 활기찬 표정, 아니, 거의가 아니라 아주 들뜬 표정,
즐겁고 신나는 표정이었어!"

"밤 산책이 즐거웠나 보죠." 대수롭지 않은 일이라는 듯 말했지만
하지만 사실은 아씨 못지않게 놀랐습니다. 그 말이 사실인지 확인하
고 싶어 조바심이 나더군요. 주인이 즐거워하는 표정은 매일 볼 수 있
는 광경이 아니었으니, 저는 집 안으로 들어갈 핑계를 꾸며냈습니다.

히스클리프는 열린 문 앞에 서 있었는데, 낯빛은 창백했고 몸은 부
들부들 떨고 있었지만, 확실히 눈은 이상한 기쁨의 빛으로 반짝이고
있어 얼굴이 완전히 달라 보였습니다.

"아침 식사 차릴까요?" 제가 말했습니다. "밤새 헤매 다녔으니 배가 고플 텐데!"

어디 갔었는지 알아내고 싶었지만 대놓고 물어보기는 싫었거든요.

"아니, 배고프지 않아." 히스클리프가 고개를 돌리며 다소 경멸하는 투로 대꾸했습니다. 자기가 즐거워하는 이유를 캐내려는 걸 다 안다는 태도였습니다.

저는 당황스러웠습니다. 훈계를 던지기에 적당한 때인지 아닌지 잘 모르겠더군요.

"잘 시간에 집 밖을 돌아다니다니 옳은 일은 아닌 것 같네요." 제가 말했습니다. "어쨌거나 이렇게 습한 철에 지각 있는 일은 아니에요. 잘못하면 독감이나 열병에 걸린다고요. 벌써 병이 났잖아요!"

"그래봤자 죽을 병도 아냐." 그가 대꾸했습니다. "네가 나를 내버려두기만 한다면, 나도 얼씨구나 하고 병에 걸릴 텐데. 이제 들어가 봐. 그만 성가시게 굴고."

저는 시키는 대로 들어갔습니다. 그런데 옆을 지날 때, 그의 숨이 고양이 숨처럼 가쁜 것을 알아챘습니다.

'역시!' 저는 속으로 생각했습니다. '병치레를 하겠군. 대체 무슨 짓을 하고 돌아다닌 거야!'

그날 낮에 히스클리프는 우리와 한 식탁에 앉더니 지금까지 굶은 것을 벌충하려는 듯 산처럼 수북한 접시를 받아 들었습니다.

"넬리, 나는 독감이나 열병에 걸린 게 아니야." 제가 아침에 한 말이 생각난 듯 그가 말했습니다. "네가 준비한 음식이 맛있으면 많이 먹어줄게."

그는 포크와 나이프를 들었지만, 막 먹으려는 순간 갑자기 식욕이 사라진 듯했습니다. 포크와 나이프를 내려놓고 창문 쪽을 유심히 보더니 일어나서 나가버리더라고요.

우리는 그가 정원에서 왔다 갔다 하는 걸 보며 식사를 마쳤습니다. 언쇼는 그가 왜 식사를 안 하는지 물어보고 오겠다고 했습니다. 우리가 그의 심기를 건드렸다고 생각한 게지요.

"뭐래, 들어온대?" 언쇼가 들어오자 캐서린이 물었습니다.

"아니." 언쇼가 대답했습니다. "근데 화가 난 게 아니야. 대단히 즐거워 보였어. 그저 내가 같은 말을 두 번 한다고 짜증을 내더니, 너한테 가버리랬어. 왜 내가 딴 사람 옆에서 얼쩡거리는지 모르겠다면서."

저는 그의 접시가 식지 않게 벽난로 시렁에 올려놓았습니다. 한두 시간 후 큰방에 아무도 없을 때 그가 들어왔습니다. 여전히 흥분 상태였고, 여전히 괴이했습니다. 정말 괴이했답니다. 어두운 이마 밑으로 즐거운 표정이 떠올랐고, 낯빛은 여전히 창백한데 이따금씩 이를 드러내며 미소 비슷한 것을 짓고, 온몸을 떠는데 춥거나 아파서 그러는 게 아니라 팽팽히 당겨진 줄처럼, 떤다기보다는 오히려 강렬한 전율을 느끼는 듯했습니다.

무슨 일인지 물어봐야겠다고 생각했습니다. 저 말고 물어볼 사람이 누가 있겠어요? 그래서 큰 소리로 물었지요.

"히스클리프 씨, 무슨 좋은 소식이라도 들었어요? 평소와 다르게 기운이 넘치네요."

"내가 좋은 소식 들을 데가 어디 있어?" 그가 대꾸했습니다. "허기가 질 때 기운이 나는 걸 보니, 아무래도 나는 굶어야 되겠어."

"음식 데워놓았는데," 제가 대꾸했습니다. "좀 먹는 게 어때요?"

"지금은 생각 없어." 그가 얼른 대꾸했습니다. "저녁때까지는 안 먹을래. 그리고 넬리, 내가 처음이자 마지막으로 부탁하겠는데, 헤어턴이랑 딴 아이한테 내 옆에 얼씬하지 말라고 해. 아무한테도 방해받고 싶지 않아. 여기 혼자 있고 싶어."

"그런 추방령을 내릴 만한 이유라도 생겼나요?" 제가 물었습니다. "왜 그렇게 이상하게 구는지 말 좀 해볼래요? 어젯밤에 어디 있었어요? 괜히 궁금해서 물어보는 게 아니라……"

"괜히 궁금해서 물어보는 거 맞잖아." 그가 낄낄 웃으면서 제 말을 잘랐어요. "그래도 대답은 해주지. 어젯밤에 나는 지옥 문턱까지 갔다 왔어. 그리고 오늘은 나만의 천국이 보이는 곳에 있어. 지금 나는 천국을 보고 있어. 바로 1미터 앞이야! 이제 그만 가. 무시무시한 구경을 하고 싶지 않으면 염탐질은 그만하고."

저는 벽난로를 쓸고 식탁을 닦고는 어느 때보다 당황해하며 큰방을 나왔습니다.

그날 히스클리프 씨는 오후 내내 큰방에 있었고, 그의 고독을 방해하는 사람은 아무도 없었습니다. 그러는 동안 8시가 가까워졌고, 부르지는 않았지만 저는 촛불과 저녁 식사를 들여가는 것이 옳다고 생각했습니다.

그는 열린 창문 앞 창턱에 기대고 있었지만 밖을 내다보는 건 아니었어요. 얼굴이 방 안의 어둠을 향하고 있었지요. 벽난로에는 재만 남았고, 방 안은 흐린 날 저녁의 후덥지근한 공기로 가득했습니다. 얼마나 조용한지 기머턴 쪽으로 흐르는 개울물 소리가 들리는 것은 물론이고, 그것이 자갈 위를 흐르는 물소리인지 바위틈을 흐르는 물소리인지 분간이 될 정도였습니다.

저는 꺼져버린 벽난로에 불만의 탄식을 내뱉은 뒤 방 안의 창문을 하나하나 닫기 시작했고, 결국 그가 있는 창문 앞에 이르렀습니다.

"이 창문도 닫아야겠죠?" 그가 꼼짝도 하지 않기에 정신을 차리게 하려고 물었습니다.

제가 이렇게 말하는 순간, 그의 이목구비가 촛불에 드러났습니다. 정말이지, 록우드 씨, 순간 그를 보고 얼마나 놀랐는지 말로 표현할 수가 없답니다! 움푹하게 꺼진 시커먼 눈! 그 미소, 그리고 송장같이 퍼런 낯빛! 제 눈에는 히스클리프 씨가 아니라 요괴같이 보이더라고요. 겁에 질려 그만 초가 벽 쪽으로 기우는 것도 몰랐지요. 결국 사방이 캄캄해졌습니다.

"그래, 닫아." 그가 익숙한 목소리로 대답했습니다. "저런, 초 하나 똑바로 못 들어! 어쩌자고 초를 가로로 쥐었어? 어서 가서 다른 초를 가져와."

저는 공포로 얼이 빠진 채 뛰쳐나가서 조지프에게 말했습니다.

"나리가 초를 가져오고 불도 다시 피우라고 전하래요." 그때는 직접 다시 들어갈 엄두가 안 나더라고요.

조지프가 부삽에 불씨를 퍼 담아 안으로 들어갔지만 들어가자마자 도로 나왔습니다. 한 손에는 부삽이 그대로 들려 있고 또 한 손에는 저녁 식사를 두었던 쟁반이 들려 있었어요. 히스클리프 씨가 자러 간다며 아침까지 아무것도 먹고 싶지 않다고 했다더군요.

그 순간 히스클리프 씨가 계단을 오르는 소리가 들렸습니다. 그런데 자기 방에 가는 대신 상자 모양 침대가 있는 그 방으로 들어가더군요. 전에 한번 말씀드렸죠. 그 방 창문은 사람이 드나들 수 있을 만큼 넓답니다. 그때 저는 그가 우리 몰래 또다시 한밤의 외출을 계획하는 줄만 알았지요.

저는 속으로 생각했습니다. '저 인간은 송장 먹는 귀신인가? 아니면 흡혈귀?' 사람의 탈을 쓴 악귀 이야기를 읽은 적이 있거든요. 하지만 정신을 차리고 다시 생각해보니 저는 그가 어렸을 때 보살펴주고 청년이 되는 모습을 지켜본 사람이고, 그에 대한 거의 모든 내력을 알고 있는 사람이었어요. 그렇게 무서워하다니 어처구니가 없었지요.

"하지만 그 아이는 어디서 왔을까? 착한 양반이 새까만 어린것을 주워 길렀다가 화를 당했지." 저는 막 잠에 빠져들면서 이런 미신 같은 이야기를 중얼거렸습니다. 그때부터 비몽사몽간에 그 아이에게 어울릴 만한 부모를 상상해보았습니다. 그리고 잠들기 전에 그랬듯 그 아이의 삶을 다시 한 번 되짚어보았습니다. 이번에는 그 아이의 삶이 무시무시하게 각색되더군요. 마지막으로 아이의 죽음과 장례식을 그려보았습니다. 지금 기억나는 유일한 장면은 제가 그 아이의 묘비에 새길 말을 불러주는 일을 맡아 골머리를 썩이다가 묘지기와 상의하는 장면이랍니다. 성도 없고 나이도 몰랐기 때문에 '히스클리프'라는 글자를 새기는 것으로 만족해야 했습니다. 그 장면은 나중에 현실이 되었어요. 교회 묘지에 가서 그의 묘비를 보면, 이름 하나와 죽은 날짜뿐이지요.

새벽이 저에게 상식을 되찾아주었습니다. 앞이 보일 만큼 날이 밝자마자 저는 일어나서 정원으로 나갔습니다. 창문 밑에 발자국이 있나 확인하기 위해서였지요. 없더군요.

'집에 있었구나.' 저는 생각했습니다. '그러면 오늘은 몸 상태가 좀 괜찮겠어.'

저는 평소대로 식구들을 위해 아침을 준비했지만, 헤어턴과 캐서린에게는 주인이 늦잠을 자는 것 같으니 주인이 내려오기 전에 먼저 먹으라고 했습니다. 두 아이는 아침을 정원 나무 그늘에서 먹고 싶어 했고, 저는 둘의 기분을 맞춰주기 위해 작은 식탁 하나를 내놓았지요.

안으로 들어가니 히스클리프 씨가 내려와 있었습니다. 조지프와 농사일에 대해 의논하고 있었는데, 의논 중인 일에 대해서는 분명하고 세세하게 지시하고 있었지만 말이 빠르고 연방 고개를 옆으로 돌리는데다 흥분한 표정은 전날과 마찬가지였습니다. 아니, 전날보다 심했어요.

조지프가 나가자 그는 항상 앉는 자리에 앉았고, 저는 그의 앞에 커피 사발을 놓았습니다. 히스클리프 씨는 사발을 끌어당기다 말고 양 팔을 탁자에 올리더니 맞은편 벽의 한 부분을 살피는 듯 번득이는 불안한 눈동자를 위아래로 움직였습니다. 어찌나 유심히 살펴보는지 30초가 지나도록 숨 한 번을 안 쉬더라고요.

"자, 정신 차려요." 제가 손에 빵을 밀어주며 소리쳤습니다. "이걸 좀 먹고, 그것도 식기 전에 마셔요. 식탁 차린 지가 거의 한 시간이 넘었어요."

그는 저를 의식하지 못한 채 미소를 지었습니다. 그렇게 미소 짓는 꼴을 보느니 차라리 이를 부득부득 가는 꼴을 보는 것이 나을 듯했습니다.

"히스클리프 씨! 나리!" 제가 소리쳤습니다. "제발 부탁인데 귀신 보는 사람처럼 허공 노려보는 짓 좀 그만해요."

"제발 부탁인데 그렇게 소리 지르는 짓 좀 그만해." 그가 대꾸했습니다. "방을 한번 둘러보고 나한테 말해줘. 지금 우리 둘뿐이야?"

"당연하지요." 내가 대답했어요. "우리 말고 누가 있겠어요."

저는 우리뿐이라고 대답하면서도, 무심코 시키는 대로 방을 둘러보았습니다.

히스클리프는 식탁 위에 차려진 것들을 한 손으로 밀어내고 자기 앞에 빈 공간을 마련한 뒤, 상체를 내밀고 좀 더 편안한 자세로 계속 무언가를 응시했습니다.

알고 보니 그가 응시하는 것은 벽이 아니었습니다. 그의 모습만 따로 떼어놓고 보니, 자기 자리에서 2미터쯤 앞에 있는 무언가를 응시하는 것 같았습니다. 그 무언가가 극한의 쾌감과 극한의 고통을 동시에 느끼게 하는 듯했어요. 얼굴에 고통스러우면서도 희열에 넘치는 표정이 어리기에 그렇게 짐작했지요.

상상의 물체는 한 자리에 고정되어 있는 것도 아니었습니다. 그의 눈은 지치지도 않고 그것만을 뒤쫓았고, 저랑 말할 때도 절대 그것에서 눈을 떼지 않았어요.

저는 그가 오랫동안 굶은 상태라고 상기시키려 애썼지만 소용없더군요. 제발 뭘 좀 먹으라고 채근하면 빵이라도 하나 집을 듯이 손을 뻗지만, 그때마다 손가락이 빵조각에 닿기 전에 주먹을 쥐고는 손을 들어 올린 목적을 잊은 듯 그냥 내려놓았습니다.

저는 인내심의 표본처럼 자리를 지키고 앉아서, 그가 넋을 잃은 듯이 행동할 때마다 말을 걸면서 주의를 끌려고 애썼습니다. 급기야 히스클리프는 짜증을 내면서 벌떡 일어나더니, 왜 자기가 느긋하게 식사하는 걸 그냥 두고 보지 못하느냐, 다음 식사 때부터는 시중들 필요 없으니까 그냥 차려놓고 나가라고 말하더군요.

그러고는 큰방을 나가서, 정원 오솔길을 따라 어슬렁거리더니 대문 밖으로 사라졌습니다.

한 시간 또 한 시간이 불안 속에 느릿느릿 흘러갔고, 그렇게 또 저녁이 찾아왔습니다. 저는 늦게까지 잠자리에 들지 못했고, 잠자리에 들어서도 잠을 이룰 수가 없었어요. 그는 자정이 지나서 돌아오더니 자러 가지 않고 큰방에 틀어박히더군요. 저는 귀를 기울이며 몸을 뒤척이다 결국 옷을 걸쳐 입고 내려갔습니다. 오만 가지 근거 없는 불안 속에 골치를 썩이며 누워 있는 일도 고역이었으니까요.

히스클리프 씨의 왔다 갔다 하는 발소리가 끊이지 않았고, 신음 같은 깊은 숨소리가 수시로 적막을 깨뜨렸습니다. 그리고 띄엄띄엄 무슨 말인가를 중얼거렸는데, 제가 유일하게 알아들은 말은 캐서린이라는 이름 뒤에 붙은 열렬한 사모의 말 또는 번민의 말이었습니다. 곁에 있는 사람에게 들려주는 듯한 나직한 그 말에는 그의 영혼 깊은 곳에서 짜낸 진심이 어려 있었습니다.

곧장 큰방으로 들어갈 용기는 없었지만 그를 백일몽에서 깨우고 싶다는 마음에, 그때부터 저는 부엌에서 불과 씨름하며 탄을 휘젓기도 하고 재를 긁어내기도 했습니다. 그 덕분에 예상보다 빨리 정신이 돌아왔지요. 그는 대뜸 문을 열고 말했어요.

"넬리, 들어와봐. 아침이야? 불 가지고 와."

"4시를 치네요." 제가 대답했습니다. "위층에 가져갈 촛불이 필요하시겠군요. 여기 불로 붙여드릴게요."

"아니, 위층에는 안 가고 싶어." 그가 대답했습니다. "들어와서 여기에 불을 피우고, 여기서 뭐라도 좀 해봐."

"그러면 우선 탄에 불을 붙여야겠네요." 제가 의자와 풀무를 놓으며 대꾸했습니다.

그동안 그는 거의 미친 사람처럼 방 안을 왔다 갔다 했습니다. 연이어 무거운 한숨을 토해내느라 제대로 된 숨을 쉴 틈이 거의 없더군요.

"날이 밝는 대로 그린을 불러와야겠어." 그가 말했습니다. "그 사람한테 법적인 문제를 물어보고 싶어. 그런 일을 생각할 여력이 있는 동안, 차분하게 행동할 수 있는 동안 처리해놓아야지. 아직 유언장도 작성하지 않았고 내 유산을 어떻게 할지도 못 정했어! 아무도 물려받지 못하게 지상에서 싹 없애버렸으면 좋겠지만."

"그런 말 마세요, 히스클리프 씨," 제가 말을 가로막았습니다. "유언장은 한참 후에 만들어도 돼요. 저지른 잘못이 많으니, 뉘우칠 세월도 많이 남았겠죠! 히스클리프 씨의 신경줄이 고장나리라곤 상상도 못했는데, 이제 보니 엄청나게 고장났네. 이게 다 자기가 자초한 일인데, 누구 탓을 하겠어요. 사흘을 이렇게 살다니 티탄*이라 해도 나가떨어지겠어요. 제발 뭘 좀 먹고, 잠 좀 자요. 자기가 얼마나 못 먹고 못 잤는지 거울을 보면 알 거 아니에요. 볼은 움푹 들어갔고 눈은 충혈됐잖아요. 굶어 죽게 생긴 사람 같고, 잠을 못 자 눈이 멀게 생긴 사

---

* 그리스 신화에 등장하는 거인족.

람 같다고요."

"내가 못 먹고 못 자는 건 내 탓이 아니야." 그가 대꾸했습니다. "일부러 안 먹고 안 자는 게 아니란 말이야. 먹고 잘 수 있게 되면 먹기도 하고 자기도 할 거야. 하지만 지금 나한테 먹고 자라는 말은 물에서 빠져나오려는 사람한테 쉬라는 말이나 똑같아! 팔 한 번만 저으면 육지에 닿을 수 있는데! 나는 일단 육지로 올라가야겠어. 쉬는 건 그다음이야. 으흠, 그린 씨는 안 불러도 돼. 그리고 말이야, 너는 나한테 잘못을 뉘우치라지만, 나는 잘못한 게 없으니까 아무것도 뉘우치지 않아. 나는 정말 행복하지만 이걸로는 만족이 안 돼. 내 영혼의 더없는 행복은 내 육체를 파괴하면서도 만족하려 들지를 않아."

"지금 행복하다고요?" 제가 소리쳤습니다. "이상한 행복도 다 있네! 내가 하는 말에 화를 안 내겠다고 하면 더 행복해질 방법을 알려드릴게요."

"그게 뭔데?" 그가 말했습니다. "말해봐."

"히스클리프 씨도 알겠지만," 제가 말했습니다. "나리는 열세 살 때부터 이기적인, 예수 믿지 않는 사람의 삶을 살았잖아요. 그때부터 성경 한 번 펼친 적이 없겠지요. 성경책에 무슨 말이 있는지도 다 잊어버렸을 테고, 이제 성경책을 뒤적거릴 짬도 없어요. 그래서 말인데, 교파 상관없이 목사를 하나 불러다가 성경 말씀을 듣는 거예요. 지금까지 얼마나 가르침에 어긋나게 살았는지 죽기 전에 제대로 마음을 돌리지 않으면 천국에 들어갈 수 없다는 걸 일러줄 테니까. 해될 건 없겠지요?"

"그 말을 들으니 화가 나기보다 고마운걸." 그가 말했습니다. "넬리

덕에 내 시체를 어떻게 묻어야 할지 생각났거든. 시체는 저녁에 교회 묘지로 보내. 너랑 헤어턴은 괜찮다면 따라와. 그리고 꼭 묘지기가 관 두 개에 대한 내 지시사항을 따르는지 확인해! 목사는 부를 필요 없어. 조사도 읽을 필요 없어. 나만의 천국이 바로 저기 있어. 남들의 천국 따위, 나는 좋은지도 모르겠고 가고 싶지도 않아."

"그렇게 계속 고집 부리고 아무것도 안 먹다가 굶어 죽기라도 하면 교회 묘지에 묻히지도 못할걸요!" 저는 신을 믿지 않는 그의 무심함에 경악하면서 말했습니다. "그런 일을 당해봐야 속이 시원하겠어요?"

"그런 일은 없을 거야." 그가 대꾸했습니다. "혹시라도 그렇다면 네가 내 시체를 몰래 옮기도록 해. 내가 시키는 대로 안 하면, 죽은 사람들이 무덤 밖을 떠돈다는 얘기를 실감하게 해주겠어."

다른 식구들이 일어나는 소리가 들리자 그는 곧장 자기 굴로 들어갔고, 저도 겨우 한숨 돌렸지요. 그런데 오후에 조지프와 헤어턴이 일하러 나가자 그가 다시 부엌에 들어오더니 미친 사람 같은 얼굴로 제게 큰방에 들어와 앉아 있으라고 하더군요. 누가 옆에 있어주면 좋겠다는 것이었어요.

저는 싫다고 했습니다. 나리의 해괴한 말과 행동이 무섭고, 단둘이 들어앉아 있을 용기도 의향도 없다고 솔직하게 말했지요.

"너는 내가 악마라고 생각하는구나!" 그는 음산하게 킬킬거리며 말했습니다. "나같이 끔찍한 물건은 점잖은 집안에 어울리지 않는다고 생각하는구나!"

부엌에 있던 캐서린은 히스클리프가 들어오자 제 등 뒤로 숨었는데, 그는 그런 캐서린을 보며 비아냥거리듯 덧붙였습니다.

"얘야, 네가 같이 있어줄래? 해코지 안 할게. 안 되겠지! 너한테는 내가 악마보다 더한 짓을 했으니까. 그렇지만 내 옆에서 절대 도망가지 않을 애가 하나 있지! 맙소사! 독한 년. 이런, 빌어먹을! 살아 있는 몸뚱이로는 도무지 못 당해. 나같이 질긴 놈도 못 당하겠어."

누가 옆에 있어주면 좋겠다는 말은 그것으로 끝이었습니다. 주인이 자기 방으로 올라간 건 해질녘이었는데 그날 밤부터 다음 날 오전 늦게까지 신음 소리와 혼잣말 소리가 끊이지 않더군요. 헤어턴이 들여다보려고 했지만 저는 헤어턴을 내보내 케네스 씨를 불러오게 했습니다. 케네스 씨에게 보여야 할 상황이었지요.

케네스 씨가 왔고, 저는 들어가겠다고 말하면서 방문을 밀었습니다. 그런데 잠겨 있더군요. 히스클리프는 우리한테 꺼지라고 했습니다. 이제 몸이 나아졌으니까 혼자 있게 해달라면서요. 그래서 의사는 그냥 돌아갔습니다.

그다음 날 저녁부터 새벽까지는 비가 많이 왔습니다. 억수같이 퍼붓더라고요. 저는 아침 산책 삼아 본채를 한 바퀴 돌다가 활짝 열린 주인 방 창문으로 비가 들이치는 것을 발견했습니다.

저는 생각했답니다. 침대에 있을 리는 없겠지, 그랬으면 들이치는 비에 홀딱 젖었을 테니까! 일어나 있거나 밖에 나간 게 틀림없어. 어쨌든 여기서 속을 끓이지 말고 한번 들어가서 봐야겠다!

여분의 열쇠로 겨우 문을 열고 들어갔는데 방 안에 아무도 없더군요. 상자 모양의 참나무 침대로 달려가 급히 미닫이 문짝을 열고 안을 들여다보았습니다. 히스클리프 씨가 있었어요. 똑바로 누워 있더군요. 저를 보는 눈초리가 날카롭고 사나워서 움찔 놀랐는데, 다시 보니 미소를 짓는 것 같기도 했지요.

죽었다는 생각은 못했어요. 그런데 얼굴과 목덜미가 빗물에 젖고, 침대보에서 물이 뚝뚝 떨어지는데도 전혀 움직이지 않더군요. 여닫이 창문이 앞뒤로 열렸다 닫혔다 하는 탓에 창턱에 놓인 손이 상처가 났는데 까진 피부에서 피가 안 나더라고요. 상처에 손을 대보니 더 이상 의심의 여지가 없었습니다. 죽어서 뻣뻣하게 굳어 있었어요.

저는 창문을 잠갔습니다. 이마로 흘러내린 그의 검고 긴 앞머리를 빗겨주고, 그의 눈을 감겨주려고 했지요. 가능하면 그 무시무시하고 살아 있는 듯한 환희의 눈빛을 누군가 보기 전에 꺼뜨려주고 싶었어요. 그런데 눈이 감기지 않았습니다. 그의 눈은 제 손길을 비웃었고, 벌어진 입술과 날카롭고 하얀 이까지 저를 비웃는 듯했습니다! 저는 다시 와락 겁이 나서 큰 소리로 조지프를 불렀습니다. 조지프는 발을 질질 끌며 올라와서 한바탕 법석을 떨더니, 자기는 절대로 그 몸에 손을 대지 않겠다고 했습니다.

조지프가 소리쳤습니다. "악마가 저 자슥 영혼을 가져갔다. 몸뚱이도 같이 가져갈 것이지! 옴마! 표정 한번 고약하네. 뒈지면서 웃고 자빠졌다!" 늙은 죄인은 망자를 조롱하듯 이를 드러내고 웃더군요.

저는 조지프가 침대를 빙글빙글 돌며 덩실덩실 춤이라도 출 줄 알았는데, 갑자기 차분해지더니 무릎을 꿇고 손을 쳐들었습니다. 정당한 주인과 유서 깊은 혈통이 권리를 되찾은 데 대해 감사의 기도를 올리는 것이었지요.

반면 저는 이 끔찍한 사건 앞에 할 말을 잃었고, 하릴없이 옛일들이 떠올라서 가슴이 먹먹해오기도 했지요. 하지만 정말로 가슴 아파 한 사람은 가장 몹쓸 짓을 당한 헤어턴뿐이었습니다. 밤새 시체 옆을 지키면서 비통하게 울더군요. 시체의 손을 꼭 잡기도 하고 다른 사람들이 쳐다보기조차 싫어하는 냉소적이고 흉포한 얼굴에 입을 맞추기도 하면서요. 망자를 애도하는 헤어턴의 슬픔은 버린 강철처럼 단단하면서도 너그러움을 간직한 그의 마음에서 절로 우러나오는 강한 슬픔이었습니다.

케네스 씨는 주인이 무슨 병 때문에 죽었다고 해야 할지 몰라 당황해했습니다. 저는 히스클리프가 나흘 동안 굶었다는 사실을 말하지 않았습니다. 혹시 문제가 될까 두렵기도 했고, 지금 생각해도 일부러 굶은 것 같지는 않거든요. 그가 굶은 것은 그가 걸렸던 이상한 병의 결과일 뿐 원인은 아니었어요.

우리는 히스클리프가 생전에 원했던 대로 그를 묻어주었는데, 그 때문에 온 동네가 수군거렸지요. 언쇼와 저, 묘지기 그리고 관을 지는 인부 여섯 명이 장례식에 참석한 전부였답니다.

인부들은 관을 무덤 자리에 내려놓자마자 돌아갔고, 우리만 남아서 관이 묻히는 모습을 지켜보았지요. 헤어턴은 눈물을 줄줄 흘리면서 직접 파란색 잔디를 떠다 갈색 무덤 위에 입혔어요. 지금 그 무덤은 옆에 있는 두 무덤처럼 매끈하고 파릇파릇한데, 그 무덤에 묻힌 이도 옆에 있는 두 무덤 주인들처럼 편안히 잠들어 있을 거라 믿어요. 하지만 여기 사람들을 잡고 물어보면 아시겠지만, 동네 사람들은 히스클리프가 무덤 밖을 떠돌고 있다고 성경에 대고 맹세를 해요. 교회 부근에서 보았다는 사람도 있고 습지에서 보았다는 사람도 있고, 심지어이 집에서 보았다는 사람도 있거든요. 록우드 씨는 괜한 소리라고 생각하시지요. 저도 마찬가지예요. 그런데 부엌에서 불을 쬐고 있는 저 늙은이는 히스클리프 씨가 죽은 뒤로 비 오는 밤마다, 그가 죽은 방 창으로 밖을 내다보는 두 사람을 봤대요. 그런데 한 달 전쯤에는 저한테도 이상한 일이 있었어요.

티티새 지나는 농원으로 가는 길이었어요. 폭풍우가 몰아칠 것 같은 컴컴한 저녁이었는데, 폭풍의 언덕을 막 벗어나 꺾어지는 길에서, 어미 양 한 마리와 새끼 양 두 마리를 앞세운 아이와 마주쳤어요. 아이가 엉엉 울고 있기에, 새끼 양들이 까불고 말을 안 들어서 그러나 보다 싶었지요.

"무슨 일로 이렇게 우실까?" 제가 물었습니다.

"저기 절벽 밑에 히스클리프하고 어떤 여자하고 있어." 아이가 엉엉 울면서 말했습니다. "무서워서 못 지나가겠어."

제 눈에는 아무것도 보이지 않았지만, 양들도 아이도 안 가고 버티더라고요. 저는 아이한테 아래쪽 길로 가라고 일러주었지요.

혼자서 습지를 지나던 아이가 부모나 친구들한테서 수시로 들었던 허튼소리를 떠올리고 스스로 유령을 불러냈겠지요. 어쨌든 요새는 해가 지면 밖에 나가기가 꺼려지더군요. 이 음산한 집구석에 혼자 있는 것도 꺼려지고. 꺼려지는 걸 어쩌겠어요. 두 사람이 빨리 여길 떠나 티티새 지나는 농원으로 이사해야 좀 마음이 놓일 것 같아요!

"두 사람이 티티새 지나는 농원으로 가게 됐나?" 내가 말했다.

"네." 딘 부인이 대답했다. "결혼하면 바로요. 정월 초하루가 되겠네요."

"그럼 여기는 누가 사나?"

"뭐, 조지프가 관리할 거예요. 조지프와 같이 지낼 애를 하나 구하든지. 둘이 부엌에서 살고, 다른 데는 전부 닫아두려고요."

"그럼 유령들이 마음껏 들어와 살겠군?" 내가 말했다.

"그런 말 마세요, 록우드 씨." 넬리는 고개를 저으며 말했다. "고인들은 고이 잠들어 있어요. 죽은 사람을 두고 농담을 하다니 옳지 않아요."

때마침 정원의 대문이 활짝 열렸다. 산책 갔던 두 사람이 돌아오고 있었다.

"저들은 무서울 게 없겠군." 내가 창밖으로 두 사람을 바라보며 툴툴거렸다. "사탄이 군대를 끌고 와도 두 사람을 당하지는 못하겠어."

두 사람은 현관 앞 섬돌에서 걸음을 멈췄다. 달을 한 번 더 보기 위해서, 보다 정확하게 말하자면, 달빛에 비치는 서로의 얼굴을 한 번 더 보기 위해서였다. 이번에도 나는 그들을 피해야 할 것 같은 기분이 들었다. 나는 딘 부인의 손에 촌지를 쥐여준 후 내 무례함에 대한 딘 부인의 훈계를 무시하면서, 두 사람이 현관문을 여는 것과 거의 동시에 부엌문으로 빠져나왔다. 조지프가 자기 발밑에서 1파운드짜리 은화의 경쾌한 울림을 듣고 내 점잖은 인품을 곧 알아보았기에 망정이지, 하마터면 자기 동료 고용인이 헤픈 여자라는 조지프의 판단이 굳어질 뻔했다.

집으로 돌아오는 길은 교회 방향으로 둘러 오느라고 늦어졌다. 교회 담장 가까이에서 보니, 교회는 불과 일곱 달 사이에 눈에 띄게 퇴락해 있었다. 유리창이 있던 자리에는 검은 구멍뿐이었고, 지붕의 기와가 여기저기 삐뚤빼뚤 흐트러져 있어 곧 몰아칠 가을 폭풍우에 하나둘 떨어져 나갈 것 같았다.

습지 옆 비탈에서 비석 세 개를 찾아보았다. 금방 눈에 띄었다. 가운데 것은 회색이었고 히스에 반쯤 묻혀 있었다. 에드거 린턴의 비석은 잔디와 어우러졌고 이끼가 비석 밑동을 타고 올라오고 있었다. 히스클리프의 것은 아직 벌거벗은 채였다.

나는 그 온화한 하늘 아래에서 비석 주변을 거닐기도 하고, 히스와 실잔대 사이를 파닥파닥 나는 나방들을 바라보기도 하고, 풀잎을 스치는 부드러운 바람의 숨소리에 귀를 기울이기도 했다. 그 고요한 땅속에 고이 잠든 사람들을 두고, 어떻게 그들이 잠을 설친다고 상상할 수 있는지 의아스러웠다.

그녀의 로맨스는 리얼리즘보다 강하다

그녀가 남긴 것은 시 몇 편, 그리고 전 시대를 통틀어서
가장 아름다운 문학작품 중 하나인 『폭풍의 언덕』이다.
어쩌면 그것은 가장 아름다운,
가장 격정적인 러브스토리일지도……
—조르주 바타유

전설이 된 작가, 에밀리 브론테

에밀리 브론테는 『폭풍의 언덕』이라는 단 한 권의 소설로 불후의 소설가 반열에 올랐다. 이 소설의 제목인 '폭풍의 언덕'은 영국 북부 변방 한 고택의 이름인 Wuthering Heights를 번역한 것이다. 런던인에게 이 이름은 북부 지방색을 강력하게 환기하는 낯선 단어였고, 그것은 지금의 독자에게도 마찬가지다.*

『폭풍의 언덕』에서 가장 두드러지는 이야기가 히스클리프와 캐서

---

* 제목의 번역에 대해서는 http://cafe.naver.com/mhdn 「Wuthering Heights 체인질링 I, II, III」 참고.

린의 폭풍치는 사랑, 그들의 파괴적인 열정임은 분명하다. 그러나 그들의 이야기를 들려주는 하녀장 넬리, 넬리에게 이야기를 청해 듣는 세입자 록우드, 그리고 이야기 안팎을 누비는 크고 작은 인물들의 생생하고 비뚤어진 개성은 이 작품을 세기의 로맨스 이상의 위대한 소설로 만든다.

에밀리 브론테는 가난한 교구목사의 딸이었고, 30년이라는 길지 않은 생애의 대부분을 시골 목사관에서 보냈다.『폭풍의 언덕』에 열광하는 많은 독자들이 작가의 전기에 목말라하는 것은 당연한 일이다. 아쉽게도, 에밀리 브론테의 많은 전기들은 위대한 작가의 삶, 특히 브론테와 같이 사후에야 유명해진 작가의 삶에서 사실과 전설이 어떻게 뒤섞이는지를 보여주는 대표적인 사례이다. 생전에 에밀리를 알던 많은 사람들이 에밀리가 죽고 유명해진 후에 자신의 기억을 뒤집기도 했다. 생전의 에밀리가 가족을 살뜰히 챙기는 수줍음 많은 처녀 주부였던 데 비해, 사후에 기억된 에밀리는 소신 있고 고집 있는 은둔형 천재였다.

다시 말하면 지금의 독자가 간직하고 있는 작가의 초상은 이미 전설이 된 초상, 작품의 아우라를 거친 초상이다. 조르주 바타유가『문학과 악La Littérature et le Mal』에서 그려주는 것도 바로 그런 초상이라 할 수 있다.

"모든 여성 중에, 에밀리 브론테는 특별한 저주의 과녁이었던 듯싶다. 그녀의 짧은 삶은 불행했지만 끔찍할 정도로 불행했었다고 말할 수는 없다. 그러나 그녀는 정신적 순결을 간직하면서도 악의 심연에 대한 깊은 경험을 가지고 있었다. 그녀보다 엄격하고, 그녀보다 용감하고, 그녀보다 올곧은 사람이 거의 없겠지만, 악을 이해하는 데 그녀만큼 끝장을 본 사람도 없었다.

그것은 문학의 임무, 상상력의 임무, 꿈의 임무였다. 서른 해로 끝난 그녀의 삶에서, 그녀는 할 수 있는 것이 하나도 없었다. 그녀는 1818년에 태어났고, 요크셔의 목사관, 그 시골, 그 황야를 떠난 적이 없다. 그곳의 풍광의 혹독함은 아버지의 혹독함에 어울렸다. 아일랜드 태생의 교구목사였던 아버지가 그녀에게 해준 것은 엄한 교육뿐이었고, 어머니와는 달리 누그러지는 법이 없었다. 어머니는 일찍이 세상을 떠났고, 언니와 여동생은 그들대로 엄격했다. 탈선한 오빠는 홀로 불행의 낭만 속에 침몰했다. 알다시피 브론테 가의 세 자매는 목사관의 엄격함 속에서 살아간 동시에, 사람을 과열시키는 문학창작의 야단법석 속에서 살아갔다. 하루 또 하루의 친밀한 관계가 자매들을 결속시켰지만, 그럼에도 에밀리는 줄곧 정신적 고독을 지켜냈고, 그로부터 상상력의 환영들을 키워갔다. 그녀는 밖으로 나오지 않았고, 밖으로 나타난 그녀의 모습은, 착하고 바지런하고 헌신적인, 상냥함 그 자체였다. 그녀는 모종의 침묵 속에 살아갔고, 외부 세계에서 그 침묵을 깨뜨린 것은 오직 문학뿐이었다. 그녀는 단기간 폐병을 앓다가 죽었다. 그녀가 죽던 날 아침, 그녀는 여느 때와 다름없이 일어나 가족들이 있는 아래층에 내려왔다. 아프다는 말 한마디 없이, 도로 침대로 가지도 않고, 오전 중에 마지막 숨을 거두었다. 그녀는 의사를 부르지 않았다.”

히스클리프가 죽기 전날 의사를 만나기를 거부한 것처럼, 에밀리도 의사 같은 것을 믿지 않았던 것일까. 의사에게 의지하는 것은 록우드 같은 인간뿐이라고 생각한 것일까.

『폭풍의 언덕』의 비뚤어진 세계

『폭풍의 언덕』은 록우드라는 런던의 부유한 신사 이야기로 시작된다. 은둔자를 자처하는 록우드는 요크의 산골로 찾아와 '티티새 지나는 농원'이라고 불리는 저택과 토지를 임대한다. 그곳의 주인은 히스클리프라는 기인이다. 록우드는 무뚝뚝한 주인 히스클리프, 아름다운 히스클리프 부인, 촌뜨기 헤어턴, 늙은 하인 조지프를 만나 예사롭지 않은 인상을 받은 후, 티티새 지나는 농원의 하녀장에게 히스클리프의 가족사를 청해 듣는다. 하녀장 넬리는 기다렸다는 듯 이야기를 시작한다.

이야기는 한 세대 전, 폭풍의 언덕에 언쇼 가가 살던 때로 거슬러 올라간다. 당시에 넬리는 주인집 언쇼 가의 하녀이자 주인집 남매의 보모 겸 동무였다. 어느 날 언쇼 씨가 정체 모를 고아를 주워오는데, 그 아이가 바로 히스클리프였다. 업둥이 히스클리프와 주인집 딸 캐서린의 지독한 사랑은 그때부터 시작되었다.

두 아이에게 세상은 편협하고 어리석은 곳이었다. 두 아이는 함께 가식적 관습을 경멸하고 억압적 권위를 조롱했다. 그들의 사랑은 그들의 자유와 활력의 증거였다.

당연히 세상은 그들의 사랑을 허락지 않는다. 현실은 에드거 린턴이라는 형태로 두 아이 사이에 끼어든다. 히스클리프는 현실의 위협 앞에 도망치고, 캐서린은 현실의 행복에 유혹을 느낀다. 도망친 히스클리프와 다가온 린턴 사이에서 캐서린의 삶은 쪼개진다. 사랑과 계약 사이에서, 자유와 편의 사이에서, 자아와 의무 사이에서, 어느새 그녀는 양다리를 걸치고 있었다.

그러던 어느 날, 히스클리프가 돌아와서 캐서린을 되찾으려 한다. 그러나 그녀는 이미 찢긴 존재였고, 그가 할 수 있는 일은 그녀를 망가뜨린 현실에 복수하는 것뿐이었다.

혼자뿐인 그와 이 세상 사이의 싸움은 승패가 정해져 있었다. 최소한 윤리적으로는 처음부터 지는 싸움이었다. 세상의 눈으로 보자면, 세상은 불가피한 현실이었고, 따라서 히스클리프라는 적은 악이었다. 히스클리프에게는 세상과의 싸움을 정당화하려는 시도 같은 것은 애초에 없었다. 그는 자기의 사랑을 파괴한 세계의 악함을 주장하는 대신 오히려 스스로 악의 화신이 된다. 실연의 상처는 자기정당화 따위로는 달래질 수 없으니까. 상실의 고통을 견딜 수 있는 것은 처절하게 복수하는 순간뿐이니까.

현실의 시각으로 볼 때, 히스클리프는 『폭풍의 언덕』에서 가장 비뚤어진 인물이다. 사실 『폭풍의 언덕』의 모든 인물들은 비뚤어져 있다. 독자의 뇌리에 각인되는 것은 무엇보다 그들의 갖가지 일탈과 기벽이다. 유일하게 비뚤어지지 않은 인물이 화자 넬리라고 말할 수도 있겠지만, 그것은 넬리의 말을 곧이곧대로 믿을 때의 이야기다. 오히려 자기를 제외한 모든 인물들을 비뚤게 그리는 그녀야말로『폭풍의 언덕』에서 가장 비뚤어진 존재라고 말할 수 있다. 그녀의 이야기를 의심하기 시작하는 순간, 독자는 온갖 비뚤어진 진실들을 관통하는 커다란 진실 한 가지를 예감한다. 화자의 욕망이 이야기를 얼마나 왜곡하는가에 대한 진실, 이야기란 본디 비뚤어진 것이라는 진실을 말이다. 그리고 바로 그 비뚤어진 진실이 노회한 독자의 마음을 움직인다. 잠긴 나무문짝 같은 록우드의 심장이 넬리의 음험한 수다에 슬며시 열리듯, 독자의 팍팍한 심장은 브론테의 쩌릿한 낭만 앞에 굴복한다. 록우드는 이야기로 인해 병이 나고, 이야기에 중독되고, 결국 이야기의 힘이 두려워서 도망친다. 그리고 시간이 흐른 후, 도망쳤던 것을 후회한다. 독자가 책장을 덮은 후 현실 앞에 형언할 수 없는 회한을 느끼듯 말이다.

진지한 낭만의 위력

『폭풍의 언덕』의 시공간이 아무리 사실을 바탕으로 한다 해도,『폭풍의 언덕』을 리얼리즘이라고 하기는 어렵다. 히스클리프 같은 절대적 반항아가 인간적 매력을 가지고 등장할 수 있는 것도, 그의 온갖 악행들과 추행들이 저항의 아우라를 간직할 수 있는 것도,『폭풍의 언덕』이 리얼리즘이 아닌 로맨스이기에 가능하다.

그러나 로맨스가 흔히 현실도피와 동일시되는 것을 감안하면『폭풍의 언덕』을 로맨스로 분류하는 것도 불편한 일이다. 사실 많은 독자들은 『폭풍의 언덕』에서 로맨스를 기대하며, 적지 않은 독자들은 『폭풍의 언덕』을 읽은 후에 그러한 기대가 어긋나는 것을 경험한다. 물론 그 어긋남의 경험은 단순한 실망보다는 기대치 이상을 발견하는 놀라움에 가깝지만.

『폭풍의 언덕』의 애호가라면 다들 그런 어긋남을 경험했던 적이 있으리라 짐작된다. 그것은 역자도 예외가 아니었고, 『폭풍의 언덕』을 논하는 수많은 글에서 그러한 경험이 중요하게 기록되어 있는 것을 발견하곤 했다. 루커스터 밀러의 『브론테 신화The Brontë Myth』에 나오는 다음의 대목은 그 많은 예들 중 하나일 뿐이다.

"나는 열두 살에 처음 『폭풍의 언덕』을 읽었는데, 그때 나는 당황스러웠고 심지어 모욕당한 느낌이었다. 내 기대에 부응하지 않는 책이었기 때문이다. 도입부에 등장하는 화자는 신뢰가 가지 않는 것은 물론이고 호감도 가지 않았고, 소설의 어조는 불안감을 안겨주었으며, 히스클리프에게는 로렌스 올리비에의 유혹적 매력 같은 것은 하나도 없었다.

물론 내가 그런 무의식적 선입견을 가졌던 이유는 책 때문이 아니었다. 나의 선입견을 형성했던 것은 1939년작 할리우드 고전 영화였고, 『폭풍의 언덕』이 선정적인 로맨스 픽션의 교과서라는 널리 퍼져 있는 잘못된 가정이었다. 그때 내가 저지른 잘못은 에밀리 브론테의 록우드가 1권 2장에서 죽은 토끼를 여주인의 귀여운 애완 고양이라고 오해했던 것에 못지않게 코믹한 잘못이었던 듯하다. 내가 읽은 것은 나의 기대보다 훨씬 더 심하게 내 마음을 동요시켰으며, 이것은 책 읽기에 대한 내 태도를 바꾸어놓았다. 그때까지 책은 전혀 복잡하지 않은 쾌감, 도피주의적 쾌감의 원천이었다. 그런데 이 책의 쾌감은 나를 불안한 조심스러움과 낭패스러움의 상태에 있게 하는 쾌감이었다."

『폭풍의 언덕』을 로맨스로 분류한다 해도, 이 소설은 로맨스 독자가 흔히 기대하는 '선정적인 로맨스 픽션'의 '도피주의적 쾌감'을 제공해주지는 않는다. 그럼에도 불구하고 독자를 실망시키는 것이 아니라 오히려 더 큰 마음의 동요를 느끼게 한다니. 그렇다면 그런 힘은 과연 어디에서 오는 걸까. 질문을 바꾸자.『폭풍의 언덕』의 로맨스가 한갓 현실도피적인 로맨스와 구분되는 이유는 무엇일까. 한마디로 말하자면, 그것은 규범을 대하는 진지한 태도다. 현실도피적인 로맨스물에서 현실적 규범은 진정한 가치를 억압하는 하찮은 장애에 불과한 반면 『폭풍의 언덕』에서 현실적 규범은 결코 무가치한 장애로 그려지지 않는다. 다시 말해 『폭풍의 언덕』이라는 로맨스는, 규범을 무시·조롱하고 반항을 정당화·이상화하는 로맨스가 아니라, 반항에는 공감하되 규범에는 동의하는 로맨스, 현실의 상처가 아로새겨진 로맨스다.

『문학과 악』에서 바타유가 『폭풍의 언덕』을 그리스 비극과 비교하는 것도 바로 그런 이유 때문이다. 관객이 그리스 비극에 감동을 느끼는 이유는 규범의 세계에 속해 있되 규범을 위반한 존재에 공감하기 때문이다. 규범을 중히 여길수록 위반이 불러일으키는 감흥이 더 커진다는 것도 부인할 수 없다. 예컨대, 부친살해와 근친상간이라는 위반을 중히 여길수록 아버지를 죽이고 어머니와 결혼한 오이디푸스 왕의 운명은 그만큼 더 큰 공포와 연민을 불러일으킨다.

현실의 규범이 엄격할수록 위반의 상상은 강렬해진다. 엄격하고 올곧았던 처녀 에밀리가 악의 화신 히스클리프를 이토록 매력적으로 그릴 수 있었던 것도, 고고한 관념의 세계에 거하는 시인이자 목사관의 주부였던 브론테 양이 막돼먹은 언사가 난무하는 막장 가족사를 이토록 실감나게 그릴 수 있었던 것도, 같은 맥락에서 볼 수 있다. 에밀리 브론테의 삶을 짓누르던 광신적 종교의 압박이야말로 신성모독, 폭언과 폭력, 불륜과 악행에 매혹되기 위한 최적의 토양이었다.

만약에 우리가 껍데기 규범을 비웃으면서도 껍데기에 얽매여 살아가는 노회한 냉소주의자들이라면, 만약에 우리가 껍데기 규범을 파괴하는 판타지를 소비하지 않고서는 살아갈 수 없는 좀비 반항아들이라면, 현실도피성 막장 연속극과 구분되는 『폭풍의 언덕』의 위력은 수수께끼일지도 모르겠다.

김정아

1818년	7월 30일 영국 요크셔의 브래드퍼드 부근 손턴에서 6남매 중 다섯째로 태어남. 세 언니는 마리아(1813?), 엘리자베스(1815), 샬럿(1816), 오빠는 브랜월(1817). 아버지 패트릭은 아일랜드 출신의 영국 국교회 목사로 시집을 출간하기도 했으며, 어머니 마리아는 콘월 출신으로 「가난의 장점, 종교적으로 볼 때Advantages of Poverty, in Religious Concerns」라는 에세이를 쓰기도 했음.
1820년	동생 앤이 태어남. 아버지가 요크셔의 하스 교구로 부임하며 가족 모두 이곳으로 이사함. 이때 식구들이 음용한 교회 공동묘지의 오염된 식수는 가난과 함께 이후 브론테 일가의 병약과 요절의 큰 원인이 됨.
1821년	어머니가 병으로 세상을 떠남. 어머니의 언니 엘리자베스 브랜월이 살림을 맡음.
1824년	세 언니가 다니던 코원 브리지의 기숙학교에 들어감. 목사의 딸들을 위해 운영하던 학교로, 샬럿은 후일 『제인 에어 Jane Eyre』에서 이 학교의 끔찍한 실상을 묘사함. 아버지는 아들 브랜월을 가장 재능 있는 자식으로 생각하고 직접 가르치기 시작함.
1825년	맏언니 마리아가 기숙학교의 열악한 환경 때문에 티푸스에 걸리고 집으로 돌아와 사망함. 둘째 언니 엘리자베스 역시 병에 걸려 돌아옴. 샬럿과 에밀리도 돌아옴. 엘리자베스 사망. 남은 네 남매가 한집에서 생활함.

1826년   아버지가 브랜월에게 선물해준 군인 목각인형 세트를 기화
로 네 아이가 함께 '앵그리아(Angria)'라는 가상의 나라에
관한 이야기를 지어내기 시작함.

1831년   샬럿이 로헤드에 있는 학교에 교사로 부임하자 에밀리와
앤은 따로 '곤달(Gondal)'이라는 가상의 나라를 만들어
이야기를 지어내기 시작함.

1835년   에밀리는 언니 샬럿이 교사로 있는 로헤드 여학교에 입학
하지만 향수병에 걸려 몇 달 만에 다시 집으로 돌아옴. 돌아
온 에밀리 대신 앤이 로헤드 여학교에 다님. 브랜월은 리즈
에서 그림을 공부하기 시작함.

1836년   에밀리가 현재 남아 있는 시 중 첫번째 작품인 「맑을까 비
올까?Will the day be bright or cloudy」를 씀.

1837년   시 열아홉 편을 씀.

1838년   핼리팩스에 있는 로힐 여학교에서 6개월간 보조교사 일을
하다 다시 병이 나서 집에 돌아옴. 그때부터 집에서 요리와
청소, 주일학교 교사 일을 하며 독일어를 독학함. 오빠 브
랜월은 브래드퍼드에 스튜디오를 차림.

1839년   샬럿과 앤이 가정교사로 일하기 위해 집을 떠남.

1840년   브랜월이 철도 회사 사무원으로 일함.

1841년   에밀리가 일기에 '지금 우리끼리 학교를 설립하려는 계획
을 진행 중이다'라고 기록함.

1842년   2월 학교 설립을 위한 계획의 일환으로, 프랑스어와 독일
어, 음악을 배우기 위해 샬럿과 함께 벨기에 브뤼셀의 콩스
탕탱 에제 여학교에 들어감. 10월 엘리자베스 이모가 사망
하자 하스 집으로 돌아옴. 세 자매가 각각 약 300파운드씩
이모의 유산을 받음. 브랜월이 공금 횡령 사건으로 철도 회
사에서 파면당함.

536

1843년	샬럿은 브뤼셀로 돌아감. 브랜월이 가정교사로 있다가 해고됨. 해고 사유는 주인마님과의 스캔들로 추정됨.
1844년	구체적인 계획을 세우고 학교를 설립하려 했으나 지원자가 없어 포기함. 에밀리가 그동안 썼던 시를 곤달에 관한 시와 아닌 것으로 구분해서 정리함.
1845년	에밀리가 쓴 시를 우연히 본 샬럿이 두 동생에게 세 자매의 시선집을 출판해보자고 설득. 에밀리가 『폭풍의 언덕』 집필을 시작함.
1846년	세 자매가 쓴 시를 『커러, 엘리스, 액턴 벨의 시집Poems by Currer, Ellis and Acton Bell』이라는 이름으로 자비 출판함. 여성 작가들에 대한 편견을 피하기 위해 각각 커러, 엘리스, 액턴이라는 중성적 필명을 택함. 시집은 단 두 권이 팔림.
1847년	샬럿이 쓴 『제인 에어』가 10월에 출판되어 호평을 받음. 12월에 『폭풍의 언덕』을 각각 1권과 2권으로 하고, 앤의 『아그네스 그레이Agnes Gray』를 3권으로 하는 책이 출판됨. 『폭풍의 언덕』은 평자들 사이에 논란이 되지만 큰 성공을 거두지는 못함.
1848년	오빠 브랜월이 알코올 중독 등 약물 중독으로 섬망증을 보이던 중 결핵으로 사망. 에밀리는 오빠의 장례식에 갔다가 비를 맞고 감기에 걸리고, 그것이 결핵으로 발전하여 12월 19일에 사망.
1849년	앤 사망.
1850년	샬럿이 『폭풍의 언덕』을 교정하고 에밀리의 본명으로 재출간함.
1855년	샬럿 사망.

세계문학은 국민문학 혹은 지역문학을 떠나 존재하는 문학이 아니지만 그것들의 총합도 아니다. 세계문학이라는 용어에는 그 나름의 언어와 전통을 갖고 있는 국민문학이나 지역문학의 존재를 인정하면서 그것을 넘어서는 문학의 보편적 질서에 대한 관념이 새겨져 있다. 그 용어를 처음 고안한 19세기 유럽인들은 유럽문학을 중심으로 그 질서를 구축했지만 풍부한 국민문학의 전통을 가지고 있는 현대의 문학 강국들은 나름의 방식으로 세계문학을 이해하면서 정전(正典)의 목록을 작성하고 또 수정한다.

한국에서도 세계문학 관념은 우리 사회와 문화의 변화 속에서 거듭 수정돼왔다. 어느 시기에는 제국 일본의 교양주의를 반영한 세계문학 관념이, 어느 시기에는 제3세계 민족주의에 동조한 세계문학 관념이 출현했고, 그러한 관념을 실천한 전집물이 출판됐다. 21세기 한국에 새로운 세계문학전집이 필요하다는 것은 명백하다. 우리의 지성과 감성의 기준에 부합하는 세계문학을 다시 구상할 때가 되었다.

문학동네 세계문학전집은 범세계적으로 통용되는 고전에 대한 상식을 존중하면서도 지난 반세기 동안 해외 주요 언어권에서 창작과 연구의 진전에 따라 일어난 정전의 변동을 고려하여 편성되었다. 그래서 불멸의 명작은 물론 동시대 세계의 중요한 정치·문화적 실천에 영감을 준 새로운 작품들을 두루 포함시켰다.

창립 이후 지금까지 한국문학 및 번역문학 출판에서 가장 전문적이고 생산적인 그룹을 대표해온 문학동네가 그간 축적한 문학 출판 경험을 바탕으로 새로운 세계문학전집을 펴낸다. 인류가 무지와 몽매의 어둠 속을 방황하면서도 끝내 길을 잃지 않은 것은 세계문학사의 하늘에 떠 있는 빛나는 별들이 길잡이가 되어주었기 때문이다. 우리가 자부심과 사명감 속에서 그리게 될 이 새로운 별자리가 독자들의 관심과 애정에 힘입어 우리 모두의 뿌듯한 자산이 되기를 소망한다.

문학동네 세계문학전집 편집위원
민은경, 박유하, 변현태, 송병선, 이재룡, 홍길표, 남진우, 황종연

세계문학전집 086
폭풍의 언덕

1판 1쇄 2011년 12월 23일
1판 19쇄 2026년 2월 20일

지은이 에밀리 브론테 | 옮긴이 김정아

책임편집 김수현 | 편집 임선영 고유진 | 독자모니터 노영식
디자인 이경란 최미영 | 저작권 박지영 형소진 주은수 오서영 조경은
마케팅 정민호 서지화 한민아 이민경 왕지경 정유진 한경화 정경주 김혜원 김예진 이서진
브랜딩 함유지 박민재 이송이 박다솔 조다현 김하연 이준희
제작 강신은 김동욱 이순호 | 제작처 영신사

펴낸곳 (주)문학동네 | 펴낸이 김소영
출판등록 1993년 10월 22일 제2003-000045호
주소 10881 경기도 파주시 회동길 210
전자우편 editor@munhak.com
대표전화 031)955-8888 | 팩스 031)955-8855
문학동네카페 http://cafe.naver.com/mhdn
인스타그램 @munhakdongne | 트위터 @munhakdongne
북클럽문학동네 http://bookclubmunhak.com

ISBN 978-89-546-1480-1 04840
      978-89-546-0901-2 (세트)

www.munhak.com

● 문학동네 세계문학전집은 계속 출간됩니다